Jan Valetov
Z O N E

Jan Valetov

ZONE

ZU JUNG, UM ZU STERBEN

Aus dem Russischen
von Christiane Pöhlmann

PIPER

Entdecke die Welt der Piper Fantasy:
Piper Fantasy.de

Die Wiedergabe des Shakespeare-Zitats
folgt der Übersetzung von Schlegel-Tieck.

Deutsche Erstausgabe
ISBN 978-3-492-70564-6
© Jan Valetov 2017
Agreement by Wiedling Literary Agency
Titel der russischen Originalausgabe:
»Luchshi vozrast dlya smerti« bei Folio, Kharkov 2017
© Piper Verlag GmbH, München 2020
Satz: Satz für Satz, Wangen im Allgäu
Gesetzt aus der Minion
Druck und Bindung: CPI books GmbH, Leck
Printed in the EU

BU
CH 1
NERD

KAPITEL 1

Die Flucht

Nerd konnte Waffen nicht ausstehen.

Oh, er respektierte sie unbedingt! Wie auch nicht – wo sich mit diesen Dingern jeder Gegner auch aus großer Entfernung töten ließ! Trotzdem nahm er sie nicht gern in die Hand. Er reparierte sie auch nicht, obwohl er sonst an allem herumbastelte, was ohne elektrischen Firlefanz auskam. Aber an den Pistolen und MPs, die alle anbeteten, scheiterte er. Dabei kriegte er sogar wesentlich kompliziertere Sachen wieder hin. Einen schrottreifen Generator nahm er problemlos auseinander, um ihn anschließend einwandfrei wieder zusammenzubauen und ihn bei der Gelegenheit gleich noch an ein Fahrrad anzuschließen, damit die verstaubte, altersschwache Glühbirne endlich mit gelbem Licht brannte. Aber MPs und Gewehre fasste er nur an, wenn es unbedingt sein musste.

Und ebendas verlangte das Gesetz: Sobald ein Junge alt genug war, musste er an Jagd und Krieg teilnehmen, da kannten die Bosse kein Erbarmen.

Ein Mädchen musste im entsprechenden Alter Kinder zur Welt bringen, Essen kochen, die Felder bestellen und sich um die Nachkommen sowie die Haustiere kümmern, während sie, die Männer, dafür sorgten, dass alle im Stamm genug zu essen hatten und sicher waren. Dafür töteten sie die Männer von den anderen Stämmen, ehe diese sie umbrachten. Trotz seiner miserablen Augen, seiner schwachen Konstitution und seines Horrors vor Waffen bestand deshalb auch für Nerd die Pflicht, auf die Jagd zu gehen.

Die Waffe, die ihm die Bosse zugeteilt hatten, passte im Grunde bestens zu seinem Schießvermögen: ein geborstener Schaft, abgegriffene rostige Läufe und Patronen in verblichenen Plastikhülsen. Immerhin hatte man ihn den Treibern zugewiesen, nicht den Schützen. Gerettet hatte ihn das am Ende aber auch nicht.

Denn er war und blieb ein Pechvogel.

Der sogar einen Hirsch verfehlte.

Das Fleisch dieses prachtvollen Burschen hätte mindestens vier Tage lang für den ganzen Stamm gereicht …

Das Tier war so überraschend aus dem Dickicht herausgesprungen, dass Nerd, obwohl nur lächerliche zehn Schritt entfernt, gar nicht erst auf die Idee gekommen war zu schießen, sondern zurückstolperte und auf seinem Hintern landete. Seine Flinte flog in hohem Bogen zu Boden, wobei sie mit einem ohrenbetäubenden Knall ihre Kugeln aus beiden Läufen zugleich ausspuckte. Die verrosteten Drahtstückchen, mit denen die Patronen gestopft waren, prasselten auf die Sträucher und zerfetzten die Blätter und das spröde Geäst. Der Hirsch schnaubte, und Nerd hätte schwören können, dass es ein verächtliches Schnauben war. Mit einem gewaltigen Satz sprang das Tier vom Pfad ins dichte Grün des Unterholzes.

Entsetzt stierte Nerd auf die am Boden liegende Flinte. Nie im Leben würde er sich herausreden können, von wegen, er habe den Hirsch gar nicht gesehen und nicht die geringste Ahnung, wo überhaupt einer sein soll. Das würde ihm ja doch niemand glauben! Es hatte geknallt, also hatte er ihn gesehen, geschossen – und verfehlt. Nun war das Tier verschwunden, da sollte er sich schon mal auf seine Strafe gefasst machen. Wie die ausfallen würde, war noch unklar, aber da Rubbish ihn auf den Tod nicht ausstehen konnte, musste er mit dem Schlimmsten rechnen. Wem Beute entwischt, der muss bestraft werden. So verlangte es das Gesetz.

Allein bei dem Gedanken daran kniff Nerd voller Panik die Augen zusammen. Als er sie wieder öffnete, stand Rubbish bereits in seiner ganzen Größe und voller Wut vor ihm. Der Boss würde ihn bestimmt nicht glimpflich davonkommen lassen. Nerd fühlte sich wie ein gefällter Baum.

Und Rubbish war nicht allein, sondern hatte zwei weitere Bosse im Schlepptau. Leg und Pig. Fehlte bloß noch Runner, und der Viererrat des Stammes wäre komplett.

Rubbish sah auf Nerd herab, der halb saß, halb am Boden lag, ließ den Blick dann zu der abgefeuerten Flinte wandern, von dort aus wieder zurück zu Nerd, um diesen schließlich mit breitem

Grinsen die Stiefelspitze unters Kinn zu rammen. Wahrscheinlich war das noch nicht mal der heftigste Tritt, zu dem Rubbish in seiner Wut fähig gewesen wäre, aber um mit Nerd fertigzuwerden, reichte er. Voller Wucht schlug dieser mit dem Hinterkopf auf dem Boden auf.

»Was bist du bloß für ein nutzloses Stück Scheiße!«, brüllte Rubbish, und seine Stimme überschlug sich. »Zu nichts zu gebrauchen! Einfach ein nutzloses Stück Scheiße! Ein elender Wurm! Die reinste Missgeburt!«

Er trat noch näher an Nerd heran und verpasste ihm einen zweiten Tritt, diesmal in die Rippen.

Rubbishs Stiefel waren derb, aus dickem Leder, mit geriffelter Sohle – ein Wunder, kein schlichter Schuh. Diese Stiefel musste er sich entweder in City besorgt oder einem Toten vom Fuß gezogen haben. Die steinharte Spitze bohrte sich in Nerds Seite, der japste und wie ein Fisch auf dem Trockenen nach Luft schnappte.

»Nicht mal einen verschissenen Hirsch erledigst du!«, stieß Rubbish hasserfüllt aus. »Dir über deinen stinkenden Büchern einen runterholen, das kannst du, mehr aber auch nicht! Was sollen unsere Frauen und Kinder jetzt futtern? Von Ratten angefressenes Papier? Verrat mir das mal, du dämliches Dreckstück!«

»Der war viel zu schnell!«, jammerte Nerd, der sich selbst verachtete für die widerwärtige Angst, die tief in seinen Eingeweiden brodelte, und auch für die zitternde Stimme, die in keiner Weise zu einem echten Mann passte. Der würde niemals jaulen und winseln ... »Deshalb habe ich danebengeschossen!«

Brüllend holte Rubbish aus, um Nerd seinen Gewehrkolben vor die Brust zu pfeffern, doch dieser riss instinktiv beide Arme vor, sodass sein Boss ihn nur am Unterarm erwischte, der allerdings sofort taub wurde. Vor Nerds Augen tanzten schwarze Flecken.

Mit einer Geste befahl Rubbish Leg und Pig, sie sollten Nerd unter den Achseln packen und hochreißen. Benommen und zu Tode erschrocken hing dieser in den Armen seiner Folterknechte.

Nerd war längst über siebzehn, wie viel genau, wusste er allerdings nicht. Wahrscheinlich genauso viel wie Rubbish und die anderen Bosse, vielleicht auch einen oder zwei Monde mehr. Trotzdem wirkte er neben ihnen wie ein kleiner Junge, der kaum acht

Winter auf dem Buckel hatte. Eine lädierte Marionette in den Händen kräftiger Männer.

Und er war ja in der Tat ein Nichts, ein Bücherwurm, dessen Leben sich in der Bibliothek abspielte, die außer ihm niemanden interessierte. Sie dagegen waren die Bosse. Sie sorgten dafür, dass keiner im Stamm hungerte. Sie waren streng wie das Gesetz, das sie von ihren Vorfahren übernommen hatten, und genauso unbarmherzig.

Er hatte ein Tier entkommen lassen, hatte seine eigenen Leute um Fleisch gebracht. Er verdiente seine Strafe, denn er hatte nichts, um diesen Verlust wettzumachen.

Es sei denn ...

Er setzte an, etwas zu sagen, doch Rubbish fegte ihm mit dem Handrücken übers Gesicht. Nerd ertrank geradezu in Blut. Eine Fontäne glutroter Tropfen spritzte Leg ins Gesicht, sodass dieser plötzlich irritiert den Griff lockerte, woraufhin Nerd etwas nach unten sackte. Sofort nutzte er die Gelegenheit, um sich dem Griff vollends zu entwinden, und raste in einem Tempo davon, das er sich selbst nicht zugetraut hätte.

Die drei in seinem Rücken johlten und pfiffen, nahmen dann aber die Verfolgung auf. Nerd preschte den Pfad weiter hinunter. Nach den Tritten tat ihm alles weh, er war über und über mit Blut beschmiert und gab nur noch einen lächerlichen Anblick ab. Trotzdem stürmte er mit aberwitzigen Bewegungen weiter, auch wenn er fast losgewinselt hätte wie ein kleines Mädchen. Gar nicht wegen der eingeschlagenen Nase oder den malträtierten Rippen, sondern weil ihm sein Verhalten unendlich peinlich war. Er, ein intelligenter Mann, der als Einziger in Park – ach was, nicht bloß in Park, ganz City konnte er getrost dazunehmen – lesen und schreiben konnte, rannte jetzt wie eine Ratte vor wilden Katzen vor irgendwelchen hirnlosen, dafür aber muskelbepackten Debilen davon! Seine Beine trugen ihn automatisch immer weiter, ohne dass er irgendetwas hätte dagegen tun können. Er kannte sogar den Fachbegriff für sein Verhalten: Selbsterhaltungstrieb. Eigentlich traf ein anderes Wort den Nagel aber noch besser auf den Kopf, doch klang dieses Wort längst nicht so gut: Feigheit.

Das Getrampel seiner Verfolger kam mit jeder Sekunde näher.

Rubbish, Pig und Leg hätten zwar aus Buchstaben kein einziges Wort bilden können – das wäre bereits daran gescheitert, dass sie überhaupt keine Buchstaben kannten –, liefen dafür aber unglaublich schnell und ließen sich ihre Beute niemals entgehen.

Da Nerd ahnte, dass sie ihn gleich packen würden, schlug er abrupt einen Haken und bog vom Pfad in den kümmerlichen jungen Espenwald ab. Dort stolperte er jedoch über einen im Gras verborgenen Baumstumpf und setzte buchstäblich Hals über Kopf zu einem Sturzflug den flachen Hang hinunter an.

In seinem Rücken grölte es, und ein weiterer Pfiff durchschnitt die Luft.

Nach diesem schwindelerregenden Salto versuchte Nerd vergeblich, wieder auf die Beine zu kommen. Er schlitterte weiter auf dem Bauch in die Tiefe, überschlug sich noch ein paarmal, verlor endgültig die Orientierung und rutschte dann mitten in eine feuchte, warme und klebrige Masse hinein, die nach ausgeweidetem Fleisch und Fäkalien stank. Er wollte losschreien, brachte jedoch keinen Ton heraus, sondern zappelte bloß wie ein halb verreckter Käfer und versuchte krampfhaft, sich aus irgendwelchen Schlingen zu befreien. Nach einer Ewigkeit gelang es ihm endlich.

Er rieb sich die Augen, denn die Wimpern waren völlig verklebt. Etwas von der widerlichen Jauche war ihm sogar in den Mund geraten. Nachdem er sich auf alle viere hochgerappelt hatte, sah er vor sich den offenen Bauch des Hirschs, der seine Rutschpartie gestoppt hatte. Nerd war in dem wirren Knäuel rotblauer Därme gelandet. Der Kopf des Tieres war zurückgedreht, die Zunge hing zwischen den Zähnen heraus. Nun wurde Nerd auch klar, was er im Mund hatte.

Er kotzte. Einmal, zweimal.

Die Stimmen seiner Verfolger verstummten jäh.

Nerd ließ sich gegen den Kadaver sacken, wischte sich die zähe Masse aus Tierblut und dem Inhalt der zerfetzten Eingeweide vom Gesicht und richtete den Blick auf seine drei Bosse, die knapp zwanzig Meter vor ihm standen. Sie versuchten nicht länger, sich ihn zu schnappen, sondern warteten ab. Sie zielten nicht einmal auf ihn, sondern hatten die Gewehre gesenkt.

Zwischen den Bossen und Nerd stand nun nämlich breitbeinig

und angriffsbereit eine Gestalt in hohen Boots. Sie war nicht sehr groß, trug über einem schwarzen Hoody eine Jacke im Camouflagemuster und hatte kurz geschnittenes rotes Haar. Und sie war bewaffnet, in der rechten Hand hielt sie ein imposantes, blutbeschmiertes Beil, in der linken eine Pistole, deren Lauf aber – das registrierte Nerd sofort – ebenfalls zu Boden gesenkt war. Dennoch ließ die Körperhaltung dieser Gestalt keinen Zweifel daran, dass sie beim geringsten Anlass im Bruchteil einer Sekunde einen Schuss abgeben würde.

Der sein Ziel garantiert nicht verfehlen würde …

Die Bosse schwiegen.

Die unbekannte Gestalt schwieg.

Und Nerd sollte diesem Beispiel wohl am besten folgen.

»Der Hirsch gehört uns«, ergriff Rubbish schließlich das Wort. »Wir haben ihn gejagt …«

Keine Reaktion seitens der Person ihnen gegenüber.

Nerd behielt die ganze Zeit ihren Rücken im Auge. Plötzlich beobachtete er entsetzt, wie aus der Kapuze des Hoodys ein rotschwarzes Tier mit buschigem Schwanz herausgehuscht kam. Schon in der nächsten Sekunde hatte es seinen Platz auf der Schulter der Gestalt gefunden und hockte wie zur Salzsäule erstarrt da.

»Belka …«

Sie also stand zwischen ihnen.

Belka. *Eichhörnchen.*

Seit dem letzten Herbst hatte Nerd sie nicht mehr gesehen.

Ihren Namen hatte sie wegen ihres roten Haars, ihrer breiten Zähne und ihrer Geschicklichkeit erhalten: Sie kletterte leidenschaftlich gern durch Bäume und vollführte dabei derart riskante Sprünge von Ast zu Ast, dass allen, die ihr zusahen, unweigerlich das Herz stockte.

Irgendwann hatte Belka ein von Krähen zerstörtes Eichhörnchennest entdeckt und eines der Jungen durchgefüttert. Seitdem hatte dieses Tag und Nacht auf ihrer Schulter gesessen und sogar in der Kapuze ihres unzählige Male geflickten Hoodys geschlafen.

Ihre Geschicklichkeit brachte Belka bei allen Spielen Vorteile, vor allem da sie ihre Zeit lieber mit Jungen verbrachte als mit ihren langweiligen Altersgenossinnen. Für die Jungen war das kein Problem.

Jedenfalls eine ganze Weile nicht.

Doch am Gesetz kommt nun mal niemand vorbei. Als Belka mit dem ersten Monatsblut vom Mädchen zur Frau wurde, änderte sich ihre Situation schlagartig.

Nach einer Geschichte, über die kein Boss je ein Wort verlor, verließ Belka den Stamm.

Für immer.

Seit drei Wintern, also seit Sun-Wins Tod, kam sie nicht mehr nach Park. Es hieß, sie habe einen Unterschlupf in der Nähe gefunden, aber bisher war es noch niemandem gelungen, diesen aufzuspüren.

Nachdem man dann Schlitzohr gefunden hatte, wie er kopfüber an der alten Ulme neben der Achterbahn baumelte, war auch dem Letzten die Lust vergangen, Belkas Versteck zu suchen.

Sogar die Bosse – damals waren es noch andere – akzeptierten, dass Belka sich abgesetzt hatte. Wäre eine wie sie bei den Frauen geblieben, hätten sie auch gleich mit einer Granate herumspielen können. Außerdem würde Belka mit Sicherheit nur Monster zur Welt bringen! Nein, lieber gingen sie kein Risiko ein ...

Sie lebte nun ihr Leben, der Stamm seins – und damit waren alle zufrieden, Belka ebenso wie die Bosse.

Als sich irgendwann der Gnadenlose die alten Bosse geholt hatte, ging die Macht im Stamm an Rubbish, Leg, Pig und Runner über. Damals war Belka extra nach Park gekommen, um klarzustellen: Lasst mich bloß weiterhin in Ruhe!

Bei der Gelegenheit hatte Nerd sie das letzte Mal gesehen.

Er hatte sie bereits als Mädchen gekannt, ein kleines, kantiges Geschöpf, das schnell wie der Blitz war. Ihrer beider Mütter – möge der Gnadenlose sie nicht quälen! – lebten damals noch, und Nerd war sogar eine Weile mit Belka befreundet gewesen.

Das war allerdings, bevor Nulpe ihm das Lesen beigebracht hatte. Danach waren Nerds einzige Freunde Bücher. Seitdem hatte er mindestens zehn Winter erlebt. Ob Belka sich überhaupt noch an ihn erinnerte, wusste er nicht, Illusionen gab er sich jedoch nicht hin. Denn selbst wenn sie es tat – würde das etwas ändern? Natürlich nicht! In einer Welt, in der ein Kind vom ersten Schrei an mit der bitteren Wahrheit aufwuchs, dass seine Jahre gezählt sind, ist die Freundschaft eines anderen Kindes nicht unbedingt das, was es sich am sehnlichsten wünscht.

»Pass auf, Belka«, brachte Pig hervor, der darauf achtete, jede abrupte Bewegung zu vermeiden. »Du ... Also den ... Lass ihn uns!«

Pig war noch nie ein großer Redner gewesen, doch dieses Gestammel war selbst für ihn unfassbar. Nerd spürte nahezu körperlich, dass dieser ausgewachsene Eber, dieser gedrungene Typ, am liebsten im Boden versunken wäre. Er dürfte nicht vergessen haben, wie Schlitzohr ausgesehen hatte, als er da am Baum hing, und was für einen ekelhaften Tod Sun-Win gestorben war, sodass selbst Pig sich vor Belka lieber nicht als starker Mann aufspielte.

»Du kannst den Burschen doch allein gar nicht wegschleppen«, mischte Rubbish sich ein. »Schneid dir also ein Stück raus, egal welches, und dann verdufte!«

Belka sagte noch immer kein Wort, aber das Eichhörnchen auf ihrer Schulter stieß einen lauten Zischlaut aus, der ohne Zweifel unfreundlich, wenn nicht gar bedrohlich klang.

»Du willst dich doch nicht mit uns wegen ein paar Brocken Fleisch anlegen, oder?«, fragte Leg.

Belka zuckte die Schulter, und das Eichhörnchen huschte sofort zurück in die Kapuze.

Die Bosse behielten sie nervös im Auge. Als Belka die Hand mit der Pistole hob, wären alle drei beinahe blindlings davongestürzt, das hätte Nerd schwören können. So sah es also aus, wenn einem der eigene Ruhm vorauseilte ...

»Ich nehme die Leber«, teilte Belka den Bossen leise mit. »Und ein Stück vom Rücken.«

»Abgemacht«, sagte Rubbish sofort. »Überlässt du ihn uns, wenn wir noch ein Stück Fleisch draufpacken?«

Damit meint er mich, schoss es Nerd durch den Kopf.

»Was sollte ich mit ihm schon anfangen?«, entgegnete Belka und zuckte die Achseln. »Aber ich mag es nicht, wenn jemand ohne Grund getötet wird.«

»Er hat gegen das Gesetz verstoßen und ...«, setzte Leg an.

»Verreck doch noch heute!«, fiel Belka ihm ins Wort, und ihre

Stimme klirrte wie Metall. »Ich scheiß auf eure Gesetze! Und auf euch! Verpisst euch!«

»Wir sorgen dafür, dass unser Stamm Essen hat«, sagte Rubbish beschwichtigend. »Wir beschützen unsere Frauen und Kinder. Wir erziehen die Jungen und machen echte Männer aus ihnen. Ohne das Gesetz wäre in Park heute niemand mehr am Leben. Das Gesetz garantiert Leben. Wer das Gesetz nicht achtet, muss sterben, sonst stirbt der Stamm. Bei den anderen Stämmen ist es genauso, das weißt du selbst. In City ist das Gesetz sogar noch strenger. Du hast also gar keinen Grund, auf uns zu schießen, Belka, denn wir halten uns bloß an das Gesetz. Dir hat unser Gesetz nicht gepasst, deshalb bist du weggegangen und lebst dein eigenes Leben. Aber wir bleiben bei unserem.«

»Verreck doch noch heute, Rubbish!«, wiederholte Belka. »Mir ist scheißegal, was du in deiner Herde abziehst! Aber verpiss dich von hier, oder du kriegst eine Kugel in den Bauch! Ihr könnt euch den Hirsch holen, wenn ich weg bin!«

»Komm her, Nerd«, verlangte Leg. »Sonst knallt sie dich auch noch ab! Und auf dich wartet doch noch deine Strafe!«

»Aber ...«, brachte Nerd heraus. »Aber sie überlässt euch doch den Hirsch!«

»Das war unser Tier«, zischte Rubbish. »Und jetzt muss sie ihn uns überlassen. Kapierst du eigentlich den Unterschied, du Wurm? Wann holt dich Stück Scheiße bloß endlich der Gnadenlose?! Ich ertrage deine widerliche Visage einfach nicht mehr!«

»Du kannst bei mir bleiben«, sagte Belka, ohne sich zu Nerd umzudrehen.

»Wag es ja nicht!«, fauchte Rubbish. »Meine Geduld hat ihre Grenzen! Wenn du nicht sofort aufstehst und mit uns mitkommst, bring ich dich um!«

»Das macht er sowieso«, bemerkte Belka, wobei ihre Stimme völlig gleichgültig klang und nichts über ihre Gefühle verriet. »Er bringt dich um, weil er nichts lieber tut als töten. Da braucht er gar keinen besonderen Anlass.«

Nerd wusste, dass es auch Belka nicht interessierte, ob Rubbish ihn tötete oder nicht. Sie war lediglich aus Prinzip nie einer Meinung mit den Bossen. Selbst ihr Rücken verkündete, dass sie die drei hasste und verachtete. Ob Nerd bestraft wurde, war ihr egal, aber Rubbish und seine Kumpane vorzuführen – das war ganz nach ihrem Geschmack.

Er stand auf.

Die Nacht würde bald anbrechen, da sollte er besser wieder in Park sein. Im Wald würde er niemals überleben, der war nicht sein Element. Belka hatte hier ihren Unterschlupf, er nicht. Er hatte nur die Bibliothek. Und er würde mit Sicherheit kein anderes Dach über dem Kopf mehr finden, dazu blieb ihm zu wenig Zeit. Schon bald würde der Gnadenlose ihn holen …

»Kann ich mich darauf verlassen, dass ihr mich nicht totprügelt?«, fragte er.

Im Mund hatte er immer noch den bitteren Geschmack von Scheiße und Kotze. Seine aufgeschlagenen Lippen taten ihm weh, der Schmerz in seiner Seite war kaum zu ertragen, und an seinem Unterarm – an der Stelle, wo Rubbish ihn mit dem Schaft erwischt hatte – wölbte sich eine knallrote Beule.

Trotzdem würde Nerd niemals gegen die Bosse kämpfen.

Er wollte Frieden, sogar um den Preis der eigenen Selbstachtung. Er wollte in das Schummerlicht jenes Raums zurückkehren, wo nachts Ratten durch das alte Papier raschelten, wo es nach feuchten Einbänden und der Pisse der Nager roch. Nur dort, inmitten der unzähligen, längst angefressenen Bücher, die wie durch ein Wunder noch existierten, fühlte er sich sicher. Dort war sein Zuhause.

»Wenn ihr mir nichts tut, verrate ich euch den Ort, wo es eine Medizin gegen den Gnadenlosen gibt«, sagte er und hoffte inständig, seine Stimme möge fest klingen.

Pig brach in schallendes Gelächter aus.

Dabei demonstrierte er allen die Lücke, die an der Stelle des rechten oberen Eckzahns klaffte. Den Zahn hatte er bei den Kämpfen verloren, in denen die neuen Bosse ermittelt wurden.

»Du willst mit uns feilschen?«, fragte Rubbish und sah ihn finster an. »Dann hast du endgültig den Verstand verloren, du Wurm! Der Stamm entscheidet, was mit dir geschieht …«

Nerd schluckte die Galle hinunter, die ihm die Kehle hochstieg.

»Der Stamm macht, was du …«, sagte er tapfer.

»Spar dir deine Lügen!«, spie Rubbish verächtlich aus. »Es gibt kein Mittel, um den Gnadenlosen aufzuhalten. Wenn die Zeit da ist, holt er sich jeden.«

»Das stimmt nicht ... Es gibt eine Medizin.«

»Gegen den Tod gibt es keine Medizin«, fuhr Rubbish ihn an. »Und jetzt versteck dich gefälligst nicht länger hinter dem Rücken einer Frau, sondern verhalte dich wenigstens einmal wie ein Mann, du Stück Scheiße!«

»Aber in den Büchern ...«

»Was steht in Büchern schon drin, was irgendwie von Wert ist?! Wird dort beschrieben, wie man auf die Jagd geht? Wie man im Winter überlebt, wenn es keine Tiere mehr gibt? Eben! Bücher sind Müll! Genau wie du!«

Nerd ging an Belka vorbei, blieb dann aber stehen und drehte sich zurück, um ihr in die Augen zu sehen.

Damit stand er in der Schusslinie und deckte seine drei Bosse.

»Erinnerst du dich noch an mich?«, fragte er Belka.

Ihr Gesicht war hager, mit hohen Wangenknochen, ihre grauen Augen blickten ihn durchdringend und feindselig an. Sie schien nur aus Sehnen zu bestehen: die Unterarme, der Hals – nichts als Muskeln, nicht ein Gramm Fett, nichts Überflüssiges. Sogar die dicken rotgrauen Zöpfe, an die er sich aus irgendeinem Grund am besten erinnerte, hatte sie mit dem Messer abgesäbelt, sodass ihr Haar nun eine Art schiefen Helm bildete.

»Ja«, sagte sie fast tonlos. »Du bist Tim.«

»Ich hatte schon gedacht, du würdest mich nicht mehr erkennen ...«

Nerd wandte sich von ihr ab und humpelte zu seinen Bossen.

Pig verpasste ihm noch einen Kinnhaken, allerdings nicht mit voller Kraft, sondern nur um neuerlich klarzustellen, wer hier das Sagen hatte. Nerd duckte sich nicht einmal. Er torkelte kurz, trabte dann aber weiter, schüttelte jedoch voller Verzweiflung den Kopf.

Um Belka beim Abzug auch nicht eine Sekunde aus den Augen zu lassen, bewegte sich Rubbish im Krebsgang von ihr weg. Bevor er in den Sträuchern verschwand, drohte er ihr noch einmal mit der Faust.

Erst nachdem Rubbishs Figur vom Laub geschluckt worden war,

steckte Belka die Pistole in ihr Gürtelhalfter. Das Eichhörnchen kam wieder aus der Kapuze herausgehuscht und suchte sich einen bequemen Platz auf Belkas Schulter.

»Du willst nach Hause, stimmt's?«, murmelte Belka, während sie sich über den aufgerissenen Bauch des Hirschs beugte. »Aber keine Angst, wir verschwinden gleich …«

Ihr Messer drang mühelos in die Eingeweide des Wilds vor. Mit einer geschickten Bewegung hob Belka die Leber an, trennte das blutige Organ ab. Die glatte, glibberige Delikatesse landete im Gras.

Als Nächstes schnitt Belka ein schönes Stück aus dem Rücken heraus. Das würde sie für den Winter dörren oder räuchern. Ihre Hände troffen bereits vor Blut, während der Griff des Messers extrem glitschig war. Belka riss ein Büschel Gras aus, um erst ihre Hände und anschließend die Waffe abzuwischen.

Plötzlich blieb ihr Blick an einem länglichen Objekt hängen, das neben dem Kadaver lag. Ein schmaler Holzstab mit schwarzem Kern.

Nach einigem Grübeln fiel ihr die Bezeichnung dafür ein: Bleistift.

Damit schrieb man Buchstaben. Oder zeichnete. Belka konnte weder lesen noch zeichnen. Genauer gesagt, sie hatte Ersteres noch nie, Letzteres seit ihrer Kindheit nicht mehr ausprobiert.

Dieser Bleistift musste Nerd gehören. Er war schon immer ein ängstlicher und scheuer Junge gewesen, der außerstande war, sich oder andere zu verteidigen. Daran hatte sich offenbar nichts geändert. Damit war er für den Stamm nutzlos.

Belka schnaubte und steckte den Bleistift in ihre Tasche.

Wie viel leichter war es doch, mit einem Messer zu hantieren! Und wie viel vertrauter!

Was sollte man überhaupt mit einem Bleistift anfangen?! Ließ sich damit etwa Fleisch aus einem Kadaver säbeln?

Ihre Klinge drang mit einem Knacken erneut am Rücken des Tiers ein …

Nerd hoffte bis zur letzten Sekunde auf ein gutes Ende, auch wenn er tief in seinem Innern wusste, dass er nicht ungeschoren davonkommen würde, nachdem er im Wald miterlebt hatte, wie die drei unbesiegbaren Bosse vor Belka in die Knie gehen mussten. Aber würden sie ihn deshalb wirklich töten?

Er würde alles ertragen, das hatte er gelernt. Alles, bis auf den Tod.

Als die Männer unter der Aufsicht von Leg und Pig den erlegten Hirsch nach Park brachten, beobachtete Nerd die Prozession vom zweiten Stock der früheren Bibliothek aus.

Vor dem Gebäude hatte es in der Vergangenheit, vor rund achtzig Jahren vielleicht, einen Platz gegeben, heute ließ er sich jedoch kaum noch erahnen.

Im Laufe der Jahre hatte die Vegetation das Territorium der untergegangenen Zivilisation erobert. Gras hatte den Asphalt zernagt und Risse in den Beton gefressen. Zwischen den Bäumen wucherte Gestrüpp, aber immerhin gingen die Frauen aus dem Kampf gegen das Unterholz bislang noch als Siegerinnen hervor.

Den einstigen Platz säumten die Gebäude, in denen die Menschen aus Park lebten. In der alten Bibliothek, die zu Nerds Unterschlupf geworden war, wollte sonst niemand wohnen, denn sie war kalt und ungemütlich. Die Dielen und das Parkett aus den Räumen und Gängen im ersten Stock hatte man wahrscheinlich schon in einem der ersten Winter verfeuert, nachdem der Gnadenlose sie heimgesucht hatte. Zum Glück hatte jedoch niemand die Fenster eingeschmissen.

Später, als sich allmählich herausstellte, dass niemand wusste, wie man neue Häuser baute, achtete man darauf, die alten wenigstens einigermaßen in Schuss zu halten. Da warf niemand mehr Fenster ein. Allerdings verheizte man, was man fand, und oft genug brachen Brände aus.

In City zeugten heute nur noch Ruinen von dem Feuer, das vor langer Zeit die meisten Häuser verschlungen hatte. Nerd hatte diese Ruinen mit eigenen Augen gesehen. Vor einem Jahr. Da war sein Stamm in City eingefallen. Von diesem Raubzug hatte er außer Angst und Ekel einen dicken Straßenatlas mitgebracht.

Dieser Atlas hatte im obersten Fach eines Regals in einer demolierten Tankstelle gelegen, wo sie die Nacht abgewartet hatten. Er war in dickes Plastik eingeschweißt gewesen, sodass er in all den Jahren keinen Schaden genommen hatte.

Mit einem Auto fuhr schon lange niemand mehr, die Straßen waren zugewachsen …

Die Menschen, die früher Autos bauen konnten, waren längst tot, die Wagen selbst hatten sich in nutzlose Schrotthaufen verwandelt. Nur der Atlas hatte noch in dieser Tankstelle gelegen und geduldig auf einen neuen Besitzer gewartet.

Wieder zu Hause, hatte Nerd seine Beute wochenlang studiert.

Da die einstigen Namen der Städte nach wie vor auf den schiefen Autobahnschildern zu lesen waren, gewann er mit der Zeit ein genaues Bild von der Lage der Orte.

Bisher hatte er nicht gewusst, wie groß das Land war, in dem sie lebten. Dass es geradezu riesig war. Ein Highway verband Park und City. Von ihm zweigten kleinere Straßen ab, von diesen noch mal schmalere. Auf den letzten Seiten des Atlas entdeckte Nerd Pläne einiger Städte.

Dieser Straßenatlas fesselte ihn wie ein spannender Roman und gab seiner Fantasie neue Nahrung. Dumm war nur seine Naivität, denn er hatte tatsächlich angenommen, es würde sich außer ihm noch irgendwer für seinen Fund interessieren. Mit seinem frisch erworbenen Wissen war er deshalb gleich zu den Bossen geeilt, doch die hatten nur Unverständnis für ihn übrig gehabt. Warum belästigst du uns damit? Hat der Stamm etwas davon, wenn er weiß, wo irgendwelche Städte liegen? Außerdem legt niemand freiwillig etliche Meilen zurück, um an einen Ort zu gelangen, von dem man fürchten muss, dass er böse Überraschungen bereithält!

Nerd hätte beinahe losgeheult. Warum verstand bloß niemand den Wert von Karten und Büchern?! Dabei war doch sogar Park in diesem Atlas eingetragen. Eine Viertelseite nahm er ein. Erst dadurch hatte Nerd überhaupt erfahren, dass er früher Kidland geheißen hatte.

Und noch mehr: Park war mehrere Hundert Yard groß. Früher hatte es am Eingang ein Tor gegeben, mit dem Namen in bunten Großbuchstaben. Heute zeugte davon nur noch ein Metallskelett, das mittlerweile rostrot war, seine halbrunde Form aber behalten hatte. Im Sommer fielen Pflanzen über das Ganze her, sodass der Bogen fast ein wenig feierlich wirkte, im Winter erinnerte er jedoch an abgenagte Rippen, um die sich verdorrte Triebe wanden.

Neben dem Eingang verbrannten sie in einem runden Beet die Opfer des Gnadenlosen. So verlangte es das Gesetz. Zwar wussten alle, dass sie sich an den Leichen nicht ansteckten und der Gnadenlose sich zu gegebener Zeit trotzdem jeden Einzelnen von ihnen holen würde, dennoch hielt man sich an das Gesetz. Ohne Wenn und Aber.

Rechts vom Hauptweg lag der Friedhof für alle, die an einer Krankheit oder bei einem Streit gestorben waren oder während eines Kampfs gegen andere Stämme den Tod gefunden hatten. In den letzten zehn Jahren war er enorm angewachsen.

Überhaupt hatte sich der Vergnügungspark völlig verändert. Die Fahrgeschäfte waren eingestürzt und verrottet. Wenn irgendwo wie durch ein Wunder noch Konstruktionen aufragten, glichen auch sie Skeletten, die von Rost und Farbflatschen überzogen waren.

Nerd hatte sein ganzes Leben in Park verbracht, hatte hier gespielt, als er noch klein war, und wusste daher ganz genau, wo man aufpassen musste, damit man nicht in einen alten Brunnen fiel, oder wo man sich den Hals brechen konnte, weil unter dem dichten Gras Schienen verliefen.

Jenseits des alten Vergnügungsparks begann der eigentliche Wald. Nerd fürchtete ihn. Sein Zuhause war hier, zwischen den alten Regalen voller Bücher, und das beste Bett, das er sich vorstellen konnte, war die alte, nach Mäusepisse stinkende Matratze in der Ecke.

Abrupt wurde die Tür zur Bibliothek aufgerissen. Rubbish polterte herein, wütend wie ein tollwütiger Wolfshund. Ihm auf dem Fuße folgte Runner, der fies grinste. Er war der kleinste und brutalste der vier Bosse, schnell wie der Blitz, ein Kerl mit kantigem Gesicht und schiefen Zähnen.

»Steh auf, du Dreckswurm!«, befahl Rubbish, fegte ihn aber noch im selben Atemzug mit seiner Pranke vom Fensterbrett. »Wird's bald?! Der Stamm wartet!«

Nerd wollte schon um Gnade betteln, doch da traf sein Blick den Runners, und er biss sich auf die Zunge.

Auf dem Platz hatten sich neben dem blutigen Hirschkadaver in der Tat bereits etliche Männer, Frauen und Kinder versammelt.

Dass es nicht der ganze Stamm war, bedeutete gar nichts. Nerds Schicksal war besiegelt.

Rubbish stieß ihn in den Rücken, sodass er beinahe gefallen wäre.

»Menschen aus Park!«, keifte Runner in schrillem Falsett. »Dieser verschissene Dreckswurm Nerd hat heute einen Hirsch entkommen lassen. Dafür muss er bestraft werden!«

Nerd stand mit gesenktem Kopf da und ließ das empörte Gemurmel über sich ergehen.

»Als wir das Tier endlich wiedergefunden hatten«, ergänzte Rubbish, »da hatte sich bereits jemand die schönsten Stücke gesichert. Die sind euch durch die Lappen gegangen. Einige von euch werden deshalb sogar hungern! Und das alles nur wegen einem Stück Scheiße, das nicht mal einen Hirsch trifft, wenn er vor ihm steht!«

»Er frisst unser Fleisch, ohne etwas dafür zu tun«, giftete Runner und schüttelte verurteilend den Kopf. »Er hält sich nicht an unser Gesetz…«

Die Menge tobte.

Ich habe doch keinem Einzigen von ihnen etwas getan, dachte Nerd, der immer noch nicht aufsah. Ich wollte ihnen doch nur helfen und etwas beibringen… Schnelle Füße und ein Knüppel reichen doch manchmal nicht…

»Was verlangt das Gesetz?«, brüllte Rubbish. »Das Gesetz verlangt, dass ein Mann, der bei der Jagd versagt, keinen Anspruch auf unser Essen hat. Wer dem Stamm nichts nutzt, hat kein Recht zu leben.«

Sie bringen mich um, hielt Nerd für sich fest. Trotzdem versuchte er nicht zu fliehen, sondern blieb mit gesenktem Kopf stehen und seufzte nur schicksalsergeben.

»Was sollen wir mit diesem nutzlosen Bücherscheißer bloß anfangen? Ihn töten?«

Gegröle antwortete ihm, das dann von der schrillen Stimme einer Frau zerrissen wurde: »Ja! Töten!«

Nerd bekam so weiche Knie, als wären ihm sämtliche Knochen aus den Beinen gerissen worden.

»Ruhe!«, schrie Runner. »Hört jetzt unsere Entscheidung! Dieser Mann hat immer bei uns gelebt, deshalb werden wir ihn nicht töten. Soll der Gnadenlose das zu gegebener Zeit übernehmen! Aber wir füttern ihn auch nicht länger durch! Er gehört nicht mehr zu uns.«

»Raus! Raus!«, johlte die Menge.

Nun hob Nerd den Blick. Leg grinste ihn an.

»Soll dieser verschissene Widerling bloß von hier verschwinden!«, keifte jemand in der Menge. »Soll er verrecken!«

Rubbishs Pranke schloss sich um Nerds Nacken, um ihn durch die grölende Menge zu schleifen. All diese Menschen waren Nerd völlig fremd, obwohl er sie von klein auf kannte.

Sie prügelten auf ihn ein, wenn auch nicht so heftig, wie sie es gern gewollt hätten, denn sie trugen keine Knüppel bei sich. Trotzdem war jeder Schlag schmerzhaft und demütigend. Es fehlte nicht viel, und Nerd wäre in Tränen ausgebrochen.

Sobald Rubbish die Menge durchquert hatte, packte Leg mit an, und die beiden Bosse trugen Nerd zum Tor. Die Menschen aus Park folgten ihnen. Nerd nahm nur Teile von ihnen wahr, Beine, Brüste und Fäuste, aufgerissene Münder, schreiende Babys und schadenfrohe Kinder. Alle beschmissen ihn mit dem, was sie gerade in die Finger kriegten. Ein Ast traf allerdings Leg an der Schulter. Er wollte das Kind, das ihn geschleudert hatte, sofort wegschubsen, doch da hatte es sich schon grölend in Sicherheit gebracht.

Nerd hoffte inständig, dass Rubbish und Leg ihm zum Abschied nicht noch sämtliche Knochen brechen würden. In dem Fall würde er die Nacht im Wald mit Sicherheit nicht überleben. Der Wald kannte kein Erbarmen, schon gar nicht mit Schwächlingen.

Doch die beiden holten nur aus und schleuderten ihn voller Schwung aus Park, aus dem Stamm und seinem alten Leben heraus.

Als Nerd aufschlug, schoss jäher Schmerz durch seinen Oberschenkel. Dennoch stand er sofort auf und drehte sich noch einmal humpelnd zurück.

Die Menge hatte sich hinter den Bossen aufgebaut. Die Kinder johlten nach wie vor, die Frauen spuckten bei seinem Anblick aus, die Männer bedachten ihn mit unzähligen obszönen Gesten.

Irgendwann hob Rubbish die Hand. Sofort verstummten alle.

»Du bist nicht länger unser Fleisch und Blut«, sprach er die traditionelle Formel der Vertreibung aus. »Du bist nicht länger Teil unseres Stammes. Du bist ein Fremder. Jeder hat das Recht, dich ungestraft zu töten, sobald du in Park auftauchst. Du wirst nie wieder mit uns gemeinsam essen. Du wirst nie wieder mit uns gemeinsam trinken. Dein Haus ist nicht mehr hier. Verschwinde und verreck als Erster!«

Am liebsten hätte Nerd Rubbish gesagt, dass, wenn einer verrecken solle, dann doch er, am Ende brachte er aber nur ein Krächzen heraus, das klang, als würde ein wütender Fuchs bellen.

Leg zeigte ihm daraufhin wiehernd den Stinkefinger, drehte sich um und bahnte sich seinen Weg zurück durch die Menge. Rubbish folgte ihm. Kurz darauf war niemand mehr aus Park zu sehen.

Nerd war allein.

Er hatte keine Waffe mehr – die ihm bei seinem Geschick zwar eh nur zur eigenen Beruhigung, nicht zur Verteidigung gedient hätte – und trug bloß leichte Kleidung. Das Schlimmste war jedoch, dass er für immer von seinen Büchern getrennt war.

Die Sonne ging bereits hinter der grünen Waldfront unter. Die Menschen in Park würden nun in ihre Häuser verschwinden, wo sie es warm und sicher hatten. Überhaupt würde jeder seinen Unterschlupf aufsuchen, Mensch genau wie Tier. Nur er musste die Nacht im Wald überstehen, obwohl dieser ihm eine Heidenangst einjagte, nur er konnte sich nirgends mehr verkrauchen.

Er machte einen Schritt, dann noch einen, doch seine Beine knickten weg. Im dichten, bereits gelben Gras fing er wie ein kleiner Junge zu weinen an.

Die Tränen gruben schmale Furchen in den Dreck auf seinen Wangen. Nerd wischte sie nicht ab.

»Verreck du doch als Erster!«, brachte er nun endlich heraus, was er schon vorhin hatte sagen wollen. »Verreck als Erster, du Wurm!«

Doch obwohl seine Stimme diesmal fest und laut klang, hörte ihn Rubbish natürlich nicht. Nerd schlug mit den Fäusten auf den Boden, bis er blutete.

»Ich hasse dich! Euch alle!«

»Hör auf zu schreien!«

Jemand hatte sich von hinten an ihn angeschlichen. Nerd kriegte eine Gänsehaut, warf sich aber tapfer auf die Seite und tastete nach einem Ast, fand jedoch keinen.

Dann erkannte er, wer ihn angesprochen hatte.

Belka. Wahrscheinlich war sie von dem Baum, vor dem er saß, heruntergesprungen. Völlig lautlos, ohne ein einziges Geräusch zu verursachen. Nicht einmal ein Ast hatte geknackt. Der Gnadenlose soll sie holen! Dieses Gespenst …

Sie trug dieselbe Kleidung wie vorhin, nur die Jacke fehlte, sonst war alles da: die mehrfach gestopfte Jeans, der schwarze Hoody, die soliden Boots mit der geriffelten Sohle, dazu die Pistole im offenen Gürtelhalfter und das Messer in der Scheide. Das Eichhörnchen saß ebenfalls wieder auf ihrer Schulter. Es blickte Nerd feindselig an.

Etwas war aber neu: An einem Riemen aus Segeltuch baumelte eine MP um Belkas Hals. Die Waffe war extrem gut gepflegt und wirkte fast neu.

»Hast du dich jetzt endlich beruhigt?«, fragte Belka kalt. »Bestens. Vor mir brauchst du keine Angst zu haben. Wenn du jemanden fürchten solltest, dann die Schweine in Park.«

»Was willst du von mir?«

»Mit dir reden.«

»Worüber?«

»Ich will wissen, wie man den Gnadenlosen austricksen kann«, sagte Belka und beobachtete Nerd genau. »Falls das nicht gelogen war.«

KAPITEL 2

Der Einbruch

Schon nach fünf Minuten hatte Nerd die Orientierung verloren. Natürlich waren sie in der kurzen Zeit noch nicht weit gekommen, doch Belka hatte den Pfad verlassen, sodass er die Gegend kaum wiedererkannte.

Einmal liefen sie durch einen alten Eisenbahntunnel hindurch, eine gewaltige Betonröhre, in der sie noch nicht mal den Kopf einziehen mussten. Am Boden hatte sich Wasser gesammelt, das überraschend gut roch, nicht faulig und abgestanden, sondern wie das eines richtigen Flusses. Nur wusste Nerd genau, dass es in der Nähe keinen Fluss gab.

Der nächste Bach, in dem die kleineren Kinder lernten, die flinken Barben zu fangen, befand sich eine Meile von Park entfernt, hinter der großen Achterbahn und einem breiten Sandstreifen.

Dann gab es noch die Banca, aber die stank. Fast als wäre sie kein Fluss, sondern ein Sumpf. Im Frühjahr stieg ihr Wasser enorm an, im Juli legte es sich eine giftgrüne Schaumkrone zu, und erst im November, wenn es sich morgens mit einer feinen Eiskruste überzog, wurde es wieder klar.

Ansonsten fand man nur noch an einem anderen Ort Wasser, und das waren die Sümpfe. Doch wer einen Funken Verstand besaß, mied sie. Schon allein wegen des ekelhaften Gestanks.

Außerdem galten sie als Ort der Toten. Warum, wusste niemand. Wenn es da wirklich Leichen gab – welche Gefahr sollte dann von ihnen ausgehen? Warum sollte man sie fürchten? Sie konnten ja niemandem mehr etwas anhaben.

Nerd hätte das alles gern als Horrorgeschichten abgetan, die man den kleinen Kindern erzählte, damit sie sich von den Sümpfen fernhielten, aber oft genug hatte er abends von dort ein Heulen gehört, das ihm das Blut in den Adern hatte gefrieren lassen. Das waren mit Sicherheit keine Eulen gewesen, die da geschrien hatten.

Außerdem ...

Außerdem huschten nachts seltsame Lichter zwischen den kahlen Stämmen umher, die immer wieder grün aufloderten. Nerd hielt diese grellen Punkte natürlich nicht für die Augen von Untoten, hatte aber trotzdem Angst davor.

Belka ging voraus und sah sich kaum nach ihm um. Er musste sich gewaltig anstrengen, um nicht zurückzubleiben.

Letztlich war Nerd für den Wald überhaupt nicht geschaffen. Davon, dass er sich lautlos bewegte, konnte daher keine Rede sein, und nach einer Viertelstunde schnaufte er wie ein Topf über dem Lagerfeuer.

»Ist es noch weit?«, keuchte er und wischte sich den Schweiß von der Stirn.

Belka warf ihm nur einen kurzen Blick zu und schüttelte den Kopf.

Das Eichhörnchen war inzwischen aus der Kapuze geschlüpft und sprang durch die Bäume. Ob es den Weg auspähen wollte? Um Belka zu beschützen?

Obwohl es wirklich nicht mehr weit war, tanzten vor Nerds Augen bereits schwarze Punkte, als Belka durch ein von Efeu überwuchertes Metallgitter schlüpfte.

Schwärze und Kälte empfingen die beiden.

»Warte!«, befahl Belka leise.

Nerd gehorchte widerspruchslos. Ein weiteres Mal wischte er sich den Schweiß von der Stirn.

Belka hantierte im Dunkel herum. Nerd vermutete, dass sie einen Riegel zurückschob.

»Lebst du hier?«, fragte er.

Belka schüttelte bloß den Kopf.

»Geh rein!«, befahl sie dann.

Nerd quetschte sich an ihr vorbei.

»Geradeaus!«

Er achtete penibel darauf, wohin er seine Füße setzte.

»Jetzt nach links«, sagte Belka kurz darauf.

Er bog ab.

»Da wären wir.«
Wahrscheinlich nutzte sie den Ort als eine Art Vorratslager, denn Nerd machte eine verbeulte Blechkanne und einige Kisten aus.
»Setz dich!«
Das brauchte Belka ihm nicht zweimal zu sagen.
»Danke«, stieß Nerd aus, sobald er auf den Fußboden geplumpst war.
»Willst du was trinken?«
»Ja.«
Belka zog einen Becher hinter den Kisten hervor und goss Wasser aus der Kanne ein. Es war so kalt, dass ein stechender Schmerz Nerds Zähne durchfuhr. Trotzdem trank er gierig die Hälfte des Bechers leer.
»Hier!«
Belka reichte ihm einen Brotfladen aus Samen und grobem Mehl, der hart wie eine Schuhsohle war. Der Teig enthielt nicht die kleinste Prise Salz – aber wählerisch durfte er in seiner Situation nicht sein. Nerd biss ein Stück von dem Fladen ab, kaute es mühevoll hinunter und trank einen großen Schluck Wasser hinterher.
Belka hatte sich auf die Kiste gegenüber gesetzt und die MP neben sich gelegt. Aufmerksam sah sie ihren Gast an.
»Sie nehmen dich nicht mehr auf«, stellte sie fest.
»Ich weiß ...«
»Und im Wald überlebst du nicht.«
Nerd versuchte, sich ein Lächeln abzuringen, brachte jedoch nur ein schiefes Grinsen zustande.
»Auch das ist keine Neuigkeit für mich«, murmelte er dann.
»Was haben sie gegen dich?«
»Du hast es doch selbst erlebt«, antwortete Nerd. »Ich treffe einen Hirsch nicht mal dann, wenn er vor mir steht.«
»Ist das alles?«
»Für den Stamm bin ich ein nutzloser Esser ...«
»Das überzeugt mich schon eher«, hielt Belka ernst fest. »Eigentlich komisch, dass du überhaupt so lange durchgehalten hast.«
»Leicht war es nicht.«
»Hat sich vorhin niemand für dich eingesetzt?«
»Ich habe keine Freunde.«

»Von deinen Büchern abgesehen.«
»Mhm.«
»Aber der einzige Nutzen, den du von Büchern hast, ist der, dass du sie verfeuern kannst, wenn es kalt ist«, fuhr Belka fort.

Nerd sah sie an. Ihr Gesicht konnte er nicht gut erkennen, doch er war sich sicher, dass kein Lächeln ihre Worte milderte.

»Willst du den Gnadenlosen wirklich austricksen?«, fragte Nerd sie dann.

»Ja.«
»In dem Fall brauchen wir die Bücher.«
»Alle?«
»Nein. Nur zwei. Aber ohne sie sind wir aufgeschmissen.«
»Hast du sie dabei?«
»Nein«, gab Nerd mit einem Seufzer zu. »Die sind noch in der Bibliothek.«
»Scheiße.«
»Mhm«, murmelte Nerd erneut. »Ziemliche Scheiße sogar. Aber ohne den Atlas und das Tagebuch brauchen wir gar nicht erst anzufangen.«

»Was ist ein Atlas?«
»Ein Buch mit Karten.«
»Hä?«
»Es ist ein Buch, mit dessen Hilfe du deinen Weg bestimmst. Darin sind Flüsse eingezeichnet, Straßen, Städte und …«

»Für unsere Zeit? Oder für die Zeit, bevor der Gnadenlose zum ersten Mal aufgetaucht ist?«

»Selbstverständlich für die Zeit davor.«
»Und das soll uns was bringen?«
»Die Flüsse sind ja noch immer die gleichen«, erwiderte Nerd.
»Die Straßen auch. Sogar die Städte sind noch an der alten Stelle.«
»Wahrscheinlich hast du recht, und es hilft uns«, gab Belka zu.
»Und was ist ein Tagebuch?«
»Das …« Nerd dachte kurz nach. »Ein Tagebuch ist ein Buch, in dem jemand über sich selbst schreibt. Was er erlebt oder gesehen hat, mit wem er gesprochen hat oder wohin er gegangen ist.«

»Jeden Tag?«
»Nein, nicht unbedingt jeden. Nur wenn etwas Außergewöhn-

liches geschieht. Zum Beispiel ...« Nerd holte tief Luft. »Heute habe ich einen Hirsch verfehlt und wurde deshalb von den Bossen aus dem Stamm gejagt. Ich dachte schon, dass ich elendig verrecken muss, aber eine alte Freundin von mir hat mich vor einer grauenvollen Nacht allein bewahrt und mir von ihrem Essen abgegeben.«

»Und wen bitte sollte das interessieren?«

»Früher haben die Menschen gern Bücher gelesen.«

»Die Welt, in der Menschen gern Bücher gelesen haben, gibt es aber nicht mehr.«

»Das stimmt nicht. Noch lesen ja wenigstens einige von uns. Aber wir haben aufgehört, Bücher zu schreiben. Die Welt von früher ist deshalb zwar kaputt, aber noch nicht ganz untergegangen. Das wird erst der Fall sein, wenn ...«

»Sag mal, hast du vielleicht versucht, Leg vom Lesen zu überzeugen?«, fiel Belka ihm ins Wort. »Dann wäre mir klar, warum er dich nicht ausstehen kann ... Wieso brauchen wir dieses Tagebuch?«

»Es führt uns an den Ort, an dem der Gnadenlose entstanden ist.«

»Verarsch mich nicht«, blaffte Belka ihn an. »Der Gnadenlose ist kein Mensch, der irgendwo geboren worden ist und womöglich irgendwann stirbt. Der Gnadenlose frisst unser Leben, aber er selbst ist kein Lebewesen.«

»Trotzdem ist er in gewisser Weise geboren worden. Natürlich nicht wie ein Mensch«, erklärte Nerd geduldig. »Aber dieses Tagebuch ... Mir ist ja klar, dass das schwer zu verstehen ist ... Wenn ich bloß wüsste, wie ich dir das alles erklären soll ...«

»Sag einfach, was du weißt!«

»Also ... Dieses Tagebuch gehörte dem Mädchen, dessen Vater den Gnadenlosen kreiert hat und der dadurch den Untergang der Welt verursacht hat.«

Er sah Belka an.

Inzwischen hatten sich seine Augen an das Halbdunkel gewöhnt, sodass er sogar das Eichhörnchen ausmachte, das ihn mit funkelnden schwarzen Augen aus der Kapuze des Hoodys beobachtete. Was Belka dachte, verriet ihm ihre Miene jedoch nicht.

»Steht in diesem Tagebuch auch, wie man den Gnadenlosen austricksen kann?«

»Der Gnadenlose – das ist eine Krankheit. Und es gibt eine Medizin. Das Tagebuch verrät uns, wie wir sie finden. Deshalb müssen wir zurück nach Park und diese beiden Bücher aus der Bibliothek holen.«

»Dann machen wir das gleich heute Nacht«, entschied Belka.

»Du glaubst mir also?«

»Ja. Schlaf bis dahin noch eine Runde.«

»Dann glaubst du mir wirklich?« Nerd strahlte sie glücklich mit einem idiotischen Lächeln an, wobei seine Augen zusammengekniffen waren wie bei einem der Chinababys, die manchmal in Park zur Welt kamen. Wenn diese Kinder mit dem flachen Gesicht nach zwei Jahren nicht sprachen, verlangte das Gesetz, dass sie getötet wurden. Die aktuellen Bosse warteten aber gar nicht erst so lange. Sobald der Schamane ein Kind als Chinababy einstufte, verschwand es spurlos. »Und du willst mir helfen, den Gnadenlosen zu überlisten?«

Belka sagte nichts, sondern riss nur ihre rechte Hand hoch und hielt sie Nerd vor die Nase. Deutlich sah er die tätowierten Jahresringe.

»Selbst wenn ich dir kein einziges Wort glaube«, raunte sie dann.

»Zählen kannst du doch, oder?«

»Ja.«

»Und? Wie viele Ringe siehst du an meiner Hand?«

Belkas Haut war weiß und übersät mit Sommersprossen, wie die aller Rothaarigen. Am Unterarm schimmerten die blauen Linien des Tattoos. Der Schamane hatte seine Pflicht vorbildlich erfüllt und jedes Lebensjahr mit einem Streifen markiert. Die letzten drei zeigten allerdings eine etwas andere Farbe. Belka musste sie ausgeführt haben, indem sie ihre Haut aufgeschlitzt und dann Farbe in den Schnitt gegeben hatte.

»Siebzehn«, flüsterte Nerd.

»Ob ich deine Geschichte glaube oder nicht, spielt also nicht die geringste Rolle«, erwiderte Belka. »Der Gnadenlose kann mich jederzeit holen. Heute, morgen ... Vielleicht ist er auch schon gestern da gewesen, und ich habe es bloß noch nicht bemerkt ... Was habe ich also schon zu verlieren? Glaube ich dir nicht, sterbe ich demnächst. Glaube ich dir, habe ich wenigstens die Chance weiterzuleben.«

Nerd zog schweigend seinen Ärmel hoch, um ihr die blauen Streifen zu zeigen, die sich um seinen rechten Unterarm wanden.

»Es sind auch siebzehn«, sagte er. »Wir sind also in der gleichen Lage. Vielleicht haben wir ja das Glück, im Winter geboren worden zu sein ...«

Über Park stand ein fleckiger roter Mond. Von den Sümpfen trug der Wind den schwachen Geruch von Feuchtigkeit und Fäulnis heran. Kalt war es obendrein ...

Obwohl das Mondlicht auf die Bibliothek fiel, konnte der kurzsichtige Nerd nicht allzu viel erkennen. Andere dürften da aber weniger Schwierigkeiten haben, weshalb Belka auch nicht wollte, dass sie die offene Fläche vor dem Gebäude überqueren.

Fast eine Viertelstunde lauerten die beiden im Unterholz. Um sie herum raschelte es ständig. Ein paarmal bahnte sich irgendwo in ihrer Nähe ein großes Tier seinen Weg durch den Wald. Ob das ein Hirsch oder ein junger Elch war, hätte Nerd nicht zu sagen vermocht. Immerhin war er sich aber sicher, dass es kein ausgewachsener Keiler war. Kurz darauf schlug sich mit leisem Gebell ein Rudel Wolfshunde durch das Gestrüpp. Prompt stießen die Nachtvögel in den Baumkronen alarmierte Rufe aus. Nach ein paar Sekunden beruhigten sich alle – bis das Ganze dann wieder von vorn losging, nur dass diesmal das Gebell schon leiser klang. Offenbar hatten sich die Wolfshunde entfernt.

Belka lauschte aufmerksam, den Kopf leicht auf die Seite gelegt. Mehrmals griff sie nach einem Fernglas, richtete dieses aber nicht auf die Bibliothek, sondern auf das Haus gegenüber. Sie suchte jedes Fenster einzeln ab. Schließlich bedeutete sie Nerd mit einer Geste, ihr zu folgen. Sie würden auf der anderen Seite versuchen, in die Bibliothek einzudringen. Schweigend schlich er ihr nach, wobei er sich krampfhaft bemühte, kein Geräusch zu verursachen.

Er scheiterte aber auch diesmal.

Hinter der Bibliothek ballte sich nahezu undurchdringliche

Dunkelheit, weil das Mondlicht diese Seite nicht erreichte. Die Kronen der Bäume verhinderten das.

Belka deutete mit dem rechten Zeigefinger auf die Fassade. Als Nerd in diese Richtung spähte, machte er eine verrostete und verbogene Feuerleiter aus, der sogar einige Sprossen fehlten. Er setzte an, etwas zu sagen, doch Belka verschloss blitzschnell seinen Mund. Wer soll uns denn schon hören?, dachte Nerd, schwieg aber trotzdem. Mit einer geschmeidigen Bewegung schob Belka die MP auf ihren Rücken und holte das Eichhörnchen aus ihrer Kapuze. Das Tier schnalzte laut und plusterte den Schwanz auf. Belka hielt es auf ihrer Hand in die Höhe. Mühelos sprang es zur Feuerleiter hinüber und schlug eine Art Salto an der untersten Sprosse. Anschließend kehrte es sofort auf Belkas Hand zurück.

Ob es eine Leine um die Sprosse geschlungen hat?, überlegte Nerd. Schlecht wäre es nicht. Wie sollten wir sonst hoch zu dieser Leiter kommen?

Er spähte genauer hin. Richtig! Während das Eichhörnchen zurück in die Kapuze schlüpfte, zog Belka bereits mithilfe dieser Leine ein solides Tau um die untere Sprosse und hangelte sich hoch zur Feuerleiter. Für einen kurzen Augenblick hatte Nerd Angst, sie könnte ihn allein hier unten stehen lassen, doch sie nickte, damit er ihr folgte, und packte kurz darauf seinen Arm, um ihn zu sich hochzuziehen. Nun standen sie beide gut zwei Meter über dem Boden.

»Weiter!«, bedeutete Belka ihm mit einer Geste. Die Leiter zitterte kaum, als Belka sie hinaufkletterte, so geschmeidig waren ihre Bewegungen. Bei Nerd dagegen quietschte das Eisen sofort. Kurz darauf löste sich die wacklige Konstruktion dann auch noch von der Fassade ... Verzweifelt umklammerte er das rostige Metall und unterdrückte einen Schrei. Er schloss die Augen, um nicht zu sehen, wie er in die Tiefe stürzte.

Aber er fiel nicht. Belka fasste ihn am Jackenkragen und zog ihn so mühelos auf den Absatz zu sich nach oben, als wäre er eine Lumpenpuppe. Nerd ließ sich schwer auf das verrostete Metall fallen und atmete tief durch.

Belka stand reglos neben einem Fenster, das mit Plastikplatten verrammelt war. Nerd kannte dieses Fenster. Sein Zimmer lag allerdings nicht in diesem Flügel des Gebäudes. Nachdem Belka eine Weile darauf gelauscht hatte, ob sich im Innern etwas tat, löste sie die Plastikabdeckung unten ab und zwängte sich durch den Spalt in das Gebäude.

Nerd war klar, dass ihm dieses Manöver nicht gelingen würde. Nicht weil er zu dick war, sondern weil er zu ungelenkig war. Aber da zitterte die Plastikscheibe bereits und wurde ganz entfernt. Sobald Nerd zu ihr geklettert war, befestigte Belka das Plastik wieder vorm Fenster. Hier drinnen war es stockfinster, und auch die Geräusche des Walds waren ausgesperrt.

Sie schlichen durch einen breiten Gang. In den zehn Jahren, die Nerd in dieser Bibliothek sein Zuhause gefunden hatte, war er Dutzende Male nachts hier entlanggestreift. Er kannte also jede Eigenheit des Gebäudes. Trotzdem lief er jetzt widerspruchslos hinter Belka her, ja, im Grunde fühlte er sich sogar sicherer, wenn sie die Führung übernahm. Sie war bewaffnet, er nicht. Seine Aufgabe war es, die Bücher zu besorgen.

Als hätte Belka seine Gedanken gelesen, blieb sie plötzlich stehen und drückte ihm ein Messer in die Hand. Danach befahl sie ihm mit einer Geste, von nun an voranzugehen. Am Fenster spähte sie vorsichtig hinaus. Als Nerd ihrem Beispiel folgte, dankte er Belka innerlich dafür, dass sie verlangt hatte, über die Rückseite in die Bibliothek einzudringen. Im Mondlicht blitzte der Stahl von Gewehren. Zwei Männer standen auf der gegenüberliegenden Seite Posten und bewachten den Haupteingang. Auf wen sie warteten, war klar.

»Wir müssen extrem vorsichtig sein«, flüsterte Belka. »Findest du die Bücher auch im Dunkeln?«

»Denke schon.«

»Sie wussten, dass du zurückkehrst.«

»Mhm.«

»Hast du ihnen irgendwas von den Büchern verraten?«

»Ja. Aber nicht das, was ich dir gesagt habe.«

Die Tür zum alten Lesesaal war verrammelt. Mit dem Schloss wäre er fertig geworden, aber in der Zwischenzeit hatte jemand Bretter davorgenagelt. Als Belka versuchte, eines abzuheben, scheiterte sie.

»Was jetzt?«, fragte sie Nerd.

»Keine Ahnung … Oder vielleicht … der Schornstein … Vielleicht könnten wir uns da durchzwängen.«

»Du meinst, übers Dach?«

»Ja.«

Die Luke zum Dachboden hatte glücklicherweise niemand abgeschlossen. Hier oben lag jede Menge Müll und es roch nach Fäulnis und Mäusepisse. Überall stapelten sich alte Bücher, Dokumente und Skizzen, außerdem Verpackungskartons von irgendwelchen technischen Geräten und Styropordämpfer.

»Hier lang!«

Durch eine weitere Luke kletterten sie aufs Dach. Dieses war rostig und bereits x-mal mit Eisenplatten unterschiedlicher Farbe ausgebessert worden. Geduckt eilten sie zu dem massiven Schornstein.

»Wie breit ist er?«

»Ich weiß es nicht, aber bestimmt über einen Meter.«

»Und wie lang?«

»Ziemlich.«

»In dem Fall lasse ich dich an dem Tau runter« sagte Belka. »Ich warte hier oben auf dich. Sobald du die Bücher hast, kommst du zurück und ziehst mit folgendem Code am Tau: zweimal kurz, lang, lang, dreimal kurz.«

»Ich soll da ganz allein runter?«

»Ich weiß nicht, wo die Bücher liegen«, erwiderte Belka. »Und irgendjemand muss hier oben bleiben und den anderen am Ende wieder hochziehen. Oder weißt du was Besseres?«

»Und wenn die mich umbringen?«

»Sieh halt zu, dass sie dich nicht kaltmachen!«

Der Schornstein war enger und schmutziger, als Nerd vermutet hatte. Er hatte in den kalten Wintern immer den Kamin angeheizt. Da er allein in dem Raum schlief, hatte er niemanden, an dem er sich hätte wärmen können. Deshalb hatte er in der Bibliothek immer ein richtiges Feuer entfachen und bis zum Morgen am Leben halten müssen.

Nachdem Nerd sich an dem Tau hinuntergelassen hatte, war er

vom Kopf bis zu den Füßen mit Ruß beschmiert. Die letzten Meter war er mehr gestürzt als alles andere, und als er endlich unten anlangte, hätte vor Erleichterung beinahe aufgestöhnt.

Natürlich musste er danach sofort niesen. Obwohl er es in letzter Sekunde noch schaffte, sich die Hand vor den Mund zu halten, klang das Geräusch in der leeren Bibliothek, als donnerte in der Ferne ein Gewitter.

Er lauschte. Nein, hier war niemand. Nun sah er sich in Ruhe um.

Nach dem Erscheinen des Gnadenlosen war Chaos ausgebrochen, das etliche Scheiben nicht überstanden hatten. In der Bibliothek waren aber noch einige Fenster intakt geblieben. Man hatte sie auch nicht verrammelt, sodass ausreichend Licht in den Raum strömte.

Von den Tischen, an denen einst die Bibliotheksbesucher gesessen hatten, hatte Nerd nur einen einzigen gerettet. Dazu noch einen Sessel und zwei Stühle. Über alles andere hatten sich die anderen hergemacht, um es zu verfeuern. Die Winter waren lang, das vorbereitete Feuerholz reichte oft nicht bis zum nächsten Frühling. Abgesehen davon verheizten die anderen viel lieber die Möbel der Bibliothek, als dass sie den Weg in den Wald auf sich nahmen.

Auch die Bücher verbrannten sie.

Die hielten sie für Müll, für etwas, mit dem man heizt oder sich den Hintern abwischte. Jede Woche war Nerd zu den Kindern gegangen und hatten ihnen vorgeschlagen, ihnen das Lesen beizubringen, ihnen Bilder zu zeigen oder eine interessante Geschichte zu erzählen. Doch kein einziges war auf sein Angebot eingegangen …

Schießen, jagen und kämpfen, ein Tier ausweiden und Fleisch räuchern, eine Frau schwängern und – als Gipfel des Glücks – Boss werden, das war ihr Leben. Fressen und das Gesetz erfüllen. Der Punkt »Bücher lesen« stand nicht auf ihrer Liste. Was hatte man davon? Eben! Nichts!

Nachdem er schon lautstark geniest hatte, brauchte er sich nicht mehr zu verstecken. Deshalb ging er ohne jede Deckung durch den Raum, in dem er jedes Regal und jedes Fach kannte. In dem er mehr als zehn Jahre seines Lebens zugebracht hatte.

In einem kleinen Nebenraum, eher einer Kammer, warteten der Atlas und das Tagebuch auf ihn. Da es dort keine Fenster gab, ließ Nerd die Tür offen. Mit einer vertrauten Bewegung griff er nach der Leiter und zog sie vor das dritte Regal links vom Eingang, kletterte hinauf und tastete im obersten Fach nach einem Bündel. Es war noch da.

Im Lesesaal knüpfte er das Bündel rasch auf und betrachtete den Inhalt. Der Atlas und das Tagebuch mit dem verblichenen Einband und dem abgegriffenen Aufdruck *Diary*. Das gelbliche Papier, handschriftlich beschrieben, dazu einige Zeichnungen ...

Es war alles in Ordnung.

Nerd schnürte das Bündel wieder zu, um eiligst den Rückweg anzutreten.

Da sah er den grinsenden Leg vor sich.

»Rubbish war sich sicher, dass du zurückkommen würdest, um deinen Müll zu holen«, sagte er und zeigte seine schiefen Zähne, ehe er Nerd mit einem Schwinger zu Boden streckte.

Nerd kam erst nach ein paar Minuten wieder zu sich. In seinem Kopf wummerte es, als würde jemand auf ein Metallfass einhämmern. Sein ganzer Rücken schmerzte. Leg hatte ihn offenbar über den Steinboden zum Kamin geschleift. Das Bündel mit den beiden Büchern hielt Nerd immer noch fest an sich gepresst in Händen.

»Bist du wieder aufnahmefähig?«, höhnte Leg. »Dann lass dir eins gesagt sein, du Dreckswurm! Dein Leben hat jetzt ein Ende. Wir müssen nur noch entscheiden, ob wir dich aufhängen oder steinigen. Unser Gesetz wirst du doch nicht schon vergessen haben, oder?! Wer aus dem Stamm gejagt wurde, darf nicht zurückkehren! Niemals! Weshalb schleichst du mieses Drecksstück dich da bei uns ein?! Aber jetzt wirst du wegen deiner Scheißbücher elendig krepieren!«

Der Boss hatte nicht allein in der Bibliothek gewartet. In seiner Begleitung fanden sich Schlitzer und Hinker. Diese beiden kannte Nerd leider nur zu gut: Schlitzer weidete wie kein Zweiter Tiere aus und schnitt Fleisch in Streifen, die bestens zum Trocknen geeignet waren. Hinker war als Kind von einem Baum gesprungen und unglücklich aufgekommen, sodass er jetzt einen Fuß nachzog. Dafür traf er sein Ziel immer, egal, ob er eine Lanze warf oder mit einem Gewehr schoss.

»Was ist?«, fragte Leg grinsend. »Wunderst du dich, mich zu sehen? Wir sind doch nicht blöd! Wir wussten genau, dass du hier wieder aufkreuzt! Hast du vielleicht was vergessen? Oder weißt du am Ende tatsächlich, wie man den Gnadenlosen überlistet?«

Nerd brachte kein Wort heraus.

»Hat's dir die Sprache verschlagen? Damit bist etwas spät dran! Denn wo du einmal angefangen hast zu singen, wollen wir dein Lied auch zu Ende hören!«, spie Leg aus und wandte sich an die beiden anderen: »Nehmt ihn in die Zange!«

Schlitzer und Hinker pressten Nerd daraufhin derart fest zu Boden, dass dieser sich nicht mehr rühren konnte. Sie entrissen ihm das Bündel mit den beiden Büchern. Danach ließ sich Leg mit seinem fetten Hintern auf Nerds Schenkel plumpsen und zog wiehernd eine breite Klinge aus einer ungelenk bemalten Scheide, packte mit der anderen Hand Nerds Gürtel und zog die Hose die Hüfte hinunter. In seiner Lage konnte Nerd nichts dagegen unternehmen. Leg brachte seine Klinge knapp über dem Stoff in Stellung. Nerds Herz hämmerte wie wild, obwohl er sich alle Mühe gab, tapfer zu sein.

»Gib's zu! Du scheißt dir vor Angst gleich in die Hose!«

Leg fuhr mit dem Messer von links nach rechts. Alles in Nerds Schritt gefror.

»Aber ich werde dich nicht aufschneiden«, versprach Leg. »Das übernimmt Schlitzer, der macht hübsche Streifen aus dir. Deswegen habe ich ihn auch gerufen, schließlich versteht er was von der Sache. Vorher habe ich aber noch eine Frage an dich, und du solltest dir deine Antwort verdammt gut überlegen! Kannst du was gegen diesen verschissenen Gnadenlosen ausrichten?«

»Ja«, hauchte Nerd, der sich selbst hasste, weil er ein derart mieser Feigling war.

»Geht doch!«, meinte Leg mit einem widerlichen Grinsen. »Dann verrat mir mal, was!«

Nerd starrte nacheinander Leg, Schlitzer und Hinker an – aber eigentlich hatte er nur Augen für den Schornsteinausgang in ihrem Rücken. Da rieselte Ruß herunter …

Hauptsache, stöhnte Nerd innerlich, ich bilde mir das nicht nur ein!

Als Belka diesmal auftauchte, geschah es nicht lautlos.

Beim ersten Knacken der verkohlten Holzreste sprang Leg auf, fuhr herum und richtete seine Klinge auf Belka. Nerd sammelte all seine Angst und Kraft und legte sie in einen Tritt, den er Leg zwischen die Beine verpasste. Dieser knallte auf Schlitzer und riss ihn um.

Belka machte sich die unerwartete Hilfe Nerds sofort zunutze. Ohne ihre Zeit mit Leg oder Schlitzer zu verschwenden, rammte sie Hinker den Lauf ihrer MP gegen die Nasenwurzel, stieß ihn zu Boden und zog ihm die Waffe übers Genick.

Nerd hatte gut gezielt und ein wenig Glück gehabt, denn Leg umklammerte noch immer jaulend seine Eier. Hinker war damit beschäftigt, Blut zu spucken, Schlitzer versuchte allerdings schon wieder aufzustehen. Nerd konnte sich endlich in Sicherheit bringen, gleichzeitig hielt er nach Belkas Messer Ausschau, das Leg ihm abgenommen hatte.

Diesen griff Belka gerade an, fügte ihm aber nur eine Kopfwunde zu, denn der Schädel des Bosses erwies sich als ziemlich hart. Obendrein schwächte die Attacke ihn nicht, sondern stachelte ihn nur an.

Während ihm das Blut ins Gesicht lief, stürzte er sich mit einem Hechtsprung auf Belka, doch sie duckte sich geschickt weg. So war es Leg, der zu Boden ging.

Aber Leg war nicht ohne Grund einer der Bosse in Park.

Knapp dreihundert Pfund brachte er auf die Waage – und mindestens noch mal dasselbe an Brutalität, Sturheit und Hinterhältigkeit. Im Nu hatte er sich auf den Rücken gedreht. In seiner Hand funkelte das Messer ...

Nerd hielt nun noch verzweifelter Ausschau nach seiner eigenen Waffe. Dabei fiel sein Blick auf Schlitzer. Auch er hatte jetzt ein Messer in Händen, genauer gesagt kein Messer, sondern ein Kurzschwert von etwa dreißig Zentimetern.

»Belka!«, schrie er. »Achtung! Hinter dir!«

Doch Schlitzer holte bereits aus, um ihr die Klinge in die Nieren zu treiben.

Nur war Belka schneller. Viel schneller sogar, als Nerd es je bei einem Menschen für möglich gehalten hätte. Außerdem musste sie auch Augen im Rücken haben. Wie sonst wäre ihr das Manöver geglückt, das sie im Anschluss ausführte?

In letzter Sekunde duckte sie sich weg, sodass Schlitzers Schwert nur ihre Jacke streifte. Gleichzeitig holte sie mit der MP aus und knallte ihrem Angreifer den Lauf in die Visage.

Als Metall und Knochen zusammenstießen, knackte etwas. Schlitzer schlug mit dem Hinterkopf auf dem Boden auf. Seine Klinge landete direkt vor Nerd, der mit der Gier eines Ertrinkenden nach diesem rettenden Strohhalm griff.

Denn die Sache war immer noch nicht ausgestanden. Leg, inzwischen mehr tot als lebendig, ging mit seinem Messer erneut auf Belka los. Diese wehrte den Angriff mühelos ab und fand nun Gelegenheit, die MP auf Leg zu richten. Daraufhin erstarrten alle. Schlitzer mit geschwollener Nase am Boden, Hinker nur noch damit beschäftigt, nicht am eigenen Blut zu ersticken, Leg, der sich wieder die Eier massierte. Ein Blick auf ihn genügte Nerd, um zu begreifen, dass er diesen Boss trotzdem nicht unterschätzen durfte. Zum ersten Mal in seinem Leben freute sich Nerd, jemandem Schaden zugefügt zu haben. Bei Leg würde er sogar ein zweites Mal zutreten …

Nach wie vor drückte Belka nicht ab. Nerd ahnte, warum. Bisher hieß es zwei gegen drei. Wenn sie jetzt schoss, würde der ganze Stamm auftauchen. Dann würde es Dutzende von Opfern geben …

»Verreck doch als Erste!«, zischte Leg.

Belka würde nicht schießen, das war ihm klar. Er selbst hoffte offenbar noch immer darauf, sie mit dem Messer zu erledigen. Da er sie um zwei Köpfe überragte und mindestens doppelt so viel wog wie sie, wäre das normalerweise vermutlich ein Kinderspiel für ihn gewesen. Da konnte Nerd hundertmal im Raum sein …

Dieser fühlte sich in diesem Kampf tatsächlich völlig überflüssig. Außerdem hatte er eine Heidenangst. Allerdings war sein Hass auf Leg mindestens genauso stark – und der trieb ihn jetzt an.

Leg hielt schon wieder auf Belka zu, die zurückwich, dabei aber die Waffe weiterhin auf ihn gerichtet hielt. Nerd schätzte den Abstand zwischen sich und Leg ab, begriff aber, dass er diesen nicht in einem Überraschungsangriff würde überwältigen können.

»Aaah!«, schrie er deshalb und stürmte auf Leg zu, wobei er mit Schlitzers Schwert wie mit einer Keule herumfuchtelte.

Leg drehte ihm tatsächlich seinen runden, auf dem schenkeldicken Hals sitzenden Kopf zu und fletschte die Zähne.

Stahl knallte gegen Stahl. Leg schlug Nerd die Klinge aus der Hand und packte ihn bei den Haaren.

»Flieh!«, schrie Nerd noch Belka zu, bevor Leg ihn zu Boden schleuderte.

Gleich schneidet er mir die Kehle durch, dachte Nerd bei einem Blick auf die Klinge in Legs Händen. Verzweifelt trat er um sich und brüllte wie ein junger Wolfshund, doch die Schneide näherte sich unbarmherzig seinem Kehlkopf.

Da knallte ein Schuss.

Leg fiel mit dem Gesicht voran auf den Boden. Um ihn herum bildete sich sofort eine gewaltige Blutlache, denn Belka hatte ihm ein Auge ausgeschossen. Krämpfe schüttelten Leg, seine stämmigen Beine kratzten mit den Sohlen der fast neuen Stiefel über den Beton.

»Warum hast du dich da eingemischt?«, fuhr Belka Nerd an.

»Warum? Ich hätte das schon allein geregelt und ...«

»Ich ...«, stammelte Nerd, der kaum noch Luft bekam, »woll...«

Belka huschte zum Fenster hinüber. Fackeln waren zu sehen. Der Schuss hatte fast alle in Park alarmiert. Trotz aller Vorsicht musste sie jemand von unten erspäht haben, denn plötzlich pfiff eine Kugel durch das Fenster.

»Ich ... ich wollte dir helfen«, brachte Nerd schließlich heraus.

»Das ist dir ja bestens gelungen!«, erwiderte Belka. »Hast du eine Idee, wie wir hier wieder herauskommen?«

Nerd schaute demonstrativ zum Kamin hinüber.

»Das schaffen wir nicht«, behauptete Belka unumwunden. »Wir haben höchstens fünf Minuten. Wenn wir danach noch in diesem Haus sind ...«

Sie trat an Leg heran und schoss ihm ein weiteres Mal ins Gesicht. Nerd kniff die Augen zusammen. Er hörte klar und deutlich, wie die Kugel durch den Knochen drang und schließlich auf den

Boden knallte. Anschließend beendete Belka mit einem entschlossenen Messerstich Hinkers Röcheln.

»… sind wir tot«, fuhr Belka fort. Sie wischte die Klinge an Hinkers Jacke ab und knüpfte ihm sein Halfter mit der Pistole vom Gürtel.

»Hier!«, sagte sie und warf Nerd die Waffe zu, die Hinker nicht mehr hatte ziehen können. »Die gehört jetzt dir.«

Unten wurde eine Salve abgegeben, außerdem flogen Mollis durch die Fenster. Die erste Flasche explodierte nicht, sondern rollte unverrichteter Dinge über den Boden. Lediglich an dem Lappen, der in ihrem Hals steckte, stiegen ein paar Funken auf. Die zweite ging jedoch in stinkenden grellweißen Flammen auf, die sofort bis hoch an die Decke züngelten.

»Wie können die es wagen?!«, krächzte Nerd, der vor Belka stand, und presste sein Bündel mit dem Atlas und dem Tagebuch an die Brust.

»Sie werden das ganze Haus abfackeln«, erwiderte Belka ruhig. »Gibt es hier einen Keller?«

»Ja, aber die Türen sind verrammelt, da kommen wir nicht rein.« Plötzlich fiel ihm etwas ein. »Aber im ersten Stock gab es früher ein Café! Mit Speiseaufzügen! Und Müllschacht!«

»Dann wollen wir mal sehen, ob wir da rauskommen!«

Belka eilte noch einmal zum Schornstein, schnappte sich das Tau, wickelte es sich um den Unterarm und schulterte ihren Rucksack. Als sie abermals vorsichtig aus dem Fenster spähte, eröffneten die Leute aus Park sofort wieder das Feuer. Drei Kugeln schlugen ein. Die Menge unten johlte und schrie. Nerd meinte, Rubbishs Stimme herauszuhören.

»Weg hier!«, befahl Belka.

Nerd humpelte ihr so schnell wie möglich hinterher. Ihm war noch etwas schwindlig, aber alles in allem hielt er sich nicht schlecht.

»Hier!« Belka drückte ihm das Seil und ihren Rucksack in die Hand, um anschließend einige runde Metalldinger auf einen Draht zu ziehen und diesen zu einem Ring zu schließen.

»Was hast du vor?«, fragte Nerd.

Belka antwortete nicht, sondern befestigte ihr seltsames Bündel an der Tür, fädelte eine Schnur durch und knotete diese an das verrostete Schloss.

»Das war's!«, teilte sie Nerd mit und nahm ihm den Rucksack wieder ab. »Zurück!«

Draußen im Gang erklang bereits Gestampfe. Schon machte sich jemand daran, die Bretter zu entfernen, mit denen die Tür verrammelt war.

»Sind das Granaten?«, fragte Nerd, obwohl er die Antwort im Grunde kannte.

Belka nickte nur.

»Woher hast du sie?«

»Sag ich dir später. Jetzt hör genau zu! Wenn sie die Tür aufbrechen, gibt es eine Explosion. Eine starke. Sobald es knallt, rasen wir los. Es wird ein Wahnsinnschaos geben. Das müssen wir nutzen, um ins Café zu gelangen, ehe sie überhaupt begreifen, wo hinten und vorne ist.« Sie sah Nerd fest an. »Wenn du leben willst, gib mir jetzt deine Bücher ...«

»Nein!«

»Tu, was ich dir sage ...«

Obwohl Belka sprach, ohne die Stimme zu erheben, meinte Nerd, sie würde ihn anschreien. Dann nahm sie ihm sein wertvolles Bündel aus der Hand und verstaute es in ihrem Rucksack. »Und sorg für Rauch! Wir brauchen viel Qualm!«

Die Tür zitterte bereits unter den Schlägen.

Nerd schaffte etliche Nummern der National Geographic heran. Diese Zeitschriften hatte er in seiner Kindheit geliebt. Stundenlang hatte er sich die Fotos angesehen und die Geschichten gelesen ... Schweren Herzens gab er das Papier in das Feuer, das die Mollis entfacht hatten. Es ging zwar nur widerwillig in den Flammen auf, sorgte dafür aber für dicken Qualm.

Starr vor Entsetzen beobachtete er, wie mit den Zeitschriften auch seine Erinnerungen gefressen wurden.

»Runter!«, riss Belka ihn aus seinen Gedanken.

Die Männer aus Park hatten die Tür inzwischen fast aufgebrochen und würden gleich mit triumphierendem Geschrei in den Lesesaal eindringen.

Nerd lag noch nicht, als die Tür vollends nachgab.

Dann schien ihm jemand ein Brett über den Schädel zu ziehen. Für einen kurzen Moment sah und hörte er nichts. In der Luft schwebten schwarze Rußpartikel. Die brennenden Zeitschriften waren im ganzen Saal verteilt, überall hing beißender Rauch. Im Türrahmen klaffte nur noch ein Loch. Sogar ein Teil der Wand daneben fehlte ...

Jemand packte ihn am Arm und zog ihn hoch. Belka. Nerd stolperte an ihrem Arm zum Ausgang und gab sich alle Mühe, nicht mit seinem ganzen Gewicht auf ihr zu lasten.

Dabei versuchte er, nicht nach unten zu sehen. Dort lagen die Männer, mit denen er aufgewachsen war. Nicht einer von ihnen war sein Freund gewesen. Oder hatte sich ihm gegenüber wenigstens anständig verhalten. Er war für sie immer ein Fremder gewesen, genau wie sie für ihn auch. Trotzdem ging ihm ihr Tod nahe.

Belka und er rannten durch den Gang. Kurz darauf hörten sie bereits die ersten Verfolger. Rubbish hatte schnell begriffen, was für ein Spiel sie beide gespielt hatten. Er würde sie nicht entkommen lassen. Ihre einzige Rettung war jetzt das Café.

»Da drüben!«, schrie Nerd und zeigte auf die Aufzüge.

Mit ihnen hatte man früher das Essen aus der Küche in den ersten Stock gebracht. Belka hebelte mit dem MP-Lauf die Luke auf. Gestank und Schimmel begrüßten sie. Und mehrere schmale, leere Schächte. Trotzdem kletterte sie in einen davon hinein. Nerd hielt die Luft an und kroch in den daneben.

Dann ging es rasant abwärts. Klebrige Spinnenweben schienen den ganzen Schacht erobert zu haben. Vor lauter Ekel wäre Nerd beinahe ohnmächtig geworden. Mit einem Mal knallte er auf ein Holzbrett, dass quer in diesem engen Schlauch steckte, unter ihm jedoch sofort nachgab. Zusammen mit etlichen Splittern stürzte Nerd weiter in die Tiefe, bis ihn der Schacht in einen breiten Raum ausspuckte und er in einer knirschenden Masse landete, die den ganzen Boden bedeckte.

Neben ihm schnaubte Belka. Hier unten herrschte absolute Finsternis. Schon seit sehr langer Zeit war niemand mehr in diesem Keller gewesen. Dazu gab es nicht die geringste Veranlassung. Außerdem ragten vor den Eingangstüren im Gebäude schon seit vielen Jahren hohe Müllberge auf, die in der Fassade mittlerweile halb im Boden versanken.

Plötzlich knackte etwas dicht an Nerds Ohr, und das grelle Licht eines Leuchtstabs blendete ihn.

»Hol mich doch der Gnadenlose!«, stieß Belka aus.

Nerd blinzelte ein paarmal, bis er wieder klar sehen konnte – um dann zu erstarren.

Sie beide versanken bis zu den Knien in vertrockneten Chitinpanzern, abgeworfenen Schlangenhäuten und verschimmelten Lumpen.

Nerd juckte es mit einem Mal am ganzen Körper. Einfach überall. Selbst in seinem Innern. Es roch nach Fäulnis, nach Ratten und nach einem unerträglich beißenden Stoff, den er aber nicht kannte.

»Wo ist hier der Ausgang?«

»Keine Ahnung«, brachte Nerd mit heiserer Stimme heraus.

»Das ist der Keller. Früher waren hier die Küchen und die Lagerhallen. Und außerdem der Heizraum ...«

»Der Ausgang?«, wiederholte Belka. »Wie kommen wir hier raus?« Über ihnen erklangen gedämpft Stimmen. »Lass dir was einfallen, Nerd! Die greifen gleich mit Granaten an!«

»Woher sollten sie die denn haben?«

»Woher meinst du denn, dass ich unsere hatte? Die habe ich denen geklaut. Glaub mir, die haben mehr als genug von den Dingern.«

»Irgendwo muss es hier eine Luke geben«, sagte Nerd. »Im Boden. Sie führt dahin, wo der Müll landet. Das ist ein Rohr oder eine große Grube.«

»Weißt du das genau?«

»Mhm.«

»Worauf warten wir dann noch?!«, brummte sie. »Lass uns diese Luke suchen!«

Belka ging voraus, wobei sie den Leuchtstab hoch über sich hielt. Ihre Füße rissen eine Furche in die widerliche Schicht toter Insekten.

Mit einem Mal klackerte es im Aufzugschacht.

»Weg!«, schrie Belka. »Auf den Boden!«

Nerd war selbst überrascht, wie schnell er reagierte.

Die Granate explodierte, als sie beide sich bereits hinter einem alten Heizungskessel in Sicherheit gebracht hatten. Splitter schepperten gegen die Wand, gegen die Metallwand des Kessels und die Decke. Staub wirbelte durch die Luft, vermengt mit Chitinpartikeln und Dreck.

»Wenn wir diese Luke nicht finden, verrecken wir«, sagte Belka mit einer Hand vorm Mund. Der Leuchtstab spendete mittlerweile nur noch schwaches Licht. »Schneller, Nerd! Tempo!«

Nerd verzog das Gesicht und tauchte buchstäblich in den Müll am Boden ein, um den Betonboden mit seinen Händen abzutasten.

Abermals klackerte es im Schacht.

Genau da spürte Nerd das Eisen unter seinen Fingern.

Diesmal polterten gleich zwei Granaten den Schacht hinunter. Durch den ganzen Keller flogen Splitter, die sie wie durch ein Wunder nicht trafen.

»Ich hab die Luke!«

Er tauchte nun kopfüber in den Müll ein und tastete wie wild nach dem Riegel, fand ihn aber nicht. Immerhin stieß er auf eine Vertiefung…

Die Stimmen oben wurden immer lauter. Schon bald dürften die nächsten Granaten hier unten landen.

»Fass mit an!«, krächzte er. Seine Muskeln drohten allmählich zu zerreißen. »Allein schaff ich das nicht!«

Die Platte war geradezu mit dem Beton verwachsen. Mit vereinten Kräften gelang es ihnen aber, sie hochzuheben. Ihre Aktion verursachte ein merkwürdiges Geräusch. Als ob etwas platzen würde. Im selben Moment spuckte der Fahrstuhlschacht die nächsten Geschosse aus. Danach nahm das Geklapper überhaupt kein Ende mehr.

In dem roten Licht des Leuchtstabs wirkte dieser Anblick noch irrealer. Die Luft um sie herum schien zu vibrieren. Und dann explodierten die Granaten…

In letzter Sekunde sprangen Belka und Nerd in die Dunkelheit.

Ein Betontunnel, dem die Feuchtigkeit bereits zugesetzt hatte. Und ein unglaublicher Gestank.

Bei ihrer Rettung hatten sich die beiden die Fersen aufgeschlagen, aber das war halb so wild. Belka war nach dem Aufprall sofort wieder aufgesprungen, um Nerd hochzuziehen und mit ihm davonzueilen. Sie bewegten sich durch undurchdringliche Finsternis. Der Tunnel war nicht sehr hoch, sodass Nerd sich ein paarmal den Kopf stieß und am Ende gekrümmt weiterrannte. Jeder Schritt rief ein Schmatzen hervor. Irgendwann blieben sie fast in der ekelhaften Masse am Boden stecken. An dem widerlichen Fäulnisgeruch erstickten sie beinahe. Nerd wurde schwindlig, doch tapfer schleppte er sich weiter.

Am Ende des Tunnels versperrte ihnen ein verrostetes, aber solides Gitter den Ausgang. Immerhin war hier die Luft schon etwas besser. In Belkas Hand leuchtete ein weiteres bengalisches Feuer auf, das die Dunkelheit vertrieb. Sie saßen fest, das war mit einem Blick klar.

»Zurück«, befahl Belka. »Bestimmt gibt es irgendwo einen Abzweig! Und schau besser nicht nach unten!«

Doch das hatte er längst getan und angewidert das Gesicht verzogen. Ein dicker Brei aus Unrat, in dem riesige Asseln, Käfer, Nacktschnecken und Tausendfüßler wimmelten. Eine gigantische Müllhalde voller vielfüßiger Chitindämonen.

»Weiter«, verlangte Belka, deren Stimme nun ebenfalls heiser klang. »Wenn du nicht verrecken willst, leg einen Zahn zu!«

Als Nerd nun den Tunnel ein Stück zurücklief, bewegte er seine Beine so mechanisch wie eine Aufziehpuppe. Nach zehn Metern entdeckten sie einen Seitentunnel. Er war etwas sauberer, aber nur halb so breit wie der bisherige Tunnel und viel niedriger. Sie mussten ihn auf allen vieren durchqueren. Nerd sträubte sich zunächst und stöhnte vor Ekel und Panik, doch Belka kannte kein Erbarmen und verpasste ihm einen Tritt, damit er in die Knie ging und loskroch. Sie folgte ihm umgehend.

Wimmernd brachte Nerd den Weg hinter sich. Am liebsten wäre er auf der Stelle gestorben. Die Luft war schon schlimm genug, im Grunde die reinste Pest, aber sie konnte er wenigstens noch einatmen. Das, was sich da unter seinen Händen und Knien bewegte, das konnte er allerdings kaum ertragen. Das verlangte ihm alles ab. Immer wieder würgte es ihn. Und er stand Todesängste aus, dass er ausrutschen und mit dem Gesicht in dieser lebenden Brühe landen würde.

Hinter ihm röchelte Belka. Für sie war die Tortur noch größer, denn mit einer Hand hielt sie immer noch den Leuchtstab. Der Tunnel wurde immer enger, außerdem stieg er nun auch noch leicht an. Sie mussten sich förmlich durch ihn hindurchquetschten. Gleich bleiben wir stecken, ging es Nerd durch den Kopf. Allein bei der Vorstellung fing er am ganzen Körper krampfhaft zu zittern an.

Irgendwann mündete Gang in einen quadratischen Betonraum. Belka machte ein Loch in der Decke aus, durch das sie nach draußen gelangen konnten. Sie warf den fast erloschenen Leuchtstab in die Brühe am Boden und verschwand durch das Loch. Nun saß Nerd allein in diesem Betonkasten. Sofort packte ihn die Angst, dass Belka ihn hier verschimmeln lassen würde. Doch seine Panik mobilisierte seine letzten Reserven. Er packte die glitschigen Ränder des Lochs und zog sich hoch. Schon spürte er, wie ihm Belka hinaufhalf. Kurz darauf ließ er sich ins Gras sacken und atmete tief durch. Der Sternenhimmel über ihm nahm sich fast irreal aus, so schön und hoch war er. Noch einmal atmete er tief durch, um seine Lungen zu reinigen.

»Weiter!«, verlangte Belka. »Los!«

»Ich kann nicht mehr...«

»Dann verreckst du! Steh also gefälligst auf!«

Und er stand auf. Es wäre ja geradezu lächerlich, jetzt zu sterben, nachdem er dieses Drecksrohr hinter sich gebracht hatte.

Ihre Verfolger hatten sich etwa hundert Meter von ihnen entfernt zusammengerottet. Hinter den Fenstern der Bibliothek tanzten noch immer die Flammen. Feuer in seiner Bibliothek. In seinem Zuhause. Er wandte sich ab. Vor allem da er auf den Weg achten musste. Belka preschte zum Glück nicht so weit vor, dass er sie aus den Augen verlor. Er hätte sie mit Sicherheit nicht wiedergefunden...

Aber sie rettet ja nicht mich, überlegte er. Sie will die Bücher. Mich braucht sie nur, damit ich sie ihr vorlese. Mehr nicht. Was sollte sie von mir sonst auch wollen? Ich bin eine Null und jetzt auch noch aus meinem Stamm rausgeschmissen worden.

Sie bogen in einen anderen Pfad ein. Die Schreie ihrer Verfolger klangen immer leiser. Diesmal waren sie ihnen entkommen. Aber Nerd wusste, dass die Bosse sich nicht so schnell geschlagen geben würde.

Außerdem verstanden die Fährtenleser was von ihrer Sache. Wenn Belka und er plötzlich vom Boden abheben und fliegen würden, dann würden diese Kerle sie eben anhand ihres Geruchs ausmachen. Sie würden nicht lockerlassen. Nach Legs Tod erst recht nicht.

Abermals bogen sie ab.

Und da wusste Nerd, wohin Belka wollte. Es hätte nicht viel gefehlt, und er hätte auf dem Absatz kehrtgemacht.

Belkas Ziel waren die Sümpfe.

KAPITEL 3

Die Sümpfe

Rubbish starrte auf Leg hinunter. Von diesem stieg immer noch Rauch auf. Aber immerhin hatten sie es geschafft, ihn aus der Bibliothek herauszuholen, bevor er bis auf die Knochen verbrannt war. Seine Kleidung war allerdings bereits völlig schwarz, die Haut teils weggefressen. Besonders hatten die Beine gelitten, die nun mit den Stiefeln zu einem einzigen Ganzen verschmolzen waren. Außerdem stank Leg furchtbar.

»Ist dieser Dreckswurm entkommen?«, stieß Rubbish aus.

»Ja«, antwortete Pig.

»Sobald wir ihn haben, röste ich ihn eigenhändig über offener Flamme.«

»Hauptsache, du überlasst mir die Hure«, stieß Pig grinsend aus.

»Die röste ich auch! Aber auf meine Weise!«

Nach diesen Worten stieß Pig ein Grunzen aus. Das war seine Art zu lachen. Für dieses Geräusch und für sein rundes Gesicht mit der roten, breitlöcherigen Nase hatte er einst seinen Namen erhalten.

In diesem Moment trat Runner an sie heran. Er war stinkwütend und hoch konzentriert wie ein Jäger auf der Pirsch. Nur jagte dieser schmächtige Mann kein Tier, sondern einen Menschen. Seine funkelnden schwarzen Augen nahmen sich in dem spitzen, braun gebrannten Gesicht geradezu riesig aus. Seine Lippen waren stets zu einem Grinsen verzogen – doch ein Blick auf dieses Dauergrinsen genügte, um sogar Rubbish eine Gänsehaut über den Rücken zu jagen.

»Sie wollen zu den Sümpfen«, teilte er den beiden anderen Bossen mit. »Hatte ich also recht. Dort hat die Schlampe ihren Unterschlupf.«

»Was glaubst du?«, fragte Rubbish. »Haben sie die Bücher dabei, die dieser Dreckswurm sich holen wollte?«

Runner nickte.

»Hat er also nicht gelogen …«

»Was bedeutet, dass wir ihn nicht hätten fortjagen sollen«, hielt Runner knallhart fest, schwieg dann aber, weil gerade ein paar Männer kamen, um den toten Leg wegzutragen. »Was aber erst recht bedeutet, dass du dich nicht mit dieser Hure hättest aufhalten sollen! Du hättest dir diesen Dreckskerl schnappen müssen. Den hätten wir mit ein paar Schlampen, die für ihn die Beine breit machen, und mit ein paar Drinks schon weich gekocht! Dann hätte er uns garantiert zu der Medizin gegen den Gnadenlosen geführt. Aber du wolltest ja unbedingt auch noch diese Schlampe … Was sollte das, Rubbish? Wozu brauchst du sie? Reichen dir unsere Weiber nicht mehr? Warum bist du ausgerechnet auf diese hirnlose Kuh scharf? Außerdem hatten wir abgemacht, dass die für uns sowieso schon gestorben ist!«

Rubbish starrte ihn nur finster an.

Er war doppelt so breit wie Runner, überhaupt galt er als der stärkste Boss nach Leg – und Leg gab es jetzt nicht mehr. Und dann legte er los.

»Was fällt dir eigentlich ein, mich anzubrüllen?«, zischte er. »Diese Schlampe hat uns vor unseren eigenen Leuten blamiert, als sie sich Fleisch aus diesem verschissenen Hirsch geschnitten hat. Die spielt sich auf wie ein Boss, dabei ist sie bloß eine dreckige Schlampe! Ein Stück Scheiße!«

»Halt endlich die Schnauze!«, fuhr Runner ihn nun an. »Dieses Stück Scheiße hat Leg ermordet! Der Leichengestank hängt immer noch in der Luft! Hoffen wir, dass ihn sich der Gnadenlose schnell holt. Das ist alles, was zählt. Dass sie zwei von unseren Männern erledigt hat – pah, die beiden sind ersetzbar. Aber dass sie einen Boss getötet hat und danach entkommen ist … Meinst du vielleicht, das würde unsere Autorität im Stamm stärken?«

»Sag du mir nicht, wann ich den Mund zu halten habe und wann nicht!«, brachte Rubbish leise hervor, doch die Drohung in seiner Stimme war nicht zu überhören. »Wir beide stehen auf einer Stufe, du hast mir also nichts vorzuschreiben!«

»Da hat er recht, Runner«, mischte sich Pig ein. »So will es das Gesetz.«

»Gerade weil wir auf einer Stufe stehen, hätten wir alle an einem Strang ziehen müssen«, erwiderte Runner. »Aber Rubbish muss ja immer seinen Kopf durchsetzen! Mit dem Ergebnis, dass Nerd weg ist und Belka Leg plus zwei weitere Männer abgemurkst hat und ebenfalls weg ist. Damit stehen wir vor dem ganzen Stamm wie die letzten verschissenen Jammerlappen da. Was glaubst du denn, was die Männer noch von uns halten, die mitgekriegt haben, wie Belka uns vorgeführt hat? Oder nimm die Frauen! Meinst du, die gehorchen uns jetzt noch? Die werden sich ein Beispiel an dieser elenden Belka nehmen! Ihr beide denkt vielleicht, wer einmal Boss ist, der ist für immer Boss. Aber da täuscht ihr euch! Man ist nur Boss bis zum ersten Fehler! Bis alle einmal kapiert haben, dass dich jemand ungestraft in den Dreck treten kann!«

Rubbish senkte schweigend den Kopf.

»Was schlägst du denn vor?«, wollte Pig kleinlaut wissen.

Er hatte nicht die geringste Absicht, seinen Posten als Boss herzugeben. Dafür hatte er ihn zu mühsam erkämpft.

»Wir müssen sie uns schnappen«, antwortete Runner. »Und Nerd zwingen, uns zu dieser Medizin zu bringen! Dieses rothaarige Drecksstück nageln wir ans Tor von Park. Lebend!« »Aber vorher nagle ich sie noch!«, erklärte Pig und kratzte sich die Eier.

»Solange du willst, Kumpel«, versicherte ihm Runner. »Hauptsache, sie ist noch am Leben, wenn wir sie ans Tor nageln. Schärft das auch allen Männern ein, die uns begleiten! Wir müssen die beiden lebend einfangen! Denn sie müssen vor den Augen des gesamten Stamms sterben. Im Beisein aller erbärmlich verrecken, sodass unsere Frauen noch in zwanzig Generationen ihren Kindern die Geschichte von ihrem schrecklichen Tod erzählen. Allein bei dem Gedanken daran, was denjenigen geschieht, die gegen die Bosse rebellieren, sollen sich alle vor Angst in die Hose scheißen! Und jetzt los!«

Endlich hatten sie ihre Verfolger abgehängt. Ob das Feuer in der Bibliothek auf Park übergegriffen und sie dann abgehalten hatte?

Nerd dachte voller Schmerz an die lodernden Regale, auf denen seine geliebten Bücher verbrannten. Hoffentlich überstehen wenigstens ein paar das Feuer!, stieß er innerlich aus. Ein Blick auf das glühende Rot in seinem Rücken riet ihm aber, besser mit dem Schlimmsten zu rechnen. Er würde ja ohnehin nie wieder einen Fuß in die Bibliothek setzen. Für die anderen in Park wären die Bücher doch nur gutes Brennmaterial, das sie im nächsten, vielleicht auch noch im übernächsten Winter verheizen würden. Wenn sie schon jetzt in Flammen aufgingen, erhöhten sie immerhin für sie beide die Fluchtchancen.

Mittlerweile war der Pfad breiter. Ihr Weg führte sie nun nach Osten, das wusste Nerd, weil links von ihm die von Efeu überwucherte riesige Godzilla-Statue stand, auf der er als kleiner Junge zusammen mit den anderen Kindern gern herumgeklettert war. Damals hatte auch Hinker noch nicht gehinkt … Leg war allerdings schon damals extrem stark gewesen. Und gemein …

Nach einer Weile kamen die zwei zu dem Sockel, auf dem nur noch die Füße eines Prinzen und einer Prinzessin standen. Die beiden Figuren lagen daneben auf dem Boden, hielten sich aber immer noch an den Händen. Nerd konnte sie in dieser Sekunde nicht erkennen, da der Schatten der Platane auf sie fiel. Von dem Baum sprang gerade das Eichhörnchen auf Belkas Schulter. Beinahe hätte Nerd das gar nicht mitbekommen, denn das Tier war im Nu in der Kapuze verschwunden, und Belka hatte bei der Aktion nicht eine Sekunde das Tempo gedrosselt.

Sie hielten weiter auf die Sümpfe zu – zu denen sich aus Park kaum jemand traute.

Als der Gnadenlose zum ersten Mal bei ihnen aufgetaucht war, hatte man Tausende von Leichen zu diesem stinkenden Nass gebracht. Damals wusste man noch nicht, dass man die Leichen besser verbrannte. Nachdem man dahintergekommen war, quollen die Sümpfe schon über von Toten. Damals hatte auch niemand gewusst, dass Sumpfwasser alles speicherte, was je in es gelangt war: Kleidung, Stoffe, Papier, Metall und sogar Menschen. Im Sommer, wenn die Sonne über den kahlen Stellen aus dem ansonsten dicken Teppich aus Entengrütze stand, starrten einen daher aus der Tiefe des Wassers tote Gesichter an.

Die älteren Jungen legten manchmal eine Mutprobe ab, indem sie zu den Sümpfen gingen. Danach galten sie als Männer. Manchmal liefen sogar jüngere Kinder dahin, um allen zu zeigen, dass sie keine Angst hatten. Oft genug kamen weder die älteren noch die jüngeren zurück. Was mit ihnen geschehen war, wusste niemand genau. Der Schamane begab sich mit ein paar Männern zu den Sümpfen und führte am Ufer einen Tanz auf, mit dem er den Gnadenlosen um Erbarmen bat. Damit hatte er seine Pflicht erfüllt und machte sich auf den Rückweg – bis er sich erneut zu den Sümpfen begeben musste.

Denn der stinkende Matsch holte sich in schöner Regelmäßigkeit seine Opfer, da konnte der Schamane noch so viel am Ufer tanzen.

Die Männer aus Park nahmen daher lieber einen Umweg in Kauf, um den Sümpfen ja nicht zu nahe zu kommen. Nur wer dumm war, gab vor, vor ihnen keine Angst zu haben …

Nerd gehörte eigentlich nicht zu den Dummköpfen, die sich vor diesem Ort nicht fürchteten. Trotzdem folgte er Belka jetzt. Mit jedem Atemzug setzte er sich dem Gestank des sumpfigen Wassers stärker aus. Mit jedem Schritt wuchs seine Panik …

»Belka«, sagte er müde. »Belka!«

»Was ist?«

»Wohin gehen wir?«

»Zu mir …«

»Dieser Pfad führt zu den Sümpfen!«

Sie blieb so abrupt stehen, dass Nerd beinahe in sie hineingelaufen wäre.

»Genau dort lebe ich.«

»Aber die Sümpfe …«

»Es gibt keinen Grund, dass du sie fürchten musst!« Dann deutete sie mit dem Lauf der MP auf den roten Widerschein hinter den Bäumen. »Wenn es jemanden gibt, vor dem du Angst haben musst, dann sind es die da!«

»Und du lebst immer dort …?«

»Wo bitte sollte ich sonst leben? Oder kannst du mir einen anderen Ort nennen, an dem sie mich nicht suchen würden? Denn um die Sümpfe nach mir zu durchkämmen, haben sie zu viel Schiss! Und jetzt weiter! Keine Sorge, da frisst dich schon niemand.«

Nerd nickte ihr tapfer zu.

Die eine Hälfte von Belkas Gesicht lag im Schatten. Dafür war die andere Hälfte klar zu erkennen. Und darin sah er ein Lächeln – und es kam ihm vor, als wäre es aufmunternd gemeint.

Belka weckte ihn beim ersten Morgengrauen. Der Wald wirkte noch düster, zwischen den Bäumen waberte Nebel. Ein kalter Tag wie im Herbst, obwohl die Temperatur nachts nicht drastisch gesunken war. Die Feuchtigkeit der Sümpfe saugte einem jedoch alle Wärme aus den Knochen, sodass Nerd meinte, das Blut wäre in seinen Adern geronnen und hätte sich in Eisklumpen verwandelt.

Belka lebte in einem recht großen Haus, das sie in der Krone einer alten Weide gebaut hatte, die am Rand der Sümpfe stand. Nerd erinnerte sich kaum daran, wie sie über die glitschigen Äste hinaufgeklettert waren, denn da war er schon fast ohnmächtig vor Angst und Müdigkeit gewesen. Kaum im Haus, war er sofort eingeschlafen ...

Tief, aber nicht lange, denn nun rüttelte Belka ihn schon wieder an der Schulter.

»Aufstehen, Nerd! Wir müssen weiter!«

Leichter gesagt als getan. Jeder einzelne Knochen tat Nerd weh, außerdem glaubte er, sein Kopf würde gleich platzen.

»Das schaffe ich nicht«, stöhnte er. »Gib mir noch einen Tag ... Wenn sie dich bisher nicht gefunden haben, dann werden ...«

»Bisher bin ich ihnen auch nicht in die Quere gekommen!«, entgegnete Belka. »Also, steh auf! Wir müssen von hier abhauen!«

Ächzend tat Nerd, was sie verlangte. Seine Kleidung war völlig verdreckt und zerrissen, außerdem stank er derart nach Kanalisation, dass er selbst kaum noch Luft bekam. Belka dagegen hatte sich bereits gewaschen und umgezogen. Von der gestrigen Auseinandersetzung zeugten nur noch ein paar Kratzer und ihr blasses, übermüdetes Gesicht.

»Vorher würde ich mich gern noch waschen«, brachte Nerd heraus.

»Das erledigen wir besser unterwegs. Hilf mir mal!«

Sie verschwand durch die Luke im Boden. Daneben hatte sie bereits einige Säcke hingestellt, die Nerd ihr nun mit letzter Kraft hinunterließ. Sie waren schwer, und in einem schepperte etwas.

Danach tauchte Belka sofort wieder auf.

»Vergiss den Rucksack nicht«, sagte sie. »Und die Pistole. Die gehört jetzt schließlich dir.«

Nerd wollte sie schon warnen, dass er ein miserabler Schütze sei, überlegte es sich dann aber anders.

Belka ließ einen letzten Blick durch ihr Baumhaus schweifen. Obwohl sie völlig konzentriert wirkte, bemerkte Nerd in ihren Augen einen Anflug von Traurigkeit.

»Ich habe immer gedacht, dass ich hier sterben würde …«

Nerd versuchte, das Baumhaus mit ihren Augen zu sehen. Eine Matratze mit etlichen Tierfellen darüber, in einer Ecke ein Holztisch mit Eisenbeinen, vor der Wand ein paar Waffenkisten, Nägel, an denen Sachen hingen … Ein Spiegel, ein Haarkamm, ein paar kleine Glasfläschchen, getrocknete Kräuter … Simpel, aber mit Liebe gemacht … Das hier war ein Zuhause. Genau wie seins in der Bibliothek, das Nerd auch nicht gegen die Gemächer der Bosse eingetauscht hätte.

Plötzlich entdeckte Nerd ein altes Foto. Es steckte in einem zerkratzten Rahmen. Ein Mann, eine Frau, zwei Kinder, die ihnen ähnlich sahen. Ein Junge und ein Mädchen, ohne Frage Bruder und Schwester. Im Hintergrund das Meer.

»Wer ist das?«, fragte er Belka.

»Keine Ahnung. Das habe ich irgendwo gefunden.«

»Und warum hast du es aufgehängt?«

»Wenn ich traurig bin, stelle ich mir vor, dass das meine Mama und mein Papa sind …«

»Und? Hilft das?«

»Nicht wirklich. Ein bisschen aber schon.« Sie nahm das Foto aus dem Rahmen und steckte es in ihre Jackentasche. »Vielleicht bringen sie uns ja Glück. Außerdem möchte ich sie nicht allein lassen … Geh schon mal runter! Ich muss noch was erledigen.«

Nerds Blick wanderte von Belka zu den Waffenkisten. Er nickte nur.

»Warte unten ja auf mich«, sagte Belka. »Gleich am Baum!«

Nachdem Nerd verschwunden war, schloss Belka kurz die Augen. Als sie sie wieder aufschlug, war sämtliche Traurigkeit aus ihrem Blick verschwunden. Das Eichhörnchen, das bisher friedlich in der Kapuze des Hoodys geschlafen hatte, musste Belkas Stimmungswandel gespürt haben, denn es wachte auf und stupste mit seinem Näschen gegen Belkas Wange.

»Das war's dann wohl«, sagte sie, vielleicht zu dem Eichhörnchen, vielleicht auch zu sich selbst. »Wird Zeit für den Aufbruch.« Sie trat an die Wand mit den Waffenkisten. Eine Minute später schloss sie derart vorsichtig die Luke über sich, dass man meinen konnte, sie würde eine Auslösefeder spannen.

»Wo sind denn die Säcke?«, fragte Nerd, als sie unten war.

»Die habe ich schon verstaut.«

»Und wo?«

»Das wirst du gleich sehen.«

Ein Metallboot. Nerd kannte sogar den Fachausdruck für das Material: Duraluminium. Das Boot war in keinem üblen Zustand. Belka hatte es ein Stück aufs Land gezogen. Die endlosen Sümpfe lagen unter einer Decke aus Entengrütze und Nebel.

»Spring rein!«

»Du willst doch nicht …?«

»Und ob! Vergeude unsere Zeit also nicht mit dummem Gequatsche, sondern tu, was ich sage! Dann bleibst du nämlich noch ein Weilchen am Leben.«

»Das sind die Sümpfe!«

»Exakt! Die Typen aus Park werden sie meiden. Das verschafft uns mindestens einen Tag Vorsprung, wenn nicht sogar zwei. Kletter also ins Boot, denn die tauchen garantiert bald auf!«

Sobald Nerd eingestiegen war, stieß Belka das Boot mit einem langen Stock vom Ufer ab. Entengrütze klatschte gegen seine niedrigen Seiten. Irgendwo stieß ein Nachtvogel einen gellenden Schrei aus, Nebel verschlang die Bäume. Vor Angst hätte sich Nerd beinahe in die Hosen gemacht. Dann zwang er sich, tief durchzuatmen, und holte den Atlas aus dem Rucksack, um sich zu orientieren.

»Wir haben Glück, denn wir müssen nach Osten«, sagte er leise.

»Der Karte nach …«

»Darum kümmern wir uns später«, erwiderte Belka. »Erst mal

müssen wir zusehen, den Typen aus Park nicht in die Hände zu fallen.«

Der Nebel war so dick, dass Nerd ihr Gesicht nicht erkennen konnte, sondern nur eine Gestalt ausmachte, die am Bug geschickt mit einem langen Stock hantierte.

»Wenn uns das glückt, sehen wir weiter.«

Die Sonne ging gerade auf, als die Männer aus Park zum Ufer der Sümpfe gelangten.

Nerd hatte sich förmlich durch den Boden gepflügt, sodass selbst einem Blinden seine Spuren aufgefallen wären. Zertrampeltes Gras, stinkendes Abwasser, durchsetzt mit Exkrementen, und gewaltige Fußabdrücke im feuchten Boden.

»Versteh ich nicht«, brummte Rubbish, während er zu Boden starrte. »Erst brettert der Scheißkerl hier durch, und dann gibt es plötzlich keine einzige Spur mehr. Kann der jetzt fliegen, oder was?«

»Nerd war noch nie für den Wald zu gebrauchen«, bestätigte Runner. »Aber jede Wette, dass diese Schlampe in der alten Weide da ihren Unterschlupf hat!«

»Wie kommst du denn nun wieder darauf?«, fragte Pig. »Es baut sich doch niemand ein Haus in einem Baum!«

»Einen besseren Ort gibt es doch gar nicht!«, entgegnete Rubbish. »Ein Baum, das heißt gute Sicht. Die Weide wäre wie geschaffen dafür. Eine Menge Äste und ein kräftiger Stamm.«

In dem Moment kämpfte sich einer ihrer Männer aus den Sträuchern rund um die Weide und winkte sie zu sich.

»Wusst' ich's doch«, stieß Runner aus und lief auf den Mann zu. »Aber jede Wette, dass sie längst ausgeflogen sind.«

Pig und Rubbish wechselten einen fragenden Blick, folgten Runner dann aber.

Von unten ließ sich Belkas Unterschlupf nicht erkennen. Dafür musste man schon den halben Stamm hochkraxeln.

»Was, wenn sie doch noch da oben hocken?«, fragte Pig.

»Das werden wir gleich wissen«, antwortete Rubbish, schob sich die MP auf den Rücken und machte sich daran, den Baum hochzuklettern.

»He!«, stieß Runner aus und packte ihn bei der Schulter. »Wieso willst du unbedingt dein Leben aufs Spiel setzen?«

»Du hast doch selbst gesagt, dass da niemand mehr ist«, erwiderte Rubbish. »Also nimm deine Pfoten weg!«

»Wenn du gern als Erster verreckst!«, brummte Runner. »Dann nur rauf mit dir!«

»Hast du vielleicht eine bessere Idee?«

Daraufhin trat Runner zur Seite und bedeutete den beiden anderen Bossen, ihm zu folgen. Nun konnte sie niemand mehr hören.

»Pass auf, Runner, lass mich da rauf! Ich hab nämlich eine hübsche Überraschung für die zwei dabei …« Pig hielt eine grüne Granate hoch. »Damit wäre die Sache ein für alle Mal erledigt!«

»Hast du eigentlich keine Ohren? Wir brauchen sie lebend!«, zischte Runner. »Oder möchtest du vielleicht dem Schamanen deinen Platz überlassen?«

»Wie kommst du darauf, dass ich irgendwem meinen Platz überlasse?«

»Weil ein Toter nun mal einen schlechten Boss abgibt!«, giftete Runner. »Du bist ein starker Mann, Pig, und nicht ohne Grund im Viererrat. Aber jetzt gebrauch endlich auch mal dein verschissenes Hirn!«

»Okay, von mir aus kannst du ausnahmsweise das Kommando übernehmen«, brummte Pig und deutete mit seinem massiven Kinn auf die abseits stehenden Männer. »Aber so, dass die das nicht mitbekommen.«

»Bist doch 'n kluger Junge!«, stieß Runner aus und kniff die Augen ein wenig zusammen. Das war seine Art, seine Zufriedenheit auszudrücken.

Rubbish grinste bloß.

»Wiesel!«, rief Runner.

Aus der Gruppe löste sich ein hagerer, schlaksiger Typ mit dichtem schwarzem Haar, das er zu einem Pferdeschwanz zusammengebunden hatte.

»Möget ihr ewig leben!«, wandte er sich an die drei Bosse.

»Mögest auch du das!«, erwiderte Runner und nickte zur Weide hinüber. »Hast du dir den Baum schon genauer angesehen?«

»Ja. Die beiden waren da oben, sind jetzt aber weg. An der Rinde habe ich Spuren von einem Seil entdeckt.«

»Du meinst, sie haben die Bude leer geräumt?«

»Ja.«

»Wohin sind sie?«

»Kann ich noch nicht sagen. Ich habe zwei Männer ausgeschickt, um nach weiteren Spuren zu suchen.«

»Aber du bist sicher, dass sie nicht mehr da oben hocken?«

»Würdest du etwa abwarten, bis wir hier auftauchen?«

»Nein. Trotzdem müssen wir die Hütte untersuchen.«

»Wenn du es verlangst, Boss!«

Als Wiesel daraufhin abziehen wollte, um den Befehl auszuführen, hielt Runner ihn zurück.

»Das ist keine Aufgabe für dich. Schick irgendeinen Lahmarsch da rauf!«

»Okay.«

Doch Runner ließ ihn immer noch nicht gehen.

»Oder den Blödsten!«.

»Okay, Boss.«

»Oder einen, der immer Ärger macht …«, fuhr Runner fort. »Jemanden, auf den du getrost verzichten kannst. Du weißt ja, dass Leg gestern gestorben ist …«

»Ja.«

»Im Grunde ist er nicht zu ersetzen, aber Gesetz ist Gesetz, und das verlangt nun mal, dass wir vier Bosse sein müssen. Dir ist klar, worauf ich hinauswill?«

»Ja.«

»Dann geh jetzt!«

Wiesel eilte zu den Männern zurück. Es waren fünfzehn, alles Freiwillige. Es wären noch mehr mitgekommen, aber dann hätte der Stamm bei einem Angriff ohne Schutz dagestanden, ein Risiko, dass die Bosse lieber nicht eingehen wollten. Aus der Gruppe schälte sich nun ein gedrungener Mann heraus, der dann die Weide erklomm.

»Er hat Trauerkloß für die Aufgabe bestimmt«, teilte Runner den beiden anderen Bossen mit. »Keine schlechte Wahl. Wiesel ist wirklich ein helles Köpfchen.«

Trauerkloß verschwand schon in der Krone der Weide. Vorsichtig stieß er mit dem MP-Lauf die Luke auf, die in Belkas Baumhaus führte. Durch einen Spalt spähte er in ihr Nest. Das grüne Ding, das oben auf der Luke festgemacht war, konnte er natürlich nicht sehen. Alles ruhig ...

Er schloss die Luke wieder.

Und da zerriss ein gewaltiger Knall die Stille. Die Männer warfen sich auf den Boden, die Bosse brachten sich hinter einem umgekippten Baum in Deckung. Eine zweite Explosion erfolgte jedoch nicht. Nur Trauerkloß stürzte krachend aus den Ästen.

Die Claymore, eine Tretmine, hatte alles um sich herum vernichtet. Das, was gerade schwer zu Boden gefallen war, erinnerte kaum noch an Trauerkloß.

»Der wäre erledigt«, bemerkte Runner heiser. »Anspruch auf die Stelle des vierten Bosses erhebt der bestimmt nicht mehr.«

In der nächsten Sekunde ging die Krone der Weide in weißem Feuer auf. Eine Druckwelle wogte durch den Wald.

Von Belkas Zuhause blieben nur Späne übrig.

Belka hörte die Explosion, denn über den Sümpfen wurde selbst ein leises Geräusch viele Meilen weitergetragen. Doch dieses Donnern war laut. Das Ufer lag inzwischen über eine Meile hinter ihnen. Dennoch sah sie die Rauchsäule. Sie musste grinsen ...

Nerd war wieder eingeschlafen. Er hatte den Kopf auf einen der Rucksäcke gebettet. Trotz des Knalls wachte er nicht auf, sondern drehte sich bloß auf die andere Seite. Seine Augen wanderten hinter den geschlossenen Lidern noch einmal hin und her, dann seufzte er und beruhigte sich wieder.

Belka lenkte das Boot weiter durch den grünen Teppich aus Entengrütze und anderen Wasserpflanzen. Dann erreichte sie einen klareren Abschnitt, wo sie mit ihrem Stock nicht mehr bis zum Grund hinunterreichte und sich treiben lassen musste. Schon bald sah sie eine kleine Insel, auf der Schilf und allerlei niedriges Dornengestrüpp wuchsen. An einem Zweig flatterte ein verblichenes Stück Stoff. Belka nickte kaum merklich, als sie es entdeckte, und lenkte das Boot dorthin. An dieser Stelle gab es einen verborgenen Wasserweg, der die Insel teilte. Als sie nun weiterstakte, musste sie immer wieder den Kopf beugen, um herabhängenden Ästen auszuweichen. Die Luft war geschwängert von Schwefelgestank und Gesurr, denn hier wimmelte es von Mücken.

Nachdem Nerd zahllose dieser Biester gestochen hatten, wachte er auf. Er stemmte sich auf einen Ellbogen hoch und stierte ins Wasser. Runde Blasen stiegen darin auf.

»Komm bloß nicht auf die Idee, deine Hand über Bord baumeln zu lassen!«, warnte ihn Belka leise. »Und guck besser nicht ins Wasser.«

»Wieso das nicht?«

Doch noch ehe Nerd den Blick abgewandt hatte, wurde ihm der Grund für Belkas Warnung klar. Unter der Wasseroberfläche trieb ein Arm. An der Hand schmale Finger, ein zerbrechliches Gelenk, um den Unterarm noch etwas Stoff …

Nerd schreckte zurück, beugte sich aber dennoch erneut vor, um ins Wasser zu spähen.

Das Gesicht eines Menschen starrte ihn an. Das einer alten Frau. Es hatte kaum Schaden genommen, nur ein Teil der Unterlippe und die Nasenflügel waren angenagt, was dem Oval eine seltsame Asymmetrie verlieh. Und in den Augenhöhlen gab es bloß glänzendes Schwarz. Als hätte jemand Tinte in sie gegossen …

Nerd krächzte und kauerte sich zu Boden.

Sie fuhren über Leichen, und der Stock, mit dem Belka die Ruhe der Toten störte, brachte diese dazu, sich in ihrem Schlickbett auf die andere Seite zu drehen. Dann tauchte mal eine Hand oder ein Knie auf, mal der Rücken oder der Kopf einer Leiche. Die Körperteile versanken aber jedes Mal rasch wieder.

»Hier gibt es nur Tote, Nerd …« Aus Belkas Stimme hörte Nerd keine Emotionen heraus, weder Schmerz noch Angst oder Mitleid. Sie stellte lediglich eine Tatsache fest. »Aber die tun dir nichts. Wenn du vor jemandem Angst haben solltest, dann vor den Lebenden.«

Inzwischen hatten sie die geteilte Insel hinter sich gelassen. Nun lag wieder eine freie Fläche vor ihnen. Die Herbstsonne schickte von oben ihre gesammelte Kraft auf sie hinunter.

»Auch wenn du keine Angst vor ihnen haben solltest, sieh besser nicht ins Wasser«, betonte Belka noch einmal. »Übrigens haben wir unser Ziel bald erreicht.«

Nerd setzte sich wieder auf – und schon sah er die nächste Leiche. Sie drehte sich leise vom Bauch auf den Rücken, genau wie ein Mensch im Schlaf, und streckte dem Himmel ihr bräunliches Mumiengesicht entgegen. Dann sank sie wieder hinab. All das geschah völlig lautlos. Nerd vernahm nur seinen eigenen röchelnden Atem und das Platschen, das Belka beim Staken verursachte.

Dann gerieten plötzlich die Wasserpflanzen in Aufruhr, und ein gewaltiges Wesen schoss hervor, das sich zielstrebig auf die Stelle zubewegte, an der die letzte Leiche untergegangen war. Eine Schaumspur markierte seinen Weg. Nerd sah genauer hin. Eine glänzende Haut mit Flecken in Stahlgrau und Purpurrot …

Ein Knacken und Zischen zerriss die Stille. Nerd rollte sich auf dem Boden zusammen und hielt sich die Ohren mit beiden Händen zu, um diesen widerlichen Geräuschen zu entkommen.

Belka dagegen stakte unbeeindruckt weiter und schien das ekelhafte Schauspiel gar nicht zu bemerken. Nur einmal rollte sie die Schultern, als wäre ihr kalt …

»Hast du … hast du das auch gesehen?«, fragte Nerd, rappelte sich wieder hoch und zeigte mit zitternden Fingern auf das Wasser.

»Das war eine kleine Schlange«, antwortete Belka ruhig. »Von denen gibt es hier jede Menge. Wenn sie größer gewesen wäre, hätten wir sie mit einer Granate erledigen müssen. Sonst hätte sie vielleicht unser Boot verschlungen.«

Nerd würgte an seiner eigenen Spucke. Eine Schlange, die ein ganzes Boot verschlingen konnte …?

»Warum kommen die nicht nach Park? Das wäre doch nicht weit …«

»Weil sie in den Sümpfen genug zu futtern finden. Auf dem trockenen Land würden sie außerdem innerhalb kürzester Zeit verrecken.«

»Wie konntest du bloß in der Nähe dieser Monster leben?«

»Und wie konntest du in Park leben?«, konterte Belka. »Oder gefällt es dir, wie ein Tier behandelt zu werden? Hältst du es vielleicht für eine besondere Ehre, wenn ein Mädchen von einem der Bosse geschwängert wird? Glaub mir, Nerd, in der Nähe von Toten und Schlangen habe ich mich wohler gefühlt als bei euch in Park.«

Ihr Gesicht nahm einen kämpferischen Ausdruck an, ihr Haar loderte in der Sonne feuerrot, ihre Augen funkelten zornig.

»Man überlebt nur, wenn man zusammenbleibt«, wiederholte Nerd das, was man ihm von klein auf eingeschärft hatte. »So will es der Gnadenlose…«

Daraufhin warf Belka ihm einen Blick zu, der ihn beinahe dazu gebracht hätte, aus dem Boot zu springen.

Doch mit einem Mal verzog sie die Lippen zu einer Art Lächeln.

»Der Gnadenlose will das also so, ja?«, fragte sie dann. »Dann sieh mich doch einmal an, Nerd. Ich lebe seit vier Jahren ganz allein! Und es geht mir gut dabei! Ich brauche die Beine nicht für den schnaufenden Pig breit zu machen! Ich setze keine Kinder in die Welt, nur damit sie den Bossen dienen! Unser aller Leben könnte anders aussehen! Wir könnten ganz andere Menschen sein! Zusammenzuleben – das heißt doch nicht, zum Tier zu werden! Oder dass nur das Recht der Stärkeren gilt! Du hast doch so viel gelesen! Dann musst du doch wissen, dass die Menschen nicht immer so gelebt haben!«

»Früher gab es ja auch keinen Gnadenlosen…«

»Jede Zeit hat ihren eigenen Gnadenlosen!«, fuhr sie ihn an. »Und zu jeder Zeit gab es Menschen, die vor ihm gekuscht haben. Aber du hast gesagt, man kann etwas gegen ihn ausrichten. Deshalb habe ich mich mit dir zusammengetan. Wenn wir am Gesetz etwas ändern wollen, dann müssen wir etwas gegen den Gnadenlosen unternehmen. Sollte ich dabei verrecken, sei's drum! Hauptsache, er verreckt ebenfalls!«

KAPITEL 4

Ödland

Die Explosion am Baumhaus hatte den Verfolgern aus Park ordentlich zugesetzt. Zwei Männer hatten Schnittwunden davongetragen, ein weiterer war von der Druckwelle gegen einen Baum geschleudert worden. Aus seinen Ohren strömte Blut, er verstand kein Wort mehr und schüttelte bei jeder Frage nur den Kopf.

Die Bosse waren dagegen glimpflich davongekommen, das Gleiche galt für Wiesel. Nachdem man die Verletzten zurückgeschickt hatte, legte man das, was von Trauerkloß noch übrig war, in eine Kiste, die notdürftig aus Ästen umgekippter Bäume zusammengebaut worden war. Nun würden die Aasfresser wenigstens nicht ganz so leichtes Spiel haben.

Denn ein richtiges Grab konnten sie nicht ausheben, dazu war der Boden zu feucht: Kaum fingen sie an, ihn abzutragen, strömte eine stinkende, braune Flüssigkeit in das Loch. Die Sümpfe streckten ihre Finger danach aus ...

Da sie keinen Schamanen dabeihatten, sprach Wiesel die letzten Worte.

Das ging schnell. Wiesel war kein großer Redner, abgesehen davon gab es nicht viel zu sagen. Der Gnadenlose hatte Trauerkloß zwei Jahre zu früh erhalten, sollte er sich darüber freuen und Schluss.

Danach setzten sie die Verfolgung fort.

Diese Entscheidung hatten die Bosse eher vom Bauch als vom Kopf her getroffen, nachdem Runner einen entsprechenden Vorschlag gemacht hatte.

Niemand von ihnen kannte das Gebiet der Sümpfe. Klar war nur, dass es umgangen werden musste. Sie beschlossen, rechter Hand an den verhängnisvollen Gewässern vorbeizuziehen, schlicht und einfach deshalb, weil sie das für den kürzeren Weg nach City hielten.

Die Stadt hatte der Stamm aus Park schon öfter überfallen. Dabei waren sie aber nie über das Wasser der Sümpfe gezogen, sondern immer durch Ödland. In City versuchten sie dann, die Häuser in der Stadtmitte, dem sogenannten Downtown, zu plündern oder die Frauen des Stamms zu entführen.

City ließ mit einem Gegenangriff selbstverständlich nicht lange auf sich warten. Auch der Stamm aus der Stadt war auf Frauen und Kinder aus.

Nur in Ausnahmen verbündeten sich die beiden Stämme vorübergehend miteinander, um über einen gemeinsamen Feind herzufallen.

Runner war hundertprozentig davon überzeugt, dass Belka und Nerd nach City gehen würden. Von dort aus würden sie vermutlich die einzige Brücke benutzen, die noch über den Fluss nach Town führte. Diese Stadt wiederum stellte für alle aus Park das Ende der Welt dar. Weiter in den Osten war noch keiner von ihnen vorgedrungen ...

Auch Town hatten die Männer aus Park schon ein paarmal überfallen. Die wilden Geschichten dieser Raubzüge waren inzwischen längst zu Gutenachtliedern für Babys geworden. Mit etwas Glück und Geschick konnte man in Town wirklich fette Beute machen! In der Stadt gab es Dutzende von Geschäften mit Waffen, Apotheken und riesige Supermärkte mit allen möglichen Wunderdingen. Oder man plünderte einfach eine Wohnung. Auch das lohnte sich, denn Millionen von Wohnungen in den Wolkenkratzern bargen die unglaublichsten Schätze, nur wurde es jedes Mal schwieriger, an sie heranzukommen.

Da Town riesig war, lebten dort gleich mehrere Stämme. Sie alle waren ausgesprochen clever, wenn es darum ging, all diese Schätze zu bewachen, obwohl diese doch eigentlich für alle gereicht hätten. Obendrein waren die Männer in Town verdammt gut mit Waffen ausgestattet.

Park und City hatten sich in der Vergangenheit ein paarmal zusammengeschlossen, um gemeinsam in Town einzufallen. Mit Erfolg. Sie waren stets mit reicher Beute heimgekehrt. Daraufhin hatten die Stämme in Town die Main Bridge, die nach City führte, vermint und zusätzlich Scharfschützen aufgestellt. Damit war es vorbei mit dem schönen Leben. Wer nun nach Town vordringen wollte, brauchte Köpfchen und musste sich etwas einfallen lassen, um die Brücke zu überwinden. Selbst in Town musste er noch jederzeit mit einem Angriff rechnen. Mitunter wurden Fremde nämlich einfach von hinten erschossen. Oder es explodierte eine Bombe unter ihren Füßen. Oder sie wurden gefangen genommen ...

Belka und Nerd bewegten sich gen Osten. Was ihr eigentliches Ziel war, wusste Runner nicht, doch er ging davon aus, dass sie an der Brücke auftauchen würden. Eine andere Möglichkeit, den Fluss zu überqueren, gab es nicht. Das bedeutete, dass City und Town die Jagd auf die beiden eröffnen würden.

Deshalb dürfen wir auf keinen Fall zu spät kommen, dachte Runner. Wir müssen sie vor oder in City schnappen.

Obwohl die Beziehungen zu City momentan zu wünschen übrig ließen, zweifelte er nicht daran, dass er sich mit dem Stamm auf einen vorübergehenden Waffenstillstand einigen könnte. Danach würde er die beiden Verräter in aller Ruhe fassen. Wie er das anstellen wollte, wusste er freilich noch nicht.

Aber da fällt mir schon was ein, sagte er sich.

Sie zogen das Boot an Land. Wäre Belka allein gewesen, hätte sie sich diese Mühe vermutlich gespart, aber zu zweit schafften sie es ganz gut, das Ding hinter ein paar Sträucher zu schleppen. Zusätzlich tarnten sie es mit Zweigen. Leider gelang es ihnen nur notdürftig, die Schleifspuren im feuchten Boden zu beseitigen.

Nun mussten sie ihr Gepäck allerdings selbst tragen. Rund hundert Pfund ... Nach einer halben Meile hätte Nerd sich am liebsten eine Kugel in den Kopf gejagt. Selbst die Aussicht, dass ihre Verfolger sie erwischten, kam ihm weniger grausam vor als diese Plackerei. Nichts konnte so schlimm sein wie dieser Rucksack. Mit jedem Schritt schwankte Nerd stärker. Er lief schon nicht mehr, sondern kroch mehr oder weniger hinter Belka her. An die tiefen Abdrücke, die er dabei im feuchten Boden hinterließ, dachte er lieber gar nicht erst.

Auch Belka krümmte sich unter ihrer Last und setzte nur noch mit Mühe einen Fuß vor den anderen. Auf diese Weise würden sie bestimmt nicht weit kommen. Andererseits durften sie keinen Teil ihres Gepäcks aufgeben. Obwohl der Pfad als breite Straße gelten konnte, mussten sie dreimal rasten, um gerade mal sechs Meilen zu bewältigen.

Als die Sonne ihnen am frühen Abend nicht länger den Nacken versengte, erreichten sie eine vierspurige Straße, auf der sich das Grün allerdings schon so breitgemacht hatte, dass der Highway fast mit dem grünen Teppich verschmolz, der die gesamte Umgebung einnahm. Hier und da ließen sich darin bereits die ersten gelben Tupfer ausmachen, die den heranrückenden Herbst ankündigten. An einigen Stellen war das Gras in der Sommerglut verbrannt. Beton entdeckten sie dagegen kaum noch. Den Straßenverlauf deuteten oft genug lediglich die Überreste der alten Fahrbahnbegrenzung an oder die schiefen Laternen am Rand der Autobahn.

Irgendwann erreichten sie ein Schild, auf dem eine nur mit Mühe erkennbare Zahl prangte: 32.

»Bis Town sind es noch zweiunddreißig Meilen«, teilte Nerd Belka mit.

»Aha … Humpelst du?«

»Ein bisschen. Ich hab mir irgendwie den Fuß aufgeschrammt …«

»Lass mich mal sehen!«

Heute Morgen hatten sie sich in der Nähe der Sümpfe in einer kleinen Lache mit sauberem Wasser gewaschen. Bei der Gelegenheit hatte Nerd auch seine Schuhe gesäubert. Anschließend war er barfuß in sie hineingeschlüpft, denn seine Socken hatten den Marsch durch die flüssige Scheiße nicht überstanden. Nun rächte sich sein rechter Fuß für diese nachlässige Behandlung …

»Zieh den anderen Schuh auch aus«, sagte Belka. »Wir bleiben hier. Über Nacht muss Luft an die Füße.«

Sie holte aus ihrem unerschöpflichen Rucksack eine Blechbüchse mit einer schwarzen Schmiere, die nach Kräutern roch, und rieb ihm damit die wunden Stellen ein.

»Wenn du noch was zu erledigen hast, dann pass auf«, fuhr sie fort. »Hier gibt es überall verrostetes Eisen. Wenn du dich daran schneidest, verreckst du garantiert.«

Links und rechts des Highways erstreckte sich Ödland. Über Hunderte von Meilen. Der Wind versprach eine kalte Nacht, denn er roch schon nach Herbst, nach verdorrten Gräsern, verblühten Blumen und verfaultem Laub und sogar nach den ersten Frösten. Belka sog die Luft in sich ein und erklärte, es würde keinen Regen geben. Danach suchte sie sich ein Plätzchen für ihre Isomatte und rollte den Schlafsack aus.

»Die Schlafsäcke taugen nicht für die Kälte«, hielt sie fest. »Aber wer weiß, ob wir bei Wintereinbruch überhaupt noch am Leben sind ...«

Nun förderte sie aus ihrem Rucksack etwas getrocknetes Fleisch zutage. Es war hart und mit einer weißen Salzkruste überzogen. Nerd riss sich ein Stück ab und stopfte es sich in den Mund, verzog aber sofort das Gesicht. Sein Problem war jedoch, dass er fast vor Hunger starb. Wenn ich das Fleisch bloß abspülen könnte, dachte er verzweifelt. Oder es in eine Suppe geben. Dann wäre es vielleicht sogar genießbar. Aber so ...

»Wir haben nur noch das und ein paar Fladen«, sagte Belka und breitete fast entschuldigend die Arme aus. »Wenn du Hunger hast, musst du dich also damit begnügen, denn ein Feuer werden wir nicht anzünden, das könnten die Farmer bemerken. Eigentlich sind es ganz friedliche Leute, die uns nicht an die Dreckskerle aus Park verraten würden. Allerdings auch nicht vor ihnen schützen, denn ihr Gesetz verlangt von ihnen, dass sie sich niemals in die Angelegenheiten anderer einmischen. Deshalb würden sie seelenruhig mit ansehen, wie uns die Bosse abschlachten.«

Die Farmer lebten in Ödland und bestellten die kleinen Flächen, die sich die Prärie noch nicht einverleibt hatte. Sie bauten Getreide und Gemüse an und hielten Vieh. Feinde hatten sie keine, mit allen Stämmen rundum trieben sie Handel. Ihre Lebensmittel tauschten sie gegen Waffen, Patronen, Messer und allerlei Gegenstände aus der Stadt. City, Town und auch Park hatten früher schon mal versucht, die Farmer in ihre Gewalt zu bringen, aber alle drei hatten sich an den Bauern die Zähne ausgebissen, denn diese hatten sämtliche Feinde mit erstaunlicher Effizienz und höchster Grausamkeit zurückgeschlagen. Danach war für eine Weile Schluss mit dem Handel gewesen. Wer immer dann noch zu den Farmern kam, kriegte eine Bleisalve ab und konnte von Glück sagen, wenn er mit dem Leben davonkam. Nachdem man ein Jahr auf Mehl und Gemüse hatten verzichten müssen, bewiesen die einstigen Aggressoren immerhin so viel Verstand, sich mit den Farmern auf einen wackligen Waffenstillstand zu einigen. Das brachte den Handel wieder in Schwung.

Belka war schon öfter in Ödland gewesen, und auch Nerd war durch diese Gegend gekommen, damals, als sein Stamm City überfallen hatte.

»Besser, die Farmer würden uns nicht entdecken«, murmelte Belka.

»Wenn wir in dem Tempo weiterlaufen, brauchen wir bis City fünf Tage«, sagte Nerd, während er versuchte, das knochenharte Fleisch weich zu kauen.

»Eher mehr«, erwiderte Belka und hielt Nerd einen Brotfladen hin, der kaum weicher war als das Fleisch. »Morgen werden wir noch müder sein, übermorgen kriegen wir kaum noch einen Fuß vor den anderen. Mit etwas Glück und wenn wir den Weg abkürzen, benötigen wir garantiert eine Woche.«

»Und ohne die da?«

Nerd zeigte auf die Rucksäcke im Gras.

»Anderthalb Tage, wenn dein Fuß über Nacht verheilt. Aber ohne Patronen und Proviant brechen wir bestimmt nicht auf. Damit würden wir unser eigenes Todesurteil unterschreiben.«

»Für Essen könnten wir sorgen, indem wir auf die Jagd gehen«, hielt Nerd dagegen. »Dann könnten wir die Rucksäcke zurücklassen und kämen viel schneller vorwärts.«

»Aber nur bis City«, entgegnete Belka. »Wie dann weiter? Wie gelangen wir nach Town? Wie über die Main Bridge? Wie viele Magazine kann ich ohne Rucksack mitschleppen? Drei? Fünf? Hast du die Absicht, damit notfalls einen Kampf zu bestreiten?«

»Belka«, sagte Nerd niedergeschlagen, »mit den Rucksäcken schaffen wir es nie. Das ist völlig aussichtslos. Du bist stark, das weiß ich – aber du bist kein Pferd! Und ich erst recht nicht.«

Prompt stellte Belka das Kauen ein, starrte ihn an und grinste schief.

»Was ist?«, fragte Nerd.

Sie brach ein Stück vom Brotfladen ab und schnalzte laut mit der Zunge. Sofort kam das Eichhörnchen von einem der Bäume zu ihr heruntergeschossen, schnappte sich den Bissen, setzte sich auf Belkas Schulter und machte sich über das Brot her.

»Du hast mich auf eine wunderbare Idee gebracht.«

»Was für eine?«

»Tut dein Fuß noch weh?«

»Nicht mehr so schlimm. Warum?«

»Dann zieh deine Schuhe an, wir haben noch was vor.«

»Und was?«

»Wir ziehen um«, antwortete Belka. »Mir ist gerade ein alter Bekannter eingefallen, bei dem wir vorbeischauen sollten. Ein Farmer, der ganz in der Nähe lebt ... Er wird uns bei sich schlafen lassen, und Eva, seine Frau, kocht gut, du wirst es also nicht bedauern. Außerdem würde ich gern mit ihm etwas bereden. Bis zu ihm sind es noch knapp zwei Meilen, aber vor Sonnenuntergang würden wir das wahrscheinlich noch schaffen. Na, was hältst du von dem Plan?«

Sie schafften es tatsächlich noch bei Tageslicht, die Farm zu erreichen, obwohl Nerd mittlerweile auf zwei wunden Füßen vorwärtshumpelte und bei jedem noch so unbedeutenden Anstieg fürchterlich schnaufte. Außerdem waren es deutlich mehr als zwei Meilen, doch als sie aus einiger Ferne den Zaun sahen, der sich um die Farm zog, setzte das in ihnen beiden neue Kräfte frei.

Das Tor war verschlossen, auf dem Hof war ein bedrohliches Bellen zu hören.

»Ist das ein Wolfshund?«, fragte Nerd.

»Mhm. Hauer«, brummte Belka, während sie versuchte, auf den Hof zu spähen, doch der Zaun war so dicht mit Efeu bewachsen, dass sie außer Grün nichts vor Augen hatte. »Selbst wenn Eva zu Hause ist, wird sie uns nicht öffnen. Wahrscheinlich steht sie längst mit ihrer MP im Anschlag da. Angenehmen Besuch kriegen die hier nämlich nie!«

»So schlimm ist es?«

»Noch schlimmer! Aber wie gesagt, die Farmer sind clever! Wenn einer von ihnen überfallen wird, zünden sie ein spezielles Lagerfeuer an. Die Rauchsäule siehst du sogar, wenn du Dutzende von Meilen weit weg bist. Das Alarmsignal wird weitergegeben, entweder wieder mit Rauchsäulen oder mit Reitern. Irgendwann trudelt dann auf alle Fälle die Unterstützung ein.«

»Und was ist nachts?«

»Dafür haben sie Signalraketen. Nicht viel, aber sie reichen, um sich auch bei Dunkelheit zu verständigen. Glaub mir, die haben echt Köpfchen. Sonst wären sie auch längst ausgerottet worden.«

Der Wolfshund kläffte jetzt unmittelbar hinter der Mauer. Das Eichhörnchen tauchte aus Belkas Kapuze auf, schaute sich kurz verängstigt um und verschwand mit einem leisen Fiepen wieder in seinem sicheren Versteck.

»Vielleicht sollten wir diese Eva rufen?«, schlug Nerd vor, der sich endlich auf einen Stuhl fallen lassen wollte. Oder, noch besser, sich irgendwo ausstrecken und die schmerzenden Füße hochlegen.

»Mach ja keinen Scheiß!«, fuhr Belka ihn an. »So was Dämliches hab ich echt noch nie gehört!«

Sie zog die Rucksäcke dicht an den Zaun und machte es sich bequem, behielt dabei aber sowohl die Straße zur Farm als auch das Tor im Auge.

»Willst du da Wurzeln schlagen?«, fragte sie Nerd. »Setz dich! Wir warten auf den Farmer.«

»Und wenn er nicht kommt?«

»Dann haben wir Pech gehabt und schlafen hier. Ohne ihn betreten wir die Farm jedenfalls nicht.«

Sie sollten jedoch Glück haben.

Eine Viertelstunde später war Muhen und Hufgeklapper zu hören.

Da die Farm auf einem kleinen Hügel lag und die Bäume rundum abgeholzt und zur Sicherheit auch noch niedergebrannt worden waren – in Ödland hasste man den Wald, da in ihm alle lauerten, die einen Überfall planten –, kamen Belka und Nerd immerhin in den Genuss der freien Sicht. Sie beobachteten, wie der Farmer die Herde nach Hause trieb. Er selbst saß auf einem Fuchs. Nerd hatte den Eindruck, dass der Mann nicht sehr groß, aber offenbar kräftig war.

»Steh auf!«, verlangte Belka von Nerd. »Besser, er sieht uns. Vielleicht hat Eva ihn sogar irgendwie gewarnt. Falls nicht, soll er keine böse Überraschung erleben. Das mag man hier nicht.«

»Das mag man nirgends«, murmelte Nerd, während er sich erhob.

Als der Farmer die beiden vor seinem Tor ausmachte, beschleunigte er das Tempo und zog seine Schrotflinte aus der Satteltasche. Vermutlich glaubte er, mit seinem Bart und der Waffe in der Hand würde er gefährlich wirken, doch er blieb der, der er nun einmal war: ein Sechzehnjähriger mit breiten Schultern und einem komischen Zottelbart von undefinierbarer Farbe. Immerhin saß er im Sattel, als wäre er in ihm geboren worden, das erkannte sogar Nerd, der in Park nur selten einen Reiter zu Gesicht bekommen hatte.

Der Farmer richtete die Flinte auf die zwei und zog einen Fuß aus dem Steigbügel, um sich notfalls hinter dem Rist des Tiers in Deckung zu bringen.

Belka trat mit erhobenen Händen einen Schritt vor.

»Bleib, wo du bist!«, schrie der Farmer sofort.

Belka rührte sich nicht. Nerd hob vorsichtshalber auch die Hände.

Die ersten Tiere erreichten bereits das Tor. Die Glocken an den Hälsen der Kühe bimmelten, die prallen Euter schwankten bei jedem Schritt hin und her. Ängstlich behielt Nerd diese Geschöpfe im Auge.

In Park gab es Schweine, die allerdings mager, klein und böse waren. Vermutlich hätten sie am liebsten selbst die Menschen gefressen. Mit den Gänsen und Hühnern hatten sie schon etwas mehr Glück. Früher hatten auch Kaninchen auf dem Speiseplan gestanden, aber nach einer Epidemie war der gesamte Viehbestand innerhalb weniger Tage dahingerafft worden. Danach hatte der Schamane die Haltung dieser Tiere verboten.

Die Farmer dagegen hielten Federvieh, Schweine, Kaninchen und sogar Kühe. Gewaltige Fleischblöcke auf vier Beinen und mit traurigem Blick. Die Kühe dieses Farmers waren sogar besonders groß. Wesentlich massiver als ein Hirsch! Von ihnen ging außerdem ein merkwürdiger Geruch aus, der angenehm und unangenehm zugleich war. Ihre Seiten wirkten irgendwie geschwollen ...

Nerd fand die Tiere schön, aber ihre Nähe behagte ihm nicht.

Dem Farmer wiederum gefiel es überhaupt nicht, zwei ungebetene Gäste vor seinem Tor vorzufinden. Als er an der Herde vorbei auf sie zuritt, behielt er sie daher die ganze Zeit im Blick.

Kurz bevor er sie erreichte, erkannte er Belka endlich.
»Ach, du bist das!«, rief er aus.
»Hallo, Tom.«
»Wen hast du da mitgebracht?«
»Das ist Nerd. Für ihn lege ich die Hand ins Feuer.«
»Gehört er zu denen in Park?«
»Nicht mehr«, versicherte Belka, und Nerd ließ ganz langsam die Hände sinken. »Er hat den Stamm verlassen, genau wie ich.«
Nun steckte auch Tom die Flinte zurück.
»Ich könnte wetten«, murmelte er und saß ab, »dass ihr hier übernachten wollt.«
»Richtig gewettet, Tom.«
»Und als Nächstes kommt dann, dass ihr zwei Hunger habt.«
»Noch mal gewonnen.«
»Manchmal bedauere ich wirklich, dass ich dich damals nicht zum Gnadenlosen geschickt hab«, bemerkte Tom grinsend. »Du tauchst immer dann auf, wenn man dich am wenigsten brauchen kann ...«
Er wollte unbedingt cool wirken, war aber nach dem langen Tag in der sengenden Sonne nur müde und sehnte sich eigentlich bloß noch nach seinem Bett.
»Was will man da machen, Tom?«, parierte Belka. »In unseren Zeiten kommen Gäste doch immer ungelegen. Daran solltest du dich also längst gewöhnt haben.«
»Okay, dann komm halt rein! Aber vorher verrat mir noch eins: Ist jemand hinter dir her?«
»Ja.«
»Viele?«
»Ich weiß es nicht«, sagte Belka. »Aber ich würde vermuten, dass es bestimmt zwei Dutzend sind. Wir haben ein paar von ihnen getötet, aber das hat sie nicht unbedingt beeindruckt.«
Daraufhin fing Tom an, ausgiebig am Zaumzeug herumzufummeln.
Wahrscheinlich überlegt er jetzt, schoss es Nerd durch den Kopf, ob er uns nicht doch davonjagt.
»Wer genau ist hinter dir her? Leg, Runner, Rubbish und Pig?«
»Leg wird nie wieder hinter irgendwem her sein.«

»Möge der Gnadenlose lange satt sein«, murmelte Tom und führte Zeige- und Mittelfinger an die Stirn. Noch nie hatte Nerd gesehen, dass jemand eine solche Geste ausführte. »Ist das dein Verdienst?«

Belka nickte.

»Wie weit sind sie noch weg?«

»Einen Tagesmarsch. Mindestens. Wir haben die Sümpfe mit einem Boot überquert, das werden sie sich nicht trauen.«

»Morgen verschwindest du wieder. Und dein Freund auch«, sagte Tom ernst. »Eva ist schwanger, da kann ich getrost auf Schwierigkeiten verzichten.«

»Mögest du ewig leben, Tom. Danke! Und morgen früh hauen wir wieder ab.«

»Dann rein mit euch«, brummte er und trat ans Tor, das nun langsam von innen geöffnet wurde. »Bleibt aber hinter mir, ich will erst mal nachschauen, ob Eva Hauer von der Kette gelassen hat.«

Runner hasste die Sümpfe.

Bei jedem Raubzug büßten sie in dieser Gegend mindestens einen Mann ein. Als ob der Gnadenlose eine Art Wegezoll verlangte, ehe er sie nach Ödland ließ.

Diesmal hatte Runner jedoch gehofft, dieser Abschnitt würde niemand das Leben kosten, schließlich war Trauerkloß bereits bei der Explosion in Belkas Baumhaus umgekommen – und der Zoll damit gezahlt. Doch er sollte sich irren …

Sämtliche Männer waren erschöpft, deshalb wollten sie schnellstens zu einem Rastplatz, den sie kannten, einer Lichtung, die hinter dichtem Gebüsch lag. Die Stelle kannten sie. Sie lag recht weit von den Sümpfen und vom Wald entfernt. Morgen würde ihnen ein weiterer langer Marsch bevorstehen … Selbst Runner fürchtete schon, seine Füße würden gleich schmelzen, eine derartige Hitze herrschte in seinen Schuhen.

Sie marschierten in einer Formation, bei der die Männer die Bosse einrahmten. Mit einem Mal stolperte Hicks, der direkt vor Runner lief. Sofort rappelte sich der Mann wieder hoch, fiel jedoch erneut und kippte auf die Seite. Entsetzt starrte er zu Runner hoch.

Ein paar Männer versuchten, ihm auf die Beine zu helfen.

»Stopp!«, befahl Rubbish da. »Hicks, sieh mich an! Hicks! Du sollst mich ansehen!«

Der Mann richtete seinen Blick auf Rubbish, der hinter Runner stand. Er begriff noch immer nicht, was mit ihm los war. Doch nun sah auch Runner, wie Hicks schmolz. Sein rundes Gesicht schien nicht mehr aus Fleisch zu bestehen, sondern aus Wachs, das in der heißen Luft zerfloss.

»Scheiße aber auch!«, stöhnte Rubbish mit zitternder Stimme.

Er hätte auch beten statt fluchen können – geholfen hätte das ebenso wenig. Wenn der Gnadenlose sich einen Menschen holt, kommt jede Hilfe zu spät. Das Einzige, was noch blieb, war, die Leiden des Opfers zu verkürzen und es zu erschießen.

»War's das?«, brachte Hicks voller Mühe heraus. »Ist er da?«

Rubbish nickte.

Hicks war für ihn nicht irgendwer. Er war sein Bruder.

Während die Männer ihn zur Lichtung trugen, hielt Rubbish Hicks' Hand. Im Gesicht des Bosses spiegelte sich nackte Panik. Was sollte er jetzt bloß tun? Als Boss musste er doch cool sein, durfte keine Angst haben! Er musste stets stark sein, damit die anderen seinen Befehlen gehorchten. Doch obwohl Rubbish kein Mitleid mit Hicks empfand – Angst setzte ihm sehr wohl zu.

Der Gnadenlose holte sich seinen älteren Bruder. Ob er dabei gleich einen Blick auf ihn geworfen hatte? Wahrscheinlich …

Auch sonst sagte niemand ein Wort.

Das Erscheinen des Gnadenlosen rief allen in Erinnerung, dass es auch sie bald treffen konnte.

Morgen oder in einer Woche. In einer Minute oder in einem Monat …

Niemand von ihnen hatte Angst davor, an einer Krankheit oder einer Wunde, durch ein Messer oder eine Kugel zu sterben. Immer wieder fanden Männer bei der Jagd den Tod. Das kannten sie vom ersten Tag ihres Lebens an, darauf waren sie vorbereitet.

Der Gnadenlose war da schon eine andere Sache …

Er war abwesend und trotzdem allgegenwärtig. Jedes Feuer, in dem sie eine Leiche verbrannten, erinnerte an ihn. All die Toten in den leeren Häusern oder im Wald, die Ruinen der einstigen Städte, die überwucherten Straßen oder die heruntergekommenen Fabriken. Ihre Welt war ein riesiges Denkmal seiner Macht. Es war seine Welt. Und die Menschen darin waren seine Nahrung – die er sich einverleibte, wenn sie vor Lebenskraft barsten, um ihnen diese bis zum letzten Tropfen auszusaugen.

Sobald sie die Lichtung erreicht hatten, betteten die Männer Hicks auf eine Isomatte. Alle stellten sich um ihn herum auf.

Natürlich hatte Runner schon oft gesehen, wie der Gnadenlose zuschlug. Sogar den Tod seiner Mutter hatte er miterlebt. Aus unerfindlichen Gründen hatte sein Gedächtnis aus seiner Kindheit ausgerechnet diesen Moment gespeichert, sonst nichts. Diesem Tod waren später viele andere gefolgt ...

Und nun schlug der Gnadenlose wieder zu.

Nach einer Viertelstunde würde statt Hicks ein Mann von etwa vierzig Jahren vor ihnen liegen. Er würde sich winden, laut kreischen und im Fieber schütteln. In wenigen Minuten würde sein Körper um Jahre altern. Sein Gesicht würde sich mit Falten überziehen, sein Haar grau werden und ausfallen. Die nackte Kopfhaut würde sich schälen. Die Gelenke an Armen und Beinen würden anschwellen, die Finger sich krümmen, die Beine sich gelb verfärben und sich mit merkwürdigen Höckern überziehen. Hicks' Augen würden tränen und sich nach einer Weile trüben, die Zähne würden ausfallen, dunkle Flecken die Haut überziehen, die Muskeln schrumpfen ...

Nach einer Dreiviertelstunde würde der Greis, der bis eben noch Hicks gewesen war, im Todeskrampf röcheln. Sein Herz würde gegen die spitzen Rippen hämmern, jeder Atemzug in den mit einer trüben Flüssigkeit gefüllten Lungen untergehen. In diesem Moment könnte man Hicks fast mit den Sümpfen verwechseln, in denen ja auch immer wieder Blasen aufstiegen.

Kurz darauf wäre er tot.

Für ihn gab es schon jetzt kein Entkommen mehr.

Der Gnadenlose würde ihn um keinen Preis wieder hergeben. Er würde das halbe Kind, das noch in ihm steckte, fressen, aber auch den erwachsenen Mann und den Greis. Danach würde von Hicks nur noch eine Mumie zurückbleiben. In einer Dreiviertelstunde wurde das Schicksal aller besiegelt, die achtzehn Jahre auf dem Buckel hatten.

In einer Dreiviertelstunde im Fieberwahn ...

Erst als es völlig dunkel war, verbrannten sie Hicks. Besser, sie gingen kein Risiko ein, besser, niemand sah den Rauch. Da die Bäume in der Nähe der Sümpfe allesamt feucht waren, wollten die Äste anfangs kaum Feuer fangen. Danach aber schnappten sich die Flammen gierig Hicks' Überreste.

Runner verbrachte eine unruhige Nacht. Er lauschte in sich hinein, schlummerte kurz ein, schoss wieder hoch, weil er geträumt hatte, dass ...

Nein, daran durfte er nicht einmal denken!

Bis zu seiner Begegnung mit dem Gnadenlosen blieb ihm noch ein Jahr. Wenn Nerd recht hatte, sogar mehr. Viel mehr. Sobald er sich das in Erinnerung gerufen hatte, schlief er fest ein.

Rubbish dagegen saß die ganze Nacht an dem verglimmenden Feuer ...

Bei Eva handelte es sich um eine kleine schwarzhaarige Frau mit flinken Augen und schlechten Zähnen. Obwohl sie bereits hochschwanger war, stand sie keine Sekunde still. Ein wenig erinnerte sie an eine fette Ente. Tom und sie lebten in einem riesigen Raum, der gleichzeitig als Küche diente. Sie hatten einen dreijährigen Jungen und eine einjährige Tochter. Die beiden Kinder kamen nach Eva, auch sie hatten schwarzes Haar und ein rundes Gesicht. Und auch sie saßen nicht eine Sekunde still. Während Nerd sie beobachtete, fragte er sich, wie Eva eigentlich die Zeit fand, sich noch um die Farm zu kümmern.

Über ihren Besuch freute sich die Frau nicht gerade, auch wenn sie das nach Kräften zu verbergen versuchte. Sie stellte Suppe auf den Tisch, die im Ofen auf Toms Rückkehr gewartet hatte, dazu Salz und Kräuter, Brot und schließlich geschmortes Kaninchen sowie einige gekochte Eier. Nach einigem Zögern holte sie aus dem Schrank auch noch eine Flasche mit selbst gebranntem Whiskey.

Tom fragte nicht, warum Nerd und Belka eigentlich verfolgt wurden. Er steckte seine Nase nie in die Angelegenheiten anderer. Seine beiden Gäste würden wieder gehen, er aber würde weiterhin hier leben müssen ...

Untereinander hielten sämtliche Farmer zusammen, ansonsten

unterstützten sie aber prinzipiell niemanden. Auch Kriege führten sie höchstens gegeneinander, nie gegen andere Stämme. Dazu war ihnen ihr eigenes Leben zu kostbar. Wahrscheinlich bedauert Tom schon, uns reingelassen zu haben, dachte Nerd. Ganz zu schweigen von Eva.

Verübeln konnte Nerd ihnen das nicht, im Gegenteil, er verstand sie.

Belka hatte ihm auf dem Weg zur Farm erzählt, dass Tom und Eva nur noch knapp zwei Jahre blieben, um ihre beiden Kinder großzuziehen und ein drittes in die Welt zu setzen. Ein Jahr bevor der Gnadenlose sie holen würde, müssten sie die Kinder auf eine große Farm bringen, wo sich jüngere Menschen um sie kümmern würden. Tom und Eva würden im Gegenzug zwei größere Kinder erhalten, denen sie beibringen sollten, wie man eine Farm führte. Diese beiden würden die Farm erben, wenn …

… wenn wieder alles von vorn losging.

Das war ihr Leben, gut geplant und klar. Tom und Eva würden es nicht aufs Spiel setzen, nur weil ein rothaariges Miststück namens Belka die Männer aus Park gegen sich aufgebracht hatte, die in ihrer Rachsucht zu sonst was imstande sein dürften.

Die Kinder zeigten sich dagegen nicht so abweisend, sondern starrten die beiden Gäste neugierig an. Als dann aus der Kapuze des Hoodys auch noch das Eichhörnchen auftauchte, knufften sie sich kurz und kletterten auf Belkas Schoß. Selbst Eva lenkte ein und streute ein paar Sonnenblumenkerne auf den Tisch, die das Tier genüsslich knabberte.

Nerd und Belka machten sich gierig über das Essen her und tranken hinterher noch ein Gläschen. Nerd wäre danach beinahe am Tisch eingeschlafen. Zum Glück verflog seine Müdigkeit im Nu wieder. Wahrscheinlich dank der guten Suppe.

Die Familie gefiel ihm. Ein solches Zuhause hatte er nie zuvor kennengelernt. Das war kein Unterschlupf, in dem man lediglich die Gefahren der Nacht überstand, das war ein Ort, in dem es nach Gemütlichkeit, gutem Essen, einem brennenden Ofen, Holzmöbeln und Roggenbrot roch. In Park roch es nie so. Nicht mal in der Küche.

Nerd schüttelte den Kopf. Die Müdigkeit kehrte mit aller Kraft zurück. Er rieb sich die müden Augen. Als er gähnte, renkte er sich fast den Kiefer aus.

»Du machst doch wohl nicht schon schlapp?«, fragte Tom grinsend. »Lass uns lieber noch ein Gläschen trinken.«

Nerd willigte ein.

Nach diesem zweiten Glas war er plötzlich putzmunter, während Tom sich nur noch aufs Ohr hauen wollte.

Eva brachte die Kinder zu Bett, ein deutlicher Hinweis darauf, dass die Gäste sich nun zurückziehen sollten.

»Dann kommt mal mit«, forderte Tom sie auf und stiefelte zur Haustür. »Ich bring euch in die alte Scheune, da könnt ihr schlafen. Korn bewahre ich dort längst nicht mehr auf, nur noch frisch gemähtes Gras. Ihr habt es also weich. Morgen früh macht Eva euch noch was zu essen und gibt euch Proviant mit, dann verzieht ihr euch! Das haben wir ausgemacht, Belka, vergiss das nicht! Ich habe euch nicht gesehen, ihr mich nicht. Möget ihr ewig leben!«

Sie gingen über den Hof, Tom öffnete die Tür zur Scheune.

»Euer Geschäft könnt ihr da drüben erledigen«, sagte er und deutete mit der Hand in eine Ecke. »Bleibt besser in der Scheune. Eva und ich, wir melken jetzt noch die Kühe, anschließend lassen wir Hauer von der Kette. Und der kann Fremde nicht leiden …«

Er gähnte herzhaft, schämte sich dann aber wohl und hielt sich schnell die Hand vor den Mund.

»Also dann«, murmelte er. »Gute Nacht!«

Da Efeu die Außenseite der Scheune erobert hatte, war es innen ziemlich feucht. An den Wänden klebte sogar Moos. Es roch immer noch nach Mäusen. Wahrscheinlich waren die Tiere ihrem alten Zuhause treu geblieben, selbst wenn es hier nun kein Futter mehr für sie gab.

Belka rollte die Isomatten in einer Ecke aus. Von dort aus hatten sie sowohl die Tür als auch das kleine Fenster oben in der gegenüberliegenden Wand im Blick. Erleichtert ließ sie sich auf die Matte plumpsen und zog ihre Schuhe aus. Die MP legte sie griffbereit neben sich. Nerd fiel auf, dass die Waffe entsichert und der Hebel auf Schnellfeuer gestellt war.

»Worauf wartest du noch?«, fragte Belka und zog aus ihrem

Rucksack die Büchse mit der Salbe. »Zieh die Schuhe aus und schmier dir die Füße ein!«

Als Nerd die stinkende dunkle Masse auftrug, musste er zugeben, dass der Schmerz sofort nachließ. Nur die offenen Stellen brannten ein wenig, wenn sie mit der Paste in Berührung kamen.

»Danke«, sagte er, während er seine Finger mit etwas altem Heu bearbeitete, um die Schmiere abzuwischen. Anschließend streckte er die nackten Füße aus. Das tat gut … Wann hatte er das letzte Mal entspannt und mit vollem Bauch dagesessen und mit den Zehen gewackelt?

Belka hobelte von einem alten Brett ein paar Späne ab, suchte nach einer Ritze in einem der Stützpfeiler, der weit genug weg vom Heu stand, stopfte die kleinen Holzspieße hinein und zündete sie mit ihrem Feuerstein an. Es wurde deutlich heller. Das Licht flackerte überhaupt nicht und rußte nur wenig.

Sofort überrollte Nerd Müdigkeit. Da aber Belka und ihr Eichhörnchen an der Tür Wache hielten, sah er es als seine Pflicht an, ebenfalls wach zu bleiben. Das Tier knabberte noch genüsslich an den letzten Krumen von Evas Brot, die es vom Tisch geklaubt hatte. Belka dagegen stopfte Patronen in das Magazin ihrer Waffe.

Nachdem er sie eine Weile beobachtet hatte, drehte er abrupt den Kopf weg. Das gehörte sich doch nicht, eine Frau so offen anzugaffen. Nach einer Weile wanderte sein Blick wieder zu ihr, diesmal allerdings verstohlen.

Das Licht der Späne schien Belkas scharfe Gesichtszüge zu glätten. Wenigstens ein bisschen. Wenn sie nicht so mager wäre, ging es Nerd durch den Kopf, wäre sie eine echte Schönheit, selbst mit dem kurzen Haar. Wenn das lang wäre … Trotzdem musste er sich eingestehen, dass sie ihm gefiel, obwohl sie noch sehr jung wirkte, noch gar nicht wie eine richtige Frau.

Belka musste seinen Blick gespürt haben, denn sie schaute auf. Nerd tat so, als würde er etwas an der Scheunenwand betrachten.

Daraufhin beendete Belka ihr Werk, legte die Waffe zur Seite und strich dem Eichhörnchen über den Kopf. Dies schnalzte mehrmals hintereinander, reckte ihr das Gesicht entgegen und setzte anschließend sein Festmahl fort.

»Wie heißt es eigentlich?«, fragte Nerd.

»Es ist ein er«, antwortete Belka, während sie das nächste Magazin aus ihrem Rucksack holte. »Und er heißt Freund.«

Als Freund seinen Namen hörte, hob er abermals den Kopf und schnalzte laut.

»Ich habe immer angenommen, er würde mich verlassen, wenn er groß genug dafür ist, aber er ist geblieben.« Sie lächelte. »Wahrscheinlich hat er begriffen, dass es etwas einfacher ist, wenn man zu zweit ist.«

»Wie hast du es eigentlich geschafft, die ganzen Jahre allein zu überleben?«

Sie warf ihm einen mürrischen Blick zu. Nerd wusste bereits, dass sie nicht gern von sich selbst sprach.

»Du musst die Frage ja nicht beantworten ...«, fügte er rasch hinzu, allerdings eher im Reflex. Früher hatte er es nicht riskieren dürfen, andere zornig zu machen. Bei Belka glaubte er eigentlich nicht, dass sie gerade wütend auf ihn war. Außerdem hatte er früher oft Angst vor Schlägen gehabt, aber nach den Erlebnissen in den letzten Tagen konnte er selbst darüber nur lachen. »Es geht mich ja wirklich nichts an. Aber ...« Er verstummte kurz, um dann fortzufahren: »... aber allein ist es doch verdammt schwer! Was, wenn du krank bist? Oder dir was brichst?«

»Und du? Wie hast du es geschafft, so lange mit den Schweinen in Park zusammenzuleben?«, fragte sie zurück. »Ich könnte das niemals! Dann schon lieber allein! Die bringen dich um, wenn du einen Hirsch nicht triffst! Oder sie vergewaltigen dich!«

»Ich bin ja keine Frau ...«

»Was du nicht sagst!«, konterte Belka. »Aber jemandem wie Sun-Win ist das scheißegal ... Der braucht nur was, wo er seinen Schwanz reinstecken kann! Was hätte mich in Park denn erwartet? Deine Freunde hätten mich in ihre Herde gesteckt! Jeder hätte mich haben können! Vielleicht als Belohnung, für einen besonders guten Schuss ... Ich wäre eine Gebärmaschine gewesen, von der ersten Blutung bis zum Auftritt des Gnadenlosen hätte ich ständig Kinder in die Welt setzen müssen.«

Sie schüttelte den Kopf. Nerd bemerkte, dass sie ihre Hände zu Fäusten geballt hatte. So fest, dass die Knöchel weiß hervortraten. Trotzdem stopfte sie weiter die Patronen ins Magazin.

»Nein, da bin ich lieber allein! Am Anfang ist es schwer, und du hast Angst ... Aber nach dem ersten Jahr ist das vorbei ... Dann ist alles bestens. Es war schwer, ohne den Stamm klarzukommen – aber nachdem ich das gelernt hatte, wusste ich zum ersten Mal, was Freiheit und Glück bedeuten. Hast du in all den Jahren in Park je etwas wie Freiheit gespürt?«

»Ja ... nachts in der Bibliothek.«

»Klar, wenn deine Bosse schliefen«, hielt sie grinsend fest. »Aber tagsüber? Wie hast du dich da gefühlt?«

Was hätte Nerd darauf erwidern können?

Seine Tage hatten nie etwas Gutes für ihn bereitgehalten. Der Stamm pfiff darauf, ob jemand aus schwarzen Buchstaben Wörter bilden konnte. Den interessierten andere Dinge. Treffsicherheit. Schnelligkeit. Erfolg beim Fischfang. Wenn Nerd nicht imstande gewesen wäre, fast alles zu reparieren, hätten die Bosse ihn wahrscheinlich schon viel früher aus Park gejagt. Oder getötet. Das wäre nämlich noch einfacher gewesen ...

»Ich wäre auch gern fortgegangen ...«, brachte Nerd schließlich heraus. »Aber ich wusste nicht, wohin.«

Das war gelogen, und das wusste er auch. Noch dazu war es eine derart einfallslose Lüge, dass auch Belka sie durchschauen würde.

Er hätte den Stamm niemals freiwillig verlassen, selbst dann nicht, wenn er eine Unterkunft gehabt hätte.

Denn er hing am Stamm, sogar heute noch. Er hatte nicht die geringste Ahnung, wie er in Zukunft allein im Wald überleben sollte. Allein bei dem Gedanken daran meinte er, nackt im Schnee zu liegen, und hätte sich am liebsten zusammengerollt und seinen Schritt mit den Händen bedeckt.

Dabei war er nicht mal allein.

»Ich wusste auch nicht, wohin ich gehen sollte«, sagte Belka. »Und ich hatte eine Riesenangst! Aber ich konnte keinen Tag länger in Park leben. Es war eine schlichte Wahl: Entweder ich verlasse den Stamm, oder ich werde sterbe. Beim Gedanken an Flucht hätte ich vor Angst beinahe gekotzt – aber der Gedanke, in Park zu bleiben, war noch schlimmer. Mit diesem Leben konnte ich mich nicht abfinden. Du schon.«

»Ich weiß, ich bin ...«

»He, ich werf dir das doch nicht vor …«

Nachdem sie ein weiteres Magazin geladen hatte, lehnte sie sich mit dem Rücken gegen die Scheune, packte die MP quer über ihre Schenkel und schloss die Augen.

»Wie viele Menschen leben jetzt in Park? Fünfhundert?«

»Denke schon.«

»Vier Bosse und fünfhundert Stück Vieh. Diese Tiere bringen Junge zur Welt und sorgen für Nahrung. Sie schuften rund um die Uhr. Die Tiere des einen Stamms verbrennen die des anderen bei lebendigem Leib, aber die Toten werden schnell ersetzt. Und kein Einziger von ihnen, nicht mal ein kluger Mann wie du, kommt auf die Idee, dass man auch anders leben könnte.«

»Aber das Gesetz sagt …«

»Mir ist scheißegal, was das Gesetz sagt, wenn dieses Gesetz ungerecht ist! Wer hat dir eigentlich eingeredet, dass es auf der ganzen Welt nur ein einziges Gesetz gibt? Die Farmer haben ihr eigenes Gesetz und City und Town auch. Und immer sagt das Gesetz was anderes. Die Farmer haben überhaupt keine Bosse, sondern nur einen Großen Rat und leben in Familien. Bei ihnen darf ein Mann so viele Frauen haben, wie er ernähren kann. In City dagegen haben die Priesterinnen das Sagen, in Town reden die Schamanen ein Wörtchen mit. Alle legen ihr Gesetz so aus, wie es ihnen gerade passt! Angeblich waren wir früher sogar ein einziger Stamm, deshalb sind die Gesetze einander in gewisser Weise ähnlich. Aber so wie in Park ist es sonst nirgends. Parks Gesetz haben sich die Männer ausgedacht, die vom Leben nur eins wollten: Frauen ficken und Schwache quälen.«

»Du meinst Männer wie Sun-Win …«

»Genau.«

»Aber vielleicht ist unser Gesetz doch nicht so schlecht, schließlich hat unser Stamm ja überlebt …«

»Die anderen haben auch überlebt, es hängt also nicht nur vom Gesetz ab.«

Sie gab Freund noch etwas Brot, das er auch diesmal begeistert benagte.

»Aber eins ist bei allen gleich: Sie glauben, wer überleben will, muss ein Tier sein.«

»Früher sprach man von Sklaven.«
»Und das heißt?«
»Das heißt, dass ein Mensch wie eine Sache behandelt wird. Früher besaßen einige Menschen viele andere Menschen, konnten sie verkaufen oder tauschen, ermorden oder verkrüppeln und sie zwingen, bis zur völligen Erschöpfung für sie zu arbeiten ... Aber das ist lange her. Sehr lange.«
»Sklaven also«, murmelte Belka fast genüsslich. »Aber lass dir eins gesagt sein, Nerd: Man muss kein Sklave sein, um zu überleben. Das ist übrigens ein gutes Wort. Danke.«
»Ich kenne viele Wörter, die niemand braucht«, erwiderte er und streckte sich auf der Isomatte aus. Seine Füße schmerzten kaum noch, aber er spürte, wie die Schmiere allmählich trocken wurde und die Haut ein wenig spannte.
»Hast du eigentlich viel gelesen?«
»Ich habe nichts anderes gemacht. Nur gut, dass ich es gelernt habe.«
»Ist es schwierig?«
»Das Lesen?«, fragte Nerd zurück. »Nein, überhaupt nicht. Es ist viel schwieriger, wie ein Eichhörnchen durch Bäume zu klettern oder wie ein Pferd riesige Rucksäcke durch die Gegend zu schleppen.«
Bei diesen Worten huschte über Belkas Gesicht ein Schatten, und sie schaute kurz zur Seite. Fast als hätte sie vor etwas Angst.
»Kannst du es mir beibringen?«, fragte sie dann.
»Meinst du das ernst?«
»Ja.«
»Natürlich mache ich das. Dafür brauche ich nur ...«
Er beugte sich über seinen Rucksack.
»Nein«, sagte sie. »Damit fangen wir lieber erst morgen an. Schlaf jetzt lieber, du musst morgen bei Kräften sein.«
»Und du?«
»Ich hau mich hier hin, gleich neben der Tür.«
»Warum das?«
»Vorsichtshalber.«
»Aber Tom macht doch einen ganz friedlichen Eindruck ...«
Belka blies die Späne aus. Sofort wurde es dunkel in der Scheune,

nur ein kleiner Fleck wurde noch vom Mondlicht beleuchtet, das durch das kleine Fenster unter der Decke hereinfiel. Draußen streifte Hauer durch den Hof und zirpten die Zikaden.

»Der Eindruck täuscht«, widersprach Belka. »Ich kenne Tom nicht erst seit gestern. Er ist deutlich jünger als wir. Als ich ihm das erste Mal begegnet bin, habe ich geglaubt, er sei noch gar kein Mann. Damals bin ich gerade mit fetter Beute aus City zurückgekommen ...«

Sie verstummte.

»Ich habe nicht gemerkt, dass mir drei Typen aus City bis hierher gefolgt sind. Tom hat einen von ihnen erschossen. Den zweiten habe ich erledigt. Der dritte hat eine Kugel ins Bein gekriegt und ...«

»Und?«

»Tom hat ihn eigenhändig an den Pfosten genagelt, der die Grenze von City markiert. Ehrlich! Er ist da extra hingeritten, hat den Verletzten ausgepeitscht und ihm auch noch das zweite Bein gebrochen und ihn anschließend an dem Pfosten verrecken lassen. Der Typ hat ausgesehen wie eine Vogelscheuche.«

»Und du?«

»Ich habe Tom geholfen. Ich habe den Kerl festgehalten, während Tom die Nägel eingeschlagen hat. Er hätte mich erschießen können, denn durch meine Schuld sind diese drei Schweine bei ihm aufgetaucht. Geholfen habe ich Tom aber nicht aus Dankbarkeit.«

»Warum dann?«

»Weil ich es für richtig gehalten habe. Tom hat die Männer gewarnt, dass sie seine Farm nicht betreten sollen. Was meinst du? Wenn er sie am Leben gelassen hätte, ob die nächsten ungebetenen Gäste ihn dann noch ernst genommen hätten?«

»Warum hast du mir das erzählt?«

»Um dir klarzumachen, dass du es nicht mit friedlichen Menschen zu tun hast. Die gibt es nämlich nicht.«

Nerd lächelte in sich hinein. Das konnte Belka aber nicht sehen.

»Und was ist mit mir?«, fragte er nach einer Weile.

»Kannst du die Hand für dich ins Feuer legen?«, erwiderte Belka. »Und jetzt schlaf endlich!«

»Aber wenn du niemandem vertraust, warum sind wir dann hier?«

»Vielleicht fällt dir über Nacht ja die Antwort darauf ein. Schlaf also!«

»Mögest du ewig leben, Belka!«

»Du auch, Nerd!«

Danach schlief er sofort ein.

Es war fast noch stockdunkel. Von Nordwesten her wehte feuchter Wind heran. Die Kälte war kaum zu ertragen. Gegen Morgen waren die Zikaden verstummt, aber Frösche, die in großer Zahl am Bach lebten, hatten sie abgelöst.

Nerd war längst wach.

Eigentlich hätte er gern noch weitergeschlafen, aber die Farm hatte ihren eigenen Rhythmus, und das bedeutete Lärm lange vor Sonnenaufgang: Erst krähte der Hahn in einer Lautstärke, dass Nerd förmlich von seiner Isomatte hochschnellte, dann muhten die Kühe im Stall los, weil sie gemolken werden wollten. Eva klapperte mit den Eimern, Hauer bellte irgendwo, und als er wieder an die Kette gelegt wurde, ging auch das nicht lautlos vonstatten. Daraufhin plärrte im Haus eines der Kinder los ...

»Für uns wird's Zeit!« Belkas Stimme kam aus dem Halbdunkel. Im Schatten war sie kaum zu erkennen. »Wie geht's deinen Füßen?«

Nerd wackelte mit den Zehen.

»Viel besser«, sagte er. »Sie tun nicht mehr weh.«

»Gut. Dann rein in die Schuhe!«

»Wird erledigt.«

»Wo ist deine Pistole?«

»Äh ... hier.« Nerd zog sie unter seiner Jacke hervor.

»Überprüf sie.«

Er drehte die Pistole, die nach der Nacht beschlagen war, mehrmals hin und her und wischte sie mit seinem Pullover trocken.

»Scheint alles bestens zu sein.«

»Dann lass uns aufbrechen.«

Nerd hörte Schritte. Belka öffnete die Tür, und das erste Licht der Morgenröte strömte in die Scheune.

Nerd stand auf und wollte den Rucksack schultern.

»Den nehmen wir nicht mit«, sagte Belka.

Sie selbst hatte trotz der Kälte nicht mal ihre Jacke angezogen. Eine schmale Gestalt in Jeans und Hoody, mit einer MP in der Hand.

»Wenn was passiert, bleib hinter mir!«

»Was soll denn passieren?«

»Nichts. Bleib trotzdem hinter mir.«

Sie gingen über den Hof zum Haus, Belka vorneweg, Nerd hinterher.

Eva war nach wie vor im Kuhstall beschäftigt. Als sie die beiden bemerkte, winkte sie ihnen zu.

»Geht in die Küche«, rief sie. »Ich hab euch Frühstück hingestellt.«

Tom saß bereits an dem großen Holztisch. Vor ihm standen eine Schüssel mit Maisbrei, der reichlich mit Schweinespeck bestreut war, und ein Becher heißer Milch. Da er gerade kaute, brachte er zur Begrüßung nur ein Brummen zustande.

Der Geruch des warmen Breis rief in Nerds Bauch ein lautes Knurren hervor. Dabei habe ich mir doch erst gestern Abend den Magen vollgeschlagen, stellte er amüsiert für sich fest. Er aß eine gewaltige Portion, trank jede Menge Milch und leckte am Ende sogar wie ein kleiner Junge den Löffel ab.

Belka dagegen rührte ihre Portion kaum an. Dafür kam Freund aus ihrer Kapuze herausgehuscht, sprang auf den Tisch und machte sich über die neue Leckerei her.

»Eva hat euch Proviant vorbereitet«, sagte Tom, während er seine Pfeife stopfte. »Das Päckchen liegt am Eingang.«

Belka legte zwei der Magazine, die sie gestern Abend vorbereitet hatte, auf den Tisch.

»Die sind für euch. Als Dank. Möget ihr ewig leben!«

»Gute Reise«, meinte Tom bloß.

»Bevor wir aufbrechen, müssen wir noch was besprechen«, erwiderte Belka.

»Nur zu!«, forderte er sie auf, erhob sich, trat an den Ofen und stocherte mit einem kurzen Schürhaken in der Kohle herum.

»Hast du unsere Rucksäcke gesehen?«

»Ja.«

»Sie sind zu schwer für uns.«

»Dann lass sie hier«, sagte Tom und steckte sich die Pfeife in den Mund. »Ich bewahr sie für euch auf. Oder …« Er stieß dicken grauen Rauch aus. »… oder ihr vergrabt sie irgendwo auf der Farm, wenn ihr mir nicht traut. Ich habe mich schon gestern Abend gewundert, als ich die Dinger gesehen habe. Wenn du die mitschleppst, holt Runner dich ein, noch bevor du City erreicht hast. Warum hast du das ganze Zeug überhaupt dabei? Wenn du tot bist, brauchst du es bestimmt nicht mehr.«

»Solange ich lebe aber schon. Wie sollte ich sonst für eine Übernachtung bezahlen?« Sie nickte zu den Magazinen hinüber. »Oder damit man mich nach City lässt?«

»Die Stadt wird dich so oder so nicht reinlassen«, hielt Tom dagegen. »Bei denen erreichst du mit deinem Kram überhaupt nichts. Die warten genauso wenig auf dich wie Hauer auf einen leeren Futternapf.«

»Deshalb möchte ich dir ja auch ein Geschäft vorschlagen.«

»Was für eins?«

»Alles, was in den Rucksäcken ist, gehört dir. Wir reiten ohne sie weiter.«

»Ihr reitet …?«

»Ja! Weil du uns die Pferde dafür verkaufst.«

Er sah Belka durch den Tabakrauch kalt an. Wenn mir dieser Blick schon gestern Abend aufgefallen wäre, ging es Nerd durch den Kopf, hätte ich Tom nie für einen friedlichen Mann gehalten.

»Vergiss es!«, zischte Tom in einem Ton, der fast die restliche Milch sauer werden ließ. »Du musst den Verstand verloren haben, Belka! Die Pferde garantieren, dass meine Familie und ich überleben. Die kriegst du nicht!«

»Du hast sechs Pferde. Verkauf mir zwei, vor mir aus sogar die beiden ältesten. Ich gebe dir einen anständigen Preis für sie.«

»Verschwinde jetzt besser!«, zischte Tom. »Schnapp dir deinen Freund und geh! So war es abgemacht. Proviant liegt bereit. Macht also, dass ihr wegkommt. Zu Fuß.«

»Gib mir den alten Hengst und die klapprige Stute. Dafür kriegst du bis auf den Verbandskasten und zweihundert Patronen alles, was in den Rucksäcken ist. Glaub mir, der Inhalt macht dich zum reichen Mann, du wirst es nicht bedauern. Aber zu Fuß hängen wir die Kerle aus Park nie ab.«

»Das ist nicht mein Problem. Du kannst deine Rucksäcke von mir aus in den Bach werfen oder irgendwo vergraben, aber aus diesem Geschäft wird nichts.«

»Schade!«

Sie stand auf und streckte die Hand aus, damit Freund darauf sprang. Anschließend kletterte das Tier über ihre Schulter zurück in die Kapuze.

»Du lässt mir keine Wahl, Tom.« Die MP zielte auf seine Brust. »Greif lieber nicht nach deiner Waffe, denn ich möchte dich nicht töten.«

»Willst du mich beklauen?«

»Nein, ich gebe dir wirklich einen guten Preis für deine Tiere, darauf kannst du dich verlassen.«

»Ich verkaufe die Pferde aber nicht«, wiederholte Tom. Und dann schoss er förmlich über den Tisch auf Belka zu.

In seiner Hand funkelte ein langes Messer. Belka sprang zurück und riss dabei Nerd und seinen Stuhl um. Er fiel in Toms Richtung, der ihm mit seiner Klinge beinahe die Nase abgehackt hätte. Beim Aufprall blieb Nerd fast die Luft weg. Danach verfolgte er das weitere Geschehen vom Boden aus.

Belka wollte Tom tatsächlich nicht umbringen.

Wäre das der Fall gewesen, dann hätte sie ihn mit Blei durchsieben können. Dafür hätte sie bloß einmal den Zeigefinger bewegen müssen. Stattdessen wehrte sie lediglich Toms Angriff ab und rammte ihm die Waffe in die Rippen. Tom torkelte zur Seite und riss gleich mehrere schwere Hocker um.

Danach standen sich die beiden wieder gegenüber.

»Hör auf damit«, bat Belka, während sie Tom im Blick behielt. »Wir werden doch wegen ein paar Pferden kein Blutbad anrichten.«

»Du bist Gast in meinem Haus gewesen«, knurrte Tom. Er war puterrot angelaufen, seine Halsschlagader geschwollen. »Wie kannst du mich da beklauen?«

»Ich habe nicht die Absicht, dich zu beklauen! Pack das Messer weg, Tom, und lass uns in Ruhe miteinander reden!«

Nerd spürte, dass ihn etwas im Rücken drückte. Er tastete danach – und stieß auf seine Pistole.

Eines der Kinder begann in seinem Bett zu weinen, denn das Gepolter hatte es aus dem Schlaf gerissen. Kurz darauf stimmte das zweite ein.

Belkas Gesicht war zu einer steinernen Maske geworden, nur die Kiefermuskeln mahlten.

»Es geht doch bloß um zwei Pferde«, stellte sie noch einmal klar. »Und ich will sie ja nicht umsonst. Das ist mein letztes Angebot, Tom.«

Tom fletschte bloß die Zähne. Nerd wollte daraufhin seine Pistole ziehen, weshalb er die knappe Bewegung, die Tom machte, und den anschließenden Wurf gar nicht mitbekam. Nur das Messer sah er noch, das auf Belka zuflog.

Da Belka Tom nicht eine Sekunde aus den Augen gelassen hatte, konnte sie sich rechtzeitig wegducken.

Das nutzte Tom, um am Tisch vorbeizuhechten, über Nerds umgekippten Stuhl zu der Kiste zu springen, auf der seine Flinte lag. Er war ein guter Schütze, aber Belka hatte alle Vorteile in der Hand: Sie stand mit entsicherter Waffe in günstiger Position. Noch ehe Tom auf sie zielen konnte, spuckte ihre MP die erste Kugel aus.

Tom wurde an der Schulter getroffen. Doch obwohl er zu Boden geschleudert wurde, schaffte er es, noch selbst den Abzug zu drücken.

Die Flinte knatterte. Die Schrotkugeln schlugen in die Wand ein, rissen den Fensterrahmen heraus und zerlegten die Scheibe in Splitter.

Die Kinder heulten noch lauter.

Ein paar der Kugeln hatten Belkas Wange gestreift, sodass diese nun aussah, als hätte eine Raubkatze sie angegriffen. Als Nerd ihren Blick auffing, begriff er, dass Toms Ende gekommen war.

»Nein!«, schrie er. »Tu das nicht!«

Doch da gab Belka schon den zweiten Schuss ab. Diesmal durchbohrte die Kugel Toms Hals.

Er kippte auf die Seite, löste aber mit hektischen Bewegungen noch einen Schuss aus, bei dem die Kugeln allerdings nur noch den Boden in ein Sieb verwandelten.

Danach zuckte er noch ein paarmal, bis er endgültig verstummte.

Die Kinder schrien nun in den höchsten Tönen. Der Geruch der frischen Milch vermengte sich mit dem Gestank von Pulver und Blut. Holzstaub wirbelte durch die Luft.

»Was sollte das?«, keuchte Nerd. »Du hast ihn umgebracht! Warum, Belka?«

Sie drehte ihm ihr blasses, sommersprossiges Gesicht zu. Ihre Augen waren völlig kalt. Tot.

»Was weißt du überhaupt vom Leben?!«

Während Nerd nach diesen Worten aufstand, achtete er darauf, nicht ins Blut zu treten.

Plötzlich kam draußen Radau auf. Sofort richtete Belka ihre Waffe auf den Eingang.

Die Tür wurde aufgerissen.

Hauer war ein massiver Hund, der gut und gern zweihundert Pfund auf die Waage brachte. Er schoss in den Raum, eine Kanonenkugel mit grauem Fell, die erbarmungslos alles zur Seite fegte. Hätte Nerd diesem Tier allein gegenübergestanden, wäre er vor Angst gestorben, noch ehe der Wolfshund überhaupt seine Zähne in seinen Hals gerammt hätte. Aber er stand dem Tier nicht allein gegenüber ...

Hauer setzte zum Sprung auf Belka an. Sie gab vier Schuss auf ihn ab, ehe sie auf den Rücken fiel, begraben unter diesem Monster, das seine Sprungrichtung nicht mehr hatte ändern können. Doch selbst unter ihm feuerte Belka weiter. Hauer verrenkte sich förmlich, weil er die Kugeln mit dem Maul schnappen wollte. Nach einer Weile rutschte er auf den Boden, wollte aber um jeden Preis wieder aufstehen. Das Blei hatte ihm jedoch das Rückgrat zertrümmert. Noch war er nicht tot, aber das Leben sickerte im Nu aus den Löchern in seinem Fell heraus.

Dann huschte Eva herein.

»Wehe, du schießt!«, rief Belka. »Eva! Lass die MP, wo sie ist!«

Belka war schnell wie eine angreifende Schlange, aber Eva bewegte sich trotz ihrer Schwangerschaft ebenfalls nicht langsam.

Ihre MP lag auf einer Kiste neben dem Eingang. Belka sprang in dem Moment auf sie zu, als sie abdrückte ...

Die kurze Salve schlug in die Decke, dann entriss Belka Eva die Waffe, schmiss sie zur Seite und warf die Farmerin zu Boden.

»Bring mich ruhig um!«, schrie Eva. »Allein überlebe ich sowieso nicht!«

Nerd wollte einfach nicht glauben, was sich vor seinen Augen abspielte.

»Halt den Mund!«, spie Belka aus. »Ich lasse dich jetzt los. Du gehst zu deinen Kindern! Hörst du nicht, wie die schreien? Du wirst schon klarkommen. Niemand wird dich oder deine Farm angreifen. Und jetzt steh auf!«

»Was bist du nur für ein Ungeheuer?!«, brachte Eva heraus. »Du widerliches Monster!«

Sie sah Belka an, als würde sie diese zum ersten Mal in ihrem Leben sehen.

»Ich brauche Pferde«, wiederholte Belka mit steinerner Miene. Nerd sah jedoch, wie sie die Oberlippe ein ganz klein wenig nach oben zog und die kleinen, spitzen Zähne fletschte. »Ohne sie überleben wir nicht. Ich zahle gut für die Tiere.«

»Verreck doch als Erste!«, brachte Eva nur lächelnd aus – und dieses Lächeln jagte Nerd größere Angst ein als der Schusswechsel oder Hauers Angriff eben.

So lächelt der Tod – falls der das überhaupt kann.

So lächelt der Gnadenlose.

»Willst du unbedingt krepieren?«, fragte Belka. »Soll mir auch recht sein!«

In ihren Händen funkelte plötzlich das Messer, mit dem sie den Hirsch ausgeweidet hatte.

Nerd wollte schreien, dass sie nicht auch noch Eva umbringen solle, dass sie das auf gar keinen Fall tun dürfe, doch die Worte kamen ihm nicht über die Lippen.

Belka rammte die Klinge mit aller Wucht in den Holzfußboden. Direkt neben Evas Schläfe. Dabei hatte sie ihr sogar ein winziges Stückchen ihres Ohrläppchens abgesäbelt. Blut spritzte und floss über den Boden und Evas Hemd. Trotzdem gab die Farmerin keinen Ton von sich und hielt ihren hasserfüllten Blick fest auf Belka gerichtet.

Diese zog das Messer wieder heraus, um es nun langsam Evas

Schläfe zu nähern. Die Farmerin kniff die Augen zusammen. Offenbar rechnete sie nun mit einem brutalen Todesstoß, aber Belka schlitzte ihr die Schläfe fast sanft auf.

Evas Blick erlosch sofort. Hinter den Lidern verdrehte sie noch ein paarmal die Augen. Als sie den Mund öffnete, rann rötlich gefärbter Speichel über ihre Wange.

Erst jetzt erhob sich Nerd. Er sah sich um.

Gestern Abend hatten sie noch alle zusammengesessen und gut gegessen, hier, in diesem gemütlichen, wenn auch kargen Haus. Vor fünf Minuten hatte er noch das Frühstück verschmaust, das Eva zubereitet hatte. Ihnen beiden gegenüber hatte Tom ein letztes Mal in seinem Leben den von seiner Frau gekochten Maisbrei genossen. Beide Farmersleute hatten die Gefahr unterschätzt, die von ihren Gästen ausging …

Jetzt war das Haus verwüstet, die Besitzer tot, und nur die Kinder weinten noch in ihrem Bett.

»Hol unsere Rucksäcke!« Nerd sah sich um. Belka stand am Tisch und lud die MP nach. »Und beeil dich!«

Er schaffte es kaum, einen Fuß vor den anderen zu setzen.

»Schlaf nicht ein!«, schrie Belka.

Da drehte sich Nerd noch einmal zu ihr um.

»Warum hast du sie getötet?«

»Weil wir Pferde brauchen …«

»Du hast zwei Menschen getötet!«

»Ich habe zwei Menschen gerettet«, presste sie kaum hörbar heraus. »Dich und mich. Deshalb solltest du jetzt nicht länger rumjammern, sondern die Rucksäcke holen. Wir haben keine Zeit zu verlieren!«

»Du bist wirklich ein Monster, da hat …«

Mit einem einzigen Sprung stand Belka vor ihm und presste ihm den Lauf der MP in die Rippen.

»Merk dir eins!«, zischte sie. »Merk dir eins, du Jammerlappen! Du Bücherwurm! Wenn du deinen Plan in die Tat umsetzen und den Gnadenlosen austricksen willst, dann lerne zu töten! Lerne zu überleben, denn sonst verreckst du noch heute! Hier und jetzt!«

Nerd empfand keine Angst. Er sah Belka in die Augen, die vor Wut funkelten, ließ seinen Blick weiter über die blasse Haut ihrer

Wangen mit den vielen Sommersprossen wandern und über die Augenbrauen, die im Sommer ganz hell geworden waren. Sie roch nach Schweiß, Pulver und Tier.

»Schrei nicht so rum!«, sagte er dann. »Ohne mich gelangst du nämlich auch nicht ans Ziel und verreckst beim ersten Frost. Deshalb bin ich dein wertvollster Besitz. Mich darfst du nicht verlieren, eintauschen oder vernichten. Jetzt hole ich unsere Rucksäcke, aber das ...« Er erfasste mit einer Geste den ganzen Raum. »... das verzeihe ich dir nicht.«

»Hol die Sachen!«

Er trat zur Tür hinaus. Im Hof liefen schon die Hühner umher. Die Schreie der Kinder erklangen in seinem Rücken, als er am Kuhstall vorbeilief, an einem umgekippten Melkeimer, einer Milchlache und am Pferdestall, wo die Tiere nervös mit den Hufen stampften. Diese Schreie zerrissen ihm das Herz. Er hielt sich die Ohren zu, aber das brachte auch nichts.

Es war noch immer kalt, aber Nerds Gesicht brannte, als hätte die Sonne es versengt. Am liebsten hätte er in das Geschrei und Geheul der beiden Kleinen eingestimmt. Aber dafür fehlte ihnen tatsächlich die Zeit. Der Gnadenlose saß ihnen bereits im Nacken. Sein schwefliger Atem schwängerte die Luft.

Als Nerd mit den Rucksäcken die Scheune verließ, holte Belka bereits zwei Pferde aus dem Stall. Einen alten, aber noch kräftigen Braunen und eine Stute mit gescheckem Fell.

»Wir nehmen nur mit, was in die Satteltaschen passt«, rief sie. »Den Rest bringen wir ins Haus.«

»Warum das?«

»Schnapp dir Toms Flinte«, sagte Belka, ohne auf seine Frage einzugehen. »Mit der kommst du bei deinen linken Händen vermutlich besser zurecht.«

Freund linste mit funkelnden Augen aus ihrer Kapuze, aber diesmal zauberte er kein Lächeln auf Nerds Lippen.

»In einer halben Stunde brechen wir auf.«

»Soll mir recht sein.«

»He!«, rief sie ihm noch zu, als er sich umdrehte. »Eva lebt noch. Mit dem Stich habe ich nur dafür gesorgt, dass sie ohnmächtig wird. Gerade kommt sie wieder zu sich.«

Nerd wandte sich nicht wieder um.

Er empfand weder Zorn noch Freude. Er war leer, wie ein ausgetrunkenes Hühnerei.

Da fielen ihm mit einem Mal die Blumen auf, die hinter einem Weidenstrauch blühten. Keine wilden, sondern eigens angepflanzte, die nach Farben angeordnet worden waren und gut gepflegt wurden. Das Wort dafür fiel ihm wieder ein.

Blumenbeet.

Das hier war ein glückliches Haus, dachte er. Bis wir gekommen sind. Aber wir brauchten ja Pferde. Für unser Ziel …

Die Patronen für die Schrotflinte lagen in einem kleinen Schrank neben dem Eingang, die Waffe selbst musste er unter dem toten Tom hervorziehen. Eva lag mit geschlossenen Augen da, stöhnte und wand sich. Ihre Kinder saßen neben ihr auf dem Boden.

»Das alles ist schon einmal da gewesen« murmelte er. »Das alles hat es schon einmal gegeben …«

Nerd schloss die Tür hinter sich und ging zurück zum Pferdestall.

Sie verließen den Hof, als der Tag vollends heraufgezogen war. Die Sonne schien warm, die Bienen summten über den Gräsern.

Für die Flinte hatte Nerd noch ein gutes Halfter gefunden, die Patronen hatte er zusammen mit ihrem anderen Gepäck in den Satteltaschen verstaut.

Eine Zeit lang ritten sie schweigend im Schritt nebeneinanderher.

Nerd versuchte, eine gute Position im Sattel zu finden, und stellte sich immer wieder in den Steigbügeln auf.

»Kann's endlich richtig losgehen?«, fragte Belka schließlich.

Als er nickte, trieb Belka ihre Stute an. Nerds Brauner folgte ihr.

Bis Town waren es noch zweiunddreißig Meilen.

KAPITEL 5

City

Die Grenze zwischen den Sümpfen und Ödland hatte gewissermaßen eine eigene Markierung: Hier änderte sich schlagartig die Luft. Mit einem Mal roch es nicht mehr nach Entengrütze und abgestandenem Wasser. Die Luft war nun warm, kurz darauf fast heiß und kratzend, wahrscheinlich wegen der Pollen, die einem ständig in der Nase kitzelten.

Runner nieste, schnaubte in die Hand und schüttelte den Rotz von den Fingern ab.

Vor ihnen erstreckte sich ein Meer pikender Gräser, niedriger Sträucher und einzelner Bäume, in dem in regelmäßigen Abständen die Überreste von Autobahnmarkierungen aufragten, die sich in einer langen Kette bis zum Horizont zogen.

»Da drüben ist der Highway«, sagte Rubbish, während er die Umgebung mit dem Fernglas absuchte. »Dem folgen wir. Das ist zwar ein kleiner Umweg, aber dort kommen wir besser voran.«

»Und sicherer ist er auch«, ergänzte Pig.

»Darum machst du dir Sorgen? Dann freu dich schon mal auf Town mit seinen ganzen verschissenen Minen!«, bemerkte Runner grinsend. »Siehst du sie, Rubbish?«

»Nö.«

»Was meinst du? Wie groß ist ihr Vorsprung?«

»Ein Tag«, antwortete Rubbish und nieste ebenfalls. »Beim Gnadenlosen! Dass es hier überhaupt jemand aushält! Dieses Jucken und Niesen bringt mich um!«

»Keine Sorge, Kumpel, daran gewöhnst du dich!«, versprach Runner und gab das Signal zum Aufbruch. »Ein Tag, das ist doch gar nichts. Die holen wir spielend ein. Noch vor City.«

»Das glaub ich nicht. Aber an der Brücke schnappen wir sie bestimmt.«

»Nur müssen wir dafür nach City rein«, hielt Pig dagegen. »Falls du es vergessen hast: Bei unserem letzten Besuch haben die uns fast den Arsch weggeschossen!«

»Deshalb werden wir diesmal auch mit ihnen verhandeln«, bemerkte Runner gelassen.

»Was, wenn sie das nicht wollen?«, konterte Rubbish. »Begeistert sind sie ja nicht gerade von uns.«

Inzwischen spürten sie bereits hier und da Beton unter dem Grasteppich. Als Runner ihn abtastete, merkte er, dass er gerissen war. Er hob ein kleines Stück auf. Es zerfiel in seinen Händen.

»An die Arbeit, Späher!«, befahl er.

Sofort schwärmten ein paar Männer aus.

Im Grunde hätte er sie nicht vorausschicken müssen, denn sie waren noch recht weit von City entfernt. In diesem Teil hatte es noch nie Minen gegeben. Aber Vorsicht war nun mal die Mutter der Porzellankiste … Außerdem war den Schweinen aus der Stadt alles zuzutrauen, das wussten sie aus Erfahrung.

Aus irgendeinem Grund wanderten Runners Gedanken zurück zu Hicks, den sie gestern hatten verbrennen müssen. Das Gesicht des Bosses verfinsterte sich. Er hasste diese Zeremonien, er hasste die jaulenden Schamanen, vor allem aber hasste er die Tatsache, dass er dann an das Feuer dachte, das bald auch für ihn entzündet werden würde.

Er wollte nicht mit seinem eigenen Tod konfrontiert werden. Aber in letzter Zeit war das immer öfter der Fall …

»Diese Raketen …«, riss Rubbish ihn aus seinen Gedanken. »Wo genau hast du die gesehen?«

»Da drüben.« Runner zeigte nach rechts.

»Leben da nicht Farmer?«, fragte Pig.

»Mhm«, brummte Runner. »Das ist ihr Alarmsystem. Auf einer Farm muss was passiert sein. Daher sollten wir denen jetzt nicht in die Arme laufen.«

»Die sollen ruhig kommen, diese verschissenen Schafhirten!«, bemerkte Pig und klopfte grinsend auf seine MP. »Für die hab ich 'n paar hübsche Kugeln dabei!« Mit einem Mal verzog er das Gesicht, als hätte er sauren Essig geschluckt. »Was stinkt hier eigentlich so? Das ist doch Aasgeruch …«

»He!«, zischte Rubbish. »Runner! Sieh dir das an! Pig! Dreh dich mal um!«

Sie alle blieben stehen.

Links von der Straße erhoben sich die Überreste eines Metallzauns, der sich über all die Jahre erstaunlich gut gehalten hatte. Daran hingen drei Leichen. Genauer gesagt das, was von ihnen noch übrig war, denn die drei mussten da schon ein paar Wochen hängen.

Zwei große Krähen rissen sich widerwillig von ihrem Festessen los, ebenso eine Schar kleinerer Vögel, offenbar Meisen.

»Ja hol mich doch der ...«, stieß Pig aus und schnalzte laut. »Das sind Kerle aus City! Da verwette ich meinen Arsch!«

»Oder aus Town!«, bemerkte Runner.

»Die sind garantiert nicht aus Town!«, widersprach Pig. »Siehst du die Haut von dem Typen, der am niedrigsten hängt? Da ist noch das grüne Tattoo zu erkennen. Die Leute aus Town haben kein Grün, nur Blau oder Rot oder beides!«

Runner konnte immer nur wieder staunen, dass Pig selbst kleinste Details wahrnahm.

»Das ist die Arbeit von Farmern«, behauptete Rubbish. »Geschieht den Kerlen aus City nur recht! Die halten sich für oberschlau! Und jetzt hängen sie da!«

»Haben halt doch nicht so viel im Kopf!«, erklärte Pig und spuckte aus.

»Sag das nicht«, entgegnete Runner. »Dir macht niemand was vor, Pig, das wissen wir alle ... Aber du kennst die Farmer nicht! Mit denen sollten wir uns besser nicht anlegen.«

»Was meinst du?«, wandte sich Pig nun an Rubbish. »Ist das hier schon die Grenze zu City?«

»Mit Sicherheit noch nicht. Bis zur Grenze sind's mindestens noch zwanzig Meilen.«

»Warum wurden die dann hier aufgehängt?«

»Weil sie hier geschnappt wurden. Lasst uns besser weiter! Weiß der Gnadenlose, was das alles zu bedeuten hat!«

Sie liefen nun deutlich schneller als bisher.

»Ob sie das war?«, fragte Rubbish nach einer Weile.

»Wer?«, fragte Runner zurück.

Das schnelle Tempo gefiel ihm. Er atmete gleichmäßig, seine trainierten Beine trugen ihn zuverlässig über die alte Straße. Pig dagegen konnte einen Trab wie diesen nicht ausstehen. Mürrisch wischte er sich immer wieder den Schweiß von der Stirn. Rubbish hielt zwar spielend mit, aber Runner wusste, dass sich das bald ändern würde. Er war zu schwer für einen Dauerlauf. Spätestens nach einer halben Meile müssten sie also wieder langsamer werden. Erst wenn alle etwas zu Atem gekommen waren, würden sie den nächsten Dauerlauf einlegen.

»Na sie. Ob sie die Farmer überfallen hat?«, bohrte Rubbish weiter. »Du weißt, wie hirnverbrannt die ist. Zeitlich würde es genau passen. Die Raketen haben wir heute Morgen gesehen, und sie hat einen Tag Vorsprung!«

»Wenn sie es tatsächlich war, stecken wir gewaltig in der Scheiße«, murmelte Runner. »Dann sollten wir den Farmern erst recht nicht in die Arme laufen, denn die werden sich an uns rächen wollen, weil sie eine von uns ist.«

»Quatsch!«, stieß Pig aus. »Die ist schon lange keine mehr von uns!«

»Doch!«, beharrte Runner. »Deshalb sollten wir schnellstens aus der Gegend verschwinden!«

Die Straße führte nun in einem weiten Bogen um einen Hügel herum. Sie kamen an einem verrosteten Hinweisschild vorbei. Darauf ließ sich mit etwas Mühe noch die Zahl 32 erkennen.

»Irgendwo hier muss die Grenze sein«, behauptete Belka und sah sich um.

Nerd jedoch schwieg sich aus.

Seit sie aufgebrochen waren, hatte er kaum einen Ton von sich gegeben. Er hatte sich dem Rhythmus des Hufgeklappers überlassen und es sogar irgendwie geschafft, im Sattel zu schlafen, ohne vom Pferd zu fallen.

Auch wenn es abends schon recht kalt wurde, heizte die Sonne die Luft tagsüber genauso auf wie im Sommer. Belka machte die Hitze nichts aus, im Gegenteil, sie gefiel ihr. Aber die Hitze bedeutete auch, dass Tausende von Insekten über den Gräsern schwirrten. Unter den Biestern litten vor allem die Pferde. An ihren Flanken und am Hintern zeigten sie bereits blutige Flecken, die von den Bissen all der Pferdefliegen herrührten. Die Tiere schlugen nervös mit dem Schwanz um sich, aber die Insekten kehrten immer wieder zurück. Nebenbei versuchten sie auch, das Blut eines Menschen zu kosten. Belka und Nerd rettete im Großen und Ganzen ihre Kleidung. Ihre Gesichter stellten jedoch eine willkommene Beute dar. Belka fuchtelte in einem fort mit den Händen, Nerd hatte mehr Glück. Aus irgendeinem Grund fielen die Biester ihn nicht an, sondern schwirrten lediglich um ihn herum.

Natürlich wäre es einfacher gewesen, für die ganze Strecke den alten Highway zu benutzen. Da dieser Highway aber etliche Hügel umrundete, wollte Belka unbedingt eine Abkürzung nehmen und geradewegs durchs Gelände reiten.

Immer wieder kamen sie an Stellen vorbei, wo das Gras gelb war oder der nackte Boden durchschimmerte. Um sie schlug Belka stets einen Bogen, denn sie waren gefährlich. Hier war der tödliche Regen runtergegangen, den der Wind aus Süden manchmal mitbrachte. Dieser Tod vom Himmel färbte die Bäume gelb und riss die Blätter von den Zweigen. Geriet ein Mensch in den Regen, wuschen die Tropfen ihm die Haut von den Knochen.

Das einzige Glück bestand darin, dass es um diese kahlen Stellen herum weniger Insekten gab. Wenigstens kurz konnten sie dann durchatmen, ohne das Risiko einzugehen, eines der Biester zu verschlucken.

Mittags legten sie in einem kleinen Wald eine Rast ein. Belka kannte die Stelle noch von ihren letzten Raubzügen nach City. Zwischen den Wurzeln der alten Bäume gab es Wasser, das sauber und klar war. Sie stillten ihren Durst, tränkten die Pferde und füllten ihre Flaschen nach.

Beim Essen schwiegen sie beide.

Obwohl der Proviant, den Eva für sie vorbereitet hatte, lecker war, hatte er einen komischen Nachgeschmack: die Erinnerungen an die Ereignisse auf der Farm.

Anschließend sah sich Belka die Insektenbisse an den Tieren an.

»Sie werden uns jagen«, sagte Belka leise zu Nerd, während sie die Wunden der Pferde mit ihrer Schmiere behandelte. »Hast du die Signalraketen vorhin bemerkt?«

Nerd antwortete nicht.

»Wenn du nicht reden willst, soll's mir auch recht sein. Aber wir müssen schneller reiten, schlaf also im Sattel nicht ein. Heute Abend müssen wir die Grenze überschritten haben. Nach City trauen die sich garantiert nicht rein.«

Nerd schwang sich wortlos aufs Pferd.

»Ist von dir irgendwann mal wieder mit einem Wort zu rechnen?«

»Ich will nicht mit dir reden.«

»Ohne Pferde hätten wir nicht mal ein Drittel der bisherigen Strecke zurückgelegt«, fuhr Belka ihn an. »Das muss doch selbst einem Idioten wie dir klar sein! Oder hast du es vielleicht besonders eilig zu verrecken?!«

Nerd tätschelte seinem Braunen den Hals und spähte zum Himmel hoch.

»Brechen wir auf«, sagte er. »Es bringt nichts, wenn wir uns streiten.«

Belka sprang in den Sattel, ohne die Steigbügel auch nur zu berühren.

»Vielleicht hat Rubbish ja recht?«, zischte sie. »Vielleicht bist du wirklich bloß ein verschissener Dreckswurm … Die Welt ist, wie sie ist. Tötest du nicht, wirst du getötet. Und wenn du nicht morden kannst, wirst du zum Sklaven desjenigen, der es kann. Zum Sklaven, Nerd! Dieses Wort hast du mir beigebracht! Du bist schon lange kein kleiner Junge mehr, deshalb solltest du eins begriffen haben: Wer sich nicht wehrt, den holt sich der Gnadenlose zuerst.«

»Das ist mir durchaus bekannt. Trotzdem habe ich nicht die Absicht, mich zu ändern.«

»Dann bist du wirklich ein Idiot. Verreck doch als Erster, Nerd!«

Als er bloß grinste, rammte Belka ihrer Stute die Fersen in die Flanken. Widerwillig setzte sie sich in Bewegung. Dennoch musste sich Nerd anstrengen, nicht zurückzufallen.

Die nächste Rast legten sie an einer heruntergekommenen Tankstelle ein. Belka suchte als Erstes die Gegend mit dem Fernglas ab. Am Horizont zeigten sich die ersten Häuser.

Aus dieser Entfernung wirkten sie noch intakt, doch Nerd wusste, dass die Stadt ebenfalls Schäden davongetragen hatte, wenn auch in geringerem Umfang. Doch wie überall hatten Pflanzen, Regen, Wind, Hitze, Kälte und Zeit auch in City ihr zerstörerisches Werk verrichtet. Etliche Häuser waren eingestürzt, Steinblöcke versperrten mitunter die Straßen, und Efeu breitete sich mit der Geschwindigkeit eines Lauffeuers aus. Überall wuchsen Bäume, selbst auf den Dächern. Ihre Wurzeln rissen den Beton auf. Die Stadt hatte sich in einen Wald verwandelt, in einen Steindschungel, einen seltsamen Ort, wo von Grün umwundene Wolkenkratzer aufragten und wilder Wein sich um alles rankte. Wo Wind und Regen Tür und Tor offen standen …

Niemand aus Park war je weiter als bis nach City oder Town gekommen. Was sie jenseits dieser Orte erwartete, wusste daher auch Nerd nicht. Über die Welt, die dort lag, hatte er lediglich etwas gelesen und später mit dem Atlas den Verlauf von Flüssen, die mit blauen Linien markiert waren, studiert.

Um in diese Gegend zu gelangen, mussten sie City durchqueren, die Brücke nach Town nehmen, weiter gen Süden ziehen …

Und dann …

Dann sollte das Interessanteste kommen.

Nerd holte den Atlas aus dem Rucksack und setzte sich ins Gras.

Ob er wollte oder nicht, er musste mit Belka reden. Was auch immer sie getan hatte, sie beide waren Verbündete, selbst wenn sich mittlerweile ein Eisklumpen in seinem Bauch bildete, sobald er sie sah.

»Komm mal her!«, rief er trotzdem.

Das tat sie.

»Wir sind jetzt hier«, sagte Nerd und zeigte mit dem Finger auf den Punkt, wo der Highway nach City den Beltway kreuzte, eine Ringautobahn, die früher um City und Town geführt hatte. »Das ist die Tankstelle …«

Mit dem Kinn nickte er zu dem verfallenen Gebäude hinter ihnen hinüber. »Und da drüben war früher ein Kraftwerk. Du kannst die Überreste der Schornsteine erkennen. In City gab es früher übrigens drei Brücken.«

»Ich weiß«, sagte Belka. »Ich hab die Ruinen gesehen.«

»Wann warst du eigentlich das letzte Mal in City?«

»Vor Kurzem. Im Frühling.«

»Was ist mit der Brücke in der Mitte?«

»Die war damals völlig okay. Bist du denn nie da gewesen?«

»So weit sind wir nicht gekommen, denn wir wurden bereits am Stadtrand entdeckt. Da haben wir dann lieber die Beine in die Hand genommen ...«

»Dann hör zu! Über den Fluss kommen wir nicht, der ist zu tief und zu breit, außerdem hat er eine starke Strömung. Nach jedem Regen schwillt er an, sodass sich dann niemand freiwillig am Ufer aufhält. Bei den zerstörten Brücken gibt es keine Wachen. Wozu auch? Dafür hüten sie die Brücke in der Mitte wie ihren Augapfel. Mit Scharfschützen. Die Posten aus Town schießen zwar nicht gleich auf dich, wenn du von City aus die Brücke betrittst, aber das ändert sich schlagartig, sobald du dich in ihre Hälfte vorwagst. Wenn irgendjemand die Grenze überschreitet, fliegen ihm die Kugeln nur so um die Ohren. In der Mitte wurde eine Barrikade errichtet. Wenn du mich fragst, ist die Brücke da aber nicht vermint. Jedenfalls würde ich auf diesem Klappergestell keine Minen auslegen. Aber wer weiß, die sind womöglich blöd genug, auch das zu tun.«

»Wir müssen hier hin ...«

Nerd tippte mit dem Finger auf einen Punkt der Karte.

»Nach Süden?«

»Mhm ... Und ich habe keine Ahnung, wie wir das anstellen sollen. Bist du mal in Town gewesen?«

»Im Winter. Da bin ich übers Eis gegangen ... Allerdings musste ich dann Hals über Kopf den Rückzug antreten ...«

»Bis auf den ersten Frost sollten wir besser nicht warten. Hast du irgendeine Idee, wie wir sonst nach Town reinkommen können?«

»Nicht mal die allerwinzigste«, gab sie offen zu. »Es gibt nur eine Möglichkeit, und das ist die Brücke.«

»Wir müssen nach Süden«, murmelte Nerd nachdenklich. »Der Fluss fließt ja von Norden nach Süden ...«

»Ja ...?«

»Ach, das klappt leider auch nicht.«

»Wieso nicht?«

»Weil wir dafür ein Boot bräuchten.«

»Das haben wir aber nicht.«

»Wir könnten uns auch in Vögel verwandeln und rüberfliegen.«

»Das ist ja wirklich ein richtig guter Plan«, hielt Belka grinsend fest. »Einfach klasse.«

»Was anderes fällt mir im Moment echt nicht ein.« Nerd stopfte den Atlas wieder in seinen Rucksack und stand auf. »Wir müssen die Dinge einfach auf uns zukommen lassen. Was meinst du, können wir in City jemanden finden, der uns hilft?«

Belka schnaubte bloß.

»Auch eine Antwort«, murmelte Nerd. »Dann lass uns aufbrechen.«

»Einverstanden«, sagte Belka und sprang aufs Pferd. »Du hältst dich hinter mir und führst widerspruchslos jeden Befehl aus. Und mit jedem meine ich auch jeden. Tust du das nicht, kann dich das deinen Kopf kosten. Ich will dir zwar keine Angst einjagen, aber die Typen aus City sind nicht gerade angenehm.«

Nerd schwang sich ebenfalls in den Sattel und griff nach den Zügeln.

»Dafür bist du ja umso angenehmer«, knurrte er. »Könnte mir keine bessere Gesellschaft wünschen!«

»Kurz vor City legen wir die nächste Rast ein«, sagte Belka bloß. »Sobald es dann dunkel ist, versuchen wir, in die Stadt reinzukommen.«

Erst hörte Runner nur das Geratter eines MG, kurz darauf sah er die Reiter. Sie schossen zwar nur in die Luft, aber bei dem Kugelhagel suchten die Männer aus Park trotzdem lieber Schutz im hohen Gras. Da sie diesem Trupp sowieso nicht entwischen würden, stand Runner nach wenigen Sekunden demonstrativ wieder auf. Rubbish folgte seinem Beispiel, dann schlossen sich Pig und alle anderen an.

Es waren nicht viele, die da angeritten kamen, vielleicht anderthalb Dutzend. Aber sie hatten noch zwei Wagen mit MGs, von denen jeder so viel wert war wie zwei Dutzend Männer.

»Das sind Farmer«, raunte Rubbish dem vor ihm stehenden Runner zu.

Das sah dieser auch selbst. Die Gruppe kam näher und bildete einen Halbkreis um die Männer aus Park.

»Schießt nicht«, zischte Runner ihnen zu.

So blöd wäre zwar keiner seiner Männer je gewesen, aber schaden konnte der Befehl trotzdem nicht.

Die Kutscher wendeten ihre MG-Wagen, die Schützen hinter den Gewehren nahmen die Parker ins Visier. Danach löste sich aus der Gruppe ein Reiter, den die Sonne fast schwarz gebrannt hatte. Sein dunkles Haar hatte er im Nacken zu einem Zopf zusammengebunden. Sein Gesicht hätte attraktiv sein können, wäre da nicht die Narbe gewesen, die sich von der rechten Schläfe fast bis zum linken Ohr zog.

Runner atmete erleichtert auf. Den Mann kannte er. Sie waren sich schon ein paarmal begegnet und sogar miteinander ins Geschäft gekommen. Er drückte seine Waffe Rubbish in die Hand und trat ebenfalls ein paar Schritte vor. Allerdings mit erhobenen Händen.

»Mögest du ewig leben, Quernarbe!«

Dieser erwiderte kein Wort, sondern winkte die einzige Frau herbei.

Sie war hochschwanger, unter ihren Augen lagen gewaltige Ringe, der Blick darin …

… äußerst unschön.

Dieser Blick verhieß nichts Gutes, das wusste Runner, der die Intuition eines Tieres besaß und sich bei der Einschätzung von Gefahren selten irrte.

»Sie ist nicht dabei«, sagte die Frau mit gepresster Stimme.

Daraufhin schickte Quernarbe sie wieder weg.

»Sag mal, Kumpel«, bemerkte Runner grinsend, »kann es sein, dass wir ein und dasselbe Miststück suchen?«

»Mögest du ewig leben, Runner! Wen genau sucht ihr denn?«

»Eine Schlampe, die gegen das Gesetz in Park verstoßen hat. Sie heißt Belka. Ein kleines, mageres Biest mit roten Haaren, das aber so gefährlich wie eine Sumpfschlange ist. Wir haben sie aus dem Stamm gejagt.«

»Und die soll hier in der Gegend sein?«

»Wir glauben, dass sie nach Town will.«

»Allein?«

»Nein, in Begleitung eines echten Scheißkerls!«, mischte sich

Rubbish ein. »Eines echt verschissenen Bücherwurms! Aber der gehört mir!«

»Sieh an! Rubbish!«, murmelte Quernarbe und beugte sich im Sattel etwas vor. »Mögest du ewig leben! Aber wenn ich mit dem ersten Boss von euch rede, hältst du gefälligst die Schnauze!«

Rubbish riss den Mund auf, lief rot an, schwieg aber.

»Sie ist nicht allein«, sagte Runner völlig ungerührt. Dass Quernarbe Rubbish so runtergemacht hatte, überging er. Er wollte nicht riskieren, dass der Farmer seine Schützen aufforderte, ihre MGs sprechen zu lassen. »Sie hat einen Partner ...«

»Die beiden haben ihren Mann ermordet«, sagte Quernarbe und deutete auf die Frau in seinem Rücken, ohne sich aber nach ihr umzusehen. »Da sie aus deinem Stamm sind, solltet ihr dafür bezahlen ...«

»Sie gehört nicht mehr zu uns!«

»Für wie blöd hältst du mich eigentlich?! Die beiden gehören zu euch! Deshalb trägst du die Verantwortung für das, was sie getan haben.«

Die MGs auf den Wagen richteten sich auf Runner.

»Deshalb werden wir sie ja auch bestrafen«, versicherte Runner.

»Sie haben einen Farmer umgebracht! Einen von unseren Leuten!«, zischte Quernarbe. »Jeder weiß, was das für Folgen hat. Oder habt ihr in Park etwa vergessen, dass wir niemanden ungeschoren davonkommen lassen? Hat denn schon so lange keiner mehr von euch an einem unserer Pfosten gebaumelt? Aber keine Sorge, das rufen wir euch in Erinnerung!«

»Nun mal langsam, Quernarbe!«, brachte Runner mit Mühe heraus. Sein Mund war plötzlich völlig trocken. Steinhartes Brot war nichts dagegen ... »Von mir aus könnt ihr die beiden auch gern selbst bestrafen. Wir zahlen der Frau auch eine Entschädigung für ihren toten Mann. Was glaubst du denn, weshalb wir hier sind? Allerdings gäbe es da auch noch was zu besprechen ...«

»Ach ja?«, grinste Quernarbe. »Da bin ich aber gespannt.«

»Das würde ich dir gern unter vier Augen sagen!«

Die nächsten Sekunden maß Quernarbe Runner mit seinem Blick.

»Gut«, meinte er schließlich.

Als Runner zu ihm ging, bemühte er sich sehr um eine stolze Haltung. Die auf ihn gerichteten MGs machten das leider nicht gerade einfach.

Quernarbe saß ab, zog seine MP aus dem Halfter und stieß Runner den Lauf vor die Brust. Das Korn kratzte seine Haut auf, die Waffe roch nach Pulver und Schmiere.

»Dann leg mal los!«

Runner schluckte möglichst unauffällig und sah Quernarbe fest in die Augen.

»Wie viele Winter hast du auf dem Buckel, Quernarbe?«

»Sechzehn.«

»Wie sieht's aus, Kumpel? Möchtest du den Gnadenlosen übers Ohr hauen?«

Der Lauf der MP bohrte sich in Runners Fleisch, aber dieser zuckte nicht mit der Wimper.

»Den Gnadenlosen trickst niemand aus!«

»Der Bücherwurm sagt, dass es möglich ist.«

»Und diesen Unsinn glaubst du?«

»Begleite uns und rede selbst mit ihm.«

»Du meinst, ich soll dir helfen, deine eigenen Leute zu schnappen?«

»Es geht nicht um meine Leute, Kumpel, sondern um eine Chance auf ewiges Leben.«

»Ewiges Leben gibt es nicht«, erklärte Quernarbe grinsend.

»Aber ein sehr langes. So viel wie drei Leben auf einen Schlag. Oder vier. Das ist fast ewig. Für uns jedenfalls.«

Quernarbe dachte nach und nickte schließlich.

»Dafür brauchst du Männer, die gut schießen können.«

»Richtig«, erwiderte Runner. »Hast du etwa geglaubt, ich würde dich um Hilfe bitten, weil ich dich so furchtbar gernhab? Aber mit deinen Männern, Pferden und MG-Wagen schaffen wir es vielleicht wirklich.«

»Und dann kann ich den Gnadenlosen austricksen?«

»Entweder leben wir danach beide ewig ... oder keiner von uns beiden!«

»Wenn das irgendein mieser Trick von dir ist, kostet dich das nicht deine Waffe und auch nicht das Leben deiner Leute, dann kostet dich das dein eigenes Leben!«

»Ist mir klar«, sagte Runner. »Aber wieso sollte ich dir was vormachen? Wenn das nicht klappt, holt mich der Gnadenlose. Und nun rat mal, mit wem ich mich weniger gern anlegen würde, mit dir oder mit dem Gnadenlosen!«

Die Häuser waren längst schief und verrostet. Fast hätte man meinen können, sie wären nur zu einem Zweck errichtet worden: damit Efeu, Wein und Ranken etwas hatten, an dem sie sich hochwinden konnten.

Hier und da hatte sich regelrechter Wald breitgemacht, mit Unterholz und allem Drum und Dran. Diese Stellen mieden sie.

Wo sie hinkamen, gerieten die Vögel in Aufruhr. Sehr zu ihrem Leidwesen: Hätte jemand in Downtown in einem der Wolkenkratzer gesessen und die Stadt beobachtet, hätten ihm die auffliegenden Vögel verraten, wo die beiden entlangritten.

Ihr einziger Trost war die Dämmerung. Und die war in City völlig anders als in Ödland.

Denn der Himmel war hier noch hell und blau, mit einem Hauch von Rosa, während sich in den Straßen bereits das Dunkel verdichtete. Je finsterer es aber wurde, umso weniger schrien die Vögel. Stattdessen verschwanden sie in ihre Nester.

»Morgen früh sollten wir die Stadt wieder verlassen haben«, sagte Belka, die nachdenklich zu den letzten Schatten oben am Himmel starrte. »Sonst verraten uns diese blöden Vögel am Ende noch.«

Nerd sah sich schweigend an, was von City übrig geblieben war. Hier am nördlichen Stadtrand gab es keine hohen Bauten, sondern nur Gebäude mit zwei, drei Stockwerken. Nicht alle hatten zum Wohnen gedient. Dahinter lag das eigentliche Industriegebiet. Weiter rechts ragten die Ruinen von Fabriken sowie halb eingefallene Lagerhallen auf. Die morschen Zäune umfassten meist gleich mehrere Blöcke.

»Wir sollten uns allmählich einen Platz für die Nacht suchen«, bemerkte Belka. »Sonst sehen wir am Ende die Hand vor Augen nicht mehr.«

»Worauf warten wir dann noch?«

»Halte nach trockenen Ranken Ausschau. Wo die sind, ist drinnen weniger Schimmel, außerdem haben wir gleich was, um ein Feuer anzuzünden.«

Sie fanden recht schnell, was sie suchten.

In dem Haus hatte es vermutlich früher einen Laden gegeben. Belka legte mit ihrem Messer die Tür unter dem Efeu frei. Sie fiel beim ersten Druck aus den Angeln. Sofort führten die beiden die Pferde hinein.

Nerd holte aus seinem Rucksack eine Taschenlampe, die er noch in Park repariert hatte. Nachdem er ein paarmal auf den Knopf gedrückt hatte, leuchtete ein bläuliches Licht auf.

»Klasse«, stieß Belka begeistert aus. »So was habe ich ja noch nie gesehen. Du bist ja ein echter Schamane!«

»Trotzdem brauchen wir ein Feuer ...«

Belka besorgte rasch trockene Zweige, die sie mit dem Messer zerhackte, dann aufschichtete und anzündete.

»Nimm den Pferden die Sättel ab«, sagte sie. »Ich hole noch mehr Zweige.«

Er nickte und machte sich an die Arbeit. Die Pferde schielten immer wieder ängstlich zu dem Feuer hinüber, blieben aber ruhig.

Sobald Belka mit Reisig und einem Hocker zurückgekehrt war, gab sie aus einem Kanister etwas Wasser und ein paar Stücke gepökeltes Fleisch in einen Topf. Sofort tauchte Freund aus ihrer Kapuze auf. Er erhielt ein Stück trockenes Brot und machte sich damit gleich wieder davon.

»Während es kocht, sehe ich mich im Haus um«, sagte sie. »Eine Mine habe ich schon entdeckt, rühr dich also erst mal nicht von hier weg.«

»Okay.«

»Borg mir mal dein Wunderding!«

Nerd reichte ihr die Lampe.

»Du musst hier draufdrücken«, sagte er.

»Ich weiß.«

Belka schlich über die Betontreppe rauf in den ersten Stock. Nach ein paar Minuten war sie wieder da.

»Alles leer«, teilte sie Nerd mit. »Nicht mal Leichen gibt's hier.

Außerdem hat man das Haus nicht völlig ausgeraubt, nur hier unten ist wohl jemand durch, sonst aber nirgends. Wir sollten uns also das Stockwerk oben und auch den Keller unbedingt vornehmen. Was meinst du, was war das hier? Damals, bevor …?«
»Ein Geschäft.«
»Und was wurde hier verkauft?«
»Leuchte mal da an die Wand«, bat er.
Begeistert drückte Belka auf den Knopf der Taschenlampe.
»Drugstore«, las Nerd vor.
»Was soll das denn sein?«
»Gemüse, Obst, Essen und Haushaltsgeräte. Wenn die ihr Lager im Keller hatten, sollten wir uns da wirklich umsehen … Da drüben das Ding, das ist ein Kühlschrank. In dem wurden die Sachen aufbewahrt, die leicht verderben. An der Stelle, wo unsere Pferde stehen, hat man früher bezahlt.«

»Schon komisch«, murmelte Belka. »Da gab es mal eine Welt – und plötzlich gibt es sie nicht mehr. Okay, ich weiß, dass der Gnadenlose aufgetaucht ist und anschließend alle alten Menschen gestorben sind. Du hast mir auch schon erklärt, dass der Gnadenlose eine Krankheit ist. Eine furchtbare zwar, aber eben nur eine Krankheit. Wie Fieber oder Durchfall … Aber ich weiß immer noch nicht, woher er plötzlich aufgetaucht ist. Oder warum. Hast du in deinen Büchern was darüber gelesen?«

»In den Büchern steht darüber auch nichts«, gab Nerd zu, während er umrührte. »Diese Geschehnisse konnte ja niemand mehr in Büchern festhalten. Mir ist zwar nicht ganz klar, wie schnell alles gegangen ist, aber ich glaube, es hat nur wenige Wochen gedauert. Wenn in so kurzer Zeit Milliarden von Menschen sterben, denkt niemand mehr an Bücher.«

»Aber in dem Tagebuch steht doch was über den Gnadenlosen …«

»Ja, richtig. Ohne das Tagebuch wäre ich nie auf die Idee gekommen, dass es eine Möglichkeit geben könnte, ihn auszutricksen.«

»Erzähl mir etwas über das Mädchen, das dieses Buch geschrieben hat.«

»Nach unseren Begriffen ist sie schon eine Frau, denn sie ist etwa so alt wie wir. Sie ist rein zufällig beim ersten Auftauchen des Gnadenlosen in Park gewesen, bei einem Ausflug mit ihren Eltern. Die beiden waren am nächsten Morgen tot. Alle Eltern waren tot, nur die Kinder hatten die Nacht überlebt. So ist der Stamm in Park entstanden. Dieses Mädchen hat das alles ganz genau beschrieben und ihr Tagebuch in der Bibliothek versteckt. Ich habe es vor einem Jahr gefunden. Am Anfang wollte ich es überhaupt nicht lesen, schließlich ist das ja kein richtiges Buch. Aber dann habe ich es doch getan.«

»Und das Buch hilft uns weiter?«

»Es zeigt uns den Weg zu der Medizin. Die Familie ist aus einer kleinen Stadt namens Mount Hill gekommen. In der Nähe liegt der Ort, wo der Gnadenlose entstanden ist. Präg dir das ein, falls mir etwas geschieht. Dieser Ort heißt Labor.«

»Komischer Name ...«

»Und ein komischer Ort. Er liegt auf dem Gelände einer Militärbasis. Niemand durfte wissen, was in diesem Labor vor sich ging, nicht mal die Familien derjenigen, die dort gearbeitet haben.«

»Woher wusste die Frau dann davon?«

»Sie hat ein Gespräch zwischen ihren Eltern belauscht. Ihr Vater hat sich schwere Vorwürfe gemacht, weil die Menschen auf dem Planeten vereinbart hatten, nie etwas wie den Gnadenlosen in die Welt zu setzen, und es dann doch getan haben. In seinem Labor.«

Belka holte ein Päckchen mit getrockneten Kräutern aus ihrem Rucksack und gab etwas davon in die Suppe. Anschließend fügte sie noch eine Handvoll Graupen dazu. Heute würden sie keine dünne Plörre essen, sondern einen dicken, leckeren Eintopf.

»Rühr noch mal um!«, sagte Belka, und Nerd bewegte brav den Löffel. »Ist es weit bis zu diesem Labor?«

»Es liegt hundert Meilen südlich von Town!«

»Nicht übel!« Belka stieß einen Pfiff aus. »Dir ist klar, dass wir dann nicht nur die Kleinigkeit zu bewältigen haben, uns durch City über die Brücke nach Town zu schlagen, sondern auch noch hundert Meilen durch ein Gebiet zurücklegen müssen, das wir überhaupt nicht kennen?!«

»Ich weiß ja«, sagte Nerd. »Aber dort muss nun mal das Mount Hill liegen, von dem in dem Tagebuch die Rede ist.«

»Dann hilft wohl alles nichts, und wir schlagen uns bis dahin durch«, hielt sie fest, während sie beobachtete, wie ihr Eintopf immer dicker wurde. »Bei der Gelegenheit … hast du nicht versprochen, mir das Lesen beizubringen?«

Eine ganze Weile sah Nerd Belka schweigend an. Diese hielt seinem Blick stand. Im Licht des Lagerfeuers wirkten ihre Haare dunkler und die Schatten auf ihren Wangen und um ihre Mundwinkel tiefer, fast wie Abgründe oder Spalten.

»Hab ich«, brachte Nerd schließlich heraus. Selbst die beiden Worte verrieten, wie schwer ihm diese Entscheidung gefallen war.

»Hervorragend. Nach dem Essen fangen wir gleich an … Tim.«

Nicht alle in City begriffen, wie viel Glück sie eigentlich mit ihrer Stadt hatten. Dabei musste man ein Idiot sein, um das nicht zu erkennen: Westlich der Stadt erstreckte sich Ödland, wo die Farmer lebten, die so viel Gemüse, Obst, Milch und Fleisch hatten, dass sie gar nicht alles selbst essen konnten. Was sie dagegen nicht hatten, waren Waffen oder Konsumgüter. Die gab es wiederum in City.

Am anderen Flussufer lag Town. Dort wirtschaftete ein Stamm, der wirtschaftlich die gleichen Interessen hatte wie City – aber eben keinen direkten Handel mit den Farmern betreiben konnte. Deshalb lieferte Town seine Waren für einen vernünftigen Preis an City und bekam im Gegenzug die Produkte der Farmer, allerdings zu einem deutlich höheren Preis, als man in City selbst dafür bezahlt hatte.

Das hatte zur Folge, dass City reich und der dortige Stamm besser bewaffnet war als alle anderen. Aus diesem Grund schottete man sich auch gegen Fremde ab. Die würden ja doch nur rauben und plündern … Als man Aisha, der Priesterin von City, daher berichtete, dass die Posten im Norden Schwärme aufgebrachter Vögel gesichtet hätten, zögerte sie nicht eine Sekunde, trotz der späten Stunde den Kommandanten der Wachtruppen einzubestellen.

Obwohl Dodo den Befehl über hundert Mann hatte, geriet er in Aishas Anwesenheit stets in größte Verlegenheit.

Er war zwei Köpfe größer als sie und wog dreimal so viel wie sie. Wahrscheinlich hätte er sie mit einem einzigen Schlag seiner Pranke töten können. Obendrein war er zwei Jahre jünger als sie, hatte also noch deutlich länger zu leben. Trotzdem lief er bei ihrem Anblick rot an und verlor seinen Befehlston.

Aishas Macht über ihn beruhte allerdings nicht nur auf ihrem Priesteramt, das wusste sie ganz genau. Sie gefiel ihm. Dodo wiederum war ein Mann, der nach grober Kraft roch, was Aisha durchaus erregte. Dennoch war er tabu für sie. Sie kannte diese Art Mann nur zu gut. Ließ sie ihn einmal in ihr Bett, würde er sie danach für seinen Besitz halten und sich in Zukunft ihren Befehlen verweigern. Deshalb tröstete sie sich mit anderen Männern und auch mit Frauen, während Dodo …

… sie besser weiterhin begehrte, immer in der Gewissheit, dass sie sich ihm nie hingeben würde.

Und das tat er.

»Dodo«, gurrte sie, während sie den Rücken ihres in einer tiefen Verbeugung erstarrten Kommandanten betrachtete. »Offenbar haben wir im Norden Besuch erhalten …«

Langsam richtete sich Dodo wieder auf. Wenn die Sonne nicht längst in Ödland untergegangen wäre, hätten seine Schultern vermutlich jeden Strahl abgeblockt.

»Mögest du ewig leben, Aisha! Soll ich mich gleich um die Angelegenheit kümmern?«, fragte er mit geradezu kindlicher Stimme.

»Es reicht, wenn du das morgen früh erledigst«, entschied sie. »Brich mit deinen Männern bei Tagesanbruch auf! Der Posten soll dir zeigen, wo genau er die Vögel beobachtet hat.«

»Gut, Aisha. Sollen wir sie dir lebend bringen?«

»Das ist nicht unbedingt nötig«, antwortete sie lächelnd.

Dodo grinste zurück. Nun sah er erst recht wie ein Kind aus.

»Ich werde mir Mühe geben, dass du mit mir zufrieden bist.«

»Danke, Dodo. Der Gnadenlose hat schon lange kein frisches Blut mehr getrunken …«

»Das habe ich verstanden, Priesterin.«

»Dann geh jetzt und schlaf noch ein wenig!«

»Mögest du ewig leben, Aisha!«

»Mögest auch du es, Dodo!«

Er verbeugte sich abermals und ging zur Tür – die im selben Moment aufgerissen wurde. Ein aufgelöster Posten stürmte in den

Raum. Aisha kannte sogar seinen Namen: Blitzer. Der beste Späher im ganzen Stamm.

»Aisha! Dodo!«, rief er. »Verzeih mir, Priesterin, dass ich schlechte Nachrichten bringe, aber eben sind im Westen Signalraketen hochgegangen.«

»Waren das Tiere?«, fragte Dodo. »Die über einen Draht gestolpert sind und den Mechanismus ausgelöst haben?«

Er war nun der Inbegriff von Konzentration. Mehr denn je erinnerte er Aisha an einen Puma.

In City fühlten sich wilde Tiere wie zu Hause. Der Wald in dieser Stadt bot ihnen alles, was sie brauchten, sodass es mit jedem Jahr mehr wurden. Die Signalraketen hatte man aber nicht ihretwegen aufgestellt.

»Nein«, antwortete Blitzer.

Dodo nickte und drehte sich wieder Aisha zu.

»Keine Sorge, Priesterin«, sagte er. »Morgen früh kümmere ich mich um alles.«

Nachdem sie die beiden Männer mit einer sparsamen Handbewegung entlassen hatte, trat sie ans Fenster.

Unter ihr lag City. Ihr City. Die Nacht hatte die Straßen bereits in Dunkel gehüllt. Die Häuser gegenüber wirkten nun wie bemooste Felsblöcke. Hinter den Mauern brannten jedoch Feuer, das wusste Aisha. Frauen kochten Essen für die Männer, legten die Kinder schlafen. Auf den Dächern der höchsten Häuser saßen Posten. In den Straßen liefen Männer Patrouille, mal zu dritt, mal zu fünft. Sie sorgten dafür, dass niemand Diebe zu fürchten brauchte. Kurzum, City lebte sein Leben, und sie, Aisha, half der Stadt, frei zu atmen.

Sie zog ihre Schuhe aus. Sofort war sie noch kleiner.

Eine aparte, schlanke Frau, braun gebrannt, mit einem dicken Pferdeschwanz bis zum Po. Unter ihren Vorfahren hatte es garantiert Schwarze oder Latinos gegeben. Selbst wenn sie keine Schönheit war, wirkte sie wie eine, vor allem im Vergleich zu den von den frühen Geburten und den ständigen Schwangerschaften ausgelaugten anderen Frauen in City.

Die oberste Priesterin hatte traditionell keinen festen Mann, musste aber eine Tochter zur Welt bringen. Das verlangte das Gesetz. Aisha hatte Glück gehabt, denn gleich ihr erstes Kind war ein

Mädchen. Das Gesetz verlangte weiter, dass sich die Priesterin selbst nicht um die Erziehung des Kindes kümmerte, schließlich hatte sie genug Sorgen. Deshalb wuchs die Kleine in einer anderen Familie auf.

Aisha entnahm einer Anrichte eine Flasche Wein und schenkte sich ein Glas ein. Eine rote, kräftige Kostbarkeit, die nach Sonne und Trauben duftete. Nach einigen kleinen Schlucken leckte sie sich genüsslich über die Lippen.

Mitunter sah sie ihre Tochter. Muttergefühle hegte sie aber keine für das Kind. Das Mädchen war eine Notwendigkeit, eine gesetzliche Pflicht. Aisha betrachtete ihre Tochter im Grunde nicht als Teil von sich, obwohl sie ihr wie aus dem Gesicht geschnitten war.

Ihre Privilegien und Aufgaben als Priesterin liebte sie deutlich mehr als dieses kleine dunkelhaarige Mädchen, bei dessen Anblick sich nicht das Geringste in ihrer Brust regte. Doch genau so sollte es sein: Eine Priesterin musste ihren Stamm lieben, nicht ihre Familie.

Aisha trank den Wein aus. Kurz dachte sie darüber nach, ob sie die heutige Nacht allein verbringen sollte oder nicht, beschloss dann aber, auf Gesellschaft zu verzichten. Der nächste Tag versprach genügend Abwechslung. Sie roch schon förmlich das Pulver und die Waffenschmiere, ein Duft, den sie vergötterte. In letzter Zeit hatte kein Stamm City angegriffen. Einzelne Wagemutige, die hier auf Beutezug gingen, waren aber ein allzu karges Futter für den Gnadenlosen. Deshalb zürnte er ihnen und holte sich seine Nahrung in City selbst. Immer öfter hatten sie Totenfeuer entzünden müssen…

Bei dem Gedanken rieb sich Aisha unwillkürlich über die Schulter, auf die bereits siebzehn Tropfen tätowiert waren. Sie glaubte nicht an die Darbringung von Opfern oder an Gebete, sie wusste ganz genau, dass der Gnadenlose sie sich trotz all dieser Rituale holen würde, sobald ihre Stunde gekommen war. Ihn hielt niemand auf.

Sie zog sich aus und schlüpfte in die frischen Laken.

Wie viele Tage, Stunden oder auch Minuten ihr noch blieben – es würde eine gute Zeit werden. Dafür würde sie schon sorgen. Wenn dann das Unvermeidliche eintrat…

… dann musste sie sich damit abfinden.

Der Keller war längst ausgeraubt worden, das war Belka und Tim klar, sobald sie die Tür geöffnet hatten.

»Wir hätten lieber noch ein bisschen schlafen sollen«, bemerkte Tim gähnend. »Sogar das Eisen ist weg. Wahrscheinlich sind hier unten längst Schmiede durchgezogen.«

»Halb so wild«, erwiderte Belka munter. »Und wenn wir jetzt schon aufbrechen, haben wir den Vorteil, dass die Vögel noch schlafen.«

Sie ließ den Lichtkreis der Taschenlampe über Müllberge, zerschlagene Regale, Plastikteile, deren Bedeutung sie nicht mehr erkennen konnte, und staubige Folien wandern.

»Gehen wir«, schlug Belka vor. »Hier gibt's nichts mehr zu holen.«

Sie schickte den Lichtfleck ein letztes Mal über den verstaubten und morschen Boden, rüber zur Wand …

»Leuchte da mal genauer hin«, bat Tim.

Ein großes Werbeplakat. Da es nicht aus Papier bestand, hatte es sich all die Jahre gehalten, wenn auch die Farben gelitten hatten. Dennoch ließ sich noch erahnen, was auf der Tafel dargestellt wurde.

»Die Telefonnummer bringt uns natürlich gar nichts«, bemerkte Tim ernst. »Die Adresse aber schon. Hoffe ich jedenfalls.«

»Wieso?«

»Weil wir damit vielleicht an eine Möglichkeit kommen, unseren Weg fortzusetzen, ohne die Brücke zu benutzen.«

Dodo wollte zwei Einheiten ausrücken lassen.

Fünf schnelle Läufer sollten sich zu den Stellen im Norden begeben, wo den Posten die aufgestörten Vögel aufgefallen waren. Wenn die Männer etwas entdeckten, sollten sie mit Signalraketen Verstärkung anfordern. Ein Dutzend hart gesottener Burschen samt zwei MG-Schützen würde sich den Westen vornehmen. Eine dritte Einheit blieb kampfbereit vor Ort, sie würden bei Bedarf zur Unterstützung ausgesandt werden.

Da Dodo förmlich witterte, dass es im Westen Schwierigkeiten geben würde, wollte er persönlich die Einheit befehlen, die sich dorthin begab.

Bevor die Männer aufbrachen, kam Aisha in bequemer Kleidung und mit geschulterter MP zu ihnen. Sie führte einen Wallach am Zügel. Die Farmer verkauften auch City keine Pferde, höchstens einen Wallach oder ein Maultier und selbst die nur zu horrenden Preisen, also im Tausch für Waffen oder Sprengstoff. Den Sprengstoff musste City sich jedoch erst von Town besorgen, dort wurde er aus den Geschossen hergestellt, die man in den Depots der Artillerie entdeckt hatte. Jeder Wallach und jedes Maultier kostete City ein Vermögen. Aber selbstverständlich besaß Aisha einen Wallach, noch dazu den besten in der ganzen Stadt.

»Mögest du ewig leben, Aisha!«, sagte Dodo und verbeugte sich.

»Mögest auch du ewig leben, Dodo!«

Aisha berührte aufmunternd seinen Arm, woraufhin dieser Gigant vor Verlegenheit rot anlief.

Irgendwann werde ich ihn zu mir bitten, dachte sie und unterdrückte ein amüsiertes Lächeln. Sonst fällt er demnächst bei meinem Anblick noch in Ohnmacht.

Dodo war ein attraktiver Mann. Ein äußerst attraktiver sogar. Und es gefiel ihr, ihn zu quälen, indem sie ihm mal Hoffnungen machte, mal vor den Kopf stieß.

»Ich habe beschlossen, mir einen kleinen Spaß zu gönnen«, teilte sie ihm mit, während sie mit einer geschmeidigen Bewegung und fast ohne die Steigbügel zu berühren aufsaß. »Du hast doch nichts dagegen, wenn ich euch begleite?«

»Das könnte gefährlich werden«, murmelte er.

»Gerade deshalb will ich ja mitkommen«, erwiderte Aisha. »Und du beschützt mich doch im Notfall, oder, Dodo?«

Dodo stieß ein leises Knurren aus und legte schweigend die Hand aufs Herz.

»Anders habe ich es nicht erwartet«, sagte Aisha. »Dann lass uns aufbrechen!«

Ein Haus in einer Stadt zu finden, in der es seit über einem halben Jahrhundert keine Adressen mehr gibt, ist leider kein Kinderspiel. Der Atlas mit den Straßenkarten half Tim zwar, aber die gesuchte River Road fand er im Plan von City nicht, von der Hausnummer 1448 ganz zu schweigen.

»Wir sind jetzt hier«, sagte er zu Belka und tippte auf einen Punkt in der Karte. »Und hierhin müssen wir. Das ist eine Industriezone mit den Lagerhallen … Dahinter ist der Fluss, sodass sie ohnehin auf unserem Weg liegt.«

Die Pferde liefen im Schritt, der Himmel färbte sich langsam rosa, und die ersten Wolken ließen sich erkennen.

»Heute wird's heiß«, erklärte Belka, die den Kopf in den Nacken gelegt hatte. Freund nutzte die Gelegenheit, um aus der Kapuze zu schlüpfen, auf ihre Schulter zu springen und ebenfalls nach oben zu spähen.

Die ersten Schwalben ließen sich bereits von den Luftströmen tragen, um nach Beute Ausschau zu halten.

Eine Weile ritten sie schweigend weiter und sahen sich immer wieder um. Gräser und Moos hatten das Pflaster erobert. Dadurch entstand kaum Hufgeklapper. Insgesamt kamen sie recht gut voran. Als die Sonne sich am Himmel zeigte, hatten sie das Gebäude, in dem sie geschlafen hatten, bereits drei Meilen hinter sich gelassen.

Bald kamen die ersten lang gestreckten Lagerhallen in Sicht, dazu Überreste von Fabriken, bei denen man nicht mehr erkennen konnte, was sie eigentlich produziert hatten. Überall ragten aufgerissene Metallrohre aus den Mauern. Die Schmiede interessierten sich nicht für diese Relikte, denn sie schmolzen zwar im Feuer, ließen sich aber nicht formen.

Das Vogelgezwitscher nahm hier ab, dafür war das Rauschen des Flusses nun deutlich zu hören. Ein paar graziöse Reiher segelten durch die Luft, um an einem sonnigen Plätzchen zu landen. Einige Pfosten, die wie durch ein Wunder noch standen, trugen eine zottelige Mütze. Hier hatten Störche ihr Nest gebaut.

Nach weiteren fünf Minuten erreichten sie den Fluss.

Er war breit und am Ufer trügerisch ruhig. In der Mitte gab es jedoch eine reißende Strömung, die das ansonsten klare Wasser zum Schäumen brachte. Die Pferde schnaubten unruhig, denn sie hatten Durst.

Früher war der Fluss breiter gewesen, aber nur weil Menschen eingegriffen hatten. Irgendwann waren all die Anlagen aber eingestürzt. Danach war der Fluss in sein ursprüngliches Bett zurückgekehrt. An den Ufern waren noch Reste von Piers auszumachen, vor denen die gewaltigen Skelette riesiger Schiffe lagen. Sie hatten einst Waren aus den Fabriken abtransportiert …

Tim versuchte, sich an die Bezeichnung dieser Schiffe zu erinnern, aber sie fiel ihm nicht ein.

Die River Road führte laut Karte noch weiter nach Norden.

»Wir finden dieses Haus niemals«, sagte Belka nach einer halben Stunde. »Außerdem habe ich keine Ahnung, wie es überhaupt aussehen soll.«

»Wie die Lagerhallen, die wir schon gesehen haben. Es ist ebenfalls eine Halle, eine sogenannte Werkstatthalle. So was wie das da …« Er wies auf ein eingefallenes Gebäude rechter Hand. »Vielleicht ist es sogar noch größer.«

»Mehr weißt du nicht?«

»In der Nähe sind Piers … So was wie das da … Von der Halle aus gibt es nämlich einen Zugang zum Fluss.«

Abermals zeigte er ihr, was er meinte. Eine lange Betonfläche, die auf Pfosten ruhte und in den Fluss führte. Die Konstruktion war aufgerissen, überall schaute dicker verrosteter Draht heraus. Das Ganze erinnerte an eine gewaltige Assel oder irgendeinen Käfer.

»Gefällt mir nicht, der Ort«, bemerkte Belka und schüttelte sich. Sie hatte das Gefühl, jemand würde sie von den zerstörten Pfosten aus beobachten. Jemand, der nicht mit freundlichen Absichten gekommen war. Jemand, der auf Blut aus war. »Der ist doch wie geschaffen für einen Hinterhalt.«

»Nur ist hier weit und breit niemand«, widersprach Tim. »Okay, Tiere dürften sich hier wohlfühlen … aber Menschen … Hier ist alles verlassen. Wir haben noch nicht mal irgendwelche Spuren entdeckt … Wusstest du eigentlich, dass in City früher fast zweihunderttausend Menschen gelebt haben? Wie viel es wohl heute sind?«

»Keine Ahnung«, sagte Belka fast uninteressiert. »Tausend. Vielleicht zwei. In Town sollen es angeblich dreimal so viel sein.«

»In Town«, erwiderte Tim niedergeschlagen, »hat früher fast eine Million gelebt.«

»So weit kann ich nicht zählen. Eine Hand, das sind fünf. Zwei Hände zehn. Zehn mal zehn Hände sind Hundert. Und tausend, das sind zweihundert Hände. Aber eine Million …?«

»Das ist tausend mal tausend.«

»So viele Menschen gibt es nirgends.«

»Heute nicht mehr«, bestätigte Tim. »Heute ist das unmöglich. Und daran wird sich auch in Zukunft nichts ändern.«

»Trotzdem würde ich lieber von hier abhauen ...«, gestand Belka. »Der Ort gefällt mir echt nicht. Irgendwas stimmt hier nicht.«

»Hier liegt mit Sicherheit niemand auf der Lauer. Selbst die Menschen in City können nicht jeden Ort bewachen, dazu sind sie zu wenig, während die Stadt zu groß ist. Und Town ist sogar noch größer! Stell dir doch nur mal vor, wie viele Männer da nötig wären, um die ganze Stadt nach uns zu durchkämmen! Oder irgendwo in einem Hinterhalt auf uns lauern?! Glaub mir, die finden uns hier nicht und in Town erst recht nicht!«

»Und ob die uns finden! Schließlich müssen wir über die Brücke! Einen anderen Weg nach Town gibt es nicht! Da können sie in aller Ruhe auf uns warten.«

»Es gibt einen anderen Weg«, widersprach Tim im Brustton der Überzeugung. »Ich habe eine Idee, wie wir nach Town kommen, ohne die Brücke zu benutzen. Sind wir erst mal dort, kriegen sie uns nicht ... Hier lang!«

»Das sollten wir besser lassen!«, wandte Belka ein. »Das ist offenes Gelände. Da sieht man uns sofort!«

»Nein«, hielt Tim dagegen. »Das Schilf deckt uns.« Trotzdem duckte er sich. »Sieh mal da!«

Er zeigte auf ein niedriges Gebäude dreihundert Fuß vor ihnen, das Vögel bereits vollgeschissen hatten.

»Erkennst du es wieder?«

Belka kniff die Augen zusammen.

»Behauptest du nicht immer«, fragte sie spöttisch, »schlechte Augen zu haben?«

»Selbst mit meinen Augen erkenne ich die Zeichnung an der Wand. Das Haus hat wahrscheinlich keine Nummer, aber ich bin mir sicher, dass es das ist, das wir suchen. Da oben steht auch was. Lies mir das mal vor!«

»Tim! Du hast mir gestern überhaupt erst meine ersten zehn Buchstaben beigebracht! Wie soll ich dir da was vorlesen?«

Belka nannte ihm aber immerhin die Buchstaben, an die sie sich noch erinnerte. Der Vorgang faszinierte sie: Aus einzelnen Strichen entstanden Laute – die sich dann zu einem Wort formten.

»Super!«, stieß Tim aus und musste lächeln, ob er wollte oder nicht. Obwohl ihm der rechte Eckzahn fehlte, gefiel Belka dieses Lächeln. »Du hast nur zwei Fehler gemacht. Das B hast du mit dem D verwechselt. Und das F hatten wir auch schon, das hast du vergessen.«

»Und was steht da nun?«

»Da steht«, sagte Tim feierlich und holte tief Luft: »Freizeitattraktionen für Wasser und Luft. Gebrüder Bukowsky. Für sie wurde mit dem Schild an der Wand im Keller geworben. Wir sind am Ziel!« Er kraulte sein Pferd zwischen den Ohren. »Und jetzt wollen wir doch mal sehen, ob wir dort das finden, worauf ich hoffe.«

Sie mussten sich gewaltig ins Zeug legen, um in die Halle zu kommen. Das Tor auf der dem Fluss abgewandten Seite war zwar nicht verschlossen, aber die Schiene, über die es bewegt wurde, war längst tief in den Boden abgesunken. Für einen Durchgang von einem Meter ackerten sie daher rund zwanzig Minuten. Zwanzig Minuten – das ist sehr viel Zeit, wenn man auf der Flucht ist. Belka war sich nach wie vor sicher, dass die Männer aus Park sie aufspüren würden. Es war nur eine Frage der Zeit.

Da die Pferde sich weigerten, das Gebäude zu betreten, band Belka sie fluchend vorm Eingang an.

»Halt hier draußen Wache!«, sagte sie dann zu Tim und betrat die finstere Halle.

Sobald sie verschwunden war, verließ auch Tim der Mut. Er bekam eine Gänsehaut und schweißnasse Hände, außerdem ertappte er sich dabei, dass er hechelte.

Die Umgebung schien nun auch ihm voller Gefahren. Aus dem Schilf drangen komische Schmatzgeräusch heran, der Wind pfiff durch die löchrige Metallwand. Tim umschloss seine Waffe fester, setzte eine möglichst finstere Miene auf und ließ den Lauf von links nach rechts wandern. Seine Angst vertrieb das nicht.

Daraufhin fing er an, innerlich zu zählen. Das half eigentlich immer. Als er bei sechzig war, tauchte Belka wieder auf.

»Und?«, fragte Tim. »Was ist da drin?«

»Da drinnen ist es vor allem stockfinster! Wir brauchen deine Lampe. Aber offenbar ist seit Ewigkeiten niemand mehr hier gewesen.«

»Wie kommst du darauf?«

»Gleich hinterm Eingang liegt eine Leiche«, sagte Belka. »Etwas weiter eine zweite. Jedenfalls das, was von den Menschen noch übrig geblieben ist, nachdem der Gnadenlose sie sich geholt hat. Dabei ... Sie hätten doch verbrannt werden müssen. Wenn das nicht geschehen ist, heißt das, hier war niemand.«

»Endlich mal eine gute Nachricht.«

»Ach ja?«

»O ja!«, sagte er, holte seine Lampe aus dem Rucksack und betrat den Hangar. »Gehen wir rein, dann erkläre ich dir alles!«

Die kleine Lampe richtete in der riesigen Halle kaum mehr aus als das Glas mit Glühwürmchen, mit dem Tim als kleiner Junge nachts zum Klo gegangen war. Daher fertigten sie aus ein paar Stangen und dreckigen Lumpen erst einmal Fackeln. Sie stanken fürchterlich, spendeten aber genug Licht, damit sie sich in einem Umkreis von zehn Metern umsehen konnten.

An der anderen Seite floss hinter der Halle der Fluss vorbei. Hier gab es ebenfalls ein Tor. Die Regale überzogen Schimmel und merkwürdige Fäden. Sie entdeckten einen Generator, Hunderte verrosteter Blechkanister sowie eine Zapfsäule, die über und über mit Staub und Korrosionsflecken bedeckt war, sonst aber intakt wirkte.

»Da muss irgendwo ein Fass mit Treibstoff sein«, erklärte Tim.

»Aber ob der noch was taugt?«

»Denke schon«, erwiderte Tim, während er sich weiter umsah. »Für Fackeln dürfte es reichen, aber auch um ein Feuer zu legen, das du so schnell nicht löschst. Das ist ein echter Schatz! In Park findest du so was überhaupt nicht mehr! Da wurde in den Anfangsjahren alles ohne viel Überlegung verbraucht, und heute kann niemand etwas nachmachen!«

»Du weißt wirklich viel ... Warum die Bosse dich verjagt haben, ist mir echt ein Rätsel ...«

»Soll das ein Witz sein?«, fragte Tim mit schiefem Grinsen. »Die Bosse haben mich verjagt, weil ich für sie nur ein Stück Scheiße bin. Ein Mann, der weder schießen noch schnell rennen kann! Was leistet denn jemand, der zwar lesen, aber einem anderen nicht die Kehle durchschneiden kann?«

Tim war vor einem Metallregal stehen geblieben, das bis zur Decke reichte. Überall hingen lange, fahle Staubfäden herab. Im Licht der Fackel wirkte dieses Ding fast gruselig. Es roch nach Fledermausscheiße, Fäulnis, Lumpen und Verwesung.

»Versuchen wir's hier«, sagte er.

»Was?«

»Ein Floß zu finden. Weißt du, was das ist?«

Belka schnaubte beleidigt. Sofort kam Freund aus ihrer Kapuze und stieß ebenfalls ein empörtes Schnalzen aus.

»Gut! Wir wollen aber kein Floß aus Baumstämmen, sondern ein viel besseres.«

»Aber hier ist doch alles verfault!«

»Bestimmt nicht«, widersprach er und fegte eine Spinnwebe vom Rand des Regals. »Die Zeit dürfte dem Floß, das wir suchen, nicht geschadet haben. Bis auf die Nähe vielleicht!«

»Nehmen wir mal an, wir finden so ein Ding«, sagte sie und ließ ihren Blick über die Regale wandern. »Was machen wir dann mit den Pferden? Willst du die etwa hierlassen?«

»Nicht unbedingt. Pferde können ja schwimmen ...«

»Wunderbar! Damit geben wir nicht nur ein willkommenes Ziel ab – damit geben wir ein verdammtes Superziel ab! Die werden uns von der Brücke aus abknallen, noch ehe wir einmal geniest haben! Das ist kein Plan, das ist Selbstmord!«

»Eine andere Wahl haben wir aber nicht!«, sagte Tim ruhig, doch Belka entging nicht, dass seine Ruhe nur aufgesetzt war. »Mit dem Floß kommen wir über den Fluss, ohne die Brücke zu benutzen. Nachts wäre es für die Schützen auch gar nicht so leicht, uns zu treffen, deshalb haben wir eigentlich ganz gute Chancen ... Ah! Hilf mir mal!«

Aus einem der unteren Fächer zogen sie eine schwere Tasche heraus. Dabei fiel von oben allerlei Plunder herunter, worauf das Regal sofort verdächtig zu schwanken anfing, sich dann aber gleich wieder beruhigte. Allerdings drang von der Decke nun wildes Gekrächze zu ihnen. Belka riss ihre MP nach oben, Freund schnalzte nervös. Hunderte von Augen funkelten im Dunkel auf.

»Fledermäuse!«, stieß Belka aus. »Igitt!«
»Äh ja ... so ein Boot ... äh ...«, stammelte Tim. »Wir denken ... äh ... einfach auf dem Fluss die ganze Zeit daran ... dass sich gerade niemand um uns kümmert!«
»Sag mal, hast du Angst vor denen?«
»Quatsch!«, sagte Tim. »Das sind doch bloß Mäuse mit Flügeln. Weshalb sollte ich Angst vor denen haben?«
Er ging in die Hocke, wischte mit der Hand die dicke Staubschicht von der Tasche, las die Aufschrift und nickte zufrieden.
»Ich kann die Viecher nicht ausstehen«, gab Belka zu. »Sie sind hinterhältig. Und beißen!«
»Nicht, wenn du sie in Ruhe lässt«, widersprach Tim. »Die ganzen Kötel auf dem Boden deuten darauf hin, dass es ziemlich viele sind und sie schon sehr lange hier leben. Wir sind also bei ihnen zu Besuch ...«
»Trotzdem mag ich keine Fledermäuse.«
»Ins Herz hab ich sie auch nicht gerade geschlossen«, sagte Tim.
Trotz des Schummerlichts erkannte Belka, dass er grinste.
»Gib ruhig zu«, verlangte sie, »dass du Angst vor ihnen hast!«
»Höchstens ein ganz kleines bisschen. Aber das spielt im Moment gar keine Rolle!«
»Weil ...?«
»Weil ich jetzt endlich meine erste Schülerin habe. Dich!«
»Bitte?«
»Bisher habe ich noch niemandem das Lesen beigebracht, obwohl ich es versprochen habe.«
»Wem?«
»Meinem Lehrer. In Park nannten ihn alle nur Nulpe. Weißt du, wen ich meine? Er lief immer ein bisschen zur Seite geneigt und hat ein Bein nachgezogen.«
»Mhm, an ihn erinnere ich mich. Wir haben ihn immer ausgelacht.«
»Nicht nur wir Kinder. Weißt du, er ist als kleiner Junge die Treppe runtergefallen und hat sich dabei irgendwas gebrochen. Danach hing seine Hand irgendwie schlaff runter. Ansonsten hat er den Sturz aber gut überstanden. Ich hatte gerade vier Winter auf

dem Buckel, er schon vierzehn, als er mich überredet hat, dass ich lesen lerne.«

»Als ob er dich dazu lange überreden musste …!«

»O doch, das musste er. Damals hatte ich nämlich nur einen Gedanken im Kopf: essen! Ständig hatte ich Hunger. Nur weil du lesen kannst, gibt dir ja niemand Fleisch …«

»Hat es lange gedauert, bis du es konntest?«

»Nein, ich war ein ganz guter Schüler. Nach drei Monaten hätte ich anderen schon die Buchstaben beibringen können.«

»Aber das wollte niemand?«

»Richtig.«

»Mich hast du damals übrigens nicht gefragt.«

»Hättest du denn lesen lernen wollen?«

»Nein. Wozu? Nur weil du lesen kannst, gibt dir ja niemand Fleisch!«

»Was hat sich inzwischen geändert?«

Belka ließ sich mit der Antwort Zeit.

»Ich weiß nicht«, sagte sie schließlich. »Das braucht immer noch niemand, aber es macht irgendwie Spaß. Allerdings werde ich es wohl nicht schaffen, mein Wissen auch anzuwenden. Selbst wenn mir mehr Zeit bliebe, nicht …«

»Man weiß nie im Voraus, was einem irgendwann nutzt …«

»Eine MP nutzt auf alle Fälle immer mehr als ein Buch.«

»Da bin ich mir gar nicht so sicher«, antwortete Tim grinsend. »Eine MP bringt uns zum Beispiel nicht ans andere Flussufer. Ich aber schon.«

»Du bist ja auch kein Buch!«

»Falsch! Ich bin sogar ein ganzer Haufen Bücher! Wenn niemand etwas mit dir zu tun haben möchte und du nicht für die Jagd taugst und auch keine Lust hast, andere Menschen zu töten, bleibt dir jede Menge Zeit zum Lesen.«

»Trotzdem verstehe ich nicht ganz, warum du ein Haufen Bücher bist.«

»Vielleicht verstehst du es irgendwann später«, sagte Tim. »Die nehmen wir auch noch mit!« Er hielt die Fackel über eine Tasche, die genauso groß war wie die erste, und packte sie am Riemen.

»Übrigens schadet es wirklich nie, etwas zu wissen, denn Wissen ist manchmal besser als eine Pistole. Es ist sogar besser als ein ganzer Haufen Farmer auf ihren Pferden. Mit etwas Glück beweise ich dir das sogar ...«

Tim stöhnte vor Anstrengung, als er die Tasche aus dem Regal hervorziehen wollte. Sie fiel schwer zu Boden. Danach betrachtete er etwas, das ganz hinten im Fach lag.

»Das wäre sogar eine noch bessere Lösung«, erklärte er mit einem zufriedenen Grinsen. »Falls es mir gelingt, das Ding zusammenzusetzen ... Wir nehmen es unbedingt mit. Lass uns jetzt erst mal das andere Tor öffnen!«

»Was ist das denn?«, fragte Belka und schaute ratlos auf die zusammengebundenen Metallrohre und den großen Rucksack.

»Das ist ein echt cooles Ding, Belka«, sagte Tim. »Es wird dir gefallen!«

Als einer der Männer aus Park in der Dämmerung in eine Falle trat, löste er damit zwei Signalraketen aus.

Es knallte, in der Luft erblühten zwei Feuerbälle, und die ganze Umgebung war in grelles Licht getaucht.

Die Männer stürmten panisch auseinander.

»Dass mir niemand schießt!«, befahl Runner. »Ruhe!«

Die Raketen zischten jedoch bereits wieder in die Tiefe, nur eine Rauchspur am Himmel zeugte noch von ihnen. Im Nu lag die Straße wieder im Dunkeln.

»Pass doch auf, wo du hintrittst, du Arsch!«

Ein dumpfer Schlag, jemand stöhnte. Offenbar hatte Rubbish die Aufforderung auf seine Art kommentiert.

»Wir bleiben über Nacht hier!«, entschied Runner. »Und du, Rubbish, lass den Mann zufrieden! Du machst ja einen Krüppel aus ihm! Dann darfst du ihn mit dir rumschleppen!«

»Von wegen!«, zischte Rubbish. »Den würde ich auf der Stelle verbuddeln.«

Trotzdem ließ er sein Opfer los.

Der Ort, den Runner für ihr Nachtlager gewählt hatte, war nicht besser und nicht schlechter als jeder andere Ort in dieser Stadt. Eine kurze Straße, die vor einer Betonmauer endete. Häuser, die unter Efeu verschwanden, Fenster ohne Scheiben, aus denen hier und da sogar ein Ast von einem drinnen stehenden Baum herauswuchs.

Die Männer aus City könnten hier durchaus leichtes Spiel mit ihnen haben, aber da würde Runner ihnen schon in die Suppe spucken.

»Was für ein widerlicher Ort«, sagte Pig, rümpfte die Nase und spie aus. »Hier findet man uns doch sofort!«

»Genau das wollen wir«, entgegnete Runner und sah zur Tür eines halbwegs intakten einstöckigen Hauses hinüber.

»Jetzt?«, hakte Pig entsetzt nach.

»Morgen früh!«, stieß Runner genervt aus. »Rubbish!«

»Was ist?«

»Die Späher sollen sich umsehen, vielleicht sind hier noch mehr Fallen.«

»Ist schon geschehen. Gehen wir ins Haus?«

»Nein«, antwortete Runner. »Warten wir noch ein bisschen.«

Quernarbe ritt an ihn heran, beugte sich im Sattel vor und betrachtete seinen neuen Verbündeten voller Verachtung.

»Machst du schon schlapp und brauchst eine Pause?«

»Ganz genau.«

»Meine Männer werden sich ganz bestimmt nicht mit dir in diese Straße hocken. Hier sind sie doch verloren.«

»Deshalb schlage ich ja auch vor, dass ihr euch einen anderen Unterschlupf sucht. Es wäre allerdings gut, wenn deine Männer mit den MG-Wagen diese Straße im Auge behalten würden. Und postiere ein paar Späher in unserer Nähe. Sobald ich mit den Männern aus City was ausgehandelt habe, kannst du dich offen zeigen. Falls mir das nicht gelingt ...« Runner grinste. »Falls mir das nicht gelingt, geht der Spaß erst richtig los. Pass auf, die Weiber werden ihren Kindern noch die tollsten Lieder von uns vorsingen. Schade, dass wir sie nicht mehr hören werden.«

»Das ist ja ein gewaltiger Trost«, spie Quernarbe aus. »Aber im Großen und Ganze ist das kein schlechter Plan. Gegen Lieder habe ich auch nichts. Nur das Sterben schmeckt mir nicht. Ich will doch den Gnadenlosen nicht enttäuschen.«

»Das liegt ganz bei dir, Kumpel! Was mich interessiert, ist, dass deine MGs im richtigen Moment losrattern.«

Quernarbe drückte seinem Pferd die Knie in die Flanken, wendete und ritt zu seinen Männern, die etwas abseits auf ihn warteten. Runner trat ebenfalls ein paar Schritte zur Seite, damit die MG-Wagen der Farmer sich in einem schmalen Gang zwischen zwei Häusern in Stellung bringen konnten, setzte sich auf den Boden und beobachtete, wie seine Männer den Ort für ihr Nachtlager herrichteten. Pig gesellte sich zu ihm, stopfte seine Pfeife mit etwas Hanf und nahm genüsslich den ersten Zug. Ein schwerer, benebelnder Duft hing in der Luft. Daraufhin tauchte Rubbish auf, der Pig zwar missbilligend ansah – der Geruch könnte sich ausbreiten und sie verraten –, die angebotene Pfeife dann aber nicht ablehnte. Nach ein paar Zügen verschwand er wieder.

Auch Runner ließ sich die Pfeife geben. Hinter ihnen lag ein anstrengender Marsch, seine Füße schmerzten, der Schlafmangel verlangte das Seine. Irgendwie musste er aber einigermaßen wieder zu Kräften zu kommen, denn morgen stand ebenfalls ein schwerer Tag bevor. Viel Schlaf würde er heute Nacht aber wohl nicht abkriegen, da bereits im Morgengrauen mit den Männern aus City zu rechnen war. Wie diese Begegnung ausgehen würde, konnte Runner beim besten Willen nicht sagen.

»Wir müssen allen einschärfen, dass niemand schießt, bevor ich nicht den Befehl dazu gebe«, sagte er Pig. »Niemand! Ich reiße allen persönlich den Kopf ab, die …«

»Glaubst du, wir werden uns mit denen aus City einig?«

»Wenn nicht, bringen wir sie um.«

»Oder sie uns«, gab Rubbish zu bedenken, der gerade wieder aus dem Halbdunkel aufgetaucht war. Trotz seiner Größe konnte er sich nahezu lautlos bewegen, ein Talent, um das ihn alle Späher beneideten. »Meinst du nicht, du machst einen gewaltigen Fehler, Runner?«

»Morgen früh wirst du es wissen«, erwiderte dieser und fletschte die Zähne. »Aber falls ich tatsächlich einen Fehler mache, bleibt dir vielleicht nicht viel Zeit, dich darüber zu freuen …«

Die Pfeife tat ihre Wirkung. Seine Füße brannten nicht mehr, insgesamt fühlte er sich frisch und munter. Nur den Rauch wollte er absolut nicht länger riechen.

»Mach das Ding aus«, verlangte er deshalb von Pig. »Bis auf die Posten sollen jetzt alle schlafen. Eine Stunde vor Sonnenaufgang müssen wir hoch. Möget ihr ewig leben!«

Er knüpfte den Schlafsack von seinem Rucksack und tauchte ins Dunkel ein. So lautlos wie Rubbish bewegte er sich zwar nicht, aber immerhin …

Sich an den Schatten orientierend, hielt er auf ein zweistöckiges Haus auf der rechten Straßenseite zu, das ihm aufgefallen war, noch bevor die Signalraketen in die Luft gegangen waren. Vorsichtig stieg er in den ersten Stock hinauf und suchte sich in einem der kleineren Zimmer ein Plätzchen für die Nacht.

Eine Blendgranate im Gang würde ihn vor unangenehmen Überraschungen bewahren. Es war nicht so, dass er den Farmern oder seinen eigenen Leuten nicht getraut hätte – aber er wollte lieber niemandem eine Chance geben, der diese auch zu nutzen wusste.

Auf dem Boden hatte sich bereits Moos breitgemacht. Runner schlüpfte in seinen Schlafsack, schloss die Augen und grinste, um nach der Pfeife in einen süßen Schlaf zu gleiten. Hasch wirkte bei ihm exakt zwei Stunden, das wusste er aus Erfahrung. Danach würde er mit neuen Kräften aufwachen.

Mit der Pistole an der Brust schlief er ein.

»Dodo!«, rief Aisha. »Immer mit der Ruhe!«

»Sie sind hier«, flüsterte dieser. »Und sie haben sich nicht mal versteckt.« Er grinste. »Sie sitzen wie Ratten in der Falle. Du brauchst mir nur den Befehl zu erteilen, dann stechen wir sie ab!«

»Wir wollen nichts überstürzen, Dodo!«

Aisha war ebenfalls aufgefallen, dass die ungebetenen Gäste sich nicht versteckt hatten, ganz im Gegenteil: Im Gras waren Wagenspuren zu erkennen, die Fuhrwerke selbst machte sie aber nicht aus. Deshalb sollte sie besser mit dem Schlimmsten rechnen. Ob sie sich mit den Farmern zusammengetan hatten und die mit ihren MG-Wagen angerückt waren? Eine andere Erklärung für dieses freche Auftreten fiel ihr zumindest nicht ein. Andererseits war ein behäbiger Wagen in einer engen Gasse nicht gerade von Vorteil …

»Meiner Ansicht nach brauchen wir Verstärkung«, wandte sie sich wieder an Dodo. »Mit schweren Waffen.«

Normalerweise nahmen die Männer aus Park die Beine in die Hand, sobald sie eine Signalrakete ausgelöst hatten. Wenn sie das nicht getan hatten, wenn sie nicht mal die Hülsen der Raketen beseitigt, sondern jede Menge Spuren hinterlassen hatten, dann stimmte hier etwas ganz entschieden nicht.

Sie richtete das Fernglas auf das Haus, zu dem die Spuren führten. Überrascht zog sie die Luft ein.

Direkt vor ihr, durch das Fernglas dicht herangeholt, stand in einem Fenster ein dunkelhaariger Mann mit funkelnden schwarzen Augen und einem höhnischen Grinsen, das auf seinem Gesicht festgefroren schien.

Der Mann winkte ihr zu.

Dodo nahm knurrend die MP von der Schulter.

»Warte!«, befahl Aisha, ohne das Fernglas abzusetzen.

Der Mann winkte abermals und demonstrierte der Priesterin seine Hände. Er war unbewaffnet.

Von seiner schmächtigen Erscheinung ließ sich Aisha selbstverständlich nicht täuschen. Dieser Mann strahlte eine unbändige Kraft aus. Natürlich, das war nur ihr erster Eindruck, aber auf ihre Intuition war Verlass. Sie hatte ihr bisher nur selten einen Streich gespielt.

»Du schießt nicht!«, befahl sie Dodo noch einmal.

»Aisha!«, stieß dieser aus.

Doch noch ehe er sie zurückhalten konnte, war sie aus ihrem Versteck herausgetreten, um ihrerseits dem Parker zuzuwinken.

Dodo wäre vor Panik beinah erstickt. Es konnte jederzeit jemand das Feuer auf die Priesterin eröffnen. Sollten die aus Park einen Scharfschützen dabeihaben ...

Aber entweder war das nicht der Fall, oder der Mann hatte noch keinen Schießbefehl erhalten.

Aisha trat vor.

»Was wollt ihr?«, rief Aisha zu dem Haus hinüber, und Dodo konnte sich nur einmal mehr über ihre kraftvolle Stimme wundern.

Der Mann aus Park stand immer noch am Fenster. Dodos Scharfschützen behielten ihn im Visier.

»Reden«, antwortete er nun.

»Worüber?«

»Über ein langes Leben.«

»Was weißt du denn bitte über ein langes Leben?«

»Etwas, das du nicht weißt, Priesterin.«

»Dann interessiert mich das bestimmt nicht! Schnapp dir deine Männer und die Farmer und verschwinde! Sonst werden wir das Haus anzünden. Zieht also besser ab, bevor ich den Befehl erteile, euch zu töten.«

»Warum solltest du uns töten, Priesterin?«, fragte der dunkelhaarige Mann. Obwohl ihm der Ernst der Lage bewusst sein musste, war er die Ruhe selbst. »Du bist eine mächtige Frau und hast uns jetzt in deiner Gewalt. Aber frag dich doch mal, warum ich nicht versucht habe, dich aus dem Hinterhalt anzugreifen! Meinst du nicht, dass das für mich ein Kinderspiel gewesen wäre? Die Erklärung ist einfach. Ich bin in friedlicher Absicht gekommen. Wir wollen nichts rauben, wir wollen eure Frauen nicht entführen, und wir wollen die Männer deines Stammes nicht töten! Ich bin als Verbündeter zu dir gekommen …«

»Wir brauchen keine Verbündeten.«

»Wollen wir eigentlich die ganze Zeit weiter rumschreien, oder können wir unter vier Augen miteinander reden? Was ich zu sagen habe, ist nämlich nur für deine Ohren bestimmt. Angst wirst du vor mir doch nicht haben, oder?«

Aisha bleckte die Zähne. Für den Bruchteil einer Sekunde hatte ihr Gesicht jede Schönheit verloren und sich in das einer fauchenden Wildkatze verwandelt.

»Tu das nicht, Aisha!«, stieß Dodo aus und stellte sich ihr in den Weg.

»Wie kannst du es wagen?!«, fauchte sie ihn an, woraufhin Dodo sofort zur Seite trat.

»Falls du fürchtest, ich wollte dich töten, bring ruhig deine Waffe mit«, rief Runner, während er abermals seine leeren Hände demonstrierte. »Ich komme dir ohne entgegen!«

Das tat er wirklich. Mit ausgebreiteten Armen, fast als wollte er sie an seine Brust drücken.

In der Mitte trafen sie sich.

Trotz seiner geringen Größe überragte Runner Aisha, wenn auch nicht in der Weise, wie Dodo es tat.

»Ich frage mich, warum ich dich nicht längst umgebracht habe«, gestand sie, während sie ihr Gegenüber unverwandt ansah.

»Könnte daran vielleicht deine Neugier schuld sein? Oder auch deine Klugheit?« Er zuckte mit den Achseln. »Aber sparen wir uns die Komplimente und kommen endlich zur Sache. Wir sind nicht die Einzigen, die ohne eure Einladung nach City gekommen sind.«

Aisha nickte nur. Das war ihr längst bekannt.

»Wir verfolgen zwei unserer Leute und wollen sie schnappen, bevor sie sich nach Town absetzen. Mehr nicht.«

»Warum sind sie so wichtig für euch? Wir erledigen sie doch sowieso, das weißt du genau! Oder geht es um Rache? Was haben sie denn getan, Mann aus Park?«

»Du kannst mich Runner nennen«, sagte dieser mit einem noch breiteren und noch unangenehmeren Grinsen. »Das tun alle.«

»Ich nenne dich, wie es mir passt, Parker. Warum sollte ich mir deinen Namen merken? Und jetzt verrat mir, was die beiden getan haben! Warum setzt du dein Leben aufs Spiel und dringst in City ein, nur um sie zu schnappen?«

»Das ist eine lange Geschichte, Priesterin. Auf alle Fälle rauben die beiden nicht, sie werden in deiner Stadt also nicht auf der Suche nach Beute durch die Häuser streifen. Sie wollen einfach bloß nach Town.«

»Dann werden sie dort getötet.«

»Das wäre ein Jammer ...«

»Warum das?«

»Weil Town gar nicht ihr eigentliches Ziel ist. Sie wollen noch weiter ...«

»Und was kümmert dich das?«, hakte Aisha nach. »Sollen sie doch sonst wo hingehen. Sterben werden sie so oder so.«

Daraufhin verwandelte sich Runners Gesicht in eine Grimasse. Er wirkte nun gleichermaßen abstoßend wie anziehend. Ein brutaler Mann, aber gerade das gefiel Aisha. Trotz seiner geringen Größe und seiner dreckigen Hände, der schiefen Beine und des Gestanks seiner eingesauten Kleidung strahlte er derart geballte Willenskraft und Machtgier aus, dass man unweigerlich Respekt vor ihm empfand. Oder Angst – was häufig aufs Gleiche hinausläuft.

»Ich muss wissen, wohin sie gehen.«

»Und ich soll dir helfen, das herauszufinden?« Sie brach in schallendes Gelächter aus. »Weshalb sollte ich das tun? Weshalb sollte ich einem Kerl helfen, der gegen meinen Willen bei uns eingedrungen ist? Nenn mir einen Grund, warum ich dich und deine Männer nicht kurzerhand töten sollte!«

»Weil du mich brauchst, Priesterin! Und wir beide brauchen diese zwei Leute aus Park. Sie kennen den Ort, wo es eine Medizin gegen den Gnadenlosen gibt.«

»Lüg mich nicht an! Gegen den Gnadenlosen gibt es keine Medizin!«, fuhr sie ihn mit stahlharter Stimme an. »Ende des Gesprächs.«

Sie drehte sich um und wollte schon gehen.

»Wenn du meinst«, bemerkte Runner völlig ruhig. »Aber warum hätte ich es darauf anlegen sollen, mir deinen Zorn zuzuziehen, Priesterin? Du kannst übrigens ganz einfach nachprüfen, ob ich die Wahrheit gesagt habe oder nicht. Frag sie einfach selbst!«

»Nachdem ich sie geschnappt habe?«

»Ja. Der Mann … Bei uns heißt er Nerd. Er ist ein Bücherwurm, der in der Bibliothek gelebt hat mit diesen alten Büchern, die niemand braucht. Fast sein ganzes Leben hat er dort zugebracht und von morgens bis abends diesen Scheiß gelesen. Er hat uns von der Medizin gegen den Gnadenlosen erzählt. Und er macht den Eindruck, als ob er weiß, wovon er spricht. Du kannst doch lesen, Priesterin, deshalb ist es für dich ein Kinderspiel festzustellen, ob er gelogen hat oder nicht.«

Langsam drehte sich Aisha wieder zu ihm zurück.

»Wenn wir ihn schnappen«, fragte sie, »was folgt dann?«

»Dann bringen wir beide gemeinsam in Erfahrung, wo diese Medizin zu finden ist, und holen sie uns.«

»Und wenn er gelogen hat?«

»Dann tötest du ihn, und wir hauen ab. Warum sollten wir uns gegenseitig abstechen? In diesem Fall haben wir doch wirklich keinen Grund dazu!«

Aisha ließ sich seine Worte noch durch den Kopf gehen, doch Runner wusste, dass sie ihre Entscheidung längst getroffen hatte.

»Du hast gesagt, er sei nicht allein unterwegs …«

»Er hat eine Frau aus unserem Stamm dabei. Ein rothaariges

Biest, dem ich am liebsten die Haut bei lebendigem Leibe abziehen will. Sie heißt Belka.«

Aishas Augen funkelten auf. Sie verhießen nichts Gutes.

»Oh ...«, stieß sie dann absichtlich gelangweilt aus. »Ich glaube, die kenne ich. Wir beide sind uns wohl schon einmal begegnet ... Das ändert die Sache übrigens ganz entschieden.«

KAPITEL 6

Feuer

»Was bitte ist das?«, fragte Belka mit einem Blick auf die Konstruktion am Boden.

»Ein Boot«, antwortete Tim.

»Das soll ein Boot sein?«

»Äh ... ja. Ein Schlauchboot.«

»Und damit willst du allen Ernstes ans andere Ufer gelangen? Hast du jetzt endgültig den Verstand verloren?! Dieses löchrige Ding bringt uns nirgendwohin!«

»Das ist nicht löchrig, es hat nur ein paar kleine Risse!«

»Ein paar kleine Risse, ja?!«

»Ich kann das flicken.«

»Die sind hinter uns her!«, zischte Belka. »Und während du noch an diesem Ding rumflickst, finden die uns.«

»Aber City ist riesig, das ist unser Vorteil.«

»Stimmt schon«, räumte sie widerwillig ein.

»Hilf mir mal!«

Er hockte sich vor eine Eisenwanne mit einer kochenden Masse und rührte sie um. »Ich brauche fünf oder sechs Stücke aus diesem Material. Etwa in der Größe.« Er zeigte es Belka mit den Fingern. »Kannst du mir die bitte zurechtschneiden?«

Belka nickte bloß und zog ihr Messer aus der Scheide.

»Meinst du«, fragte sie nach einer Weile, »du schaffst das in einer Stunde?«

»Versprechen kann ich's nicht«, antwortete Tim. »Aber ich versuche es. Wenn du mit dem Schneiden fertig bist, sieh mal nach der Seilwinde!«

»Wonach?«

»Das Ding, das ich vorhin geölt habe. Damit lassen wir das Boot zu Wasser.«

»Willst du damit vielleicht auch die Pferde ins Wasser kriegen?«

»Nein, die Pferde müssen wir mit Freundlichkeit in den Fluss locken«, antwortete Tim und schnupperte an seinem Kleister. »Bisher habe ich mir darüber noch keine Gedanken gemacht. Aber irgendwie schaffen wir das schon.«

Er rührte weiter seinen Brei um, der mittlerweile schon recht dick war.

»Das wird was«, verkündete Tim zufrieden. »Und jetzt gib mir mal einen Flicken!«

Er schmierte etwas von dem stinkenden Kleber auf die eine Seite des Gummistücks und presste dieses auf einen Riss in der Seite des Floßes.

Den zweiten Flicken setzte er unmittelbar daneben auf.

So konzentriert und zielgerichtet, wie Tim vorging, erinnerte er an einen Schamanen, der eine Wunde behandelte.

»Kannst du ein bisschen schneller machen?«, bat er Belka. »Der Kleister wird sonst dick.«

Er setzte einen Flicken nach dem nächsten auf. Insgesamt mehr als ein Dutzend. Als das letzte Loch im Boden gestopft war, schürte Tim sofort das Feuer, damit der Kleister wieder flüssiger wurde und er damit die Flickenränder überstreichen konnte.

»Trocknet der schnell?«

»Keine Ahnung. Guck aber schon mal, ob die Winde funktioniert!«

»Mach ich«, sagte Belka. Die Kurbel ließ sich drehen, wenn auch mit einiger Mühe. »Klappt bestens.«

»Dann öffne schon mal das Tor auf der Seite zum Fluss.«

An dieser Aufgabe scheiterte Belka jedoch fast. Die beiden Türflügel schienen förmlich miteinander verwachsen und wie durch den Rostbelag zusammengeschmiedet zu sein. Obendrein waren auch sie in den Boden eingesunken, allerdings nur knapp fünf Zentimeter. Ohne den Kuhfuß wäre Belka aufgeschmissen gewesen.

Der Fluss hatte sich unter dem Pier weit ans Ufer vorgefressen.

»Das Ding wird es nicht mehr lange machen«, vermutete Tim, als er den noch verbliebenen Landesteg auf seine Solidität prüfte. »Viel später hätten wir nicht auftauchen dürfen.«

Unter ihm schoss der Fluss vorbei …

»Und wie geht es jetzt weiter?«, fragte Belka. »An dieser Stelle kommt mir die Strömung viel zu stark vor, um …«

»Da drüben sieht es aber besser aus«, fiel ihr Tim ins Wort und zeigte auf eine Stelle, wo das Ufer abgesenkt war und unter hohem Gras verschwand. »Ich habe einen Wagen gesehen, Pferde haben wir auch. Wir ziehen alles dorthin, laden unsere Vorräte ein, treiben die Tiere ins Wasser, und dann …«

»Ja?«

»… dann fahren wir zum anderen Ufer.« Er strahlte sie an. »Wir müssen bloß darauf achten, dass uns niemand sieht!«

»Ein echt toller Plan«, höhnte Belka. »Die knallen uns ab, Tim! Glaub mir, wenn die was können, dann schießen! Ich würde nicht mal eine verreckte Fledermaus darauf verwetten, dass wir das überleben. Sobald wir in die Nähe der Main Bridge kommen … befinden sich nur noch Leichen auf dem Floß.«

»Deshalb brechen wir ja auch bei Nacht auf«, entgegnete Tim ruhig. »Außerdem könnte es meiner Ansicht nach nicht schaden, ein kleines Ablenkungsmanöver durchzuführen. Einen besseren Plan haben wir leider nicht …«

»Was für ein Ablenkungsmanöver?«

»Wie würde dir ein kleines Feuer gefallen? Mich würde geradezu brennend interessieren, was man in City von Feuer hält.«

Die fünf Läufer, die Dodo nach Norden geschickt hatte, trennten nur noch sechs Blocks von den Attraktionen für Luft und Wasser der Gebrüder Bukowsky. Es bereitete ihnen nicht die geringsten Schwierigkeiten, den Spuren zu folgen. Die Pferde von Belka und Tim hatten gut erkennbare Abdrücke hinterlassen, die sich von ihrem Nachtlager in Richtung Industrieviertel zogen.

Der Anführer der fünf wurde von allen nur Ratte genannt, wogegen der Mann jedoch nichts einzuwenden hatte. Wie auch – wo er sowohl im Profil als auch von der Seite wie eines dieser Nagetiere aussah? Ungleichmäßige vorspringende Zähne, ein schmales Gesicht, weit auseinanderliegende Augen …

Nicht mal ein Blinder würde Ratte als Schönheit bezeichnen. Dafür war er clever, grausam und extrem rachsüchtig. Kein Wunder, dass ihn alle ebenso respektierten wie fürchteten. Auch als

Fährtenleser machte ihm niemand so schnell etwas vor. Nun klebte er gerade wieder förmlich am Boden mit seinem kleinen Kopf, auf dem nur ein paar spärliche Haare wuchsen – jeder Neunjährige hatte im Schritt schon mehr als Ratte auf dem Schädel. Er nahm Witterung auf. Doch obwohl das Ganze lächerlich wirkte, wäre niemand auf die Idee gekommen, sich darüber einen Scherz zu erlauben.

Nachdem Ratte sich wieder erhoben hatte, klaubte er etwas Moos von einer Hauswand, zerrieb es zwischen den Fingern und schnupperte daran.

»Ich könnte schwören«, wandte er sich an Muffel, einen seiner Begleiter, »… dass sie ein ganz bestimmtes Haus suchen.«

Muffel hatte zwar bereits siebzehn Winter auf dem Buckel, konnte dem jüngeren Ratte jedoch nicht das Wasser reichen und blieb die ewige Nummer zwei – und das wusste er selbst am besten.

»Bist du sicher?«, fragte er jetzt.

Ratte nickte.

»An den Kreuzungen gehen sie immer dicht an die Häuser ran«, erklärte er. »Wahrscheinlich wollen sie ein Schild lesen. Denn lesen können sie, jedenfalls einer von ihnen …«

»Wie viele sind es?«

»Zwei. Auf Pferden ohne Hufeisen«, antwortete er. »Die haben sie garantiert von den Farmern.«

»Dann sind es vielleicht sogar Farmer?«

»Mit Sicherheit nicht.«

»Was genau suchen sie denn?«

»Wenn ich das wüsste!«, stieß Ratte verärgert aus. »Irgendein Haus halt … Sie sind zum Fluss unterwegs. Mehr weiß ich nicht! Wie auch? Sind ja mindestens tausend Häuser hier!«

»Du kannst doch noch nicht mal bis tausend zählen!«

»Na und? Brauch ich auch nicht!«

»Vergessen wir das …«

Muffel wusste, dass es nicht ungefährlich war, Ratte zu reizen, ähnelte doch auch sein Charakter dem des Nagetiers. Böse und rachsüchtig. Offen gestanden würde sich niemand wundern, wenn an Rattes Hintern ein dünner nackter Schwanz kleben würde!

»Haben sie einen großen Vorsprung?«, fragte Muffel weiter und suchte mit seinem Blick die Gegend ab.

Hier waren nur Häuser. Viele Häuser. Muffel konnte zwar zählen, aber nur bis zwanzig und auch nur dann, wenn er Hände und Füße zu Hilfe nahm. Trotzdem war er sich sicher, dass es hier mehr als tausend Häuser gab. Und er hatte sogar recht. Am Stadtrand waren die Gebäude besser erhalten als in Downtown. Die ein- oder zweistöckigen Häuser hatten die Prüfungen von Zeit und Wasser gekonnter überstanden als die Wolkenkratzer im Zentrum.

Ratte kniete sich neben ein paar Grasbüsche, die von den Pferden niedergetrampelt worden waren. Er blähte die Nasenflügel, als wollte er sämtliche Gerüche auf einmal inhalieren.

»Das sind frische Spuren«, teilte er den anderen mit. »Vor drei, vier Stunden sind sie hier vorbeigekommen.«

»Wunderbar«, bemerkte Muffel und nickte sogar, weil alles so gut lief. »Das heißt, sie wollen zum Fluss. Wenn sie nicht fliegen können, schnappen wir sie uns da.«

»Was ist, wenn sie schwimmen können?«, konterte Ratte.

»In dem reißenden Fluss?«, fragte Muffel zurück und fletschte die Zähne, was er wohl mit einem Grinsen verwechselte. »Wenn sie das versuchen, ist es ihr sicherer Tod.«

»Dann sollten wir sie unbedingt früher schnappen«, entgegnete Ratte grinsend. »Sind sie erst mal ersoffen, entgeht uns das Vergnügen, sie eigenhändig zu erledigen.« Anschließend wandte er sich an alle vier Männer. »Wir gehen runter zum Fluss und suchen das Ufer ab. Haltet Augen und Ohren offen! Sobald euch was verdächtig vorkommt, schießt! Sobald sich etwas bewegt, schießt! Von unseren Leuten ist niemand hier, und auf Gefangene können wir getrost verzichten!«

Die Männer schwiegen und starrten auf einen Punkt in Rattes Rücken. Einer von ihnen konnte überhaupt nicht fassen, was er sah. Ihm klappte sogar der Unterkiefer runter.

Daraufhin blickte Ratte über die Schulter zurück – und wirbelte herum.

Am Fluss stieg dicker Rauch auf. Funken flogen durch die Luft. Eine Windböe trug den Gestank des Brandes heran, der sofort alle anderen Gerüche überlagerte.

Kurz darauf starrte Ratte schon vom Dach eines Hauses, auf das er in Windeseile gestürmt war, auf die Flammen. Das Gebäude war zwar nicht besonders hoch, dennoch reichte die Sicht, um zu begreifen, dass der Wind die Flammen in ihre Richtung trieb. Und damit in Richtung Downtown.

Sie alle hatten sich zu früh über den trockenen und warmen Herbst gefreut. Die noch vom Sommer aufgeheizten Häuser brannten wie Zunder. Noch gefährlicher war jedoch das Gras. Von ihm sprangen die Flammen sofort auf das Unterholz und die Sträucher in den Straßen über. Das Ganze war schlimmer als ein Waldbrand. Viel schlimmer. Ein Wald, der niederbrannte, wuchs nach. Aber Häuser, die niederbrannten ...

»Scheiße aber auch!«, stieß Ratte aus, um dann loszurattern: »Scheiße, Scheiße, Scheiße!«

»Könnte ich auch nicht besser ausdrücken«, bemerkte Muffel und schob sich den Riemen der MP etwas die Schulter hoch. »Aber das schlägt uns doch nicht in die Flucht, oder?«

»Die paar verschissenen Flämmchen?«, schnaubte Ratte. »Da müssen sie sich schon was anderes einfallen lassen.«

Die Flasche beschrieb einen Bogen und flog durch ein entglastes Fenster. Sofort loderte eine purpurrote Flamme hoch.

Tim hielt seinen angeleckten Zeigefinger hoch, um die Windrichtung festzustellen.

»In das da!«, sagte er zu Belka und zeigte auf ein Gebäude mit eingestürztem Dach. »Wenn es geht, irgendwo oben rein!«

Eine Scheibe klirrte, und das Dach ging in Flammen auf.

Sofort machten sich diese über die morschen Balken und einen vertrockneten Baum her.

»Zünde auch das Gras an!«, schrie Tim.

Die Flaschen waren mit einem stinkenden Gemisch aus den Flüssigkeiten gefüllt, die sie in der Werkstatthalle gefunden hatten, zusätzlich angereichert mit dem alten Treibstoff. Nun rollte eine weitere über den Boden, um ihre Flamme auszuspucken.

Begeistert betrachtete Belka ihr Werk.

Das Feuer hielt ihnen nicht nur die Verfolger vom Leib – der Wind trieb es auch noch auf Downtown zu.

»Das ist wirklich ein guter Plan, Tim«, sagte Belka.

Die Flammen fraßen Haus um Haus, suchten ständig neue Nahrung. Hier knisterte etwas, dort stieg eine dicke Rauchsäule auf.

»Zehn Häuser«, hielt Tim fest und kratzte sich zufrieden die Nase. »Zehn Feuer. Jedes einzelne von ihnen kann City zerstören. Was würdest du als Erstes retten? Was als Erstes löschen? Wenn du genau weißt, dass in wenigen Stunden die ganze Stadt brennt und gleichzeitig die Nacht einbricht?«

»Eben! Das ist wirklich ein verdammt guter Plan, Tim!«

»Glaub mir, die werden keinen einzigen Gedanken mehr an uns verschwenden.«

»Gehen wir«, befahl Belka.

Freund linste aus der Kapuze. Das Eichhörnchen sog die dicke Luft ein, als wäre es ein leidenschaftlicher Raucher, hustete dann aber und verschwand wieder in seinem Nest.

Aisha bemerkte den Qualm, als sie mit ihren Männern zur Main Bridge ritt.

Ihren Begleitern aus Park behagte Downtown überhaupt nicht. Aber kein Wunder! Das waren ja nun mal Wilde! Der Gerechtigkeit halber gab jedoch selbst sie zu, dass dieser südöstlich der Main Bridge gelegene Teil der Stadt in der Tat spektakulär war. Hier hatten sich noch einige Türme mit rund fünfzig Stockwerken erhalten. Von ihnen aus hatte man über viele Meilen freie Sicht. Die Späher in City hätten sich nichts Besseres wünschen können.

Aisha lächelte.

Sie würde gern einmal in die Gebiete jenseits der Stadt vordringen.

Überraschend und schnell wie ein Kaninchen aus dem Gebüsch schnellte da Knaller hinter der erhaltenen Betonbrüstung am Ufer hervor.

Aisha zuckte nicht mal mit der Wimper, ganz wie es ihr Amt verlangte. Dodo dagegen reagierte, wie es sich für den Leibwächter einer Priesterin gehörte: Noch ehe Knaller weiter auf sie zukommen konnte, hatte er den Lauf seiner MP auf den Mann gerichtet und Aisha hinter sich in Deckung gebracht.

Amüsiert beobachtete Aisha, wie Runner und dessen Leute auf

Knaller reagierten. Souverän, das gab sie neidlos zu. Die MPs waren im Nu auf den ungebetenen Gast gerichtet, die Parker schirmten ihren Boss gegen einen möglichen Angriff ab. Ein gut eingespieltes Team, das sich mit ihren eigenen Leuten durchaus messen konnte. Unterschätze deine Gegner niemals!, rief sich Aisha in Erinnerung. Und deine Verbündeten auch nicht.

Unwillkürlich musste sie grinsen.

Das Leben hielt schon eigenartige Überraschungen bereit ...

Knaller starrte entsetzt in die Mündungen der MPs und hob beide Hände, um klarzumachen, dass er unbewaffnet war.

Mit einer Geste signalisierte Aisha allen, dass Knaller kein Feind sei und sie auf keinen Fall schießen sollten. Dodo trat einen Schritt zur Seite. Sofort eilte Knaller auf Aisha zu.

»Mögest du ewig leben, Aisha!«, sagte er, betrachtete die Priesterin mit einem Blick voller Zärtlichkeit und küsste ihren Steigbügel.

Der Minenspezialist war klein und hatte völlig zerzotteltes Haar. Seine weit auseinanderliegenden Augen sahen Aisha mit echter Liebe und Bewunderung an.

Solche Blicke gefielen der Priesterin. Hündische Ergebenheit, vermischt mit offener Begierde.

Knaller hatte erst vor Kurzem seinen dreizehnten Winter erlebt. Seit zwei Jahren war er für die Minen zuständig. Ein begabter Bursche, ohne Frage, allerdings nur auf diesem Gebiet. Ansonsten konnte er weder jagen noch mauern oder kochen. Aber Minen legen, sich die kniffligsten Fallen ausdenken und mit Sprengstoff oder Granaten hantieren – das war sein Metier. Ihm unterstanden die Posten auf der Main Bridge. In ganz City wäre niemand auf die Idee gekommen, auch nur einen Fuß auf diese Brücke zu setzen, ohne dass Knaller dabei war – es sei denn natürlich, jemand konnte die Begegnung mit dem Gnadenlosen nicht mehr abwarten.

Aisha beugte sich im Sattel vor und fuhr Knaller über das strubblige, ungewaschene Haar. Dieser strahlte sie an.

Gesicht und Körper mit Narben übersät. Wie bei allen Minenspezialisten. Ein Splitter hatte Knaller einmal die Wange aufgeschlitzt und die Zähne auf der einen Seite herausgerissen. Sein Gesicht war seitdem asymmetrisch, außerdem hatte es unter den Pulverresten gelitten, die sich in die Haut gefressen hatten. Da

Knaller jedoch nie ein schöner Mann gewesen war, veränderten seine Wunden das Gesamtbild nur unwesentlich. Seine Finger hatte er im Übrigen bisher nicht eingebüßt, auch nicht seine Sehfähigkeit, der beste Beweis dafür, dass er von seiner Sache wirklich was verstand

»Mögest du ewig leben!«, brachte Knaller noch einmal heraus, während er seine Hand um Aishas Fessel legte.

Seine Finger waren heiß und glitschig vom Schweiß, doch Aisha lächelte ihn weiter an und zog ihren Fuß nicht weg.

»Mögest auch du ewig leben, Knaller«, erwiderte sie mit sanfter Stimme, ein Trick, der seine Wirkung nie verfehlte. »Was berichten die Späher?«

»Auf der anderen Seite der Brücke sind heute drei Schützen postiert«, rapportierte Knaller. »Soll ich mit ihnen reden?«

»Ja. Bitte sie ... Wir wollen zu einem ihrer Bosse, um etwas mit ihm zu besprechen ...«

»Mit dem Oberboss«, mischte sich Runner ein. »Nicht mit irgendeinem, Priesterin, sondern mit dem, der das Kommando bei ihnen hat.«

»Wer ist das, Aisha?«, fragte der Minenspezialist, nachdem sein Blick kurz über Runner gehuscht war. Im Grunde behandelte er ihn wie Luft. »Den kenne ich nicht. Hat er überhaupt das Recht, in deiner Anwesenheit den Mund aufzumachen?«

»Das ist unser neuer Verbündeter«, antwortete Aisha und stellte sich kurz in den Steigbügeln auf, um den rauchschwarzen Himmel linker Hand genauer in Augenschein zu nehmen. »Vorübergehend verfolgen wir ein gemeinsames Ziel.«

»Aha«, stieß Knaller aus und rümpfte die Nase. »Ich hab mich schon gefragt, was ein lebender Parker bei uns macht! Oder dieser Farmerdepp ...«

Wie alle Menschen in City verachtete auch Knaller jeden Fremden.

»So nicht, Kumpel«, knurrte Quernarbe prompt.

Die Augen des Farmers blitzten wütend auf.

Sofort stand Rubbish neben ihm, der ebenfalls vor Wut kochte.

»Wer passt dir nicht?!«, zischte er und klatschte gegen sein Halfter. »Etwa ich?!«

»Ruhe!«

Runner hob die Hand.

Er hatte nur leise gesprochen, dafür aber in einem Ton, der klarmachte, dass er hier das Sagen hatte. Das erkannte sogar Quernarbe an, der zurückwich, um seine Friedfertigkeit unter Beweis zu stellen. Allerdings zitterte seine Oberlippe ein wenig, sodass die großen gelben Zähne sichtbar wurden – die er Knaller ohne Frage am liebsten in den Hals gerammt hätte.

»Und du überlegst dir besser, was du sagst«, wandte sich Runner an den Minenspezialisten. Noch immer mit leiser Stimme, nur spuckte er diesmal nach seinen Worten aus. »Wir haben mit der Priesterin ein Bündnis geschlossen, verhalte dich also entsprechend.«

»Du hast einen Mann vor dir, keinen kleinen Jungen«, fuhr Knaller ihn an und leckte sich über die schmalen, trockenen Lippen. »Ich bin der Minenspezialist in dieser Stadt. Ohne mich würdest du nicht eine Minute auf der Brücke überleben. Rede mit mir also nicht in diesem Ton, sonst passiert mir vielleicht ein kleiner Fehler, wenn ich dich auf die andere Seite bringe.«

Er zog die Nase hoch und ließ seinen Blick über alle Anwesenden wandern – und fürchtete keinen einzigen von ihnen, das stand ihm auf der Stirn geschrieben.

»Wie lauten deine Befehle, Aisha?«, wandte er sich an die Priesterin und ließ ihren Steigbügel los.

»Wir wollen mit Klumpfuß sprechen.«

Sofort verfinsterte sich Knallers Miene. Sein Mundwinkel zitterte, als wäre er nervös, doch dann hatte er sich wieder im Griff.

»Zu Befehl, Priesterin«, sagte er in festem Ton.

»Knaller«, fügte Aisha dann noch leise hinzu, »auch ich habe nicht vergessen, was beim letzten Mal geschehen ist ...«

»Dieses Mal könnte es noch schlimmer werden«, erwiderte Knaller und sah Aisha unverwandt an. »Klumpfuß vergisst niemals.«

Danach zog er hinter einem Müllberg einen Stock hervor, an dem ein weißer Lappen befestigt war, und marschierte mit dieser provisorischen weißen Fahne Richtung Brücke. Das Szenario war fast komisch: Immer wieder sprang Knaller ohne ersichtlichen

Grund in die Luft oder wich mit seltsamen kleinen Schritten seitlich aus. Auf diese Weise näherte er sich der aus Müll geschaffenen Barrikade, die in der Mitte der Brücke den Weg versperrte.

»Was ist das denn für einer?«, fragte Rubbish und brach in schallendes Gelächter aus. »Was hüpft der da wie blöd rum?«

»Die Brücke ist vermint«, erklärte Runner. »Von beiden Seiten ... Hör also auf, so zu wiehern ... Du wirst da nämlich auch bald rüberhüpfen!«

Quernarbe musterte Rubbish und schüttelte kaum merklich den Kopf.

»Oh, die Sorge kann ich euch abnehmen«, mischte sich nun Aisha ein. »Wenn Knaller ein Treffen mit Klumpfuß vereinbart, dann werden Dodo und ich allein gehen.«

»Was soll das heißen?«, ereiferte sich Runner. »Traust du uns nicht?«

»Ich traue niemandem«, gab Aisha unumwunden zu. »Aber das fällt nicht ins Gewicht. Entscheidend ist, dass Knaller euch nicht traut. Und ich habe keine Lust, euch vom Beton aufzukratzen.«

Gleichwohl entlockte ihr die Vorstellung ein Lächeln.

»Außerdem ... Scharfschützen haben die Brücke im Visier. Auf mich werden sie garantiert nicht feuern, aber euch hat Klumpfuß noch nie gesehen ... Damit kann ich euch keine Garantie geben, dass ihr es überleben würdet, wenn ihr auch nur einen Fuß auf die Brücke setzt. Die Entscheidung liegt natürlich bei euch. Dem Gnadenlosen würdet ihr damit bestimmt eine Freude bereiten!«

»Ich bin die Geduld in Person«, erwiderte Runner lächelnd, wobei in seinen Augen allerdings ein unschöner Ausdruck lag, »und warte gern auf dieser Seite der Brücke.«

Die nächsten Minuten beobachteten alle Knaller, der mit einem Mann auf der anderen Seite der Barrikade verhandelte. Nach einer Weile trat er hüpfend den Rückweg an.

»Und?«, fragte Aisha sofort.

»Sie richten es ihm aus.«

»Bestens.«

»Nicht ganz«, murmelte Knaller. »Klumpfuß ist gerade nicht in der Nähe. Aber sie schicken nach ihm ...«

»Das heißt?«

»Vor morgen früh brauchst du nicht mit ihm zu rechnen.«

Rubbish stieß ein unzufriedenes Grunzen aus.

»Hast du dich zufälligerweise erkundigt«, fragte Aisha, und in ihrer Stimme schwangen Wut und Sorge mit, »ob sonst jemand zu sprechen wäre?«

»Hab ich«, antwortete Knaller. »Aber die haben deinen letzten Besuch auch nicht vergessen, Aisha. Die Männer haben ihren Verstand noch beisammen, und das bedeutet, sie haben Angst vor dir!«

Er bleckte die Zähne und bedachte Aisha mit einem Blick, dass diese meinte, seine feuchte Zunge auf ihrer Haut zu spüren.

»Was beim Gnadenlosen«, platzte nun Runner der Kragen, »ist denn bei diesem legendären letzten Besuch vorgefallen?«

»Eine kleine Meinungsverschiedenheit zwischen Klumpfuß und mir«, sagte Aisha und kraulte ihr Pferd hinter den Ohren. Das Tier wieherte genüsslich. »Im Grunde hat er noch Glück gehabt.«

»Wir allerdings auch«, fügte Dodo mit finsterer Miene hinzu. »Du hättest in Stücke gerissen werden können! Komm also lieber von der Brücke weg, Aisha! Man wird uns Meldung machen, wenn Klumpfuß auftaucht!«

Aisha stellte sich noch einmal in den Steigbügeln auf, um nach dem Rauch Ausschau zu halten.

»Was ist das?«, fragte sie. »Ein Feuer?«

»Leider nicht nur eins«, antwortete Quernarbe. »Da brennt es mindestens an drei Stellen.«

»Außerdem sind es gewaltige Feuer«, fügte Runner hinzu. »Meiner Meinung nach sind es übrigens zehn Brandherde. Vielleicht sogar zwölf.«

»Aber die sind weit weg«, bemerkte Dodo abfällig.

»Nur treibt sie der Wind in unsere Richtung«, hielt Rubbish dagegen. Er war mit einem Schlag ernst und konzentriert. »Wir sollten sie also nicht unterschätzen. Die Brände haben schon jetzt fast die Straße erreicht, in der wir heute Nacht geschlafen haben.« Dann hielt er den angeleckten Zeigefinger hoch. »Und sie kommen direkt auf uns zu.«

»Dahinter steckt Belka«, zischte Runner. »Das ist ihr Werk! Und das von diesem verschissenen Bücherwurm Nerd!«

»Wenn ja, dann ist das kein schlechter Plan«, bemerkte Aisha, nachdem sie noch einmal die Brandherde gezählt hatte. Sie stieß ein verkrampftes Lachen aus. Ihr Gesicht verriet, dass sie innerlich vor Wut kochte. »Für eine kleine Schlampe aus Park ist das sogar ein ganz hervorragender Plan. Sie will uns zwingen, die Feuer zu löschen, damit sie sich in aller Ruhe davonmachen kann. Ich schließe sie wirklich immer mehr ins Herz!

»Es dürfte eine große Liebe sein«, erwiderte Runner leise.

»Was flüsterst du da, Parker?«, wollte Dodo wissen.

»Nur dass wir uns glücklich schätzen können, einen gemeinsamen Feind zu haben«, antwortete Runner und schenkte Dodo sein Dauergrinsen. »Und ich bin wirklich froh, die große Priesterin Citys zur Verbündeten zu haben!«

Dodo sah Runner an, dann wanderte sein Blick weiter zu Quernarbe. In seinem Gesicht spiegelte sich ein Ausdruck, wie ihn eine Wildkatze aufsetzt, bevor sie eine Ratte verschlingt. Irgendwann nickte er und drehte sich um.

Nachdem er zwei Boten einen Befehl gegeben hatte und diese davongetrottet waren, trat Dodo an die Priesterin heran und packte die Zügel ihres Wallachs.

»Was für ein Widerling«, raunte Quernarbe Runner zu. »Mir jagt er keine Angst ein! Aber ich würde ihn furchtbar gern kaltmachen!«

»Mhm«, brummte Runner. »Wenn du mich fragst, würde er dich genauso gern kaltmachen. Und mich bei der Gelegenheit gleich mit.«

»Wir müssen zusammenhalten, Runner. Ich traue den Burschen nicht ...«

»Da kann ich dir nur zustimmen«, erwiderte Runner. »Jeder Sumpfschlange traue ich eher.«

»Deshalb sollten wir uns allmählich den Kopf über einen anständigen Plan zerbrechen«, sagte Quernarbe.

»Da gibt es leider ein kleines Problem.«

»Welches?«

»Ich traue niemandem. Dich eingeschlossen.«

Das Schlauchboot lag bereits halb im Wasser. Bedrückt betrachteten die beiden all die Flicken. Erst jetzt erkannten sie auch, dass es viel kleiner war, als sie angenommen hatten. Zum Glück konnten sie ihr Gepäck in ein paar Blechkisten stecken, an denen Tim Plastikkugeln befestigt hatte. Er bezeichnete sie als Bojen. Außerdem hatten sie die Seiten des Boots mit Metallplatten verkleidet.

»Die schützen uns bestenfalls gegen Schrot«, gab Belka mit einem Blick auf diese Panzerung zu bedenken. »Oder gegen kleinkalibrige Kugeln.«

»Wir haben ja auch noch den Vorteil, dass sie nicht aus der Nähe auf uns schießen.«

»Glaub mir, die Entfernung spielt überhaupt keine Rolle. Ich habe schon mit eigenen Augen gesehen, wie sie einen Menschen erschossen haben, der eine halbe Meile von ihnen entfernt war und sich außerdem hinter einem Wagen versteckt hatte.«

»In einer halben Stunde ist es dunkel, dann wird es noch schwerer, uns ins Visier zu nehmen.« Er hustete. »Nun sieh dir das bloß an!«

Die Feuer tobten fünf Blocks weiter und wurden mit jeder Sekunde stärker. Ganz nach Plan hatte sich ein Halbkreis aus Flammen gebildet. Der Abendwind trieb sie nach Downtown und zur Main Bridge. Die alten Häuser brannten wie Zunder. Das Feuer kroch an den Kletterpflanzen und den rauen Stämmen des wilden Weins hoch, es sprang von Balken zu Balken …

»Das ist sogar noch stärker, als ich es mir gewünscht habe«, stieß Tim aus. »Das werden sie nicht mit Eimern löschen können. Hoffentlich brennt am Ende nicht ganz City ab …«

»Selbst wenn«, entgegnete Belka achselzuckend.

»Und die Menschen, die hier leben …?«

»Wenn dich diese Menschen in die Finger kriegen, rösten die dich über offener Flamme. Die sind es also echt nicht wert, dass du dir um sie Gedanken machst. Außerdem sollte ich jetzt besser die Pferde holen.«

Tim starrte weiter auf die Feuer, die immer höher züngelten. Die Sonne ging bereits unter und färbte den Himmel blutrot. Schwarzer Rauch stieg auf. Graue Ascheflocken wirbelten durch die Luft. Immer wieder stürzten Dächer Funken sprühend ein …

Trotz der Entfernung hörte Tim das knatternde Fauchen. Dachbalken krachten in die Tiefe, die Ziegel der schon seit Jahren menschenleeren Häuser barsten mit gewaltigem Donner.

Tim kontrollierte ein weiteres Mal seine Arbeit am Boot, indem er einen der Flicken unter Wasser drückte. Für eine kurze Fahrt würde es wohl hinhauen, und mehr erwartete er nicht. Er hielt eine Hand ins Wasser, über das der Widerschein des Feuers tanzte. Es war kalt, aber nicht eisig.

Er schüttelte die Hand aus, um sie zu trocknen, und wischte sie dann an der Hose ab. Mitten in der Bewegung erstarrte er.

Keine zehn Fuß entfernt stand auf dem Pier ein Mann mit dem traurigen Blick eines Maultiers und hielt seine MP auf Tim gerichtet, dies aber so lässig, dass klar war: Er konnte mit dem Ding verdammt gut umgehen.

»Soll ich die Hände hochnehmen?«, fragte Tim.

Angst empfand er nicht, nur Wut.

Der Mann nickte, Tim hob die Hände.

Warum habe ich die Schrotflinte bloß auf die Brüstung am Ufer gelegt?, dachte Tim verzweifelt. Genauso gut hätte sie am anderen Flussufer liegen können … Zwar steckte seine Pistole noch hinter seinem Gürtel, doch Tim wusste genau, dass er keine Chance hatte, sie zu ziehen.

Immerhin hörte er Belka nicht, obwohl sie sich doch gar nicht weit hatte entfernen müssen, denn die Pferde standen in der Nähe. Er sah sie auch nicht, obwohl sie längst hätte zurückgekehrt sein müssen. Bestens! Garantiert hatte diese Trauervisage noch ein paar Männer im Schlepptau – aber Belka hatten sie nicht gefunden!

Wie aus dem Nichts tauchte nun ein zweiter Mann vor Tim auf, ein schmächtiger Typ mit länglichem Gesicht, der kaum Haare hatte.

»Hi!«, sagte er und maß Tim mit einem kalten Blick. Er setzte sich hin und legte die MP über seine Schenkel, während der andere Mann stehen blieb. »Wo ist dein Freund?«

»Welcher Freund?«

»Der, mit dem du unterwegs bist.«

»Ich bin allein unterwegs.«

»Red keinen Scheiß!«, platzte dem Kerl der Kragen. »Ihr seid zu zweit unterwegs!«

Was für eine Ratte! Vor allem wenn er wie jetzt den Kopf schüttelte. Eine Ratte, die gerade Witterung aufnimmt.

»Mich verarschst du nicht«, fuhr der Typ fort. »Eure Spuren verraten mir, dass ihr zu zweit wart. Wo ist dein Freund?«

»Pinkeln.«

»Aha«, brummte diese Ratte. »Dauert reichlich lange bei dem.«

»So was kommt vor«, entgegnete Tim. »Kann ich die Hände runternehmen? Oder soll ich noch länger wie der letzte Idiot hier rumstehen? An meine Waffe komme ich sowieso nicht ran, die liegt da hinten.«

»Du lässt die Pfoten schön oben«, befahl die Ratte. »Und komm mir nicht noch mal so frech! Sonst jag ich dir 'ne Kugel ins Knie!«

»Warum denn das?«, fragte Tim. »Dann kann ich doch nicht mehr gehen!«

»Wohin willst du denn gehen?«, fragte der Typ. »Wenn Muffel dich jetzt abknallt, werfen wir dich eh ins Wasser, wir wollen hier schließlich keinen Gestank haben!«

Obwohl Tim am ganzen Körper zitterte und gleich zusammenzubrechen drohte, versuchte er, sich seine Angst nicht anmerken zu lassen. Innerlich schwitzte er jedoch Blut und Wasser. Er hatte keinen blassen Schimmer, wie er aus der Situation herauskommen sollte. Vor allem fragte er sich, wo eigentlich Belka steckte. Warum war sie noch nicht aufgetaucht, um ihn zu retten? Am liebsten hätte er sich auf der Stelle in Luft aufgelöst …

Die Pistole in seinem Rücken versengte ihm das Kreuz. Zu allem Überfluss musste er so dringend pinkeln, dass er meinte, ihm würde gleich die Blase platzen. Selbst damals, als die Bosse ihn aus dem Stamm gejagt hatten und er mit Belka durch den stinkenden Mülltunnel gerannt war, hatte er sich nicht derart hilflos gefühlt. Offenbar bedeutete es einen gewaltigen Unterschied, ob man Angst hatte und handelte oder ob man einfach nur Angst hatte.

»Hör mal, Ratte«, sagte der Mann mit dem traurigen Gesicht. »Machen wir den Typen jetzt kalt, oder bringen wir ihn zur Priesterin?«

Ratte, hielt Tim fest. Habe ich mich also nicht getäuscht.

Der Kerl dachte kurz nach, wobei er Tim die ganze Zeit mit seinem widerlichen Blick musterte.

»Wir bringen ihn zu Aisha«, entschied er und drehte sich wieder Tim zu. »Runter mit dir auf die Knie! Aber die Hände bleiben oben!«

Tims Knie knickten von selbst ein, sodass er den Befehl in gewisser Weise sogar gern ausführte. Hinter ihm lag das Boot. Vom Fluss wehte kalte und feuchte Luft heran. Tim spielte in Gedanken einen abenteuerlichen Rettungsplan nach dem nächsten durch, aber bisher endete noch jeder in einer lauten MP-Salve und seinem Tod: Er könnte ins Boot springen und sich auf den Boden werfen. Ratte und Muffel würden dann ein paar gezielte Schüsse abgeben und damit ...

»Fessel ihn!«, befahl Ratte.

Genau in dieser Sekunde zerschnitt ein merkwürdiger Laut die Stille. Die Pferde wieherten panisch los. Ratte und Muffel rissen die Köpfe herum. Im ersten Moment konnte Tim sein Glück gar nicht fassen. Als er wieder zu sich kam, zog er sofort die Pistole, die ihm schon beinahe den Hintern versengt hatte.

Kurzsichtig, wie er war, konnte Tim in diesem Licht kaum etwas erkennen, aber die beiden befanden sich zum Glück ja dicht vor ihm. Wenn er bloß nicht so zittern würde! Der Lauf seiner Pistole schlackerte ja geradezu in seinen Händen. Aus den Augenwinkeln heraus nahm er wahr, wie die Pferde heransprengten. Belka hing in einer völlig undenkbaren Haltung zwischen den beiden Tieren, einen Fuß in jedem Steigbügel und die MP in Händen.

Muffel riss seine Waffe herum und zielte auf die Tiere, aber Belka konnte er zwischen ihnen nicht sehen. Noch zögerte er abzudrücken, denn die wertvollen Tiere würden ihm hier in City ein Vermögen einbringen.

Ratte war leider nicht entgangen, wie Tim die Pistole gezogen hatte. Da war es aber schon zu spät. Tim drückte ab – nur blieb der Schuss aus.

Hektisch fingerte Tim an der Waffe herum, um sie zu entsichern, wobei er sich instinktiv auf die Seite warf, denn Ratte würde ein derart blöder Fehler nicht unterlaufen. Seine Waffe spuckte in der Tat ihr Feuer bereits aus. Die Kugeln pfiffen ein paar Zentimeter an Tim vorbei und knallten gegen die improvisierte Panzerung des Schlauchboots. Die hielt stand.

Nun gab Tim wieder seine Schüsse ab. Einen, noch einen, den dritten ...

Ein Treffer gelang ihm, allerdings erwischte er nicht Ratte, sondern Muffel, direkt im Nacken. Als er zu Boden krachte, stieß er gegen Ratte, sodass dessen nächste Salve weit über Tim hinwegging. Der huschte so schnell wie noch nie in seinem Leben zur Brüstung, wo seine Schrotflinte lag.

Mittlerweile hatten die Pferde den Pier erreicht. Als sie ins Straucheln gerieten, rutschte Belka zu Boden und wäre dabei unter die Hufe geraten. Trotzdem war das Glück im Unglück. Denn schon bohrten sich Kugeln in die Flanken der Tiere. Die Stute überschlug sich, der Hengst verlor das Gleichgewicht und kippte auf die Seite.

In ihrem Todeskampf röhrten die Pferde wie Hirsche, die von den Männern in Park durch den Wald gejagt wurden. Ein Schrei, der Tim stets eine Gänsehaut verursachte. Eine Mischung aus Gebrüll und Gestöhn.

Tim schnappte sich seine Flinte und huschte wie eine verschreckte Katze unter den Pier, nur dass er sich dabei längst nicht so geschickt anstellte wie dieses Tier, sondern an einem verrosteten Draht hängen blieb und mit dem Kopf gegen den Beton stieß, wobei er fast seine Pistole verloren und ein paar Vorderzähne eingebüßt hätte. Schon gab jemand den nächsten Schuss ab ...

Allerdings von links. Es mussten sich hier also mindestens drei rumtreiben.

»Inzwischen nur noch zwei«, korrigierte sich Tim.

Er hätte sich fast übergeben, als er daran dachte, wie das Hirn dieses Muffels durch die Gegend gespritzt war. Nur war sein Magen längst leer. Während Tim in den Schatten kroch, schrammte er sich die Knie auf. Er kauerte sich zwischen die Überreste von zwei eingestürzten Pfeilern und hielt die Flinte schussbereit.

Eines der beiden Pferde tat gerade seinen letzten Atemzug. Das Tier lag auf der Seite, zuckte mit den Füßen und hatte den Hals in einem Winkel verdreht, der absolut unmöglich schien. Vergeblich versuchte es, noch einmal aufzustehen. Tims Blick wanderte weiter zum Boot – das noch immer nicht untergegangen war. Rattes Kugel musste darüber hinweggegangen sein.

Leider nahm der Pier Tim die Sicht auf die Ereignisse. Das Einzige, was er sah, war, dass etwas vom Rand des Piers herabtropfte.

Etwas Dickes und Schweres, das an geschmolzenes Pech erinnerte.

Als dann auch noch etwas hinter ihm raschelte, geriet Tim vollends in Panik. Gleich darauf stieß er einen Seufzer der Erleichterung aus. Freund. Das Eichhörnchen kam über den Müll, über vertrocknete Algen und faules Laub zu ihm geklettert, klitschnass und schmutzig – und allem Anschein nach sehr böse. Bestimmt hatte es bei Belkas Ritt in ihrer Kapuze gesessen. Der Sturz dürfte dem Tier kaum gefallen haben.

Freund kletterte zwar nicht auf Tims Schulter, blieb aber in seiner Nähe. Tim spähte vorsichtig aus seinem Unterschlupf hervor, denn ihm war nicht ganz klar, wo seine Gegner eigentlich steckten. Viel sah er jedoch nicht. Sein einziger Trost war, dass ihn vermutlich auch niemand sah. Er robbte etwas näher an den Rand des Piers, die Flinte immer schussbereit in der Hand. Das offene Tor der Halle lag vor ihm, der Betonplatz, den Gras und Feuchtigkeit angegriffen hatten. Und eine Leiche.

Der Tote trug einen Rucksack im Camouflagemuster, und seine Füße steckten in fast neuen Stiefeln mit dicker Gummisohle. Neben ihm lag eine MP mit kurzem Lauf. Das Gesicht konnte Tim nicht erkennen, aber sein Blick blieb förmlich an dem Gelb der Schuhsohlen kleben.

Links von ihm knallten schon wieder Schüsse. Tim kauerte sich zusammen, bis er begriff, dass man nicht auf ihn schoss. Schritte polterten über den Pier, abermals donnerte etwas, anschließend hörte er ein Stöhnen. Er zählte bis drei, dann sprang er aus seinem Versteck. Vage nahm er eine Bewegung wahr und ballerte sofort blindlings los. Ein schmatzendes Geräusch verriet ihm, dass er getroffen hatte, ein Schnauben, dass es sich dabei um das zweite Pferd handelte.

Rechts zuckten drei Blitze auf. Drei Schüsse. Vom Dach der Halle rutschte ein schwarzer Schatten und landete auf dem Blechvordach. Die durchgerostete Konstruktion krachte sofort in sich zusammen.

Tim wollte schon dorthin eilen, doch ein Stöhnen bewahrte ihn vor diesem Fehler: Das war nicht Belka, sondern ein weiterer Mann von diesem Ratte. So schnell, wie Tim konnte, trat er den Rückzug an. Der unsichtbare Schütze feuerte nun eine Salve auf die Stelle, wo Tim sich hätte befinden müssen, wenn er auf den Verletzten zugelaufen wäre, bemerkte seinen Irrtum aber und riss die Waffe herum, um ihn zielsicher unter Beschuss zu nehmen.

Ihn rettete nur ein ausgeschlachteter Pick-up, der in der Nähe der Winde schon regelrecht mit dem Boden verwachsen war. Tim huschte hinter den Wagen und riss die Arme über den Kopf. Die Kugeln knallten gegen die Karosserie. Metall splitterte durch die Luft, im Innern barst Holz, und Späne wirbelten auf, aber keine einzige Kugel traf Tim. Vorsichtig hob er den Kopf. Direkt vor sich sah er gelbe Schuhsohlen. Eine weitere Leiche. Tim stemmte sich auf die Unterarme hoch. Vor ihm lag ein Mann aus City. Mit durchgeschnittener Kehle. Waren es also vier gewesen. An der Sohle des rechten Stiefels prangte noch die Schmiere, mit der Tim vor zwei Stunden die Schiene des Eingangstors bestrichen hatte. Wahrscheinlich hatte Belka dem Kerl die Kehle aufgeschlitzt, als er aus der Halle gekommen war. Der Tote war riesig, mindestens doppelt so breit wie Belka und auch deutlich größer als Tim.

Gerettet hatte ihn das nicht.

Tim klemmte die Flinte in einen Spalt zwischen den Betonplatten und zog die MP des Toten zu sich. Er überprüfte das Magazin und die Patronen im Lauf, dann spähte er hinter dem Pick-up hervor, zog den Kopf jedoch sofort wieder zurück. Eine Sumpfschildkröte wäre nicht schneller gewesen als er.

Der Mann, der eben vom Dach gefallen war, stöhnte und rührte sich nicht mehr. Überhaupt war kein einziger Ton mehr zu hören, aber das war eine trügerische Stille. Jeder hoffte innerlich, der andere würde zuerst einen Fehler machen.

Sicherheitshalber zählte Tim erneut die Leichen. Einen hatte er erledigt, einer lag hier. Der Dritte war mit einem präzisen Schuss vom Dach geholt worden, hatte aber möglicherweise nur das Bewusstsein verloren. Ratte lebte noch – aber der hatte nicht auf ihn geschossen. Das musste jemand anders gewesen sein. Er hatte es also noch mit zwei Gegnern zu tun. Wenn er hierbleiben würde, dann würde Belka diesen beiden allein gegenüberstehen …

Ob er wollte oder nicht, er musste aus seinem Versteck herauskriechen.

Nach ein paar Minuten hatte er die Panik in sich niedergekämpft und fühlte sich bereit. Jedenfalls halbwegs. Nur seine Hände zitterten noch ...

Er atmete tief durch. Theoretisch war ihm alles klar. Zunächst hieß es, die Lage zu sondieren. Tim kroch von dem Toten weg und hielt vorsichtig Ausschau.

Um ihn herum nichts als Schatten – in dem sein Feind ganz ruhig abwarten konnte, bis er die Möglichkeit hatte, ihm in den Rücken zu schießen. Wenn schon Tim das wusste, dann wussten es die anderen erst recht. Denn so läuft das Spiel nun mal: Man wartet in einem Hinterhalt auf den Fehler seines Feindes. Oder zwang ihn, seine eigene Deckung aufzugeben ... Indem man zum Beispiel das Feuer eröffnete.

Tim schluckte seine Spucke hinunter.

Wenn er schnell genug rennen würde ...

Er schluckte noch einmal. Sein Speichel wollte kaum seine ausgetrocknete Kehle hinuntergleiten.

Wenn er schnell genug rennen würde, könnte sein Plan klappen. Dann würde er überleben.

Belka – und er zweifelte nicht eine Sekunde daran, dass sie irgendwo im Dunkel auf ihre Gelegenheit hoffte – würde die Feinde anhand der Schüsse ausmachen und ...

Er wusste selbst, dass dieser Plan zu viele Wenns und Abers enthielt, aber einen anderen hatte er nicht. Er legte sich auf den Rücken und presste die erbeutete MP an die Brust.

Seine aufgeschlagenen Knie und Ellbogen brannten, sein Rücken und die Hand, mit der er seinen Fall abgefangen hatte, schmerzten fürchterlich.

Belka müsste schon lesen können, dachte er. Wenn sie nicht weiß, was im Tagebuch steht, findet sie das Labor nie.

Tim drehte sich auf den Bauch und rappelte sich vorsichtig auf alle viere hoch. Länger durfte er nicht warten.

Da traf ihn ein kleiner Stein an der Schulter. Sofort warf er sich wieder flach zu Boden, ließ die Waffe hektisch von links nach rechts wandern – bis er schließlich Belka sah. Sie zeigte sich ihm nur ganz kurz im Spalt des Tors. Bevor sie wieder verschwand, schüttelte sie kurz den Kopf, als wollte sie ihm signalisieren: Wag es ja nicht, da rauszukommen.

Dann kam eine Flasche aus der Halle geschossen. Mit sicherer Hand geworfen, legte sie die rund fünfzehn Fuß zurück, die Tim vom Tor trennten. Mühelos fing er Belkas Gruß auf. Eine Glasflasche. Mit einer dicken Flüssigkeit darin. Aus dem Hals ragte ein streng riechender Lappen heraus. Fast wie aus dem Lehrbuch …

Gleich darauf folgte eine zweite. In dieser Sekunde wurde jedoch das Feuer auf das Tor eröffnet. Jemand hatte es im Auge behalten …

Bestimmt hatte Belka einen besseren Plan als er. Aber welche Rolle spielten dabei die beiden Flaschen, die Tim jetzt in Händen hielt? Seinen Gegner machte Tim ja überhaupt nicht aus. Er hatte nur eine vage Vorstellung, woher der Schuss gekommen war, aber das reichte nicht für einen Angriff.

Dann endlich kam ihm die Erleuchtung.

Belka wollte gar nicht, dass er die Mollis auf die Schützen warf – sie wollte, dass die Flammen das Tor vor den Blicken ihrer Feinde schützten. Wenigstens vorübergehend. Damit er die Möglichkeit hatte, zu ihr zu rennen. Zusammen würden sie sich schon etwas einfallen lassen, wie sie aus dem Schlamassel wieder rauskamen.

Tim tastete seine Taschen nach einem Feuerstahl ab.

Der stinkende Lappen wollte sich einfach nicht entzünden. Als es endlich klappte, hätte Tim sich beinahe verbrannt. Er warf die Flasche in Richtung Halle. Das Glas schlug klirrend auf, zersprang aber nicht.

Das hatte Tim befürchtet. Kurz entschlossen richtete er die Waffe auf den Molli.

Drei Fehlschüsse!

Tim zielte erneut.

Diesmal erkannte er sogar, wo die Kugeln landeten. Zwar gingen sie immer noch daneben, aber viel fehlte nun nicht mehr.

Er bat den Gnadenlosen um Hilfe, presste die Wange an den Lauf und rief sich alles in Erinnerung, was man ihm in Park beigebracht hatte.

Endlich!

Die nächste Kugel traf. Flammen zischten auseinander und streckten ihre gierigen Fühler aus.

Tim zündete den zweiten Molli an und warf ihn so, dass er am Wagen zerbrach. Dafür musste er allerdings aufstehen. Sofort eröffnete jemand aus dem Dunkel heraus das Feuer auf ihn. Doch auch er traf nicht: Die Flammen irritierten ihn.

Fünfzehn Fuß lagen zwischen Tims Versteck und der Halle. Er raste los, zog sich aber sofort wieder zurück. Man überzog ihn gleich von zwei Seiten mit einem Kugelhagel, doch lediglich ein Streifschuss zerfetzte auf Schulterhöhe den Ärmel seiner Jacke.

Die Mollis würden nicht lange Schutz bieten. Gleich wäre die Karosserie des Pick-ups ausgebrannt und das Benzin am Boden erloschen, dann war er geliefert: Bei zwei Schützen würde er danach nie mehr zu Belka gelangen. Auf dem Boden liegend atmete Tim noch einmal durch, direkt an der Schuhsohle des Toten.

Des Toten …!

Tim lud sich die Leiche auf den Rücken. Sie war schwer und behinderte ihn extrem beim Aufstehen, aber die Panik brandete heiß – wenn nicht gar kochend heiß – durch seine Adern und verlieh ihm Kraft.

Der Mann musste mindestens vierzig Pfund mehr als Tim wiegen. Obwohl es mit einer solchen Last kaum möglich schien zu rennen, meinte Tim, zum Tor zu sprinten wie jener wilde Hirsch, den er an seinem letzten Tag in Park verfehlt hatte.

Bereits nach den ersten drei Schritten schlug eine Kugel in die Leiche ein. Für Tim fühlte es sich wie ein heftiger Faustschlag an. Beinahe wäre er gestolpert und zu Boden gefallen. Mit aller Mühe hielt er sich auf den Beinen. Sein Ziel war nun zum Greifen nah. Im Tor tauchte Belkas MP auf. Sie feuerte eine Salve ab, die rechts an Tim vorbeiging. Er war sich sicher, dass sie seinen Gegner niedergemäht hatte, wurde aber eines Besseren belehrt, als die nächsten Kugeln in die Leiche einschlugen. Schreiend vor Schmerz ging Tim zu Boden. Eine weitere Kugel drang in die Leiche ein, bohrte sich sogar durch sie hindurch und fand ihren Weg in Tims rechtes Schulterblatt.

Nachdem er sich wieder erhoben hatte, brachte er die letzten fünf Schritte bis zur Halle hinter sich, unter dem Gewicht des Toten schwankend wie ein dürrer Zweig im Wind hinter sich. Er schleppte sich über die dick eingeschmierte Schiene und stolperte weiter. Schon schlug die nächste Kugel in die Leiche ein, diesmal in deren Kopf. Hirn spritzte Tim in den Nacken. Belka packte ihn am Ärmel und zog ihn aus der Schusslinie. Die Leiche rutschte von seinen Schultern und blieb im Eingang liegen. Erleichtert ließen sich die beiden auf Säcke mit irgendwelchem halb verfaulten Müll fallen, die an der Wand standen.

»Alles okay?«, fragte Belka.

Sie war schon wieder aufgesprungen, während Tim noch überlegte, wo sich eigentlich seine Beine befanden und wo sein Kopf. Im Rücken spürte er auf Schulterhöhe einen nassen Fleck. Die Schmerzen raubten ihm fast den Verstand.

»Mein Rücken«, presste er heraus. »Da hat's mich erwischt.«

»Lass mich mal sehen«, verlangte Belka und schnitt ihm kurz entschlossen Jacke und Hemd auf. »Du bist echt ein Glückspilz ...«

Er hörte, wie Belka das Messer aus der Scheide zog. Ein neuer Schmerz ließ ihn aufstöhnen.

»Hier!«

Auf Belkas schmutziger Hand lag eine Kugel. Verbeultes Blei, mit Blut überzogen.

»Gleich hast du's überstanden. Schrei ruhig, wenn's dir hilft.«

Tim jaulte auf.

Dem Geruch nach zu urteilen, hatte Belka etwas selbst gebrannten Schnaps auf die Wunde geträufelt.

»Das war's. Verbinden tu ich die Wunde erst nachher. Hast du noch Munition, du Meisterschütze?«

»Ja.«

»Deine nächste Aufgabe besteht darin, auf unsere Gegner zu schießen. Du brauchst sie nicht zu treffen, solltest dir aber keine weitere Kugel einfangen. Meinst du, du schaffst das?«

Er nickte. Seine Wunde brannte, als hätte Belka ihm geschmolzenes Blei darauf gestrichen.

»Du schießt und gehst wieder in Deckung. Dann wartest du kurz, schießt und gehst wieder in Deckung. Danach das gleiche Spielchen noch mal. Dreierserien. Es geht nur um Ablenkung.«

»Und was machst du?«

»Ich versuche, sie zu treffen.«
»Belka!«
»Ja?«
»Äh ... sei bloß vorsichtig! Und mögest du ewig leben!«
Im roten Widerschein des Feuers sah er, wie sie ihn angrinste.
»Keine Sorge, das ist ein Klacks, es sind ja nur zwei. Danach kriegen wir dann auch noch das mit dem ewigen Leben hin!«
»Wenn du nicht zurückkommst, wohl kaum.«
»In dem Fall werde ich halt zurückkommen. Der eine, der bei ihnen das Sagen hat, lauert offenbar da, wo auch du dich versteckt hattest, unten am Pier. Da räuchern wir ihn natürlich nicht aus, aber ich habe mir was überlegt. Hast du schon mal eine Granate geworfen?«
»Noch nie. Aber theoretisch müsste ich es können.«
»Mit anderen Worten: Du kannst es nicht.«
»Was soll daran so schwer sein? Du ziehst an diesem Ring und wirfst das Ding weg!«
»Theoretisch ... Hier!« Belka drückte ihm ein Metallei in die Hand. »Den Ring kannst du vergessen, der bringt nichts. Du musst diese Drähte auseinanderbiegen, dann den Stift herausziehen und gut festhalten, während du gleichzeitig auf den Hebel drückst. Auf mein Zeichen hin schmeißt du sie. Versuch, bis dorthin zu werfen!«
»Wohin genau?«
»Bis zum Pier. Schaffst du das?«
Tim wog die Granate in der Hand. Sie war recht schwer.
»Versprechen kann ich es nicht.«
»Mehr musst du nicht machen. Hast du alles verstanden?«
»Mhm.«
»Gut. Dann werd ich mal. Und du bring sie vor Wut zum Kochen!«
Sie glitt in die Dunkelheit wie ein Messer in einen Herbstsee, rasch und unbemerkt.
Tim drehte die Granate in den Händen und steckte sie in die Tasche.
Draußen stieg über dem brennenden Pick-up dicker Rauch auf, den der Wind vom Fluss immer weiter trieb. Nach einem kurzen

Blick zum Pier zeigte sich Tim kurz im offenen Tor und gab seine Salve ab. Sofort ratterte eine MP los. Der Schütze saß links von ihm, irgendwo zwischen dem Schilf am Ufer und einem eingekrachten Schuppen.

Daraufhin beschloss Tim, sich nicht an Belkas Anweisungen zu halten und die nächsten Schüsse nicht Richtung Pier abzugeben, sondern dorthin, wo er seinen Gegner eben ausgemacht zu haben meinte. Zwei der drei Kugeln schlugen gegen Metall und prallten in hohem Bogen wieder ab.

Wenn sich jemand unterm Pier versteckt hatte, dann verhielt er sich deutlich klüger als der andere Schütze, denn er gab keinen Mucks von sich, sondern wartete zunächst ab. An ihn pirschte sich Belka gerade an, unsichtbar, lautlos und gefährlich wie ein hungriger Wolfshund, doch Tim fürchtete, an diesem Gegner könnte sogar sie sich die Zähne ausbeißen. Er sah Ratte geradezu vor sich, erinnerte sich an die Entschlossenheit in jeder seiner Bewegungen.

Leg war stark und brutal gewesen, dachte Tim. Aber gegen diesen schmächtigen Typen dürfte selbst er keine Chance gehabt haben.

Tim hatte genug erlebt, um sich nicht durch das Äußere eines Mannes täuschen zu lassen.

Er gab die nächsten Schüsse ab und zog sich auch diesmal gerade noch rechtzeitig zurück, um dem Gegenangriff zu entgehen.

Danach holte er die Granate hervor und legte sie vor sich auf den Boden.

Das war keine schwere Aufgabe. Die Drähte auseinanderbiegen, dieses Ding herausziehen und werfen.

Er gab drei weitere Schüsse auf Rattes Versteck ab.

Wo blieb bloß Belkas Signal?

Tim überzeugte sich, dass seine MP noch geladen war. Er würde es sich nie verzeihen, Belka im Stich zu lassen.

Noch drei Schüsse.

»Jetzt!«

Endlich!

Tim legte die MP aus der Hand und bog mit zitternden Fingern die Drähte der Granate auseinander. Jetzt der Stift. Nichts. Er presste die Hand fest um die Granate. Los! Mach schon! Sie wartet auf dich! Tim erstarrte und presste sich gegen das Tor. Mit einem Mal begriff er, dass er seine Finger nicht mehr öffnen konnte, die sich um den sicheren Tod geschlossen hatte. Er konnte es einfach nicht! Das Metallei klebte an seiner Hand, als hätte es jemand dick mit frischem Kiefernharz eingeschmiert.

Selbst als Tim den Griff lockern wollte, geschah nichts. Ausgerechnet da huschte ein kleiner Schatten an ihm vorbei. Im ersten Schreck hätte er beinahe aufgeschrien. Auf der anderen Seite des Tors saß Freund, hielt mit beiden Pfoten etwas und knabberte daran. Tims Herz hämmerte wie wild, und trotz der kalten Nacht rann kochend heißer Schweiß über seine Schläfen. Das Eichhörnchen sah ihn an, als wollte es ihm einen Vorwurf machen: Worauf wartest du eigentlich noch?

Worauf warte ich eigentlich noch?, dachte auch Tim. Belka zählt schließlich fest auf mich ...

Er schloss die Augen. Freund durfte er jetzt nicht anschauen. Und auch nicht den Himmel, der blutig rot wie ein ausgeweideter Hirsch war. Tim schrie, als wäre er wirklich mit kochendem Wasser übergossen worden, sprang in das offene Tor und holte zum Wurf aus ...

»Einer ist uns entwischt«, sagte Belka. »Der Kleine ... Hier! Keine schlechte Ausbeute!«

»Zu blöd, dass er uns entkommen ist ...«

»Stimmt«, erwiderte sie. »Trotzdem gibt uns das die Gelegenheit, ebenfalls abzuhauen. Außerdem haben wir jetzt noch drei MPs mehr, Patronen, Pistolen und Messer. Patronen sogar vierzig ...«

»Außerdem sind wir noch am Leben, und allein das zählt.«

»Das kannst du laut sagen. Wo ist deine Flinte?«

»Die hab ich liegen lassen«, gestand Tim. »Ich hol sie gleich.«

Belka kippte den erbeuteten Rucksack auf den Boden aus und setzte sich daneben, um den Inhalt genau zu inspizieren. Freund sprang nervös um sie herum, schnalzte und schnupperte immer wieder.

»Lade sie nach«, sagte Belka, als Tim zurückkehrte. »Dabei kannst du dich auch gleich etwas ausruhen. Der Wind hat sich übrigens gedreht. Das Feuer wird Downtown wahrscheinlich doch nicht erreichen.«

»Stimmt, es kommt zurück.«

Sie sahen beide aus, als hätten sie gerade gegen eine ganze Bande wütender Katzen gekämpft, wenn nicht schlimmer. Zerkratzt, verrußt und mit zerfetzter Kleidung. Die Pferde, auf die sie so gehofft hatten, hatten sich in blutige Kadaver verwandelt. Als Tim daran dachte, was sie getan hatten, um sie zu erhalten, trat ihm sofort wieder heißer Schweiß auf die Stirn.

Um sie herum standen ganze Viertel in Flammen. Asche wirbelte durch die Luft, über ihnen hing ein blutroter Himmel. Als hätte sich ein Moskito mit Blut vollgesogen. Wenn man dieses Szenario sah, konnte man sich kaum vorstellen, dass dahinter bloß sie beide steckten, ein Mann und eine Frau, die für eine Nacht in diese Stadt gekommen waren.

Wir sind auch nicht besser als der Gnadenlose, dachte Tim. Wo wir hinkommen, töten und zerstören wir, genau wie seine Schamanen oder die Priesterinnen aus City, die ihm Menschenopfer darbringen, um ihn zu beschwichtigen. Dabei wollen wir seine Ankunft nicht mal nur für uns selbst hinauszögern. Wir brauchen doch bloß etwas Zeit, um den Gnadenlosen auszutricksen und dann zu vernichten. Davon haben alle etwas ... Stattdessen werden wir jetzt zu seinen Dienern. Blutdürstig wie die Bosse. Verlogen wie die Schamanen. Hinterhältig wie die Priesterinnen. Sollte der Gnadenlose wirklich gnadenlos sein, dann dürfte er unser Treiben voller Genugtuung beobachten. Blut und Tod markieren unseren Weg. Nichts als Blut und Tod ...

Tim sah sich um.

Das Schlauchboot? Noch intakt! Es war weder verbrannt noch von Kugeln durchlöchert worden. Sie könnten jederzeit losfahren. Belka warf etliche blutige Stücke des Pferdefleischs hinein. Sogar die Leber. Es wäre schade um diese Delikatessen gewesen. Und sie hatte ja recht. Wie immer. Selbst wenn sie weder lesen noch schreiben konnte und lange Grübeleien hasste – überleben, das konnte sie. Tim verdankte ihr sein Leben. Allein ihretwegen durfte er hoffen, den Gnadenlosen auszuschalten ...

Das ist doch alles dumm, seufzte Tim innerlich. Wir versuchen, die Welt zu retten. Aber wozu? Diesen riesigen Haufen Scheiße? Soll die Welt doch verrecken! Soll sie verrecken! Was gäbe es denn Schönes in ihr?!

Er versuchte sich an einen Tag zu erinnern, an dem er glücklich gewesen war. Wenigstens an einen einzigen. An dem er keine Angst ausgestanden hatte ... Aber ihm fielen nur die Tage ein, an denen er satt gewesen war und ihn niemand daran gehindert hatte, sich im Halbdunkel der Bibliothek in seine Bücher zu verkriechen.

»Was ist?«, fragte Belka und schüttelte sich das Wasser von den Händen. Sie hatte sich das Blut abgewaschen, aber Tim meinte trotzdem, es würde noch bis hoch zu den Ellbogen an ihren Armen kleben. »Bist du bereit, du Schlauberger?«

Tim schob das Magazin in die Waffe und sorgte dafür, dass eine Patrone bereits im Lauf saß.

»Ja«, antwortete er. »Aber dreh dich mal bitte kurz um.«

»Du bist schon ein merkwürdiger Typ«, murmelte sie und starrte ihn verwundert an. »Irgendwie überhaupt kein richtiger Mann ... Aber gut, hocken wir uns vor der Reise halt noch mal kurz hin.«

Sie lehnte die MP gegen die Wand und öffnete den Reißverschluss ihrer Jeans.

Tim drehte sich sofort um und verzog sich hinter die Kisten. Mit dem Urin trieb er die ausgestandene Angst aus seinem Körper. Der Strahl roch extrem streng und eklig.

KAPITEL 7

Town

Dodo ließ den Boten mit den Nachrichten von den Spähern nicht zu Aisha vor, sondern hörte sich selbst alles an. Er blickte mürrisch drein. Zur Nacht hatte er lediglich seine kugelsichere Weste abgelegt, mehr nicht. Aishas provisorisches Schlafgemach gleich in der Nähe der Main Bridge wurde stärker bewacht als der Saal der Opfer. Dodo hatte Posten an der Treppe aufgestellt, sodass von oben oder unten niemand unbemerkt in den fünften Stock gelangen konnte. Da die Fenster des Zimmers zu den alten Wohnvierteln hinausgingen, musste Aisha sich mit einer langweiligen Aussicht begnügen und auf den Genuss des herrlichen Panoramas vom Fluss samt Wolkenkratzern verzichten.

Nachdem Dodo den Boten angehört hatte, entließ er ihn mit einer lässigen Handbewegung.

Er sah selbst, dass das Feuer für die Wohnviertel keine Gefahr mehr darstellte, denn es blieb im Industriegebiet. Der Wind trieb die Flammen inzwischen wieder zurück. Grund zur Freude bestand dennoch nicht, weil man selbst heute noch viele Schätze in diesem Teil der Stadt fand. Der Verlust von einem Dutzend niedergebrannter Gebäude war jedoch zu verschmerzen. Was Dodo wesentlich stärker beunruhigte, war die Frage, ob Ratte die beiden Parker aufgespürt hatte. Und wenn ja, ob er sie dann auf der Stelle umgebracht hatte. Sein Auftrag hatte schließlich gelautet, die zwei zu finden und zu töten. Dass sich die Prioritäten inzwischen geändert hatten, wusste Ratte nicht.

Selbstverständlich hätte Dodo lieber Ratte und seine Leute eingebüßt, als sich Aishas Zorn zuzuziehen. Er hatte unverzüglich einen Boten losgeschickt, um Ratte von der jüngsten Entwicklung in Kenntnis zu setzen und ihm den Befehl zu übermitteln, dass er

Belka und Nerd kein Haar krümmen durfte und die beiden lebend gefangen nehmen musste, aber er fürchtete, dass es schon zu spät war. Ratte und Muffel fackelten nie lange, wenn es um Fremde ging, die heimlich nach City vorgedrungen waren.

Dodo trat an die Tür von Aishas Schlafzimmer und lauschte. Alles still. Er nahm in einem breiten Sessel Platz, der aus einem der oberen Stockwerke herangeschafft worden war. Unter Dodos Gewicht ächzte er. Vorsichtig suchte Aishas Bodyguard eine bequeme Position, stellte die MP zwischen seine Beine und schloss die Augen.

Er traute niemandem – und den Parkern schon gar nicht. Mit den Farmern fand er noch irgendwie eine gemeinsame Sprache. City handelte mit ihnen, auch wenn sie widerliche Halsabschneider waren. Aber das Drecksgesindel aus Park sah er am liebsten im Saal der Opfer baumeln. Wenn Scheiße und Blut aus ihnen troff. Oder auch, wenn sie an Grenzpfosten verfaulten und mit ihrem Gestank andere ungebetene Gäste fernhielten. Dass diese Drecksäcke jetzt ihre Verbündeten waren, passte Dodo nicht. Warum hat sich Aisha bloß mit denen eingelassen?, dachte er zum x-ten Mal. Sie haben gesagt, was sie wissen. Mehr braucht Aisha nicht, um den Gnadenlosen zu überwinden! Warum also sind diese Kerle noch am Leben?!

Unbewusst tastete Dodo nach dem Messer an seinem Gürtel.

Selbst die Farmer brauchten sie bloß wegen der MG-Wagen. Eigentlich könnten sie also auch diese Schweine umbringen – dann würden ihnen die Karren gehören. Warum lebten die Kerle also noch? Was hatte Aisha bloß vor?!

Dodo seufzte.

Aisha würde schon wissen, was sie tat – und er würde tun, was sie befahl.

Es war seine Pflicht, ihr Leben zu schützen. Ihren Verstand und ihre Cleverness erkannte er jedoch freiwillig an. Aisha konnte lesen. Sie war von Geburt an auf ihre Aufgabe als Herrscherin vorbereitet worden. In ihren Adern floss uraltes Priesterinnenblut. Niemals wäre er klüger als sie ...

Aber selbst wenn er nicht ihre Intelligenz besaß – über einen siebten Sinn verfügte er. Und auf den gab er was. Wie alle Wesen, die dank ihrer Instinkte überlebten. Dieser siebte Sinn warnte ihn. Um seine Nervosität loszuwerden, kannte er nur einen Weg: Er musste ihre Quelle beseitigen. Das jedoch hatte Aisha ihm strikt verboten.

Er holte aus seiner Gürteltasche einen Streifen gedörrten Fleisches und eine Handvoll getrockneter Pilze, die ihm stets halfen, wach zu bleiben. Ihm standen noch einige Aufgaben bevor. Er musste die Posten kontrollieren, er musste vor Aishas Schlafgemach Wache schieben ... Die Pilze schmeckten wie getrocknete Scheiße, und bei jedem Biss knirschte es zwischen den Zähnen, als würde er Sand zermalmen, aber immerhin taten sie, was sie sollten. Seine Müdigkeit zog sofort ab. Den ekelhaften Geschmack kaute er mit dem Fleisch runter, anschließend trank er noch kalten Kräutertee aus seiner Flasche. Nun würde er die Nacht überstehen!

Plötzlich drangen von der Treppe Stimmen herüber. Dodo griff nach der MP und trat ans Geländer heran. Im Licht der Fackeln sah er seine Männer, die einem wild gestikulierenden Knaller den Weg versperrten.

»Lasst ihn durch!«, befahl Dodo und entsicherte vorsichtshalber die Waffe.

Knaller war zwar einer von ihnen, aber weiß der Gnadenlose, wie es in seinem Hirn aussah ... Ein Mann, der ständig mit Bomben hantierte! Der hatte bestimmte keine Grillen im Kopf – sondern faustgroße Kakerlaken! Und was die ihm alles zuflüsterten, wollte Dodo gar nicht wissen!

»Was willst du?«, fragte Dodo voller Verachtung.

»Klumpfuß hat einen Boten geschickt. Er ist bereit, Aisha zu treffen.«

Im Übrigen hatte Knaller Dodo auch nicht gerade ins Herz geschlossen. Wären sie nicht gezwungen gewesen, miteinander zu kooperieren, hätten sie sich vermutlich gegenseitig die Kehle durchgeschnitten.

»Jetzt?«

»Mhm«, brummte Knaller, kratzte sich den Kopf und zog die Nase kraus. »›Warum es auf die lange Bank schieben?‹, hat er gefragt. Soll sie halt gleich kommen!«

»Mitten in der Nacht?!«

»Im Gegensatz zu unseren Scharfschützen sehen ihre uns auch in der Dunkelheit«, erklärte Knaller. »Deshalb dürfte er diesen Zeitpunkt mit Absicht gewählt haben. Klumpfuß ist schließlich kein Depp. Bei ihm müssen wir mit allem rechnen ... Jetzt wartet er auf unser Signal. Schick Aisha also runter, ich begleite sie.«

»Uns beide!«

»Die Bedingungen lauten: sie und ein Minenspezialist.«

Dodo beugte sich zu Knaller vor und bleckte die Zähne. Ein wütender Grizzly ...

»Wenn ihr irgendwas passiert«, presste er heraus, »schneid ich dich in Streifen! Bei lebendigem Leibe!«

»Wenn ihr irgendwas passiert«, zischte Knaller zurück und sah Dodo fest an, »kommt niemand mit heiler Haut von dieser Brücke. Niemand, Dodo, nicht mal ich! Darauf gebe ich dir mein Wort!«

»Wissen sie das?«

»Ja, das wissen sie.«

Sie schafften es nicht auf Anhieb, das Schlauchboot vom Ufer abzustoßen. Kein Wunder, so vollgepackt, wie das Ding war.

Eigentlich hätten sie einen Großteil der Sachen in der Halle lassen müssen, um sie später in aller Ruhe zu holen – aber wer hätte schon sagen können, ob es dieses Später je geben würde. Nachdem der Wind gedreht hatte, würde morgen früh hier außerdem alles in Flammen stehen. Deshalb entluden sie das Boot nicht wieder, sondern beschlossen, am gegenüberliegenden Ufer nach einem Versteck zu suchen. Ohne Pferde würden sie ohnehin nicht alles mitschleppen können, da machten sie sich nichts vor. Sie durften nur das Nötigste mitnehmen. Waffen, Patronen und ein Minimum an Proviant.

Sobald das Boot ganz im Wasser war, wollte die Strömung es mit sich reißen, weshalb Belka und Tim es kaum noch schafften hineinzuspringen. Danach drehte es sich um sich selbst, doch mit den Rudern schafften die beiden es, den Bug auszurichten. In einem Tempo, mit dem sie selbst nicht gerechnet hätten, hielten sie auf die Main Bridge zu.

Rechter Hand wütete das Feuer. Die Flammen machten sich gierig über die alten, von wildem Wein überwucherten Häuser her, fraßen das Schilf am Ufer und die jungen Haselnusssträucher in den Gassen. Lodernde Funken stoben zum kalten Nachthimmel auf. Für den Bruchteil einer Sekunde meinte Tim, am Ufer einen Menschen auszumachen. Das kann doch gar nicht sein, beruhigte er sich. Hier huschen überall Schatten herum. Wahrscheinlich habe ich mich getäuscht.

Das linke Ufer lag dagegen ruhig und verlassen da. Die Promenade war im Laufe der Jahre zerstört worden, in den Häusern funkelten aber Scheiben, die wie durch ein Wunder noch in den Rahmen saßen. In ihnen tanzte der rote Widerschein des Feuers, sodass Tim meinte, wilde Raubtiere vor sich zu haben, während er auf der anderen Seite des Flusses in einen Ofen zu stieren glaubte, in dem gerade die letzten Reste der Welt verbrannten.

Entsetzt betrachtete Tim die wütenden Flammen. Der Gnadenlose war ohne Frage schrecklich, aber dieses gierige Feuer durfte vermutlich als echter Konkurrent gelten. In seiner Faszination unterbrach Tim kurz die Arbeit am Ruder – mit dem Ergebnis, dass sie beinahe gegen die Überreste eines zerstörten Gebäudes geknallt wären, die in den Fluss abgerutscht waren. Nur in letzter Sekunde schafften sie es, eine Betonplatte zu umrunden, die aus dem schäumenden Wasser ragte – nur steckte in dieser auch noch eine lange Eisenstange, die quer über dem Wasser hing …

»Runter!«, schrie Belka, die sich sofort auf den Bauch warf.

Tim kippte nach hinten, flach auf den Rücken, und presste das Ruder an seine Brust.

Polternd schossen sie unter der Stange hindurch. Ohne ihre rasche Reaktion wären sie wahrscheinlich niedergemäht worden. Dann prallten sie seitlich gegen irgendetwas. Eine der Platten ihrer provisorischen Verkleidung wurde in die Luft gerissen, als wäre sie ein Stück Papier, das der Wind erfasst hatte. Das Boot trug einen Riss davon. Schon schwappte das erste Wasser über Tim …

Nachdem sie sich mehrfach um die eigene Achse gedreht hatten, hielt das Boot endlich wieder auf die Main Bridge zu – von der aus jetzt das Feuer auf sie eröffnet wurde.

Ein dunkles Boot nachts auf dunklem Wasser war kein Ziel, das sich mühelos aus mehr als zweihundert Yard treffen ließ, doch den Schützen blieb keine andere Wahl, denn nur in dieser Krümmung des Flusses waren sie dank des Feuers überhaupt zu erahnen. Unmittelbar vor und hinter der Brücke ballten sich die Schatten dagegen dicht zusammen.

Die ersten beiden Kugeln schlugen in eine der Kisten ein, zehn Zoll über Belkas Kopf, die dritte landete im Wasser am Boden des Boots. Tim sah es noch ein paarmal auf der Brücke aufblitzen, weitere Treffer fingen sie sich aber nicht ein. Nur das Echo der Schüsse hallte noch über den Fluss.

»Bleib ja unten«, befahl Belka. »Die können uns noch sehen!«

Ihr beschädigtes Boot wurde zwar immer langsamer, ging aber zum Glück nicht unter. Mittlerweile fuhren sie unter der Main Bridge durch. Leider streiften sie dabei einen Betonpfeiler. Das Gummi trug einen zweiten Riss davon.

Als Tim aufzustehen versuchte, fiel er hin, diesmal direkt auf die Nase. Er schluckte Wasser und wollte sich umdrehen, verhedderte sich aber bloß in den Riemen ihrer Waffen.

Schon tauchten sie wieder unter der Brücke auf. Das war die schmalste Stelle des Flusses. Danach wurde er breiter, aber auch langsamer, obendrein gab es hier gelegentlich noch immer Hindernisse am Grund, die das Wasser schäumen ließen.

Und das Feuer auf sie wurde auch wieder eröffnet.

Belkas MP antwortete mit einem knatternden Echo. Die Flamme, die aus dem Lauf züngelte, erhellte ihr Gesicht. Ihr Mund war zu einem Faden zusammengepresst, das leicht zusammengekniffene Auge lag direkt über dem Lauf.

Ein wütender Schusswechsel – doch nicht eine Kugel traf ihr Boot. Belka rief Tim etwas zu, was er in dem Radau aber gar nicht verstand. Erst als sie die Worte wiederholte, begann Tim mit aller Kraft auf das linke Ufer zuzurudern. An dieser Stelle machte der Fluss einen Bogen, und die Strömung war etwas stärker. Obwohl Tim das Ruder immer wieder ins Wasser trieb, gelang es ihm nicht, sich dem Ufer zu nähern und anzulegen. Pechschwarzer Schatten, der sich gegen das Feuer am Himmel sogar noch undurchdringlicher ausnahm, hüllte sie ein. Tim wusste längst nicht mehr, wohin er eigentlich fuhr. Irgendwann legte Belka die Waffe zur Seite und griff nach ihrem Ruder. Trotzdem schlugen all ihr Versuche fehl, wieder an Land zu gehen.

Als sie das nächste Mal an einem Hindernis hängen blieben, sprang Belka kurz entschlossen ins Wasser. Für einen Moment tauchte sie unter, fand dann aber Halt und konnte das Boot endlich unter Einsatz ihrer letzten Kräfte ans Ufer stoßen.

Tim wollte ihr gerade zu Hilfe eilen, als sie jäh aufstöhnte, den Kopf zurückriss und hektisch an ihrem Hals herumfingerte. Ihr Messer blitzte auf, doch ihre Hand wurde sofort nach hinten gerissen. Belka versank, aber eine unsichtbare Kraft zog sie gleich darauf wieder nach oben ...

Das Boot drehte sich erneut um die eigene Achse ...

Tim verlor das Gleichgewicht und fiel, nahm damit aber einer Schlinge das Ziel.

»Belka!«, schrie er aus voller Kehle. »Belka!«

Mit einem weiteren Lassowurf wurde ihm das Ruder gestohlen. Jemand zog Belka ans Ufer, aber wer, das konnte er nicht erkennen. Die Strömung riss das Boot weiter. Tim sah nur noch, wie Belka verzweifelt Widerstand leistete und die Schlinge von ihrem Hals zu lösen versuchte.

Tim zitterte am ganzen Körper. Seine nasse Kleidung klebte an ihm, von Süden trug der Wind eisig schneidende Kälte heran.

»Belka ...«, krächzte Tim, und seine Stimme brach, als ob auch ihm eine Schlinge die Kehle abschnürte.

Panik stieg in ihm auf. Echte Panik, wie er sie trotz allem bisher noch nie empfunden hatte. Das war nicht die Angst zu sterben. Der Tod war in seinem Leben ja allgegenwärtig, und in den letzten Tagen hatte er sogar ständig in seinem Rücken gelauert. Nein, Tim, der jahrelang wie ein Ausgestoßener gelebt hatte, meinte, in einen Abgrund zu fallen. Meinte, ihm wäre der Boden unter den Füßen weggezogen worden. Der Wurf des Lassos aus der Dunkelheit heraus hatte nicht nur Belka in den sicheren Tod gezogen, sondern auch all seine Pläne zunichtegemacht.

Nun stand er da, ohne Hoffnung und ohne Ziel.

Völlig allein.

Klumpfuß hörte den Bericht des Boten an, drehte sich um und machte sich auf den Weg zur Brückenmitte. Zu Aisha. Dabei zog er auf merkwürdige Weise einen Fuß nach – der Grund für seinen Namen.

Er sah recht schmächtig aus und lief etwas vornübergebeugt, war aber kräftig und gewann fast jede Prügelei durch geschickte Finten. Eine neue Situation erfasste er im Nu, sodass er nie lange zögerte, eine Entscheidung zu treffen. Sein schmales dreieckiges Gesicht wirkte wegen eines dünnen Kinnbarts länger, als es war. Die dunklen Augen lagen weit auseinander und blickten aufmerksam, ja fast freundlich drein – doch Aisha wusste genau, dass Klumpfuß ihr am liebsten die Kehle aufgeschlitzt hätte. Persönlich. Mit seinen eigenen Händen und ohne jede Hilfe. Das wäre so recht nach seinem Geschmack gewesen.

Er blieb neben einer rußenden Fackel auf seiner Seite der Barrikade stehen. Aisha musterte ihn. Beide trennte ein Yard voneinander. Auf der einen Seite sorgten Fackeln für Licht, auf der anderen die wütenden Flammen am Ufer. Bei Tage hätte es nicht heller sein können. Beste Bedingungen für die Schützen, die auf der Brücke postiert waren und das Feuer jederzeit eröffnen konnten. Sowohl Klumpfuß als auch Aisha wussten das. Ein Außenstehender hätte meinen können, zwei alte Bekannte hätten sich zu einem Spaziergang in der nächtlichen Frische entschieden und würden auf der Brücke gemütlich miteinander plaudern.

Klumpfuß fasste sich nachdenklich an das verstümmelte rechte Ohr und sah Aisha an.

»Tut mir leid, Klumpfuß«, sagte diese und musste unwillkürlich grinsen.

Er bleckte bloß die Zähne. Sie waren völlig schief, ein Schneidezahn fehlte ganz. Der Zahn war dort geblieben, wo auch ein Teil des Ohres geblieben war. Da Aisha ihren kleinen Beitrag zu diesem Verlust geleistet hatte, konnten die Voraussetzungen für dieses Gespräch nicht gerade als glücklich bezeichnet werden. In diesem Moment bedauerte sie daher noch stärker als bisher, ihr Ziel damals verfehlt zu haben.

»Du hast nicht gelogen«, sagte Klumpfuß. »Bei uns ist eine kleine Schlampe eingedrungen. Aber die haben wir geschnappt.«

»Nur sie?«, hakte Aisha sofort nach. »Ihn nicht?«

»Richtig.«

»Wir brauchen sie beide«, stieß Aisha aus. »Ohne ihn nutzt uns diese rothaarige Hure überhaupt nichts.«

»Du kannst gern selbst versuchen, ihn dir zu schnappen«, bemerkte Klumpfuß achselzuckend. »Würd' mich direkt interessieren, wie du das anstellst.«

»Er ist in deinem Gebiet«, hielt Aisha dagegen. »Hier hast allein du das Sagen.«

»Nur gut, dass dir das klar ist.«

Du Drecksstück!, fluchte Aisha innerlich, während sie ein freundliches Lächeln auf ihre Lippen zauberte. Verreck doch als Erster!

»Gestatte mir jedoch eine Frage, Klumpfuß«, sagte sie dann. »Wo ist die Gefangene?«

»Bei mir.«

»Könntest du sie hierherbringen?«

»Nein. Im Übrigen frage ich mich sowieso, wozu ich dich noch brauche.«

»Die Antwort kennst du genau.«

»Ach ja? Meinst du nicht, dass ich mit meinen Männern auch bestens ohne dich zurechtkomme?«

»Wie viele deiner Männer können denn lesen und schreiben?«

Daraufhin hüllte sich Klumpfuß in Schweigen.

»Also nicht einer von ihnen.«

»Na und?«

»Fäuste lösen dieses Problem nicht. Du hast starke Männer an der Hand, das gebe ich gern zu, aber in dieser Angelegenheit brauchst du welche mit Verstand. Dieser Bücherwurm Nerd hat ein Buch, in dem steht, wo ein bestimmtes Labor zu finden ist. Nehmen wir einmal an, du bringst dieses Schriftstück tatsächlich in deinen Besitz. Kannst du es dann auch lesen?«

»Ich kann ihn dazu zwingen, mir jedes einzelne Wort vorzulesen!«

»Wenn du ihn schnappst, kannst du ihn natürlich dazu zwingen«, erwiderte Aisha. »Aber bisher hast du ihn noch nicht.«

»Genauso wenig wie du, Priesterin«, ließ Klumpfuß seinem Ärger freien Lauf. »Kann es sein, dass du vielleicht gar nicht so schlau bist, wie du immer tust?«

»Zumindest bin ich so schlau, mir nicht in die eigene Tasche zu lügen«, erwiderte Aisha lächelnd. »Du brauchst mich, Klumpfuß! Die einzige Frage, die es noch zu klären gibt, ist daher die, ob auch ich dich brauche.«

Klumpfuß mahlte eine Weile mit den Kiefern.

»Wie viel Männer hast du?«, wollte er schließlich wissen.

»Zweiunddreißig.«

»Warum hast du dich mit diesem Pack eingelassen? Parker und Farmer? Wäre es nicht besser, wir zwei würden gemeinsame Sache machen? Nur wir zwei …«

»Für wie dumm hältst du mich eigentlich? Wenn du mich nicht bräuchtest, hätte mein letztes Stündlein längst geschlagen! Deshalb brauche ich ja auch dieses Pack! Es ist meine kugelsichere Weste!«

»Du hast Angst vor mir?«

»Nur Idioten haben niemals Angst.«

»Dann merk dir eins, Priesterin! Wenn du mich übers Ohr haust, dann hänge ich deine Männer bis auf den letzten kopfüber am Geländer dieser Brücke auf! Und zwar mit abgezogener Haut! Für dich lasse ich mir sogar noch was Besonderes einfallen!«

»Darauf kann ich mich einlassen.«

»Nur glaube ich dir nicht, Aisha«, erklärte Klumpfuß und fasste sich erneut an sein verstümmeltes Ohr. »Gegen deine Natur kannst du nicht an. Und die verlangt von dir, mich über den Tisch zu ziehen.«

»Ich traue dir auch nicht über den Weg, Klumpfuß. Bei der erstbesten Gelegenheit wirst du mir von hinten ein Messer in den Rücken rammen. Aber was verlieren wir denn, wenn wir zusammenarbeiten? Wie viele Winter bleiben dir noch, bis der Gnadenlose dich holt?«

»Einer.«

»Und mir zwei. Warum nutzen wir da nicht die Gelegenheit und sorgen dafür, dass unser Gruß und Wunsch wahr wird? Warum verschaffen wir uns nicht ewiges Leben?«

»Was, wenn dieser Nerd uns alle verarscht? Oder wenn deine Parker seine Worte falsch verstanden haben? Wenn das alles kompletter Unsinn ist?«

»Und wenn es doch stimmt?«

»Du kannst noch zwei Winter in Ruhe leben, Priesterin. Das ist eine Menge. Zwei ganze Winter. Doppelt so viel wie mein einer ...«

»Dann schließe dich uns halt nicht an. Aber lass uns durch! Danach kannst du deinen letzten Winter in aller Ruhe verbringen.«

»Vergiss es!«, blaffte er Aisha an. »Noch mal ziehst du mich nicht übern Tisch! Wir schließen uns euch an!«

»Dann lässt du uns über die Brücke?«

»Aber wehe, dein wahnsinniger Bombenleger fuhrwerkt hier rum!«, zischte Klumpfuß und spuckte aus. »Wenn ihr hier seid, macht ihr keinen Schritt ohne uns! Und solltet ihr hier mit euren Knallkörpern rumspielen, bringen wir euch alle um!«

Nach diesen Worten drehte er sich um und stapfte davon.

»Wir haben MG-Wagen«, rief Aisha ihm hinterher. »Die dürften uns noch gute Dienste leisten ...«

»Weiß ich längst«, brummte Klumpfuß, ohne sich noch einmal zurückzudrehen.

Als das Boot das nächste Mal über das Ufer schrammte, hatte Tim sich schon wieder beruhigt. Oder genauer gesagt, seine Hände zitterten nicht mehr ganz so stark.

Er hatte keine Ahnung, wo er war. Der Widerschein der Feuer ließ ihn jedoch vermuten, dass er sich nicht verirrt, sondern Town erreicht hatte. Laut Karte musste dieser Ort dann East Side heißen. Vier lange Piers schoben sich ins Wasser, außerdem gab es einen richtigen Hafen oder vielmehr das, was noch von ihm übrig war, nachdem der Gnadenlose hier gewütet hatte und die Schmiede das Metall geklaut hatten.

Die Schiffe, die in diesem Hafen ihre ewige Ruhe gefunden hatten, waren jedoch nicht auseinandergenommen worden. Vermutlich fehlten den Männern dafür die Kenntnisse, vielleicht hatten sie es aber auch einfach nicht gewollt. Geplündert waren die Schiffe natürlich worden. Nun verrotteten sie langsam.

Die Strömung trug Tim zu einem von Moos und Algen überwucherten Pier. Das Boot blieb zwischen der glitschigen, grünen Mauer und den aus dem Wasser herausragenden Aufbauten eines Ausflugschiffs stecken.

Alles war ruhig. So ruhig, dass Tim hören konnte, wie die Fische durchs Wasser glitten und die Algen gegen die Mauer klatschten. Das Schilf wogte im Wind, irgendwann setzte mit den ersten dicken Tropfen ein kalter Nachtregen ein. Er pladderte auf das Schlauchboot, die Steine, den Fluss und Tims Rücken.

Unter Aufbietung seiner letzten Kräfte hebelte Tim das bereits halb abgesoffene Boot mit dem Ruder aus der Klemme und zog es schließlich ans Ufer. Es kostete ihn fast eine Stunde, bis er seine Sachen ausgeladen und in einen Speicher mit eingestürztem Dach gebracht hatte. Wenigstens hörte es auf zu regnen, und der Wind riss die Wolken in Fetzen. Der Mond lugte durch die Spalten und verwandelte die schwarze Nacht in eine graue.

Nach getaner Arbeit wusch Tim sich, wobei ihn nicht mal das eisige Wasser störte. Es roch nur nach Fluss und Algen, nicht nach Verwesung. Er trank einige Schluck. Weitere zehn Minuten brauchte er dafür, seine Waffe zu zerlegen und die Einzelteile mit einem Lappen, den er im Speicher gefunden hatte, trocken zu reiben.

Die ganze Zeit über dachte er angestrengt nach, gelegentlich murmelte er sogar etwas vor sich hin. Am Ende durchstöberte er Belkas Rucksack und fand ein altes Fernglas, das aber noch funktionierte. Genau das, was er brauchte!

Schon fünf Minuten später wanderte er nach Westen. Sämtliche Straßen lagen im Schatten, was ihm guten Schutz bot. Belkas Camouflagejacke hätte ihm keine besseren Dienste leisten können. Blieb die Gefahr, eine Signalrakete auszulösen oder, weit schlimmer, auf eine Mine zu treten, aber da musste er auf sein Glück hoffen. Bei seiner Kurzsichtigkeit hätte er einen feinen Draht, der zu einer Falle gehörte, auch im Hellen nie im Leben bemerkt.

Nachdem er weitere fünf Blöcke hinter sich gebracht hatte, blieb er vor einem dunklen Wolkenkratzer stehen, bei dem er noch nicht einmal annähernd abzuschätzen vermochte, wie viel Stockwerke er besaß. Mehr als dreißig mit Sicherheit.

In die Eingangshalle hätte ein ganzes Haus aus Park reingepasst – und selbst dann wäre noch Platz übrig. Tim holte seine Taschenlampe heraus, schaltete sie ein und machte sich auf die Suche nach der Tür zum Treppenhaus. Nachdem er sie gefunden hatte, lauschte er erst einmal. Und richtig: Geräusche. Vögel, Nager und Insekten, aber offenbar keine Menschen. Vorsichtshalber schnupperte er noch, doch auch jetzt nahm er nichts wahr, was auf Menschen hindeutete. Oder war er noch nicht imstande, ihren Geruch zu wittern? Schließlich lernte er erst, sich in der Welt außerhalb Parks zu bewegen. In einer Welt ohne Bücher und ohne Zeit fürs Lesen. Nun würde er sich unbedingt noch andere Fähigkeiten aneignen müssen, sonst ...

... sonst würde er als Erster verrecken.

Das aber gehörte nicht zu seinen Plänen. Und Belka durfte auch nicht sterben, denn ohne sie würde er es nie bis zu diesem Labor schaffen.

Während Tim die ersten Stufen hochstieg, dachte er an Belka. Es ging eigentlich gar nicht darum, ob er allein zu diesem Labor gelangen könnte oder nicht. Es ging noch nicht mal darum, dass er seinen Feinden nicht ohne sie gegenüberstehen wollte.

Es ging einzig und allein darum, dass er sie nicht im Stich lassen wollte. Er konnte es nicht, und damit Schluss.

Keuchend und sich am Geländer festhaltend, stieg er weiter und weiter hinauf. Nach dem fünfundzwanzigsten Stock ging es aus unerfindlichen Gründen leichter.

Als er das letzte Stockwerk erreichte – das vierunddreißigste, wenn er sich nicht verzählt hatte –, tagte es bereits. Die Morgendämmerung war voller Rauch ...

Belka konnte die Plastikfesseln an ihren Händen beim besten Willen nicht durchreißen.

Jeder Versuch war gescheitert, die dünnen Bänder hatten sich danach nur noch schmerzhafter in ihr Fleisch gebohrt.

Auch ihre Beine waren gefesselt, an zwei Stellen, an den Knöcheln und kurz über den Knien.

Dann waren da noch die Schmerzen am und im Hals. Die Schlinge hatte ihr die Haut aufgeschürft, außerdem brachte Belka kein Wort mehr heraus, sondern nur noch ein unartikuliertes Schnaufen und Husten, sodass sie sich nicht mal mit wilden Flüchen Luft machen konnte.

Ihr war schleierhaft, wer sie entführt hatte und wohin sie gebracht worden war. Nachdem sich die Schlinge um ihren Hals geschlossen hatte, war sie schon bald ohnmächtig geworden. Sie war erst wieder zu sich gekommen, als man sie mit dem Rücken über Beton zog. Da war sie gefesselt gewesen und hatte ein nach Pisse stinkendes Tuch vor den Augen.

Als sie aufstehen wollte, war sie sofort wieder zusammengebrochen. Zu allem Überfluss hatte ihr dann noch jemand mit voller Wucht in die Rippen getreten.

»He!«, hatte jemand weiter weg gerufen. »Tritt diese Schlampe ja nicht tot! Fürs Erste brauchen wir die noch!«

»Keine Sorge, Kahlkopf, den kleinen Stups hält sie schon aus.«

Jemand kam auf sie zu. Belka hörte Kiesel knirschen. Dann hockte sich dieser Jemand vor sie und zog ihr das Tuch weg.

»Na«, brachte der Mann grinsend heraus, »genug geschippert?«

Er hatte helles Haar, eine schiefe Nase und ein breites Gesicht voller Sommersprossen. Eine Braue saß wegen einer quer über die Stirn verlaufenden Narbe etwas höher als die andere, die Augen wiesen jeweils eine unterschiedliche Farbe auf und funkelten Belka ziemlich unschön an.

Als sie ihm eine gepfefferte Antwort an den Kopf knallen wollte, brachte sie abermals nur zusammenhanglose Laute heraus.

»Wir haben gehört, dass du eine ganz Schlaue bist«, fuhr der Mann in fast enttäuschtem Ton fort. »Deshalb haben wir gedacht, du bist echt clever und reißt uns alle in Stücke. Und dann ...«

Mit einer abfälligen Handbewegung erhob er sich wieder.

Aufgrund seiner schwarzen Kleidung wäre er in der Dunkelheit des Raums vermutlich gar nicht zu erkennen gewesen, wenn nicht eine in einem Wandhalter steckende Fackel für Licht gesorgt hätte.

Ohne den stinkenden Lappen vor der Nase nahm Belka endlich wieder die Gerüche ihrer Umgebung wahr.

Der Mann roch nach Schweiß, Schnaps und leicht nach Blut. Außerdem schien er erst vor Kurzem mit einer Frau geschlafen zu haben. Den zweiten Mann im Raum, diesen Kahlkopf, konnte Belka zwar nicht sehen, aber auch er roch nach Frau, nach gebratenem Fleisch und Kot. Beide verströmten zusätzlich den Geruch von Fluss, Algen und Angst, eine Mischung, die ihnen wohl anhaftete, seit sie Belka vom Boot in dieses Haus geschleppt hatten.

»Was ist? Hast du Halsweh?«, fragte der Mann mit der schiefen Nase. »Keine Sorge, das ist bald vorbei. Für dich ist nämlich bald alles vorbei!«

Er holte aus und trat Belka in den Bauch.

Diese hatte es nur in letzter Sekunde geschafft, sich herumzudrehen und einzurollen, sodass der Schlag nur ihren Schenkel traf. Schmerzhaft blieb er trotzdem.

»Lass das«, befahl der andere Mann nun mit einer Stimme, die Belka verriet, dass er hier das Sagen hatte. Allerdings verschluckte er die Wörter halb. »Die soll gleich verhört werden, da brauchen wir sie lebend. Aber keine Sorge, Schiefnase, du wirst schon noch deinen Spaß mit ihr haben.«

»Hast du gehört, du Schlampe?«, fragte Schiefnase grinsend. »Wir zwei Hübschen werden noch unseren Spaß miteinander haben.«

Belka sah zu ihm hoch. Am liebsten hätte sie geschrien, weil sie sich so hilflos fühlte, doch ihre Stimme blieb nach wie vor weg. Deshalb schluckte sie den Schmerz und die Wut tapfer hinunter. Sie durfte diese beiden nicht gegen sich aufbringen. Sie durfte Schiefnase keinen Grund geben, ihr sämtliche Knochen zu brechen. Im Moment war sie gefesselt, ansonsten aber halbwegs okay. Auf zertrümmerten Füßen würde sie aber bestimmt nicht fliehen können. Mit zertrümmerten Händen würde sie dieses Schwein auch nicht erledigen können … Die Farmer verfuhren mit ihren Gefangenen ja so. Wenn sie gerade auf ihren Feldern keine Arbeitskräfte brauchten, keine Sklaven, wie sie jetzt von Tim gelernt hatte, dann zertrümmerten sie ihnen die Beine. Was diese Menschen danach erwartete, war allen klar. Auch die Leute aus Park fackelten mit Gefangenen nicht lange. Niemand tat das. Deshalb musste man sich nicht schämen, wenn man in Gefangenschaft geriet. Man musste bloß jede Menge Schmerz ertragen und alle Hoffnungen aufgeben. Da war es noch besser, erschossen zu werden oder auf eine Granate zu treten. Alles war besser, als jemandem in die Hände zu fallen, der mit dir machen konnte, was er wollte.

In Schiefnases Rücken befand sich ein Fenster, durch das sie den schwarzen Himmel und die Sterne sah. Sie musste in einen dieser Wolkenkratzer gebracht worden sein. In diesen Türmen hatten früher Menschen gelebt ... Da die Scheibe natürlich fehlte, fegte kalter Wind in den Raum. Er trug aber keinen Brandgeruch heran, musste also aus Osten kommen.

Scheiße!, dachte Belka. Richtig große Scheiße. Hier komm ich nicht raus! Selbst dann nicht, wenn ich es schaffe, diese Fesseln loszuwerden. Schließlich bin ich kein Vogel, der sich einfach aus dem Fenster stürzen kann.

Irgendwo erklangen plötzlich drei verschiedene Stimmen. Wahrscheinlich waren das Posten auf der Treppe. Von weit unten drang ein einzelner Laut herauf, dann mehrere aus dem Stock unter ihr, über ihr war alles ruhig.

»Schaff sie rüber in die Ecke!«, befahl Kahlkopf. »He, Schiefnase! Pennst du?! Du sollst sie in die Ecke bringen!«

»Mach ich ja schon.«

Der Mann packte die Kapuze des Hoodys und zog Belka wie einen Sack über den Betonboden in die Ecke. Dort riss er ihre Hände brutal nach hinten, um sie zu fesseln.

»Wie war das, du Schlampe?! Du hältst dich für besonders klug? Dann will ich dir eins verraten! Du bist nicht klug, du bist ein Stück Scheiße!« Schiefnase schob seine Hände unter ihren Pulli und begrapschte ihre Brüste. »Sogar deine Titten sind scheiße«, meinte er grinsend. »Wer braucht denn 'ne Schlampe, die flach wie 'n Brett ist?«

»Hör auf damit, Schiefnase!«, befahl Kahlkopf in scharfem Ton. Sofort zog Schiefnase seine Hände zurück. »Du kommst schon noch zu deinem Spaß, aber nicht jetzt. Jetzt will erst mal Klumpfuß mit ihr reden!«

Von unten war ein gleichmäßiges Quietschen zu hören, fast als würde dort ein nicht geschmiertes Mühlrad bewegt. Metall klirrte gegen Metall.

Schiefnase schob sein Gesicht dicht an das von Belka.

»Ich komme wieder«, zischte er. »Wenn Klumpfuß mit dir fertig ist, komme ich wieder! Und dann reiße ich dich in Stücke!«

Sein Atem war schwer und stank wie der einer aasfressenden Hyäne.

Er packte ihren Hals und leckte ganz langsam über ihre rechte Gesichtshälfte. Dabei stöhnte er vor Vergnügen. Seine Spucke hinterließ eine Spur auf ihrer Haut. Ein Wolfshund, der schon einmal am Blut schnuppert ...

Sie zuckte vor Ekel zusammen. In diesem Moment hätte sie ihm mühelos die Zähne in den Hals rammen können. Vielleicht wäre es ihr sogar gelungen, ihm die Kehle durchzubeißen ... Mit aller Kraft riss sie sich zusammen. Noch musste das warten.

Aber irgendwann ... irgendwann würde dieser Dreckskerl für seine widerliche Zunge zahlen!

Schiefnase schnupperte noch einmal an ihr und blies ihr seinen Atem schnaufend ins Genick. Sein Gestank war kaum zu ertragen. Dieser beißende Schweißgeruch! Genau wie damals bei Sun-Win, in jener Nacht, kurz bevor sie ihm die Eingeweide rausgerissen hatte ...

Belka versuchte, nicht auf die brennende Spucke zu achten, die auf ihrer Wange klebte, sondern sich auf die Geräusche zu konzentrieren, die aus dem Stockwerk unter ihnen hochdrangen.

»Warum guckst du mich nicht an, du Schlampe?«, keuchte Schiefnase, packte Belkas Kinn und drehte es wieder zu sich.

Schnell wie eine Sumpfschlange riss Belka den Kopf hoch und schnappte nach Schiefnases Fingern. Ihre Zähne waren kräftig. Sofort hatte sie Blut im Mund ...

Schiefnase heulte auf, zog die Hand zurück und verpasste Belka einen Schlag. Die Fesseln schränkten zwar ihre Bewegungsfreiheit ein, sie schaffte es aber dennoch, sich wegzuducken, sodass sie nicht ihre Vorderzähne einbüßte, sondern nur blutige Lippen und eine geschwollene Wange davontrug.

Schiefnase sprang auf und trat sie, ging dann einen Schritt zurück, um erneut auszuholen – doch da packte Kahlkopf seine Schulter und riss ihn zurück, sodass der Tritt danebenging.

»Lass das!«, befahl Kahlkopf, während er Schiefnase weiter von Belka fortzog. »Auf der Stelle!«

Dabei geriet auch er endlich ins Licht der Fackel. Belka betrachtete ihn.

Ein braun gebrannter Mann mit breitem Gesicht und Kartoffelnase. Kahlkopf sah wesentlich älter aus als Schiefnase. Seine Begegnung mit dem Gnadenlosen musste unmittelbar bevorstehen.

Nun stand er zwischen Schiefnase und Belka.

»Er ist gleich hier!«, brüllte er seinen Kumpan an. »Mach also keinen Ärger! Oder bist du auf Probleme aus?«

»Ich bring dieses Miststück um«, knurrte Schiefnase und schüttelte die blutige Hand. »Die Drecksschlampe hätte mir fast den Finger abgebissen!«

»Halt endlich die Schnauze!«, fuhr Kahlkopf ihn an. »Und wenn sie dir die ganze Hand abgebissen hätte! Was hältst du sie ihr auch hin?! Wir haben Befehl, sie lebend abzuliefern, und das tun wir auch! Oder willst du heute Nacht noch den Löffel abgeben?!«

Hinter der Tür, die nach Belkas Eindruck zur Treppe führte, flackerte die Flamme einer Fackel. Stimmen erklangen, Schuhe scharrten über Beton …

»Ich will keinen Ton mehr hören!«, brummte Kahlkopf noch einmal, ehe er sich Belka zuwandte. »Jetzt zu dir! Gleich kommt unser Boss! Ein falsches Wort, und ich schlag dir die Zähne aus. Ich bin nicht Schiefnase, ich rede nicht bloß. Wenn ich sage, ich schlag sie dir aus, dann tu ich das auch. Mein Boss hat ein paar Fragen an dich, und die wirst du ihm beantworten. Wahrheitsgemäß! Wenn nicht, spazierst du über ein hübsches langes Brett ins Nichts und fliegst mit einem Strick um den Hals in die Tiefe. Hast du das verstanden, oder soll ich es noch mal wiederholen?«

Belka nickte schweigend und leckte sich über die blutigen Lippen.

Unter anderen Umständen müsste sie Kahlkopf stärker fürchten als Schiefnase, doch im Moment stellte dieser Widerling die eigentliche Gefahr für sie dar, war er doch genauso krank im Kopf wie Sun-Win. Vielleicht sogar noch schlimmer. Solange Kahlkopf ihn zügelte, war sie vor ihm aber sicher. Deshalb tat sie besser so, als würde sie klein beigeben, um in aller Ruhe auf ihre Chance zu lauern. Sie war hundertprozentig davon überzeugt, dass sie Schiefnase die Kehle würde aufschlitzen können. Und Kahlkopf … Der würde vermutlich eher ihr die Kehle aufschlitzen als umgekehrt. Jeder Keiler dürfte ihn um seine Kraft und Schnelligkeit beneiden. Für ihn musste sie sich etwas richtig Gutes einfallen lassen …

Mit einem Mal wurde es deutlich heller. Drei Männer mit lodernden Fackeln begleiteten den Boss und jagten die Schatten in die Ecken. Kahlkopf und Schiefnase traten zur Seite und verneigten sich ehrfürchtig. Bevor Schiefnase jedoch den Kopf senkte, warf er Belka noch einen hasserfüllten Blick zu.

Der Boss baute sich vor Belka auf. Schweigend musterte er sie. Auch Belka sah sich den Mann und sein Gefolge nur wortlos an.

Sobald die Fackeln eine Etage im Haus gegenüber beleuchteten, hätte Tim vor Glück beinahe aufgeschrien. Er senkte das Fernglas und strahlte über beide Backen. Für seine Freude gab es zwei Gründe: Erstens! Belka lebte noch! Zweitens! Er hatte sie gefunden!

Es gab aber auch etwas, das seine Freude trübte: Er hatte nicht die geringste Ahnung, wie er zu ihr gelangen sollte. Noch schaute er durchs Fernglas. Belka saß gegen eine Wand gelehnt da, an Armen und Beinen gefesselt. Nun trat jemand vor sie und nahm Tim die Sicht. Jemand, der offenbar was zu sagen hatte. Kurz darauf beugte sich einer der beiden Wächter über sie und …

Belka fiel auf die Seite, wurde aber sofort wieder hochgezogen. Ihre Nase war eingeschlagen, Blut lief ihr in den Mund und übers Kinn. Am liebsten hätte Tim vor Wut und Ohnmacht losgeschrien, brachte aber nur ein Fauchen zustande. Ein Schuss verbot sich aus dieser Entfernung von selbst, irgendwelche Drohungen auszustoßen wäre dumm. Tim stopfte das Fernglas in seinen Rucksack und stand auf. Die MP hielt er dabei so stark umklammert, dass die Knöchel seiner Finger weiß hervortraten. Ohne das Fernglas sah er nur einen hellen Fleck im Haus gegenüber, mehr nicht. Er hielt sein brennendes Gesicht in den kalten Nachtwind.

Tim hatte nicht nur Angst – er hatte eine Scheißangst. Sie bildete einen dicken Klumpen in seinem Bauch und zerdrückte sein Herz mit eisigen Klauen. Er wusste, was er tun musste, versuchte aber, nicht daran zu denken, denn seine eigene Feigheit erschreckte ihn. Mehrmals drückte er auf den Knopf seiner Taschenlampe. Das Geräusch beruhigte ihn. Das Licht fiel auf die staubigen Stufen. Langsam ging er die Treppe wieder hinunter.

Belka empfand nach dem Schlag keine Schmerzen, bekam aber kaum noch Luft. Das Blut schoss aus ihrer Nase, rann über ihr Kinn und tropfte auf ihre Brust. Im Mund hatte sie seinen Geschmack.

Sie musste mehrmals schlucken. Nachdem sie ausgespuckt hatte, prangte im grauen Staub ein großer roter Fleck.

»Und?«, fragte sie. »Glaubst du, damit erreichst du was?«

Klumpfuß stand vor ihr und spielte an seinem kümmerlichen Bart herum, während er sie von oben bis unten musterte. Ein Jäger, der sich beim Anblick eines Hirschs überlegte, wie er das Tier mit einem einzigen Schuss erlegen konnte. Die ganze Zeit über schwieg er, berührte nur immer wieder sein verstümmeltes rechtes Ohr.

Hinter ihm drückten sich Kahlkopf, Schiefnase und die Begleiter von Klumpfuß herum. Auf diese Männer achtete Belka jedoch gar nicht. Aber mit dem Boss von Town war noch jemand in den Raum gekommen. Der Mann lehnte an einer Säule. Er war klein und in seinem Haar ein Dreieck ausrasiert. Das runde Gesicht zierte ein dreifarbiges Tattoo. Im Gegensatz zu den anderen trug er keinen schwarzen Kampfanzug, sondern einen merkwürdigen Kittel, der zwar schon ziemlich verschlissen wirkte, aber noch immer etwas Besonderes ausstrahlte.

Ein Schamane. Ohne Frage war das ein Schamane. Um einen Schamanen oder einen Priester zu erkennen, genügte Belka ein Blick. Etwas, das nicht mit der Kleidung zusammenhing, verriet sie alle ...

Der Mann beobachtete aufmerksam, was geschah. Auf seinem Gesicht lag ein trauriger Ausdruck, fast als wollte er gleich in Tränen ausbrechen.

»Wie heißt du?«, fragte Klumpfuß.

»War es dafür wirklich nötig, mir die Nase zu brechen?«, konterte Belka. »Hättest du deine Frage nicht auch so stellen können?«

Als sie diesmal ausspuckte, versuchte sie, die Stiefel des Bosses zu treffen.

Und schon hatte sie sich den nächsten Schlag eingefangen.

Am Ohr. Die nächsten Sekunden war Belka völlig taub. Vor ihren Augen tanzten bunte Flecke, sie kippte um, schaffte es aber, nicht mit der Schläfe aufzuschlagen. Zwar riss sie sich die Wange auf, aber das war noch das kleinste aller Übel.

Abermals wurde sie hochgerissen und auf die Beine gestellt.

»Hast du eigentlich noch etwas Hirn in deinem Schädel?«, erkundigte sich der Boss. »Wenn ja, beantwortest du jetzt meine Fragen! Erstens! Wie heißt du?«

Zu gern hätte sie ihm den Stinkefinger gezeigt, aber ihre Hände waren ja mit einem dünnen Plastikband auf dem Rücken gefesselt.

»Belka«, antwortete sie daher. »Und? Bringt dich das weiter?«

»Woher bist du?«

»Von nirgendwo.«

Der Boss schüttelte den Kopf und verpasste ihr den nächsten Schlag, diesmal aufs andere Ohr.

»Ich werde dich so lange schlagen, bis du die Regeln endlich begriffen hast. Und die lauten: Wenn ich dir eine Frage stelle, hast du darauf zu antworten.«

Der Schamane löste sich von der Säule und trat etwas vor, um besser sehen zu können.

Belka schüttelte benommen den Kopf.

»Deine letzte Frage habe ich absolut wahrheitsgemäß beantwortet.«

»Nirgendwo ist kein Ort. Du bist eine von den Parkern, stimmt's?«

»Nein! Ich habe den Stamm verlassen und lebe mein eigenes Leben.«

»Niemand überlebt allein. Schon gar nicht im Winter.«

Belka versuchte, die Schultern zu zucken. aber mit den gefesselten Händen gelang ihr das nur schlecht.

»Ich schon«, sagte sie deshalb.

»Gut, nehmen wir mal an, das stimmt. Nächste Frage! Was willst du hier?«

»Hier will ich gar nichts. Mein Ziel liegt im Süden.«

»Es führen viele Wege nach Süden. Du hättest nicht unbedingt nach Town kommen müssen.«

»Hier ist aber die einzige Brücke über den Fluss. Die im Norden ist schließlich vor über einem Jahr eingestürzt.«

»Weiß ich selbst. Was willst du im Süden?«

»Hör endlich auf, um den heißen Brei herumzureden!«, knurrte Belka müde. »Was hat man dir denn über mich erzählt?«

»Ich habe gehört, dass du eine Medizin gegen den Gnadenlosen suchst. Stimmt das?«

»Ja.«

»Wunderbar.«

Er zog eine Pfeife aus seiner Tasche. Sie war aus Kirschholz geschnitzt. Geschickt zündete er sie mit einem glimmenden Span an.

»Und wo befindet sich diese Medizin?«, fragte er und stieß graublauen Rauch aus der Nase aus. Der Geruch des benebelnden Krauts, mit dem die Pfeife gestopft sein musste, überlagerte alles.

»Keine Ahnung.«

»Und wer hat diese Ahnung?«

»Niemand.«

»Muss ich dich schon wieder schlagen?«

»Tu, was du nicht lassen kannst. Aber es weiß wirklich niemand, wo diese Medizin ist. Ich kann dir nicht mal mit Sicherheit sagen, ob es sie wirklich gibt. Genau wie niemand sonst.«

»Willst du mich übers Ohr hauen?«

»Gefallen würd' mir das schon, aber das ist leider die reine Wahrheit.«

»Du bist auf der Suche nach einer Medizin, die es vielleicht überhaupt nicht gibt?« Er verzog das Gesicht, was wohl seine Art zu grinsen war, und kratzte sich das verstümmelte Ohr. »Und von der niemand weiß, wo sie sich befindet? Das glaubst du doch selbst nicht!«

»Selbst wenn es diese Medizin gar nicht gibt«, erwiderte sie. »Was hab ich denn zu verlieren, wenn ich nach ihr suche?«

Klumpfuß nahm einen weiteren Zug, knabberte noch ein Weilchen auf dem Mundstück herum und schlug die Pfeife dann mit sichtlichem Bedauern an seiner Hand aus. Asche und kleine Kohlestückchen fielen auf den Beton. Unmittelbar vor Belkas Füße.

»Alles«, beantwortete er dann ihre Frage, während er die Pfeife zurück in seine Tasche steckte. »Du verlierst alles. Weil du nämlich dein Leben verlierst.«

»Das ist mein letzter Winter. So oder so. Den nächsten Schnee werde ich nicht mehr erleben.«

»Bis der eintritt, dauert es noch eine Weile. Du aber stirbst schon morgen.«

»Warum ausgerechnet morgen?«

»Weil ich dich nicht mehr brauche«, erklärte er und hob die Finger, um sie fürs Abzählen der Gründe zu Hilfe zu nehmen. »Das ist Punkt eins. Aisha hatte darum gebeten, dass ich dich ihr überlasse, aber das Geschenk möchte ich ihr nicht machen. Das ist Punkt zwei. Mit ihr sind Parker gekommen, die dir furchtbar gern das Herz rausreißen und es dann verschmausen möchten, außerdem noch Farmer, die dich auch zu gern in die Finger bekommen wollen. Das sind die Punkte drei und vier. Mit der Medizin könntest du dein Leben von mir kaufen, aber die hast du ja nun mal nicht. Du hast überhaupt nichts, womit du handeln könntest. Das ist Punkt fünf. Dafür hast du einen klugen Verbündeten, stimmt's? Ich denke, mit dem werde ich mir recht schnell einig werden.«

»Hast du ihn denn schon gefunden?«

»Das noch nicht. Aber das ist nur eine Frage der Zeit. In Town habe ich bisher noch jeden aufgespürt.«

»Nur hoffe ich, dass er längst nicht mehr in Town ist.«

»Das werden wir morgen früh wissen. Du hast wirklich keine Ahnung, wo diese Medizin versteckt ist?«

»Nein«, sagte Belka ernst. »Nicht die geringste.«

»Dann verreck als Erste!« Seine Stimme klang völlig unbeteiligt, weder Wut noch Mitleid waren herauszuhören. Ein Richter, der ein Urteil verkündete. »Der Schamane fordert schon seit Langem ein Opfer. Nun erhält er es.«

Auf dem traurigen Gesicht des Schamanen erblühte bei diesen Worte ein strahlendes Lächeln. Er wedelte mit seinem weiten Kittel wie ein Vogel mit seinen Flügeln und flatterte aus Belkas Blickfeld.

Der Boss stapfte mit seinem Gefolge zur Treppe, die Dunkelheit kehrte ins Zimmer zurück.

In dem sich nun bloß noch Belka, Schiefnase und Kahlkopf aufhielten.

Schiefnase trat grinsend an Belka heran und ließ seinen Blick lüstern über sie wandern.

»Demolier sie aber nicht«, warnte ihn Kahlkopf, der in seinem Rucksack kramte. »Schließlich muss sie noch das Opfer mimen!«

»Keine Sorge«, erwiderte Schiefnase immer noch grinsend. »Warum sollte ich sie demolieren? Da fallen mir doch viel bessere Sachen ein!«

»Aber erst später«, murmelte Kahlkopf. »Zunächst hab ich was zu futtern für uns!«

»Hast du gehört, meine Hübsche?« Schiefnase zwinkerte ihr zu. »Ich bin gleich wieder da! Erst gibt's was zwischen die Zähne und dann bei dir eine Runde Schmuseeinheiten! Du schmust doch gern, oder?«

Belka starrte ihm schweigend direkt in seine widerliche Visage und flehte den Gnadenlosen an, Schiefnase möge den Brandgeruch nicht wahrnehmen: Ein glimmender Krümel von Kahlkopfs Pfeife schmolz gerade die Plastikfessel an ihren Füßen durch.

Es war wirklich nur ein Krümel, aber seine Wärme genügte.

Tim hätte sich in der Dunkelheit beinahe verlaufen, weil er ständig nach Spähern, Drähten für eine Signalrakete oder Minen Ausschau hielt.

Als er den Hafen endlich erreichte, suchte er im Speicher sofort nach seinem Rucksack. Bestens. Sowohl die schmalen Metallröhren für das Gerüst als auch der glatte Stoff waren noch da. Dazu der flache schwarze Ranzen mit den breiten Schulterriemen, die vor der Brust geschlossen wurden. Er hob beides an. Noch mal bestens. Das würde er sogar die vielen Treppen hoch schaffen. Vielleicht musste er mehrere Pausen einlegen, aber bewältigen würde er die Strecke, daran bestand kein Zweifel für ihn.

Die MP tauschte er gegen die abgesägte Schrotflinte ein. Nachdem er das Halfter an seinem Schenkel befestigt hatte, versicherte er sich, dass nichts rutschte. Die Patronen stopfte er sich in die Taschen, anschließend knüpfte er noch die Scheide mit dem Messer an seinen Gürtel. Mehr nahm er nicht mit. Wenig Gewicht und freie Hände waren bei dieser Aufgabe entscheidend.

Er schulterte den Rucksack, schloss die Tür des Speichers und lief zurück zu dem Wolkenkratzer, sich mit der Taschenlampe vorsichtig den Weg suchend.

»Sollen die eigentlich die ganze Nacht da rumstehen?«, giftete Aisha.

Schützen hatten den Platz ins Visier genommen, den Klumpfuß ihnen als Lager zugewiesen hatte. Sie standen in Haustüren, auf

Dächern und hinter Fenstern. Mindestens zwanzig Mann, einige sogar mit MGs.

»Bei derart teuren Gästen muss ich doch für Schutz sorgen«, erwiderte Klumpfuß. »Solange ihr in Town seid, garantiere ich für eure Sicherheit. Bei uns wird dir nicht ein Härchen gekrümmt, Aisha, darauf gebe ich dir mein Wort. Im Übrigen kann ich getrost auf Schwierigkeiten verzichten!« Er fasste sich an sein verstümmeltes Ohr und grinste breit. »Du weißt, was ich meine, Aisha?«

Die Priesterin hielt für ihn ein ebenso strahlendes Lächeln bereit und zog sich dann zurück.

Dodo folgte ihr wie ein Schatten. Er hatte eine kugelsichere Weste angelegt, die am Rücken ein wenig aufklaffte. In Kombination mit dem wilden Gesichtsausdruck gab er eine recht komische Figur ab.

»Was ist?«, erkundigte sich Quernarbe, als Aisha auf ihn zukam.

»Er wird seine Männer nicht abziehen.«

»Gefällt mir nicht«, sagte Runner. »Wer weiß, was in seinem kranken Hirn vor sich geht. Dabei muss ich dringend ein Ründchen schlafen. Keine Ahnung, wie es euch geht, aber ich verrecke auf der Stelle, wenn ich mich nicht sofort aufs Ohr haue!«

Er machte es sich vor einem MG-Wagen bequem, schob seinen Rucksack unter seinen Kopf, legte die MP neben sich und schloss die Augen.

»Würde er uns alle abknallen?«, wollte Quernarbe von Aisha wissen.

»Selbstverständlich.«

»Ohne mit der Wimper zu zucken«, warf auch Runner ein, der die Augen jedoch geschlossen behielt. Er gähnte noch einmal herzhaft, dann drehte er sich auf die Seite. »Deshalb sollten wir ja besser schlafen ... Im Schlaf zu sterben, ist halb so wild.«

»Was faselst du da, Parker?«, fuhr Quernarbe ihn an.

»Wenn wir noch leben«, antwortete Aisha an seiner Stelle, »dann nur deshalb, weil Klumpfuß uns noch braucht. Er hat Belka verhört, aber nichts aus ihr herausgekriegt. Deshalb wird er euren Bücherwurm suchen, diesen Nerd. Sobald er ihn allerdings in Händen hält ...«

»Man darf Klumpfuß nicht trauen«, hielt Quernarbe fest.

»Oh«, stieß Runner aus, »man darf niemandem trauen. Aber dafür gibt es eine ganz einfache Lösung. Wir belauern uns gegenseitig und alle gemeinsam ihn. Er hält es mit uns ja nicht anders. Und beim Gnadenlosen aber auch, jetzt lasst mich endlich schlafen! Wenn ihr schon unbedingt die ganze Nacht lang reden müsst, sucht euch dafür einen anderen Platz!«

»Morgen früh wissen wir alle mehr«, murmelte Aisha, die bemerkte, dass Quernarbe etwas auf die scharfen Worte Runners erwidern wollte. »Und wenn Klumpfuß uns wirklich ermorden wollte, hätte er das längst getan.«

»Ich habe keine Angst vor dem Tod«, spie Quernarbe verächtlich aus. »Aber das heißt nicht, dass ich mich gern aus dem Hinterhalt abknallen lasse!«

»Dann lass dir eins gesagt sein, Farmer! Tod bleibt Tod. Ob du dich vorher wehrst oder nicht, spielt überhaupt keine Rolle«, erwiderte Aisha, um sich anschließend in Begleitung des schweigenden Dodo zurückzuziehen.

»Verreck doch als Erste, du Schlampe!«, knurrte Quernarbe leise, bevor er es sich auf dem MG-Wagen bequem machte. Gleich neben der Waffe.

Der glimmende Überrest aus der Pfeife von Klumpfuß reichte natürlich nicht, um die Plastikfessel durchzuschmelzen, aber Belka spürte, dass sie nur noch etwas nachzuhelfen brauchte, dann würde das Band reißen.

Damit war schon mal ein Problem gelöst.

Schiefnase und Kahlkopf sahen kaum zu ihr rüber, während sie ihr Essen in sich reinstopften. Obwohl das Fleisch erbärmlich stank, schlangen die beiden Typen es wie wild hinunter. Allerdings kippten sie in großen Mengen Wasser hinterher. Obwohl Belka ebenfalls der Magen knurrte, hätte sie diesen Fraß nie im Leben angerührt.

Sie lauschte verzweifelt und versuchte, die Geräusche herauszufiltern, die für sie von Bedeutung waren. Unter ihr mussten zwei Mann Wache schieben. Ansonsten nahm sie nichts wahr, was auf weitere Menschen hindeutete. Falls auf dem Dach ein Posten stand, rührte er sich nicht. Das Dach war nur ein Stockwerk über ihr. Belka hörte, wie der Wind dort mit den Türen spielte. Sie quietschten leise in den Angeln, und die Klinken schlugen immer wieder gegen die Wand. Fünf oder sechs Etagen unter ihr rauchte jemand einen Joint. Der Wind trug den benebelnden Geruch heran. Dort unterhielten sich auch zwei Männer. Nein, drei! Also sollte sie besser nicht nach unten. Ihre Hände waren immer noch gefesselt, und nur mit den Füßen würde sie die Männer nie ausschalten. Blieb das Dach, aber das war eine Sackgasse. Dort konnte sie höchstens mit Schiefnase Fangen spielen oder dem Gnadenlosen entgegenspringen, was vermutlich besser war, als bis zum Morgen auf den Tod zu warten, während Schiefnase und Kahlkopf und sonst noch wer auf ihr stöhnten.

Belka spannte sich an und zog die Füße auseinander. Das fast geschmolzene Band dehnte sich. Schiefnase beendete sein Abendbrot, erhob sich und legte seinen Gürtel mit der Messerscheide ab.

»Na?«, sagte er zu Belka und zwinkerte ihr erneut zu. Den Gürtel ließ er zu Boden fallen. Es gab ein widerlich klirrendes Geräusch. »Hast du schon Sehnsucht nach mir gehabt? Aber keine Angst, jetzt kriegst du, was du willst!«

Tim schloss die Augen, um den Abgrund nicht zu sehen. In Park gab es keine derart hohen Häuser, dort hatten die Gebäude zwei oder drei Stockwerke, mehr nicht. Die Frage, ob er an Höhenangst litt, hatte sich dort nie gestellt. Hier schon – und jetzt kannte er auch die Antwort darauf. Er litt darunter. So sehr, dass er sich vor Angst beinahe in die Hose machte.

Fünfzig Stockwerke über dem Erdboden stand er am Rand des Daches, mit einer Konstruktion im Rücken, die er halb nach Anweisung, halb nach Intuition zusammengebaut hatte. Es war gruselig. In einer Weise, dass seine Knie schlackerten und seine Zähne wehtaten. Trotz des kalten Windes, der hier oben gegen Ende der Nacht pfiff, strömte Tim der Schweiß aus allen Poren.

Nicht einmal die herrliche Sicht über den Westen Towns, die Main Bridge und die nach wie vor brennenden Feuer in City interessierten ihn. Er hatte nur Augen für sein Ziel. Den Wolkenkratzer, in dem Belka gefangen gehalten wurde.

Tim schätzte den Abstand ab, den er überwinden musste. Abermals schloss er die Augen. Wer eine gute Vorstellungskraft besaß, sollte eigentlich auch über starke Nerven verfügen. Sonst starb man, bevor man überhaupt zur Tat schritt …

Unter Aufbietung seiner gesamten Willenskraft versuchte er, gleichmäßig durchzuatmen und sein Herz zu beruhigen, das hämmerte, als wollte es aus dem Rippenkäfig ausbrechen.

Einen zweiten Versuch würde es nicht geben.

Das bedeutete: Wenn er nicht wie ein Stein in die Tiefe fiel, wenn der dünne Stoff nicht riss, er das Dach von Belkas Gefängnis nicht verfehlte und sich bei der Landung darauf nicht das Genick brach, dann brauchte er nur noch Belkas Aufpasser zu töten und anschließend gemeinsam mit ihr in die Tiefe zu segeln.

Nichts leichter als das.

Tim wollte einen ersten Schritt nach vorn machen – wich stattdessen aber zurück und wäre beinahe gefallen, als er gegen das Geländer stieß, das fast das ganze Dach säumte. Es gab nur eine Stelle, an der es längst eingestürzt war … Er kletterte über die Absperrung, suchte sich einen Punkt in der Dachmitte, kniff die Augen zusammen und rannte so schnell wie möglich auf den ungeschützten Rand zu. Mit jedem Schritt wurde ihm leichter zumute. Der Abgrund kam näher und näher …

Und dann endete das Dach. Tims Beine liefen noch weiter, suchten nach dem Beton, als er bereits rund zehn Meter in die Tiefe gefallen war. Wäre ihm nicht die Luft weggeblieben, hätte er in seiner Panik mit Sicherheit laut losgeschrien. So aber brachte er nur ein Röcheln zustande. Irgendwann fiel ihm siedend heiß ein, dass er das schmale Rohr an der Unterseite des Dreiecks, in dem er hing, vor seine Brust bringen musste.

Danach stieg er auf wie ein Vogel. Als die Luft ihn trug und in ihre Arme schloss, als sie den Schweiß auf seiner Stirn trocknete, geriet er geradezu in einen Rausch.

Er flog. Beim Gnadenlosen aber auch, er flog! Und das, obwohl die Menschen bereits seit Langem nicht mehr flogen. Nur in den alten Zeitschriften und Büchern, auf Fotos, da taten sie das noch.

Um ihn herum gab es nur den Himmel.

Sein Ziel war verschwunden.

»Keine Panik«, rief sich Tim selbst zur Ordnung. »Jetzt nur keine Panik! Das lässt sich alles regeln!«

Mit einigen Bewegungen seines Körpers brachte er den Deltasegler dazu, wieder tiefer zu gehen. Er beschrieb einen Kreis in der Luft, als wäre er ein Rabe, der über seiner Beute lauert. Auf diese Weise gewann er die Orientierung zurück. Er war etwas vom Weg abgekommen. Die Brände, die rechts von ihm hätten sein müssen, befanden sich jetzt fast in seinem Rücken. In einer Spirale ging Tim tiefer. Gerade brach der Tag an. Im Osten färbte sich der graublaue Himmel glutrot. Nur widerwillig riss er sich von dem spektakulären Anblick los. Endlich machte er auch die beiden Wolkenkratzer wieder aus, seinen Beobachtungsturm und Belkas Gefängnis.

Als der Wind ihn abermals von seinem Ziel abzubringen drohte, wusste Tim bereits, wie er gegensteuern konnte. Sobald er an Höhe gewonnen hatte, hielt er auf Belkas Turm zu. Mittlerweile war er wesentlich schneller als zu Beginn und kam bestens mit dieser merkwürdigen Konstruktion klar. Das war schon mal sehr gut.

Im Gegensatz zu etwas anderem: Er hatte nicht die geringste Ahnung, was er für die Landung tun musste ...

»Wag es ja nicht, ihr die Fesseln abzunehmen«, zischte Kahlkopf.

»Die an den Füßen ja wohl schon«, entgegnete Schiefnase, während er an Belka herantrat. »Wie soll ich denn zur Sache kommen, wenn sie die Beine nicht breit machen kann?«

»Du rührst die Beine nicht an!«, befahl Kahlkopf und leckte seinen Löffel ab. »Wenn du es gar nicht aushältst, dreh sie auf den Rücken!«

»Hol dich doch der Gnadenlose!«, brummte Schiefnase. »Hast du etwa Angst vor dieser Drecksschlampe? Was haben die uns nicht alles eingeredet, wie clever sie ist ... Und dann? Ein Wurf mit dem Lasso, und wir hatten sie! Wenn sie Mätzchen macht, hältst du sie eben fest!« Daraufhin wandte er sich Belka zu. »Hast du gehört, meine Hübsche? Wenn du zappelst, brech ich dir beide Arme! Kapiert?«

Belka nickte vorsichtshalber.

Schiefnase beugte sich über sie und bleckte die Zähne. Er stank derart, dass Belka am liebsten gekotzt hätte.

»Und, meine Hübsche? Womit fangen wir an?«

»Mit einem Kuss!«

Die bereits gedehnte Plastikfessel an ihren Knöcheln riss beim ersten Ruck. Belka warf sich zurück, nahm Schiefnase mit ihren Knien in die Zange und zog ihn zu Boden, um ihm dann mit voller Wucht ihren Fuß in die Eier zu rammen.

Kahlkopf war völlig perplex und erstarrte, den Löffel in der Hand, die Zunge herausgestreckt. Kurz darauf fiel der Löffel zu Boden, und sein Mund klappte zu. Noch ehe er nach seinem Lasso gegriffen hatte, stürmte Belka bereits durch zur Treppe.

Die Stufen lagen im Dunkeln, aber Belka trat nicht einmal daneben, sondern brachte den Weg zum Dach sicher hinter sich. Durch eine Tür schlüpfte sie hinaus.

In der nächtlich kühlen Luft lag noch Brandgeruch. Im Osten ging gerade die Sonne auf. Wind peitschte ihr ins Gesicht und zerzauste ihre kurzen Haare.

Der helle Streifen am Horizont wuchs rasant. Der Widerschein der Feuer tauchte den Himmel über City in tiefes Purpurrot, während sich direkt über Belka ein pechschwarzer Sternenhimmel spannte.

Sie atmete tief durch und betrachtete das unter ihr liegende Town.

Besser sie starb hier und jetzt. In Freiheit. Entweder auf diesem Dach oder indem sie sich in die Tiefe stürzte.

Gelänge es ihr dann noch, dem einen oder anderen Widerling aus Town ebenfalls zu einem Rendezvous mit dem Gnadenlosen zu verhelfen, würde das ihr Glück perfekt machen …

Noch einmal versuchte sie, die Fesseln an ihren Händen loszuwerden, doch vergeblich. Nur der Schmerz ließ sie fast aufschreien.

Sie hörte bereits Schniefnase und Kahlkopf die Treppe hochpoltern. Die Schritte ließen darauf schließen, dass einer der beiden Männer ein Bein nachzog – aber mit zermatschten Eiern rannte es sich nun mal nicht gut. Trotzdem durfte sie die zwei nicht unterschätzen. Es waren erfahrene Burschen, ausgerüstet mit MPs und einem Lasso. Selbst mitten in der Nacht hatten die beiden sie in nur wenigen Sekunden überwältigt …

Mit gefesselten Händen würde sie diese Widerlinge niemals

überwinden. Klumpfuß hatte ihnen zwar verboten, sie zu erschießen, denn er wollte seinen Schamanen ja mit einem Opfer beglücken. Und Priester und Schamanen, die waren alle gleich. Was ihnen versprochen worden war, wollten sie auch haben. Schniefnase und Kahlkopf würden sich also nicht gerade Lorbeeren verdienen, wenn sie Belka nicht abliefern konnten.

Belka atmete pfeifend aus.

Dann mal los! Wollen wir doch mal sehen, wer als Erster verreckt!

In dem Moment kam über den Rand des Dachs ein Schatten auf sie zugehuscht. Gleich darauf erklang ein vertrautes Schnalzen, und Freund kletterte über ihr Hosenbein und ihre Seite hoch zu ihrer Schulter. Er war so aufgeregt und wütend, dass sich sein Haar im Nacken sträubte.

Sein Gezeter war unmissverständlich: Wo hast du eigentlich gesteckt? Warum muss ich dich suchen? Wie bist du überhaupt hierhergekommen?

»Du!«, rief Belka mit weicher Stimme aus. »Und ich habe schon gedacht, du wärst ertrunken ...«

Freund schnalzte weiter empört vor sich hin.

»Da ist sie!«

»Keine Bewegung, du Miststück!«

Schniefnase und Kahlkopf kamen aufs Dach gestapft, das Lasso in ihren Händen.

Kahlkopf holte kaum merklich aus, Belka entkam der dünnen Leine nur mit knapper Not.

Sofort schoss auch Schiefnases Seil durch die Luft, doch erneut schaffte es Belka, der Schlinge auszuweichen, sodass sich diese um einen Lüftungsschacht zusammenzog.

Aus den Augenwinkeln sah Belka, wie Kahlkopf sich mit entschlossenen Bewegungen das Lasso um den Ellbogen wickelte und sie auf der linken Seite umrunden wollte. Schiefnase brachte sich rechts von ihr in Position und schnitt ihr damit den Weg zur Treppe ab.

Keiner von beiden griff nach seiner Waffe. Sie wollten sie also lebend haben.

Belka schaffte es, ein paar Saltos zu machen und Kahlkopf damit das Ziel zu nehmen, dann huschte sie zwischen zwei andere Lüftungsschächte und rannte quer übers Dach. Eine kurze Verschnaufpause, um sich einen Überblick über die Lage zu verschaffen. Sie saß in der Falle. Auf drei Seiten ragte ein Stacheldrahtzaun auf, nur im Osten fehlte er.

Mittlerweile war es hell genug, um ihre Umgebung klar zu erkennen: ein paar grob zusammengezimmerte Bänke, Sofas unter einer Plastikhülle, ein thronartiger Sessel auf einem Podest – und ein U-Träger von mindestens fünfzehn Yard, der vom Rand des Dachs ins Nichts führte.

Auf dem Brett spazieren gehen …

Sie befand sich genau an dem Ort, an dem der Gnadenlose seine Opfer erhielt!

Hier kroch der Stamm von Town dem Gnadenlosen auf seine ganz spezielle Art in den Hintern, indem er ein Opfer auf einen langen Flug in die Tiefe schickte. Die Schamanen in Park verbrannten die Opfer für den Gnadenlosen bei lebendigem Leibe. Die sogenannten Agronomen der Farmer buddelten sie lebendig ein. Die Priesterinnen in City boten dem Gnadenlosen die Innereien noch lebender Opfer an. Hier in Town legte der Schamane dem Opfer also einfach eine Schlinge um den Hals und zwang es dann, diesen Träger bis zum Ende – und darüber hinaus – entlangzuspazieren.

In geduckter Stellung drehte sich Belka um die eigene Achse, um sich nach einem Fluchtweg umzusehen. Aber hier gab es nur einen Weg, und der führte in die Tiefe.

Da tauchte abermals ein Schatten über ihrem Kopf auf. Ein Nachtvogel, der mit seinen gespreizten Flügeln kurz den Himmel verdeckte.

Das Lasso pfiff schon wieder durch die Luft.

Belka sprang zur Seite und kletterte über ein Sofa auf das Geländer, das am Rand des Dachs verlief. In ihrem Rücken spürte sie bereits die ersten Sonnenstrahlen. Die Nacht hatte endgültig dem Morgen Platz gemacht. Schniefnase warf schon wieder sein Lasso nach ihr. In Kahlkopfs Gesicht lag ein triumphierender Ausdruck. Auch er holte abermals zum Wurf mit dem Lasso aus …

Und dann sah sie Tim, der direkt über ihr mit einer merkwürdigen Konstruktion aus Metallrohren und Stoff durch die Luft schwebte.

Er kam so schnell näher, dass Belka überhaupt nicht begriff, was sie da eigentlich sah. Schon knallte er gegen sie, packte sie mit beiden Armen, schlang seine Beine um sie ... Eine Spinne, die sich eine Fliege schnappte.

Beide Lassos gingen ins Leere.

Belka und Tim waren bereits in der Luft, hingen im Nichts über einem Abgrund, gut dreißig Stockwerke über der Erde, gehalten von zwei dreieckigen Flügeln. Selbstverständlich waren sie zusammen zu schwer für diese Konstruktion ... Sie kippten auf die Seite und sausten in einer Mischung aus Gleiten und Fallen in die Tiefe hinab. Und mit jedem Yard wurden sie schneller ...

BUCH 2

HANNA

PROLOG

Siebenundneunzig Jahre vor den Ereignissen, die in Buch 1 beschrieben werden

»Und nun möchte ich Ihnen gern unseren Peacemaker vorstellen.« Auf dem Bildschirm baute sich die Darstellung einer Doppelhelix auf.

General Carson schob seine Brille hoch und verschränkte gelangweilt die Arme vor der Brust, die anderen Anwesenden im Raum hatte die Einführung ebenfalls kaum interessiert. Sie wollten endlich konkrete Fakten hören.

Den Gefallen tat Dr. Alexander Seagal ihnen nun.

»Der Peacemaker stellt eine gentechnische Weiterentwicklung des Grippevirus dar. Er ist absolut resistent gegen jede Form von Antiviren, verbreitet sich schneller als das Grippevirus und infiziert jeden adulten menschlichen Organismus. Für minderjährige Individuen geht von ihm dagegen nicht die geringste Gefahr aus.«

»Soll das heißen, wer noch keine achtzehn ist, steckt sich nicht mal an?«, fragte der Mann im dunklen Anzug, der links von General Carson saß.

Aus Sicherheitsgründen trug er kein Namensschild, sondern blieb inkognito. Wie alle Anwesenden gehörte auch er dem Verteidigungsministerium an und besaß Zugang zu streng vertraulichen Informationen. Der einzige Mann, der namentlich auftrat, war General Greg Carson, der Leiter des Programms, der ohnehin regelmäßig auf den Titelseiten von Zeitungen und im Fernsehen zu sehen war. Man brauchte also gar nicht erst zu versuchen, seine Identität zu verschleiern.

Das Projekt Peacemaker unterlag strikter Geheimhaltung. Wer darin involviert war, musste eine mehrstufige Sicherheitsabfrage über sich ergehen lassen und bekam einen Chip implantiert. Jeder Beteiligte hatte nur Zugang zu einem bestimmten Bereich, weshalb es passieren konnte, dass sich sogar Wissenschaftler, die Tür an Tür arbeiteten, niemals begegneten. Der Mann in dem dunklen Anzug, der gleich neben Carson saß, hatte indes das gute Recht, Fragen zu stellen.

»Selbstverständlich stecken sich auch Minderjährige an und tragen den Virus weiter. Der Peacemaker ist unglaublich virulent, Sir, und hat in allen Testreihen hundert Prozent der Organismen infiziert, mit denen er in Berührung kam. Aber tödlich ist er nur für diejenigen, die bereits das achtzehnte Lebensjahr vollendet haben.«

»Indem er ihre Personalien überprüft?«, scherzte die Frau in der Uniform eines Obersts.

»Nein«, antwortete Alexander ernst und deutete auf den Bildschirm, wo sich die Doppelhelix drehte. »Wie Sie sehen, hat das Virus weder die Hände noch die Augen für eine Passkontrolle. Dennoch ist es der perfekte Killer. Es orientiert sich an der Länge der DNA-Moleküle. Einfach ausgedrückt, entspricht einem bestimmten Alter eine bestimmte Telomerlänge. Sobald das Virus in den Organismus gelangt, misst es diese Länge. Unterschreiten sie einen bestimmten Wert, erhält der Organismus den Befehl, noch weiter zu altern …«

»Was soll daran so sensationell sein?«, erkundigte sich der Mann in Jeans und T-Shirt, der die Beine übereinandergeschlagen hatte, sodass die grellen Sohlen seiner Nikes gut sichtbar waren. Er war noch recht jung, höchstens fünfunddreißig.

»Dass der Organismus diesen Befehl nach der entsprechenden Inkubationszeit ausführt«, erklärte Alexander.

»Aber was genau heißt das?«

»Dass der Mensch danach extrem schnell altert.«

»Können Sie das in Zahlen ausdrücken?«

»In der Regel wird er in einem Zeitraum, der zwischen dreißig Minuten und einer Stunde liegt, zum Greis. In einigen Ausnahmen hat der Prozess auch drei Stunden gedauert. Fragen Sie mich bitte nicht, wie es zu diesen Abweichungen kommt, denn das kann ich Ihnen nicht sagen. Das kann niemand! Aber wir arbeiten daran, das Virus vollständig zu knacken.«

»Was geschieht dann?«, fragte die Frau. »Nach diesem Alterungsprozess?«

»Dann geschieht uns mit Sicherheit gar nichts mehr, Ma'am.

Wer in einer Armee dient, hat sein achtzehntes Lebensjahr bereits erreicht. Deshalb wird unser Gegner nach spätestens drei Stunden ohne Armee dastehen. Seine Soldaten sind an Altersschwäche gestorben.«

»Aber wenn Ihr perfekter Killer ausnahmslos jeden Organismus infiziert, mit dem er in Berührung kommt«, bohrte die Frau weiter, »und alle erwachsenen Individuen tötet, wie können wir uns dann selbst vor einer Ansteckung schützen?«

»Unsere Soldaten bekommen ein Antivirus verabreicht. Dabei handelt es sich um eine gewöhnliche intramuskuläre Injektion.« Alexander hielt demonstrativ eine Spritze hoch, die Frau lächelte. »Die Entwicklung des Antidots haben wir vom ersten Tag an parallel zur Arbeit am Peacemaker vorangetrieben. Erfolgreich, wie ich festhalten möchte. Ist das Gegengift injiziert, täuscht es das Virus und spiegelt ihm die Telomerlänge eines Menschen vor, der noch keine achtzehn ist. Es funktioniert also in gewisser Weise wie ein Tarnnetz.«

»Aber das Virus verbleibt im Körper des infizierten Individuums?«, fragte der Mann im Anzug und leckte sich nervös über die Lippen.

»Das tut es. Es nistet sich in seinem Organismus ein, aber es tötet nicht, solange der entsprechende Befehl unterbleibt. Vereinfacht ausgedrückt, wird es zu einem lebenslangen Gefährten unseres Organismus, der sich jedoch in der Illusion wiegt ...«

»Was ist mit der Zivilbevölkerung?«, mischte sich der junge Mann in Jeans ein. »Wenn ich es richtig verstanden habe, injiziert man ihr kein Antivirus? Doch selbst wenn wir unsere gesamte Bevölkerung impfen würden, blieben die Zivilisten aufseiten des Gegners, die alle sterben würden! Jedenfalls, wenn sie über achtzehn sind. Alle!«

»Das stellt in der Tat noch ein Problem dar.« Alex setzte sich auf die Tischkante und legte die Spritze neben sich. Er fühlte sich müde, obwohl die Präsentation samt Diskussion bisher keine halbe Stunde gedauert hatte. »Aber das werden wir auch noch lösen. Wir arbeiten bereits daran ...«

»Aber noch haben Sie keine Lösung?«, bohrte der junge Mann weiter.

»Leider nicht. Eben deshalb bitten wir das Verteidigungsministerium ja um weitere Fördergelder. Wir müssen unsere Forschungen intensivieren und dafür Sorge tragen, dass das Virus lediglich so lange lebt, wie der natürliche Alterungsprozess dauert. Das ist eine Variante, das Problem zu lösen und die Ausbreitung zu verhindern. Aber Sie müssen verstehen, dass jede Lösung aufgrund der ursprünglichen Infektiosität das Projekt Peacemaker gefährdet. Der Gegner könnte sich das zunutze machen. Offen gestanden …« Alex vermochte einen enttäuschten Seufzer kaum zu unterdrücken. »… haben wir diese Aufgabe bisher noch nicht besonders gut gemeistert …«

»Wollen Sie damit andeuten, dass Sie einen Killer geschaffen haben, aber nicht wissen, wie Sie ihn unter Kontrolle behalten können?« Der Mann im Anzug sah General Carson an, der bedächtig nickte.

»Das ist vielleicht etwas überspitzt formuliert«, erwiderte Alex. »Ich würde es eher so ausdrücken, dass wir bisher nur einen Teil des Algorithmus in Händen halten. Wir haben eine perfekte Waffe geschaffen. Selbstverständlich werden wir in absehbarer Zukunft auch das perfekte Gegengift entwickeln. Momentan haben wir aber noch keine universelle Lösung, sondern verfügen nur über ein Antidot, das die genetische Struktur manipuliert. Das ist aber bereits ein Anfang. Verlangen Sie bitte nicht alles auf einmal, meine Herrschaften!«

»Doktor!«, sagte der Mann neben Carson und verzog das Gesicht, als hätte er gerade in eine Zitrone gebissen. »Die Arbeit in Ihrem Labor unterliegt strikter Geheimhaltung. Für den Rest der Welt existieren Sie nicht einmal. Deshalb können wir Ihre Finanzierung ausschließlich über Sonderfonds ermöglichen. Ich kann den Kongress nicht darum bitten, Ihnen Gelder für Ihre Untersuchungen zur Verfügung zu stellen. Nicht einmal das Verteidigungsministerium kann das tun.«

»Das ist mir bewusst, Sir.«

»Sie haben uns die Ergebnisse bereits vor einem halben Jahr versprochen. Was haben Sie nun genau vorzuweisen?«

»Am Ziel sind wir bedauerlicherweise noch nicht, aber wir haben gewaltige Fortschritte vorzuweisen …«

»Das bezweifelt niemand. Aber vorwärtskommen und ein Ziel erreichen – das sind leider zwei unterschiedliche Dinge, Sir. Wann werden Sie uns eine befriedigende Lösung präsentieren können?«

»Das kann ich Ihnen nicht sagen.«

»Immerhin sind Sie ehrlich«, brummte General Carson und erhob sich. »Aber gut, Sie sollen Ihre Finanzierung haben. Was erwartet uns als Nächstes? Zeigen Sie uns jetzt Ihr Heiligtum? Ist das wenigstens sicher?«

»Absolut sicher, Sir. Das Depot ist hermetisch abgeriegelt, nichts, was dort aufbewahrt wird, kann nach draußen dringen.«

»Hervorragend. Kann ich Sie in dem Fall vielleicht davon überzeugen, meine Frau dort unterzubringen?«

Sämtliche Anwesenden lachten. Der Scherz hatte die Anspannung vertrieben, die in der Luft gehangen hatte.

»Der Fahrstuhl bringt uns hin«, erklärte Doktor Seagal, während er an das Lesegerät herantrat, das an der Wand angebracht war, und seine blutrote Karte einführte. »Die Labors liegen im vierten Untergeschoss, unser Depot befindet sich darunter.«

Der Fahrstuhl kam, die Türen öffneten sich, und ein grelles Licht explodierte.

Alexander betrat die Kabine und führte abermals seine Karte in ein Lesegerät. Der junge Mann im T-Shirt stellte sich neben ihn. Der Minzgeruch von seinem Kaugummi umhüllte ihn ebenso wie der des Bleichmittels, mit dem das T-Shirt gewaschen worden war.

»Können Sie eigentlich noch ruhig schlafen, Doktor?«, fragte er.

»Ich kann nicht klagen«, antwortete Alexander, der nicht recht wusste, ob der Mann sich aus echtem Interesse erkundigte oder nur, um ein peinliches Schweigen zu vermeiden. »Damit hatte ich noch nie Probleme. Warum fragen Sie?«

Der Fahrstuhl bewegte sich lautlos in die Tiefe. Der General, die Frau und der Mann im Anzug schauten aus irgendeinem Grund an die Kabinendecke.

»Dann sind Sie ein glücklicher Mann«, meinte der junge Mann nachdenklich. »Ich wäre mir nicht sicher, ob ich das in Ihrer Lage könnte.«

Die Türen des Fahrstuhls öffneten sich wieder. Sie hatten die Ebene D erreicht. Hier mussten sie durch eine Schleuse.

»Ich würde Sie nun bitten, einen Schutzanzug anzulegen«, wandte sich Doktor Seagal an seine Gäste, während er bereits seinen Kittel auszog, um in den Overall zu schlüpfen.

Die Besucher folgten seinem Beispiel.

Einen Moment lang war nur das Knistern des Stoffs und das Ratschen der Reißverschlüsse zu hören. Sowohl die beiden Zivilisten als auch die zwei Armeeangehörigen hatten sich in salatgrüne Ungeheuer mit einem quadratischen Kopf verwandelt. Mit leicht verängstigter Miene blickten sie durch das Visier.

Alexander überprüfte noch einmal, dass die Schutzanzüge ordnungsgemäß verschlossen waren, und kontrollierte die einwandfreie Sauerstoffversorgung.

»Folgen Sie mir nun bitte in den Desinfektionsraum«, forderte er seine Besucher anschließend auf.

Seine Stimme drang aus den Kopfhörern, die in den Helm integriert waren. Die Kommission trottete ihm nach wie eine Herde ihrem Hirten.

Die Ebene D erfüllte alle Sicherheitsstandards und verfügte über eine eigene Stromversorgung. Alle Kabel besaßen besondere Schutzschläuche und lagen unter einer zwei Millimeter dicken Stahlkonstruktion, die sie gegen Beschädigungen schützen sollte. An sämtlichen Verbindungsstellen saß ein extrafester Kasten.

Aber in der Welt regiert nicht die Sicherheitsvorschrift, sondern der Zufall.

Und so sollte ein Maulwurf zum Tod der Menschheit führen, der im Parterre in einen Kabelkanal geraten und dann durch den Lüftungsschacht weiter in die Tiefe vorgedrungen war.

Doch selbst dann hätte er eigentlich keinen größeren Schaden anrichten dürfen. Wäre er nur in dem Kabelkanal auf und ab gelaufen, in den er ursprünglich eingedrungen war, wäre das alles tatsächlich auch eine Lappalie geblieben. Aber aus irgendeinem Grund war er nach links abgebogen und damit in den Kanal geraten, der hinunter zur Ebene D führte.

Das hätte eigentlich die Dichtmanschette aus armiertem Gummi verhindern müssen, ebenso wie sie das Tier an der Verteilerbox hätte aufhalten müssen, doch die Manschette war etwas zu locker angebracht worden, des Weiteren war durch eine Unaufmerksamkeit ein Spalt am Deckel des Kastens offen geblieben. In diesen zwängte sich der Maulwurf in seiner Panik, der damit die Zuführung schloss und auf der Stelle starb.

Sogar das wäre noch keine Tragödie gewesen, wäre nicht ausgerechnet in diesem Moment Doktor Seagal mit der Kommission von der Dekontaminationsschleuse in den Hauptraum des Labors eingetreten. Dadurch wurde automatisch die Ventilation eingeschaltet und ein elektrischer Impuls an die Stelle geschickt, wo der tote Maulwurf ein verhängnisvolles Hindernis bildete.

Der Rohrstrang wurde folglich nicht geschlossen, sondern blieb geöffnet. Die Überhebepumpe erhielt einen falschen Befehl und stieß ein Luftgemisch aus dem Arbeitsbereich des Labors aus, den Bruchteil einer Sekunde bevor die Automatik das durch das Hindernis lahmgelegte Netz abschaltete und zum Notstrom überwechselte.

Die Viruskultur wurde in Spezialgefäßen mit Doppelbeschichtung aufbewahrt. Sie enthielten Natriumhydroxid, um im Notfall den Inhalt der Gefäße und das Depot zu zerstören. So blieben sie zuverlässig versiegelt. Die Probe aber, die gerade analysiert wurde, gelangte durch die Einspritzklappe, die durch den falschen Befehl für den Bruchteil einer Sekunde zum Druckventil geworden war, nach draußen. Es ging nur um den Bruchteil einer Sekunde, aber der reichte: Einige Kubikmillimeter verseuchten Gases gelangten in die Luft. Der Druck im Labor war höher als der Druck im Analyseraum, um zu verhindern, dass die Viruskulturen mit denen im sterilen Raum zusammentreffen konnten, in dem der Impfstoff erforscht wurde. Ausgerechnet diesen Raum aber wollte Doktor Seagal gerade der Kommission vorführen.

Keines der nachfolgenden Ereignisse hätte zur Infizierung der Mitarbeiter und Besucher der Forschungseinrichtung mit dem Virus Peacemaker führen müssen, aber wie stets im Leben trat auch hier der schlimmste Fall ein.

In dem Moment, in dem die Tür zum Analyseraum geöffnet wurde, um die Besucher einzulassen, gelangte der Stamm 03-VPM4055–16 in die Luft. In dieser Sekunde gab es auf der Erde bereits fünf Milliarden Menschen weniger, nur wusste das noch niemand.

»Das ist der sterilste Raum in unserer Einrichtung, meine Herrschaften«, erklärte Seagal und nahm den Helm ab. »Hier gilt die sechste Sicherheitsstufe. Deshalb können Sie vorübergehend auf den Helm verzichten. Ich werde Ihnen nun etwas über unsere Arbeit an unserem kostbaren, um nicht zu sagen, unschätzbaren Killer erzählen …«

Viereinhalb Stunden später beobachtete Doktor Alexander Seagal, wie die Maschine mit den Mitgliedern der Kommission zur Startbahn rollte.

»Und jetzt bring mich bitte nach Hause, Robert«, wandte er sich dann an seinen Fahrer. »Wir haben Grund zum Feiern. Unsere Arbeit geht weiter, wir müssen noch nicht mal den Gürtel enger schnallen.« Er dachte kurz nach. »Jedenfalls allem Anschein nach nicht.«

»Das freut mich, Sir!«

Die Sonne ging bereits unter, als sich die C-130 auf dem kleinen Flugplatz der Forschungseinrichtung in die Luft erhob. Ihr Ziel war Kinshasa. Sie würde sechzig vor wenigen Minuten infizierte Marineinfanteristen nach Afrika bringen.

»Soll ich Sie morgen zur üblichen Zeit abholen?«, erkundigte sich Robert und schob die Sonnenbrille ein Stück die Nase hoch.

»Der Tag morgen gehört meiner Familie«, antwortete Alex lächelnd, während er auf der Rückbank des Jeeps Platz nahm. »Ich habe versprochen, dass wir nach Kidland fahren … Deshalb brauche ich Sie morgen nicht!«

KAPITEL 1

Wege

Hanna brauchte eine Weile, bis sie erkannte, woher das Geräusch kam, schließlich war es nur ein leises Weinen, noch dazu aus einiger Entfernung. Und überhaupt klang es eher wie das Mauzen eines Kätzchens.

Sie blieb noch einmal stehen und lauschte, lief dann weiter und schaute in jedes einzelne Auto hinein.

Es stank entsetzlich, aber daran hatte sie sich in den letzten beiden Tagen bereits gewöhnt. Wenn nur nicht diese Hitze gewesen wäre. Ohne sie wäre alles wesentlich leichter zu ertragen.

Der schwere süßliche Geruch von Verwesung drang selbst durch das mit Eau de Cologne getränkte Tuch, das sie sich vor den Mund hielt. Am liebsten hätte sie sich übergeben, aber ihr Magen war längst leer, denn ihr Frühstück war heute Morgen vier Meilen von hier entfernt auf dem Boden gelandet, als ...

Sie schüttelte den Kopf, um die Bilder vor ihrem inneren Auge zu vertreiben. Aus Selbstschutz. Sich nicht erinnern, nicht denken, nicht hingucken ...

Aber wie wollte sie die Augen vor all den Toten verschließen, die sie umgaben? Tausende allein in den Autos auf dieser Straße. Abertausende in der Stadt, durch die sie auf den Highway gekommen war. Allein bei dem Gedanken daran, was sie noch erwartete, geriet sie in Panik.

Sie war doch erst sechzehn. Noch vor drei Tagen war sie mit ihren Eltern und ihrem kleinen Bruder nach Kidland gekommen. Ein Wochenendausflug. Und heute ...

Am Sonntagmorgen hatte sie noch geglaubt, einen Albtraum gehabt zu haben. Einen, der leicht mit der Realität zu verwechseln war, sich am Ende aber doch nur als Traum herausstellte. Aber da hatte sie sich geirrt. Es war genau wie in *The Walking Dead*. Das hatte sie erst neulich gesehen: Da war Rick im Krankenhaus aufgewacht, und seine Welt war plötzlich eine völlig andere gewesen. In der Welt, in der sie aufgewacht war, liefen zwar keine Zombies durch die Gegend – aber es waren alle tot. Mom und Dad und Joshua, der die beiden gefunden hatte.

Hanna hatte noch geschlafen, es war schließlich Sonntagmorgen, als ihr kleiner Bruder in ihr Hotelzimmer gekommen war und sie an der Schulter gerüttelt hatte.

Sie hatte ihn wütend angezischt, denn sie hasste es, wenn er sie weckte. Doch als sie sich aufgesetzt hatte und ihm an den Kopf knallen wollte, dass er ein minderjähriger Vollidiot sei, der ihr mit seinen bescheuerten Ideen gefälligst gestohlen bleiben sollte, da waren ihr bei seinem Anblick die Worte im Hals stecken geblieben.

Joshua war bleich wie die Zimmerdecke in ihrer Schule. Wenn sie ihn jetzt schüttelte, würde von seiner Wange garantiert Mörtel bröckeln. In seinen weit aufgerissenen Augen lag echte Panik. Da begriff Hanna: Es war etwas Schreckliches geschehen.

Etwas wirklich Schreckliches.

Ihre Eltern – oder vielmehr das, was von ihnen übrig geblieben war – lagen noch im Bett. Zwei Mumien. Zwei ausgetrocknete uralte Körper. Ohne das Medaillon auf der schlaffen Brust ihrer Mutter und den Ring am knöchernen Finger ihres Vaters, ein Geschenk ihrer Mutter, hätte Hanna ihre eigenen Eltern nicht mehr erkannt. Sie nahm noch das Kissen mit dem eingetrockneten Blut und die gelben Zähne ihrer Mutter auf der Brust ihres Vaters wahr, dann verlor sie das Bewusstsein.

Als sie wieder zu sich kam, war der Gang voller weinender Kinder unterschiedlichen Alters. Sämtliche Zimmertüren standen sperrangelweit offen. In allen Räumen lagen Leichen. Bis zur Unkenntlichkeit verschrumpelte Körper von Menschen, die noch gestern Abend gelebt, gelacht und geliebt hatten ...

Auch im Foyer, in der Tiefgarage, in den Straßen, im Burger-Restaurant gegenüber – überall nur Tote.

Eine Welt der Toten, in der nur noch Kinder lebten.

Hanna wusste nicht, was sie tun sollte.

Niemand wusste, was zu tun war.

Es stimmt nicht, dass Menschen, die in einen Abgrund gestürzt sind, sofort anfangen, eine Art Leiter zu bauen, um wieder herauszukommen.

Die ersten Stunden heulte Hanna nur im Zimmer ihrer Eltern, während Joshua im Zimmer von ihnen beiden saß, auf dem Fußboden, neben dem Bett, und die Kekse aus der Mini-Bar verdrückte. Zwei Packungen. Kekse mit Fruchtfüllung. Furchtbar süßes Zeug. Er aß sie und trank Coca-Cola dazu, die ihm der Arzt wegen seiner vererbten Diabetes verboten hatte.

»Keine süße Brause, Joshua! Keine Bonbons, außer speziellen! Süßigkeiten bringen dich um«, hatte Doktor Dansky gesagt. »Deine Bauchspeicheldrüse kann nämlich kein Insulin verarbeiten.«

Er hatte mit Joshua wie mit einem Erwachsenen gesprochen, angeblich prägte sich ein Kind die Regeln dann besser ein, die der Arzt ihm nannte ...

Das Hotel weinte und jammerte mit allen möglichen Stimmen. Die zu Tode erschrockenen Kinder irrten zwischen den Leichen der Erwachsenen umher.

Als Hanna sich ausgeweint hatte und zu ihrem Bruder hinüberging, wand sich dieser in Krämpfen auf dem Teppich, und aus seinem Mund trat weißer Schaum. Das Insulin half nicht mehr. Hanna war zu spät gekommen. Tränen hatte sie längst keine mehr. Sie waren tief in ihrem Innern getrocknet und fanden keinen Ausgang mehr. Nun war sie völlig allein ...

Am nächsten Tag fiel der Strom aus. Gegen Abend.

Da hatte sich Hanna bereits einigen anderen Jugendlichen angeschlossen. Sie schnappten sich die Spaten von der Brandschutzausrüstung und machten sich daran, die Toten zu begraben. Die Zahl der Leichen überstieg jedoch ihre Kräfte.

Nachts versuchte Hanna in dem dunklen und stickigen Hotelzimmer – die Klimaanlage funktionierte natürlich auch nicht mehr – ihre Freunde anzurufen. Das ganze Adressbuch in ihrem Smartphone arbeitete sie ab, doch sie erreichte bloß Veronica und Gregory. Ihre Freundin war gerade in Florida bei ihrer Oma. Sie brachte keinen vernünftigen Ton heraus, sondern weinte und jammerte die ganze Zeit nur. Eine Katastrophe. Mehr als das. Was um alles in der Welt sollte nun werden?

Wenigstens Greg war zu Hause, in Mount Hill, das sie zum Spaß

Wiseville nannten. Er hörte sich recht gefasst an. Zumindest versuchte er, ruhig mit ihr zu reden. Manchmal gelang ihm das sogar.

Auch bei ihnen waren alle Erwachsenen gestorben. Die Clique aus dem College hatte heute einen Teil der Leichen verbrannt. Einige Medizinstudenten hatten behauptet, das sei unbedingt notwendig, um eine Ausbreitung der Seuche zu verhindern …

»Was für eine Seuche?«, fragte Hanna.

»Angeblich etwas, das mit unserer Militärbasis zusammenhängt«, antwortete Greg. »Vermutlich haben sie recht.«

Er verstummte.

Ätherwellen rauschten, etwas knackte, die Sekunden verstrichen.

»Offenbar ist aus dem Labor das ausgebrochen, woran unsere Väter gearbeitet haben«, fuhr Greg dann endlich fort. »Tut mir leid, Hanna … Aber das ist die Wahrheit. Das Militär trägt die Schuld an dem, was passiert ist.«

Greg war im März siebzehn geworden.

Er sah gut aus, war intelligent und groß, spielte als Halfback in der Footballmannschaft ihrer Schule und wusste von allem ein bisschen was. Sie hatten sich in einer Rhetorik-AG kennengelernt, quatschten ständig in den Pausen miteinander, taten dabei aber so, als hätte das rein gar nichts zu bedeuten. Rein zufällig hatten sie nun mal die gleichen Interessen … Zweimal hatten sie sich außerhalb der Schule getroffen, waren ins Kino in Rightster gefahren, und einmal hatten sie sich geküsst. Damals, in einem anderen Leben …

»Wir versuchen, zur Militärbasis vorzudringen«, fuhr Greg fort. »Das Tor ist aber wie zugeschweißt. Strom gibt es in der ganzen Stadt nicht mehr. In der Basis funktioniert aber der Notstrom. Da drinnen sind noch Menschen, allerdings ist niemand zu sehen.« Er verstummte erneut, um dann mit veränderter Stimme fortzufahren: »Absolut niemand.«

»Glaubst du, dass sie gestorben sind?«, fragte Hanna und wischte sich die Tränen ab, die nun doch wieder flossen.

»Es gibt hier niemanden mehr, der älter als achtzehn ist, Bell. Alle Erwachsenen sind zu Mumien geworden.«

»Ich habe Angst, Greg … Rufst du mich morgen an?«

»Bell«, sagte er, und da ging ihr auf, was es ihn kostete, ruhig und gefasst zu wirken. Denn auch er war zu Tode erschrocken und in

Panik. »Das kann ich nicht. Niemand kann mehr telefonieren. Der Strom ist weg. Bald sind die Akkus leer, dann kannst du die Smartphones wegschmeißen. Schnapp dir also das Auto und komm her, ja?«

»Ich soll zweihundert Meilen fahren?«

»Und wenn es zweitausend wären«, fuhr er sie an. »Besorg dir leere Kanister und einen Schlauch, um an den Tankstellen Benzin abzuzapfen. Die Säulen funktionieren bestimmt nicht, die brauchen ja auch Strom. Wenn das nicht klappt, musst du unterwegs das Auto wechseln. Beeil dich aber beim Umsteigen, damit du nicht ...«

»Damit ich nicht was, Greg?«

Er seufzte.

»Unsere Welt ist tot, Bell. Wir haben in Deutschland angerufen, bei Henry in München. Gestern Abend hatten sie dort noch Strom, heute schon nicht mehr. Bei denen sieht es genauso aus wie bei uns. Oder besser, bei denen ist schon die nächste Phase eingetreten. Überall herrscht Chaos. Häuser brennen und werden geplündert. Die Läden werden ausgeraubt. Henry sagt, dass in Russland die gleichen Zustände herrschen, wenn nicht schlimmere. Und auch in Afrika. Wir haben versucht, jemanden in Australien anzurufen, aber du kriegst schon keine Verbindung mehr. Du darfst auf niemanden hoffen, sondern musst dich auf dich selbst verlassen. Ab heute gilt das Recht des Stärkeren, und das ist furchtbar! Komm her, Bell, ich beschütze dich! Da, wo du jetzt bist, kann ich nichts für dich tun ...«

»Vor wem willst du mich beschützen?«

Doch die Verbindung war abgebrochen.

»Greg ...«, rief Hanna noch einmal und schluchzte. »Greg ... Wo bist du?«

Auf dem Display leuchteten die Worte: Kein Signal. Hanna warf das nutzlose Ding aufs Bett. Eine dunkle Welle der Verzweiflung wogte über sie hinweg.

Zweihundert Meilen.

Noch vor drei Tagen hatte ihr Daddy gesagt: »Das sind doch nur zweihundert Meilen! Das ist doch nichts! Und ich habe es Joshua schon so lange versprochen!«

Es sind elende zweihundert Meilen!, dachte Hanna und schluckte ihre Tränen runter.

Beruhige dich! Weine nicht! Kämpfe!

Sie atmete tief ein und stieß die Luft langsam durch die Zähne wieder aus.

Sie würde packen und fahren.

Ihr Gesicht brannte noch, aber die Tränen waren vertrocknet, verdampft wie Wasser auf einem heißen Herd. Ihr Herz hämmerte nicht mehr wie wild, sondern schlug wieder gleichmäßig.

Rotz und Tränen haben noch niemanden gerettet. Niemals.

Wo hatte ihr Vater bloß die Schlüssel vom Pick-up hingelegt …?

Das Baby lebte nur aus einem einzigen Grund noch: Jemand hatte die Fenster im Fond einen Spalt heruntergelassen.

Hanna rüttelte an der Türklinke. Nichts. Die Scheibe gab erst beim dritten Schlag nach. Winzig kleine Glassplitter rieselten auf die beiden Leichen vorn im Wagen.

Hanna band sich ein Tuch vor die Nase und beugte sich vor, um die Türen von innen zu entriegeln.

Der Kleine war völlig entkräftet. Er weinte schon nicht mehr, sondern wimmerte nur noch. Mauzte wie ein Kätzchen. Ein blau angelaufenes Bündel mit verklebten Augen und eingetrocknetem Erbrochenen auf dem Hemdchen. Die winzigen Hände hatte es zu Fäusten geballt. Sie bewegten sich ruckartig, wie bei einem Spielzeug, dessen Batterie leer war.

Dass er nicht dehydriert und verhungert war, grenzte an ein Wunder. Ein echtes Wunder. Er war in seinem Babysitz angeschnallt, neben ihm stand eine Tasche mit Fläschchen und allem anderen.

Hanna hob ihn samt Sitz heraus und stellte ihn in den Schatten.

Der Kleine roch kaum besser als die Leichen. Sie musste ihn erst einmal waschen und umziehen. Und füttern. Außerdem würde sie ihn mitnehmen müssen. Hanna hatte keine Ahnung, wann dieser elende Stau enden würde. Die Autos waren ineinander gefahren und standen kreuz und quer auf dem Highway. Den Pick-up hatte sie bereits an der Auffahrt stehen lassen müssen, obwohl sie mit ihm vielleicht sogar um all die Hindernisse gekommen wäre. Aber ein Motorroller wäre dafür geeigneter gewesen. Er wäre überhaupt viel besser: Mit so einem Ding hatte Hanna Erfahrung, damit umzugehen war ein Kinderspiel, es verbrauchte kaum Benzin, war klein und wendig. Dieses kleine Wunderwerk würde sie aber wohl nur in einer Werkstatt oder einem entsprechenden Laden finden. In Kidland hatte sie vergeblich danach Ausschau gehalten, in der nächsten Stadt dürfte sich das hoffentlich ändern. Bis dahin waren es laut Ausschilderung zwölf Meilen, bis zur Mautstelle, wo diese Straße in die große Interstate überging, zwei Meilen. Danach sollte alles viel einfacher sein. Und zwei Meilen waren keine zweihundert. Die würde sie sogar mit einem Baby schaffen.

Über der aufgeheizten Fahrbahn flirrte die Luft. Die Sonne erwärmte den Beton derart, dass er ihre Füße selbst durch die Sohlen ihrer Turnschuhe fast verbrannte. Luft bekam sie nur im Schatten.

Zunächst goss Hanna Wasser in ein leeres Fläschchen. Der Kleine nuckelte mit überraschender Kraft. Beim Waschen erhielt sie die Bestätigung, dass es wirklich ein Junge war. Für die Prozedur ging eine Anderthalb-Liter-Flasche mit Wasser drauf. Damit waren ihre Vorräte aufgebraucht. Nur gut, dass eine halbe Meile vor ihr eine Autobahnraststätte lag. Dort würde sie etwas zu essen und zu trinken finden, denn in der Babytasche hatte sie nur noch zwei Gläser mit Kinderbrei und sauer gewordene angerührte Milch in der Flasche gefunden.

Obwohl Hanna gegen einen Würgereiz ankämpfen musste, zwang sie sich, die Taschen der Toten und das Handschuhfach zu durchsuchen. Führerschein, Kreditkarten, ein Foto der ganzen Familie ...

Als Hanna das sah, hätte sie beinahe einen hysterischen Anfall erlitten.

Das Paar war höchstens fünfundzwanzig. Glückliche, vor Freude strahlende Menschen mit ihrem Baby im Arm. Denis. Der Kleine hieß Denis. Die Frau Chloe, der Mann Jack. Jetzt lagen die beiden als Mumien auf den Vordersitzen.

Hanna erschauderte.

Das Foto war vor einem halben Jahr aufgenommen worden, in Louisville, Kentucky. Was hatte diese Familie hierher verschlagen, an einen Ort, weit von ihrem Zuhause entfernt? Wohin wollten sie? Nach Kidland?

All das hatte jetzt keine Bedeutung mehr. Keine einzige Frage, keine einzige Antwort hatte jetzt noch eine Bedeutung.

Das Glas mit dem Brei fühlte sich zwar kochend heiß an, doch der Inhalt roch noch gut. Hanna gab Denis ein paar Löffel davon. Der Kleine verschlang den Brei förmlich.

»Tut mir leid, Denny«, sagte Hanna. »Aber mehr hab ich nicht für dich. Zuerst müssen wir Wasser besorgen.«

Um Denis gegen die unbarmherzige Sonne zu schützen, legte Hanna eine Windel über die Babyschale und versuchte sich möglichst am Rand der Straße zu halten. Der Gestank war mörderisch. In einem fort würgte es Hanna. Unter anderen Umständen wäre sie diese halbe Meile bis zum Parkplatz locker gelaufen, jetzt aber bereitete ihr jeder Schritt Mühe.

In der Auffahrt zur Raststätte waren mindestens dreißig Lkws zusammengestoßen und versperrten nun den Weg. Zwei Kühlwagen auf dem Rasen verströmten den widerlichen Gestank von vergammeltem Fleisch. Kein Wunder, denn bei beiden prangte an der Seite die Aufschrift *Beste Hähnchen*. Mit zugehaltener Nase umrundete Hanna die beiden Wagen.

Vor dem Imbiss standen Pkws, bei der Tankstelle lag ein Polizeiwagen, der sich überschlagen hatte, sodass sich die Räder dem Himmel entgegenstreckten. Hanna spähte hinein. Eine weitere Mumie, diesmal im blauen Uniformhemd. Der Tote hing kopfüber im Gurt. Im Dunkel, das dort drinnen herrschte, funkelte nur die Plakette auf seiner Brust.

Und natürlich wieder der Gestank. Mehrmals zog sie die Luft durch ihre fest aufeinandergepressten Zähne, um ihren Würgereiz zu bekämpfen. Dann stellte sie die Schale mit dem Kleinen ab, um sich voller Entschlossenheit erneut dem Wagen zuzuwenden.

Sie musste einfach die Luft anhalten. Wie beim Tauchen. Das Schwimmen hatte Daddy ihr beigebracht ... Nachdem sie noch einmal tief eingeatmet hatte, beugte sie sich vor.

Als Erstes löste sie den Sicherheitsgurt.

Die Mumie des Polizisten rutschte mit dem Kopf voran vom Sitz. Knackend wurden die Bandscheiben getrennt, zerfiel die Wirbelsäule in ihre Einzelteile. Hanna unterdrückte mit letzter Kraft einen panischen Schrei.

Mit angewidertem Gesicht tastete sie nach dem Halfter des Mannes und wollte seine Pistole herausziehen. Zu ihrer Überraschung hielt sie dann aber gleich den gesamten Gürtel in der Hand: Die Leiche war in der Mitte auseinandergefallen.

Entsetzt wich Hanna zurück und atmete tief durch.

Sie hatte eine Waffe.

Bisher hatte sie erst ein einziges Mal in ihrem Leben geschossen, als ihr Vater sie mit zu seiner Militärbasis genommen und ihr dort alles gezeigt hatte, aber sie hatte es immerhin unzählige Male im Fernsehen gesehen.

Die Waffe war schwer – schwerer, als sie vermutet hätte. Die, mit der sie damals unter Anleitung eines Sergeanten von Daddys Basis geschossen hatte, war viel kleiner und leichter gewesen. Sie drehte die Waffe hin und her, holte das Magazin heraus, versicherte sich, dass es geladen war, und schob es wieder rein.

Der Gürtel mit dem Halfter war für einen füllenden Mann gedacht, sodass sie ihn sich fast zweimal um die Taille hätte schlingen können. Fürs Erste trug sie ihn daher quer über der Schulter.

Denis schlief in seiner Schale und stöhnte wie ein alter Mann. Hanna trug ihn in den Shop, stellte ihn auf den Tresen mit der Kasse und schnappte sich einen Einkaufswagen. In den Gängen lagen ebenfalls Leichen, aber nicht so viele, wie Hanna erwartet hätte. Als sie die toten Körper umrundete, wunderte sie sich über sich selbst: Wie ruhig sie dabei blieb ... Aber die Leichen hielt sie schon fast für einen Teil der Inneneinrichtung. Wesentlich schwerer fiel es ihr, den allgegenwärtigen Gestank zu ertragen. Von ihm wurde ihr so schwindlig, dass sie fast in Ohnmacht fiel.

Sobald sie die Flaschen mit Trinkwasser entdeckt hatte, besorgte sie sich ein Stück Seife und wusch sich sorgfältig. Kosmetiktücher, eine Schachtel Aspirin und ein Fläschchen zur Desinfektion der Hände wanderten anschließend in ihren Einkaufswagen. Früher hatte sie nie verstanden, warum ein Shop an einer Autobahnraststätte diesen Kram überhaupt vorrätig hatte, aber jetzt hätte sie zu gern den gesamten Inhalt der Regale mitgenommen ...

Doch sie ließ Vernunft walten und zügelte sich. Wenn sie nach der Mautstelle ein Auto fand, konnte sie über größere Vorräte nachdenken, aber im Moment musste sie sich mit dem Nötigsten begnügen. Für den Kleinen brauchte sie Wasser, Windeln, irgendeinen Fruchtbrei oder Saft. Dazu Wasser für sich selbst, ein paar Schokoriegel oder Päckchen mit Trockenfrüchten. Nur nichts Überflüssiges, nur keinen Luxus.

Bei den Angeboten für Kinder entdeckte sie neben all den Breis sogar eine Tragetasche für Babys, die sie sich vor die Brust schnallen konnte. Sie besorgte sich noch eine kleine, aber starke Taschenlampe und Ersatzbatterien. Das war's. Mehr nicht. Damit konnte sie ihren Weg fortsetzen.

Sie schob den Wagen mit ihrer Beute durch den Laden zurück zur Kasse, wo sie Denis abgestellt hatte. Dort warteten mittlerweile drei Jungen auf sie. Der älteste war vielleicht in ihrem Alter, die beiden anderen ein oder zwei Jahre jünger. Dazu kam noch ein Mädchen von etwa vierzehn Jahren, das ziemlich stämmig war und ein breites, hässliches Gesicht mit überraschend kleinen, blassen Augen hatte. Alle vier trugen funkelnagelneue Jeans, T-Shirts, Basecaps und superteure Sneakers. Hanna hatte sich genau so ein Paar zum Geburtstag gewünscht, und ihre Mutter hatte versprochen, zumindest einmal darüber nachzudenken. Die Jungen hielten Baseballschläger in Händen, das Mädchen – Hanna vermutete in ihr die Anführerin dieser Gang – sah Hanna nur herausfordernd an und mampfte Schokoflakes.

Von diesen vieren ging eine derart offenkundige Aggression aus, dass Hanna gegen den Wunsch ankämpfen musste, nicht Hals über Kopf davonzustürzen.

»Das ist unser Shop«, teilte ihr das Mädchen mit und warf sich die nächste Handvoll Flakes in den Mund. »Was hast du hier verloren?«

»Ich habe mir nur Wasser und ein paar Schokoriegel geholt«, erklärte Hanna. »Und Brei für den Kleinen ...«

»Für den da?«, fragte das Mädchen mit verschmierten Schokolippen verächtlich und deutete zu der Babyschale hinüber. »Ist das deiner? Hast du Hure dich schon schwängern lassen?«

Die Worte peitschten geradezu auf Hanna ein. In dieser Sekunde ging ihr auf, dass dies hier kein Film war. Dass sie zum ersten Mal in ihrem Leben mit etwas abgrundtief Bösem konfrontiert wurde. Nicht mit der bösen Hexe, die unweigerlich nach dem *Es war einmal* … kommt, sondern mit ihren Altersgenossen, die entweder von einer Farm in der Nähe kamen oder vielleicht auch in einem Haus am Stadtrand lebten. Wenn Hanna schon beim ersten Blick auf sie ein mulmiges Gefühl gehabt hatte, dann war sie sich jetzt hundertprozentig sicher: Das hier würde nicht gut ausgehen!

»Das Baby habe ich gefunden«, sagte sie. »Ich will keine Schwierigkeiten … Lasst uns beide einfach gehen …«

»Du hast in unserem Shop geklaut«, fuhr die Anführerin sie an. »Weißt du Schlampe denn nicht, dass man sich nichts nehmen darf, was einem nicht gehört?!«

»Der Kleine braucht etwas zu trinken«, erwiderte Hanna, die alles daransetzte, ihre Angst zu verbergen. Leider vergeblich. »Die paar Flaschen machen dich doch nicht arm.«

»Der Kleine braucht also etwas zu trinken?«, höhnte das Mädchen und hob die Windel über Denny an. »Igitt, ist ja ekelhaft! Tom!«

Der jüngste Junge trat vor. In seinen Augen lag echter Wahnsinn. Dieser Blick war Hanna bereits bei einigen Kindern in Kidland aufgefallen. Er war entstanden, nachdem sie ihre toten Eltern entdeckt hatten. Nachdem in den Kindern etwas zerbrochen war …

Die hellen Haare des Jungen standen hoch wie bei einem Stachelschwein. Das neue T-Shirt war mit Ketchupflecken übersät. Oder war das vielleicht gar kein Ketchup? In den Händen des Jungen glitzerte ein Baseballschläger aus Aluminium. Hanna hatte noch nicht aufgeschrien, da fegte der Junge die Babyschale samt Denny bereits vom Tresen.

Hanna stockte der Atem.

»Ich hasse Babys«, sagte das Mädchen und warf sich die nächsten Schokoflakes ein. »Ich hatte einen Bruder, der hat die ganze Nacht geschrien … Jetzt hat er damit aufgehört.«

Sie kicherte.

»Was glotzt du so, du Hure?! Dir kommt niemand zu Hilfe, da kannst du schrei'n, wie du willst. Denn es gibt niemanden mehr. Wir bringen dich jetzt um, ohne dass uns irgendwas passiert! Ist doch nicht so schwer zu begreifen, oder? Ich hab hier das Sagen, und du gefällst mir nicht. Noch bildest du dir vielleicht was darauf ein, wie hübsch du bist ... Aber das bist du nicht mehr lange!«

Hanna hörte ihre Worte überhaupt nicht. Sie starrte nur auf die Babyschale am Boden. Denny konnte sie nicht sehen, aber der Kleine gab keinen Ton mehr von sich. Das konnte nur eins bedeuten.

Als Hanna den Blick von der Babyschale löste, stand das Mädchen immer noch neben der Kasse, aber die drei Jungen stapften langsam auf sie zu. Willige Handlanger. Der mit dem Alu-Baseballschläger vorneweg, die beiden anderen knapp hinter ihm.

Den Gürtel mit dem Halfter hatte sie oben auf die Packung Pampers gelegt, die sie jetzt nicht mehr brauchte. Hanna zog die Pistole aus dem Halfter. Sie konnte nicht glauben, dass das, was sie gerade erlebte, kein Film war. Es trennten sie nur noch fünf Schritt von den drei Jungen. Der Blonde holte schon grinsend zum ersten Schlag aus.

Hanna richtete den Lauf nach oben und betätigte den Abzug.

Ein ohrenbetäubender Knall.

Die Kugel schlug in eine der Deckenlampen ein. Ein Regen aus Glassplittern und Plastikteilchen ging nieder.

Die drei Jungen duckten sich und rissen die Arme über den Kopf, um sich gegen diesen Glasregen zu schützen. Dem Mädchen klappte buchstäblich der Unterkiefer runter. Hanna drehte die Pistole etwas weiter und betätigte erneut den Abzug.

Die Lampe über der Kasse ging ebenfalls in einen Scherbenregen auf. Das Mädchen brachte sich mit einem widerlichen Quieken in Sicherheit.

Dann richtete Hanna die Waffe auf den Jungen mit dem Baseballschläger. Dieser stürzte jedoch bereits dem Mädchen hinterher zum Ausgang. Die beiden anderen Jungen schlossen sich ihnen umgehend an. Ein weiterer Schuss zerstörte die Glastür des Ladens und stachelte die vier Flüchtlinge noch etwas an.

Hannas Knie gaben nach, und sie verschluckte sich an ihrer Angst und ihren Tränen. Zu dem verfaulten Gestank kam nun auch noch der beißende Pulvergeruch. Die Patronenhülsen kullerten langsam über den Boden. Unter der umgekippten Babyschale von Denny, den sie nun doch nicht vor dem Tod bewahrt hatte, sickerte ein rotes Rinnsal hervor, das sich vor dem Tresen mit der Kasse zu einer Lache sammelte.

Dir kommt niemand zu Hilfe, da kannst du schrei'n, wie du willst, hallten die Worte des Mädchens in Hanna nach. Dieses fette Monster hatte recht. Zweihundert Meilen. Ganze zweihundert Meilen, mit nur noch zwei vollen Magazinen. Ich muss das Polizeiauto noch mal inspizieren. Manchmal haben sie Flinten dabei. Falls mir jemand begegnet, der nicht nur mit einem Baseballschläger bewaffnet ist ...

Hinter der Mautstelle bekam sie es mit deutlich weniger Autos zu tun. Das war schon mal gut. Wenn sie nicht wie eine Halbwilde über sämtliche Hindernisse mit Karacho drüberbrettern würde, käme sie auch mit einem Wagen bestens weiter. Die Idee mit dem Motorroller erschien ihr nämlich längst nicht mehr so reizvoll.

Sie hielt nach einem kleineren Wagen Ausschau, der nicht zu viel Benzin verbrauchte. Und sie hatte Glück. Der Mazda sprang sofort an, der Tank war noch fast voll. Sie verstaute ihre Vorräte im Kofferraum. Nur Wasser, die Schokoriegel und die Pistole legte sie neben sich auf den Beifahrersitz. Eine Flinte hatte sie im Polizeiwagen leider nicht gefunden.

Hanna fuhr vorsichtig, umrundete jeden liegen gebliebenen Wagen weiträumig, was ihr der fünfspurige Highway ja zum Glück gestattete. Auf diese Weise kam sie ihrem Ziel beständig näher, wenn auch sehr langsam. Als es dämmerte, hatte sie fünfunddreißig Meilen hinter sich gebracht. Bloß fünfunddreißig Meilen! Sie selbst hätte sich darüber kaputtgelacht, hätte sie nicht gewusst, mit wie vielen Hindernissen diese kurze Strecke gespickt gewesen war.

Da Hanna lieber nicht mit Scheinwerferlicht weiterfahren wollte – was, wenn sie jemandem auffiel? –, aber auch auf gar keinen Fall auf dem Parkplatz einer Autobahnraststätte übernachten wollte – wer weiß, wer sie da alles heimsuchen würde? –, hielt sie neben einem Autoberg an einer Ausfahrt. Mit der Pistole in der Hand fiel sie in einen kurzen, unruhigen Schlaf.

Kaum brachen die ersten Sonnenstrahlen durch, fuhr sie weiter. Einige Ausfahrten waren frei, bei anderen waren die Autos so ineinander verkeilt, dass sie die gesamte Fahrbahn versperrten. Selbst ein Motorroller hätte da keinen Weg durchgefunden.

Auch auf dem Highway lagen umgekippte Lkws. Transporter standen quer auf der Straße, Pkws waren am Rand verreckt, tote Käfer in grellen Farben. All das kam Hanna völlig unwirklich vor.

Sie konnte kaum glauben, dass noch vor einer Woche Tausende von Autos über diese Straße geschossen waren, dass die Schilder über der Fahrbahn immer wieder neue Informationen geliefert hatten, dass sich in Shops Menschen gedrängelt und auf Parkplätzen Busse und Trucks um einen freien Platz gekämpft hatten. Motels hatten mit Neonreklame gelockt, Tankstellen geleuchtet und Scheinwerfer die Dunkelheit zerschnitten.

Jetzt stand alles still. Als ob man die Batterien aus der Welt genommen hätte …

Hanna fuhr langsam an einem Schulbus vorbei, der sich in die mittlere Leitplanke gebohrt hatte. Seine Türen standen offen. Drinnen war niemand mehr, nur etwas, das wie ein Berg alter Lumpen aussah, lag auf dem Lenkrad. Eine verschrumpelte, an einen knorrigen Ast erinnernde Hand hing auf den von Kinderfüßen polierten Stufen. Sofort wandte Hanna den Blick ab.

Nicht hingucken. Nicht weinen. Nicht zurückschauen. Nicht bei bloß zweihundert Meilen. Von denen vierzig schon hinter ihr lagen. Das schaffte sie doch spielend.

Wenn bloß nicht überall Leichen gewesen wären … In den Autos, am Straßenrand, in den Imbissen und Motels. Wohin sie auch sah. Es war völlig unmöglich, sich von ihnen abzuwenden, sie gehörten bereits zur Landschaft. Am liebsten hätte sie die Augen geschlossen und aufs Gaspedal gedrückt. Nur durfte sie die Augen nicht schließen …

Am zweiten Tag sah sie Feuer. Eins links, eins rechts der Straße. Dicker Rauch stieg zum Himmel auf. Was da genau brannte, konnte sie nicht erkennen.

Einmal rannten ihr Kinder vors Auto. Das älteste von ihnen war noch keine zehn. Sie überquerten die Straße in einem Tempo, als wäre der Teufel hinter ihnen her. Hanna hupte, aber das trieb die Kinder nur noch an. Vielleicht war ihnen ja wirklich jemand auf den Fersen. Hanna verzichtete darauf, das in Erfahrung zu bringen …

An der nächsten Mautstelle musste sie das Auto wechseln, weil es unmöglich war, den schmalen Durchgang zu passieren. Bei den meisten Punkten waren die Absperrungen oben, dort waren aber etliche Transporter und Pkws miteinander kollidiert.

Hinter der Mautstelle fand sie einen kleinen Polo mit fast vollem Tank und einer Mumie hinterm Steuer. Sie zog den Toten aus dem Wagen, zitternd vor Ekel und mit derart fest aufeinandergepressten Zähnen, dass es fast wehtat. Aber hätte sie das nicht getan, hätte sie losgeweint.

Anfangs wollte sie die Leiche begraben, dann überlegte sie es sich aber und ließ den Toten neben der mittleren Leitplanke liegen. Was hätte es schon gebracht, inmitten dieser unzähligen Leichen einen einzelnen Toten zu beerdigen … Außerdem konnte sie sich nicht vorstellen, den Körper noch ein weiteres Mal zu berühren.

Es kostete sie fast eine Stunde, das Auto auszulüften, ihre bescheidene Ausrüstung umzuladen und zu vergessen, was sie eben vom Vordersitz gezogen hatte.

Als sie sich hinters Steuer setzte, zitterte sie noch immer. Die Luft, die durch das offene Fenster hereinkam, brachte jedoch den Geruch von heißem Beton und von den ausgedörrten Feldern zu beiden Seiten des Highways mit. Er überlagerte die letzten Reste des Verwesungsgestanks. Allmählich wurde Hanna ruhiger. Weil der Polo auf der entgegengesetzten Fahrtrichtung gestanden hatte, nahm sie die erste Abfahrt von der Autobahn runter. Ein Schild teilte ihr mit, dass sie nach Willbourne kam.

Willbourne. Sechstausend Einwohner.

Und nun empfing sie eine menschenleere Stadt. Klein, grün, tot. Auch hier Leichen in den Straßen, in den Autos, im Imbiss Maghreb.

Geschäfte mit eingeschlagenen Türen, überall zertrümmerte Schaufenster, das Skelett eines ausgebrannten Lasters. Ampeln, die wegen ihrer Solarzellen noch funktionierten und einen Verkehr regelten, den es nicht mehr gab.

Hannas Auto zuckelte über den Asphalt. Ein Leichenwagen bei einer Trauerprozession. Von Eindrücken gelähmt, vermochte sie kaum noch Gas zu geben.

Neben ihr rannte ein roter Cockerspaniel, der zwar kläffte, sich aber nicht um das Auto kümmerte. Er kam aus dem Nichts, er verschwand wieder im Nichts.

Vorm Supermarkt Einkaufswagen, überall verteilte Waren.

Aus einem offenen Autofenster drang Musik, ein wilder Rap. Im Gras vor einem kleineren Haus rechter Hand lag die Leiche eines schwarzen Jungen von etwa sechzehn Jahren. Neben ihm stand ein Gettoblaster, der die Luft mit einem abgerissenen Rhythmus zum Zittern brachte. Hanna sah das Gesicht des Toten, das die Hitze und die Verwesung noch kaum verändert hatten. Die Schläfe war ihm eingeschlagen worden, ein Auge hing aus der Höhle und berührte fast das Gras.

Nun trat sie aufs Gaspedal. Im Reflex und gerade noch rechtzeitig. Denn von hinten sprangen einige Jugendliche heran, die Baseballschläger und Eisenschilde in Händen hielten. Einer war sogar mit einer Schrotflinte bewaffnet. Sie alle blieben wie angewurzelt stehen, um das vorbeifahrende Auto zu begaffen.

Dann hob einer von ihnen den Arm. Daraufhin rannte die ganze Meute Hanna hinterher. Die Jungen waren ziemlich schnell, denn sie kürzten den Weg über die Wiese und eine Unterführung ab.

Hanna rammte das Gaspedal geradezu in den Wagenboden. Der Polo sprang vorwärts, aber die Rowdys rückten schon von der Seite heran und fuchtelten mit ihren Waffen. Ein Schuss knallte, die Ladung pladderte gegen das Auto und zerkratzte den Lack. Zu ihrer eigenen Überraschung schrie Hanna auf und riss das Steuer herum, das ihr fast aus den Händen geglitten wäre.

Der Polo legte sich in die Kurve, sprang vor der Schule über die Schwellen zur Verkehrsberuhigung und schoss auf das Hinweisschild zu, das den Weg zum Highway anzeigte. Ihre Verfolger gaben sich jedoch nicht geschlagen. Hanna sah sie im Rückspiegel. Sie schnitten erneut ein Stück des Weges ab und wollten sie offenbar an der Auffahrt abpassen.

Hanna legte sich abermals mit größtmöglicher Geschwindigkeit in die Kurve. Die Reifen auf der linken Seite hingen in der Luft, Gummi quietschte.

Der schnellste Junge setzte über die Leitplanke und schaffte es immerhin noch, ihr seinen Baseballschläger gegen den linken Kotflügel zu knallen. Ein zweiter Schuss knallte, der schon gezielter war.

Die Rückscheibe zerfiel in Tausende von Splittern, einige Geschosse ratschten außerdem mit einem widerlichen Geräusch über die Frontscheibe.

Da hatte der Polo den Highway jedoch bereits erreicht und preschte mit jeder Sekunde schneller davon.

Ihm folgten nun aber zwei Motorräder. Sie legten ein unglaubliches Tempo vor. Eben hatten sie noch in der Kurve gelegen, nun aber fuhren sie auf der Geraden, und mit jeder Sekunde schmolz der Abstand zwischen ihnen und Hanna.

Selbstverständlich konnte der kleine Polo es nicht mit diesen japanischen Kraftmaschinen aufnehmen. Hanna würde den beiden niemals entkommen. Trotzdem trat sie aufs Gas, holte das Letztes aus dem Motor heraus.

Sobald die Biker zu ihr aufgeschlossen hatten, nahmen sie den Polo in die Zange. Hanna scherte wild nach rechts und links aus, erwischte die zwei aber nie. Der eine Typ grinste sie durch das Fenster auf ihrer Seite an. Ein hübscher blonder Junge mit einem schmalen, feinen Gesicht. Der Wind spielte mit seinem schulterlangen Haar. Der Motorradfahrer auf der rechten Seite trug einen Helm, sodass Hanna nicht viel von seinem Gesicht erkannte. Er fuhr dicht an sie heran und trat mit dem Fuß den Seitenspiegel von der Tür. Hanna riss das Steuer zu ihm herum, aber da war es schon zu spät. Er hatte sich längst in Sicherheit gebracht.

»Bleib stehen!«, schrie der blonde Junge. »Bleib stehen, du rothaariges Miststück! Sonst wirst du es bereuen!«

Der Highway vor ihr war frei. Oder vielmehr fast frei. Hanna hielt eine Geschwindigkeit von fünfzig Meilen pro Stunde und umfuhr die wenigen Hindernisse, fast ohne das Tempo zu drosseln. Die Pistole lag neben ihr auf dem Sitz. Noch hoffte sie, nicht schießen zu müssen. Der Polo beschleunigte und beschleunigte, der Zeiger wackelte schon fast bei der 85, aber jetzt versperrten wieder mehr Autos die Straße. Und Hanna hielt sich nicht gerade für die geborene Rallyefahrerin …

Die Biker nahmen sie erneut in die Zange, fuhren von beiden Seiten immer wieder näher an sie heran. Sie waren auf ihren Motorrädern flink und wendig, außerdem hegten sie keinen Zweifel daran, wer dieses Spielchen gewinnen würde. Der Typ auf der rechten Seite knallte immer wieder mit einer Metallstange gegen den Polo, fuhr dann ein paar Meter vom Auto weg und nahm erneut Anlauf.

Der Biker links grinste die ganze Zeit. Er genoss seine eigene Geschicklichkeit, seine Macht und die Hilflosigkeit seines Opfers. Obwohl er im Grunde gut aussah, hätte Hanna auf der Stelle geschworen, noch nie in ihrem Leben eine derart widerwärtige Visage gesehen zu haben.

Mit Mühe umrundete sie ein Auto, das quer auf der Fahrbahn stand. Anschließend zwängte sie den Polo in einen Spalt zwischen einem Laster und einem Pick-up. Die Biker kamen an diesem Hindernis lässig am Straßenrand vorbei, ohne auch nur einen Gang runterzuschalten. Der Polo schlingerte nach dem Manöver gewaltig, doch Hanna schaffte es, ihn wieder unter Kontrolle zu bringen.

Sie warf einen Blick auf den Rücksitz, wo der Alu-Baseballschläger lag. Kurz entschlossen langte sie danach und packte ihn neben sich.

Schon musste sie dem nächsten Hindernis ausweichen. In letzter Sekunde verhinderte sie einen Zusammenstoß mit einem Pick-up, der wie aus dem Nichts aufgetaucht war, nachdem sie zwischen einem Autobus und einem schräg dazu stehenden Tanklaster hindurchgefahren war. Bremsen quietschten, Räder jaulten. Es hätte nicht viel gefehlt, und der Polo hätte sich überschlagen. So aber war der Tod noch einmal an Hanna vorbeigegangen. Nur der Wagen war jetzt noch ein wenig demolierter als bisher.

»Stopp!«, schrie der blonde Typ. »Bleib stehen, du Hure!«

Sein Motorrad schoss auf Hannas Polo zu, die ihren Wagen jetzt zu ihm herumriss. Sie wollte ihn mit vollem Tempo rammen, denn ihr Auto war ja immerhin ziemlich schwer. Mit der rechten Hand hielt sie den Baseballschläger bereit. Sie wusste noch nicht, was sie damit machen sollte, ob sie ihn schmeißen oder dem Kerl über den Schädel ziehen sollte. Falls sie ihm nah genug kam …

Der Biker spielte mit Hanna wie eine Katze mit einer Maus. Er war wirklich ein extrem guter Fahrer. Und genau das sollte ihm zum Verhängnis werden. Er hängte sich an die Tür des Polos und wiederholte alle Manöver, die Hanna ausführte. Das nutzte sie, um ihm – halb intuitiv, halb kalkuliert – den Baseballschläger vors Vorderrad zu rammen.

Er stieß gegen die Speichen, drang dann weiter vor …

Die Vordergabel nahm den Schlag auf, verbog den Schläger … Speichen flogen heraus, Metall riss, und der blonde Junge schoss durch die Luft, den abgerissenen Lenker mit den entstellten Resten des Rades noch immer umklammernd.

Der hintere Teil seines Motorrads beschrieb einen komplizierten Bogen und bohrte sich in einen gelben Pick-up am Rand des Highways. Der Biker selbst schlug auf dem Beton auf, wurde mehrmals weiterkatapultiert und blieb schließlich völlig reglos liegen.

Genau da traf ein Schlag den rechten Kotflügel des Polos. Auf der Frontscheibe zeigten sich etliche Risse. Der Biker mit Helm, den Hanna vorübergehend völlig vergessen hatte, nahm sich nun ihre Windschutzscheibe vor.

Hanna hielt auch auf diesen Gegner zu, doch da rasten sie beide schon in eine Kurve und …

… und dann gab es plötzlich keine Straße mehr. Genauer gesagt, es gab sie noch – nur war es unmöglich, sie zu nutzen. Quer auf der Fahrbahn lagen die Überreste einer Boeing, die beim Aufprall auf die Erde zerfetzt worden war. Tausende von Stücken. Zehntausend Pfund verbogenes Duraluminium, Stahl und Plastik, mal verbrannt, mal geschmolzen.

Hanna stieg derart in die Bremsen, dass es in ihren Knien knackte. Der Polo bäumte sich auf, die Reifen hinterließen eine schwarze Spur auf dem Beton, der Wagen schrammte mit dem Hintern über den Boden und schlingerte von einer Seite zur anderen wie der Schwanz eines aufgeregten Hündchens. Das unerbittliche Trägheitsgesetz zog den Polo geradewegs auf das Flugzeug zu. Diesmal würde Hanna ihrem Schicksal nicht entgehen …

Der Biker sah das Hindernis etwas später. Er hatte in diesem Augenblick eine noch höhere Geschwindigkeit drauf als der Polo. Obendrein gab es in seiner Spur mehr Bruchstücke. Der Bremsvorgang riss das Hinterrad hoch. Als es dann wieder aufsetzte, versuchte der Fahrer zwar noch das Motorrad herumzureißen, aber dafür fehlte ihm buchstäblich ein Meter.

Er schlug mit der Brust gegen einen Teil des Schwanzes. Sein

Motorrad schoss über das Hindernis, er selbst wurde nach hinten katapultiert.

Hannas Polo steuerte auf einen Haufen Metall zu. Eine Sekunde bevor sie in ihn hineinraste, sah sie ein graues Rohr, das gleich ihren Kopf absäbeln würde. Sie tauchte ab.

Der Aufprall. Ein Knacken. Zersplitterndes Glas. Scherben. Hanna schaffte es kaum, die Hände vor die Augen zu reißen. Ein Airbag schützte ihre Knie, ein weiterer blähte sich über dem Lenkrad. Hanna schwamm in grauem Nebel, der durch das tödlich verbeulte Auto waberte. Sie war panisch, aber sie lebte.

Der Kühler zischte, unter der Motorhaube drangen merkwürdige Geräusche hervor, als würde dort ein kleines Tier hocken und stöhnen und schnaufen und alles annagen.

Mit letzter Kraft öffnete Hanna die Tür und kroch aus dem Wagen. Ihre Hüfte tat weh, ihre Nase blutete, obwohl sie sich gar nicht daran erinnerte, sie sich aufgeschlagen zu haben. Der graue, nach Gummi riechende Staub brannte ihr in den Augen.

Der Biker lag in einer seltsamen Pose auf dem Boden: Sein Kopf war gegen die Knie gepresst, fast wie eine verbogene Büroklammer. Sein Motorrad verlor Benzin und Öl. Es lag zehn Schritt von dem Jungen entfernt. Ein Rad drehte sich noch immer. Es surrte und surrte und surrte.

Überhaupt surrte es überall.

Hanna sah sich um, fuchtelte mit den Händen …

Fliegen! Fliegen, Bienen, Wespen, Schnaken …

Millionen. Sie surrten tief, fein, ununterbrochen, fiepend. Die Luft zitterte, sie war schwarz von all diesen Insekten. Und der Gestank … Es stank nach Brand, Chemikalien, Pech und Tod. Dieser Gestank ließ sich fast mit Händen greifen. Oder mit Schaufeln fortschaffen. Nötig wäre es …

In den letzten paar Tagen war Hanna völlig abgestumpft. Schock war auf Schock gefolgt, der Schrecken von heute ließ den gestrigen wie einen Kinderstreich aussehen. Irgendwann musste sie in eine emotionale Bewusstlosigkeit gefallen sein. In ihr drin war vorübergehend etwas gestorben oder eingefroren. Wie man es halt sehen wollte. Doch sie hatte ihre Lektion gelernt und wusste jetzt: Es konnte immer noch schlimmer kommen.

Sie stand inmitten der Zeugnisse eines Flugzeugabsturzes. Metallteile, Sitze, Gepäck und das, was bis vor Kurzem noch Menschen gewesen waren, verteilt im Umkreis von einer Meile. Keine verschrumpelten Mumien, die durch eine unbekannte Krankheit dahingerafft worden waren. An sie hatte sich Hanna ja fast gewöhnt. Nein, Leichen von Menschen, die vom Himmel auf die Erde gefallen waren …

Teile von richtigen Menschen.

Verbrannt oder nicht, in einem Stück oder zerrissen. Vermischt mit Metall und Plastik oder noch ihr ursprüngliches Aussehen aufweisend.

Direkt vor Hanna saß ein älteres Pärchen noch in den Sitzen und hielt sich bei den Händen. Die Hitze hatte bereits ihr Werk verrichtet. Die Körper waren aufgedunsen, Insekten schwirrten um die beiden herum und hielten ein Festmahl ab. Unter der Haut und in den Wunden wühlten Maden, sodass es aussah, als würden sich die Toten bewegen.

Galle stieg Hanna in den Mund. Sie erbrach den Rest ihres Mageninhalts, sackte auf die Knie und riss die Hände vor die Augen. Nicht hingucken! Nicht hingucken und nicht darüber nachdenken … Diesen verdammten Ort verlassen, ein neues Auto finden, nach Hause fahren! Dort war Gregory, dort waren Sam und Miriam. Dort waren Anthony, Clive und Peter, Vasco, Helena und Dana. Dort waren ihre Freunde! Sie würden nicht so sein wie dieser Biker mit dem Helm oder wie der blonde Typ. Sie waren intelligent. Die intelligentesten Leute aus ganz Wiseville! Und Greg würde sie beschützen … Dann würde sie sich nicht mehr verstecken müssen, nicht mehr auf Menschen schießen müssen!

Die Pistole! Sie lag noch im Auto. Hanna saß völlig unbewaffnet, verheult und vollgekotzt da. Panik stieg in ihr auf. Wenn sich jetzt aus dem Qualm über dem Highway wieder jemand herausschälte, der sie jagte, mit einer Waffe in der Hand oder einem Baseballschläger … Und sie dann …

Angst betäubt den Verstand nicht immer. Manchmal rettet sie auch Leben, indem sie einen Menschen zwingt zu handeln, obwohl er sich lieber nicht rühren würde, lieber sitzen bliebe und an nichts mehr denken würde.

Das Adrenalin rauschte durch Hannas Blut und brachte sie dazu, sich zu erheben und zum Polo zu humpeln.

Die Waffe! Sie brauchte diese Waffe!

Aber die Pistole war weg. Sie lag nicht auf dem Sitz, sie fand sich nirgends mehr.

Hanna tastete den Rücksitz ab, kroch unter den Vordersitz, beschmierte die grauen Bezüge mit dem Blut aus ihrer Nase und sah im Handschuhfach nach. All das erfolglos. Sie ließ sich vors Auto plumpsen und weinte, fühlte sich allein, weit von ihrem Ziel entfernt, ohne Wagen, ohne Waffe.

Sie zog die Nase hoch und wischte sich mit einer einzigen Bewegung das Blut und die Tränen ab.

Und da sah sie die Pistole. Durch den Aufprall war sie aus dem Auto geflogen und neben einem schwarzen Schnürstiefel gelandet, aus dem irgendwelche Lappen herausragten, die sich nicht mehr identifizieren ließen. Aber für den Inhalt des Schuhs hatte Hanna eh keinen Blick übrig. Sie raste zu ihrer Waffe und hob sie mit schweißiger Hand auf.

Die Tränen trockneten von selbst. Ihr Herz hämmerte gegen ihre Rippen, ihr Atem war heiß, in ihrem Mund klebte wie flüssiges Feuer Galle. Sie fürchtete die lebenden Menschen mehr als die toten. Tote tun niemandem mehr etwas zuleide. Aber wozu lebende Menschen imstande waren, das wusste sie mittlerweile.

Humpelnd kehrte sie zum Polo zurück, holte aus dem Handschuhfach die Wasserflasche und leerte sie in wenigen Zügen.

Fliegen, Gestank, Tote und Lebende in einer toten Welt. In einer Welt, die es früher nur in Film und Fernsehen gegeben hatte. Mit der Einschränkung: Erst ab achtzehn …

Eigentlich konnte es diese Welt gar nicht geben, und doch existierte sie.

Hannas Mund war schon wieder ganz trocken, ihre raue Zunge schabte an ihren Zähnen. Sie trank eine weitere Flasche Wasser, atmete tief durch und hockte sich in den Schatten des Autos.

Sie lebte – und nur das zählte. Trotz allem lebte sie noch.

KAPITEL 2

Noch fünfzig Meilen

Nachdem Hanna Kidland hinter sich hatte, war sie sich sicher, dass sie nie wieder etwas erleben würde, das schlimmer sein würde als die letzten Tage. Ein Irrtum, wie sich schnell zeigen sollte. Denn schlimmer kann es immer kommen.

Zum Beispiel mit zweihundert Meilen, die sie zurücklegen musste.

Vor knapp einer Woche hieß das noch höchstens dreieinhalb Stunden Interstate Highway. Nicht der Rede wert. Jetzt aber sollten diese zweihundert Meilen zu den längsten in ihrem Leben werden. Den längsten und den grauenvollsten.

Hätte sie geahnt, was ihr bevorstand, hätte sie sich vermutlich überhaupt nicht auf den Weg gemacht. Aber sie hatte keinen blassen Schimmer. Dabei dachte sie klar. Warum, war ihr allerdings ein Rätsel. Obendrein hätte sie einiges dafür gegeben, einfach den Verstand zu verlieren. Ihn auszuschalten. Aus dem Rennen zu scheiden ...

Stattdessen lag sie auf der Rückbank eines Autos, das jemand auf dem Parkplatz einer Shopping Mall abgestellt hatte, trank Whiskey, der ihr den Hals verbrannte, noch dazu direkt aus der Flasche, und beobachtete, wie einige betrunkene Jugendliche den Macy's Supermarkt zerlegten. Sie würde weitertrinken. So viel Whiskey in sich hineinkippen, bis sie endlich einschlief.

Ob's edler im Gemüt, die Pfeil' und Schleudern
Des wütenden Geschicks erdulden, oder,
Sich waffnend gegen eine See von Plagen
Im Widerstand zu enden. Sterben – schlafen –
Nichts weiter! – und zu wissen, dass ein Schlaf
Das Herzweh und die tausend Stöße endet,

> *Die unsers Fleisches Erbteil – 's ist ein Ziel,*
> *Aufs innigste zu wünschen. Sterben – schlafen –*
> *Schlafen! Vielleicht auch träumen! …*

Sobald sie das Auto gefunden hatte, war sie auf der Rückbank zusammengebrochen. Ihr Trost bestand im vollen Tank des Jeep Lexus. Selbst wenn sie im Kreis fuhr, würde sie mit ihm dicke bis nach Hause kommen.

Nach dem Debakel bei dem abgestürzten Flugzeug hatte sie unbedingt einen großen und starken Wagen haben wollen, selbst auf die Gefahr hin, dass sie ihn alle zwanzig Meilen würde wechseln müssen. Egal! Am liebsten wäre ihr ein Panzer oder ein Truck gewesen, nur die entdeckte sie nirgends. Auf alle Fälle wollte sie aber unbedingt ein Auto, mit dem sie notfalls einer Verfolgung entkam. Ein Motorroller kam ihr jetzt nicht nur unpraktisch oder albern vor, sondern geradezu selbstmörderisch.

Aus dem Kofferraum des Polos hatte sie nur eine Flasche mit Wasser und ein paar Schokoriegel mitgenommen. Dann war sie erst einmal hundert Meter zu Fuß losmarschiert, vorbei an den Resten des Flugzeugs, an zerfetztem Gepäck und den Leichen der Passagiere. Den Biker mit dem Helm hatte sie seinem qualvollen Tod überlassen, nicht aus Grausamkeit, sondern weil sie ihn schlicht und ergreifend nicht hatte töten können. Dazu fehlte ihr der Mut. Zweimal hatte sie die Pistole auf ihn gerichtet, die Hand aber beide Male wieder gesenkt. Einen hilflosen Menschen zu erschießen, das brachte sie nicht fertig, mochte dieser Mensch nun ein Stück Scheiße gewesen sein oder nicht.

Um das Flugzeug herum hatte sie eigentlich darauf geachtet, keine Einzelheiten wahrzunehmen, am Ende jedoch genug gesehen, um keinen Schlaf zu finden. Schließlich hatte sie den ersten Schluck Whiskey getrunken, in der Hoffnung, er würde Vergessen bringen. Doch auch das klappte nicht. Das ältere Pärchen stand ihr vor Augen. Dabei war das ja fast noch harmlos …

Denn an die dreihundert Menschen, die in einem Gemenge aus Metall und Glas gestorben waren, durfte sie überhaupt nicht denken. Sie waren verbrannt, in den Beton gepresst, zu Hackfleisch verarbeitet. Bilder, die sie nicht verkraftete.

Immer wieder hatte sie sich wiederholt: Atme nicht. Schau nicht hin. Achte nicht auf die Insekten … Früher oder später endet das alles. Früher oder später.

Irgendwann hatte sie einen leeren Lincoln entdeckt, dessen Schlüssel noch steckte. Der Tank war aber fast leer gewesen, sodass sie das Auto schon in der nächsten kleinen Stadt wieder hatte aufgeben müssen.

Es folgte ein goldener Honda, aus dem sie erst eine völlig ausgetrocknete Frauenleiche herausziehen musste. In dem Supermarkt, vor dem das Auto stand, stockte sie gleich noch ihren Vorrat an Wasser und Essen auf. Die Schaufenster waren längst eingeschlagen worden, die Regale aber noch kaum geplündert. Der Schnapsladen nebenan wies da schon deutlichere Lücken auf … Aus ihm nahm Hanna die Flasche Whiskey mit, die wie durch ein Wunder nicht zerschlagen war. Für alle Fälle …

Das sollte sehr bald sein.

Da Hanna zu dicht an eine quer über die Straße ragende Metallstange gefahren war, trug das Wagendach Schaden davon. Sie fuhr auf den Parkplatz des nächsten Supermarkts, um nach einem anderen Auto zu suchen. Das hatte sie schnell gefunden, aber vom Parkplatz war sie nicht mehr runtergefahren. Sie war am Ende ihrer Kräfte …

Sie mochte keinen Alkohol, aber jetzt trank sie ihn wie Medizin. Auf den Geschmack oder die Entspannung kam es ihr überhaupt nicht an. Sie wollte nur endlich in dem nach dem heißen Tag nur langsam abkühlenden Auto einschlafen. Immer wieder hatte sie jedoch die Zeilen Shakespeares im Ohr. In der Schule hatten sie das Stück durchgenommen. Oder sie erinnerte sich an ihre Eltern und an Joshua. Sah ihn vor sich, wie er im Hotelzimmer ihrer Eltern neben dem Bett gesessen und wie eine Spielzeugpuppe Kekse gegessen hatte, wobei Krümel auf sein T-Shirt und den Teppich gefallen waren …

Ein weiterer Schluck. Noch immer gesellte sich der Schlaf nicht zu ihr. Es drehte sich bloß alles um sie herum.

Da ihr Lexus am hinteren Rand des Parkplatzes stand, fühlte sich Hanna eigentlich relativ sicher. Vom Supermarkt aus konnte man sie auf der Rückbank des Jeeps nicht sehen, während sie imstande war, das Schauspiel zu beobachten, das die Rowdys ihr boten: In den noch nicht eingeschlagenen Schaufensterscheiben spiegelten sich die Lichter von Fackeln und Scheinwerfern. Ein paar Jungen und Mädchen, die etwa in ihrem Alter waren, sowie eine Schar kleinerer Kinder amüsierten sich, indem sie ihrer Zerstörungswut freien Lauf ließen. Ein Tun ohne Sinn und Ziel, das ihnen dennoch Vergnügen bereitete.

Sie waren erst eingetroffen, als Hanna ihr Gepäck bereits umgeladen hatte. Kurz vor Sonnenuntergang. In mehreren Autos. Die Zufahrt zum Parkplatz versperrten nun zwei riesige Pick-ups, ein Ram, der mit einem Drachen bemalt war, und ein Tundra, wie ihn auch ihr Daddy gehabt hatte, allerdings in einer Farbe für Frauen: perlmuttblau. Sie schnitten Hanna keineswegs absichtlich den Weg ab, denn sie ahnten ja nicht mal, dass sie hier war, sondern hatten ihre Wagen einfach da stehen lassen, wo es ihnen gerade eingefallen war.

Die ungebetenen Gäste ballerten wie wild herum. Wahrscheinlich hatten sie vorher noch einem Waffengeschäft einen Besuch abgestattet. Angetrunken, wie sie waren, grölten sie außerdem die ganze Zeit. Selbst die jüngsten von ihnen sprangen mit einer Bierflasche in der Hand aus den Pick-ups. Für ihre Kleidung hatten sie sich aber allesamt in den teuersten Läden bedient.

Aus dem Supermarkt wanderten nun Kartons mit Konservendosen, Wasserflaschen und Süßigkeiten in die Autos. Das Gitter vor dem Schaufenster des Schnapsladens fiel dem Jeep zum Opfer, die Jungen schleppten weiteren Alkohol heraus. Klirrend gingen die Scheiben von Klamottenläden zu Bruch. Schaufensterpuppen und Kisten mit Schuhen flogen nach draußen, nicht weil irgendjemand diese Dinge gebraucht hätte, sondern weil es ihnen Spaß machte.

Nach ein paar kräftigen Schlucken nahmen sie die Scheiben des Supermarkts unter Beschuss.

Hanna beobachtete sie aus ihrem Versteck heraus.

Vermutlich hätte sie Angst haben sollen. Wenn diese Gang sie entdeckte, wäre es aus mit ihr, das wusste sie genau. Trotzdem stieg keine Panik in ihr auf. Ja, Ekel, den empfand sie. Und, so komisch sich das auch anhörte, Mitleid.

Es wollte ihr einfach nicht in den Kopf, wie sich Kinder oder Jugendliche, die noch vor wenigen Tagen genau wie sie selbst gewesen waren, ohne die Aufsicht ihrer Eltern innerhalb so kurzer Zeit in eine wilde Horde verwandeln konnten. In Rowdys. Sie meinte, die einzig Gesunde zu sein – und Mitgefühl für diese Kinder packte sie. Das gleiche Mitgefühl, das gesunde Menschen beim Anblick ihrer invaliden oder schwer kranken Mitmenschen hegen.

In einer Sendung von Discovery hatten sie einmal einen Bericht über Steppenpaviane gesehen. Daran musste sie jetzt denken – aber vermutlich beleidigte sie damit die Affen.

Menschen verhalten sich schlimmer als Tiere. Wesentlich schlimmer.

In der Shopping Mall loderte bereits ein Feuer. Schatten tanzten um es herum. Eine weitere Scheibe ging zu Bruch. Jemand hatte von innen auf eines der großen Schaufenster geschossen. Die glitzernden Splitter ergossen sich in einem wahren Wasserfall auf die Straße.

Hanna trank einen letzten Schluck Whiskey. Mehr würde sie nicht herunterbringen. Der Alkohol stand ihr vorm Magen und ließ sie würgen. Betrunken fühlte sie sich dennoch nicht. Nur in ihren Ohren rauschte es, während das Blut in ihren Schläfen heftig pulsierte. Auf Schlaf brauchte sie nach wie vor nicht zu hoffen. Allein der Gedanke, aufzustehen und sich zu bewegen, löste jedoch regelrechte Panik in ihr aus.

Die Horde amüsierte sich noch immer weiter in der einzigen Weise, die sie kannte. Gejohle, Gekreisch und Geschimpfe, dazwischen die Stimmen von Mädchen ... Ein unangenehmes Kreischen, das an das Heulen eines Kojoten erinnerte.

Als Hanna die Augen schoss, drang der Widerschein des Feuers durch ihre Lider. Alles um sie herum drehte sich, sie selbst schien im freien Fall in die Tiefe zu stürzen. Merkwürdig, aber das war überhaupt nicht beängstigend. Irgendwann ließ sie sich vom Sitz auf den Boden des Wagens gleiten, rollte sich zusammen wie ein erschöpfter Hund und presste die halb geleerte Whiskeyflasche an ihre Brust.

Schlief sie? Offenbar nicht. Allerdings hatte wohl jemand das Licht und den Ton abgestellt ...

Sie träumte von Feuer.

Ein enger Raum, klein und stickig, mit einem unangenehmen Staubgeruch. Ihre letzte Zuflucht. Um sie herum tobten die Flammen. Hanna sah sie nicht, denn das Feuer war draußen, aber der Lack der Tür warf bereits Blasen.

Schweiß lief Hanna in die Augen. Ihre Haare waren so nass, als hätte sie diese mit Wasser übergossen. Die Hitze ließ sie knistern.

Als sie schreien wollte, schoss glühende Luft in ihre Kehle und versengte ihre Stimmbänder …

Wasser!

Da endlich öffnete Hanna die Augen.

Helles, heißes Sonnenlicht flutete über den Parkplatz. Die Luft über dem Asphalt flirrte. Im Jeep herrschte eine Wahnsinnshitze. Hanna keuchte. Ihre schweißgetränkte Unterwäsche klebte an ihrem Körper.

Sie lag in einer völlig verrenkten Stellung zwischen den Sitzen, eingerollt, zermatscht, mit tauben Extremitäten. Am liebsten hätten sie gleichzeitig getrunken und gepinkelt.

Der Anblick der halb geleerten Whiskeyflasche unter dem Sitz führte dazu, dass sich diesen beiden Wünschen ein dritter hinzugesellte: der zu kotzen. Aber nachdem sie ein wenig Wasser getrunken hatte, ging es ihr etwas besser. Ungeachtet der Gefahren schlüpfte sie anschließend aus dem Wagen und ging am Hinterrad in die Hocke.

Während ihr Urin ein bizarres Ornament auf den Asphalt zeichnete, versuchte Hanna sich einen Überblick über die Lage zu verschaffen. Soweit ihre Position es erlaubte jedenfalls.

Der Parkplatz war zu ihrer Erleichterung völlig leer, in der Auffahrt standen keine Autos mehr. Aus dem ersten Stock des Shopping Centers stieg Rauch auf, das Feuer musste also noch brennen. Es würde sich über alle Kartons in den Regalen hermachen … Überall lagen zerschlagene Flaschen, dreckige Lappen, nagelneue Produkte, noch mit Etiketten, aufgerissene Chipstüten, leere Verpackungen …

Als sie wieder aufstand und den Reißverschluss ihrer Jeans hochzog, war ihr noch leicht schwindlig. Auch gegen den Würgereiz kämpfte sie noch an. Vermutlich sollte sie etwas essen, aber dafür musste sie sich erst überzeugen, dass die Meute von gestern Nacht tatsächlich vollständig abgezogen war.

Mit der Waffe in der Hand pirschte sie sich an die Shopping Mall an.

Einige Autos parkten unmittelbar davor. Auf diese Wagen hatten die Rowdys geschossen, warum auch immer. Zerlöcherte Karosserien zeugten noch von ihrem Wüten. Hanna kramte in ihrem Gedächtnis und versuchte, sich darüber klar zu werden, ob sie im Schlaf Schüsse gehört hatte, fand aber keine Antwort auf die Frage. Sie hatte geschlafen wie eine Leiche – zu der sie wohl auch leicht hätte werden können. In ihrem verkaterten Zustand fühlte sie sich immer noch absolut miserabel, aber sie wollte ihren Verstand nicht länger freiwillig aufgeben, fast als hätte die halbe Flasche Whiskey jenen Antriebsmechanismus in ihrer Brust, der mit jedem in dieser neuen Welt zugebrachten Tag kraftloser geworden war, wieder aufgeladen.

Wenn nur nicht diese schrecklichen Kopfschmerzen gewesen wären!

Sie betrat die Shopping Mall.

Brandgeruch hing in der Luft. Über die stehende Rolltreppe kroch erstaunlich dicker Rauch nach oben. Doch außer ihr war hier niemand.

Scherben und umgekippte Kaffeefässer. Einige Leichen von Erwachsenen. An sie hatte sich Hanna inzwischen gewöhnen müssen. Am Boden eine Kaffeemaschine des Typs Retro, die aussah, als wäre gerade ein Güterzug über sie gebrettert.

Auch hier drinnen hatten sich die Rowdys ausgetobt ...

Sie würde sich jetzt noch mit Proviant eindecken und dann aufbrechen.

In ihren Rucksack wanderten Wurstaufschnitt, Käse und einige kleine italienische Salamis. Die Randalierer hatten diese Abteilung weitgehend ignoriert, weil die Pasteten und Rindersteaks längst verdorben waren und so stanken, dass Hanna trotz des feuchten Tuchs, das sie sich vor Nase und Mund gebunden hatte, zusah, nicht länger als unbedingt nötig in dieser Abteilung zu bleiben. Als Preis für ihre Tapferkeit hatte sie jetzt immerhin Lebensmittel, denen die Hitze nichts anhaben konnte.

Sie besorgte sich noch Batterien und eine weitere Taschenlampe. An der Kasse sah sie die verbilligten CDs und allerlei Zubehör zur Reinigung des Computerbildschirms, USB-Sticks und Akkus, mit denen jetzt niemand mehr etwas anfangen konnte. Am liebsten hätte sie noch einen Generator mitgenommen, wie er bei ihnen im Keller stand, falls der Strom mal ausfiel, fand jedoch keinen.

Diese Aktivitäten halfen ihr, die Ängste zu überwinden, die sie beim Aufwachen noch fast gelähmt hatten.

Nun würde sie die letzten fünfzig Meilen nach Hause hinter sich bringen – selbst wenn sie ohne Mom, Daddy und Joshua eigentlich kein Zuhause mehr hatte. Immerhin wartete Greg auf sie. Dann brauchte sie sich keine Gedanken mehr um durchgeknallte Idioten zu machen, die in Jeeps, auf Motorrädern und mit Waffen durch die Gegend fuhren.

Also zum Ausgang!

Auf dem Weg kam sie noch an einer Apotheke vorbei, deren Schränke aufgebrochen worden waren. Offenbar hatte jemand Narkotika gesucht und dann mitgenommen, was er fand. Trotzdem entdeckte Hanna noch ein paar Fläschchen mit Aspirin, eine Schachtel Paracetamol, Verbandspäckchen und – o Wunder! – einige Binden, die sie in den nächsten Tagen retten würden.

Zufrieden mit ihrer Ausbeute kehrte sie in die Eingangshalle im Parterre zurück. Hier war noch immer alles voller Rauch. Zum Glück trieb der Wind die stinkenden grauen Flocken aber durch die zerschossenen Fenster, sodass Hanna wenigstens einigermaßen ungetrübt sehen und atmen konnte.

Als sie das Shopping Center verlassen wollte, fiel ihr Blick noch einmal auf die Rolltreppe.

Sie erstarrte.

Dort lag eine Leiche.

Keine verschrumpelte Mumie, die von einer Krankheit dahingerafft worden war, sondern der Körper eines erschlagenen Menschen.

Vorhin war diese Leiche noch nicht da gewesen. Sie sah sich aufmerksam um und griff nach ihrer Pistole, die sie verzweifelt umklammerte.

Ein Schritt. Der nächste. Noch einer. Immer auf die Leiche zu.

Ihre Hände waren längst schweißnass, sie konnte die Waffe kaum noch halten.

Über der Leiche stieg Rauch auf.

Rohes Fleisch und verbrannte Haut, Fetzen von Kleidung und verkohltes Haar ...

Ein Mädchen.

Hanna machte einige weitere Schritte auf die Tote zu, wobei sie die Pistole auf der Suche nach einem möglichen Ziel hektisch herumriss.

Sie lauschte. Nach wie vor knisterte und heulte im ersten Stock das Feuer. Draußen krächzten Krähen. Nur hier war niemand.

Hanna beugte sich über das Mädchen und drehte es vorsichtig auf den Rücken, wobei sie versuchte, ausschließlich die Reste der Jacke anzufassen, nicht den Körper. Als sie in das Gesicht blickte, erschauderte sie ein zweites Mal. Das Mädchen lebte noch. Seine Hand schnellte vor und umklammerte mit eisernem Griff die Hannas.

Diese schrie auf, wie sie noch nie in ihrem Leben geschrien hatte, stürzte davon und fiel nach ein paar Yards voller Wucht auf den Hintern. Es war ihr nicht einmal in den Sinn gekommen, ihre Pistole zu gebrauchen ... Sie bekam keine Luft mehr, und ihr Herz drohte ihren Brustkasten zu sprengen.

Das Mädchen hatte Hanna angestarrt. Mit nur noch einem Auge. Durch den Kontrast zu dem rohen Fleisch hatte die Iris in einem strahlenden Blau geleuchtet. Die Lippen hatten sich bewegt, doch heraus war bloß ein Krächzen gekommen.

Langsam und voller Angst kroch Hanna auf allen vieren zurück, gerufen von dieser schmalen und ausgestreckten Hand, die längst an eine gehäutete Tierpfote erinnerte. In dem blauen Auge spiegelten sich Panik und Schmerz. Die Lider fehlten bereits ...

Dieses eine Auge sah Hanna an. Mit letzter Willenskraft beugte sie sich zu dem Mädchen hinunter, um zu hören, was es ihr sagen wollte ...

Aber das Röcheln fügte sich zu keinen Worten mehr zusammen. Das Mädchen war tot.

An der Ausfahrt 64 verließ Hanna den Highway, um über die ihr vertraute kleinere Straße nach Mount Hill weiterzufahren. Das Labyrinth von Abzweigungen brachte sie recht schnell hinter sich, auch weil sie sämtlichen Hindernissen gut ausweichen konnte.

Unter einer Brücke lagen einige umgekippte Pkws, während ein ausgebrannter Lkw inmitten von geschmolzenen CDs stand.

Am Straßenrand auch hier reglose Körper. Langsam fuhr sie an ihnen vorbei. Aber das waren wirklich Tote, keine Verletzten. Teenager, sechs Jungen, drei Mädchen. Die Leichen waren noch frisch. Die Spuren an ihrer Kleidung und ihre Lage deuteten darauf hin, dass jemand sie erschossen hatte.

Hanna schloss kurz die Augen. Ihre Hände fingen schon wieder an zu zittern. Genau wie heute Morgen, als sie aus der Shopping Mall gerannt war ...

Leichen, Leichen, Leichen. Doch vor ihnen brauchten sie keine Angst zu haben.

Aber die paar Lebende dazwischen jagten ihr eine Angst ein, dass sie sich fast in die Hosen machte.

Statt ihnen entgegenzueilen und auszurufen: »Na endlich, ich bin so froh, euch zu sehen!«, verkroch sie sich. Sie wusste, was während des Hurrikans Katrina alles geschehen war, und gab sich keinen Illusionen hin: Das Böse lauerte immer hinter einem und wartete nur auf eine Gelegenheit zuzuschlagen. Und das, was sich jetzt abspielte, war tausendmal schlimmer als das, was damals geschehen war. Es war sogar schlimmer als *World War Z*, *The Walking Dead* oder irgendein anderer Horrorstreifen. Die Jugendlichen am Straßenrand waren weder von einem Alien ermordet noch von einem Zombie mit aufgeweichtem Hirn angefallen worden – sondern von ganz normalen Menschen. Von Teenagern. Von Rowdys, ähnlich denen, die im Shopping Center ihre Feuershow veranstaltet hatten. Stinknormale Jungen und Mädchen, die aber Gefallen an Gewalt und Gesetzlosigkeit fanden.

Hanna blickte auf ihre Finger. Sie zitterten kaum noch.

Die rechte Straßenseite war frei. Wenn sie es schaffte, den Abzweig nach Rightster zu erreichen, bräuchte sie bloß noch ein kleines Stück bis zur Stadt hinter sich zu bringen, um diese dann zu durchqueren. Danach war es nur noch ein Katzensprung bis Wiseville.

Sie gab ein wenig mehr Gas. Der Motor des Lexus schnurrte zufrieden. Gerade verriet ihr ein Hinweisschild, dass es bis zur nächsten Autobahnraststätte drei Meilen waren.

Dahinter musste sie die Abfahrt nach Rightster West nehmen, dann die Oak Street bis zum Ende – sie war nur kurz, bloß eine halbe Meile –, über die Brücke für die Züge zur Militärbasis und schließlich rechts abbiegen, um durch einen Mischwald zu ihrem Ziel zu gelangen. Hanna hätte den Weg im Schlaf gefunden: Es war die Strecke, die auch ihr Schulbus nahm.

Gleich hinter der Auffahrt zur Raststätte stand ein Greyhoundbus, der gegen eine Mauer geknallt war. Als sie ihn vorsichtig umrundete, knirschten Glassplitter unter ihren Reifen. Danach war der Weg relativ frei. Sie hielt auf die Shell-Tankstelle am anderen Ende zu. Hier wies das Schild bereits das heiß ersehnte Rightster West aus. Noch eine halbe Meile.

Am liebsten hätte sie aus voller Kehle losgejubelt! Wieder zu Hause! Sie hatte es geschafft! Ausgelassen trommelte sie mit den Fäusten aufs Lenkrad …

… bis ihr das Lachen im Hals stecken blieb. Im Rückspiegel erblickte sie die beiden Pick-ups, die sie seit gestern leider nur zu gut kannte. Der perlmuttblaue Tundra und der Ram mit Drachenmotiv. Einen Irrtum konnte es gar nicht geben. Diese Autos hatten auf dem Parkplatz der Shopping Mall gestanden, direkt in der Auffahrt. Wie kleine Fische einem Hai folgten den beiden Pick-ups einige Jeeps und Sportwagen, in denen sich die Jugendlichen geradezu stapelten. Hanna zählte sie gar nicht erst, sondern gab bloß mit aller Kraft Gas. Der Lexus legte sich mit quietschenden Reifen in die Kurve. Viel fehlte nicht, und er wäre auf eine Seite gekippt. Am Ende der Kurve streifte Hanna einen kleinen Honda, der daraufhin wie ein Ball zur Seite hüpfte und nun die halbe Straße versperrte.

Als sie über die Oak Street fuhr, blieb sie mit ihrem Jeep genau in der Mitte der Spur und drängte kleinere Wagen erbarmungslos mit der Stoßstange zur Seite. Im Rückspiegel beobachtete sie, wie der Ram den Honda zerschmetterte wie ein Hammer ein Glasspielzeug. Er walzte einfach über ihn drüber, ein echter Drache, riesig und blutdürstig, die Räder bedrohliche Pfoten. Dieser Wagen führte die Verfolger an und strahlte die Gewissheit aus, dass Hanna allein bei dem Anblick seines Kühlergrills das große Zittern kriegen würde.

Auf gerader Strecke würde der Lexus den Pick-up kaum abhängen können. Wenn sie einen Vorteil hatte, dann ihre Wendigkeit. Deshalb wollte Hanna ihre Rettung nicht auf der Geraden, sondern in der kurvenreichen Strecke suchen, die durch den Wald führte. Wie ein Pfeil schoss sie über die Straße, bog dann scharf rechts ab und bretterte mit fünfundsechzig Meilen über die Brücke. Der Lexus flog rund zehn Yard durch die Luft und kam mit den Vorderrädern auf, wobei die Federung den Schlag abfing, sodass der Wagen nicht den geringsten Schaden nahm.

Weiter. Links. Rechts.

Hanna schwitzte Blut und Wasser, weil sie fürchtete, die Kontrolle über den Wagen zu verlieren. Bislang half ihr die Automatik aber, die Aufgabe zu meistern. Die Fahrdynamikregulierung griff ein, das Pedal unter ihrem Fuß wurde mal watteweich, mal leistete es unnatürlichen Widerstand. In solchen Momenten konnten der Drache und sein perlmuttblauer Begleiter den Abstand deutlich verkürzen ...

Auf einem weiteren geraden Abschnitt prasselten plötzlich kleine Kiesel auf ihren Wagen, doch erst als die Heckscheibe barst, begriff Hanna, dass auf sie geschossen wurde.

Die nächste Kurve. Noch eine. Sie nahm sie alle mit höchstmöglicher Geschwindigkeit.

Der nächste Schuss ...

In der Windschutzscheibe prangte auf der Beifahrerseite ein kleines, von Rissen umgebenes Loch.

Wo war bloß der Abzweig nach Wiseville? Nahmen diese letzten zehn Meilen denn nie ein Ende?!

Abermals schlugen Kugeln ein, diesmal in den Kofferraum.

Verzweifelt schnappte sich Hanna ihre Waffe und gab zwei Schüsse nach hinten ab. Der Drache ließ sich von den Versuchen seines Opfers, nach ihm zu schnappen, jedoch überhaupt nicht beeindrucken. Wieso auch? Sein Opfer hatte ja nicht mal Zähne im Mund ... Die Kugel, mit der Hanna auf ihre Schüsse geantwortet wurde, riss dagegen den Seitenspiegel ab. Das war ihr in dem Moment aber egal, da endlich die Abfahrt in Sicht kam.

Der Lexus heulte auf und schoss mit aller Kraft auf die Zielgerade. Der Ram und der Tundra folgten ihm, im Schlepptau immer noch die kleineren Autos, deren Fahrer sich offenbar alle wie Helden aus *Mad Max* fühlten. Ihnen gefiel diese Welt voller heulender Motoren, Blut, Feuer und Gewalt, in der es nach Benzin und nach verbranntem Fleisch roch. Sie gehörte ihnen, diese neue wilde Welt, in der IMAX und Egoshooter die Realität ersetzten. In der alles echt war. Das Blut. Der Tod ...

Wohin sollte Hanna jetzt noch fliehen?

Mit einem Mal flatterte etwas vor dem Wagen und geriet zwischen die Räder. Die Federung spielte daraufhin völlig verrückt, der Lexus bäumte sich auf wie ein Pferd beim Rodeo. Hanna wäre trotz des Sicherheitsgurts auf das Lenkrad geknallt. Jäh wurde sie langsamer und landete am Straßenrand.

Der Ram und der Tundra wollten noch bremsen, schafften es aber nicht mehr und rasten in das Absperrungsband. An einem Auto platzte ein Reifen.

Hanna sprang aus ihrem Wagen und rannte davon. Von der anderen Straßenseite kämpfte sich da aber bereits mit knatterndem Auspuff ein Militärjeep durch das Gebüsch. Hanna machte auf dem Absatz kehrt und suchte hinter ihrem Lexus Schutz, um nicht von diesem gescheckten Monster erfasst zu werden.

Aus dem Ram gab jemand ein paar Schüsse ab. Der Jeep antwortete umgehend. Eine Salve überzog den Pick-up, die Jugendlichen darin huschten wie Mäuse aus einem gefluteten Bau – nur um von einem regelrechten Bleiregen überzogen zu werden.

Jemand packte Hanna und zog sie Richtung Wald. Nach wenigen Schritten warf er sie sich wie einen Mehlsack über die Schulter. Hinter ihr donnerte schon wieder das MG in seinem tiefen Bass. Daneben nahm sich das Geratter der Automatikwaffe geradezu lächerlich aus. Inmitten des Geknalls erklang ein durchdringender Schrei.

Hanna wurde abgesetzt. In ihrem Schock realisierte sie nicht einmal, dass die Jagd ein Ende hatte. Sie keuchte, als wäre sie nicht getragen worden, sondern hätte mit einer wahnsinnig schweren Last ein Querfeldeinrennen hinter sich gebracht.

»Gib mir die Pistole«, bat eine vertraute Stimme. »Sie ist sowieso leer!«

Etwas mit ihrem Blick stimmte noch nicht. Alles war wie verwischt ...

Dann quietschten Bremsen, und ein Wagen hielt. Eine Tür wurde aufgeworfen und wieder zugeschlagen. Ein Schatten fiel auf sie. Nach wie vor nahm sie nur verschwommene Silhouetten wahr.

»Es ist vorbei, Bell«, sagte da jemand. »Ich bin es. Greg. Du hast es geschafft, du bist zu Hause ...«

Er nahm sie in seine Arme und presste sie an sich.

Erst da fing sie zu weinen an.

Es dauerte drei Tage, bis abrupte Bewegungen, laute Geräusche und überraschende Begegnungen Hanna keine Angst mehr einjagten. Um nachts Schlaf zu finden, brauchte sie etwas Nachhilfe. Liz gab ihr auf Gregs Anweisung hin abends eine Spritze. Danach hätte neben Hanna die Welt untergehen können, sie wäre nicht aufgewacht.

Gegen diese Maßnahme hatte Hanna eigentlich Widerspruch einlegen wollen, doch sie biss bei Greg auf Granit.

»Bell, wir haben keine Ärzte. Wenn du einen Nervenzusammenbruch kriegst, kann dir niemand helfen. Es hat schon Fälle von Selbstmord gegeben. Oder von Wahnsinn. Das darf sich bei dir nicht wiederholen! Erhole dich also in den nächsten Tagen. Danach wirst du umso dringender gebraucht.«

Greg und seine Freunde arbeiteten bis zum Umfallen. Zwanzig Stunden am Tag. Um das einst so beschauliche Wiseville in eine echte Festung zu verwandeln. Da in den meisten Häusern niemand mehr lebte, hatte Greg beschlossen, Beobachtungsposten und einige Patrouillen in den leeren Häusern am Stadtrand unterzubringen, damit sie das Umland im Auge behielten. Die Überlebenden wurden alle im Stadtzentrum einquartiert, das mit Stacheldraht und Straßenbarrikaden gesichert werden sollte. Weitere Aufgaben bestanden darin, für die Versorgung der kleinen Kinder zu sorgen, eine anständige Ernährung zu garantieren und Vorräte anzulegen.

In Wiseville gab es noch dreihundertdreiundzwanzig Teenager unter achtzehn. Von ihnen waren siebenundsechzig bereits über sechzehn – zweiunddreißig Jungen und fünfunddreißig Mädchen – und hundertzwölf im Alter von zwölf bis sechzehn, der Rest war noch unter zehn. Nicht gerade optimal …

Der Kindergarten musste bewacht werden, Krankheiten behandelt und die Kleinen gefüttert werden. Jemand musste die Verantwortung übernehmen, musste sämtliche Aufgaben koordinieren und dafür sorgen, dass Pläne realisiert wurden.

Dafür bot sich Gregory Stachowsky an, der beste Schüler des Jahrgangs und Halfback der Footballmannschaft, der nach dem Sommer eigentlich nach Princeton hätte gehen sollen – doch zum Glück für Hanna und alle anderen in Wiseville war er noch da.

Hanna Seagal und Gregory Stachowsky kannten sich seit klein auf. Wie alle Kinder in Wiseville, deren Eltern für die Regierung oder an dem Projekt Peacemaker arbeiteten. Oder deren Leben sonst in irgendeiner Weise mit der Militärbasis und dem Labor verbunden war. Mount Hill – oder eben Wiseville – war eine Stadt der Wissenschaft. Wer hier lebte, arbeitete entweder an einem Forschungsprojekt des Verteidigungsministeriums mit oder sorgte für den Schutz der Militärbasis und ihrer Geheimnisse.

Gregs Vater Fred Stachowsky hatte die IT-Security der Basis geleitet, Hannas Vater Alex Seagal das Projekt Peacemaker. Gregs Mom Sibylla hatte eine Firma gehört, die für sämtliche kleinen Geschäfte der Umgebung die Buchhaltung erledigte, Hannas Mutter Tess hatte in einer Kanzlei in Rightster gearbeitet und zusätzlich an Samstagen die Bewohner von Wiseville beraten.

Zunächst hatten sich die Mütter von Greg und Hanna kennengelernt, dann die Väter und schließlich die Kinder.

Einmal hatte Greg aufgeschnappt, wie Hannas Vater sie nannte, den Spitznamen hatte er gleich übernommen.

»Bell, das kommt vom Italienischen Bella, die Schöne«, hatte Alex ihm lächelnd erklärt. »Wir sind zwar keine Italiener, aber hör dir doch nur an, wie das klingt: Bell!« Ihr Vater ließ sich das Wort förmlich auf der Zunge zergehen. »Bell!«

»Dann werde ich sie auch so nennen«, hatte Greg erklärt. Damals, vor einer ganzen Ewigkeit.

»Aber ihr seid doch nun erst recht keine Italiener«, hatte Hanna erwidert. »Ihr seid Polen …«

»Ja und?«

»Gefällt dir mein richtiger Name nicht?«

»Du hast einen wunderbaren Namen. Hanna, das ist aus der Bibel. Trotzdem gefällt mir Bell noch besser. Er klingt wie ein Glöckchen! Bell!«

»So nennt mich aber nur mein Vater«, wandte sie ein und schaute Greg finster an, obwohl es ihr eigentlich gefiel, wenn er sie Bell nannte. »Das ist unser Geheimnis …«

»Dann werde ich dich nur so nennen, wenn wir allein sind«, versprach er. »Wenn niemand sonst dabei ist.«

Im Labor war Gregs Vater die Strenge in Person, ansonsten aber ein geselliger Mann und für jeden Spaß zu haben. Wahrscheinlich besaß er einen Schalter, den er einfach bloß auf Privatleben umzulegen brauchte.

Sibylla Stachowsky dagegen trug ihre Gefühle nie zur Schau, weder in der Kanzlei noch in den eigenen vier Wänden. Sie konnte als Paradebeispiel für eine erfolgreiche Geschäftsfrau und gute Ehefrau gelten. Jeder in der Stadt wusste, dass man sich mit ihr besser nicht anlegte, denn notfalls verspeiste dieser vermeintlich sanftmütige Engel einen Widersacher mit Haut und Haar.

Was Greg betraf, war es natürlich eine Sache, in guten Zeiten der Beste in der Rhetorik-AG oder der erfolgreichste Spieler der Footballmannschaft zu sein, eine völlig andere jedoch, nach einer Katastrophe die Verantwortung für über dreihundert Kinder und Jugendliche zu übernehmen. Erst jetzt wurde Hanna klar, dass Greg es in puncto Disziplin mit seinen beiden Elternteilen aufnehmen konnte. Wenn es sein musste, war er kein nachgiebiger Intellektueller, sondern eine Autorität, der sich alle unterordneten. Weil man wirklich Angst vor ihm hatte.

Für die überlebenden Kinder von Wiseville war er ein Idol, ein echter Boss. Das war kein leeres Wort. Hinter dem Begriff standen Taten, zu denen eben nur ein Leader imstande ist.

Greg roch nach Schießpulver – ein Geruch, den Hanna erst in den letzten Tagen so richtig kennengelernt hatte und den sie nun mit Tod und Gewalt assoziierte – und auch ein wenig nach Schweiß, denn es war ein drückend heißer Tag gewesen. Wie so oft Anfang August in dieser Gegend.

Nur hatte Hanna diese Hitze bisher nicht als grausam empfunden. Aber jetzt, da es keinen Strom mehr gab und die Klimaanlagen bloß noch nutzlosen Metallschrott abgaben, bekam sie selbst in dem Haus, das zu einer Art Krankenhaus umfunktioniert worden war und im Schatten großer Bäume stand, kaum noch Luft.

Kühle Sommerabende gehörten ein für alle Mal der Vergangenheit an ...

Greg umarmte sie, gab ihr einen Kuss und setzte sich neben sie auf die Couch, um nach ihrer Hand zu fassen. Seine Wangen waren eingefallen, in den letzten zehn Tagen war er um Jahre gealtert.

»Ich habe nur eine halbe Stunde«, erklärte er. Selbst seine müde Stimme klang anders. Angeschlagen. »Gleich bringt uns jemand was zu essen, und wir können uns ein bisschen unterhalten. Dann muss ich wieder los. Du ahnst nicht, was es alles zu tun gibt. Aber am Abend bin ich wieder bei dir. Am besten ziehst du übrigens zu mir. Ich habe schon angeordnet, dass jemand dich hinbringt.«

Er fragte nicht nach ihrer Meinung. Er teilte ihr nur mit, was als Nächstes passieren würde. Anders wollte sie es momentan aber auch gar nicht.

»Wie ist das eigentlich ausgegangen?«, fragte sie und wandte den Blick ab. »Ich meine ... mit denjenigen, die mich verfolgt haben ...«

»Eins zu null für uns«, antwortete er. »Die Kerle sind übrigens von unserer Schule.«

»Bitte?!«

»Daran musst du dich gewöhnen, Bell.«

Jemand klopfte an die Tür, und ein Junge und ein Mädchen, beide etwa zehn Jahre alt, die Sandwichs, Äpfel und Wasser brachten.

»Mit besten Grüßen aus der Küche, Boss. Falls das nicht reicht, sag Bescheid, dann bringen wir noch mehr.«

Das Mädchen lächelte und himmelte Greg an. Der Junge sprach so ernst wie ein Erwachsener. Dabei war er noch ein richtiger kleiner Junge, kantig, mit einem aufgeschrammten und nicht sehr sauberen Gesicht. Mit weit auseinanderliegenden hellen Augen und fast farblosen Augenbrauen. Auch er sah zu Greg wie zu einem Gott auf und verschlang ihn förmlich mit seinem Blick.

»Danke, aber das reicht uns völlig«, antwortete Greg lächelnd. »Am besten schließt ihr euch jetzt den Suchtrupps an.«

»Mhm«, murmelte das Mädchen.

Die Kleine war sehr zart, hatte dunkle Haut und eine spitze Nase. Ihre Zähne waren ein wenig schief, ihr Haar nicht gekämmt. Die dichten Wimpern waren flaumig und fesselten jeden Blick.

»Das heißt nicht *Mhm*, sondern *Zu Befehl*«, korrigierte Greg sie. »Mit diesen Worten müsst ihr antworten. Ihr seid doch unsere Hoffnung, da müsst ihr euch das merken. Kann ich mich darauf verlassen? Und jetzt könnt ihr gehen. Wegtreten!«

»Zu Befehl, Chief Greg«, ratterte der Junge begeistert los, während das Mädchen nur nickte.

Dann verließen beide den Raum. Kleine, ernste Soldaten.

»Ist das ein Spiel?«, wollte Hanna wissen. »Oder was soll das alles? Chief Greg, zu Befehl, wegtreten …?«

»Das ist leider kein Spiel. Iss was, derweil erzähle ich dir alles.«

Die Sandwichs waren mit gekochtem Fleisch und Käse belegt. Sie schmeckten, obwohl das Brot nicht frisch war.

»Soll ich anfangen?«

Hanna nickte.

»Zunächst die schlechten Nachrichten. Wie ich dir schon gesagt habe, hat das Virus, an dem im Labor gearbeitet wurde, für alle Erwachsenen den Tod bedeutet. Also für jeden über achtzehn. Ziemlich genau an deinem achtzehnten Geburtstag stirbst du. Eine Medizin dagegen gibt es nicht. Du kannst weder die Schmerzen lindern noch den Prozess aufhalten. Wen es erwischt hat, kannst du nur noch mit einem Schuss von seinem Leid erlösen. Unter den Überlebenden hat es bereits zwei weitere Menschen dahingerafft. Diesen Tod wünsche ich meinem ärgsten Feind nicht. Nicht mal, dass sie den Anblick ertragen müssen, wünsche ich ihnen.«

Hanna dachte an die ausgefallenen Zähne ihrer Mutter, die auf der Brust ihres Vaters gelegen hatten. An das Kopfkissen voller Blut. Sie legte das Sandwich auf den Teller.

»Eben«, sagte Greg. »Es verschlägt einem den Appetit. Aber das war noch nicht alles. Dir dürfte klar sein, dass mir bis zu meinem Tod nur noch ein knappes Jahr bleibt. Dir zwei. Das ist alles, was an Zukunft noch vor uns liegt. In den nächsten dreihundertfünfundsechzig Tagen wird es in Wiseville siebenunddreißig Menschen weniger geben. Im nächsten Jahr sterben weitere dreißig. Im Jahr danach werden es zweiundzwanzig Menschen sein. Insgesamt sind wir heute dreihundertdreiundzwanzig. Wenn das so weitergeht, gibt es hier in ein paar Jahren nur noch Wildschweine und Hirsche.«

Hanna hörte ihm schweigend zu und trank etwas Wasser aus der Flasche. Schluck für Schluck. Trotzdem blieb ihr Mund völlig ausgetrocknet. Auch der bittere Geschmack auf ihrer Zunge wurde nicht heruntergespült. Der Appetit war ihr endgültig vergangen.

All die Dinge, die ihr auf der Fahrt hierher durch den Kopf gegangen waren, all die Fragen, die zu stellen sie sich gefürchtet hatte, standen nun im Raum, von Greg präzise formuliert und mit seiner neuen, brüchigen Stimme ausgesprochen. Als hielte er in der Rhetorik-AG einen Vortrag über ein interessantes Thema, als spräche er nicht über seinen eigenen Tod und den Tod all derjenigen, die noch in der Stadt lebten.

Über ihren Tod.

»Was hast du jetzt vor?«, fragte sie.

»Wenn jemand von uns stirbt, dann muss seine Stelle von mindestens einem jüngeren Kind eingenommen werden. Noch sind Jessica und Sam bei uns. Die beiden haben schon ein Jahr am medizinischen College hinter sich. Sie können den kleineren Kindern beibringen, was sie unternehmen müssen, wenn die Wehen einsetzen, und wie sie Kranken oder Verwundeten Erste Hilfe leisten. Später …« Er verstummte kurz. »Vielleicht geben sie ihr Wissen dann an die nächste Generation weiter. Wenn sie etwas lernen, meine ich. Außerdem … Es gibt ganz in der Nähe Lager mit Medikamenten und ähnlichen Dingen. Da sollten wir uns mit Vorräten eindecken.«

»Hast du dir mal überlegt, bei wem da die Wehen einsetzen sollen? Wer Kinder zur Welt bringen soll?«, fragte sie, obwohl sie wusste, wie die Antwort lauten würde – aber sie wollte um keinen Preis an diese Antwort glauben. »Wir? Noch jüngere Kinder?«

»Alle, die dazu imstande sind, sollen Kinder in die Welt setzen«, sagte Greg und sah Hanna an. Diese bemerkte nun, dass sich nicht nur sein Gesicht und seine Stimme verändert hatten, sondern auch sein Blick. »Ich weiß nicht, in welchem Alter das möglich ist. Vielleicht mit zwölf. Vielleicht mit dreizehn. Wenn jedes Mädchen drei oder vier Kinder zur Welt bringt und diese die ersten Jahre überleben, können wir unsere Zahl vergrößern. Das verhindert womöglich, dass wir aussterben.«

»Drei oder vier Kinder?! Deiner Ansicht nach soll also ein zwölfjähriges Mädchen ein Kind zur Welt bringen, ja? Wie stellst du dir das vor? Dass es mit elf schwanger wird? Das kann nicht dein Ernst sein, Greg! Und wie alt ist dann eigentlich der Vater? Wie willst du das überhaupt organisieren? In diesem Alter sind es doch noch … Kinder«, presste Hanna hervor. »Kinder! Mehr nicht!« Sie begriff, dass ihre Worte nicht dieselbe Überzeugungskraft besaßen wie Gregs schlichte Berechnung. Trotzdem wiederholte sie noch einmal: »Es sind Kinder, Greg!«

»Heute nicht mehr, Bell«, widersprach er. »Vor drei Wochen – da waren es noch einfach Kinder. Aber heute gilt das nicht mehr. Heute sind sie keine Kinder mehr, sondern Überlebende …«

Gegen Abend, als man die heiße Luft mit einem Messer hätte schneiden können, statteten Anthony und Dana Hanna einen Besuch ab.

Die beiden setzten alles daran, noch genauso unbeschwert und lustig zu wirken wie vor der Katastrophe. Doch der einstige Strahlemann Anthony musste sich jetzt jedes Lächeln einzeln abringen. Bei Dana war es ähnlich. Davon abgesehen verströmte Anthony den scharfen Geruch von Medikamenten.

»Das ist nichts weiter«, erklärte er, als Hanna ihn darauf ansprach. »Bloß ein paar Schwielen an den Händen. Wir heben einen Graben im Norden der Stadt aus, damit uns nicht irgendwelche Autos überraschen, die einen der Waldwege nehmen. Weil aber keiner von uns an diese Arbeit gewöhnt ist, stellen wir uns natürlich ziemlich blöd an …« Er streckte seine verbundenen Hände vor. Seine Finger waren schmutzig, denn die rote Erde hatte sich geradezu unter seine Haut gefressen. Sämtliche Nägel waren abgebrochen. »Siehst du? Halb so schlimm.«

»Was ist mit dir?«, wandte sich Hanna an Dana.

»Ich kümmere mich um die Kinder«, antwortete diese und schob ihren langen Pony nach hinten. Die einzige Geste, die noch an die frühere Dana erinnerte. »Um die zwischen zwei und fünf.

Außerdem hat sich herausgestellt, dass ich eine ganz passable Köchin abgebe ... Alle zwei Tage arbeite ich daher in der Küche.«

»Du? In der Küche?«

»Man kann essen, was sie kocht«, bemerkte Anthony. »Gar keine Frage. Miriams Essen schmeckt zwar besser, aber Danas Suppen sind wirklich gut. Bisher hat sich jedenfalls noch niemand beklagt.« Er lächelte, indem er den Mundwinkel ein wenig hochzog. Es war ein trauriges Lächeln. »Sieh uns nicht so an, Hanna! Natürlich ist das alles schwer, aber ...«

»Vor allem wenn die Kinder nachts weinen«, warf Dana ein. »Du musst dir das mal ausmalen! Um dich herum ist alles dunkel, und du hörst nur dieses Wimmern. *Mom, Mommy* ... Fünfundzwanzig von diesen Kleinen hab ich im Schlafsaal. Wenn eines anfängt, stimmen sofort alle anderen ein. Das geht dann eine Stunde, manchmal sogar zwei oder drei. Bis zum Morgengrauen ...«

Sie schluckte ein Schluchzen hinunter und sah Hanna mit traurigen Augen an. Ihre Lippen zitterten, doch sie versuchte, sich ihren Schmerz nicht anmerken zu lassen. Es gelang ihr nicht besonders gut.

»Wir beklagen uns ja nicht«, versicherte Anthony. »Es könnte alles viel schlimmer sein. Die Arbeit in einem der Bestattungsteams hätte ich bestimmt nicht verkraftet. Da hebe ich schon lieber einen Graben aus oder baue eine Mauer. Lieber arbeite ich mir die Hände blutig, als dass ich die Mumien durch die Gegend schleife und ins Lagerfeuer reinwerfe. Erinnerst du dich noch an Kim?«

Natürlich hatte Hanna ihn nicht vergessen. Ein attraktiver, nicht sehr großer Typ, wendig und ungeheuer muskulös. Er hatte die Schule bei einem Schwimmwettkampf vertreten und war ein hervorragender Tänzer. Vom Tanzen war er geradezu besessen ...

»Kim hat sich vor zwei Tagen erschossen«, fuhr Anthony fort. »Nachdem er die Leichen seiner Verwandten verbrannt hatte. Deshalb nehme ich lieber den Spaten in die Hand ... Ich bringe es auch nicht über mich, einen Fuß in unser altes Haus zu setzen ... Das soll jemand anders machen ...«

Hanna sah das ältere Paar von dem Flugzeugabsturz wieder vor ihrem inneren Auge. Sie schüttelte kurz den Kopf.

»Es sind einfach zu viele Tote«, flüsterte sie. »Überall. Den ganzen Weg hierher, nichts als Tote. Ich habe meine eigenen Eltern beerdigt ... Ich selbst ... Es muss jemand in dein Haus gehen, Tony.«

»Aber ich bestimmt nicht«, sagte er schnell, mied dabei aber ihren Blick. »Da gehe ich nie wieder rein ...«

»Und die Leichen werden verbrannt?«, fragte Hanna nach.

»Das hat Greg befohlen«, antwortete Dana. »Wir verstehen ja, dass die Leichen irgendwie infiziert sein könnten und das Virus sich nicht ausbreiten darf ... Seit einer Woche lassen wir die Feuer nicht ausgehen ... Nur gut, dass der Wind sich heute nicht gedreht hat. Du ahnst nicht, wie das stinkt ...«

»Warum bittest du Greg nicht, dir eine andere Arbeit zu geben?«, fragte Hanna. »Ihr seid doch alte Freunde. Sieht er nicht, dass du dabei vor die Hunde gehst?«

»Greg?«, fragte Anthony zurück, und seine Lippen verzogen sich zu einer Art Grinsen. Zu einem sehr hässlichen. »Wenn ich irgendjemanden ganz bestimmt nicht um etwas bitte, dann ihn. Der Herr hat es nämlich nicht gern, wenn man ihn an alte Freundschaften erinnert ...«

»Habt ihr euch gestritten?«

Anthony bleckte die Zähne.

»Das ist doch nicht nötig, Tony«, mischte sich Dana ein. »Er tut, was er kann, um ...«

»Er tut, was ihm gefällt«, fiel er ihr ins Wort, wobei seine Stimme vor Wut zitterte. »Er genießt das Ganze. Endlich ist er am Ziel seiner Träume, denn nun hat er eine Welt, in der alle nach seiner Pfeife tanzen.«

»Was genau ist denn zwischen euch vorgefallen?«, wollte Hanna wissen. »Was hat er dir getan?«

»Nichts«, behauptete Dana.

»Was soll das heißen?! Nichts?! Dann erzähl ihr die Geschichte! Na los, mach schon! Erzähl ihr, wie er zusammen mit Vasco hier sein Regime eingeführt hat! Das wird Hanna sicher gefallen.«

»Tony!«, brachte Hanna mit möglichst fester Stimme heraus. »Ich habe keinen blassen Schimmer, wovon ihr zwei überhaupt sprecht. Aber ich möchte gern wissen ... Was zum Teufel ist zwischen euch vorgefallen?«

»Die typische Geschichte!« Tonys Gesicht glühte. »Die einen sollen Leichen wegräumen, die anderen machen sich aber niemals die Hände schmutzig, sondern erteilen nur Befehle! Aber Tote verbrennen, das ist keine Aufgabe für mich! Das kann ich einfach nicht! Und? Gibt es dann für mich nichts anderes zu tun, als einen Graben auszuheben und eine Mauer hochzuziehen?! Warum bin ich schlechter als er? Warum spielt er hier den Boss? Ist er vielleicht schlauer als alle anderen? Ganz bestimmt nicht! Und mich vor den anderen runtermachen – ist das vielleicht in Ordnung? Oder wie gefällt dir Folgendes? Seine Groupies dürfen jeden verprügeln, der ihm nicht gehorcht! Und Vasco, der nicht mal weiß, wie man Gewissen schreibt, ist jetzt sein ganz großer Star!« Es schien nicht viel zu fehlen, und Tony würde vor Wut platzen. »Und da soll ich Greg um einen Gefallen bitten? Unseren Intelligenzbolzen? Soll ihn fragen, ob er seinem lieben alten Freund Tony nicht eine anständige Arbeit zuweisen kann? Denn Tony ist doch für ihn wie ein Bruder, oder etwa nicht? Tony ist doch treu und ergeben wie ein Hund! Stimmt, ich kann niemanden töten ... Aber ich bin ...«

»Schluss jetzt«, forderte Dana mit harter Stimme in einer Mischung aus Geschrei und Jaulen. Auch sie hatte ihre Gefühle nicht mehr unter Kontrolle. »Hör endlich auf, rumzujammern!«

»Ich jammere nicht!«, fuhr Tony sie an. »Gefällt es dir vielleicht, zwanzig Stunden am Stück in der Küche zu schuften? Oder diesen kleinen Rotznasen den Hintern abzuwischen? Dich behandelt er schließlich genauso mies!«

»Im Unterschied zu dir beklage ich mich aber nicht«, brüllte Dana zurück. »Er ist ja schließlich nicht schuld daran, dass ich nicht für andere Arbeiten tauge. Bei dir ist es im Grunde genauso ...«

»Aber er taugt natürlich für andere Aufgaben! Er ist ja der geborene Boss! Wollen wir heute ein Kind zeugen, Dana? Auf Gregs Befehl?! Na los, komm! Schließlich braucht er Kinder! Also los! Rein, raus! Rein, raus! Mach die Beine breit, du Hure! Scheiße, ich hasse ihn einfach!«

»Du darfst ihm das nicht übel nehmen«, flüsterte Dana Hanna zu. »Er meint das nicht so ...«

»O doch!«, brummte Tony, der sie trotz des Geflüsters gehört hatte. »Das ist mein voller Ernst, du Hure!«

Er stürzte mit lautem Türknallen aus dem Zimmer.

Stille breitete sich im Raum aus.

»Sieht es wirklich so schlimm aus?«, fragte Hanna nach einer Weile und fasste nach Danas Hand.

Sie war gerötet von der Arbeit, verschwitzt und völlig schlaff.

»Ja ... sehr schlimm. Ich weiß überhaupt nicht mehr, was ich tun soll ...«

»Tony hat sich verändert ...«

»Er verliert allmählich den Verstand, weil er meint, es würde alles falsch laufen.«

»Was sollte denn seiner Meinung nach anders sein?«

Dana zog ihre Hand weg und blickte Hanna an. Sie weinte nicht, doch in ihrem Blick lag ein Schmerz, als hätte ihr jemand alle Knochen gebrochen.

»Das weiß er selbst nicht. Aber wie Greg die Sache angeht, findet er völlig falsch.«

»Was genau macht Greg denn verkehrt?«

»Er hat Rationen für alle eingeführt, die älter als zehn sind. Wenn du gut arbeitest, kriegst du deine volle Ration, wenn nicht, wird sie dir um ein Drittel gekürzt. Wenn jemand seinen eigenen Kopf hat ... bringt Vasco ihn zur Vernunft.«

»Wie ist das zu verstehen?«

»Wenn jemand rebelliert, wird er vor den anderen runtergeputzt. Wer Essen klaut, wird vertrieben. Für andere kleinere Delikte kriegt man schon mal den Gewehrkolben in die Seite gerammt.« Dana grinste traurig. »Gregory ist nicht mehr der Greg, den du gekannt hast. So hat ihn bisher noch niemand von uns erlebt. Allerdings ist auch Tony heute ein anderer.« Sie schob ihren Pony aus der Stirn. »Und ich bin auch nicht mehr die, die ich einmal war. Das Gleiche gilt für Liz, Vasco und Sam ... Tut mir leid, dass du diese Szene eben miterleben musstest, aber in diesen wenigen Tagen ist zu viel geschehen. Niemand von uns hat das verarbeitet. Trotzdem bin ich froh, dass du noch lebst und wieder bei uns bist.«

Dana hauchte ihr einen Kuss auf die Wange. Nicht aus Zuneigung oder Freundschaft, sondern aus reiner Höflichkeit.

»Daran gewöhnst du dich schon ... Wir sehen uns später!«

Ohne sich noch einmal umzudrehen, verließ Dana das Haus.

Hanna sackte auf das Kopfkissen zurück.

Sie verstand die Welt nicht mehr. Dabei trennten sie doch nicht Jahre von der gemeinsamen Vergangenheit! Nur eine gute Woche … Doch das, was in dieser Woche geschehen war, hatte ihrer aller Leben grundlegend geändert.

Die Tür wurde abermals geöffnet. Es war der Junge, der vorhin das Essen gebracht hatte.

»Hanna«, rief er. »Gregory lässt ausrichten, dass du bitte zu ihm kommen sollst. Natürlich nur, falls es dir besser geht.«

»Das schaffe ich schon«, erwiderte Hanna und stand auf. »Warte bitte im anderen Zimmer auf mich, ich will mich noch umziehen.«

»Zu Befehl!«, erwiderte der Junge und verschwand.

Die Spritze wirkte noch immer, weshalb Hanna ziemlich unsicher auf den Beinen war. Fast als bestünde sie nur aus Gelee. Trotzdem begann sie sich anzuziehen.

Jeans, T-Shirt, Turnschuhe …

»Wo ist Greg denn, Samuel?«, rief sie.

»Im Hauptquartier.«

»Bitte wo?«, rief Hanna zurück, die gerade ihre Turnschuhe zuband.

»Du kennst doch das frühere Polizeirevier, oder?«, erwiderte der kleine, ernste Samuel, der jetzt die Tür für Hanna aufhielt und ihr half, das Zimmer zu verlassen. »Da sind jetzt unsere Waffenkammer und das Hauptquartier untergebracht.«

»Tut mir leid, dass ich dich hab kommen lassen …«

Greg war nicht allein.

Hanna kannte fast alle Anwesenden vom Sehen, wusste aber nur von einigen auch den Namen. Von Vasco beispielsweise, der mit ihr in eine Klasse ging. Aus Freude über das Wiedersehen umarmten sie sich. Vasco war in dieser Woche noch hagerer geworden. Nicht ein Gramm Fett am Leib, nur noch Knochen, Muskeln, hohle Wangen und funkelnde dunkle Augen. Er trug eine Camouflageuniform und roch nach Schießpulver und Waffenöl.

»Wie schön, dich zu sehen, Hanna«, begrüßte Vasco sie. »Herzlich willkommen zu Hause!«

»Hanna! Komm doch mal her!«, rief Greg sie und zeigte ihr dann eine Karte, die auf dem Tisch ausgebreitet war.

Sie war aus verschiedenen Teilen eines Autoatlas zusammengeklebt worden.

»Du hast doch diesen Weg genommen, oder?«

»Ja, da ist der Parkplatz von der Shopping Mall. Da habe ich den Jeep geparkt ...«

»Aber hier bist du nicht gewesen?«

Greg zeigte auf eine Stelle links der Mall, an der einige Rechtecke eingezeichnet waren, die eine gepunktete Linie umgab.

»Nein«, antwortete Hanna. »Das ist noch hinter dem Parkplatz. Aber ich habe den Ort gesehen. Da gibt es eine hohe Betonmauer.«

»Was genau hast du dort gesehen? Weißt du das noch? Vielleicht Lagerhallen?«

Hanna sah die langen grauen Dächer noch genau vor sich ...

»Ja.«

»Wie oft ich da schon gewesen bin ...«, murmelte Greg. »Aber nie habe ich darauf geachtet, was eigentlich hinter der Mall ist.«

»Weshalb willst du es jetzt wissen?«

»Lass mich das erklären«, mischte sich nun Vasco ein.

Greg nickte.

»Heute ist einer der Verletzten gestorben«, holte Vasco aus. »Keiner von unseren Leuten, sondern einer von den Dreckskerlen, die dich von Rightster aus verfolgt haben. Jedenfalls hat der behauptet, dass in diesen Speichern Lebensmittel, Kleidung und sogar Waffen liegen.«

»Dazu kann ich gar nichts sagen«, erklärte Hanna. »Ich habe nur die Dächer und die Mauer gesehen ...«

»Das brauchst du auch gar nicht«, versicherte Greg. »Aber wir müssen wissen, ob der Kerl gelogen hat oder nicht. Deshalb wäre es gut, wenn du dahin fahren würdest. Wenn die Speicher wirklich voll sind, müssen wir uns diese Sachen sichern. Vasco hat mir den Finger zu schnell am Abzug, auf eine Schießerei wollen wir aber lieber verzichten. Deshalb hast du bei diesem Unternehmen den Befehl!«

»Ich? Greg!«

»Genau! Du! Wir geben dir zwei Armeelaster, zehn Mann zum Beladen und Vasco mit seinen Leuten als Begleitschutz mit. Pack die Wagen voll, mit allem, was uns irgendwie nutzen könnte. Die

Aufgabe besteht nicht darin, alles abzufackeln und jeden Gegner abzuknallen, sondern so viele Ressourcen einzuheimsen wie möglich, ohne dass wir dabei jemand von unseren eigenen Leuten verlieren. Wie in einem Spiel. Alles klar? Gut, dann fahrt ihr sofort los. Wenn ihr Gas gebt, braucht ihr nur vierzig Minuten. Ihr müsstet also bei Einbruch der Nacht vor Ort sein. Sucht euch einen guten Beobachtungsposten und observiert die Gegend. Wenn da schon jemand alles ausräumt, lasst euch bloß auf keine Auseinandersetzung ein. Habe ich mich klar genug ausgedrückt, Vasco?«

Dieser nickte.

»Sollte es allerdings nötig werden, zu den Waffen zu greifen, schlagt als Erste zu«, fuhr Greg fort. »Geht kein Risiko ein. Sind Mädchen dabei, brauchen wir die lebend. Bei den Jungen bleibt es euch überlassen, was ihr mit ihnen macht.«

Vasco nickte erneut.

»Wie geht es dir?«, erkundigte sich Greg nun bei Hanna. »Schaffst du das?«

»Wahrscheinlich schon«, antwortete sie. »Ich weiß es nicht.«

»Wir brauchen diese Vorräte. Alles, was wir jetzt zusammentragen, hilft uns, über den Winter zu kommen. Und auch über den nächsten. Und den, den wir beide schon nicht mehr erleben werden. Kleidung, Medizin, Lebensmittel, Brennstoff und Generatoren. Sogar Kleinigkeiten wie Batterien. Wir können einfach alles gebrauchen. Natürlich vor allem Waffen, Patronen, Funkgeräte und Ferngläser ... Von mir aus aber auch alte Reifen, die können wir notfalls verfeuern.«

All das brachte Greg mit absolut ernster Miene hervor.

Und wer immer sich im Raum befand, hörte mit ebenso ernster Miene zu.

Wissen sie überhaupt noch, wie man lächelt?, fragte sich Hanna.

»Bringt alles mit, was ihr findet«, schärfte Greg ihr noch einmal ein. »Und wir dürfen niemanden bei dieser Aktion verlieren. Geht also klug und umsichtig vor! Ich brauche euch hier noch!« Er sah Vasco eindringlich an. »Das Kommando hat Hanna. Muss ich dir erklären, warum?«

Vascos Miene verfinsterte sich, aber er hielt Gregs Blick stand.

»Nein«, sagte er nach einer Weile. »Das ist nicht nötig.«
»Dann brecht am besten sofort auf!«

Hanna bekam gar nicht richtig mit, wie der Herbst hereinbrach.

Gestern hatten sie sogar nachts noch unter der Hitze gelitten, heute hätte sie das warme Bett am liebsten gar nicht verlassen. Die eisige Kälte bei Tagesanbruch bereits in der ersten Septemberwoche ließ auf einen strengen Winter schließen. Ihn musste die Stadt unbedingt überstehen. Wiseville hatte sich von einer Sekunde auf die andere völlig verändert und sich den neuen Spielregeln angepasst. Dennoch sehnte sich insgeheim jede Straße und jedes leer stehende Haus nach der Vergangenheit zurück.

Morgens wurden nun weniger Leichen verbrannt, sodass der Gestank tagsüber nicht mehr ganz so schlimm war. Die Luft biss nicht mehr so in den Augen … Um das Zentrum von Wiseville waren mittlerweile Wachen aufgestellt. Innerhalb dieses Bereichs konnte man sich relativ sicher fühlen. Am Stadtrand hatte man zudem sämtliche Zufahrten blockiert.

Ein neuer Alltag schälte sich heraus. Wer noch lebte, schöpfte neue Hoffnung. Und niemand dachte darüber nach, wer die Entscheidungen traf. Hauptsache, irgendjemand traf sie.

Eines der Talente von Greg bestand darin, jedem seine Aufgabe zuzuweisen. Ebendas macht einen guten Organisator aus. Wie ein Schachspieler versuchte er, mehrere Schritte vorauszuplanen. Auch wenn das nicht immer klappte, hielt er die Maschine am Laufen. Mit Mühe zwar, aber immerhin. Ohne Greg hätte vermutlich alles ganz anders ausgesehen.

Im Zentrum der Aufmerksamkeit standen die Kleinen, denn ohne sie gäbe es keine Zukunft. Greg legte auf ihre Ausbildung größten Wert.

Alle Teenager, die halbwegs mit den Babys und Kleinkindern zurechtkamen, mussten daher in den Krippen und Kindergärten arbeiten. Greg bestand darauf, dass alle von klein auf Schreiben, Lesen und Rechnen lernten. Und er hatte verboten, Bücher zu verfeuern. Ohne Wissen wäre keine Zukunft möglich …

Die älteren Kinder lernten außerdem den Umgang mit Waffen und deren Pflege sowie das Autofahren, denn Wiseville brauchte auch Soldaten, vielleicht sogar dringender noch als Intellektuelle.

Jessica und Sam bildeten vier Zwölfjährige in Erster Hilfe aus, brachten ihnen bei, wie eine Geburt verläuft, und erklärten ihnen die Wirkung verschiedener Medikamente. Liz zeigte ihnen, wie man Verbände anlegte und Spritzen setzte. Zu anspruchsvolleren Maßnahmen war sie noch nicht imstande, doch auch dieses Basiswissen war von Bedeutung.

Da es in der städtischen Bibliothek etliche Nachschlagewerke gab, legten einige der älteren Teenager Gemüsegärten an. Andere erstellten aus Angelschnüren Fangschlingen oder bauten Ställe und Gehege für Hühner und sonstige Vögel. Waren diese auch schief und krumm, sie erfüllten doch ihren Zweck. Das entsprechende Federvieh hatte man hauptsächlich auf den umliegenden Farmen eingesammelt.

Das Wasser des Sunny Spring war über den Sommer ziemlich gesunken, trotzdem versuchten einige, dort zu fischen. Andere jagten nach Kaninchen, von denen es relativ viele gab, aber auch nach Hirschen, die sich aus dem Wald regelmäßig zur Militärbasis vorwagten. Der Mais wurde von den Feldern abgeerntet, sackweise in Autos verladen und abtransportiert. Kurzum, alle in Wiseville fuhren, trugen und schleppten, stopften die Keller der Häuser voll mit Vorräten wie ein Streifenhörnchen seine Backen mit Nüssen.

Die Stadt erinnerte an einen Ameisenhaufen zu Beginn des Herbstes. Einhundertundfünfzig arbeitsfähige Jugendliche versuchten, alles dafür zu tun, damit Wiseville über den Winter kam. Wer auch nur ein wenig Erfahrung und Vorstellungskraft besaß, um zu begreifen, welche Gefahren ihnen drohten, wenn die Fröste einsetzten, schuftete sich die Seele aus dem Leib.

Und Hanna ...

Sie hatte das Kommando über eine der drei Gruppen von Plünderern. Schnell stellte sich ihr Team als das erfolgreichste heraus. Vasco lauerte mit dem MG im Anschlag ständig hinter ihrer rechten Schulter. Hanna wusste, dass er notfalls sein Leben für sie hergeben würde. Manchmal fing sie einen Blick von ihm auf, der verriet, dass er sie nicht nur als ihr Bodyguard im Auge behielt. Meist schaffte es Vasco aber, rechtzeitig wegzusehen. Dann glaubte Hanna jedes Mal, sie hätte sich getäuscht.

Vasco bewahrte in allen Situationen einen kühlen Kopf, einzig im Kampf ging sein Temperament mit ihm durch. Dann verwandelte er sich in eine Tötungsmaschine. In solchen Momenten klangen Hanna stets Tonys Worte über ihn im Ohr.

Denn Vasco tötete wirklich leidenschaftlich gern, genoss Gewalt genau wie ein Musikliebhaber eine Oper oder ein Junkie den nächsten Schuss. Trotzdem fühlte sich Hanna neben ihm stets sicher. Dann musste sie ja nicht einmal selbst nach der Pistole greifen. Das übernahmen Vasco und seine Crazy Five.

Ihr Team räumte sämtliche Lager in Rightster leer. Dort gab es einiges zu holen. In Woodfield konnten sie sich zwei Tanks mit Diesel und einen Zwanzigtonner voller Benzin sichern. In Paintown musste sie gegen andere Plünderer um Speicher voller Getreide und Mehl kämpfen, trugen aber einen souveränen Sieg davon.

Ihre alten Schulfreunde sah Hanna nur noch selten. Sie hatten unterschiedliche Pflichten und damit auch unterschiedliche Rechte, Interessen und Gruppen. Natürlich gab es kein Besuchsverbot, aber nach einem achtzehnstündigen Arbeitstag blieb kaum Zeit für gesellige Abende. Und tagsüber hatte jeder seinen festen Platz. Wie die Patrone im Munitionsgurt.

Niemand zwang einen anderen zu bedingungslosem Gehorsam, aber alle fügten sich der neu entstandenen Hierarchie. Sonst hätte das System nicht funktioniert. Aber Hanna registrierte nichts, was an die Form von Gewalt als Strafe erinnerte, die Tony ihr in den ersten Tagen nach ihrer Rückkehr geschildert hatte. Allerdings lag das vielleicht schlicht und ergreifend daran, dass ihre Arbeit ihr nicht den Raum für solche Beobachtungen ließ. Der Herbst stand vor der Tür, mit seinem Regen und Wind, mit dem Winter würde dann der Schnee kommen. Und Dutzende neuer Tote in seinem Gefolge. Trotzdem würden sie ihn überleben müssen ...

Im August hatte das Virus drei weitere Leben ausgelöscht, im September vier.

Aber die Menschen gewöhnten sich an alles. Auch an die stinkenden Totenfeuer.

Sie schwärmten aus, um nach vollen Lagerhallen zu suchen. In den Küchen wurde gekocht, die Babys und Kleinkinder spielten im Kindergarten, innerhalb des Geländes lief man Patrouille, an den notdürftigen Grenzen stellte man Posten auf.

Als Hanna das erste Mal miterleben musste, wie der Tod einen ihrer Altersgenossen dahinraffte, hatte sie noch einen Schock erlitten. Sie hätte Henry erschießen müssen, um ihn von seinen Qualen zu erlösen, aber das hatte sie nicht fertiggebracht. Rein körperlich war sie einfach außerstande gewesen, den Abzug zu drücken. Das hatte Vasco dann getan. Mit einer Miene, als würde er nicht einen Greis, der bis vor einer halben Stunde noch ihr Freund gewesen war, von seinem Leid erlösen, sondern einen völlig unbekannten Menschen erschießen.

Auf Gregs Befehl hin wurde die Leiche anschließend zum Bestattungsplatz getragen, wo die Kinder bereits das Feuer entzündet hatten.

Der Abschied dauerte nicht lange. Die Flammen waren heiß, für Trauer blieb keine Zeit.

Die Stadt musste weiterleben. Dafür sorgten Greg und seine Leute: Sie organisierten alles Nötige, ernährten und verteidigten gut dreihundert Menschen, die bis gestern den lieben langen Tag gedaddelt hatten. Wann sollte man da um jemanden trauern? Außerdem hatte man sich in diesen wenigen Monaten an den Tod gewöhnt, fast als wäre er ein entfernter Verwandter. Jeden Tag, jede Minute, jede Sekunde blies er einem seinen kalten Atem in den Nacken und legte einem seine knöchernen Hände auf die Schulter. Heute entkam man ihm vielleicht noch, aber am Ende holte er sich stets, was ihm zustand. Der Termin war längst festgesetzt ...

Der einzige Ausweg bestand darin zu lernen, dem Tod in Gedanken keinen Raum einzuräumen. So zu tun, als gäbe es ihn gar nicht.

Wiseville hatte Glück im Unglück gehabt, denn die Lagerhallen mit Tonnen von Lebensmitteln für die Armee befanden sich nicht in der hermetisch abgeriegelten Militärbasis, sondern mitten in der Stadt. Damit nicht genug: Auch einige Panzer der Basis warteten in Mount Hill auf ihren Einsatz. Diese nutzten sie nun für Streifzüge zu den Lagerhallen und zum Schutz gegen Fremde. Schließlich entdeckten sie sogar Schusswaffen des Militärs. Ohne sie hätte Wiseville sicher nicht bis zum Herbst durchgehalten.

Greg hätte am liebsten alle in der Basis einquartiert, die ja eine regelrechte Festung war, aber selbst wenn es ihnen gelungen wäre, über die Mauer zu klettern, hätten sie auf dem Gelände automatische Schießanlagen, hermetisch verriegelte unterirdische Eingänge und Sprengfallen in Empfang genommen. Dieses Risiko wollte Greg nicht eingehen.

Die Stromversorgung all dieser tödlichen Abwehranlagen erfolgte automatisch, über einen eigenen Kernreaktor. Dieser war zwar relativ klein, genügte aber. Er war tief im Erdboden verborgen.

Die Basis hätte die Stadt also sogar dann mit Strom versorgen können, wenn dort einige Tausend Menschen gelebt hätten, doch nach Aktivierung des Sicherheitssystems war in die Militäreinrichtung kein Reinkommen mehr möglich. Und auch kein Rauskommen. Greg zerbrach sich den Kopf darüber, ob es nicht doch eine Möglichkeit gäbe, von dort Strom für Wiseville abzuzapfen, aber auch er fand keine Lösung.

Hätten sich die Probleme Wisevilles auf die Stromversorgung und die Verteidigung gegenüber äußeren Feinden beschränkt, wäre Greg vermutlich der perfekte Mann für die Situation gewesen. Aber es gab ja auch noch andere Fragen und Entscheidungen ...

Hanna sollte sich selbst ein Jahr später, als sie vor dem kalten Kamin in der Bibliothek lag, noch verzweifelt fragen, ob es auch anders hätte kommen können. Ob es nicht doch möglich gewesen wäre, in Wiseville zu bleiben. Ob sie den krachenden Schuss und Gregs wahnsinnigen Blick je hätte vergessen können. Die Patronenhülse, die sich langsam in der kalten Herbstluft drehte. Tonys Hirnmasse, die ihr ins Gesicht klatschte. Den grauenvollen hohen Schrei Danas.

Sie wusste es nicht.

Nicht einmal nach ihrem Weggang.

Nicht einmal in der letzten Stunde vor ihrem Tod.

Als Hanna mit reichlich Beute aus Rightster zurückkehrte, wagte sie es endlich, ihr altes Zuhause zu betreten. Da zwang sie sich, den Ersatzschlüssel unter den Stufen vor der Tür hervorzuziehen und aufzuschließen.

Im Flur und in der Küche roch es bereits nach Fäulnis. Unter dem Kühlschrank hatte sich eine eingetrocknete braune Lache gebildet. Auf dem Zeitungstisch im Wohnzimmer lagen die Brille ihres Vaters und die Autoschlüssel ihrer Mutter, auf der Couch vor dem Fernseher die Play Station von Joshua. Während sie nach oben ging, versuchte sie, nicht auf Details zu achten, denn diese schmerzten am meisten.

In ihrem Zimmer im ersten Stock hielt sie sich nur so lange auf, wie es nötig war, um eine Tasche zu packen.

Die schönen Röcke und Blusen ließ sie gleich im Schrank. Stattdessen wählte sie nur aus, was praktisch war, was sie leicht waschen konnte und wovon sie sich notfalls ohne großes Bedauern trennen würde. Unterwäsche, T-Shirts, Jeans, Turnschuhe und Tennissocken. Pullover, eine Windjacke und ein warmer Hoody. Bald würde es abends kühl sein ...

Wegen der Sachen für den Winter würde sie noch einmal wiederkommen.

Im Arbeitszimmer ihres Vaters verbrachte sie etwas mehr Zeit, denn sie erinnerte sich nicht mehr genau an den Code für den Safe und musste einige Kombinationen ausprobieren, am Ende hatte sie aber Erfolg.

Sie holte die Pistole und eine Schachtel mit Patronen heraus, außerdem noch das Notizbuch ihres Vaters. Den Schmuck ihrer Mutter rührte sie dagegen nicht an. Der blieb im Safe, zusammen mit dem Bargeld ihres Dads. Dann waren da noch eine CD sowie einige USB-Sticks. Die Disc vernachlässigte sie, die Sticks steckte sie aber ein. Sollte es ihnen gelingen, einen der Laptops über den Generator zu laden, würde sie sich anschauen, was sie enthielten.

Aus dem Schlafzimmer ihrer Eltern nahm sie ein Foto mit, das sie vier im letzten Jahr in Fort Lauderdale zeigte. Als sie das Bild aus dem Rahmen zog, zitterten ihre Finger, und Tränen stiegen ihr in die Augen.

Hier, in ihrem einstigen Zuhause, wurde ihr endgültig bewusst, dass sie nun völlig allein dastand.

Der Ort, an dem sie in Zukunft leben würde, war keine zehn Minuten zu Fuß entfernt, aber der Abstand zwischen beiden Häusern maß sich weder in Meilen noch in Minuten. Hier, in diesem Haus, blieb ihre Vergangenheit zurück. Daddys Angeln, Moms Bücher. Joshuas Drohne, ihre Puppen. Der Baseballhandschuh von Onkel Jack, das Halsband von ihrem Hund in einer Schachtel im Arbeitszimmer ihres Vaters, Auszeichnungen, Urkunden und das Bild ihres Urgroßvaters an den Wänden. Ihr Urgroßvater war auf einem Pferd dargestellt, einen Säbel in der Hand, das Gemälde eines unbekannten Künstlers aus dem 19. Jahrhundert. Sie selbst gab es in dieser Vergangenheit schon nicht mehr, genauso wenig wie es sie in der Zukunft geben würde. Ihre Gegenwart samt dem Foto von ihnen vier passte nun in eine einzige Tasche.

Noch einmal stand sie auf der Terrasse, gefangen in ihren Erinnerungen wie eine Fliege im Spinnennetz. Das Fahrrad an der Hintertür. Die Frisbeescheibe im Gras, vor dem jungen Ahornbaum. Ein gestreiftes Handtuch, das jemand auf einem Liegestuhl vergessen hatte. In den wenigen Wochen war es völlig verdreckt und ausgeblichen …

Langsam brach die Nacht an. Über der Kirche stand in der graublauen Dämmerung ein gelber Mond. Ein richtiger Käselaib. Über den Blumen, die ihre Mutter angepflanzt hatte, schwirrten Nachtfalter. Ihr Flügelschlag erfüllte den Garten.

In dieser Nacht schlief Hanna das erste Mal in Gregs Bett. in seinem Arm. Er strahlte Ruhe und Kraft aus. Er war ihr Freund, ihr Mann, ihr Beschützer. An seiner Schulter vergaß sie, dass vor ihnen beiden nicht das Leben lag, sondern nur ein einziges Jahr. Weniger sogar.

Erschöpft von der Liebe schlief sie ein. Ihr Atem ging leicht und gleichmäßig. Er war kaum zu hören. So schlafen Babys, Verliebte und Menschen, die nichts mehr zu verlieren haben …

Seit dieser Nacht waren nun fast zwei Monate vergangen.

Der September ging zu Ende. Wiseville war bereits zweimal von Herbstgewittern heimgesucht worden. Immerhin gab der Regen dem Gras seine grüne Farbe zurück, während die Bäume sich mit einem Kleid in Gelb- und Rottönen schmückten.

Greg hatte mal wieder eine Sitzung einberufen, einen Rat, wie er das nannte, doch davon hatte Hanna zu spät erfahren. Als sie endlich dazustieß, hatte Jessica einen Teil ihres Vortrags schon gehalten, weshalb Hanna nicht gleich begriff, worum es überhaupt ging.

Jessica, eine ernste junge Frau, die sich stets sehr aufrecht hielt, saß an der einen Stirnseite des Tischs und schaute in ihre Aufzeichnungen. Greg tigerte durch den Raum, Sam rauchte am Fenster eine Zigarette, Clive notierte sich etwas, während Liz konzentriert ihre Fingernägel mit einem Ledertuch polierte.

»Das reicht vorn und hinten nicht«, hielt Sam fest und stieß den Rauch zum Fenster hinaus.

Hanna begrüßte alle mit einem Nicken und setzte sich auf ihren üblichen Platz.

»Das ist eine Katastrophe«, giftete Greg. »Reden wir doch nicht um den heißen Brei herum! Ende September nur zehn bestätigte Schwangerschaften. Zehn. Wenn sich das nicht ändert, sind wir in wenigen Jahren ausgestorben!«

»Optimist«, schnaubte Clive.

»Wir haben noch nicht eine Geburt erlebt«, fuhr Jessica fort, die ihre Papiere dabei zu einem säuberlichen Stapel anordnete. »Wie auch? Heute weiß jeder Fünftklässler über Verhütung Bescheid. Deshalb kann ich nicht mal mutmaßen, wie viele Mädchen bei den frühen Schwangerschaften sterben werden. Ebenso wenig eine Prognose zu Fehlgeburten und anschließender Unfruchtbarkeit wagen. Wenn ich daran denke, wird mir allerdings angst und bange ... Was ist mit Kindersterblichkeit? Auf all diese Fragen haben wir nicht eine Antwort. Was wir aber mit Sicherheit wissen, ist, dass wir nicht zehn, sondern mindestens hundert Schwangerschaften bräuchten, um die Population zu erhalten.«

»Hast du Daten zur Geschlechtsreife an der Hand?«, erkundigte sich Greg.

»Ja. Zweiundfünfzig Mädchen sind gebärfähig. Die unterste Altersgrenze liegt bei zehn, die obere logischerweise bei siebzehn. Bei dreien käme eine Schwangerschaft bereits zu spät, bei einer vierten Frau ist es zumindest fraglich, denn ihr bleiben noch sieben Monate bis ...«

Jessica sah in ihre Aufzeichnungen.

»Die jüngste ist Olivia Brown, neun Jahre und acht Monate. Vor drei Monaten haben ihre Blutungen eingesetzt.«

»Gibt es Vorschläge?«, fragte Greg in die Runde, wobei er sich die Stirn massierte, als würde er unter Kopfschmerzen leiden. »Irgendeine Idee, was wir in dieser Situation unternehmen können?«

»Im Grunde nichts«, antwortete Sam.

»Wovon reden wir hier eigentlich?«, fragte Hanna. »Jessica, was soll das alles bedeuten?«

»Was genau verstehst du denn nicht?«

»In erster Linie, warum wir nicht über Kinder reden, die wir beschützen und ernähren müssen, sondern über eine Herde, die vergrößert werden muss.«

»Ich habe dir doch schon erklärt, dass wir uns von dem Begriff Kind verabschieden müssen«, mischte sich Greg müde ein und setzte sich auf die Tischkante.

Er wollte nicht mit ihr streiten. Aber auch nicht diskutieren. Hanna kannte diesen Gesichtsausdruck bereits an ihm. Äußerlich ließ er sich kaum etwas anmerken, aber sie wusste, wie unangenehm ihm dieses Gespräch war.

»Es geht dabei nicht um Moral, Hanna«, stellte Jessica klar. »Die Moral von früher existiert heute sowieso nicht mehr. Falls du es noch nicht bemerkt haben solltest, rufe ich es dir gern in Erinnerung: Alles – wirklich ausnahmslos alles – ist in diesem Sommer ausgelöscht worden.«

»Nicht alles«, widersprach Sam. Obwohl er mittlerweile schmaler geworden war, blieb er ein massiger Kerl, nur dass seine Wangen sich nicht mehr zu straffen Kugeln wölbten, sondern schlaff herabhingen. Wie bei einer Bulldogge. Und sein Grinsen gequält wirkte. »Man darf den Samen nicht auf den Boden gießen, wenn eine Frau bei einem Mann liegt, weil dann keine Frucht entsteht. So ungefähr steht es in der Bibel. Alles andere ist durchaus möglich.«

»Soll das ein Witz sein?«, fuhr Hanna ihn an. »Ist das vielleicht deine Art von Humor?«

»Ganz bestimmt nicht«, antwortete Sam. »Du kannst uns ruhig Herde oder einen Haufen Wilde nennen. Oder was dir sonst gefällt. Aber unsere Aufgabe ist es in dieser Lage nun einmal, uns zu vermehren. Genau, Hanna! Wie die Tiere! Nicht anders als sie! Wie jede Art sollten wir uns maximal ausbreiten. Allein darüber müssen wir uns den Kopf zerbrechen. Du bist eine intelligente Frau, die studieren wollte, da musst du das doch begreifen!«

»Und wie willst du das Olivia Brown erklären? Die gerade dreimal ihre Mens hatte und erst neun Jahre alt ist ... Wie willst du ihr klarmachen, dass es jetzt ihre Aufgabe ist, sich zu vermehren? Und was meinst du, wie sie das aufnimmt?«

»Ich werde ihr überhaupt nichts erklären«, antwortete Greg gequält. »Jedenfalls noch nicht. In Wiseville haben wir das Mindestalter für Geburten auf zehn Jahre festgesetzt. Hat sie das erreicht, erkläre ich ihr alles.«

»Was ändert sich denn für sie in den vier Monaten?«, bohrte Hanna weiter. »Ist sie dann klüger? Oder reifer?«

Sie begriff, dass sie mit ihrer Position allein dastand, dass niemand im Raum sie mit einem Wort oder einer Tat unterstützen würde. Nicht einmal Mitleid würde irgendjemand mit ihr haben.

»Von zehn bis achtzehn«, sagte Liz da, die bisher noch keinen Ton herausgebracht hatte. »Damit könnte jedes gesunde Mädchen theoretisch rund zehn Kinder zur Welt bringen.«

Sie trat ans Fenster und zündete sich ungeschickt eine Zigarette an. Hanna hatte Liz noch nie rauchen gesehen, obwohl sie sie bereits seit der Grundschule kannte.

»Rein theoretisch, wie gesagt«, fuhr sie fort. »In der Praxis sieht das natürlich anders aus. Aber auch acht Kinder sind schon eine stattliche Zahl. Denn das Problem besteht ja nicht darin, dass Olivia Brown erst neun ist, Hanna, sondern dass wir viel zu wenig Olivia Browns haben. Deshalb werden die zweiundfünfzig Mädchen im gebärfähigen Alter in den genannten acht Jahren auch nicht vierhundert Kinder in die Welt setzen, sondern nur zweihundert. Damit dürften wir die Überlebenschancen von Wiseville kaum sichern.«

Sie sah Hanna an, als wäre sie die Einzige unter all den gesitteten Leuten im Raum, die keine Manieren besaß.

»Wach auf«, verlangte sie dann in schneidendem Ton von ihr. »Du bringst mit viel Glück vielleicht noch zwei Kinder zur Welt. Ich eventuell auch. Aber bei Jessica wird es nur noch für eins reichen, und selbst das nur, wenn sie noch in dieser Woche schwanger wird. Ihre Blutung ist aber unregelmäßig. Und falls du das immer noch nicht begriffen hast: Im Moment gibt es kein gravierenderes Problem, als wenn bei einer gebärfähigen Frau der Eisprung ausbleibt. Kinder sind in unserer Zeit nämlich keine romantische Frucht der Liebe mehr, sondern unser Ticket für die Zukunft. Stell dich also nicht dümmer, als du bist! Liebe, Entscheidungsfreiheit, Minderjährigkeit – all das ist Schnee von gestern.«

Die noch nicht zu Ende gerauchte Zigarette flog zum Fenster raus.

»Wie bedenkenlos du Entscheidungen für sie triffst«, brachte Hanna hervor, doch Liz zuckte nur die Achseln.

»Nicht ich treffe diese Entscheidung«, schob sie nach einer Weile hinterher, »sondern das Leben. Du kannst noch von Glück reden, denn wir sind vermutlich die Letzten, die ein Kind von ihrem Freund empfangen. Oder wenigstens von jemandem, den wir kennen. Die Frauen nach uns werden einfach nur noch gebären. Verkneif dir also deine Moralpredigten und akzeptiere die Situation so, wie sie ist. Herzlich willkommen in der Postapokalypse!«

»Jetzt reicht es aber!«, verlangte Greg und stand wieder auf. Er griff mit beiden Händen nach der Kante des Tisches, fast als wollte er diesen gleich umstoßen. »Liz, du bereitest die Mädchen vor. Erkläre ihnen ihre Aufgabe und mache ihnen klar, wie wichtig diese ist ... Lass dir was einfallen, stell dich auf den Kopf oder was weiß ich, aber sorge dafür, dass sie keine psychischen Schäden davontragen. Clive wird dich unterstützen.«

»Ich?«, fragte dieser erstaunt. Seine feinen, fast wie gemalt wirkenden Augenbrauen schnellten nach oben. »Greg, ich bin kein Lehrer, von all diesen Dingen verstehe ich rein gar ...«

»Niemand von uns ist ein Lehrer«, fiel Greg ihm ins Wort. »Du hilfst Elizabeth, und fertig. Wenn du von diesen Dingen nichts verstehst, hör zu, was sie dir sagt, und tu, was sie verlangt. Sam, du kümmerst dich um die Jungen, damit sie sich nicht durch und durch wie Tiere verhalten. Das Mindestalter liegt für sie bei fünfzehn. Jessica, du hilfst ihm.«

»Mach ich.«

»Für alles haben wir genau drei Tage. Hanna?«

»Na?«, blaffte sie ihn an. »Welche Aufgabe hast du für mich vorgesehen? Wie kann ich beim Decken behilflich sein?«

»Für dich habe ich nur eine Aufgabe! Begreife endlich, dass zwischen unseren Wünschen und unseren Pflichten ein Unterschied besteht! Wenn wir für unser Überleben zu Tieren werden müssen, dann werden wir zu Tieren. Wenn wir diejenigen, die dich verfolgt haben, nicht getötet hätten, wärst du tot. Diese Morde haben uns in deinen Augen aber nicht zu Tieren gemacht, oder?«

Auch Hanna stand auf.

»Es gibt Dinge, die sind schwerer zu akzeptieren als ein Mord, Greg. Ich verstehe durchaus, dass wir keine andere Möglichkeit haben, aber wir verwandeln hier Kinder in Herdenvieh. Wir nehmen ihnen ihre Entscheidungsfreiheit. Du wirst es in Zukunft nicht mehr mit Mädchen und Frauen zu tun haben, sondern mit sprechenden Bruthennen.«

»Genau das brauchen wir! Sprechende Bruthennen«, konterte Sam. »Darin sehe ich jedoch keine Tragödie. Warum nicht zu den rein tierischen Instinkten zurückkehren? Wir ziehen das eine Weile durch, danach wird alles wieder wie früher.«

»Nein, denn dann wird es sehr viel schwieriger sein, zum alten Status quo zurückzukehren«, widersprach Hanna. »Und wer weiß, vielleicht wollen die Menschen diese Rückkehr dann gar nicht mehr ...«

»Völlig richtig«, sagte Greg mit stahlharter Stimme. »Du hast in allem recht. Es ist ein grausamer Schritt, ein brutaler, der seine Konsequenzen haben wird. Aber wenn ich vor der Wahl stehe, wie ein Tier zu leben oder wie ein Mensch zu sterben, entscheide ich mich fürs Leben. Gegen das Tier in sich kann man kämpfen, gegen den Tod aber nicht. Und mit den Konsequenzen werden wir schon fertig. Oder die Menschen nach uns. Solange wir dafür sorgen, dass es nach uns noch jemanden gibt, der sich der Sache annehmen kann. Tut mir leid, Hanna, aber ich habe diese Entscheidung für uns alle getroffen. Deshalb verlange ich von dir, dass du dich daran hältst.«

KAPITEL 3

Salz und Blut

»Hier ist alles ruhig!«, sagte Vasco, der die ganze Zeit mit dem Auge am Visier klebte. »In fünf Minuten legen wir los!«

Hanna machte durch das Fernglas, das deutlich stärker war als das Visier an Vascos Gewehr, ebenfalls nichts aus, was sie alarmiert hätte. Ein ruhiges Fabrikgelände. Ein paar verschrumpelte Leichen, die seit ihrem Tod niemand angerührt hatte, auf den Parkplätzen erstarrte Laster und Transporter, die niemand mehr hatte beladen können …

»Hoffentlich haben die noch Gabelstapler«, murmelte Vasco. »Sonst dürfen wir uns den ganzen Tag abschleppen und müssen hier übernachten.«

»Warum das?«, fragte Hanna, während sie die Laderampe absuchte, vor der ein überlanges Fahrzeug stand.

»Weil wir nachts weder durch Brownville noch durch Gary fahren.« Er verstummte und führte den Lauf seiner Waffe nach links und rechts. »Wenn du mich fragst, ist hier jemand.«

»Wir beobachten die Gegend jetzt schon eine Stunde, ohne dass uns irgendwas aufgefallen wäre.«

»Das heißt noch gar nichts«, entgegnete Vasco. »Wenn ich in einem Hinterhalt auf dich lauern würde, würdest du mich garantiert auch nicht entdecken.«

»Umgekehrt du mich aber schon?«

Vasco drehte sich um und grinste.

Was auch immer geschehen war, Vascos Lächeln war noch das alte. Offen, strahlend weiße Zähne, selbstzufrieden. Wäre da nicht der Ausdruck in seinen Augen gewesen, hätte man meinen können, Vasco habe sich überhaupt nicht geändert. Ein guter Kumpel, der sich für Karaoke und nächtliche Wettfahrten auf dem Sportbike begeisterte. Gegen seinen älteren Bruder …

Sein Bruder war im Frühling dreiundzwanzig geworden. Vasco hatte ihn sterben sehen.

Sein Blick hatte sich allerdings geändert. Er war kalt und ließ ihn viel älter wirken. Obwohl er Hanna eigentlich wie immer ansah, zog diese es vor, den Ausdruck in seinen Augen geflissentlich zu ignorieren.

»Siehst du das Vehikel vor der Rampe?«, fragte sie.

»Mit dem Toten in der Fahrerkabine?«, erwiderte Vasco. »Klar sehe ich den. Hast du vielleicht den gleichen Plan wie ich?«

Hanna sah noch mal genauer hin. Tatsächlich. Dort lag ein Toter. Dabei war sie ganz sicher gewesen, dass die Kabine leer gewesen war.

»Schon seit fünf Minuten denke ich an nichts anderes«, sagte sie dann zu Vasco. »Die Frage, ob du imstande bist, das Ding zu fahren, kann ich mir verkneifen, oder?«

»In der Tat«, antwortete Vasco ernst. »Ich fahre alles, was Räder hat. Heute habe ich aber eine andere Aufgabe. Ich bin dein Bodyguard.«

»Ich kann schon auf mich selbst aufpassen. Aber einen zweiten Schwertransporter könnten wir gut gebrauchen.«

»Vor allem wenn er Salz geladen hat.«

»Was sollte er denn sonst geladen haben? Zucker mit Sicherheit nicht.«

»Irgendwas hat er jedenfalls hinten drauf. Sieh dir doch nur mal die Räder an! Bis Wiseville sind es rund hundert Meilen. Wenn der Tank noch einigermaßen voll ist, kehren wir heute wirklich mit reicher Beute zurück.«

»Was meinst du, wie viel Salz ist in den Lagern?«

»Keine Ahnung! Aber mit leeren Händen werden wir auf gar keinen Fall zurückfahren!«

Er drehte sich um und winkte Paul herbei, den Jungen, der bei den Packern das Sagen hatte.

»Was gibt's?«, wollte dieser wissen.

»Wir gehen jetzt rein«, teilte ihm Vasco mit. »Du hältst dich mit deinen Jungs im Hintergrund. Ich glaub zwar nicht, dass wir eine unangenehme Überraschung erleben ...«

»Alles klar!«, sagte Paul nur lächelnd.

»Du weißt, was ein Gabelstapler ist?«

»So eine Art Traktor mit Spieß, oder?«

»Genau«, sagte Vasco. »Hast du schon mal hinterm Steuer gesessen?«

»Ja, im Auto meiner Eltern. Warum?«

»Oft?«, hakte Vasco nach und maß sein Gegenüber mit einem ironischen Blick.

So jung, wie Paul war, durfte er noch nicht legal Auto fahren. Wenn er es getan hatte, gab es dafür nur eine Erklärung: Er hatte seinem Vater die Schlüssel stibitzt.

»Ein paarmal schon«, gab Paul leise zu. »Warum?«

»Du weißt schon, dass das ... Ach was, lassen wir das! Wenn du mit dem Auto deiner Eltern klargekommen bist, bereitet dir ein Gabelstapler keine Schwierigkeiten. Ich zeig dir kurz, wie's geht. Wer nicht ins Wasser springt, lernt schließlich nicht schwimmen.«

»Darf ich dich mal was fragen, Vasco?«, brachte Paul schüchtern heraus. »Wofür braucht Chief Greg eigentlich so viel Salz?«

»Salz ist Leben«, antwortete Hanna an seiner Stelle. »Wir müssen Fleisch und Fisch für den Winter einlagern. Dafür brauchen wir Salz. Die Vorräte hier werden für viele Jahre reichen.«

»Je mehr wir abtransportieren, desto besser«, ergänzte Vasco. »Vielleicht kriegen wir es sogar hin, noch mal für eine zweite Tour herzukommen.« Er winkte seine Jungs heran und wandte sich dann Hanna zu. »Bist du bereit?«

Sie nickte.

In Vascos Gruppe trugen zwar alle Camouflageuniformen und Waffen, wirkten aber trotzdem wie kleine Jungen, die sich für eine Runde Paintball verkleidet hatten. Nur dass es sich bei den MGs nicht um Spielzeugwaffen handelte und sie jederzeit in tödliche Gefahr geraten konnten.

»Los!«

Zwei Laster und zwei Jeeps mit einer Schutzverkleidung aus Stahlplatten – das war primitiv und grob, aber effizient bei einem Beschuss mit leichter Munition oder aus Jagdwaffen – fuhren mit fauchenden Motoren an. Der erste Tropfen Adrenalin gelangte in Hannas Blut. Ihre Knöchel traten weiß hervor, ihr Atem wurde heiß.

Obwohl sie eine kugelsichere Weste trug, hatte Vasco ihr noch zwei Jungs als Bodyguards zugewiesen, die nicht von ihrer Seite wichen. Hennen, die ihr Küken schützten … Der Schweißgeruch der beiden hüllte Hanna ein und überlagerte alle anderen Gerüche.

Sie fuhren auf das Fabrikgebäude zu. Der Fahrer unmittelbar hinter Vasco war noch ziemlich unsicher, sodass ihm immer wieder Fehler unterliefen und er häufig einen falschen Gang einlegte, worauf der Motor in den höchsten Tönen heulte oder der ganze Laster zitterte, als erlitte er einen epileptischen Anfall. Vasco schaute wiederholt mit finsterem Blick in den Rückspiegel, sagte aber kein Wort.

Die Fabrik zur Abfüllung von Salz hatten sie anhand der Adresse ausfindig gemacht, die auf den Päckchen im Supermarkt von Rightster genannt wurde. Es war der nächste Punkt in Wiseville und vermutlich das einzige Unternehmen dieser Art im ganzen Bundesstaat. Zuvor hatte Greg schon lange nach etwas Vergleichbarem gesucht. Ihm war also ein Stein vom Herzen gefallen, als herauskam, dass sie keine dreihundert Meilen würden fahren müssen.

Seit dem Streit mit Hanna während der Sitzung des Rats herrschte zwischen ihnen beiden noch immer eine gewisse Spannung, und Greg instruierte sie nur in kurzen und knappen Worten darüber, was ihre neue Aufgabe war.

»Willst du mich in Zukunft eigentlich ständig meiden?«, hatte sie von ihm wissen wollen.

»Diese Frage haben wir schon diskutiert, deshalb gibt es dazu rein gar nichts mehr zu sagen. Ganz im Gegensatz zu unserer Versorgung. Du besorgst das Salz! Mit der gleichen Gruppe wie bisher. Wenn die Lager noch nicht leer geräumt sind, lade die Laster voll und komm sofort zurück!«

»Und wenn schon jemand vor uns da gewesen ist?«

»Dann sammelt ihr die Reste ein. Wir haben bisher nur zwei Tonnen Salz. Die reichen garantiert nicht lange. Unsere ganze Hoffnung liegt daher auf euch.«

»Wenn es Salz gibt, brauchen wir zwei Tage vor Ort. Ich habe bloß zehn Packer, und das sind Menschen, keine Roboter.«

»Abgemacht«, hatte Greg mit unfrohem Lächeln erklärt. »Du

hast völlig freie Hand. Nehmt euch ruhig Proviant für eine Woche mit. Für alle Eventualitäten ...«

»Wann sollen wir aufbrechen?«

»Gleich. Ich habe Vasco schon Bescheid gesagt. Die Tanks sind voll, eure Waffen eingeladen. Hol dir noch deine Verpflegung, dann kann's losgehen. Das ist eine ungeheuer wichtige Aufgabe, Bell. Sieh zu, dass du sie schnell erledigst.«

»Was versprichst du dir von alldem, Greg? Ist das deine Art, mich zu beschützen?«

»Ganz genau, denn du sollst nichts tun, was du später bedauerst.«

»Das ist ein schöner Wunsch«, hatte Hanna nach kurzem Schweigen erwidert und Greg fest in die Augen gesehen. Er hatte ihrem Blick standgehalten ... »Nur leider ist er unerfüllbar.«

Als die Autos durch das weit offene Tor auf das Fabrikgelände fuhren, meinten sie alle, in die Falle zu tappen wie eine Maus.

Vasco schoss mit dem Jeep auf ein flaches Steingebäude zu und postierte dort einen der Jungen mit MG. Die anderen verteilten sich mit Schrotflinten über dem gesamten Hof, wobei sie einen bestimmten Sicherheitsabstand wahrten. Vasco war wie geschaffen für solche Aufgaben! Ohne jede Erfahrung, ohne Bildung, allein aufgrund seiner Intuition füllte er seine Rolle so aus, als hätte er nicht den Befehl über ein paar bewaffnete Teenager, sondern über eine Spezialeinheit der Navy.

Im Übrigen hatte Vasco recht gehabt: Auf dem an der Rampe stehenden Transporter stapelten sich die abgepackten Tüten mit Salz. Mit der Beute aus der Fabrik konnten sie weitere zehn Schwertransporter beladen, und das, obwohl sich vor ihnen schon jemand anders bedient hatte.

Mit einem Mal fiel Hanna eine zertretene Bierdose auf, die noch nicht allzu lange hier liegen dürfte. Auch ein paar Kippen ... Einer der Gabelstapler hatte sich unter einer Palette zur Seite geneigt. Das bedeutete natürlich noch nicht, dass jetzt wirklich jemand in der Halle lauerte ...

Hannas Blick schnellte zu Vasco. Dieser nickte, als wollte er ihr sagen: Habe ich auch schon bemerkt.

Offenbar bestand also kein Grund zur Panik.

Vasco rief Paul herbei und flüsterte ihm etwas ins Ohr, dann spähte er zum Fahrerhäuschen des Transporters hinüber. Sie mussten die Mumie herausholen. Sofort fielen Hanna sämtliche Leichen ein, die sie auf dem Weg von Kidland nach Wiseville aus verschiedenen Autos gezogen hatte ...

»Brauchst du Hilfe?«, fragte sie Vasco.

»Das schaff' ich schon selbst«, erwiderte dieser. »Aber halt das solange ...«

Das Gewehr war schwer und glatt. Es fühlte sich etwas ölig an, lag aber überraschend angenehm in der Hand. Ein wenig wie eine Katze, die man sofort kraulen wollte. Nie im Leben hätte Hanna vermutet, dass eine Waffe derart angenehme Gefühle in ihr auslösen würde.

Vasco öffnete bereits die Tür der Kabine des Lasters, sprang dann aber sofort zurück und hielt sich den Arm vor die Nase.

»Santa Maria, puh!«, stieß er aus, um dann Hanna zuzurufen. »Dreh dich um, das ist kein schöner Anblick!«

Diese tat, was er verlangte.

Etwas raschelte, Metall klirrte, dann war ein unangenehmes Quietschen zu hören, schließlich fiel etwas auf den Beton. Es knackte ganz leise. Fast als hätte jemand einen Käfer zertreten. Ein fast mit Händen greifbarer Gestank hüllte nun auch Hanna ein.

Der neue Geruch einer neuen Welt, dachte sie. Mit Mühe unterdrückte sie einen Würgereiz.

»Das war's«, rief Vasco. »Du kannst dich wieder umdrehen.«

Sie stieg aus.

Vasco wusch sich die Hände in einer Tonne mit Regenwasser. Nachdem er sie an einem alten Lappen abgetrocknet hatte, beugte er sich etwas vor, stützte sich auf seinen eigenen Oberschenkeln ab und atmete tief durch. Seine Halsschlagadern pulsierten.

»Lassen wir ihn noch etwas auslüften, ehe wir ihn probehalber starten. Die Batterie müsste eigentlich mitspielen, schließlich ist immer noch kein Winter.«

Erst da bemerkte Hanna Tränen in seinen Augen.

Vasco legte furchtbaren Wert darauf, wie ein stahlharter Kerl zu wirken, ein echter Terminator, war dabei aber nur der Junge aus der

Parallelklasse, ein ganz gewöhnlicher Typ, einer wie du und ich, der überhaupt nicht für die Rolle des eiskalten Burschen taugte.

Hätte er jemanden aus Pauls Team gerufen, damit er die Mumie aus dem Laster zieht, man hätte ihm gehorcht. Hätte er befohlen, dass einer von ihnen das Fahrerhäuschen auswusch, man hätte ihm gehorcht. Aber das hatte er nicht ...

Mehr brauchte man über ihn im Grunde nicht zu sagen.

»Ich werd mal mit den Packern reden«, fuhr er fort, wobei er wieder den Superman herauskehrte. »Wenn das Maschinchen fährt...« Er klopfte gegen die Seite des Transporters. »... dann sollten wir erst diesen Wagen vollladen.«

Pauls Jungen hatten einige Ameisen entdeckt und überlegten jetzt, ob sie die Hubwagen mit nach Wiseville nehmen sollten.

»Aber selbst wenn er nicht mehr anspringt, kommen wir nicht mit leeren Händen nach Hause.«

»Wir brauchen einen dritten Fahrer«, gab Hanna zu bedenken.

»Soll ich es mal versuchen?«

»Das übernehme ich selbst. Der Transporter hat keine Automatik, deshalb kommst du vermutlich nicht klar mit ihm.«

»Und wieso schaffst du das dann?«

»Weil mein Vater eine Securityfirma geleitet hat«, antwortete Vasco und nahm ihr das Gewehr ab. »Davor hat er bei der Drogenfahndung gearbeitet. Ich bin mit Autos und Waffen aufgewachsen.«

»Das erklärt einiges!«

»Dafür bin ich in Mathe eine Null.«

»Mathe braucht heute auch niemand mehr ...«

»Von dem ganzen Kram aus der Schule braucht heute niemand mehr irgendwas.« Er blinzelte, als würde die Sonne ihn blenden. »Greg hat recht, wir leben in einer Zeit, wo nur das Recht des Stärkeren gilt. Allerdings hat er jetzt das Sagen und nicht ich, obwohl ich besser schieße als er.«

Plötzlich stieß er Hanna so heftig gegen die Brust, dass diese durch die offene Tür in die Halle flog. Die Schüsse hörte sie erst, als sie mit voller Wucht auf dem Hintern landete und mit dem Rücken gegen einen Pappkarton knallte. Kurz darauf ratterte das MG los, das auf den Jeep montiert war.

»Bleib ja, wo du bist!«, zischte Vasco.

Durch das offene Tor der Halle beobachtete Hanna, wie er zwischen einem Gabelstapler und Paletten entlangschlich und hinter dem Transporter in Deckung ging. Kurz darauf eröffnete er das Feuer auf ein Ziel, das außerhalb von Hannas Blickfeld lag. Drei Schüsse, eine kurze Pause, drei weitere Schüsse ...

Abermals war das Geknatter des MGs zu hören. Kugeln durchschlugen Metall ...

Dann wurde alles ruhig.

»Bleib da drinnen!«, schrie Vasco von draußen.

»Ich rühr mich hier bestimmt nicht weg«, rief Hanna zurück.

Ihr Rücken schmerzte, aber ohne die kugelsichere Weste hätte sie ihn sich bei der Kollision mit dem Karton sicher aufgerissen.

»He!« Eine fremde Stimme, laut und klar. »Das ist unser Salz! Verpisst euch, sonst knallen wir euch ab!«

Vasco riss den Kopf auf der Suche nach seinem Gegner herum, konnte ihn aber nicht lokalisieren.

Paul und seine Jungs hatten auf einem Pritschenwagen hinter den Paletten Schutz gesucht. Sollten sie ebenfalls jemanden im Visier haben, dann war dieser Gegner für Hanna nicht zu erkennen.

Ihre Gruppe saß in der Klemme. Offenbar hatten sich ihre Angreifer bei der Auffahrt zum Gelände aufgebaut und versperrten ihnen nun den Rückzug. Das hieß allerdings noch lange nicht, dass die Partie für sie von vornherein verloren war.

Mit ihrem MG würden sie jeden Ansturm aufhalten, obendrein bot der Transporter mit dem Salz ihnen eine hervorragende Deckung. Falls ihre Gegner sie ausräuchern wollten, mussten sie sich schon etwas ganz Besonderes einfallen lassen.

Hannas Vater, ein leidenschaftlicher Schachspieler, hätte von einem Patt gesprochen.

Im Schutz der Paletten pirschte sich Hanna nun doch zu Vasco.

»Ich hatte doch gesagt, du sollst ...«

»Mir ist ja nichts passiert«, fiel ihm Hanna ins Wort. Allerdings musste sie zugeben, dass ihr Herz wie verrückt hämmerte. »Was machen wir jetzt?«

»Weiß ich noch nicht. Die Schüsse kamen von links. Wir können aber von Glück sagen, dass sie miserable Schützen sind.« Er bleckte die Zähne. »Ich hätte längst getroffen.«

»Wie viele sind es? Was meinst du?«

»Mindestens drei. Aber garantiert hatte keiner von denen bisher eine Waffe in der Hand. Sonst wären wir nämlich längst tot.«

»He!« Die Stimme verriet nicht, wie alt derjenige war, der sie da rief. Nur, dass es sich nicht um ein Mädchen handelte. »Wollt ihr da die ganze Nacht über rumliegen?«

Vasco setzte bereits zu einer Erwiderung an, doch Hanna legte den Finger an die Lippen.

»Es ist doch eigentlich ganz gemütlich hier«, antwortete sie dem Jungen.

»Oho, 'ne Frau! Sag mal, Kumpel, haben bei euch die Mädchen das Sagen?«

»Halt ja den Mund!«, raunte Hanna Vasco zu, um dann zu rufen: »Ja und? Kämpft ihr etwa nicht gegen Mädchen?«

»Für die haben wir was Besseres!«

Das war eine andere Stimme, tiefer und härter.

»Legt eure Waffen auf den Boden und kommt raus!«, befahl die zweite Stimme nun.

»Hast du hier das Kommando?«, fragte Hanna.

Die tiefe Stimme ließ sich mit der Antwort Zeit.

»Wenn ihr nicht aufgebt, dann ...«, ertönte es nach einer halben Ewigkeit.

»Ich schlage euch Gespräche vor.«

»Worüber sollten wir uns mit dir schon unterhalten? Du bist doch schon so gut wie tot ... ihr alle!«

Vasco huschte im Schutz des Transporters weiter vor, um sich einen besseren Überblick zu verschaffen.

»Wie viele Leute stehen unter deinem Kommando?«, fragte Hanna weiter.

»Als ob ich dir das sagen würde!«

»He!«, schaltete sich der erste Junge wieder ein. »Mach dich schon mal für mich bereit! Ich kann's kaum noch abwarten!«

»Ich habe zwei Dutzend Männer. Und zwei MGs«, sagte Hanna, ohne auf den Schreihals einzugehen. »Damit erledigen wir dich und deine Jungs spielend.«

»Ich habe genügend Leute.«

»Und ich genügend Patronen. Willst du wirklich für ein bisschen Salz verrecken?«

»Du bist bei mir eingefallen, nicht ich bei dir!«

»Ist das dein Salz?«

»Jetzt schon.«

»Und was verlangst du dafür?«

Das Walkie-Talkie in Hannas Rücken meldete sich.

»Ich seh das Arschloch«, flüsterte Vasco. »Ein Schuss, und die Sache ist erledigt.«

»Warte noch«, raunte Hanna ins Mikro, um dann zu rufen: »Wie heißt du eigentlich?«

»Warum willst du das wissen, du Schlampe?«, rief Nummer eins. »Wir machen euch eh alle kalt!«

»Spiel dich nicht auf!«, ging Nummer zwei dazwischen. »Du kannst mich Joe nennen.«

»Was verlangst du für das Salz, Joe?«

»Jetzt seh ich auch den Schreihals«, teilte Vasco ihr mit. »Auf dem Dach lauert auch noch einer. Rechts von dir. Für das MG kein Problem.«

»Du unternimmst noch nichts! Wir wollen das hier ohne Schießerei klären.« Dann wandte sie sich wieder an Joe. »Nenn mir deinen Preis! Und komm endlich aus deinem Versteck, damit wir in Ruhe über alles reden können! Wir schießen nicht!«

»Hanna!«, schrie Vasco da – und diesmal nicht über Funk.

»Was ist?«, rief Hanna zu Joe hinüber. »Hast du Schiss?«

»Ich? Schiss? Dann pass mal auf! Ich komme jetzt raus! Aber wehe, ihr schießt!«

Vasco rannte zu Hanna zurück, kam aber zu spät. Sie hatte sich bereits erhoben und trat aus dem Schutz des Transporters heraus.

Joe war höchstens sechzehn, ein gedrungener Junge mit breiten Schultern, gekleidet wie ein einfacher Arbeiter oder Farmer, der zum Markt fuhr. Kariertes Hemd, Jeans und spitz zulaufende Stiefel. Zu dieser Aufmachung hätte eigentlich ein breitkrempiger Hut gehört, doch Joe bevorzugte ein kakifarbenes Barett. Sein Gesicht war breit, offen und sauber. Erstaunlich attraktiv im Grunde.

Unter dem wütenden Gemurmel Vascos ging Hanna diesem Joe

entgegen. Es trennten sie noch zehn Schritt von ihm, als sie stehen blieb und langsam ihre Pistole aus dem Halfter zog, um sie vor sich auf den Beton zu legen. Joe machte mit seinem Gewehr das Gleiche.

Anschließend gingen beide weiter aufeinander zu.
»Du bist also Hanna?«, fragte er.
»Richtig. Was machen wir jetzt, Joe?«
»Du bezahlst mein Salz«, antwortete er grinsend.
»Hat dein Vater hier gearbeitet, oder weshalb ist es dein Salz?«
»Wir haben hier gelebt«, brummte er. »Ganz in der Nähe …«
»Wie viele Leute hast du?«
»Geht dich nichts an.«
»Nun komm schon …!«
»Geht dich nichts an«, wiederholte er stur.
»Dann gibt es jetzt genau zwei Möglichkeiten«, erwiderte Hanna. »Die erste ist ganz einfach. Wir handeln ein bisschen, einigen uns auf den Preis, geben dir die ausgehandelten Patronen und hauen wieder ab. Du bleibst hier und wartest in aller Ruhe auf die nächsten Plünderer. Und es ist nicht gesagt, dass die auch so freundlich sind wie wir. Aber darum geht es gar nicht. Die entscheidende Frage ist nämlich, was kommt danach? Du bist sechzehn?«

Er sah sie fragend an und rückte seine Armeemütze zurecht.
»Werde ich im nächsten Monat«, antwortete er nach einer Weile.
»Dann warten auf dich noch zwei Jahre.«
»Bitte?!«
»Dir bleiben noch zwei Jahre. Falls es dich interessiert, mir auch. Willst du die ganze Zeit über um den Salzpreis feilschen?«
»Was geht dich das an?«
»Mit anderen Worten: Du hast keinen Plan!«
»Was denn bitte für einen verfuckten Plan?«

Er wirkte überhaupt nicht bedrohlich, obwohl er sich alle Mühe gab, den hart gesottenen Gangster zu mimen. Doch vor Hanna stand lediglich ein verzweifelter kleiner Junge.

»Dann hör dir jetzt mal meinen zweiten Vorschlag an«, fuhr sie fort. »Der lautet, dass du mit zu uns kommst!«

Joe schaute sie nur ungläubig an.
»Du und deine Freunde.«

Als er Hanna weiterhin bloß ratlos anstarrte, hörte sie es förmlich unter dem Barett arbeiten.

Anscheinend hatte sie nebenbei auch eine Lösung für ihr demografisches Problem gefunden. Es war zwar noch nicht aus der Welt geschafft, aber der Weg zu seiner Lösung nun erkennbar. Denn unabhängig davon, ob Joe ihren Vorschlag annehmen würde oder nicht, konnte sie diesen Weg weiterverfolgen. Warum war sie darauf nicht schon früher gekommen?

»Und wozu brauchst du uns?«, fragte Joe schließlich.

»Um unsere Zahl zu vergrößern. Bei uns haben nur sehr wenig Menschen überlebt. Und wenn wir so wenig bleiben, läuft unsere Zeit sehr schnell ab. Wir brauchen Arbeiter, Soldaten und Jäger. Du bist doch ein Jäger, oder?«

»Ist das irgendein Trick?«, bohrte er weiter. »Willst du uns am Ende alle umbringen?«

Hanna seufzte nur.

Mit einem Mal wurde sie völlig ruhig. Joe war kein großer Denker, das stand fest. Aber er war auch kein brutaler Killer, obwohl er gern so gewirkt hätte. Vor ihr stand ein verängstigter Junge, der am Rand einer Kleinstadt lebte.

»Wir sind aus Wiseville, aus Mount Hill, wollte ich sagen. Das ist fast hundert Meilen von hier entfernt. Eine kleine Stadt mit einer Militärbasis. In der Nähe von Rightster. Das kennst du doch bestimmt, oder?«

Joe nickte.

»Wir sind um die dreihundert, haben einen ausgezeichneten Boss und genügend Vorräte. Bei uns verhungert garantiert niemand ... Ein Dach über dem Kopf können wir euch auch bieten. Für uns zählt jede Hand, die zupacken kann. Du hast noch zwei Jahre, Joe. Mehr nicht. Bist du sicher, dass du sie hier verbringen willst? In einer Fabrik?«

»Hast du überhaupt das Recht, mir einen solchen Vorschlag zu machen? Bist du nicht nur ein stinknormales ...« Er suchte nach einer Beleidigung. »Du bist doch nur ein Mädchen! Wer hört denn auf dich?«

Da wusste Hanna, dass sie gewonnen hatte. Heute würde kein Blut fließen.

»Das ist kein Geheimnis, Joe«, sagte sie daher lächelnd. Einfache Fragen verlangten nach einfachen Antworten. »Chief Greg hört auf mich. Er ist der Boss – und ich bin seine Freundin!«

»Das ist eine recht überraschende Wendung«, bemerkte Greg. »Jetzt haben wir fünf Münder mehr zu stopfen ...«

»Genau darüber will ich mit dir reden.«

»Meinst du nicht, das hätten wir tun sollen, bevor du sie angeschleppt hast?«

»Du bist von dem Gedanken fasziniert, alles, was zwei Beine hat, dazu zu zwingen, Kinder in die Welt zu setzen ...«

»Gegen dieses Vorgehen habe ich absolut nichts einzuwenden«, erwiderte Greg grinsend. »Was hältst du davon, wenn ich unser Bett ein wenig vorwärme?«

»Hört sich nicht schlecht an«, sagte Hanna. »Vor allem wenn es für andere kein Pflichtprogramm ist und auf jede Gewalt verzichtet wird.«

»Hast du jetzt völlig den Verstand verloren?«, fragte Greg in seinem Bosston. Er konnte sich von einer Sekunde auf die andere von einem Menschen in eine Befehlsmaschine verwandeln.

Hanna kannte Greg in allen Phasen.

Wenn er mit ihr zusammen war, dann war er ganz er selbst. Im Rat aber war er der Boss mit der Bronzemaske, außerhalb davon ein stahlharter Typ. Als ihr Freund erinnerte er noch an den alten Greg, war lustig, liebenswert und gut, wenn auch ein bisschen sturer als früher. Der Boss mit der Bronzemaske ließ es noch zu, wenn man mit ihm stritt, duldete auch Widerspruch, aber nur kurz. Mit dem stahlharten Kerl zu diskutieren sollte jedoch niemand wagen.

Das Lächeln kroch von seinem Gesicht.

»Habe ich dir je einen solchen Vorschlag unterbreitet?«

»Dann wäre das unser Ende gewesen. Lass uns lieber noch einmal in aller Ruhe über Joe und seine Leute sprechen, ja?«

Er nickte zwar, doch in seinen Augen blieb ein eisiges Funkeln zurück.

Hanna setzte sich aufs Bett.

»Wir dürfen nicht nur auf Geburten setzen ...«, fing sie an.

»Sondern?«

»Wisevilles Problem besteht doch darin, dass seine Bevölkerung zu klein ist. Habe ich das richtig verstanden?«

»Teilweise schon. Denk aber auch daran, wie es in etwa drei Jahren aussieht! Dann sind wir nicht mehr da. Um unsere Kinder muss sich jemand anders kümmern, doch diejenigen, die dann leben, werden kaum imstande sein, sie ordentlich auszubilden. In sechs Jahren rechne ich dann mit einer echten Katastrophe, denn dann werden ...«

»Ich weiß«, unterbrach Hanna ihn. »Aber alle unsere Überlegungen gehen von den dreihundertdreiundzwanzig Menschen aus, die in Wiseville überlebt haben. Aber jetzt sind wir schon dreihundertachtundzwanzig, ohne dass dafür eine Geburt nötig war.«

Er hatte schon immer schnell gedacht. Hanna sah, wie Greg bereits verschiedene Varianten durchspielte und nach Schwachpunkten in ihrer Argumentation suchte.

»Nicht alle um uns herum sind verroht, Greg«, fuhr Hanna ruhig und sachlich fort. »Tausend Menschen können wir mit Sicherheit zusammenbringen. Ein Drittel von ihnen wird bestimmt schon über vierzehn sein. Je mehr Menschen wir nach Wiseville bringen, desto leichter werden wir überleben. Oder siehst du das anders? Dann gibt es relativ normale Familien, nicht diese forcierte Zeugung von Waisen. Unser Problem ist doch, dass du die Stadt hermetisch abgeriegelt hast. Das war ein Riesenfehler. Wenn wir überleben wollen, müssen wir uns mit anderen zusammenschließen, selbst wenn das gewisse Risiken birgt. Wir müssen uns öffnen. Mit Zahlen kann ich nicht aufwarten, aber ich bin hundertprozentig davon überzeugt, dass wir ein gutes Gleichgewicht zwischen Öffnung und Abschottung herstellen können. Du bist doch intelligent, du findest mit Sicherheit einen Weg ...«

»Das hängt von unseren Ressourcen ab«, erklärte Greg. »Mehrere Tausend Menschen könnten wir niemals durchfüttern.«

»Für wie viele würden unsere Vorräte reichen?«

»Vielleicht für tausend. Wenn wir ein wenig sparen, eventuell für anderthalbtausend. Das müsste ich durchkalkulieren.«

»Ist das nicht besser, als ohne jede Hoffnung auf ein Überleben richtig satt zu sein?«

»Das kannst du laut sagen.«

Der Greg mit der Bronzemaske verwandelte sich zurück in den Greg von früher. In den Menschen, den Hanna liebte.

»Dann müssen wir jetzt nur noch die tausend Menschen suchen. Alle, die wir im Umkreis finden können. Mit ihnen müssen wir versuchen, eine gemeinsame Sprache zu finden, bevor wir uns gegenseitig abknallen. Jeder Tote ist nämlich jetzt ein Toter von uns.«

»Aber du hast die Kerle aus Rightster nicht vergessen?«, hakte Greg nach. »Diejenigen, die mit dir *Mad Max* gespielt haben?«

»Nein, das habe ich nicht.«

Genauso wenig wie das Mädchen, das ihre verbrannte Hand nach mir ausgestreckt hat, dachte Hanna. Von ihr träume ich jede Nacht.

»Wie willst du Kerle wie sie überreden, nicht zu randalieren, sondern hier friedlich mit uns zusammenzuleben?«

»Wir hätten Joe töten können«, hielt Hanna dagegen. »Genau wie sie uns, aber das haben sie nicht getan. Mit dem Ergebnis, dass wir jetzt fünf mehr sind.«

»Wir hatten Glück, weil sie nicht in einer großen Gruppe unterwegs waren. Dann hättest du sie niemals von deinem Plan überzeugen können. Vergiss auch die ersten Schüsse nicht! Wenn sie da getroffen hätten …« Er verstummte kurz. »Aber letzten Endes hast du recht.«

Diese Worte hatten ihn einige Überwindung gekostet.

»Wir sollten versuchen«, fuhr Hanna fort, »diejenigen zu finden, die sich in den Städten und auf den Farmen verstecken. Wenn sie allein sind oder es sich nur um ganz kleine Gruppen handelt, überleben sie den nächsten Winter ohne uns nicht, da bin ich mir ganz sicher. Deshalb müssen wir sie davon überzeugen, sich uns anzuschließen. Dabei dürfen wir aber keinen Druck auf sie ausüben. Gut, wenn sie einwilligen, müssen wir unsere Rationen verkleinern. Dann wird es auch schwerer werden, genügend Nahrung für alle bereitzustellen … Doch selbst wenn diese Menschen nur noch ein Jahr zu leben haben, helfen sie, dass die überleben, die heute zehn Jahre alt sind.«

»Diesen Winter würden wir auf alle Fälle überstehen.« In seiner Stimme lag nicht die sonstige Sicherheit. Er überlegte immer noch, rechnete und verglich, suchte nach Möglichkeiten, fing aber gleichzeitig schon an, die ersten Schritte auszuarbeiten. »Danach sehen wir weiter.«

»Dann unterstützt du meinen Plan?«, fragte Hanna ungläubig. »Du, der große und schreckliche Boss, gibst zu, dass du dich geirrt hast?«

»Ich rufe sogar gleich den Rat ein«, erwiderte Greg grinsend. »Damit das unser aller Plan wird. Bisher ist das Ganze ja nur ein Projekt. Wenn auch ein gutes ...«

Er trat an Hanna heran und schloss sie fest in die Arme.

»Du bist wirklich ein kluges Mädchen. Ich habe mich geirrt, denn ich habe den Wald vor lauter Bäumen nicht gesehen. Versuchen wir also, auf deine Weise vorzugehen, Bell. Das heißt allerdings nicht, dass ich das Bett nicht anwärmen möchte ...«

»Tu das«, flüsterte sie und schmiegte sich an seine Schulter. »In diesen drei Tagen bin ich vor Sehnsucht nach dir fast gestorben. Du ahnst nicht mal, wie sehr ich dich vermisst habe ...«

Ende Oktober lebten bereits hundertdreiundfünfzig Menschen mehr in Wiseville. Zu diesem Zeitpunkt gab es sechzehn bestätigte Schwangerschaften. Ohne die unvermeidlichen Verluste hätten also schon fast fünfhundert Menschen in der Stadt gelebt. Die meisten neuen Einwohner kamen aus Rightster. Zwei kleinere Städte waren fast völlig ausgestorben, eine weitere bis auf die Grundfeste niedergebrannt worden.

Dort hatte Vasco Hanna sogar verboten, aus dem Jeep zu steigen. Völlig zu Recht. Das, was die Banditen angerichtet hatten, sah man sich nicht freiwillig an.

Überlebende gab es dort jedenfalls keine.

Jeden Tag verließen Autos Wiseville und suchten die Umgebung ab, wobei sie immer weitere Strecken zurücklegten. Nach drei Wochen intensiver Suche hatten sie aber immer noch keinen entscheidenden Durchbruch erzielt. Ihre von Megafonen verstärkten Stimmen hallten durch menschenleere Straßen.

»Kommt raus, Leute! Wir nehmen euch mit zu uns! Zusammen sind wir sicher! Wir kommen in friedlicher Absicht! Bei uns gibt es Essen und Medikamente. Wenn ihr euch uns anschließt, braucht ihr nie wieder vor irgendjemandem Angst zu haben!«

Ihre Anstrengungen waren, wie gesagt, nicht völlig vergeblich. Greg freute sich nach wie vor über jeden Neuankömmling, sorgte sich aber, dass es zu wenige waren. Hannas Plan würde nicht funktionieren. Hätte sich die Suche nach Überlebenden nicht bestens mit dem Plündern von Lagern verbinden lassen, hätte er diese Exkursionen vermutlich längst abgeblasen. So aber wuchsen ihre Vorräte an Essen, Medizin und anderen Dingen wesentlich schneller als die Bevölkerung der Stadt.

Dreimal waren sie bisher mit üblen Banden zusammengestoßen. Die Jungs von Vasco, längst eingespielt und gut bewaffnet, erledigten sie zwar, büßten dabei aber selbst drei Männer ein.

Ende Oktober musste Greg einen Angriff auf Wiseville zurückschlagen. Diesmal hatte die Stadt größere Verluste zu beklagen. Etliche Tote, noch mehr Verletzte und eine völlig niedergebrannte Straße am östlichen Stadtrand. Als der Gegner abgerückt war, hatte er einen ausgebrannten Pick-up und vier Tote zurückgelassen. Man brauchte nicht viel Fantasie, um zu wissen, dass die Geschichte damit noch nicht zu Ende war. Wenn sie jetzt nach Überlebenden suchten, fuhren zwei zusätzliche Jeeps zum Schutz der Expedition mit.

So vergingen die Tage, und der Winter rückte heran. Der erste Winter in dieser neuen Welt. Niemand erwartete etwas Gutes.

In der Werkstatt arbeitete man rund um die Uhr daran, aus alten Benzinfässern primitive Öfen herzustellen. Ein Teil des Waldes in der Nähe der Stadt wurde abgeholzt. Dadurch schuf man an den Befestigungen Wisevilles einen weiteren Sicherheitsstreifen, der leicht unter Beschuss zu nehmen war.

Jeden Morgen heulten die Motoren, wenn die Teams ausrückten, um zu plündern und nach Überlebenden zu suchen. Erst spät am Abend kehrten sie zurück. Im Hauptquartier hing eine Karte, die mittlerweile mit etlichen roten Fahnen gespickt war. Diese Orte hatte man bereits erkundet.

»Mit dem Ergebnis von hundertdreiundfünfzig Menschen können wir sehr zufrieden sein«, erklärte Greg während einer Sitzung des Rats. »Trotzdem reicht das nicht. Wir müssen unseren Radius noch weiter ausdehnen.«

Das wiederum bedeutete, dass sie noch mehr Benzin brauchten – und das wurde allmählich knapp. Obendrein musste die Stadt mehrere Tage auf ihre besten Schützen verzichten. Die Gruppen selbst schwebten zudem von nun an in der Gefahr, an eine gut organisierte Bande zu geraten, ohne dass sie mit schneller Hilfe aus Wiseville rechnen konnten.

Aber wer A sagt, muss wohl auch B sagen.

Der Rat beschloss daher irgendwann, die Expeditionen auf hundertvierzig Meilen auszudehnen. Das bedeutete hundertachtzig Städte und Ansiedlungen, in denen vor der Katastrophe knapp eine Viertelmillion Menschen gelebt hatte. Um eine derart gewaltige Fläche mit geringen Kräften zu durchkämmen, wurde eine neue Taktik beschlossen.

Hervorragend ausgerüstete Gruppen zogen los, mit Pritschenwagen für die Überlebenden. Für über eine Woche waren sie auf sich gestellt. Diese Touren fraßen Unmengen von Benzin, ermöglichten es aber, mehrere Hundert Quadratmeilen zu durchforsten.

Jede Gruppe richtete an einem Ort einen temporären Stützpunkt ein, von dem aus kleinere Einheiten auf Motorrädern und in Jeeps aufbrachen. Sobald ein Territorium erforscht war, zogen sie weiter, um die nächsten Städte und Dörfer zu erkunden.

Ein Junge, Jeremy, hatte Funkanlagen der Armee auf Vordermann gebracht, sodass Vasco in Wiseville bleiben konnte, während die mobilen Einheiten mit Walkie-Talkies ausgestattet wurden.

In der Theorie überzeugten diese Pläne vorbehaltlos, in der Praxis nicht unbedingt. Ressourcen wurden verschlungen, ohne dass es nennenswerte Resultate gegeben hätte. Aber der Rat hatte seine Entscheidung nun einmal getroffen, sodass die Expeditionen unter gewaltigem Geklapper Wiseville verließen: Man hatte die Autos an den Seiten mit Metallplatten verstärkt, eine provisorische Panzerung zu ihrem Schutz.

Der November brachte dann endlich einen guten Fang.

In Green Valley lasen sie rund einhundertfünfzig Überlebende auf. Sofort schickte Vasco zwei Pritschenwagen in den Ort, um die neuen Bewohner für Wiseville abzuholen.

In den nächsten drei Tagen entdeckten sie weitere dreiundzwanzig Menschen, und am vierten Tag stieß Hannas Gruppe in der beschaulichen Landschaft rund um Honey Rox auf ein Pfadfinderlager für Mädchen, in einem Kiefernwald am Ufer eines träge dahinplätschernden Flusses. Große Holzbuchstaben am Tor verkündeten den Namen des Lagers: Sanctuary.

Davor stand ein ausgebrannter Pick-up, am Querbalken des Tors baumelten direkt unter dem Namen drei verweste Leichen.

»Ihr bleibt alle im Auto!«, befahl Hanna. »Vasco! Hörst du mich! Vasco, bitte kommen!«

Das Walkie-Talkie knisterte kurz, dann meldete sich Vasco.

»Was ist los, Hanna?«

Der Funk erfolgte über einen Kanal mit Stimmverschlüsselung, sodass Außenstehende nur ein unverständliches Gemauze gehört hätten.

»Kannst du herkommen? Wir haben hier etwas Merkwürdiges entdeckt.«

»Um wie viele Menschen geht es?«

»Das weiß ich nicht, denn bisher habe ich niemanden gesehen, der noch lebt. Aber am Eingang hängen drei Leichen …«

Vasco schnaubte.

»Am Eingang von was?«

»Einem Pfadfinderlager für Mädchen«, erklärte Hanna. »Sanctuary.«

»Und wieso glaubst du, dass dort noch Menschen sind?«

»Der Pick-up ist erst vor Kurzem abgefackelt worden, denn er stinkt fünfzig Schritt gegen den Wind. Und auch die Leichen hängen da erst seit ein paar Tagen. Meiner Ansicht nach wurden die da auch mit gutem Grund aufgehängt. Als Warnung, damit niemand das Gelände betritt.«

»Dann halte dich da gefälligst dran«, erwiderte Vasco. »Geh ja kein Risiko ein! Du brauchst bloß mit einem Kratzer nach Hause zu kommen, und Greg hängt mich auf. Und zwar nicht am Hals! Könnte ich ihm nicht mal verübeln … Gib mir die Koordinaten durch! Wir kommen.«

In den nächsten vierzig Minuten untersagte Hanna es allen, die Wagen zu verlassen. Und die beiden Biker, kräftige Zwillinge von fünfzehn Jahren, mussten sich im Schutz des gepanzerten Jeeps halten, damit niemand sie ins Visier nehmen konnte.

Sobald Vasco eintraf, suchte er das Gelände des Pfadfinderlagers mit dem Fernglas ab.

»Das war klug von dir, auf mich zu warten«, stellte er nach einigen Minuten fest.

Er hielt sich das Fernglas noch einmal vor die Augen und nickte.

»Siehst du das Blockhaus da drüben?«

»Mhm.«

»Dann schau dir die Fenster mal genauer an!«

»Kannst du dahinter jemanden erkennen?«

»O ja – und zwar mit einer Flinte in der Hand. Und jetzt guck mal nach rechts!«

Ein primitiver Unterstand, gebaut aus Zweigen und Gras. Dort machte Hanna mit dem Fernglas den Lauf eines Jagdgewehrs aus, das auf sie gerichtet war.

»Könnte mir vorstellen, das sind die Pfadfinderinnen«, sagte Vasco. »Die haben also schon mal was von Tarnung gehört, aber gründlich unterwiesen wurden sie nicht. Im Gegenteil. Das ist doch der reinste Kindergarten. Links von der Treppe hockt ein weiteres Mädchen mit einer Wumme, die vielleicht Kaninchen erschrecken würde. Trotzdem glauben die vermutlich, dass wir sie noch nicht bemerkt hätten.«

»Was sollen wir jetzt tun?«

»Ganz bestimmt keine armen Pfadfinderinnen abknallen«, murrte Vasco. »Aber erschrecken wollen wir sie mal!«

»Vasco! Geht das nicht auch anders?«

»Nein. Die können jeden von uns abknallen. Okay, ich glaube nicht, dass sie wirklich gut zielen können … Aber mit etwas Anfängerglück treffen sie am Ende doch. Wenn sie die Leichen am Tor aufgehängt haben, warten die jetzt nicht gerade auf uns!«

»Trotzdem …«

Eine leichte Brise kam auf und brachte die Leichen zum Schaukeln. Die Nylonschnur knarrte über dem Querbalken.

»Gib mir mal den Karabiner«, verlangte Vasco von einem seiner Jungs.

Dieser reichte ihm die Waffe. Schon in der nächsten Sekunde nahm er die Hütte ins Visier.

»Wehe, du triffst sie!«, knurrte Hanna.

»Keine Sorge.«

Der Schuss des Karabiners hallte in Hannas Ohren wider.

Der Gegenschlag ließ nicht auf sich warten. Ein paar Kugeln prasselten auf den Jeep, fügten diesem aber keinen ernsten Schaden zu.

»Hätte nicht besser laufen können«, stieß Vasco aus. »Jetzt kennen wir ihre Munition. Glaub mir, Hanna, das ist wirklich der reinste Kindergarten.«

Er richtete den Lauf seiner Waffe etwas weiter nach rechts aus, zielte auf eine der Hütten und gab den nächsten Schuss ab.

Holzspäne wirbelten durch die Luft.

»Werft eure Waffen weg!«, schrie er. »Euch droht keine Gefahr! Wir sind keine Feinde!«

Ihm antworteten Schüsse, die aus einer besseren Waffe stammten.

Die provisorische Panzerung ihres Jeeps hallte unter den Kugeln wie ein gewaltiger Gong.

»Schießt nicht!«, rief nun Hanna. »Wir sind in friedlicher Absicht hier!

»Verpisst euch!«, schallte es aus dem Lager herüber. »Und schiebt euch euren Frieden in den Arsch!«

»Ich komme jetzt ohne Waffe heraus«, schlug Vasco vor. »Schießt nicht, ich möchte nur etwas näher kommen! Bis zum Tor. Dort können wir miteinander reden.«

»Ich habe gesagt, du sollst dich verpissen! Tust du das nicht, schieße ich!«, entgegnete die Pfadfinderin mit einer kreischenden Stimme, die Hanna überhaupt nicht gefiel. Wer so sprach, schoss auch auf einen Unbewaffneten.

»Ich komme jetzt raus!«, rief Vasco noch einmal.

Hanna versuchte noch, ihn festzuhalten, aber er schüttelte sie ab und lief mit erhobenen Händen Richtung Tor.

»Wenn ihr wollt, drehe ich mich um, damit ihr meinen Hosenbund sehen könnt«, rief er. »Ich bin wirklich unbewaffnet. Kommt raus! Wir wollen doch nur mit euch reden. Wir sind keine Feinde, sondern wollen euch retten ...«

»Wir brauchen keine Hilfe!«

»Nun kommt schon endlich raus!«

Er stand jetzt direkt vor dem Tor. Die Leichen schaukelten über ihm hin und her. Zwei magere Teenager von vielleicht sechzehn Jahren und ein etwas kräftigerer Junge in verbrannten grünen Jeans und den Resten eines grauen Hoodys mit der Aufschrift Michigan, dessen Alter schon nicht mehr zu bestimmen war, weil die Krähen sein Gesicht zerhackt hatten.

Noch vor Kurzem hätte sich Hanna bei dem Anblick der drei garantiert übergeben, aber mittlerweile nahm sie es hin wie ein Bild aus *The Walking Dead* oder irgendeinem Prequel oder Spin-off mit neuen Figuren anstelle von Rick und Konsorten.

Ihr Blick schweifte weiter.

Der Herbstwald mit dem bunten Laub und den Tannennadeln am Boden. Der bleigraue, träge Fluss. Die Sonne am strahlend blauen Himmel. Die gepflegten Blockhäuschen. Und dazu der ausgebrannte Pick-up am Tor, an dem drei Leichen baumelten ...

»Surrealistisch«, hätte ihr Vater wohl gesagt.

Aber ihr Daddy war nun schon seit einigen Monaten tot ...

Sie erinnerte sich an sein Lächeln. Aber wenn, dann sah sie nur dieses vor sich. Genauso war es mit seinem Gang, seinen Gesten, der Art, wie er ihr den Kopf zudrehte, seinem Lachen und seiner Stimme. Nur in Ausnahmen, wenn sie die Augen schloss, gelang es ihr, die einzelnen Teile dieses Puzzles zu einem Bild zusammenzufügen und ihren lebenden Vater vor sich zu sehen ...

Mit ihrer Mutter war es nicht anders. Oder mit Joshua. Mit ihrem ganzen früheren Leben. Alles war in Details zersplittert oder verschwunden, weggewischt von der Realität. Für immer.

Diese Realität hatte sie gerade vor Augen. Sie war am Querbalken eines Tors aufgehängt und stank derart, dass die Düfte des Waldes und des Flusses nicht dagegen ankamen.

Aus dem Blockhaus vor ihnen trat nun eine kleine, aber kräftige Jugendliche mit Igelschnitt heraus. Sie hielt eine Jagdflinte in Händen und war angezogen, als wollte sie gleich einen Hirsch jagen. Jeans, kariertes Hemd, eine warme Weste im Camouflagemuster und Timberland-Boots. Ihr Basecap verdeckte ihr Gesicht ein wenig, doch Hanna erkannte trotzdem, dass die Pfadfinderin höchstens sechzehn war. Ihr linkes Auge zierte ein Veilchen, die Wange war geschwollen und blau angelaufen.

»Was hast du hier verloren?«, rief sie. »Was willst du von uns?«

»Leg erst mal die Flinte weg…«, erwiderte Vasco ruhig. »Oder senke wenigstens den Lauf. Ich mag es nicht, wenn man auf mich zielt.«

Doch die Pfadfinderin behielt ihn weiter im Visier.

»Was wollt ihr?«, fragte sie erneut, diesmal aber schon nicht mehr ganz so grob.

»Wir sind aus Mount Hill«, erklärte Vasco. »Kennst du das? Es ist ein Ort siebzig Meilen nördlich von hier, in der Nähe von Rightster. Wir bieten euch an, mit uns in die Stadt zu kommen.«

»Warum?«

»Weil ihr zu wenige seid, um den Winter zu überleben.«

»Was geht dich an, was aus uns wird?«, zischte die Pfadfinderin. »Sterben wir halt. Warum sich darüber den Kopf zerbrechen? Alle anderen sind ja auch schon gestorben!«

»Wir nicht«, hielt Vasco dagegen. »Und du auch nicht. Genau wie die anderen, die bei dir sind. Wenn wir jetzt wegfahren, bist du völlig allein und wirst …«

»Dann verpiss dich doch endlich!«, brüllte sie und reckte das Kinn in die Höhe. »Außerdem bin ich nicht allein.«

»Ihr seid trotzdem zu wenig«, behauptete Vasco. »Selbst wenn ihr zehn oder zwanzig seid, ändert das nichts. Euch fehlen Vorräte, Medikamente und Patronen. Und es ziehen jetzt merkwürdige Gestalten durch die Gegend. Da würde ich nicht mal die Hand dafür ins Feuer legen, dass ihr zu Beginn des Winters überhaupt noch lebt. Ich will nichts von dir, ich biete dir nur an, mit in meine Stadt zu kommen und dort zu leben, statt hier zu sterben. Wir können ja wetten! Wenn ich im Frühling wiederkomme, kann ich garantiert begraben, was die Füchse von dir übrig gelassen haben. Hältst du dagegen?«

Er ließ sich gegen einen Pfosten des Tors sacken und zündete sich eine Zigarette an.

Die Pfadfinderin hüllte sich in Schweigen.

»Du hältst also nicht dagegen? Dann sollten wir uns vielleicht erst mal vorstellen! Ich bin Vasco. Wie heißt du?«

»Das geht dich nichts an!«

Ihre Stimme klang jetzt allerdings nicht mehr so kalt und sicher wie bisher.

»Ist mir ein Vergnügen, Miss Das-geht-dich-nichts-an!«, erwiderte Vasco grinsend. »Während ich meine Zigarette rauche, kannst du in aller Ruhe über meinen Vorschlag nachdenken. Wenn du ihn ablehnst, schleifen wir dich bestimmt nicht mit Gewalt von hier weg. Frage deine Freundinnen, was sie meinen. Ob sie wirklich in diesem Loch verrecken wollen …«

Ohne den Blick von Vasco zu wenden, wich die Pfadfinderin zurück und verschwand in der Hütte.

»Was, wenn sie deinen Vorschlag ablehnt?«, fragte Hanna ihn.

»Dann können wir das nicht ändern«, antwortete Vasco. »Dann bleibt sie hier!«

»Das bedeutet ihren sicheren Tod!«

»Ist mir durchaus klar.«

»Ist dir aufgefallen, dass ihr Gesicht grün und blau ist?«

»Ja. Außerdem hat sie echt Schiss.«

»Vielleicht sollte ich mal mit ihr reden?«

»Warten wir erst mal ab, wie sie sich entscheidet.«

»Wenn sie ablehnt, können wir nichts mehr daran ändern«, hielt Hanna dagegen, während sie bereits zu ihm hinüberging. »Das hast du selbst gesagt.«

Vasco begriff nicht auf Anhieb, dass sie nicht bei ihm stehen bleiben würde, weshalb er den Moment verpasste, an dem er sie noch hätte aufhalten können.

Verdattert blickte er ihr nach, wie sie auf die Hütte zuhielt.

»Stopp!«, schrie er.

»Bleib, wo du bist!«, verlangte Hanna.

Auch sie hob jetzt die Hände, um zu zeigen, dass sie nicht bewaffnet war.

Vasco raste zum Jeep zurück, um sich die MP zu schnappen, wusste aber, dass er sich nicht einmischen würde. Voller Wut auf sich selbst rammte er sich die Faust auf den Schenkel.

»Das ist Wahnsinn!«, brüllte er Hanna noch hinterher. »Hast du jetzt endgültig den Verstand verloren! So ein hirnverbrannter Scheiß! Aber das sage ich Greg!«

Hanna drehte sich nicht einmal um.

Von dem Blockhaus trennten sie noch knapp dreihundert Yards. Ihr entging nicht, dass sie beobachtet wurde und mehrere Läufe auf sie gerichtet waren. Natürlich hatte sie Angst – wer hätte das nicht in seiner solchen Situation? –, sie tat aber so, als gälte all das nicht ihr.

Vom Tor aus hatte sie das nicht gesehen, aber links, neben einer Ulme, die wie durch ein Wunder noch nicht völlig kahl war, hatte jemand Gräber angelegt. Sechs frisch aufgeschüttete Hügel. Etwas weiter hinten eine größere Grube. Was um alles in der Welt war hier passiert?

Denn etwas musste geschehen sein, das verrieten ihr die Details, die sie wie nebenbei registrierte.

Am Boden glitzerten Patronenhülsen ... Sie sah sich um. Einige Kugeln waren in eine Ulme eingeschlagen. Die Spuren wirkten in der dunklen Rinde wie weiße Farbkleckse.

Ein zerschlagenes Fenster in einer Hütte weiter rechts.

Weitere Hülsen vorm Eingang des Blockhauses, auf das sie zuging.

Es musste eine wilde Schießerei gewesen sein.

Nun flog die Tür auf, und die Pfadfinderin kam ihr entgegen, die Waffe auf Hanna gerichtet.

Diese blieb stehen. Der Lauf des Karabiners zielte direkt auf ihre Brust.

»Ich hab doch gesagt, ihr sollt verschwinden!«

»Ich bin Hanna. Vasco ist ein Freund von mir.«

Die Pfadfinderin war tatsächlich genauso alt wie sie. Hanna konnte ihre Angst förmlich riechen. Aus lauter Panik würde sie am Ende womöglich losballern ...

»Ich habe keine Waffe dabei. Du brauchst also nicht auf mich zu schießen.«

»Komm näher«, befahl die Pfadfinderin.

Gehorsam machte Hanna einige Schritte auf sie zu.

»Noch weiter!«

Die Dielen der Veranda knarrten unter Hanna. Die Gewehrspitze befand sich jetzt einen Fuß vor ihrer Brust.

In dieser Situation würde Vasco nicht eingreifen können, das war Hanna völlig klar: Sie stand in der Schusslinie.

»Komm ins Haus!«, befahl die Pfadfinderin, während sie selbst zurückwich.

»Tu das nicht!«, zischte Vasco, der die beiden durchs Fernglas im Auge behielt. »Geh keinen Schritt weiter! Bleib ja draußen!«

Ohne zu zögern, betrat Hanna das Haus. Hinter ihr fiel die Tür mit lautem Knall ins Schloss.

Fluchend knallte Vasco seine Faust auf die Motorhaube. Er hasste es, zur Untätigkeit verdammt zu sein.

Im Blockhaus war es schummrig, doch Hannas Augen gewöhnten sich rasch an die Lichtverhältnisse. Außer ihr und der Pfadfinderin hielten sich noch sechs weitere Mädchen im Raum auf. Drei waren noch die reinsten Kinder, die drei anderen aber nur ein Jahr oder höchstens anderthalb jünger als Hanna.

Eines der älteren Mädchen hielt eine Jagdflinte in der Hand, ein zweites eine Pistole, allerdings keine echte, sondern ein Luftdruckding vom Rummel. Als sie noch kleiner gewesen war, hatte Hanna selbst mit so was geschossen. Um einen Preis zu gewinnen. Die anderen waren mit allem Möglichen bewaffnet, bis hin zum Küchenmesser und einem Aluminiumbaseballschläger für Kinder. Allein die ernsten Gesichter aller Anwesenden verhinderten, dass Hanna einen Lachanfall erlitt.

»Ich habe keine Waffe bei mir«, wiederholte Hanna. Fast als wäre es ein Mantra. »Kann ich die Hände jetzt runternehmen?«

»Ja«, entschied die Pfadfinderin. »Aber eine falsche Bewegung, und ich schieße!«

»Wie heißt du?«

»Was spielt das für eine Rolle?«

»Es würde das Gespräch vereinfachen.«

Sie dachte kurz nach. Schließlich zuckte etwas um ihren Mundwinkel.

»Ich bin Martha.«

»Und ich Hanna. Und wie heißen deine Freundinnen?«

»Das geht dich nun wirklich einen verdammten Dreck an!« Martha spie die Worte geradezu angewidert aus. »Was willst du hier? Rede!«

»Vasco hat dir bereits gesagt, weshalb wir hergekommen sind.

Ihr könnt mit uns in die Stadt kommen. Dort gibt es Essen und Medizin, außerdem wärt ihr dort in Sicherheit. Bei uns habt ihr die Chance, den Winter zu überleben. Ohne uns sterbt ihr alle.«

Dass Martha und ihre Freundinnen sie ausreden ließen, war ein erster Sieg.

»Hat euch schon jemand gesagt, dass alle über achtzehn sterben?«

»Ach was!«, knurrte eines der älteren Mädchen, dessen Gesicht ein riesiges Veilchen und eine größere Wunde am Kinn verunstalteten.

»Keine kleine Gruppe überlebt unter solchen Bedingungen. Wenn euch nicht Hunger und Kälte umbringen, wenn euch nicht irgendwelche hirnlosen Rowdys abknallen, dann wird euch nacheinander das Virus killn. Ihr dürft nicht hierbleiben, Martha. Kommt mit uns!«

»Nein.«

»Gut«, stieß Hanna seufzend aus. »Dann noch mal von vorn. Während wir zwei hier mit euch reden, können irgendwo anders Menschen darauf warten, von uns gerettet zu werden. Ich kann also nicht ewig meine Zeit mit dir verplempern. Aber einmal frage ich noch: Was ist hier vorgefallen?«

Martha wäre wohl am liebsten wie eine wütende Katze über Hanna hergefallen, aber die drei älteren Mädchen traten an sie heran und flüsterten ihr etwas ins Ohr, wobei sie immer wieder zu Hanna hinüberblickten. Anschließend ergriff die Pfadfinderin mit dem blauen Auge das Wort.

Eine ähnliche Geschichte wie Hannas, nur ohne Happy End. Ohne das Stakkato eines MGs, das die Verfolger erledigte. Ohne Freund, der einen in die Arme nahm.

Nachdem die Erwachsenen gestorben waren, hatten sich alle Mädchen aus dem Lager – und das waren über vierzig – im Sportsaal versammelt. Niemand wusste, was zu tun war, wohin man gehen, wen man anrufen sollte. Da schon bald überhaupt keine Anrufe mehr möglich waren, wurde ihnen zumindest klar, dass es sich nicht um ein lokales Problem handelte, sondern um eine Katastrophe größeren Ausmaßes. Zu Hause antwortete ihnen niemand mehr, ihre Handys schwiegen, weder Fernseher noch Radio funktionierten noch. Sie beschlossen, vorerst im Lager zu bleiben. Hier gab es Konservendosen, Wasser und ein Dach über dem Kopf. Die toten Gruppenleiter, die Direktorin des Lagers, die Securityleute und die Köchinnen beerdigten sie hier, auf dem Gelände. Zwei Mädchen, die Auto fahren konnten, wurden in die nächste Stadt geschickt, wo sie Lebensmittel und Medikamente auftreiben sollten. Am Abend war klar, dass sie sich entweder verfahren hatten oder ihnen ein Unglück geschehen war. Am Morgen kam *das Unglück* dann ins Lager. In Jeeps und Pick-ups. Zwei Dutzend Jungen und Mädchen, besoffen bis zur Unzurechnungsfähigkeit und bewaffnet bis an die Zähne. Die beiden vermissten Pfadfinderinnen brachten sie auch mit. Oder vielmehr das, was von ihnen nach Vergewaltigungen und Schlägen noch übrig war.

Die Bande stürmte ins Lager und amüsierte sich auf die einzige Weise, die sie kannte. Sie hatte sich reichlich mit Whiskey eingedeckt, das wilde Wüten berauschte sie aber stärker als jeder Alkohol. Drei Tage später zogen sie wieder ab. Sie hatten über ein Dutzend Leichen hinterlassen, dazu noch einmal so viele gefolterte und zu Tode erschrockene Pfadfinderinnen. Und sechs Mädchen hatten sie außerdem entführt. Als Wegzehrung.

Sobald Martha halbwegs wieder zu sich gekommen war, fuhr sie in die Stadt, im Toyota einer der Köchinnen. Sie durchkämmte mehrere Häuser am Ortsrand und erbeutete eine Jagdflinte und einen Karabiner. Als nach weiteren drei Tagen erneut ein Pick-up mit sturzbesoffenen Rowdys bei ihnen vorfuhr, wusste Martha, was zu tun war.

Die Kerle stiegen aus, ohne mit einem Hinterhalt zu rechnen.

Alle sechs wurden in einer Grube vergraben.

Danach war erst mal Ruhe. Offenbar hatte sich das traurige Schicksal der vermissten Typen herumgesprochen. Vor einer Woche aber ...

Die drei baumelten jetzt am Querbalken des Tors. Sie waren nachts in die Blockhütte eingedrungen und hatten Martha einen Gewehrschaft ins Gesicht gerammt. Diese Typen waren nicht besoffen gewesen, das hatte sie aber weder umgänglicher noch friedlicher auftreten lassen. Im Übrigen wollten sie nicht einfach morden, sondern morden und sich dabei über die Opfer lustig machen.

»Wenn ich die Einzelheiten mal weglasse«, löste Martha ihre Freundin ab und fuhr sich über die geschwollene Wange, »läuft es darauf hinaus, dass ich einem von ihnen die Pistole geklaut habe, als er gerade anderweitig beschäftigt war … Damit habe ich ihm sein verfucktes Hirn weggepustet. Im Jeep warteten noch seine zwei Kumpels. Die haben nicht mal mehr einen Fuß auf unser Gelände gesetzt …« Sie strich über den Karabiner, als wäre er eine Katze. »Die sind zusammen mit ihrer Karre verbrannt. Die beiden anderen im Haus …«

»… haben wir kastriert und aufgehängt. Zur Abschreckung«, ergänzte das Mädchen mit dem Veilchen.

»Aber da waren sie schon tot?«, hakte Hanna nach.

»Nur der, den Martha erschossen hatte und den wir gleich mit aufgehängt haben. Die anderen haben noch gelebt.«

»Jetzt …« Marthas Stimme zitterte leicht. »… wird uns nie wieder jemand *besuchen*.«

»Aber was, wenn ganze Horden einfallen?«, gab Hanna zu bedenken. »Was dann?«

»Dann knallen wir ganze Horden ab«, sagte Martha, wobei sie Hanna von unten herauf ansah.

Das ist ihr voller Ernst, begriff Hanna.

»Wir werden schießen, bis uns die Patronen ausgehen«, fuhr Martha fort. »Und dann … Ich habe die Pistole zur Seite gelegt. Mit einer Kugel für jede von uns.«

»Ebendas ist nicht nötig«, brachte Hanna vorsichtig heraus. Sie wollte auf alle Fälle verhindern, dass der dünne Faden des Vertrauens wieder riss. »Ihr braucht nicht zu sterben. Wenn ich euch jetzt mitnehme, könnt ihr sicher in Wiseville leben. Dort gibt es Wasser, Essen und Werkzeuge. Außerdem noch eine Menge Arbeit … Ihr könntet euch ein leeres Haus aussuchen und dort alle zusammen wohnen. Du kannst sogar den Karabiner behalten. Aber eigentlich besteht in Wiseville selbst keine Gefahr für irgendjemanden …«

»Und wer seid ihr? Warum sollten wir uns euch anschließen?«

»Weil wir alle Überlebende sind«, sagte Hanna, die versuchte, in diese Worte eine möglichst große Überzeugungskraft zu legen. »Es besteht kein Unterschied zwischen uns. Wenn wir nicht zusammenhalten, sterben wir alle. So aber würden in Wiseville auch in zehn oder zwanzig Jahren noch Menschen leben. Meine Kinder, deine Kinder und unsere Enkel. Wenn du hierbleibst, hast du keine Aussicht, die zwei Jahre, die dir noch bleiben, auch auszukosten. Glaub mir, du hast nicht die geringste Chance.«

Martha sah sie schweigend an.

Alle Mädchen im Raum sahen Hanna schweigend an. Kein einziges von ihnen hatte noch den Blick eines Kindes. Als Hanna das aufging, hätte sie beinahe einen hysterischen Anfall gekriegt – doch dann würde Martha sich nie auf das Angebot einlassen.

»Eins kann ich dir versprechen«, fuhr sie daher ruhig fort. »Wenn es dir bei uns nicht gefällt, hast du jederzeit die Möglichkeit, wieder zu gehen. Daran wird dich niemand hindern. Aber uns läuft wirklich die Zeit davon, Martha. Wenn du jetzt ablehnst, dann sind wir weg. Wir suchen Überlebende, und ihre Zahl nimmt mit jeder Minute ab.«

»Wenn du mich angelogen hast«, zischte Martha, »dann schmorst du in der Hölle.«

»Wir leben bereits in der Hölle, Martha«, erwiderte Hanna völlig ernst. »Und wenn wir nicht zusammenhalten, kommen wir da nie wieder raus.« Sie streckte Martha die Hand hin. »Einverstanden?«

Ihre Hand hing in der Luft. Eine Sekunde. Eine zweite, die dritte …

Martha zögerte noch immer, bezwang ihre Zweifel am Ende aber und schlug ein.

Es wurde ein sehr fester Händedruck. Von beiden Seiten.

»Wir müssen noch packen«, erklärte Martha. »Sue! Sag den anderen Bescheid!«

Das Mädchen mit dem Veilchen nickte.

»Dann informiere ich mal Vasco, dass alles in Ordnung ist«, sagte Hanna. »Er ist ein ziemlich nervöser Typ.«

»Wie viel Zeit haben wir?«, wollte Martha nur wissen.

»Eine halbe Stunde. Reicht das?«

»Ja.«

»Bestens.«

Hanna trat auf die Veranda hinaus und winkte Vasco zu.

»Alles klar«, rief sie. »Wir kommen gleich.«
»Kann ich reinkommen?«, fragte Vasco.
Hanna drehte sich zu Martha um. Die nickte.
»Ja!«, rief Hanna.
Die Mädchen packten bereits ihre Sachen zusammen. Sue war in die Nachbarhütte geeilt, um dort ihre Instruktionen zu erteilen. Hanna hörte ihre Stimme.
Vasco kam mit finsterer Miene auf Hanna zu. Martha trat nun ebenfalls aus dem Haus. Sie ließ ihren kleinen Rucksack auf den Holzboden fallen.
»Ist das alles?«, fragte Hanna.
Martha nickte.
»Halb so wild, wir finden schon was zum Anziehen für dich.«
»Das ist nun bestimmt nicht meine größte Sorge.«
»Du hast völlig den Verstand verloren«, knurrte Vasco.
»Ich weiß«, erwiderte Hanna. »Darf ich vorstellen? Das ist Martha. Martha, das ist Vasco Gonzalez, ein alter Schulfreund von mir.«
»Hat dir eigentlich schon mal jemand gesagt, dass du eine ziemlich merkwürdige Art von Humor hast?«, wandte sich Vasco an Martha, während er ihr die Hand hinstreckte.
»Das ist nicht witzig«, fuhr Hanna ihn an.
»Lassen wir das und brechen auf. Die Mädchen sollen auf dem Pritschenwagen mitfahren.« Er drehte sich wieder Martha zu. »Wie viele seid ihr?«
»Fünfzehn.«
»Dann passt ihr alle rauf. Versucht, möglichst unten zu bleiben. Die Seiten sind mit Metallplatten gepanzert. Sollte es zu einer Schießerei kommen, seid ihr also einigermaßen geschützt. Habt ihr Verletzte? Kranke? Braucht ihr irgendwie Hilfe?«
»Die hätten wir früher gebraucht«, brummte Martha. »Sue! Wir fahren im Pritschenwagen.«
»Super!«
Die Mädchen freuten sich wirklich. Ihre Stimmen klangen plötzlich fröhlich und auch viel lauter. Unter ihren raschen Schritten knarrten die Dielen der Veranda. Überall schlugen Türen. Wenn man die drei Gehenkten ignorierte, hätte man meinen können, das frühere Leben wäre ins Lager zurückgekehrt.

»Wir warten bei den Autos auf euch«, teilte Vasco Martha mit, ehe er sich wieder Hanna zuwandte. »Komm! Wir müssen uns mit der Basis in Verbindung setzen, damit dort alles für die Neuankömmlinge vorbereitet wird.«

Das Funkgerät knisterte, aber die Stimme des Diensthabenden in der Basis, Harvey, war klar und deutlich zu hören.

»Fünfzehn Mädchen? Großartig, Kommandant! Natürlich haben wir genug Essen für sie! Ich leite gleich alles in die Wege. Auch mit Schlafplätzen gibt es kein Problem. Seid ihr weit weg? Over!«

»Kurz vor Green Hill. Bisher waren wir aber noch nicht dort. In vierzig Minuten sind wir bei dir. Over!«

»Roger, Kommandant! Wir erwarten euch. Over and out.«

Vasco drehte sich wieder Hanna zu.

»Ist dir wenigstens klar, dass sie dich hätte abknallen können?«, fragte er leise.

»Mhm ...«

»Wenn ich dir jetzt eine Szene mache, würde das aber wohl auch nichts bringen, oder?«

»Absolut nichts.«

»Soll Greg das also übernehmen. Und? Hat sich das Risiko wenigstens gelohnt?«

»Es sind immerhin fünfzehn Mädchen! Fünfzehn! Sie können auf Kinder aufpassen oder selbst welche in die Welt setzen. Mindestens eine von ihnen dürfte auch für unser Team gut geeignet sein. Ja, Vasco, das hat sich mehr als gelohnt! Das ist ein Riesenglücksfall!«

»Wird sich zeigen!«, schnaubte Vasco bloß. »Diese Martha ist noch schlimmer als du. In meinem Team brauche ich aber keine Sturköpfe!«

Er sah auf die Uhr und winkte Bastian und Sully herbei.

Die beiden bewachten das Tor. Jetzt begaben sie sich zu den Jeeps. Marco wendete den Pritschenwagen.

Martha und die anderen Mädchen hatten angezogen, was sie noch fanden, und trugen die seltsamsten Waffen. Aber als sie jetzt zum Tor gestapft kamen, lag auf ihren Gesichtern ein Strahlen.

»Sie vertrauen uns«, flüsterte Hanna. »Daran besteht kein Zweifel!«

Trotzdem blieben die Pfadfinderinnen eng beieinander. Auf dem Rücken trugen sie ihre spärliche Habe. Der Wald schien von einem zarten Licht durchdrungen und die Herbstluft klar und rein …

»Sollen wir die Kerle vom Tor abschneiden?«, fragte Vasco.

»Lass sie ruhig hängen.«

Hanna hatte über die Antwort gar nicht nachgedacht. Oder fast nicht. Das war Vasco nicht entgangen. Solche Kleinigkeiten fielen ihm stets auf, denn aus ihnen setzte sich das Gesamtbild eines Menschen zusammen. Sie brauchte man, um sein Gegenüber einzuschätzen.

»Du hast dich verändert«, sagte er und zündete sich eine Zigarette an.

»Du nicht?«, fragte sie zurück.

»Mir ist nichts anderes übrig geblieben. Und mein Vater hätte bestimmt gewollt, dass ich der werde, der ich jetzt bin.«

»Meiner wollte, dass ich Sängerin werde. Und Mom … dass ich Ärztin werde.« Sie verstummte kurz. »Was meinst du, Vasco, wie …«

In dieser Sekunde ging Sue zu Boden. Ihre Lippen formten noch ein Lächeln, während sie sich schon um die eigene Achse drehte und zu Boden sackte. Erst als dann auch das Mädchen vor Sue, eine Kleine in rosafarbener Jeans und mit grünem Blouson, jäh fiel, hörte Hanna die Schüsse.

Kugeln prallten gegen die improvisierte Panzerung des Jeeps, und die Windschutzscheibe barst. Etwas knallte gegen Hannas Knie. Sie wurde umgerissen, richtete vom Boden aus den Blick aber sofort wieder auf Martha und ihre Freundinnen.

Blei mähte sie nieder.

Eine nach der anderen.

Die Kugeln zerfetzten sie. Ihr Fleisch, ihre Kleidung, ihre Rucksäcke …

Martha griff nach dem Karabiner, erreichte ihn aber nicht mehr. Eine einzige Sekunde entschied alles. Wieder und wieder feuerte man auf die Pfadfinderinnen. Martha breitete die Arme aus, als wollte sie all ihre Schützlinge gegen den todbringenden Regen schützen …

Völlig vergeblich.

Hanna schrie.

»Die lauern am Fluss!«, brüllte Vasco.»Bastian! Links!«
Eine Salve, ein Schrei.

Dann eine Serie von je drei und zwei Schüssen, ganz in der Nähe.

Marco raste an ihr vorbei, einen Granatwerfer auf dem Rücken.

Hanna tastete nach dem Gürtelhalfter, doch noch im selben Moment fiel ihr ein, dass sie die Pistole ja abgelegt und im Jeep gelassen hatte, bevor sie zu ihrem Gespräch mit den Pfadfinderinnen gegangen war.

Als sie sich hochrappeln wollte, pfiff eine Kugel über sie hinweg und schlug gegen eine der Metallplatten am Jeep. Daraufhin robbte sie unter den Wagen und presste sich flach auf den Boden.

Ich bin doch ein Mädchen, dachte sie. Mit hübschen Brüsten. Da bringen die mich doch nicht um!

Vascos Waffe donnerte los. Ihm antworteten einige Salven, für die Vasco wiederum einen langen und außergewöhnlichen Fluch übrig hatte.

Hanna kroch unter dem Jeep durch, wobei sie sich den Hintern am Katalysator verbrannte. Als sie auf der anderen Seite des Wagens aufstand, fühlte sie sich einigermaßen sicher.

Sie öffnete die Tür auf der Beifahrerseite, huschte in den Wagen und suchte ihre Pistole. Sie lag vorm Fahrersitz auf dem Boden.

Nachdem sie die Hand um den wuchtigen Griff mit der Gummibeschichtung geschlossen hatte, atmete sie langsam aus, damit ihr Herz nicht mehr so wild hämmerte. Die Pistole beruhigte sie schneller als jeder Tranquilizer. Nicht etwa, weil die Waffe ihr ein Gefühl von Überlegenheit vermittelte. O nein, in einem Schusswechsel hätte sie keine Chance, da gab sie sich keinen Illusionen hin. Aber die Waffe leitete ihre Angst, ihre Wut und ihren Zorn in etwas Materielles ab. In ein Stück Blei von neunzig Gramm, das der Lauf ausspucken würde, damit es mit sechshundert Yard pro Sekunde durch die Luft glitt.

Obwohl sich ihr Rücken nach dem Sturz mit enormen Schmerzen bemerkbar machte, lief sie in geduckter Haltung zum Tor, wo Vasco hockte und kurze Salven abfeuerte. Wo steckten ihre Gegner? Hanna konnte niemanden ausmachen. Vasco zielte jedoch unbeirrt auf einen Punkt rechts der Hütte, in der sie mit Martha gesprochen hatte.

»Was willst du denn hier?«, knurrte er, als Hanna ihn erreichte. »Geh sofort ins Auto zurück!«

Eine Kugel schlug in den Torpfosten ein, hinter dem die beiden kauerten, und ließ die Gehenkten wild schaukeln.

»Du hast sie echt nicht mehr alle!«, stieß er aus. »Bleib ja unten!«

Er hing mit dem Auge schon wieder am Visier. Unter heftigem Gezitter spuckte seine MP die nächsten Kugeln aus.

Es knallte, bis das Magazin leer war.

»Wer sind die?«

»Keine Ahnung«, antwortete Vasco, während er ein neues Magazin einlegte. »Könnte mir vorstellen, dass die über den Fluss gekommen sind. Vermutlich sind es drei. Bastian hat einen verletzt, einen hab ich anscheinend erledigt.«

Er schob seinen Kopf etwas vor und gab zwei kurze Salven ab.

Hanna legte ihm die Hand auf die Schulter.

»Töte sie!«, verlangte sie, wobei sie ihre eigene Stimme nicht wiedererkannte.

Die Worte wollten ihr kaum über die Lippen.

»Töte sie!«, wiederholte sie.

Vasco sah sie ernst an und nickte. In seinen Augen hatte Hanna ihr Abbild beobachtet.

»Marco, bist du bereit?«, fragte Vasco über Funk.

»Auf Posten«, erklang es aus dem Walkie-Talkie.

»Dann los!«

»Zu Befehl!«

Es vergingen zehn Sekunden, dann knallte es. Ein Geschoss zischte mit langem, rauchendem Schweif durch die Luft. Marthas Hütte erbebte, die Fensterrahmen flogen raus, die Tür wurde aus den Angeln gerissen, weißer Rauch quoll nach draußen.

Vascos Walkie-Talkie knisterte erneut.

»Alles erledigt, Vasco! Ging glatt wie auf dem Rummel!«

»Dann los«, wandte sich Vasco an Hanna. Er rannte zum Blockhaus, wobei er die kaputten Fenster im Visier behielt.

Hanna hielt sich aber nicht an seinen Befehl, sondern stürzte zu den Mädchen. As ob sie noch etwas ändern könnte …

Als ob sich das Rad der Zeit zurückdrehen ließe.

Einige der Mädchen rührten sich zwar noch, aber das waren nur die letzten Zuckungen ihres Todeskampfes. Sie alle hatten in zu großer Zahl extrem heftige Wunden davongetragen. All das Blut ... Noch nie in ihrem Leben hatte Hanna so viel Blut gesehen. Es klebte sofort an ihr, erstickte alles mit seinem schweren Geruch.

Martha lag am Boden, das Gesicht dem Himmel entgegengestreckt, die Arme ausgebreitet. Das rote Basecap war ihr vom Kopf gerutscht, ein Bein merkwürdig abgespreizt, fast als vollführte sie einen ausgefallenen Tanzschritt. Hanna setzte sich neben sie und presste die tote Hand des Mädchens. Die Finger waren schmal und noch ganz kindlich. Sie passten überhaupt nicht zu dem harten Gesichtsausdruck. Nicht einmal der Tod hatte die tiefe Falte auf der Stirn glätten können.

Ein Mädchen. Eine Soldatin.

Mit der anderen Hand umklammerte Martha immer noch den Karabiner.

Hanna hörte die Schläge ihres eigenen Herzens. Dumpfe und kräftige Schläge, mit denen sich ihr Herz bis in ihre Kehle hochkatapultierte. Sie bekam schon keine Luft mehr. Ihr Mund war voll Galle, die Bitternis auf ihrer Zunge unerträglich. Noch weniger hielt Hanna allerdings den Hass aus, der sich in jeder Zelle ihres Körpers einnistete. Hanna spürte ihn. Mit ihrer Haut, mit ihrem Haar. Wie die elektrische Aufladung der Luft während eines Gewitters.

Hass. Nichts als Hass.

Mit Gewicht und chemischer Formel.

Materiell und mit einem schweren salzigen Geruch.

Als Hanna sich erhob, war sie über und über mit Blut bedeckt. Es tropfte sogar von ihren Fingerspitzen. Es hatte ihre Jeans und ihre Jacke getränkt, es klebte am Boden und an den Blättern. Hanna stieß krampfhaft den Atem aus. Die Wut brannte in ihr wie Feuer, stach mit tausend Nadeln.

Die Luft war längst nicht mehr rein. Der Rauch des Feuers waberte zwischen den Kiefern, die Dämmerung war bereits angebrochen.

Die verängstigten Vögel durchbrachen die Stille wieder mit ihren Schreien.

Vasco und Bastian zogen einen angekohlten Jungen mit noch glimmender Jacke aus dem Blockhaus. Dieser leistete verzweifelt Widerstand. Als Hanna auf die drei zuging, hielt sie die Pistole fest umklammert. Ihr war schwindlig, die Welt zerfiel vor ihren Augen in Pixel. Wie bei einer DVD mit Wiedergabefehler.

Vasco hörte sie vermutlich nicht, spürte aber, wie sie sich näherte. Als er sich umdrehte, schockierte selbst ihn ihr Anblick. Sofort hatte er seine Gefühle aber wieder im Griff.

Der Junge war ein kräftiger Typ von sechzehn oder siebzehn Jahren. Blond, breite Schultern und die Schenkel eines Fußballers. Die Explosion hatte seine Kleidung zerfetzt, die Scherben der Fensterscheiben hatten seine Haut samt Tattoo aufgeschlitzt. Sein einer Fuß war in einem Winkel von hundertachtzig Grad nach hinten verdreht. Das Gesicht erinnerte an ein Schweinekotelett, in das versehentlich zwei Menschenaugen gesteckt worden waren. Der Mund war eingeschlagen, die Kartoffelnase platt gedrückt.

Dieses Kotelett spuckte jaulend zertrümmerte, blutige Zähne aus und fluchte am Stück.

»Dass der noch lebt«, murmelte Bastian. »In der Schulter ein Loch, am Hintern ... und rundum geröstet.«

»Könnte besser nicht sein«, zischte Vasco. »Geradezu perfekt. Dass er noch lebt, meine ich. Du hast gesagt, er hat am Arsch ein Loch?«

Vasco trat den Verletzten in besagtes Körperteil. Das Kotelett schrie auf, als würde ihm gerade die Haxe abgehackt.

»Tut das weh?«, erkundigte sich Vasco und ging neben dem Typen in die Hocke. »Wenn ja, bin ich zufrieden. Ich möchte nämlich, dass du Arschgesicht Schmerzen leidest. Große Schmerzen.«

Das Kotelett fuhrwerkte mit dem gesunden Bein durch das trockene Laub. Er wäre furchtbar gern davongelaufen – aber mit einem Fuß, der nach hinten zeigte, waren nun mal keine großen Sprünge möglich.

»Warum hast du sie umgebracht?«

»Ich ... habe ... sie ... nicht ... umgebracht ...«

»Hier ist seine MP«, sagte Marco und zeigte Vasco die Uzi. »Die lag neben ihm.«

»Aber damit hat er ja niemanden getötet«, brachte Vasco heraus und zog den Schaft seines Karabiners über das gebrochene Fußgelenk des Typen.

Das Kotelett jaulte, zuckte und wand sich, doch da knallte ihm Bastian den Schaft gegen die Seite. Winselnd zog er die Nase hoch.

»Nächste Frage! Woher seid ihr?«

»Wir sind hier bloß vorbeigekommen!«

»Sieht so aus, als müsste dir jemand den Fuß wieder richtig hindrehen ...«

Das Kotelett schrie so grauenvoll los, dass Hanna sogar für eine Sekunde das Gesicht verzog. Bisher hatte sie nicht gewusst, dass ein Junge so schreien konnte.

»Sieh mich an, du Arschgesicht!« Obwohl Vasco völlig ruhig sprach, entging Hanna nicht, dass auch er vor Wut kochte. »Sieh! Mich! An! Du! Arschgesicht!«

Das Kotelett richtete den Blick seiner geschwollenen, verweinten Augen auf Vasco.

»Ich kriege die Antwort auf meine Fragen, selbst wenn ich dich dafür in Stücke reißen muss. Das würde ich übrigens unglaublich gern. Deshalb macht es mir gar nichts aus, wenn du dich ein wenig sträubst. Dann könnte ich schon mal ein bisschen an dir rumzerren ...«

»Vasco! Hanna!«

Hanna drehte sich um.

Über den Weg, der runter zum Fluss führte, kamen Sully und Chen, der Funker, der noch keine vierzehn Jahre alt war. Die beiden brachten einen weiteren ungebetenen Gast mit.

»Oh!«, stieß Vasco aus. »Ich dachte, den hätte ich erledigt ...«

Im Unterschied zu dem Kotelett war dieser Typ eher schmächtig, zwar nicht mager, aber auch nicht gerade ein Sportler.

Ein schmales, spitzes Gesicht, fast wie bei einem Fuchs, das spärliche Haar zu einem Zopf zusammengebunden. Vascos Kugel hatte sich in seinen rechten Unterarm gebohrt, sodass die Hand schlaff herabhing, während die linke Schulter bei der Explosion gebrochen oder ausgerenkt worden war.

»Das war der Letzte, sonst habe ich niemanden gesehen«, erklärte Chen. »Die sind mit einem Boot gekommen, mit einem Kutter mit gutem Motor.«

»Auf einen Kutter passen nur vier Mann«, fügte Sully hinzu.
»Dann hätten wir sie also alle erwischt, Kommandant.«
Vasco trat vor den Typen.
Schmerz ließ diesen das Gesicht verzerren, dennoch setzte er alles daran, sich aufrecht zu halten. Hanna genügte ein Blick, um zu begreifen, dass er nicht die geringste Angst verspürte. Angst kann unterschiedliche Formen annehmen, von Tränen bis Wahnsinn, ja sogar Übermut. Trotzdem lässt sie sich mit keinem anderen Gefühl verwechseln. Wenn ein Mensch Angst empfindet, erkennt man das. An den Gesten, einem Zittern der Hände, einem nervösen Tick. Sogar am Geruch des Schweißes. Der Typ vor ihnen hatte keine Angst. Er wartete nur ab.

»Ich kenne dich«, brummte Vasco und zündete sich eine neue Zigarette an. »Irgendwo habe ich dich schon gesehen. Gehst du in Rightster auf die Middle School? In eine der oberen Klassen?«

»Ich kenn dich auch, Vasco. Ich hab schon mal Hasch bei dir gekauft …«, erwiderte der Typ. »War gutes Zeug, Alter!«

Falls sich Hanna über diese Worte wunderte, dann höchstens ein klein wenig. Jeder hat schließlich seine Geheimnisse.

»Ach ja«, sagte Vasco und schnappte mit den Fingern. »Du bist Henry! Der abgebrochene Henry! Hätte nicht gedacht, dass ich dich mal wiedersehe. Was hast du hier verloren, Henry?«

»Ich wollte meinen Bruder holen.«

»Und wo bitte soll dein Bruder sein?«

»Der hängt da, ganz links«, antwortete Henry und nickte zum Tor hinüber.

»Scheint ein Pechvogel zu sein, dein Bruder …«

»Das scheinen wir alle.«

»Der soll sich setzen«, wandte sich Vasco an Sully und Chen.

Die beiden pressten ihn zu Boden.

»Und jetzt verrat mir mal, Henry«, sprach Vasco weiter, setzte sich ihm gegenüber im Schneidersitz hin und blies ihm einen Schwall Rauch ins Gesicht, »was das alles sollte?«

»Was was sollte?«

»Weißt du, warum dein Bruder da oben baumelt?«, fragte Hanna.

Sie erkannte ihre eigene Stimme nicht wieder, und sogar Vasco drehte sich zu ihr um.

»Die haben nicht angefangen ...«, murmelte Henry. »Diese Drecksmädchen haben ihn einfach abgeknallt. Daraufhin haben wir die kaltgemacht. Mein Bruder tut mir leid, aber wegen dieser Schlampen vergieße ich keine Träne.«

»Mach mir doch nichts vor, Bro«, sagte Vasco ruhig, aber etwas hatte sich doch geändert. Er sprach jetzt wie ein Junge von der Straße, wenn auch ohne Akzent. Sonst aber wie ein Latino oder Schwarzer. »Du bist ein echter Nerd. Wenn du bei mir Gras kaufst, scheißt du dir vor Angst in deine verfuckten Hosen. Etwas Spitzeres als eine Gabel nimmst du nicht in deine zarten Fingerchen. Und jetzt singst du mir was vor, von wegen, dass du hier ein paar Mädchen plattgemacht hast?! Was, verfuckt noch mal, ist hier passiert? Hat's dir dein Hirn weggeblasen? Ist bei euch in Rightster die Luft irgendwie anders?«

»Wie blöd bist du eigentlich, Bro?«, erwiderte Henry grinsend. Diese Grimasse ließ sein Gesicht nicht unbedingt attraktiver wirken. »Hast du echt noch nicht kapiert, dass heute alles erlaubt ist? Was spielt es da noch für eine Rolle, wann ich verrecke? Jetzt oder in einem Jahr? Verrecken tu ich sowieso! Und was spielt es für eine Rolle, wann die da verrecken?« Er nickte zu den Mädchen hinüber. »Womit willst du mir da noch Angst einjagen? Mit dem Tod?«

Er verstummte, dann sah er Vasco direkt in die Augen. In seinem Blick spiegelte sich nackter Wahnsinn wider.

»Ich bin längst tot, Bro. Knallst du mich heute nicht ab, sterbe ich eben morgen. Was spielt das noch für eine verfuckte Rolle? Hauptsache, du hast Weiber! Und wenn mir die Visage von jemandem nicht passt, töte ich ihn. Du kannst jetzt ständig töten oder ficken, Bro! Jederzeit! Wen du willst! Denn am Ende verrecken wir sowieso ... Und da willst du mich zwingen, mich an irgendein verschissenes Gesetz zu halten?«

»Meine Mama war katholisch«, sagte Vasco. »Mir hat es natürlich nicht geschmeckt, ständig in die Kirche zu gehen, aber an ein paar Sachen erinnere ich mich trotzdem. Zum Beispiel daran, dass es Gebote gibt. Eines lautet, du sollst nicht töten! Das ist das Gesetz Gottes!«

»Und mein Dad war Jurist«, hielt Henry dagegen. »Ich sollte nach Harvard gehen, um ebenfalls Jura zu studieren. Auf Gesetze kannst du doch scheißen! Mit einer Ausnahme, und das ist das Gesetz, das die Starken machen! Das Recht des Stärkeren! Du hast eine Knarre? Dann bist du das Gesetz. Du kannst töten? Dann bist du das Gesetz. Du sollst nicht töten – das haben sich die Menschen nur ausgedacht, damit sie Zeit zum Zielen haben. Deine Mama hat dich echt verarscht. Es gibt keinen Gott, Bro! Denn wenn es einen gäbe, dann hätte er so einiges nicht zugelassen. Das weiß ich genau, denn das habe ich überprüft …«

Als er kicherte, entblößte er kleine Mausezähne.

»Beim ersten Mal habt ihr sechs Mädchen mitgenommen?«, mischte sich Hanna ein, die allmählich anfing zu zittern. Vielleicht eine Nachwirkung des Schocks, vielleicht ein Ausdruck von Ekel. »Leben die noch?«

Henry drehte ihr den Kopf zu. Sie blickte nicht in Augen, sondern in zwei schwarze Abgründe.

»Du siehst ja echt lecker aus! … Also diese Schlampen, die wir mitgenommen haben …? Natürlich leben die nicht mehr! Erst haben wir sie rumgereicht … dann … dann … frag mich doch was Leichteres, du verfuckte Hure!«

Vascos Faust brach ihm die Nase.

Hanna hatte nicht einmal mitbekommen, wie er ausholte. Nur das Knacken hörte sie.

Henry wälzte sich in dem trockenen Laub wie ein Käfer, der auf den Rücken gefallen war. Auf seine malträtierten Arme konnte er sich ja nicht stützen, ohne sie brachte er es aber nicht fertig aufzustehen. So lag er da, verspritzte Blut und schnaubte in einem fort.

»Genau«, jaulte nun das Kotelett. »Das war alles er! Er! Uns hat er weisgemacht, wir würden ein paar Weiber vögeln! Das ist alles seine Schuld!«

»Dein Gesetz gefällt mir, Henry«, sagte Vasco und erhob sich. Auf das Kotelett ging er überhaupt nicht ein. »Es ist wirklich gut. Wer die Knarre hat, hat die Macht. Du hast deine Wumme ja leider verloren. Ganz im Gegensatz zu mir.« Er klopfte gegen seine MP. »Und jetzt machst du dich auf den Weg zu deinem Daddy, damit ihr zwei in aller Ruhe über Gesetze plaudern könnt!«

Er packte Henry am Kragen und zog ihn zum Tor. Marco machte mit dem Kotelett das Gleiche.

Hanna folgte ihnen. Sie zitterte immer stärker, in der Hand mit der Waffe hatte sie einen Krampf.

Die toten Mädchen lagen auf dem Weg. Ihr Blut war noch immer nicht getrocknet.

Sully besorgte eine Nylonschnur aus dem Jeep. Vasco knüpfte zwei Schlingen und versicherte sich, dass sie hielten.

Kotelett wimmerte um Gnade. Henry beobachtete die Szene schweigend.

»Geh weg!«, sagte Vasco zu Hanna. »Du solltest das nicht sehen ...«

»Falsch«, erwiderte Hanna, wobei sie darauf achtete, nicht mit den Zähnen zu klappern. »Das lass ich mir doch nicht entgehen. Das dürfte das Beste sein, was ich in letzter Zeit gesehen habe.«

Er musterte sie aufmerksam, dann nickte er.

Henry lag auf dem Rücken und schaute zu den ersten Sternen hoch, die am dunklen Himmel funkelten. Er atmete geräuschvoll durch den Mund ein und aus. In regelmäßigen Abständen spuckte er Blut aus.

»Dich erwartet ein langer Tod, Henry«, teilte Vasco ihm mit, während er ihm die Schlinge um den Hals legte. »Denn ich werde dich nicht erschießen. Ich werde dir auch nicht den Hals brechen. Wir wollen uns doch an dein Gesetz halten, Bro. Und noch was ... Ich verspreche dir, dass ich euer Schlangennest ausräuchere. Das hätte schon längst jemand übernehmen sollen! Jeden Einzelnen von euch knüpfe ich an einer Straßenlaterne auf. Damit jeder verdammte Idiot kapiert, was ihn erwartet.«

»Und was ist mit deinem Gebot?«, krächzte Henry. »Du sollst nicht töten?«

»Das gilt für Menschen«, erwiderte Vasco. »Nicht für Tiere.«

Auf seine Geste hin zogen Marc und Bastian an der Schnur um Koteletts Hals. Sein Jammern ging in Zischen über. Er zappelte mit den Beinen hilflos in der Luft herum. Mit jeder Bewegung bohrte sich die Schnur tiefer in sein Fleisch.

»Ihr seid hierhergekommen, um fünfzehn Mädchen zu ermorden«, sagte Vasco mit einem abfälligen Blick auf das Kotelett. Doch seine Worte galten Henry. »Und damit habt ihr auch die Kinder getötet, die sie hätten zur Welt bringen können. Außerdem ...«

Er zog an der Schnur, und die Schlinge schloss sich nun auch um Henrys Hals.

»… außerdem habt ihr die Hoffnung getötet.«

Das Kotelett zappelte nicht mehr, sondern zuckte nur noch leicht mit den Füßen. Sein Gesicht zeigte mittlerweile eine burgunderrote Farbe, seine Augen traten aus den Höhlen. Etwas knackte. An seinen Beinen tropfte eine braune Flüssigkeit herunter.

»Und du, Bro«, wandte sich Vasco an Henry. »Hast du nicht gesagt, dass es dir scheißegal ist, wie du stirbst? Da habe ich halt für dich einen langsamen Tod ausgesucht. Denn du bist leicht und wirst noch ein oder zwei Stündchen nach Luft schnappen. Wenn du Glück hast – aber das hoffe ich natürlich nicht. Ich will nämlich, dass du alles durchmachst, was diese fünfzehn Mädchen auch durchmachen mussten. Was meinst du, ist das fair?«

Henry erwiderte kein Wort.

»Das ist es«, beantwortete sich Vasco seine Frage daher selbst. »Das ist verfuckt noch mal nur fair!«

Dann warf er die Schnur über den Querbalken und zog daran. Mit dem ganzen Gewicht seines Körpers.

KAPITEL 4

Kommen und Gehen

»Es ist ein sehr langsamer Tod gewesen«, flüsterte sie und presste ihr Gesicht an Gregs Schulter.
»Du hättest das nicht sehen dürfen«, sagte er.
»O doch, das musste ich.«
»Mit dem Ergebnis, dass du nicht mehr ruhig schläfst.«
»Das geht schon vorbei ...«
»Alles geht immer vorbei, Bell. Aber es hinterlässt seine Spuren.«
Sie seufzte.
»Und? Kriegt Vasco deine Erlaubnis?«
»Ja.«
»Er glaubt, dass du dagegen ist.«
Die Nächte wurden immer kälter.

Noch nie in ihrem Leben hatte Hanna darauf geachtet, aber jetzt, da sie ihren Strom über Generatoren beziehen mussten und der Brennstoff mit jedem Tag knapper wurde, brachte sich das Wetter mit einer Eiseskälte in den Zimmern von sich aus in Erinnerung. Die einzige Wärmequelle war Gregs Körper. Hanna schmiegte sich an ihn wie eine Katze an einen Ofen.

»Ob ich dagegen bin oder nicht, spielt keine Rolle. Bis zum Einbruch des Winters müssen wir möglichst viele Menschen finden, die noch am Leben sind. Das bedeutet, dass wir die Gegend nördlich von uns durchkämmen müssen. Also auch Rightster. Solange in dieser Stadt aber diese Kerle ihr Unwesen treiben ... Wir haben einfach keine andere Wahl ...«

Allmählich ging die Nacht zu Ende. Ein grauer Tag brach an. Über Wiseville hingen niedrige Wolken, gegen das Fenster spritzte Regen.

Allein der Gedanke, ihr warmes Bett zu verlassen, ließ Hanna die Augen zusammenkneifen. Sie stellte sich den Sommer samt sengender Sonne vor, die über dem Asphalt flirrende Luft. Lieber litt sie unter der Hitze, als dass sie diese feuchte Kälte ertrug, die sich ihr bis auf die Knochen fraß. Bei Wärme konnte man sich ausziehen, mit kaltem Wasser übergießen und einschlafen. Schlief man bei Kälte ein, bedeutete das den Tod.

Es wäre schön, den nächsten Sommer noch zu erleben.

Ein schneereicher Winter kündigte sich an, mit einigen Wochen eisiger Stürme, aber ohne Schneeräumdienst in den Straßen und ohne die Möglichkeit, sich in einem gut geheizten Haus in einen Sessel zu kuscheln. Auge in Auge würden sie diesem Winter gegenüberstehen, wie zum Beginn aller Zeiten.

Die Werkstatt, die aus Fässern primitive Öfen herstellte, arbeitete bereits in zwei Schichten. Jedes Haus, das keinen Kamin besaß, sollte eine solche Heizmöglichkeit erhalten. Inzwischen lebten fast tausend Menschen in der Stadt. Gregs Vorbereitungen liefen auf Hochtouren, um Vorräte an Lebensmitteln, Brennholz und Benzin für die Autos anzulegen. Die Arbeit wuchs ihm allmählich über den Kopf.

Sobald Vasco in Rightster und Umgebung für Ruhe und Ordnung gesorgt hatte, würde sie selbst dort nach weiteren Überlebenden suchen.

»Müssen wir schon aufstehen?«, fragte sie mit zittriger Stimme.

»Ja, Bell.«

»Vielleicht kannst du uns noch ein halbes Stündchen spendieren?«

In der Nacht hatten sie kaum geschlafen, weil sie einfach nicht genug voneinander bekamen. Da war Hanna ihr Schlafzimmer überhaupt nicht wie eine Eiskammer vorgekommen. Jetzt dagegen ...

»Ich muss den Tagesplan bekannt geben«, sagte Greg und presste seine Lippen auf ihr Ohr. »Aber machen wir es so: Ich heize schon mal den Ofen an, bereite irgendwas für uns zum Frühstück vor und setze für dich Wasser auf. Du schläfst noch ein bisschen. Dann hat wenigstens einer von uns sein halbes Stündchen!«

»Aber ohne dich ...«

»Ich bin ja in deiner Nähe.«

Er schlüpfte aus dem Bett und zog sich rasch an.

»Schlaf noch ein wenig!«, sagte er.

Und das tat sie.

Sie fiel in einen besonders tiefen Schlaf. Er glich fast schon einem kleinen Tod. Sie fiel in einen Abgrund, diffuse Schatten huschten um sie herum, bis Stimmen sie aus dem Schlaf rissen. Das Gemurmel klang wie das Rauschen des Meeres.

Im Zimmer war es warm. Die Tür stand offen, im Nebenzimmer brannte ein lustiges Feuer im Kamin. Greg war allerdings nirgends zu sehen. Auf dem Tisch standen die Teller mit geschmorten Fleischstückchen, Brot und die kupferne Kaffeekanne. Es roch nach warmem Kiefernharz und Kaffee. Obwohl Hanna vor einer Minute noch nicht mal hungrig gewesen war, knurrte ihr nun der Magen.

Sie warf sich den Morgenmantel über den nackten Körper und verließ das Schlafzimmer. Da sie pinkeln musste, zog sie sich gar nicht erst an, sondern ging gleich zur Toilette.

Die Klobrille war derart eisig, dass Hanna beinahe wieder hochgeschnellt wäre. Damit musste sie sich jedoch abfinden, denn die Wärme vom Kamin reichte nicht bis hierher. Sie rutschte eine Weile nervös auf dem Sitz herum, zog dann die Schublade des kleinen Tischs auf und holte einen Schwangerschaftstest heraus, den sie dann aber nicht mehr durchführen konnte, denn mit einem Mal brach vorm Haus ein furchtbares Gepolter los.

Ein Fenster ging zu Bruch ... Hanna fiel der Teststreifen aus der Hand, und sie stürzte ins Wohnzimmer. Am Boden lagen ein Stein und jede Menge Glasscherben. Der Wind bauschte die Gardine und trug den Lärm ins Zimmer.

Geschrei. Wütendes Geschrei. Hanna verstand zwar nicht, was da gebrüllt wurde, doch die Intonation erstickte jeden Zweifel im Keim: Vor dem Haus gab es eine wilde Auseinandersetzung.

Hanna stieg so hektisch in ihre Jeans, dass sie mit den Hosenbeinen kämpfen musste, gürtete den Morgenmantel fest zu und trat vor die Tür.

Mindestens hundert Jungen und Mädchen hatten sich hier versammelt. Nur die ältesten, die Hanna fast alle persönlich kannte. Aus der Schule, aus dem Fitnessstudio, aus dem Sommercamp. Die Luft über ihren Köpfen schien vor Anspannung zu surren. Genau wie die Luft über Stromleitungen. Die Menge war wie elektrisiert, strahlte eine hitzige Feindseligkeit aus, die Hannas Wangen, wie diese meinte, zum Glühen brachte.

Sie trat zu Greg und ließ einen verzweifelten Blick über die Köpfe der Anwesenden wandern. Zwischen ihnen beiden und der aufgebrachten Menge stand ein einzelner Mann. Anthony. Aber er war nicht auf ihrer Seite. In der ersten Reihe hinter ihm hatte sich Dana aufgebaut.

»Ich frage euch noch mal«, überbrüllte Greg die Menge. »Was wollt ihr hier? Tony? Warum hast du diese Menschen hergebracht? Haben sie keine Arbeit?«

»Die Arbeit kann auch mal warten!«, schrie Anthony zurück. Seine Arme hingen herab, aber er ballte die Hände immer wieder kurz zu Fäusten. »Erst mal wüssten wir gern von dir, warum du die Fremden in die Stadt geholt hast!«

»Was geht hier vor?«, raunte Hanna Greg zu.

»Das ist nur Show«, antwortete Greg. »Tony ist sauer. Geh lieber wieder ins Haus …«

»Ich lass dich doch jetzt nicht im Stich!«

Daraufhin wandte sich Greg wieder an Tony.

»Das habe ich schon bei der allgemeinen Versammlung erklärt«, fuhr er geduldig fort. »Wenn wir nicht in den nächsten paar Jahren aussterben wollen, ist das unsere einzige Chance. Das habe ich alles haarklein dargelegt. Aber vielleicht hast du an der Versammlung nicht teilgenommen, deshalb wiederhole ich es gern. Wir brauchen anderthalbtausend Menschen, um die Stadt zu halten.«

»Habt ihr das gehört?«, rief Tony der aufgebrachten Menge zu. »Anderthalbtausend!«

Unwilliges Gemurre antwortete ihm.

»Anderthalbtausend!«, schrie Tony und drehte sich wieder Greg zu. In seinen Augen loderte ein unschönes Feuer. Wie bei jemandem, der sich Mut angetrunken hatte. »Hast du dabei auch nur eine Sekunde an uns gedacht, Greg? Wie sollen wir die alle durchfüttern?! Haben wir überhaupt selbst genug zu essen, um über den Winter zu kommen?«

»Das haben wir.«

»Das ist gelogen.« Anthony drehte sich wieder der Menge zu.

»So viele Münder können wir niemals stopfen! Wir werden hungern!«

»Hör auf, solchen Unsinn von dir zu geben!«, verlangte Greg. »Es ist alles sorgfältig berechnet, sogar mit einer gewissen Spanne. Unsere Vorräte reichen dicke bis zum nächsten Frühling.«

»Wir brauchen keine Fremden!«, geiferte Tony. »Wir! Brauchen! Keine! Fremden!«

»Wir! Brauchen! Keine! Fremden!«, skandierte die Menge. »Wir! Brauchen! Keine! Fremden!«

Hanna beobachtete Dana, die den Slogan zusammen mit den anderen aufnahm: Ihr Gesicht war verängstigt. Als Hanna versuchte, ihren Blick aufzufangen, klappte das nicht. Dana – ihre Freundin Dana, mit der sie sich immer wortlos verstanden hatte – weigerte sich, sie anzusehen!

»Raus mit denen!«, gab Tony die nächste Parole vor.

»Raus! Mit! Denen!«, griff die Menge auch sie auf. »Raus! Mit! Denen!«

Aus einem Haus in ihrem Rücken tauchte Vasco auf, die MP an einem Riemen quer über der Brust. Er baute sich neben Greg auf. Und neben Hanna stand mit meinem Mal Marco, ebenfalls mit seiner Waffe.

»Ah!«, stieß Anthony aus und verzog das Gesicht. »Der persönliche Henker des großen Bosses ist da! Was ist, Gonzalez, wen willst du denn heute durchlöchern? Oder ziehst du es diesmal vor, einem von uns den Kopf abzuschneiden?«

»Guten Morgen, Tony!«, erwiderte Vasco bloß.

»Mit welchem Recht«, wandte sich Tony wieder an Greg, »hast du eigentlich die Macht in Wiseville an dich gerissen? Warum entscheidest allein du, wer lebt und wer stirbt? Was, wenn wir dich gar nicht als Boss haben wollen? Gewählt haben wir dich schließlich nicht!«

»Wahlen! Wahlen!«, schrie die Menge. »Wahlen!«

»Was ist, großer Boss?« Tony ging grinsend auf Greg zu. »Hast du Schiss?«

»Du willst also das Kommando übernehmen, ja?«, fragte Greg ruhig. »Dann lass dir eins gesagt sein, Tony! Du spielst gerade mit dem Feuer! Hör also lieber mit diesem Unsinn auf!«

»Wofür hältst du dich eigentlich, Greg?!«, spie Tony aus. »Was gibt dir das Recht, mir etwas vorzuschreiben? Mir jagst du keine Angst ein! Und ich stehe nicht allein da, wie du siehst! Meine Freunde haben ebenfalls die Schnauze voll davon, Gruben auszuheben und Mauern hochzuziehen!« Er drehte sich zur Menge zurück, zeigte dabei aber mit dem Finger auf Greg. »Was ist? Soll er auch mal eine Mauer hochziehen? Auf unseren Befehl?«

Greg hob die Hand, noch ehe die Menge nach Tonys Worten losjohlen konnte. Sofort kehrte Ruhe ein.

»In unserer gegenwärtigen Lage gibt es exakt zwei Wege«, erklärte Greg mit voller Stimme, sodass ihn sogar diejenigen in den letzten Reihen hörten. »Beim ersten sehen wir im anderen einen Feind. Deshalb gehen wir uns gegenseitig an die Gurgel oder ziehen uns in unsere eigenen vier Wände zurück. Auf diese Weise befestigt man aber keine Stadt. Dann kümmert man sich auch nicht um die kleinen Kinder oder besorgt Lebensmittel … Dieser erste Weg wäre absolut einfach zu gehen gewesen – und hätte direkt in den Tod geführt. Stattdessen haben wir die zweite Variante gewählt, die wesentlich komplizierter ist. Und verdammt anstrengend. Bei der man den ganzen Tag schuften muss, noch dazu nicht für sich selbst, sondern für die Gemeinschaft. Früher, da sind wir vielleicht in die gleiche Schule gegangen oder Nachbarn gewesen. Da haben wir rein zufällig alle in der gleichen Stadt gelebt. Aber heute …« Er dachte kurz über das passende Wort nach. »Heute sind wir ein Stamm und müssen zusammenhalten. Wir müssen Wiseville in eine Festung verwandeln, um zu überleben. Wir müssen zu einem gemeinsamen Ganzen verschmelzen. Wiseville steht allen offen, die in Frieden zu uns kommen und nach unseren Regeln mit uns leben wollen. Wenn jemand das nicht möchte, steht es ihm genauso offen, Wiseville wieder zu verlassen und das Leben zu führen, das er gern führen möchte.«

»Bleibt die Frage, warum ausgerechnet du unsere Regeln aufstellst«, giftete Anthony ihn an. »Oder entscheidest, wer zu gehen hat und wer nicht.«

»Die Regeln stelle ich auf, weil …«

»Und wenn wir nichts mehr zu fressen haben«, schrie Dana, »gibst du dann jedem dahergelaufenen Dreckskerl die Brust?«

Es hatte sie ohne Frage enorme Überwindung gekostet, sich in den Streit einzumischen, aber es gibt wohl keine Dummheit, zu der eine verliebte Frau nicht bereit wäre.

»Mit Sicherheit nicht«, antwortete Anthony für Greg. »Seit wann übernimmt Greg denn die Verantwortung für seine Fehler? O nein, in einem solchen Fall behauptet er einfach, das wäre von vornherein sein Plan gewesen. Anschließend schlägt er dir dann vor, doch lieber irgendwo anders an ihm rumzunuckeln! Aber da ist schon jemand anders zugange, oder etwa nicht, Hanna?«

Die Worte waren für Hanna schlimmer als jeder Schlag. Das Gelächter und Gejohle der älteren Jungen, das Zugezwinkere in der Menge ...

Greg wurde rot bis über beide Ohren, Vasco trat vor, blieb dann aber doch wieder stehen.

»Musste diese ganze Show jetzt wirklich sein?«, wandte sich Greg an Tony. »Nur weil du nicht die Regeln aufstellst? Aber das ist deine eigene Schuld. Es reicht nämlich nicht, intelligent zu sein, man muss auch wissen, wie man gemeinsam mit anderen etwas auf die Beine stellt, wie man Aufgaben für diejenigen findet, die nicht so klug sind, aber trotzdem helfen wollen. Ich habe dir vertraut ...«

»Du!«, schrie Tony hysterisch. »Du! Hast! Kein! Recht! Für! Uns! Zu! Entscheiden!« Er wäre fast erstickt, als er Greg diese Worte an den Kopf knallte. »Du bist ein Niemand! Der andere für sich schuften lässt! Und töten!« Er zeigte auf Vasco. »Du lässt andere für dich frische Sklaven ankarren!« Dann starrte er Hanna an. Als wäre sie eine Fremde ... »Nur lügen, das tust du selbst!«

»Du hast völlig den Verstand verloren, Tony!«, bemerkte Greg kopfschüttelnd. »Noch ein Wort, und du verlässt uns!«

Dana trat vor und stellte sich neben Anthony.

»Dann musst du schon uns beide fortjagen, Stachowsky! Bist du dazu bereit?«

Hinter ihr geriet die Menge in Bewegung. Überall wurde gemurmelt.

»Dana ...«, sagte Hanna. »Hast du jetzt auch schon den Verstand verloren?«

»Gefällt es dir, die Matratze vom Boss zu sein?«, konterte sie. »Bestimmt! Da musst du ja nicht in der Küche schuften wie Miriam oder ich! Oder den Babys nicht den Rotz von der Nase und den dreckigen Hintern abwischen! O nein, du fährst mit Bodyguard in der Gegend herum! Ein feines Leben! Allerdings hätte ich das auch gern! Das hätten wir alle gern! Aber vielleicht tauschst du ja mit einer von uns!«

Hanna meinte, warmes frisches Blut würde über ihre Finger laufen. Sie würde wieder in der dampfenden Lache hocken und Martha vor ihr liegen, die ihre Freundinnen nicht hatte beschützen können.

Der Geruch von Blei und Tod in der Luft. Und am Querbalken des Tors ...

Sie schüttelte den Kopf, um nicht zu weinen. Aber nicht die Tränen waren es, die ihr die Luft zum Atmen nahmen, sondern das bleischwere Gefühl der Antipathie, das sich in ihrer Brust eingenistet hatte. Nein, nicht Antipathie. Hass. Sie hatte bisher nicht gewusst, dass sie einer Freundin gegenüber je dazu imstande sein würde.

»Was ist?«, fragte Anthony. »Verhaftest du mich jetzt? Oder jagst mich davon? Du höchstpersönlich? Nicht einer deiner treuen Hunde? He, Henker, du wirst bestimmt gleich gebraucht!«

Vasco reagierte gar nicht. Hanna hatte ihn in diesen Wochen jedoch zu gut kennengelernt, als dass er ihr etwas hätte vormachen können. Sie sah, wie sich seine Nasenflügel blähten und seine Kiefer mahlten.

»Wir verlangen Wahlen«, schrie Anthony, obwohl er zwei Schritte vor Greg stand und dieser ihn hervorragend hörte.

Aber er dachte an die Menge, und die nahm seine Worte sofort auf.

»Wahlen! Wahlen!«, skandierte sie. »Wahlen!«

»Wer soll denn gegen mich antreten? Du?«

»Ganz genau«, antwortete Tony grinsend. »Und vielleicht findet sich ja noch jemand. Mein Programm ist simpel. Die Fremden sollen abziehen! Wenn wir schon sterben müssen, dann mit Würde. Ohne Hunger und ohne Kampf ums Essen!«

Greg ließ seinen Blick über die Menschen vor ihm wandern. Seine Miene verfinsterte sich. In Sorge, vielleicht sogar in Gram.

»Mit Sicherheit bin ich nicht der beste Boss«, erklärte er dann mit seiner vollen Stimme. Sofort kehrte Ruhe ein. »Ich habe Fehler begangen, als ich nach Lösungen für unsere Lage gesucht habe. Oft war ich unnötig hart. Aber all das habe ich getan und tu es immer noch ...« Er atmete so tief ein, als wollte er gleich unter Wasser tauchen. »Aber doch nur, damit möglichst viele von uns überleben. Damit die Menschen als biologische Art überleben. Unsere Chancen dafür sind nicht sehr hoch. Hier haben sich die Ältesten von uns versammelt, euch brauche ich nicht zu erklären, was eine biologische Art ist. Ich verspreche euch, dass ich auch in Zukunft alles unternehmen werde, damit unsere Art überlebt. Vielleicht gelingt es uns irgendwann sogar, dieses Virus zu besiegen. Es gibt nichts, was ich nicht versuchen würde, um dieses Ziel zu erreichen. Wenn ich dafür lügen muss, lüge ich. Wenn ich dafür hungern muss, hungre ich. Wenn ich dafür töten muss, töte ich.«

»Du meinst«, sagte Tony und deutete auf Vasco, »du lässt ihn das machen.«

»Nein«, entgegnete Greg und reckte das Kinn in die Höhe. »Verreck doch als Erster!«

Hanna sah nur noch die Pistole in seiner Hand – ihre Pistole – und Tonys Kopf, der schon in der nächsten Sekunde zerfetzt wurde. Blut und Hirn spritzten durch die Luft. Einiges davon landete auf dem weißen Frotteebademantel und auf ihrem Gesicht.

Die Menge atmete geräuschvoll ein. Dana schrie markerschütternd auf. Sie stand da, mit geschlossenen Augen und herabhängenden Händen, die rot vom Spülen waren. Dabei stieß sie einen Laut aus, der für kein menschliches Ohr zu ertragen war.

Hanna bekam keine Luft mehr. Der Schock hatte ihr die Kehle abgeschnürt. Sie fing Gregs Blick auf. Seine Lippen formten das Wort *Sorry*, während die Pistole in seinen Händen eine zweite Kugel ausspuckte. Die Hülse trudelte zu Boden, Dana fiel nach hinten. Ihr Mund war noch immer offen, doch es kam kein Laut mehr aus ihm heraus.

Stille senkte sich herab. Grabesstille, wie man so sagte.

Vasco und Marc hielten ihre Waffen auf die Menge gerichtet. Obwohl auch einige der Anhänger Tonys Pistolen bei sich trugen, gab niemand einen Schuss ab.

»Die Wahlen sind abgesetzt«, erklärte Greg und wischte sich die

Blutspritzer vom Gesicht. »Oder möchte noch jemand gegen mich antreten?«

Schweigen.

»Es gehen jetzt wieder alle an ihre Arbeit«, sagte Greg.

Sofort verlief sich die Menge.

»Einen Moment noch«, verlangte Greg plötzlich und hob die Hand mit der Pistole, um sie sich ans Herz zu pressen. »Ihr habt alle gesehen, was ich eben getan habe. Hört nun auch, was ich niemals tun werde: Ich werde euch niemals verraten. Niemals. Bis zu meinem Tod nicht.«

Hanna stürzte davon. Sie hielt sich beide Hände vor den Mund, um den Würgereiz zu bekämpfen. Greg wandte nicht einmal den Kopf in ihre Richtung.

»Bis zu meinem Tod nicht«, wiederholte er, während sich die Menge weiter lichtete. »Ich schwöre es! Bis zu meinem Tod nicht!«

Sein Gesicht war kreidebleich wie das eines Toten. In seinen Augen lag ein derartiges Dunkel, dass jeden Panik erfasst hätte, der jetzt in sie geblickt hätte.

Aber das tat niemand.

»Darf ich reinkommen?«, fragte Hanna.

Der neue Herr im Haus ihrer Eltern nickte und öffnete die Tür.

»Klar«, sagte er.

Er war fünfzehn, genau wie seine Freundin. Ihn hatten sie bei ihren Expeditionen entdeckt, sie war von hier, Hanna kannte sie noch von der Schule.

»Ich kenne dich«, sagte der Junge. »Du bist doch Hanna, nicht wahr? Ich bin Chuck.«

Er streckte ihr die Hand hin.

»Und ich bin Lola«, stellte sich seine Freundin vor.

Ihre Kleidung deutete darauf, dass es kalt im Haus war. Aber der Junge war praktisch veranlagt. Neben dem Kamin gab es genug Brennholz. Das Feuer war bloß in der Nacht niedergebrannt, das neue hatten sie gerade erst entfacht.

»Früher habe ich hier gewohnt«, sagte Hanna.

»Willst du dir was zum Anziehen holen?«, erkundigte sich Lola. »Ich habe mir nämlich auch was genommen …«

»Nein, deswegen bin ich nicht hier«, beruhigte Hanna sie lächelnd. »Nimm dir ruhig alles, was dir gefällt, das macht mir nichts aus. Aber ich würde gern ein paar persönliche Dinge mitnehmen. Fotos vor allem ...«

Lola sah Chuck fragend an.

»Die sind jetzt in der Garage«, erklärte er. »Wir haben nichts kaputtgemacht oder weggeschmissen, sondern nur alles rübergetragen.«

»Könnte ich dann ...?«

»Klar, ich begleite dich!«

»Das ist nicht nötig.«

»Lola macht gerade das Frühstück. Bleibst du?«

»Ich habe schon gegessen, danke. Achtet einfach nicht auf mich, ich komme klar.«

Das Fotoalbum fand sie in einem Pappkarton mit Büchern. Die Familienfotos hatte Chuck aus den Rahmen genommen und mit einer Schnur zusammengebunden. Das Holz wollte er garantiert verfeuern. Die Bücher ihres Vaters. Ihrer Mutter. Ihre eigenen. Auch die Laptops entdeckte sie, zusammen mit dem alten Nintendo und Joshuas Playstation.

Hanna spürte, wie ihr die Tränen kamen. Sie biss sich auf die Lippe.

Sie nahm ein Foto von der ganzen Familie an sich, dann noch ein altes, wo Mom und Daddy vor dem Hauptgebäude der MIT standen, und ihr Schulalbum.

Aus dem Wohnzimmer drang Gelächter herüber. Geschirr klirrte. Bestimmt das mit den Mohnblumen, das ihre Mutter so geliebt hatte. Es roch nach Essen und ein wenig nach Rauch. Hanna schlüpfte an der halb offenen Tür vorbei und ging, ohne sich zu verabschieden.

Diese beiden würden mit Sicherheit zwei gesunde Kinder zur Welt bringen. Sie könnte fast wetten, dass Lola schon schwanger war und das nur noch nicht wusste. Chuck war ein patenter Junge, auch sie war reif für ihr Alter. Nach ihrem Tod, in drei Jahren also, würden die Kinder in die Krippe kommen, wo sich die Erzieherinnen um sie kümmern würden. Gut, diese Erzieherinnen waren jetzt erst zwölf, aber bis dahin ...

Allerdings dürfen wir die Krankheiten nicht vergessen, dachte Hanna, als sie sich aufs Fahrrad schwang. Der Impfstoff ist uns schon ausgegangen, die Antibiotika werden auch langsam knapp. Und die Kinder, die jetzt von den Medizinstudenten etwas beigebracht bekommen, werden niemals richtige Ärzte werden.

Schon bald würde eine Schramme gefährlicher sein als Krebs oder ein Herzinfarkt, denn Krebs ist bei jungen Menschen selten, aber Schürfwunden stehen bei ihnen auf der Tagesordnung. Dann waren da noch die Zähne ... Was würde man nur ohne Zahnärzte machen? Oder bei einem Knochenbruch? Was bei Bauchschmerzen? Wer würde verhindern, dass die technischen Geräte sich in Schrott verwandelten? Wie würde man all die zerschlagenen Fenster reparieren, wenn niemand mehr Glas herstellte? Und wenn erst das Benzin ausging und die Generatoren für immer den Geist aufgaben ... Was würde mit Wissen geschehen, egal welchem, wenn niemand mehr die Zeit hatte, es sich anzueignen und an andere weiterzugeben?

Sie würden nicht erst in zwanzig Jahren verrohen, sondern bereits in fünf oder sechs. Mit etwas Glück in zehn. Wenn Greg verlangte, dass alle lesen lernen mussten, vertuschte er nur das Offensichtliche: Dass die Partie verloren war, noch ehe sie begonnen hatte. Verloren aufgrund der Ausgangsbedingungen.

Es bringt niemandem etwas, ein Buch zu lesen, wenn Wörter ihren Sinn verloren haben und nur noch Zeichen und Laute darstellen. Man würde sie aussprechen, ohne sie zu verstehen. Wie ein Gebet in einer fremden Sprache. Dann sah die Zukunft wirklich so aus, mit Stämmen, Bossen, Schamanen, Jägern und Sammlern. Alles wie im Museum of Natural History in New York. Der Saal mit den Figuren der Menschen aus der Vor- und Frühgeschichte hatte ihr immer gefallen. Aber wer hätte ahnen können, dass die Menschheit dorthin zurückkehrte?

Nur gut, dass es jetzt noch nicht so weit ist, dachte sie. Und in fünfzehn Jahren wird niemand mehr zu einem Vergleich imstande sein. Denn dann gibt es niemanden mehr, der sich noch daran erinnern könnte, wie das Leben früher war. Es wird keine Vergangenheit mehr geben. Es wird auch keine Zukunft mehr geben. Es wird nur noch die Gegenwart geben, das Hier und Jetzt. Wo man sich

Nahrung besorgen muss. Tiere töten. Essen. Kinder füttern. Feinde vertreiben.

Hanna trat in die Pedale. Das Rad schoss durch das herbstliche Wiseville. Die Stadt war so schön, dass es ihr fast den Atem verschlug. Die bunten Blätter an den Ahornbäumen und Ulmen. Die Blumen in den Beeten, in denen das Unkraut noch nicht triumphiert hatte. Die vielen Vögel. Wesentlich mehr als früher, trotz der Katzeninvasion. Vor allem Tauben, Eichelhäher und Krähen. Hunde gab es dagegen nicht mehr so viele. Die meisten waren nach dem Verlust ihrer Herrchen oder Frauchen in den Wald gegangen, um dort nach Nahrung zu suchen. In der Stadt waren nur die kleinsten und die besonders anhänglichen geblieben.

Entlang der Bürgersteige standen staubige Autos mit platten Reifen, die sich nie wieder vom Fleck rühren würden. Greg hatte angeordnet, das Benzin aus den Tanks abzuzapfen. Das war in wenigen Tagen erledigt gewesen. Jeder seiner Befehle wurde mittlerweile widerspruchslos ausgeführt, denn niemand legte es mehr darauf an, am eigenen Leib zu erfahren, ob er noch einmal zur Waffe greifen würde.

Hanna bog in die Main Street ein und radelte in Richtung Kirche, deren Türen weit offen standen. Mit einem Mal fiel ihr Henry ein, der zu Vasco gesagt hatte: »Es gibt keinen Gott, Bro! Denn wenn es einen gäbe, dann hätte er so einiges nicht zugelassen.«

Spontan bremste sie und fuhr zu dem alten Holzgebäude. Mount Hill hatte es schon lange vor der Militärbasis gegeben. Das Stadtzentrum bestand zum Großteil aus Häusern, die noch am Ende des 19. Jahrhunderts erbaut worden waren. Die Kirche war vor dem Krieg zwischen den Nord- und den Südstaaten errichtet worden. Zweimal war sie niedergebrannt, aber immer wieder aufgebaut worden.

Vom Tennisclub, dem Golfplatz und einem vom Verteidigungsministerium finanzierten Schwimmbad abgesehen war die Kirche die einzige Sehenswürdigkeit der Stadt. Warum sie das Gotteshaus jetzt besuchen wollte, hätte Hanna selbst nicht zu sagen gewusst. Sie lehnte ihr Fahrrad einfach gegen eine Straßenlaterne, trat ein und setzte sich auf die hinterste Bank.

Der Wind hatte in den letzten Wochen jede Menge Laub hereingetragen, das nun im Gang zur Kanzel lag. Auch jetzt trieb er die Blätter mit leisem Rascheln über den Boden. In den Ecken, in die kein Tageslicht drang, gurrten Tauben. Die Deckenbalken hatten Krähen erobert. Hanna dachte lieber nicht darüber nach, warum sie so fett waren.

Früher hatte es hier immer nach Holz, Wachs und frischer Wandfarbe gerochen, heute nach Vogelmist, feuchtem Laub und Ödnis. Da Hanna hier unbedingt Gott finden wollte, wurde ihr erst allmählich klar, dass er diesen Ort längst verlassen hatte.

In seinem einstigen Haus gab es keine Ruhe und keinen Frieden mehr, nur Einsamkeit und Moder.

Hanna fühlte sich immer unbehaglicher. Sie verließ die Kirche wieder und trat in den hellen Sonnenschein hinaus. Am Straßenrand stand Gregs Motorrad, er selbst saß auf einer Bank unter einer mächtigen Eiche. Der Baum war genauso alt wie Wiseville. Greg hielte eine Tüte mit Erdnüssen in der Hand und fütterte zwei graurote Eichhörnchen.

»Die Nüsse habe ich zufällig in meinem Rucksack gefunden«, sagte er. »Sieh doch nur, wie sie sich darauf stürzen!«

Auf seinem Gesicht lag ein durch und durch kindlicher Ausdruck. Ein fünfjähriger Junge, der begeistert im Zirkus seinen ersten Elefanten sieht ... Die Eichhörnchen holten sich die Nüsse aus Gregs Hand und sprangen dann eilig weg, um ihren Schatz in einem Astloch zu verstecken.

Hanna konnte gar nicht anders, sie musste bei Gregs Anblick lächeln.

»Was willst du eigentlich hier?«, fragte sie dann.

»Hören, ob du es dir nicht überlegt hast.«

»Nein, hab ich nicht.«

»Willst du sie auch mal füttern?«

Er hielt ihr die Tüte mit den Nüssen hin.

Nach kurzem Zögern setzte sie sich zu ihm und nahm die Tüte an sich.

Sofort kamen die Eichhörnchen auf sie zu.

»Was willst du mir beweisen, Bell?«

»Gar nichts. Ich gehe, damit ich nicht mitansehen muss, wie du dich aus einem Menschen in einen Boss verwandelst.«

»Seit sich diese Katastrophe ereignet hat«, sagte er seufzend, »achte ich nicht mehr auf meine Wünsche, sondern erfülle nur noch meine Pflichten.«

»Aber das bist nicht mehr du, Greg«, sagte sie und zerknüllte die leere Tüte. »Diesen Menschen kenne ich nicht. So leid es mir auch tut.«

»Ich kann dich ja verstehen ... Aber musst du deshalb gleich weggehen? Im Umkreis von tausend Meilen ist Wiseville heute der sicherste Ort. Was hast du in Kidland verloren? Da hat bestimmt niemand überlebt.«

»Davon möchte ich mich gern selbst überzeugen.«

»Das ist doch Wahnsinn«, hielt er mit stahlharter Stimme fest.

»Wir haben achthundert Menschen in die Stadt gebracht. Wiseville wird überleben. Dort sind Kinder. Wenn sich niemand um sie kümmert, sterben sie. Mit etwas Glück kann ich das ja vielleicht verhindern.«

»Das sind zweihundert Meilen, Bell ...«

»Und wenn es zweitausend wären«, erwiderte sie. »Das hast du mir damals selbst gesagt. Du siehst, ich habe viel von dir gelernt.«

»Vor März wirst du nicht wieder hier sein.«

»Vielleicht ja doch ...«

»Das bedeutet für uns einen Abschied für immer«, sagte er bloß. »Wenn du nicht hart durchgreifst, erreichst du heute nichts, Bell. Wir leben nun mal in schweren Zeiten, die nach schweren Entscheidungen verlangen ...«

Sobald die Eichhörnchen begriffen, dass der Nusssegen ausblieb, sprangen sie weg. Die beiden Spender hatten sie sofort vergessen.

»War es wirklich nötig, Tony und Dana zu töten? Sag es mir ganz offen, Greg ...«

Er sah ihr fest in die Augen. In seinem Blick lag weder Mitleid noch Zweifel. Nur tief in seinen Augen flackerten ganz kurz ein paar Schatten. Fast als schlüge eine Krähe mit den Flügeln.

»Ja«, sagte er dann, »das war nötig.«

»Hätte es nicht gereicht, sie zu verhaften? Sie zu fesseln und in irgendeinen Schuppen zu stecken? Warum hast du nicht versucht, sie zu überzeugen? Oder sie aus Wiseville gejagt?«

»Ich habe die beste Entscheidung getroffen.«

»Du hast die einfachste Entscheidung getroffen. Deine Macht hat gebröckelt. Um sie wieder zu festigen, hast du unsere Freunde umgebracht.«

»Unsere früheren Freunde«, korrigierte Greg sie unerbittlich. »Bell, hör mir doch mal zu! Alles, was uns jetzt falsch oder schlecht erscheint, wird in ein paar Jahren als reiner Humanismus gelten. Denn dann wird das Leben ganz anders aussehen. Frühe Geburten, Morde für ein Stück Brot oder ein Dutzend Patronen. Es wird viel Blut fließen, es wird grausame, primitive Gesetze geben, Zauberer, Schamanen und allen möglichen anderen Kram, den wir uns gar nicht vorstellen können. Wenn die Ältesten von uns jetzt weggehen – und du bist ja nicht die Einzige –, dann wird es niemanden mehr geben, der den Kindern erklären kann, was gut und was böse ist. Wir müssen den kleinen Kindern heute bestimmte Prinzipien eintrichtern, damit sie diese an die nächste Generation weitergeben können und diese an die übernächste. Wir haben keine Zeit, uns mit dummen Angebertypen abzugeben. Wir haben keine Zeit, eine Demokratie zu entwickeln. Und selbst wenn wir sie hätten, würde sie sich nicht durchsetzen. Weil das Recht des Stärkeren gelten wird. Das Recht des Revolvers. Ich habe noch fünf Monate zu leben, du etwas mehr als ein Jahr. Das ist verdammt wenig, um die Regeln für eine neue Welt auszuarbeiten. Trotzdem gibt uns niemand mehr Zeit. Wir müssen uns eine Religion ausdenken, damit unsere Nachfahren sich nicht gegenseitig erledigen. Wir müssen uns ein paar Regeln einfallen lassen, damit die Macht nicht an den aggressivsten Menschen übergeben wird, sondern an den klügsten, damit sie nicht vererbt, sondern durch Intelligenz und Können erworben wird. Ich habe nicht die geringste Ahnung, wie ich das anstellen soll. Aber eines weiß ich mit Sicherheit ... Jeder, der sich mir jetzt in den Weg stellt ...«

Er ballte die Hand zur Faust. Die Knöchel traten weiß hervor.

»Nicht ich habe unsere früheren Freunde getötet, Bell. Sie haben sich selbst zum Tod verurteilt, ich habe das Urteil lediglich vollstreckt. Du behauptest, ich hätte das getan, um meine Macht zu festigen. Und wenn schon ... Besser man fürchtet und hasst mich, als dass wir alle übereinander herfallen ...«

Hanna sagte kein Wort. Vielleicht, weil er recht hatte.

»Du bist ein guter Mensch, Bell«, fuhr Greg fort und griff nach ihrer Hand. Vorsichtig, als würde er einen Vogel aufnehmen. Sie zog sie nicht zurück. »Aber die Menschen ... Sie sind verlogen, brutal und mitleidlos, gleichzeitig aber auch imstande, Heldenmut und Selbstaufopferung an den Tag zu legen. Ohne Wissen kommen sie bestens klar. Worauf sie nicht verzichten können, sind Reichtum, Macht und Sex. Es gefällt ihnen zu töten, doch manchmal überraschen sie dich damit, wie gut sie sein können und wie empathisch. Aber alles, was in einem Menschen gut ist, widerspricht seiner Natur und ist nur das Ergebnis einer jahrhundertelangen Dressur. Doch leider gibt es heute keine Dompteure mehr ... Und noch was! Kinder – und das ist dir vielleicht nicht klar – können viel grausamer sein als Erwachsene. Wir wissen ja, dass es Gesetze gibt, haben von Moral und den Geboten gehört und dass man sich daran halten muss, weil die Welt sonst zusammenbricht ... Das haben uns unsere Eltern beigebracht. Aber die Kinder heute haben keine erwachsenen Eltern mehr, keine Grandmas und Grandpas. Die Generationen vor ihnen mit ihren Erfahrungen nehmen nicht an ihrer Entwicklung teil. Schon in ein paar Jahren wird niemand mehr die Gesetze des menschlichen Miteinanders kennen. Dann zeigen die Menschen ihr wahres Gesicht. Wir können von Glück sagen, dass wir das nicht mehr miterleben müssen ...«

»In den Menschen steckt ein guter Kern, Greg«, hielt Hanna dagegen.

»Natürlich«, sagte er. »In den Menschen lebt das Gute ebenso wie das Böse, das ist mir klar. Aber mit dem Bösen kommst du heute weiter. Ich wollte niemanden umbringen, aber es musste sein. Und ich würde notfalls wieder töten. Deinetwegen. Und wegen all der anderen.«

»Und deinetwegen.«

»Ja, das auch«, stimmte Greg sofort zu. »Geh nicht weg, Bell. Ich bin kein Monster. Für mich ist es schon so schwer und ...«

»Ich kann nicht in der Welt leben, die du aufbaust, Greg. Ich ertrage es nicht, wenn mir die ganze Zeit die Blicke der anderen im Rücken brennen ...«

»Die können dir doch scheißegal sein!«, platzte es aus ihm heraus. »Sollen sie dich doch hassen!«

»Für dich ist das vielleicht möglich, für mich aber nicht! Ich hatte Freunde, aber jetzt gibt es nur noch Kriecher. Ich hatte einen Freund, jetzt habe ich einen Boss. Das will ich nicht.«

»Warum begreifst du bloß nicht, dass unsere Welt untergegangen ist und nie wiederauferstehen wird?!«

»Aber wenn die Welt untergegangen ist, warum sind wir dann noch da?«, fragte sie in sanftem Ton. »Oder gibt es uns etwa auch schon nicht mehr?«

»Es gibt uns bestimmt nicht mehr in der Weise, in der es uns früher gab«, antwortete Greg, der seine Verärgerung zügeln musste. »Daran ändert sich auch nichts, wenn du woanders hingehst. Dein altes Ich wirst du nirgends wiedertreffen.«

»Aber in Kidland sind noch Kinder«, hielt Hanna dagegen. »Die kann ich doch nicht im Stich lassen.«

»Sie werden ihren Weg finden.«

»Mit Sicherheit nicht. Wenn ich unterwegs gestorben wäre, dann sähe die Sache anders aus. Aber ich habe überlebt und kann ihnen helfen ...«

»Ich kann dich vermutlich nicht vom Gegenteil überzeugen?«

»Nein, Greg«, antwortete Hanna mit entschuldigendem Lächeln, »das kannst du nicht.«

Er schwieg und schloss nach einer Weile die Augen.

»Ich frage mich die ganze Zeit, was ich eigentlich falsch gemacht habe«, sagte Greg nach einer halben Ewigkeit. »Ich würde mich ja gern bei dir entschuldigen, wenn ich nur wüsste, wofür. Natürlich habe ich Fehler gemacht ... Aber doch nicht bei dir ... Jetzt verlässt du mich, obwohl ich dich gerade mehr als je zuvor in meinem Leben brauche.«

»Du hast getan, was du für deine Pflicht gehalten hast, lass auch mich jetzt tun, was ich für meine Pflicht halte. Ich will nicht deinetwegen nach Kidland, Greg, sondern meinetwegen ...«

Da in diesem Teil der Stadt heute kaum noch jemand lebte, war es so ruhig wie in einem Herbstwald. Sie lauschten dem Summen der letzten Bienen über den Ringelblumen.

»Hast du dir Fotos geholt?«, fragte er und deutete auf das Album, das aus ihrem Rucksack herausragte.

»Ja, die würde ich gern mitnehmen.«

»Darf ich mal sehen?«

Sie reichte ihm ihren Rucksack.

Greg nahm das Album heraus und blätterte darin.

»Es war eine wunderbare Zeit ... Und all das ist erst ein Jahr her. Wie ernst du hier guckst!«

»Trotzdem war ich da glücklich ...«

Auf dem nächsten Foto waren sie alle zusammen. Tony und Dana, Greg und Hanna. Und alle lächelten.

Gregs Hand hing einen Moment starr in der Luft, bevor er weiterblätterte.

Wieder waren alle zusammen. Am ersten Mai.

Danach er und Hanna beim Weihnachtsball der Schule.

Ein Picknick in Springwood, am Fluss. Tony, noch nass nach dem Bad, hielt Dana und Hanna in den Armen.

Hanna erinnerte sich noch gut an den Tag. Er lag gar nicht weit zurück. Ein fröhliches Picknick, am Herbstanfang im letzten Jahr. Gleichzeitig war das alles schon so weit weg ...

Greg klappte das Album zu.

»Kann ich das behalten?«, fragte er.

»Klar. Bewahre es für mich auf, bis ich wieder da bin.«

»Kommst du denn zurück?«

Hanna nickte.

»Vor März?«

»Ja.«

»Das glaubst du doch selbst nicht!«

»Aber warum sollte das ...?«

»Lassen wir das! Ich gebe dir Vasco mit.«

»Du brauchst ihn doch hier!«

»Ich habe genug Leute, um Wiseville zu schützen. Vasco begleitet dich, sonst lasse ich dich nicht gehen.«

Hanna sprang auf.

»Wage es ja nicht, mir Befehle zu erteilen!«

»Ich erteile dir keinen Befehl, Bell, sondern teile dir nur Fakten mit. Du hast doch nicht allen Ernstes geglaubt, dass ich dich diese Reise allein antreten lasse? Das sind zweihundert Meilen, zweihundert verschissene Meilen. Dass du die Fahrt im Sommer überlebt hast, grenzt an ein Wunder. Leider wiederholen sich solche Wunder nur selten. Spiel dich also nicht auf! Im Übrigen würdest du an meiner Stelle genauso handeln.«

Er stand jetzt ebenfalls, sodass sie zu ihm hochblicken musste.

In Gregs Blick lag keine Härte. Auch nicht die Selbstsicherheit, die sie in den letzten Monaten darin entdeckt hatte. Nur unendliche Müdigkeit und Schwermut. Es waren die Augen eines Greises im Gesicht eines jungen Mannes. Sie blickten Hanna voller Liebe an. Die Worte, die sie ihm eigentlich an den Kopf hatte werfen wollen, blieben ihr im Hals stecken.

»Streiten wir nicht, Bell, ja?«, sagte er und lächelte sie an. Aber nicht mit seinem üblichen Lächeln, bei dem Hanna ihn am liebsten umarmen und sich an seine Schulter schmiegen wollte. Das hier war das Lächeln eines verwundeten Mannes, der seinen Schmerz verbergen wollte, um seine Liebsten nicht zu beunruhigen. »Schließlich akzeptiere ich deine Entscheidung ... Vasco und ein paar seiner Jungs werden dich begleiten. Ich gebe euch zwei Jeeps mit, einen leichten und einen gepanzerten. Proviant und Munition besorgst du dir aus dem Lager.«

Er blickte auf das Album in seinen Händen

»Danke«, murmelte er.

»Für die Fotos?«

»Für alles. Du hast mich vor etlichen Fehlern bewahrt.«

»Aber nicht vor allen.«

»Stimmt«, erwiderte er und schwang sich auf sein Motorrad. »Aber die Welt besteht nicht aus Schwarz und Weiß, Bell. Das wirst du auch noch begreifen. Eigentlich weißt du es schon, du willst es nur noch nicht wahrhaben. Wahrscheinlich hoffst du darauf, eine zweite Mutter Teresa zu werden ... aber am Ende wirst du wie ich, denn wenn man Gutes will, muss man das Böse akzeptieren. Jede Münze hat ihre zwei Seiten. Ich würde dich gern bitten, darüber nachzudenken ...«

Sie nickte.

Wenn er jetzt auf sie zukommen, sie umarmen und küssen würde, dann würde sie in Tränen ausbrechen und es sich anders überlegen. Nur ein Schritt war nötig. Ein paar zärtliche Worte ... Schwäche zu zeigen war so viel leichter ...

Aber er drehte den Zündschlüssel herum und steckte das Album in den Ausschnitt seiner Jacke. Schon in der nächsten Sekunde sah Hanna, wie Licht und Schatten auf dem Rücken seiner schwarzen Lederjacke miteinander spielten.

»Ich komme zurück«, flüsterte sie und wischte sich mit einer hastigen Bewegung über die Augen. »Ich beweise dir, dass es auch anders geht. Und ich komme zurück.«

In Wiseville hatte man sich daran gewöhnt, dass Expeditionen ausrückten, deshalb ging ihr Aufbruch ohne große Emotionen über die Bühne. Es wurde jetzt früh dunkel. Da sie im Dunkeln nicht ohne Scheinwerfer fahren konnten, es aber zu gefährlich war, diese anzuschalten, beschlossen sie, am frühen Morgen aufzubrechen. Als der Himmel im Osten sich gerade zartrosa färbte, hielten die Jeeps auf die Auffahrt zum Highway zu. Hier standen die äußersten Posten von Wiseville. Obwohl Vasco seine Drohung wahr gemacht und das Nest dieser Dreckskerle in Rightster ausgehoben hatte, wusste niemand, was ihnen auf der Fahrt bevorstand.

Der gepanzerte Jeep fuhr als Erster auf die Autobahn. Hinterm Steuer saß Marco. Zu seiner Crew gehörten Bastian und Chen, der wie heute den Platz am MG eingenommen hatte. Es folgte der voll beladene leichte Wagen mit Vasco als Fahrer. Er sagte kein einziges Wort. Und auch Hanna, die sich auf der Rückbank in die einzige freie Ecke gequetscht hatte, schwieg.

Sie fühlte sich grauenvoll.

Wie die letzte Idiotin.

Was sie hier tat, war dumm, völliger Wahnsinn, im Grunde Selbstmord. Tief in ihrem Innern wusste Hanna, dass sie sich bei ihrer Entscheidung nicht von ihrem Kopf und von Logik hatte leiten lassen, sondern von ihrem Bauch. Ändern tat das nichts.

Sie war in ihrer letzten Nacht von sich aus zu Greg gegangen und bis zum Morgengrauen geblieben. Erst eine halbe Stunde vor dem Aufbruch hatte sie ihn verlassen. Ihre Haut brannte noch immer von seinen Küssen. Aber selbst nach dieser Nacht, in der sie sich mit der Verzweiflung letztmaliger Nähe geliebt hatten, war sie bei ihrer Entscheidung geblieben.

Der blödsinnigsten in ihrem ganzen kurzen Leben. Denn sie hatte die Eigenliebe über die Liebe gestellt.

Wenn Hanna nicht sechzehn, sondern sechsundzwanzig gewesen wäre, hätte die Geschichte einen völlig anderen Verlauf genommen. Aber sie war sechzehn und ein paar Zerquetschte und wusste, dass sie die sechsundzwanzig nie erleben würde. Und es gab niemanden, den sie um Rat hätte fragen können. Die alte Welt war durch ein neues Modell ersetzt worden, und es existierten keine Gebrauchsanleitungen für sie. Ihre Intuition sagte ihr, dass sie etwas tat, das sich nicht rückgängig machen ließ und das sie später bedauern würde. Aber ihre Eigenliebe flüsterte ihr ein, es gebe nun mal keinen anderen Weg, ihre Selbstachtung zu bewahren.

So saß Hanna in dem Jeep und wischte sich verstohlen die Tränen weg.

»Hast du was gegessen?«, fragte Vasco, der sie im Rückspiegel beobachtete.

Sie schüttelte den Kopf.

»Ich hab noch einen Apfel.«

»Danke, aber ich mag nicht.«

»Und Pancakes. Die hat Miriam extra für uns gebacken.«

»Später vielleicht.«

Allein bei dem Gedanken an Essen wurde ihr schlecht.

Das war morgens jetzt immer so. Schon seit über einer Woche.

Bei der morgendlichen Sitzung des Rats war Greg überhaupt nicht bei der Sache. Ständig fragte er nach und gab wirre Antworten. Liz, die mitprotokollierte, sah ihn ungläubig an.

Ihre Tagesordnung war nicht lang.

Arbeitskleidung, ein Streit – ein frisch eingetroffenes Kind war beim Stehlen von Essen erwischt worden –, der aktuelle Vorrat an Brennstoff und der Plan zu seiner Verteilung, ein Bericht vom Krankenhaus und einer vom Kindergarten.

Normalerweise endete eine solche Sitzung nach fünfzehn oder zwanzig Minuten, aber heute hatte sie fast eine Dreiviertelstunde gedauert.

»Du brauchst mal 'ne Pause, Chief«, sagte Sam, während er seine Papiere zusammensuchte. »Schlaf dich wenigstens einmal aus. Du siehst aus wie der Tod auf Beinen!«

Greg blickte ihn mürrisch an.

»Nimm mir das nicht übel, aber du bist echt der reinste Zombie. Du musst mal abschalten. Von mir aus trink was und dann hau dich aufs Ohr. Ich pass schon auf, dass alles seinen geregelten Gang nimmt.« Er nickte zu Liz hinüber. »Sie auch. Du kannst nicht alles allein erledigen, Greg. Wenn du zusammenbrichst, ist damit niemandem gedient.«

»Die Welt würde zwar nicht gleich untergehen«, mischte sich Liz ein, »aber es würde tatsächlich alles noch schwieriger machen. Gönn dir also mal eine Pause, Greg. Und Hanna kommt schon zurück. Sie war müde. Manchmal würde ich auch gern abhauen, aber dieser werte Herr hier ...« Sie packte Sam am Nacken. »... ist einfach nicht imstande, mir ein Taxi zu rufen.«

»Hast du Alkohol im Haus?«, fragte Sam.

»Ich trinke nicht.«

»Du meinst, du hast bisher nicht getrunken«, entgegnete Sam. »Sorry, mein Freund, aber falls du es noch nicht bemerkt hast: Es ist jetzt nicht mehr in, auf seine Gesundheit zu achten. Einen Vorteil muss das neue Leben ja haben ... Geh also nach Hause, ich schick dir jemanden mit einem Fläschchen rüber. Abgemacht?«

Greg nickte.

In seinen Schläfen hämmerte es, in seiner Brust gab es nichts als Leere. Als er tief einatmen wollte, um diese zu füllen, klappte nicht mal das. Er würde doch jetzt nicht schlappmachen ... Er war der Boss, er durfte sich keine Schwäche leisten. Jedenfalls nicht vor anderen. Deshalb hatte Sam wohl recht. Am besten, er verschanzte sich heute in seinem Zimmer.

»Ich bin zu Hause«, sagte er zum Abschied.

In diesem Moment flog die Tür auf, und Jessica stürmte herein.

»Greg! Will stirbt!«

Sofort eilte Greg mit ihr aus dem Raum. Sam folgte ihm.

Will war ihr bester Jäger. Er bildete den Nachwuchs aus und war in einem Alter, das allmählich kritisch wurde. Ein Pärchen aus Südkorea, beide Programmierer, hatte ihn aus einem Waisenhaus in Südkalifornien zu sich genommen. Ein kleiner Junge aus einer armen mexikanischen Familie, von dem man nicht wusste, wann genau er eigentlich geboren worden war.

Das änderte sich gerade. Ab heute ließe sich das Geburtsdatum auf die Woche genau bestimmen. Will half das allerdings nicht mehr. Er war ein einzigartiger Jäger, der nie einen Fehlschuss abgab. Wiseville würde seinen Tod kaum verkraften. Um die Vorräte für den Winter anzulegen und die tägliche Versorgung der Stadt zu gewährleisten, waren gute Jäger eine Grundvoraussetzung. Sie mussten nicht nur schießen können, sondern auch etwas von Fallen und Fanggruben verstehen. Der stämmige Will – bei seinem Anblick musste man unwillkürlich an einen Bärenmarder denken – vergötterte die Jagd geradezu. Alles, was damit zusammenhing, beherrschte er aus dem Effeff.

»Hier lang!«, rief Jessica und bog in eine Straße ein.

Will lag in der Auffahrt seines Elternhauses. Er wand sich in Krämpfen, sein Gesicht schmolz buchstäblich. Wie Wachs. Ein paar erschrockene Kinder standen am Zaun und gafften. Neben Will hockte nur Clive. Er hielt die Hand des Jägers.

Greg setzte sich sofort neben den Sterbenden.

»Will, ich bin's!«

»Gggg... Greg«, stieß dieser aus.

»Ich bin ja da, mein Freund ...«

»Hilll... hilf mir ...« Es folgte ein Stakkato der Zähne. »Ich ertrage diese Qualen nicht ...«

Er hustete und spuckte einen Schneidezahn aus.

Greg sah Clive an.

Dieser nickte Jessica zu, die daraufhin sofort ihre Tasche öffnete, eine Ampulle aufbrach und eine Spritze vorbereitete.

Am Zaun versammelten sich immer mehr Gaffer.

Greg ergriff Wills Hand.

»Unser Bruder verlässt uns jetzt«, sagte er so laut, dass ihn auch die Kinder am Zaun hörten. »Heute beendet er sein Leben und wird zur Beute für denjenigen, der keine Gnade kennt.«

Er hielt Wills Arm fest, damit Jessica die Ader im Fleisch finden konnte, das im Zeitraffer austrocknete.

»Dein Leben war kurz, Bruder, aber es war nicht sinnlos. Du hast viele gute Taten vollbracht, nun bist du müde. Gehe in Frieden!«

Jessica injizierte die Spritze.

Will riss die Augen auf und schien in weiter Ferne etwas auszumachen.

In dieser Sekunde trat jemand hinter Greg. Als er sich umdrehte, sah er einen Jungen in einem karierten Hemd und einer warmen Weste vor sich, der ein kakifarbenes Barett trug. Es dauerte eine Weile, bis Greg der Name des Jungen einfiel. Joe. In Wiseville wurde er meist Salz-Joe genannt. Hanna hatte ihn mitgebracht. Er hatte sich damals sofort den Jägern angeschlossen. Will hielt große Stücke auf ihn.

»Darf ich …?«, fragte Salz-Joe.

Greg nickte. Der Junge hockte sich neben Will auf den Boden und nahm seine Mütze ab.

Als Jessica die Spritze aus Wills Arm zog, wich das Leben endgültig aus dem Jäger. In seinen Augen spiegelte sich nur noch Leere, aber kein Schmerz mehr. Das Gesicht schmolz nicht weiter. Es erinnerte nun an eine unvollendete Wachsbüste.

Greg erhob sich.

»Kümmere dich bitte um das Totenfeuer«, wandte er sich an Jessica. »Ist das heute unser einziger Toter?«

»Leider nein, Chief. Auch einer der Holzfäller ist gestorben.«

»Sieh zu, dass sie zusammen verbrannt werden, wir wollen kein Reisig verschwenden.«

»Geht klar.«

»Ich helfe dir mit dem Feuer«, bot sich Joe an, dessen Augen rot und verweint waren. »Will hat mich wie einen Bruder behandelt, Chief. Da würde ich jetzt gern was für ihn tun.«

»Gut, von mir aus«, sagte Greg und warf einen raschen Blick auf Jessica, die ihm sofort zunickte. »Du bist doch Joe, oder? Komm morgen mal bei mir im Hauptquartier vorbei. Wir müssen was besprechen.«

Er seufzte. Ich fühl mich wirklich wie ein Ball, aus dem alle Luft entwichen ist, dachte er. Wahrscheinlich hat Sam recht. Ich sollte was trinken und mich ausschlafen.

»Ich geh nach Hause, Jess. Wenn irgendwas ist, wende dich an Sam. Er hat bis zum Abend das Kommando.«

Greg legte eine Hand auf Salz-Joes Schulter.

»Und du denk mal darüber nach, wie du der Stadt am besten helfen kannst. Aber ich wüsste eine gute Möglichkeit, deine Schuld bei Will zu begleichen. Werde ein genauso guter Jäger wie er. Den könnten wir nämlich wirklich gut brauchen. Er müsste dann auch den Nachwuchs ausbilden …«

Joe sah Greg erstaunt an, doch dieser drehte sich bloß um und ging davon.

»Gewöhn dich da schon mal dran«, sagte Jessica, während sie ihre Utensilien wieder in die Tasche steckte. »Der Boss trifft schnelle Entscheidungen. Er macht selten einen Fehler und hasst es, wenn jemand etwas ablehnt.«

»Aber ich …«, setzte Joe an. »Ich bin doch erst seit Kurzem …«

»Will hat behauptet, du verstehst was vom Jagen«, teilte Jessica ihm mit. »Nun beweis es! Nicht mir, nicht dem Boss, sondern in erster Linie dir selbst!«

Zu Hause fiel Greg die Decke auf den Kopf.

Jetzt wusste er, was echte Einsamkeit bedeutete.

Greg dachte nur selten daran, dass es bis März nicht mehr lange hin war. Und dass es sein letzter März sein würde. Seine Pflichten ließen ihm keine Zeit für solche Grübeleien. Die Ereignisse überschlugen sich, wann wollte man sich da noch mit einem Urteil beschäftigen, das eh nicht angefochten werden konnte?

Außerdem hatte ihm Hanna bisher in dem ganzen Chaos Halt gegeben. Warum hatte er sie gehen lassen? Warum hatte er sie nicht aufgehalten?

Was für eine Riesendummheit! Wenn er gewusst hätte, wie schwer es ohne sie für ihn werden würde …

Wenn er nicht siebzehn, sondern siebenundzwanzig gewesen wäre, hätte das alles wohl einen anderen Lauf genommen, denn mit siebenundzwanzig begreift ein Mann langsam das Verhalten einer Frau. Jedenfalls wenn er kein kompletter Idiot ist. Aber er war siebzehn. Trotz allem, was er in seinem Leben schon durchgemacht hatte, war er erst siebzehn Jahre alt.

Er tigerte durchs Wohnzimmer und spielte verschiedene Pläne durch. Einer war dämlicher als der andere. Unrealistisch und wahnsinnig.

Er konnte Hanna schon jetzt kaum noch einholen, und mit jeder Minute vergrößerte sich der Abstand zwischen ihnen.

An der Tür klopfte es.

Es war Sams Kurier, ein vielleicht siebenjähriger Junge, der ernst dreinblickte und vor Stolz fast platzte, etwas beim Chief persönlich abliefern zu dürfen.

Unwillkürlich musste Greg lächeln.

»Danke schön!«, sagte er und hielt dem Jungen die Hand hin. Verschwitzte Finger streiften sie fast kraftlos. »Du hast deinen Auftrag erledigt, jetzt kannst du wieder gehen.«

Sofort raste der Junge davon.

Die Tüte enthielt eine Flasche echten schottischen Malt und ein paar Äpfel.

Obwohl Greg keinen Alkohol mochte, wollte er diesen Whisky kosten. Er war dabei, in Einzelteile zu zerfallen. Wenn der Malt ihm tatsächlich half, sich wieder zusammenzusetzen, würde ihm das nur recht sein.

Irgendwie hatte es sich ergeben, dass sie die Pappbecher im Bad aufbewahrten. Eigentlich mochten sie überhaupt kein Einweggeschirr. Da es das Zeug aber in Unmengen gab und sie dann keine Teller spülen mussten, griffen sie immer wieder darauf zurück, vor allem da sie das Wasser erst aus der Nachbarstraße heranschaffen mussten. Dort gab es einen alten Brunnen.

Auf dem Weg ins Bad entkorkte Greg die Flasche. Er schenkte sich einen Becher ein, trank den ersten Schluck, schmeckte aber nicht das Geringste. Sofort schenkte er nach. Dabei fiel ihm der Korken aus der Hand und rollte unter das Waschbecken. Greg stellte die Flasche auf den kleinen Tisch und bückte sich nach dem Korken. Dabei entdeckte er noch einen merkwürdigen Plastikstreifen mit einem Fenster und Strichen darin.

Ein Schwangerschaftstest.

Er wollte hochschnellen, stieß sich aber nur den Kopf am Waschbecken und fauchte wie ein Kater. Anschließend eilte er ans Fenster, um sich das Ergebnis anzusehen.

»O Scheiße!«, stieß er aus und ließ sich auf den Rand der Badewanne plumpsen. Seine Hand zitterte, seine Knie waren watteweich, und er atmete nur noch stoßweise.

»Scheiße!«, sagte er noch einmal und legte den Kopf in den Nacken, um zur Decke hochzustarren und erneut zu krächzen: »Scheiße! Scheiße! Scheiße!«

Auf dem Weg zurück nach Kidland meinte Hanna, ihren Weg nach Wiseville als Film vor sich ablaufen zu sehen, nur rückwärts. Sie erkannte Orte und Einzelheiten wieder, aber wie ein Mensch, der am Rand eines überdimensionalen Schlachtfelds steht, ergab sich für sie kein Gesamtbild mehr.

Erst jetzt, als sie mit Vasco und seinen Jungs über die mit Mumien gespickten Straßen einer toten Welt fuhr, begriff sie das ganze Ausmaß der Veränderungen in ihrer eigenen Wahrnehmung. In ihrer inneren Welt.

Die Möglichkeit, jederzeit aus tausend unterschiedlichen Gründen zu sterben, löste mittlerweile keine Panik mehr in ihr aus. Sie lähmte sie auch nicht. Stattdessen war sie heute durchdrungen von dem Willen, jeder nur denkbaren Gefahr zu trotzen.

An die neue Welt hatte sie sich gewöhnt, an die Zerstörung und die Toten, an die Grausamkeit und grundlose Aggression. Wie alle Menschen konnte auch sie sich an jedes Milieu anpassen.

Eine Sache aber gab es, die sie nicht ertrug: das Fehlen von Hoffnung. Wie sollte man sich daran gewöhnen, den exakten Zeitpunkt des eigenen Todes zu kennen?

Darüber dachte Hanna lieber nicht nach.

Gerade schlängelten sie sich durch die Wrackteile des abgestürzten Flugzeugs hindurch. Tausende von Krähen kreisten über den Überresten der Maschine und ihrer Passagiere. Der Himmel war schwarz von ihnen. Die Vögel stießen ein ekelhaftes Krächzen aus, ihr Flügelschlag klang wie das Tosen eines Wasserfalls.

»Und hier bist du schon gewesen? Allein?«, fragte Vasco, während er den Kopf ständig herumriss. »Santa Maria!«

»Welchen anderen Weg hätte ich sonst nehmen sollen?«

Obwohl längst alles um sie herum mit Vogelkot überzogen war, verzierte der über ihnen in der Luft hängende Schwarm die Gegend großzügig weiter mit seinen grauen, stinkenden Exkrementen. Vasco gab unwillkürlich Gas. Als wollte er einem Kugelhagel entkommen. Trotzdem trug die Windschutzscheibe etliche Flecken von dem davon, was da vom Himmel fiel.

Sie näherten sich der Ausfahrt.

»Sind dir die Kerle eben aufgefallen, Kommandant?«, erkundigte sich Marco übers Walkie-Talkie.

»Nein.«
»Die waren rechts von der Ausfahrt. Aber wahrscheinlich haben sie es sich anders überlegt, als sie das MG gesehen haben.«
»Hauptsache, sie sind jetzt weg. Dann brauchen wir uns nicht weiter um sie zu kümmern!«
Sie kamen gut voran. Selbst die Mautstellen stellten für den Jeep kein Hindernis dar. Einmal malte sich Hanna aus, sie hätte diese Fahrt tatsächlich allein angetreten, ohne Vasco und seine Jungs. Sofort wurden ihre Knie weich. Mit seiner Entscheidung, ihrem ambitionierten Heroismus einen Dämpfer zu verpassen, hatte Greg ihr das Leben gerettet.

Die Städte, an denen sie vorbeikamen, schienen alle verlassen zu sein. Vielleicht versteckten sich die Überlebenden aber auch nur, sobald sie sich näherten, denn der Wagen mit dem MG und dem finster dreinblickenden Mann an der Waffe lösten nicht gerade den Wunsch nach näherer Bekanntschaft aus. Vielleicht gab es aber auch wirklich niemanden, der sich noch hätte verstecken können.

Überall Brandspuren und ausgebrannte Autos, dazu in Hauswänden Kugeleinschläge. Fast in jeder Stadt, durch die sie fuhren, eingeschlagene Schaufenster, sperrangelweit aufstehende Türen und in den Grünanlagen verteilte Konsumgüter. Sichere Indizien für Plünderung. Die Randalierer selbst waren jedoch wie vom Erdboden verschluckt. Zum Glück, denn sie mussten bei Einbruch der Dunkelheit ihr Nachtlager direkt auf einer Straße aufschlagen. Vasco wollte kein Risiko eingehen und verbot, die Scheinwerfer auch nur fürs Essen einzuschalten. Als einziges strahlendes Auto wären sie natürlich sofort aufgefallen. So aber boten ihnen die Hunderte erloschener Wagen eine perfekte Tarnung. Obwohl die Nacht ruhig verlief, schliefen sie wenig und fuhren bereits im ersten Morgengrauen weiter.

Die Schwierigkeiten begannen am frühen Nachmittag, kurz vor Kidland. Der Highway teilte sich hier in fünf große Straßen, und diese fächerten sich in kleinere auf. Ein Teil führte nach Westen, andere nach Norden oder Süden.

Das bedeutete jede Menge Abzweigungen, Auffahrten, Ausfahrten, Mautstellen – und Unmengen von liegen gebliebenen Autos.
Yard für Yard kämpften sie sich vorwärts.

Etwas Gutes hatte diese Tortur aber: Da die meisten Tanks noch voll waren, konnten sie endlich ihre Vorräte auffüllen. Außerdem nutzte Hanna die Zeit, um die Karte zu ergänzen und Werkstätten, Geschäfte sowie die unzähligen Shopping Malls einzutragen. Für alle Fälle …

Danach folgten sie der Ausschilderung zum Vergnügungspark. Hanna lief eine Gänsehaut über den Rücken. Die Erinnerungen an die schrecklichen Stunden dort kehrten zurück.

Die Mumie ihrer Mutter.

Die Mumie ihres Vaters.

Der qualvolle Tod ihres kleinen Bruders.

Kurz darauf fuhren sie bereits durch das Tor von Kidland.

Wenn man nicht genauer hinsah, schien sich nichts verändert zu haben, seit Hanna von hier aus mit dem Pick-up ihres Vaters nach Wiseville aufgebrochen war. Ein zweiter Blick suggerierte jedoch, dass hier eine Horde Affen gewütet haben musste.

Eingeschlagene Fenster, abgefackelte Autos oder umgekippte Wagen, mit eingetretenem Dach, verbogenen Türen …

»Seid ja auf der Hut!«, befahl Vasco. »Notfalls schießt, aber ohne zu töten.«

Inzwischen hatte Marco ihn am Steuer abgelöst, sodass er auf den Seitenlehnen der Sitze stehen und mit seiner geliebten MP im Arm zur offenen Dachluke des Wagens herausspähen konnte.

Sie bogen nach links ab. Zum Hotel.

»Scheiße aber auch!«, stieß Vasco aus. »Wie bitte ist das denn zu verstehen?!«

Das Hotel war bis auf die Grundmauern niedergebrannt.

Ein verkohltes Skelett schaute sie mit entglasten Fenstern an. Die Flammen hatten auch die Rahmen geschmolzen, an den Fassaden klebte noch eingetrocknetes Metall. Das Dach fehlte völlig, der Himmel lugte ungehindert in die Ruine.

Ein ekelhafter Brandgeruch hing in der Luft. Die Sonne verschwand bereits hinter dem Turm des Schneewittchenschlosses, bald würde es stockdunkel sein.

»Glaubst du, die Kinder leben noch?«, fragte Vasco.

»Ganz bestimmt«, antwortete Hanna. »Ich bin mir sogar sicher, dass sie uns längst bemerkt haben und beobachten.«

Den quadratischen Platz vor dem Hotel säumten noch andere Gebäude. Ein riesiger Brunnen in seiner Mitte symbolisierte das Ende der Welt der Erwachsenen. Eine vierspurige Straße führte von hier aus weiter zu den Hauptattraktionen, den Restaurants, den Läden mit Süßigkeiten, Spielzeug und Souvenirs. Ein Königreich der Kinder ...

In dem Moment durchbrach ein gleichmäßiges tiefes Hämmern die angespannte Stille.

Als ob jemand einen Gong schlagen würde.

»Achtung!«, schrie Marco. »Da! Links!«

Sofort riss Chen das MG herum und hielt nach einem Feind Ausschau.

»Wehe, du schießt!«, kreischte Hanna. »Chen! Du darfst nicht schießen!«

Abermals erklang dieses Geräusch.

»Rechts!«

»Vorn!«

In wenigen Sekunden waren sie umstellt.

Hannas Hirn arbeitete wie ein Computer und suchte nach einer Lösung. Plötzlich machte sie zwei bekannte Gesichter aus.

»Ich hasse Babys«, sagte das Mädchen und warf sich die nächsten Schokoflakes ein. »Ich hatte einen Bruder, der hat die ganze Nacht geschrien ... Jetzt hat er damit aufgehört.«

Sie kicherte.

»Was glotzt du so, du Hure?! Dir kommt niemand zu Hilfe, da kannst du schrei'n, wie du willst. Denn es gibt niemanden mehr. Wir bringen dich jetzt um, ohne dass uns irgendwas passiert! Ist doch nicht so schwer zu begreifen, oder? Ich hab hier das Sagen, und du gefällst mir nicht. Noch bildest du dir vielleicht was darauf ein, wie hübsch du bist ... Aber das bist du nicht mehr lange!«

Sie wurden angegriffen.

Gezielt angegriffen. Die Bewohner in diesem Vergnügungspark, Kinder von sieben aufwärts, hatten sich mit allem bewaffnet, was sie finden konnten, mit Stöcken und Stangen, Brettern voller herausragender Nägel oder selbst gebastelten Lanzen. Die Vertilgerin von Schokoflakes führte das Kommando und dirigierte ihre Meute nicht schlechter als einst der Rattenfänger die Kinder von Hameln.

Auf ihren Befehl hin hämmerten diese Rowdys auf die beiden Autos ein. In einem präzisen Rhythmus.

Dann hob die Anführerin die Hand. Sofort prasselten Steine auf die Jeeps, geworfen aus den eingeschlagenen Fenstern des Hotels.

Chen ging zu Boden, noch ehe er das MG betätigt hatte, dessen Lauf nun hoch zum Himmel zeigte. Sein Bandana färbte sich rot.

Aus der Menge schleuderte jemand eine zugespitzte Metallstange auf Vasco. Die improvisierte Lanze bohrte sich in seine Schulter, als er gerade feuern wollte. Er sackte auf den Sitz zurück. Die Salven seiner MP fügten niemandem mehr Schaden zu …

Ein Pflasterstein zertrümmerte die Windschutzscheibe.

Hannas Hände waren schweißnass, sodass sie die Waffe kaum noch zu halten vermochte. Ein schwerer Metallgegenstand flog durch die Luft und traf den Jeep, der daraufhin erbebte.

Vasco rappelte sich wieder hoch und schob sich abermals durch die Dachluke des Jeeps. Die MP hielt er nun in der unverletzten Hand.

Hanna hielt ihre Waffe geradezu krampfhaft fest und legte den Finger auf den Abzug.

Die Zeit für Überlegung und Zweifel war vorbei.

Sie zielte auf die Anführerin und drückte ab. Blei schoss durch die Luft und traf etliche der Angreifer, doch ihre eigentliche Gegnerin schaffte es in letzter Sekunde, sich in Deckung zu bringen. Der Junge an ihrer Seite, dieser Tom, packte sie und zog sie fort, wobei er gleichzeitig Hanna mit Pistolenkugeln bedachte.

Daraufhin ratterte Vascos MP los. Tom schwankte und stolperte.

Mit heulendem Motor rammte der Jeep nun seine Stoßstange in die Meute und rollte über alle, die sich nicht rechtzeitig hatten in Sicherheit bringen können.

Der Gegenschlag erfolgte umgehend. Ein Kanister mit einem brennenden Lappen landete auf dem zweiten Jeep, eine Flamme züngelte hoch, doch die Explosion blieb zum Glück aus. Es knallte. Bastian streckte den Jungen, der diesen Riesenmolli geworfen hatte, mit einem Kopfschuss nieder.

Als ein anderer Junge einen zweiten Kanister vorbereitete, unterlief ihm ein Fehler, sodass es noch in der Meute der Angreifer zu einer Explosion kam. Das Pack stob auseinander.

»Feuer frei!«, brüllte Vasco, während er selbst die wildesten und am besten bewaffneten Gegner mit seinen Salven auszuschalten versuchte.

Marco kämpfte sich zum MG vor und nahm die Steineschmeißer im Hotel ins Visier. Die Kugeln schlugen in die Fassade ein und flogen durch die Fenster, irgendwo splitterte Glas, Putz bröckelte ...

Da endlich gab die Anführerin den Befehl zum Rückzug. Die Menge floh genauso schnell, wie sie zuvor angerückt war.

Hanna sprang aus dem Wagen und eilte ihr in geduckter Stellung hinterher. Bastian und Marco folgten ihr sofort.

Als sie um eine Ecke bogen, hätte dieser Tom sie beinahe abgeknallt, doch Marco reagierte sofort und schlug dem Jungen mit dem Schaft seiner MP die Waffe aus der Hand. Bastian knockte ihn anschließend mit einem Tritt aus.

Die Anführerin blieb jedoch verschwunden.

Hanna fauchte vor Wut und hielt wie wild nach ihr Ausschau. Wo steckte die bloß?!

Ohne sie wurden ihre Soldaten immerhin wieder zu Kindern, zu verängstigten kleinen Menschen, die in Panik die Flucht ergriffen. Zu früh durften sich Hanna und die anderen allerdings nicht freuen. Wenn sie die Anführerin nicht schnappten, mussten sie jederzeit mit einem neuen Angriff rechnen.

Hanna kochte vor Wut. Der Gedanke, dass sie eben beinahe getötet worden wäre oder selbst getötet hätte, stachelte dieses Gefühl nur noch an. Endlich hatte sie ihre Angst überwunden! Nun würde sie sich diese widerliche Kreatur schnappen und dafür sorgen, dass diese niemals wieder irgendwen ermordete!

Mit gesenkter Waffe sah sie Bastian und Marco an, die auf ihren Befehl warteten.

»Wir müssen sie erwischen«, zischte Hanna, und ihre Stimme zitterte vor Hass. »Tot oder lebendig. Aber besser lebend. Mit der habe ich nämlich noch was vor!«

In der ehemaligen Bibliothek war es klamm und kalt, aber immerhin wärmer als in jedem anderen Gebäude in Kidland. Im Kamin brannte ein Feuer, das sogar ein Gefühl von Behaglichkeit verströmte. Fast wie zu Hause ...

Nur war ihr Zuhause weit weg, während die Probleme zum Greifen nah waren.

Greg wüsste, was nun zu tun wäre, ging es Hanna durch den Kopf. Bei ihm wären die Kinder aus dem Vergnügungspark in guten Händen.

Aber Greg war nicht da und würde auch nicht kommen.

»Wie geht es jetzt weiter?«, fragte Vasco und verzog das Gesicht. Jeder Versuch, seine Hand zu bewegen, verursachte ihm höllische Schmerzen. »Die haben nicht mal Vorräte für den Winter angelegt. Ich vermute ...« Er wechselte einen Blick mit Marco, bevor er fortfuhr. »Also ich denke ... dass sie die ganz kleinen Kinder gegessen haben.«

Hanna schloss die Augen.

Diese Worte schienen ihr den Boden unter den Füßen wegzuziehen.

Dabei musste sie doch eine Entscheidung treffen. Handeln.

Sie hatte sich nicht um Macht gerissen – diese war von sich aus zu ihr gekommen, um sie mit der tonnenschweren Last der Verantwortung zu Boden zu drücken.

»Die haben eine Art Opferaltar gebaut«, fuhr Vasco fort. »Offenbar hatten sie überhaupt nichts mehr zu essen und ...«

»Wie kommst du darauf?«

»Marco hat Knochen gefunden. Daraufhin habe ich ein paar Erkundigungen eingezogen ...«

»Bei ihr?«

»Nein, bei anderen Kindern.«

»Erst wollten sie nicht mit der Sprache rausrücken«, mischte sich Bastian ein. »Aber schließlich hat doch ein Mädchen gesungen ...«

In ihrem Gefühl, völlig ohnmächtig zu sein, hätte Hanna am liebsten laut aufgeschrien.

Zweihundertfünfundsiebzig Jugendliche und zweihundertdreizehn Kinder unter zehn. Fast fünfhundert Menschen, die Nahrung, Kleidung und Brennmaterial für den Winter brauchten. Tonnenweise. Holz. Medikamente. Waffen. In wenigen Wochen mussten sie hier vollbringen, wofür Greg und die anderen in Wiseville fast fünf Monate Zeit gehabt hatten. Der Vergnügungspark lag zwar zweihundert Meilen südlich, aber das bedeutete ja nicht, dass hier tropische Wärme herrschte. Der Winter würde kalt werden. Vielleicht nicht ganz so kalt wie in Wiseville, aber trotzdem. Mit etwas Glück blieb ihnen ein Monat für die Vorbereitungen. Was wollten sie in der knappen Zeit auf die Beine stellen?

»Wie geht es Chen?«, fragte Hanna.

»Von ihm ist momentan keine Hilfe zu erwarten«, antwortete Vasco. »In einer Woche sieht die Sache hoffentlich anders aus.«

»Ich habe eine Bitte an dich«, wandte sich Hanna daraufhin an Bastian.

»Welche?«

»Könntest du rausfinden, ob schon jemand von ihnen Auto fahren kann? Oder es sich zutraut.«

»Wie viele Fahrer brauchst du?«

»Zehn wären nicht schlecht. Dazu noch einige Pick-ups. Es wäre prima, wenn du gleich morgen die Gegend erkunden könntest. Hier überstehen wir den Winter niemals. Wir müssen zurück nach Wiseville, und zwar so schnell wie möglich.«

»Zu Befehl!«

»Marco, du kümmerst dich darum, dass Posten eingeteilt werden und jemand auf die Jagd geht. Vielleicht haben ein paar Jungen ja schon mal ihren Vater begleitet ... Am besten hältst du nach ein paar kräftigen Burschen Ausschau.«

»Am besten pickst du dir die raus«, warf Vasco ein, »die aggressiv wirken. Die Schlägertypen. Denen gegenüber setzt du dich zwar nicht so leicht durch, trotzdem sind das genau die Jungs, die du brauchst.«

Marco nickte.

»Wann willst du nach Wiseville aufbrechen?«, erkundigte sich Bastian bei Hanna.

»Sobald wir alles vorbereitet haben.«

»Wenn du mich fragst, sollten wir die ganze Sache völlig anders angehen«, erwiderte er. »Wir müssen ja nicht drei Wochen lang durch die Wüste! Vor uns liegen lediglich zwei Tage Fahrt! Warum bringen wir die Kinder nicht in mehreren Touren nach Wiseville? Das wäre doch viel leichter.«

»Überzeugt mich nicht«, widersprach Vasco. »Die Wagen würden leer aus Wiseville zurückkehren. Wozu Benzin verschwenden? Außerdem will ich diese Horde nicht unbeaufsichtigt lassen, sonst geht am Ende der Kannibalismus wieder los. Aufteilen sollten wir uns aber auch nicht. Wahrscheinlich würden sie das als Einladung begreifen, um den nächsten Aufstand zu proben.«

»Du hast recht«, stimmte Hanna ihm zu. »Bei ihnen muss man mit allem rechnen, schließlich haben sie sich schon gegenseitig abgeschlachtet. Wenn wir aufbrechen, dann alle zusammen. Bleibt die Möglichkeit, den Winter hier zu überstehen …«

»Das müsste notfalls gehen.«

»Moment mal! Diese Horde hat bereits Blut geleckt. Buchstäblich. Die reißen uns doch bei der erstbesten Gelegenheit die Eingeweide raus! Wie sollen wir die in Schach halten?«

»Indem wir ihnen einen Boss präsentieren«, erklärte Vasco. »Jemanden, den sie fürchten. Wer Schiss hat, gehorcht. Demokratie und Humanismus können wir uns bei denen nicht leisten. Suchen wir uns deshalb die stärksten Typen aus und geben ihnen die Befehlsgewalt über die anderen, lassen sie aber nicht im Zweifel darüber, wer hier eigentlich das Sagen hat. Guck mich nicht so an, Hanna! Alle Banden handhaben das so, aber auch die Armee und sogar Sportmannschaften. Du bringst diese durchgeknallte Meute nicht dazu, nach deiner Pfeife zu tanzen, ihre eigenen Schläger schaffen das aber mühelos. Bestimme die Unterbosse und lass sie für dich die Menge zähmen, pack die dann aber bei den Eiern!«

»Den Rat solltest du dir zu Herzen nehmen«, empfahl Bastian ihr, um dann besorgt zu fragen. »Was ist? Stimmt irgendwas nicht? Du bist kreidebleich …«

»Bist du verletzt?«, fragte auch Vasco gleich und fasste nach ihrem Arm. »Oder krank?«

»Nein, es ist alles in Ordnung.« Ihr Magen war mal wieder auf dem Weg zu ihrer Kehle. »Mir ist nur etwas schwindlig.«

»Aber du bist nicht krank?«, hakte Vasco nach.

»Nein, wirklich nicht.«

»Dann machen wir uns mal an die Arbeit«, sagte Bastian.

Marco stand bereits auf.

»Nein«, widersprach Hanna. »Zuerst erledigen wir noch etwas anderes.«

Sie hatte ihre Entscheidung getroffen. Sie war sich sicher, dass es die richtige war. Unbedingt.

»Ruft ihr bitte alle zum großen Platz? Und du, Vasco, begleitest mich!«

Marco hatte die Anführerin bei ihrer Gefangennahme wirklich gut verpackt. Bei ihrem Anblick musste Hanna prompt an eine überdimensionale Rolle Tesafilm denken. Sie riss ihr den Streifen vom Mund. Schmerz und Wut ließen ihr Gegenüber fauchen.

»Erinnerst du dich noch an mich?«, fragte Hanna.

»Ich hätte dich damals kaltmachen sollen!«

»Das ist ein klares Ja. Weißt du, warum ich gekommen bin?«

»Mir doch scheißegal, du Schlampe!«

Hanna überging die Beschimpfung.

»Ich bin gekommen, um dir mitzuteilen, dass du zum Tode verurteilt bist.«

»Von wem das denn bitte?!«

»Von mir.« Hanna zeigte auf Vasco. »Und von ihm. Von allen, die durch deine Schuld gestorben sind. Von allen, die du und deine Freunde gegessen haben.«

Die Gefangene bedachte Hanna mit einem Blick voller Hass und Verachtung.

»Ich leg mich doch nicht mit einer Schlampe wie dir an«, sagte sie dann in fast zärtlichem Ton. »Wir kratzen eh alle ab, deshalb geht mir dein Urteil am Arsch vorbei … Ob ich einen Monat früher oder später verrecke, interessiert mich nicht, Hauptsache, ich hatte meinen Spaß. Kapier also endlich, dass mir alles egal ist! Mir tut niemand leid, klar?! Und ich bedaure überhaupt nichts!«

Sie kicherte unvermittelt los. Wie ein kleines Mädchen.

»Ich hatte noch nie so viel Spaß wie in den letzten Monaten! Das war so cool!«

»Zu schade, dass ich dich damals nicht getroffen habe …«

»Zu schade, dass wir uns nicht noch weiter mit dir vergnügt haben!«

Hanna zog die Pistole aus dem Halfter und schnitt mit einem Messer das Klebeband an den Füßen der Gefangenen durch.

»Steh auf!«, befahl sie.

»Willst du mich nicht lieber tragen?«, fragte die Ex-Anführerin grinsend. »Ich bin dir doch nicht etwa zu schwer?«

»Durchaus nicht!«, erwiderte Hanna, packte sie bei den Haaren und schleifte sie zur Tür. »Schnapp dir den Jungen, Vasco!«

Tom jaulte vor Panik. Rotz lief ihm über das Klebeband vor seinem Mund. Vasco riss ihn mit seiner unverletzten Hand hoch und trieb ihn mit Fußtritten vor sich her.

Als die beiden mit ihren Gefangenen zu dem Platz kamen, hatten sich dort bereits einige Hundert Jungen und Mädchen unterschiedlichen Alters versammelt. Es strömten aber immer noch mehr herbei.

Als die Menge ihre gefesselte Anführerin sah, heulte sie höhnisch auf. Tom wurde ebenfalls mit Gejohle und Beschimpfungen empfangen. Hanna übergab die beiden an Bastian und Marco, kletterte auf einen ausgebrannten Pick-up und hob einen Arm.

»Ruhe!«, rief sie. »Ich hab euch was zu sagen.«

Sofort verstummten alle.

»Das, was hier geschehen ist, wird sich nicht wiederholen«, begann Hanna. Obwohl sie ihre Stimme nicht erhob, verstanden sie alle. »Man darf keine kleinen Kinder töten. Man darf sie nicht essen. Man darf nicht vergewaltigen. Wenn ihr leben wollt, müsst ihr dafür arbeiten. Jeder von euch, sonst sterbt ihr. Daran können wir euch natürlich nicht hindern, aber wir werden nicht mehr zulassen, dass die Starken die Schwachen ermorden. Wir werden nicht zulassen, dass ihr zu Tieren werdet …«

Hanna gab Marco und Bastian ein Zeichen, die daraufhin die beiden Gefangenen auf die Ladefläche eines Pick-ups zogen und sie zwangen, sich dort hinzuknien. Der Ex-Anführerin hatten sie inzwischen den Mund wieder verklebt. Nun nagte sie verzweifelt an dem Band, brachte aber nur merkwürdige Schmatzgeräusche zustande. Tom winselte bloß. Tränen liefen über seine dreckigen Wangen.

»Zu Tieren, wie diese beiden hier!«

Hanna zog ihre Pistole.

»Wir sterben alle, wenn wir nicht zusammenhalten. Wir sterben, wenn wir uns gegenseitig bekämpfen. Deshalb werde ich persönlich jeden erschießen, der sich nicht den Gesetzen des … den Gesetzen des Stammes unterordnet! Ich bin die Mutter eures Stammes, und ich verurteile diese beiden zum Tod!«

Die Ex-Anführerin riss den Kopf herum, um Hanna anzustarren. Das Haar war ihr in die Stirn gefallen, zwischen den Strähnen funkelten hasserfüllt ihre Augen durch.

Hanna hielt ihr die Pistole an die Schläfe. Die Todeskandidatin versuchte sie mit einem Kopfstoß wegzudrücken.

»Verreck als Erste!«, krächzte Hanna und drückte den Abzug.

Die Ex-Anführerin knallte auf die Ladefläche.

Der zweite Schuss mähte Tom nieder. Eine rosafarbene Fontäne spritzte aus seiner Augenhöhle auf.

»Was ich sage, ist Gesetz.« Hannas Knie zitterten, aber ihre Stimme war hart. »Mit Marco, Chen, Bastian und Vasco bestimme ich vier Bosse. Sie werden meine Augen und Arme sein und darauf achten, dass sich alle an dieses Gesetz halten! Wir besorgen genug Proviant, treiben Autos auf und fahren dann alle nach Wiseville. In dieser Stadt hungert niemand.«

Plötzlich lag ein unerträglicher Geruch in der Luft. Pulver, verbrannte Farbe, Blut und Angst.

Der Boden unter dem fahrbaren Schafott bebte.

Verständnislos sah Hanna sich um. Zitterte sie, oder zitterte die Erde? In dieser Sekunde donnerte es derart, dass auch noch die letzten Fenster in den Häusern barsten.

Die Menge kreischte.

Es donnerte ein zweites Mal.

Die Krähen schrien markerschütternd und schlugen wild mit den Flügeln. Ein gewaltiger Schwarm stieg von den Dächern und Bäumen auf, um am Himmel einen grauenvollen Reigen aufzuführen.

Marco stürmte zum Rand des Platzes, um die Quelle des Donners auszumachen. Sie lag im Norden. Die versammelte Meute war in Panik erstarrt und stierte hoch zu dem krächzenden Schwarm über ihr.

»Diesen Tag dürft ihr nie vergessen!«, schrie Hanna und riss die Hand mit der Pistole hoch.

Dann bemerkte sie Marcos Gesicht, der sich zu ihr zurückgedreht hatte. Er war kreidebleich. Da begriff sie, dass etwas wirklich Schreckliches geschehen war.

So schrecklich, dass sogar der unerschütterliche Marco in Panik geriet.

Sie sprang vom Pick-up, ohne ihre Rede zu beenden, und eilte zu ihm.

Das, was nie hätte geschehen dürfen, war geschehen!

Im Norden, genau zwischen ihr und Wiseville, erblühte ein Atompilz.

BUCH 3
BELKA

KAPITEL 1

Gefühlsduseleien

Ein rasanter Flug. Genauer kein Flug, sondern ein freier Fall in die Tiefe, der lediglich von jener merkwürdigen Konstruktion über Tims Kopf etwas abgefangen wurde. Obwohl sie gleich zu Beginn einen Riss davongetragen hatte, war es allein ihr zu verdanken, dass Belka und Tim nicht wie ein Stein in die Tiefe schossen, sondern spiralförmig nach unten sackten. Weder Belka, die nicht die geringste Ahnung hatte, was hier überhaupt vor sich ging, noch Tim, der sich ja einiges übers Fliegen angelesen hatte, wusste, dass diese Figur, die sie da gerade beschrieben, in der Vergangenheit als Trudelflug bezeichnet worden war.

Belka war noch immer benommen und tat nichts, um Tim zu helfen, ihr Leben zu retten. Andererseits: Was hätte sie auch tun können? Mit auf den Rücken gefesselten Händen ... So beherrschte sie nur ein Gedanke: Hauptsache, Tim lässt mich nicht los!

Aber auf ihn war Verlass. Er hielt sie fest umklammert und presste sie nach jedem Überschlag nur noch fester an sich.

Der Deltasegler befand sich zwischen zwei Gebäuden, die so eng beieinanderstanden, dass er beinahe die von Kletterpflanzen überzogenen Fassaden berührt hätte. Die Fenster huschten an Tims Augen vorbei, um sich dann wieder mit dem Himmel und dem Boden abzuwechseln.

Irgendwann blieben die beiden dann tatsächlich an der grünen Wand hängen. Immerhin bremste das ihren Sturz! Für den Bruchteil einer Sekunde schienen sie sogar völlig reglos in der Luft festzustecken, dann aber wurde Tim geradezu gegen die Hauswand geschleudert. Die ersten Riemen rissen, die Metallbefestigung brach auseinander ...

Sie rutschten die Wand hinunter. Abgerissene Äste und Blätter markierten ihren Weg. Ein weiterer Riemen riss. Belka drehte den

Kopf, um die Lage einzuschätzen: Der zerstörte Flugapparat hing im Grün, während sie nach unten sausten, fest aneinandergeklammert, ohne dass noch irgendetwas ihren Sturz abgebremst hätte.

Und dann wurde Tims linker Arm nach oben gerissen. Er keuchte auf und fuhr auf der Suche nach einem Halt panisch damit durch die Luft. Vergeblich. Es rauschte in ihren Ohren, mit jeder Sekunde nahmen sie Tempo auf.

Mit einem Mal wurden sie beide von irgendetwas derart abrupt nach oben katapultiert, dass Belka sich überschlug und anschließend kopfüber an Tim hing. Sofort ging es wieder abwärts. Viel fehlte nicht mehr bis zum Aufprall ... Belka wollte schreien, brachte jedoch keinen Ton hervor. Stattdessen entglitt sie Tims Umklammerung. In letzter Sekunde kriegte er jedoch die Kapuze ihres Hoodys zu fassen ... Der Stoff riss, aber da schleiften Belkas Arme bereits über den dichten Grasteppich. Als sie sich mehrmals überschlug, schien jeder einzelne Knochen in ihrem Körper mit dem Boden Bekanntschaft schließen zu wollen.

Wenn sie ein paar Pfund schwerer gewesen wäre, hätten kaum Chancen bestanden, dass sie dieses Manöver überlebte. Sie war jedoch leicht, muskulös und gelenkig wie ein Wiesel. Oder wie ein Eichhörnchen. Nicht umsonst trug sie den Namen dieses Tiers ... Außerdem gab es hier keinen Beton und keine großen Steine, sondern einen dicken Grasteppich. Nachdem sie rund dreißig Meter hinter sich gebracht hatte, blieb sie endlich liegen. Wie erschlagen.

Tim hatte weniger Glück.

Als er mit seiner malträtierten Konstruktion unten ankam, trieb der Wind ihn weiter durch die Straße, direkt auf eine Betonwand zu. Bevor er gegen sie knallte, las er noch eine Aufschrift: Parkplatz.

Dann wurde er ohnmächtig.

Noch ehe Tim die Augen aufschlug, war ihm klar, dass ihn jemand trug. Allerdings war es eine Sache, wenn das jemand voller Sorge tat, auf den Armen oder einer Trage, aber eine ganz andere, wenn dich jemand unter die stinkende Achsel geklemmt hatte wie einen eingerollten Teppich.

Tim fühlte sich gerade wie ein Teppich.

Der Mann, unter dessen Arm er steckte, stank wie eine vergammelte Leiche oder ein verfaulter Fisch oder was auch immer. Womit man den Geruch verglich, spielte überhaupt keine Rolle: Er blieb ja doch! Es würgte Tim, doch gab es kein Entkommen. Nachdem er sich an seiner Galle verschluckt hatte, fanden seine Qualen ein Ende, weil er abermals das Bewusstsein verlor.

Als er das nächste Mal aufwachte, lag er auf kaltem Betonboden. Igelspitze Steinchen bohrten sich in seine Kopfhaut. Über ihm hing eine flache graue Decke, die mit dunklen Flecken gesprenkelt war. Sein Versuch, sich zu erheben, scheiterte kläglich. Er fiel erneut in Ohnmacht.

Irgendwann hörte er etwas. Unbekannte Stimmen keiften und schrien. Offenbar stritten sie. Aber worüber, war Tim völlig schleierhaft. Die Geräusche wollten sich einfach nicht zu Wörtern verbinden, und wenn er doch ein paar Wörter auffing, ergaben sie keinen Sinn.

Mit einem Mal hörte er zwischen Schlaf und Ohnmacht klar und deutlich: »Sie ist entkommen.« Das verstand er. Er meinte fast, hinter einem Wasserfall hervorgetreten zu sein. In seinen Schläfen hämmerte es, in seinen Nacken schienen sich tausend Nadeln zu bohren, seine Brust schmerzte furchtbar, und in seinem Mund hatte er den widerlichen Geschmack von Blut – aber er war endlich wieder im Hier und Jetzt.

»Haben sie auch gründlich gesucht?«

»Die haben alles durchgekämmt! In jedes verschissene Loch sind die rein!«

»Wo kann sie bloß stecken?«

»Keine Ahnung«, gestand jemand, und seine Stimme zitterte vor Furcht. »Die Stelle, wo sie runtergekommen sind, haben wir gefunden. Da gab es jede Menge Spuren. Aber sie ist wie vom Erdboden verschluckt. Wie hat sie das bloß angestellt?! Sie kann doch nicht fliegen!«

»Da bin ich mir mittlerweile nicht mehr so sicher ...«

Tim grinste.

Sie sprachen über Belka. Sie war ihnen entkommen, hatte die Kerle irgendwie ausgetrickst. Beim Gnadenlosen aber auch, das war einfach wunderbar!

Er schloss die Augen und schlief mit einem glücklichen Lächeln auf den Lippen ein. Das war kein Sturz in tödliche Finsternis mehr, sondern tatsächlich der Schlaf eines geschundenen Mannes.

Was ihn dann weckte, waren seine schmerzenden Hände. Sie taten höllisch weh, so, als ob er irgendwo an Schnüren aufgehängt worden wäre.

Kaum öffnete er die Augen, begriff er, dass er lieber gestorben wäre. Viel hatte da ja ohnehin nicht mehr gefehlt. Wäre er nur etwas stärker gegen die Mauer geknallt, hätte ihn ein zertrümmerter Schädel vor dieser Situation bewahrt.

Denn nun erkannte er, dass der Schmerz in seinen Händen tatsächlich besagten Grund hatte: Jemand hatte ihn an einem Haken in der Decke aufgehängt. Seine Beine baumelten über dem Boden, er drehte sich langsam um die eigene Achse.

In der Nähe saß lässig ein Mann mit einer Pumpgun quer über den Schenkeln auf einem wackligen Hocker. Als er bemerkte, dass Tim zu sich gekommen war, stand er auf und kam mit einem merkwürdigen schlurfenden Gang auf ihn zugehinkt. Auf dem dreieckigen Gesicht lag zwar ein freundlicher Ausdruck, doch die Augen des Mannes machten diesen Eindruck sofort wieder zunichte: So sah vermutlich der Gnadenlose seine Opfer an. Falls er Augen hatte, versteht sich. Ein Blick auf diesen Mann genügte Tim, um zu wissen, warum er aufgewacht war. Sämtliche Geschichten über Klumpfuß fielen ihm ein. Die waren zwar ziemlich langweilig, legten aber nahe, dass er besser nicht auf eine freundliche Plauderei mit dem Boss von Town hoffen sollte. Nicht bei dem Ruf, der ihm vorauseilte.

Ein Detail, das nicht ins Bild passte, gab es allerdings: das Büschel Haare am Kinn von Klumpfuß. Trotz seiner misslichen Position juckte es Tim in den Fingern, an diesem Bart zu ziehen.

Kurz vor Tim blieb der Mann stehen.

»Ich bin Klumpfuß«, stellte er sich unnötigerweise vor. »Hast du schon von mir gehört?«

Doch Tim hüllte sich in Schweigen.

»Deine Freundin wollte auch nicht mir reden«, fuhr Klumpfuß fort und grinste ihn mit seinen schiefen Zähnen an. »Aber ich weiß, wer du bist. Der Bücherwurm Nerd aus Park. Die Farmer und deine eigenen Leute suchen euch zwei, weil ihr jemanden abgemurkst habt. Mörder decke ich nicht, denn ich bin selbst ein Mörder! Außerdem bin ich der Boss von Town und daran gewöhnt, dass man mir mit Respekt begegnet! Antworte also gefälligst auf meine Fragen!«

Obwohl Tim klar war, dass Klumpfuß ihn gleich in Stücke reißen würde, schwieg er weiter.

»Verstehe«, stieß Klumpfuß aus. »Du glaubst, wenn du schweigst, lasse ich dich am Leben? Aber da hast du dich geirrt. Du bist mir scheißegal, ich will nur eine Antwort auf eine einzige Frage. Wo befindet sich das Labor, von dem mir Aisha erzählt hat?«

Er trat etwas zur Seite und lehnte die Pumpgun gegen die Wand. Als er sich wieder zu Tim umdrehte, funkelte in seinen Händen ein Dolch mit einer zehn Zoll langen Klinge.

»Du kennst die Antwort darauf, du Wurm!«, sagte Klumpfuß und starrte Nerd an, als wollte er ihn gleich ausweiden. »Vielleicht ist sie tief in dir versteckt, vielleicht liegt sie aber auch gleich unter der Haut. Das spielt überhaupt keine Rolle. Denn so oder so werde ich sie aus dir rausschneiden.«

Die Klinge fuhr mit einem kaum hörbaren Ratschen über Tims Schenkel. Der Stoff seiner Hose klaffte auf, auf der Haut zeigte sich ein dünner Strich aus Blut.

»Warte damit noch, Boss!«

Aus dem Schatten trat ein Mann heraus, der eine Kapuze übergestreift hatte. Ein Schamane!, schoss es Tim durch den Kopf.

»Lass mich das erledigen ...«

Der Mann hielt eine bunte Glasflasche hoch, kein wertvolles Stück, aber mit geschliffenem Glasverschluss. Bei einem Tauschgeschäft würde es einen recht guten Gegenwert erbringen, das wusste Nerd genau, denn er hatte schon mehrmals ein Fläschchen dieser Art gefunden.

»Warum willst du ihn in Stücke schneiden, wenn man ihn nur einmal hier dran riechen lassen muss.«

Tim versuchte, sich wegzudrehen, doch der Priester packte ihn mit seiner festen, klauenartigen Hand und drückte seine Nase über das Fläschchen.

Ein strenger Bittergeruch schlug ihm entgegen. Tim leistete nach Kräften Widerstand und versuchte verzweifelt, die Luft anzuhalten, aber vergebens. Tausende von Nadeln bohrten sich in sein Gesicht, auf dem kurz darauf ein völlig idiotisches Lächeln lag.

»Jetzt gehört er dir«, sagte der Priester zu Klumpfuß und trat zur Seite. »Nun kannst du deine Frage stellen.«

»In deiner Anwesenheit?«, brummte Klumpfuß und schielte voller Hass auf den ungebetenen Helfer.

»Hast du denn etwas vor mir zu verbergen, Boss?«, fragte der Schamane, und in seiner Stimme schwang eine offene Drohung mit.

»Bestimmt nicht«, versicherte Klumpfuß. »Das schwöre ich beim Gnadenlosen!«

Klumpfuß versuchte, sich seine Angst nicht anmerken zu lassen, doch der Schamane wusste zweifelsfrei, was der Boss von Town gerade durchmachte, während dieser wiederum nur zu genau wusste, dass sein Gegenüber seine Angst spürte.

»Wenn du also nichts zu verheimlichen hast«, sagte der Schamane, »dann fang an! Du wirst deine Antworten erhalten.«

»Wo ist dieses Labor?«, knurrte Klumpfuß und sah Nerd fest in die Augen. »Verrat es mir, du verdammter Bücherwurm! Wo ist es?«

In Nerds Kopf drehte es sich wie wild, während vor seinen Augen alles verschwamm. Er wollte nichts sagen, doch plötzlich hörte er seine eigene Stimme, die Zahlen von sich gab … Als er sich auf die Zunge beißen wollte, missglückte auch das, jedenfalls was das Sprechen anging, sein Mund aber war voller Blut.

»Was faselst du da für Unsinn?«, fuhr Klumpfuß ihn an. »Hältst du das etwa für eine Antwort auf meine Frage?!«

Tim hasste sich selbst dafür, aber er redete immer weiter, sprudelte Zahl um Zahl heraus, wiederholte ständig irgendwelche Kombinationen.

»Was soll das bedeuten?«, wollte Klumpfuß nun von dem Schamanen wissen.

»Ich habe nicht die geringste Ahnung …«

»Dieser Scheißkerl!« Klumpfuß rammte Nerd seine Faust in den Magen. »Sag mir jetzt endlich, wo dieses verschissene Labor ist!«

Wieder Zahlen. Eine nach der anderen.

»Lass ihn noch mal an dem Zeug schnuppern!«

»Besser nicht. Das kommt aus dem Brennenden Land, damit muss man vorsichtig sein. Wenn er noch mal daran schnuppert, stirbt er oder verliert den Verstand. Gib ihm etwas Zeit. Mir ist zwar auch nicht klar, was er da brabbelt, aber ich bin überzeugt davon, dass es in irgendeiner Weise eine Antwort darstellt.«

»Nur hilft uns das nicht weiter ...«

»Wenn du ihn mit deinem Messer bearbeiten würdest, dann würde er dir wahrscheinlich auch nichts anderes erzählen.«

»Das habe ich inzwischen auch begriffen. Was sollen wir jetzt machen?«

»An deiner Stelle würde ich ihm eine andere Frage stellen.«

»Welche?«

»Wer bringt uns in dieses Labor?«, wandte sich der Schamane mit freundlicher Stimme an Nerd. »Wer?«

»Das kann nur ich«, antwortete dieser. Genauer gesagt, über seine Zunge kamen mit den Blutstropfen auch diese Worte. »Nur ich.«

»Was ist mit Belka?«

»Nur ich, nur ich, nur ich ...«

»Mehr wirst du von ihm jetzt nicht erfahren, Boss«, stellte der Schamane leise fest. »Und offenbar solltest du dich hüten, ihn aufzuschlitzen. Wir brauchen ihn wohl noch.«

»Nur ich, nur ich, nur ich ...«

»Man soll ihn wieder aufhängen«, sagte Klumpfuß. »Dann steht er wenigstens nicht im Weg!«

Tim war selbst klar, dass er nicht zum Helden taugte. Dass er schwach war. Dennoch stiegen jetzt Tränen in ihm auf. Wie konnte er nur so ein Waschlappen sein?! Nicht mal der kleinsten Folter hielt er stand! Ein paarmal an irgendeinem Kraut geschnuppert, und schon knickte er ein! Dieser Mist in dem blauen Fläschchen hatte ihn dazu gebracht, Dinge auszuplaudern, die er als Geheimnis hätte hüten müssen. Er hasste sich. Gleichzeitig lallte er weiter: »Nur ich, nur ich, nur ich ...«

»Er hat ihn!«, erklärte Aisha, kaum dass sie das Zimmer betreten hatte.

Innerlich kochte sie, aber das bemerkte nur, wer sie gut kannte.

Dodo zum Beispiel. Ihre Wut gefiel ihm übrigens. Er vergötterte sie noch stärker, sobald sie den Geruch von Tod verströmte – nicht von ihrem, versteht sich, sondern von dem Tod anderer. Noch wusste er nicht, wer sterben würde, aber das würde sich bald ändern.

»Wen?«, fragte Quernarbe. »Und wer?«

»Klumpfuß hat Nerd«, erklärte Aisha. »Und verhört ihn bereits.«

»Woher weißt du das?«, fragte Runner und fuhr sich nervös über die Wange. »Ist das sicher? Legst du deine Hand dafür ins Feuer?«

»Auf alle drei Fragen gibt es eine einzige Antwort: Ja!«, zischte Aisha. »Ich habe nämlich mit eigenen Augen gesehen, wie dieser Jammerlappen in den Opferturm geschleift worden ist.«

»Nur er?«

»Ja, Runner, nur er. Deine kleine Freundin ist ihnen entwischt …«

»Niemand überlebt einen Sturz vom Himmel«, widersprach Quernarbe. »Das ist Zauberei!«

»Aber sicher, das ist Zauberei!«, bemerkte Aisha grinsend. »Etwas anderes hat dein hohler Kopf wohl nicht auf Lager? Typisch Farmer! Der Gnadenlose möge euch alle holen! Warum gehst du bis dahin nicht lieber deinen Kohl anpflanzen?!«

Als Quernarbe ihr daraufhin ein paar deftige Worte an den Kopf werfen wollte, trat Dodo geradezu beiläufig einen halben Schritt vor. Sofort schloss der Farmer den Mund.

»Heißt das, er braucht uns nicht mehr?«, wollte Runner wissen. »Was meinst du, Aisha?«

Aisha setzte sich in eine Ecke und blickte finster drein. Ihre dunklen, dichten Augenbrauen hatte sie zusammengezogen, auf der glatten Stirn verlief eine tiefe Falte.

»Möglich wäre es.«

»Aber wir haben MG-Wagen«, fuhr Runner fort, »ausgebildete Schützen, Spurenleser, deinen Minenspezialisten …«

Aisha sah ihn an, als hätte sie noch nie etwas derart Dämliches gehört.

»Und was hindert ihn daran, sich all das ohne uns als Dreingabe zu nehmen?«, fragte sie dann. »Wenn er als Einziger über ein ewiges Leben verfügt, gehört die Welt ihm.«

»Aber dafür«, mischte sich nun Knaller ein, »müssen sie uns erst einmal von ihrem Opferturm runterschmeißen. Kennst du den, Runner?«

»Sorg dafür, dass er den Mund hält, Priesterin!«, knurrte dieser. »Wenn er nicht sofort die Schnauze hält, dann ...«

»Was dann?«, wollte Knaller grinsend wissen – und hielt auch schon eine Granate in seinen Händen.

»Was wollen wir machen?«, fragte Runner. »Uns in aller Ruhe von denen abknallen lassen? Oder lieber von ihrem Turm schmeißen lassen? Hier in Town hat Klumpfuß das Sagen. Deshalb hängt von ihm ab, ob wir noch einmal über diese dämliche Brücke gehen!«

»Vergiss den Rückweg, Runner!«, sagte Aisha. »Wir haben genau zwei Möglichkeiten. Entweder wir bringen Klumpfuß nicht gegen uns auf und warten ab. Oder wir bringen Klumpfuß gegen uns auf und warten ab.«

»Es gibt noch eine dritte Möglichkeit«, sagte Quernarbe. »Wir könnten Nerd entführen.«

»Wie das?«, hakte Aisha nach.

»Indem wir ihn uns einfach holen! Schließlich hat der Parker recht! Wir haben MG-Wagen! Wir haben gut ausgebildete Schützen! Die sollen mal versuchen, uns Widerstand zu leisten!«

»Gehen wir also davon aus, wir bringen Nerd in unsere Gewalt! Wie dann weiter? Wie willst du Town verlassen? Die Brücke ist vermint, und einen anderen Weg gibt es nicht!«

»Dieser Nerd wird uns schon ans Ziel bringen.«

»Weißt du was, Farmer?«, entgegnete Aisha mit einem überheblichen Grinsen. »Wenn du deinen MG-Wagen lenkst, dann bist du ein echtes Werkzeug des Gnadenlosen! Als attraktiver Mann könntest du unter Umständen sogar mein Begehren wecken ... Aber sobald du den Mund aufmachst, wirst du zum Idioten! Zu bedauerlich, dass man euch das Lesen nicht beibringt, sondern euch nur zeigt, wie ihr im Dreck wühlen müsst ... Brauchen könntet ihr etwas Bildung nämlich wahrhaftig ...«

Quernarbe atmete schwer, an seinem Hals und auf seiner Stirn traten die Adern hervor, aber ein Blick auf Dodo genügte, damit er den Mund hielt.

»Eine Möglichkeit haben wir aber noch«, sagte Aisha und winkte die Männer mit dem Finger heran. »Kommt her! Ich habe nicht die Absicht, mir die Lunge aus dem Leib zu brüllen!«

Sobald alle an sie herangetreten waren, fuhr sie leise fort.

»Unsere einzige Chance besteht darin, Klumpfuß als Geisel zu nehmen.«

»Aber sicher!«, meinte Runner mit einem Grinsen, als wäre ihr ein wirklich guter Witz gelungen. »Klumpfuß als Geisel? In seiner eigenen Stadt?« Er schüttelte den Kopf. »Hast du jetzt völlig den Verstand verloren?!«

»Verreck doch als Erster!«, giftete Aisha zurück. »Kapierst du das wirklich nicht?! Wir können Town nicht verlassen. Wir kennen den Weg in das Labor nicht. Klumpfuß hat den Bücherwurm in seiner Gewalt. Die rothaarige Schlampe ist wie vom Erdboden verschluckt. Kein Einziger von euch hat irgendwas vorgetragen, das auch nur von ferne an einen Plan erinnern würde! Aber ich habe den Verstand verloren, ja?! Das ist wirklich großartig! Du willst leben, Parker? Dann lass dir einen guten Rat geben! Es gibt einen einzigen Mann, der zwischen uns und dem Gnadenlosen steht, und das ist Klumpfuß. Pack ihn bei den Eiern, und du hast deinen Weg nach draußen! Ansonsten bereite dich schon mal darauf vor, in den nächsten paar Stunden zu krepieren.«

Knaller kicherte in seiner Ecke und warf dabei seine Granate von einer Hand in die andere.

»Dann wollen wir doch mal sehen, wer gleich noch Eier hat«, knurrte er, »und wem sie jetzt abgerissen werden ...«

Tims Versteck im Hafen fand Belka ohne Probleme.

Wenn sie sich bei dem Sturz nicht die Seite geprellt hätte und ihre schmerzenden Fußgelenke nicht gewesen wären, hätte sie das Ganze sogar noch deutlich weniger Zeit gekostet. So aber dauerte es einen ganzen Tag, bis sie das Kampffeld verlassen hatte und zum Fluss gelangt war. In ihrem Zustand hatte sie nämlich lieber auf den Einbruch der Dunkelheit warten wollen. In der Dämmerung war sie in ihrem Element. Es gab nichts Besseres als Schatten im Halbdunkel. Zu diesem Zeitpunkt hatte auch der Schmerz in ihren Füßen nachgelassen, und das Pochen in den Rippen ertrug sie ohnehin recht gut.

Am schlimmsten war, dass sie außer ihrem Messer und der abgesägten Schrotflinte mit zwei Patronen keine Waffe mehr hatte. Sie fühlte sich nahezu nackt.

Als ihr klar geworden war, dass sie Tim nicht würde forttragen können – er wirkte zwar wie Haut und Knochen, war aber deutlich schwerer als sie selbst – und er noch eine Zeit lang ohnmächtig bleiben würde, hatte sie sich mit Mühe von der Plastikfessel befreit, die Waffe aus Tims Halfter gezogen und gelauscht: Von allen Seiten kamen Männer auf sie zugestürmt. Gestapfe von Füßen, Dutzende von Stimmen, Metallklirren, keuchender Atem ...

Eine halbe Minute, mehr blieb ihr mit Sicherheit nicht.

Sie ging noch einmal neben dem bewusstlosen Tim in die Hocke und nahm ihm den Rucksack ab. Der Atlas und das Tagebuch lagen noch darin.

Tim hatte es übel erwischt.

Sie tastete seinen Nacken ab. Hier schien nichts gebrochen. Ob sich das vom Rest seines Körpers auch sagen ließ, wusste der Gnadenlose allein. Immerhin atmete Tim noch. Aus seinem rechten Mundwinkel sickerte allerdings Blut.

Als Belka sich vorbeugte, um auch Tims Beine abzutasten, bekam sie sofort die Quittung für ihre hastige Bewegung präsentiert. Sie zischte vor Schmerz.

Rasch befühlte sie Tims Beine. Bestens! Noch einmal versuchte sie, ihn aus seiner Ohnmacht zu reißen, doch Tims Kopf kippte nur von einer Seite zur anderen, wie bei einem Toten. Wenn er nicht geatmet hätte ...

Die Stimmen klangen jetzt ganz nah. Das war's. Gleich würden ihre Verfolger hier sein. Sie musste eine Entscheidung treffen.

Ein letzter Blick auf Tim.

Dann inspizierte sie die Waffe. Die beiden Patronen waren, wo sie sein sollten.

Tote geben nichts preis. Tote verraten niemanden. Tote sagen nicht, wo sich ein Labor befindet. Tote kann man nicht foltern oder dazu bringen, vor Schmerz den Verstand zu verlieren. Der Tod löst alle Probleme. Ist es nicht so, Tim?

Dieser stöhnte. Belka schloss kurz die Augen. Die Waffe war bereit. Sie bräuchte bloß noch abzudrücken ... Es wäre die einfachste

Lösung. Sie hatte den Atlas und das Tagebuch. Noch konnte sie nicht wirklich lesen, aber die Route hatten Tim und sie bereits beschlossen. Sie würde bis zu dem Labor kommen. Mit ihm oder ohne ihn, erreichen würde sie es.

Sie zielte auf seinen Hals. Tim war das Problem. Im Moment noch ein ohnmächtiges Problem, aber schon in wenigen Sekunden ein gefangenes Problem. Es sei denn, sie …

Es war nicht so, dass sie noch nie Zweifel an einer ihrer Entscheidungen gehabt hätte. Aber sie hatte noch nie so lange gezweifelt, schon gar nicht, wenn es darum ging, ob sie jemandem das Leben nehmen sollte oder nicht. Denn wer lange zweifelt, trifft den Gnadenlosen. Das stand fest.

Tim rührte sich erneut.

Wenn sie wenigstens zehn Minuten zur Verfügung gehabt hätte! Wenn sie ihn vorübergehend verstecken könnte!

Aber sie hatte keine zehn Minuten. Sie hatte nicht mal zehn Sekunden.

Die Waffe verschwand im Rucksack. Notfalls würde sie diese aber mit einer einzigen Bewegung wieder herausziehen können.

Belka stand auf und lief schief wie ein verletzter Schwan zu einer von Kletterpflanzen bewachsenen Hauswand. Schon im nächsten Moment hatte sie diese erklommen. Verholzte Zweige gaben ihr sicheren Halt. Gerade als sie den zweiten Stock erreichte, tauchten ihre ersten Verfolger auf.

Belka presste ihren trainierten Körper zwischen den Zweigen hindurch und verschwand im Gebäude. Als einer der Männer von Klumpfuß kurz darauf nach oben blickte, sah er nur noch die Außenmauer des Opferturms.

Die drei beugten sich über Tim. Belka beobachtete sie, durch den grünen Vorhang geschützt.

»Er lebt«, sagte einer. »Arme und Beine sind auch noch dran …«

»Na und?«, hielt ein anderer dagegen. »Der blutet aus der Nase! Und aus dem Mund! Der verreckt gleich!«

»Spar dir deine klugen Bemerkungen, Smoker!«, mischte sich der dritte Mann ein. »Kann uns scheißegal sein, ob er verreckt oder nicht! Wir sollen ihn bloß finden und zurückbringen. Ob er lebt oder tot ist, geht uns nichts an. Und jetzt sucht mal einen Karren!

He, Stammler, pennst du?! Einen Wagen!« Dann wandte er sich dem Mann vorm Opferturm zu. »Hast du was entdeckt?«

»Hier ist niemand mehr.«

»Stirne«, sprach Smoker nun den Mann an, der hier offenbar das Sagen hatte. »Ob er sie hat fallen lassen? Ich meine … also … Guck ihn dir doch mal an!« Er nickte zu Tim. »An Armen und Beinen kein einziger Muskel! Der besteht doch nur aus Knochen! Wie sollte der sie halten können?«

»Dann suchen wir sie«, entschied Stirne.

Smoker hustete laut.

Selbst in ihrem Versteck konnte Belka hören, wie es in seiner Brust rasselte. Der Mann war vielleicht fünfzehn, aber seine Stimme und der Husten deuteten darauf hin, dass er täglich kiffte. Viel kiffte. Dadurch war er von innen schon völlig ausgehöhlt. Wenn er so weitermachte, spielte es für ihn überhaupt keine Rolle mehr, ob der Gnadenlose auf ihn wartete oder nicht.

»Smoker! Wampe! Ihr bringt ihn zu Klumpfuß! Stammler! Du kommst mit mir mit!«

Daraufhin sah sich Belka erst mal in ihrem Versteck um.

Es war dunkel. Und es stank. Hier unten lebte garantiert niemand, schon allein weil wegen des Grüns kaum Licht ins Zimmer drang. Bloß Schnecken, Asseln und Tausendfüßler fühlten sich hier wohl.

Belka lauschte.

Tauben gurrten. Der Gestank ihrer Scheiße schlug ihr in die Nase und hinderte sie daran, frei durchzuatmen. Außerdem roch es noch nach Fledermäusen, aber das war nichts Besonderes. In welchem alten Gebäude wäre das nicht der Fall? Schließlich gab es in ihnen mehr als genug von dem, was sie am liebsten futterten: Plunder!

Wenn in einem Haus viele Katzen lebten, reduzierte das die Zahl der Tauben. Dann fühlten sich allerdings auch die Fledermäuse noch wohler, wovon wahre Berge von Exkrementen auf dem Fußboden zeugten, die ihrerseits etlichen Insekten als Nahrung dienten.

Besser, sie verschwand, ehe sie erneut Klumpfuß, dem Schamanen oder diesen Lassowerfern in die Arme lief! Außerdem … Außerdem musste sie sich um Tim kümmern!

Wenn er bloß den Mund hielt! Wenigstens bis morgen! Über Nacht würde ihr bestimmt einfallen, wie sie ihn retten konnte.

Sich im dichten Schatten haltend, glitt sie an der Wand entlang. Nach fünfzig Schritt gelangte sie zu einer Treppe. Sie blieb stehen und lauschte.

Ihre Verfolger suchten sie, hatten aber offenbar noch nicht begriffen, dass sie sich ausgerechnet in den Opferturm geflüchtet hatte. Doch es war nur eine Frage der Zeit, bis sie dahinterkamen. Sie könnte sich irgendeinen ruhigen Winkel suchen, aber dann würde sie nie erfahren, was sie mit Tim vorhatten.

Vorsichtig trat sie ans Treppengeländer und spähte in die Tiefe. Sehen konnte sie nichts, hören dafür umso besser.

Eisengeklirr, dazu der Geruch von Joints und Schweiß …

Lautlos schlich sie sich eine Etage weiter nach oben. Niemand. Weiter.

Im nächsten Stock lebten Menschen, deshalb gab es Wachen, den Geräuschen nach zu urteilen, vier Männer. Belka hatte nicht die Absicht, ihnen in die Arme zu laufen, zumal von draußen mittlerweile die Herbstsonne hereinstrahlte. Sie spähte noch einmal zu einem Fenster hinaus und musste trotz ihrer heiklen Lage unwillkürlich grinsen.

Die Männer kehrten das Unterste zuoberst. Der Befehl musste klar und knapp gewesen sein: Finden und bringen! Die verzweifelten Männer von Klumpfuß streiften durch die Straße, hielten nach Spuren Ausschau, betrachteten etwas, betasteten mit nachdenklicher Miene die gewaltige Stoffmenge, mit der Belka und Tim ihren selbstmörderischen Abstieg vom Himmel bewältigt hatten – aber ihr bisschen Hirn reichte nicht aus, um zu begreifen, dass Belka längst wieder im Opferturm steckte.

Mit einem Mal kam Belka die Erleuchtung. Die Lösung ihres kleinen Problems war überraschend simpel. Sie hätte sogar beinahe laut losgeprustet. Das war eine gute Variante, ohne Frage, und dem Gnadenlosen sei Dank dafür! Um ihren Plan in die Tat umzusetzen, müsste sie allerdings an den Posten im ersten Stock vorbei. Wie sollte das klappen? Als Alternative bliebe nur…

… der Abstieg an der Außenwand. Belka spähte abermals vorsichtig zum Fenster hinaus, erstarrte aber sofort. Jemand lauerte in den Zweigen und blies ihr seinen Atem gegen die Wange. Eine heiße Welle Angst flutete vom Kopf bis zu den Füßen über sie hinweg. Alles in ihr spannte sich an. Sie würde bis zum Äußersten um ihr Leben kämpfen. Schon hatte sie eine Klinge in der Hand …

»Ja hol mich doch der Gnadenlose!«, brachte sie dann leise heraus und senkte die Hand mit dem Messer.

Schnalzend sprang Freund aus dem Grün auf ihre Schulter und stupste sein Näschen gegen ihre Wange.

»Na, mein Kleiner«, flüsterte sie und fuhr mit ihrer Nase über den Pinsel am Ohr des Eichhörnchens. »Tut mir leid, aber ich hab gar nichts für dich zu knabbern … Dass du mich noch mal gefunden hast …«

Freund schnalzte ein paarmal und sah Belka enttäuscht mit seinen Knopfaugen an, um dann in ihrer Kapuze zu verschwinden.

»Jetzt kommen wir garantiert hier raus … Wenn du wieder da bist, dann kommen Tim und ich hier auch raus«, sagte Belka und machte sich daran, sich zwischen den Kletterpflanzen und der Hauswand hinunterzulassen. Das Grün schützte sie zuverlässig vor Blicken, gab ihr aber die Möglichkeit, in die Tiefe zu linsen.

Durch die Straße streiften Suchtrupps. Sobald sie abziehen würden, wäre Belka in Sicherheit. Die Frage, wie sie ihren Verfolgern entwischen würde, stellte sich dann nicht mehr. Seit Jahren versteckte sie sich vor den Parkern, da wusste sie genau, was zu tun war.

Eine Minute nachdem sie zum Fenster hinausgeklettert war, hatte tatsächlich jemand die Idee, Belka im Opferturm zu suchen. Sofort hallte das Gebäude von Getrampel, Schreien und Waffengeklirr wider. Nun durchkämmten die Männer sämtliche Stockwerke und spähten in alle dunklen Ecken, begleitet von ihrem eigenen Geruch von Fackeln und Schweiß. Die hiesigen Wolfshunde unterstützten sie mit wildem Gebell.

All das spielte sich nur wenige Yards hinter Belka ab, doch weder die Männer noch die Wolfshunde dachten daran, sie an der Fassade, zwischen dem dichten Grün und dem schartigen Beton, zu suchen. Und während sie im Innern des Turms immer weiter hinaufstürmten, hangelte sich Belka an der Außenwand immer weiter nach unten.

Sie musste nur auf die Wolfshunde achten. Wenn sie von draußen ein verdächtiges Rascheln hören würden, dann würden sie loskläffen – und die Männer sofort das Feuer eröffnen.

Sobald sie mit den Zehenspitzen den Boden unter sich spürte, tastete sie vorsichtig nach einem freien Fleck und setzte schließlich den ganzen Fuß auf. Erleichtert atmete sie durch. Den Rücken an die kalte Wand gelehnt, blieb sie reglos stehen. Hier unten hatten die Äste die Dicke eines Männerarms. Es würde nicht einfach werden, sich unbemerkt aus diesem Gestrüpp herauszukämpfen. Sie würde eine Stelle finden müssen, an der sie unbemerkt auf die Straße schlüpfen konnte.

Um sie herum ging es zu wie in einem Bienenstock, in den ein hungriger Grizzly seine Schnauze gesteckt hatte. Unter anderen Umständen hätte ihr diese Aufmerksamkeit vielleicht sogar geschmeichelt, aber so war sie nicht gerade entzückt darüber, dass alle Menschen in Town, angefangen von kleinen Babys bis hin zu kräftigen Männern, sie fieberhaft suchten. Immerhin gewann sie dadurch einen Eindruck von der Stärke ihres Gegners: Klumpfuß verfügte fast über mehr bewaffnete Männer, als sie zählen konnte.

Angesichts der Tatsache, dass innerhalb von einer Viertelstunde schon zwei keifende und wild um sich schlagende Frauen in ihrem Alter an ihr vorbeigeschleift worden waren, vermutete sie aber, dass diese Männer keine besonders klare Vorstellung davon hatten, wen sie eigentlich suchten: Entweder war Belka ihnen überhaupt nicht beschrieben worden, oder die Kerle waren saublöd. Vielleicht traf auch beides zu.

Nach einer Weile hatte Belka einen Spalt in dem dichten Astgeflecht gefunden und trat auf einen leeren Platz hinaus.

Eigentlich hätte sie nun den Kopf senken sollen, um möglichst unauffällig zu verschwinden, doch ihr Plan sah etwas anderes vor.

Mit einer entschlossenen Bewegung streifte sie die Kapuze vom Kopf und rief aus voller Kehle: »Ich hab sie gesehen! Schnell! Mir nach!«

Sie lockte die Menschen vom Opferturm weg in die kleineren Straßen hinein. Dabei lief sie absichtlich recht langsam, sodass die eifrigsten und kühnsten Verfolger sie rasch eingeholt hatten. Belka hielt sich dicht bei den Häusern, um ihren grölenden Verfolgern freie Bahn zu lassen. Bei erstbester Gelegenheit verschwand sie durch eine offene Tür in ein Haus. Keine dreißig Sekunden später rannte sie allein zum Fluss.

In einer schmalen Straße mit Haselnusssträuchern blieb sie stehen und atmete tief durch. Sie kontrollierte den Rucksack sowie die Waffe und tastete nach dem Messergriff. Ihren eigenen Gürtel mit den Messern hatte sie in der Gefangenschaft eingebüßt. Jetzt befürchtete sie, auch diese Waffen zu verlieren, außerdem rutschten ihre Jeans entsetzlich.

Tim musste das Schlauchboot wirklich in sein Herz geschlossen haben, denn er hatte es ans Ufer gezogen und relativ gut versteckt. Das bedeutete allerdings Spuren. Belka brauchte ihnen bloß zu folgen, um zu ihrer Ausrüstung zu gelangen. Dort würde sie auch einen Gürtel finden ...

Belka zog die Hosen wieder hoch, bog um die Ecke – und blieb wie angewurzelt stehen.

Es gab nur eine Möglichkeit, dass sie jemanden überhörte: wenn dieser Jemand sich genauso leise bewegte wie sie. Der Mann vor ihr konnte das.

Auf seinem Gesicht spiegelten sich die unterschiedlichsten Gefühle wider, von Überraschung bis hin zu Wut. Damit jagte er Belka aber keine Angst ein. Mit einer geschmeidigen Bewegung zog sie die Waffe aus dem Rucksack, richtete sie auf den Boss, schaffte es aber nicht mehr abzudrücken – denn Runner hielt längst eine Pistole in der Hand.

Sie standen einander gegenüber, doch keiner von ihnen betätigte den Abzug. Aus dieser Entfernung hätten sie natürlich beide getroffen, doch der Schuss des einen hätte unweigerlich den tödlichen Gegenschuss des anderen nach sich gezogen.

Um sie herum war alles still. Die grölende Meute war längst nicht mehr zu hören. Dafür meinte Belka ganz deutlich die dumpfen Schläge ihres eigenen Herzens zu hören.

»Was machen wir nun?«, durchbrach Runner nach einer Weile das Schweigen.

Seine Stimme zitterte. Trotz der Kälte des Herbsttages stand ihm Schweiß auf der Stirn.

Wortlos ging Belka einen halben Schritt zurück zu der Straße, aus der sie eben gekommen war.

Die Waffe hielt sie weiterhin auf Runner gerichtet, währenddessen Pistole unverändert auf ihre zielte.

»Willst du wirklich fliehen?«, fuhr Runner fort. »Warum eigentlich? Wir haben Nerd in unserer Gewalt, und er singt wie ein Vögelchen. Außerdem will er uns den Weg zeigen ... Gib also besser auf!«

Belka wich einen weiteren Schritt zurück, ohne die Waffe zu senken.

Ihre abgesägte Schrotflinte schien der Pistole überlegen. Ihre Geschosse fügten verhängnisvollere Verletzungen zu als jede Kugel. Doch Belka wollte kein Risiko eingehen. Runner war ein guter Schütze. Eine Verletzung, die über einen Kratzer hinausging, würde es verhindern, dass sie Tim rettete und mit ihm zu diesem Labor aufbrach. Wenn sie sicher sein könnte, dass Runner nach ihrem Schuss keine Zeit zum Reagieren mehr bliebe ... Doch das war sie nicht. Aber beim nächsten Mal bist du dran!, schwor sie sich. Dann triffst du Leg beim Gnadenlosen wieder!

»Allein kommst du doch niemals dorthin!«, schrie Runner. »Und dein Freund wird dich nicht begleiten! Streng also deinen roten Kopf an! Du brauchst uns!«

»Halt die Schnauze!«, zischte Belka. »Halt endlich deine stinkende Schnauze, Runner! Und verreck doch als Erster! Dass ich zu deiner Matratze werde, das kannst du vergessen!«

»Du sollst unsere Verbündete werden!«, entgegnete er. »Keine Matratze, sondern eine Verbündete!«

»Für dich ist das doch das Gleiche«, spie sie ihn an. »Von mir aus könnt ihr alle krepieren! Alle! Dann könnte für uns nämlich endlich ein neues Leben anfangen!«

Ein weiterer Schritt zurück.

In ihrem Rücken spürte sie die Hauswand.

»Ich hätte dich doch längst erschießen können, Belka! Aber das habe ich nicht! Lauf also nicht weg, sondern hör mir zu! Nun bleib schon stehen, du verschiss...! Hilf uns, dann mache ich dich zum Boss! Eine Frau als Boss? Was sagst du dazu? Das hat es noch nie gegeben!«

»Steck dir deine Pläne sonst wohin, Runner!«, knurrte Belka

und unterdrückte den Wunsch, ihm doch noch das Hirn aus dem Schädel zu pusten. Du kriegst die Medizin nicht! Du verreckst als Erster!«

Und schon war sie aus seinem Blickfeld verschwunden, war wie ein Tropfen um die nächste Ecke gesickert. Mit einer geradezu schlangenhaften Geschmeidigkeit. Als hätte sie der Erdboden verschluckt.

Runner stürzte ihr nicht hinterher, denn seine Beine versagten ihm den Dienst. Er musste sich sogar auf einem Knie abstützen, um nicht umzukippen.

»Du verfluchtes Drecksstück!«

Er hätte sie erschießen können. Um zum Labor zu gelangen, reichte es, dass sie Nerd in ihrer Gewalt hatten. Auf Belka konnten sie getrost verzichten. Vor allem da sie im Unterschied zu diesem Bücherwurm gefährlich wie ein wütender Grizzly war. Aber er hatte den Abzug nicht gedrückt. Das Problem war nicht aus der Welt geschafft.

Vor Wut kochend, spuckte Runner aus.

Dieses Problem könnte für ihn durchaus eine vorzeitige Begegnung mit dem Gnadenlosen nach sich ziehen. Trotzdem hatte er nicht geschossen.

Warum nicht?

Tief in seinem Innern kannte Runner die Antwort auf diese Frage. Natürlich würde er sie gern tot sehen. Aber noch viel lieber würde er sie getreten, gebrochen und gedemütigt sehen. Vor sich, auf den Knien.

Der Hass schwoll in seinem Schritt an, stieß gegen den groben Hosenstoff. Das war gut. Sein Hass war hart wie Stahl und heiß wie Feuer.

Er wollte ... O ja, er wollte unbedingt ...

Dass sie vor ihm kniete und ihn um Gnade anflehte.

Sie hatte Sun-Win aufgehängt und ihm seinen abgeschnittenen Schwanz in den Mund gestopft!

Aber er würde eine Möglichkeit finden, es ihr heimzuzahlen.

Es wäre ein Fehler gewesen, sie auf der Stelle zu ermorden. Es gibt viele Dinge, die wesentlich angenehmer sind als ein Mord. Dazu gehörte zum Beispiel die Macht über diese Frau. Sollte sie diese Medizin ruhig finden. Er würde sogar alle zwingen, ihre Spur aufzunehmen. Ganz besonders diejenigen, die meinten, sie seien ihm überlegen. Dann würde sich ja zeigen, wer hier mehr Köpfchen und Erfahrung besaß. Er würde zum einzigen Boss überhaupt werden, und sie ... Sie würde ihm dienen müssen. Dafür würde er ihr sogar Unsterblichkeit schenken.

Vor seinem inneren Auge sah er sie. Nackt. In Ketten. Mit ausgeschlagenen Zähnen, damit sie ihn nicht biss. Er würde auf sie zugehen. Sie würde schlottern vor Angst und von unten zu ihm hinaufschauen. Unterwürfig ...

O ja, er wusste genau, warum er sie eben nicht getötet hatte. Einer Leiche ist alles egal, aber er wollte, dass sie etwas fühlte. Dass sie litt. Allein aus diesem Grund brauchte er ein ewiges Leben. Sie hatte damals nicht das Recht gehabt, ihn abzuweisen. Aber sie hatte ihn abgewiesen, deshalb hatte er sie seinem Bruder zum Geschenk gemacht. Ein verhängnisvolles Geschenk. Aber diese Schuld würde er begleichen. Unbedingt.

KAPITEL 2

Figurentausch

»Und?«, wollte Krächzer wissen, der sich eine Kapuze mit Augenschlitzen über den Kopf gestülpt hatte.

Das war eine Marotte von ihm. Ständig verbarg er sein Gesicht und machte damit alle um ihn herum nervös, sogar Klumpfuß. Trotzdem dachte der ranghöchste Schamane von Town überhaupt nicht daran, seine Gewohnheiten zu ändern. Egal, ob Sommer oder Winter, er zog sich eine graue Kapuze über. Seinen kahl geschorenen Kopf ließ er nur sehen, wenn er ein Opfer darbrachte. Dann trat er dem Stamm mit glatten rosafarbenen Wangen ohne jeden Flaum und kalt brennenden dunklen Augen ohne Brauen, dafür aber mit rot geschwollenen, wimpernlosen Lidern entgegen. Wie der Brauch es verlangte, hatte der Oberste Schamane von Town keine Haare. Kein einziges.

»Habt ihr sie gefunden?«

Krächzer trug seinen Namen nicht ohne Grund. Seine Stimme erinnerte an ungeschmierte Türangeln. Immerhin konnte er aber den Tonfall variieren.

»Noch nicht«, antwortete Klumpfuß. »Aber das ist nur eine Frage der Zeit. Aisha hat Ratte mitgebracht. Einen besseren Fährtenleser als ihn gibt es nicht.«

»Er ist besser als einer unserer Männer?«

»Der Gnadenlose soll ihn holen, aber ja, er ist besser! Der sieht noch in der Luft Spuren. Ich habe den Spähern Befehl erteilt, ihm zu helfen.«

»Dann können wir ja alle beruhigt aufatmen!« Krächzer stieß ein unangenehmes, klirrendes Lachen aus. »Bleibt die Frage, wem er sie dann gibt. Dir bestimmt nicht, würde ich meinen.«

Er stocherte mit dem Messer in einer tiefen Porzellanschüssel und spießte ein Stück Fleisch auf, das sofort unter seiner Kapuze verschwand. Danach drang ein schmatzendes Geräusch unter dieser hervor.

»Du solltest diese Sache nicht auf die leichte Schulter nehmen, Klumpfuß«, zischte er. »Wer weiß, ob du dein ruhiges und sattes Leben sonst noch lange fortführen kannst.«

»Du scheinst auch nicht gerade am Verhungern zu sein«, konterte Klumpfuß und nahm nun endlich gegenüber dem Schamanen Platz. »Spar dir also deine verschissenen Kommentare! Die Frau ist bald in unseren Händen, denn sie ist dumm wie alle Parker und nicht an eine große Stadt gewöhnt.«

»Die schon.«

»Das lass mal mein Problem sein«, zischte Klumpfuß. »Alle im Stamm wissen, was auf dem Spiel steht, und durchkämmen deshalb ganz Town.«

»Hauptsache, sie bringen sie lebend«, hielt Krächzer fest. »Tot nutzt sie uns nichts.« Er kaute weiter und rülpste leise. »Solltet ihr sie am Ende doch nicht finden, hängen wir diesen verschissenen Bücherwurm im Opferturm auf, kopfüber am Brett des Gnadenlosen.« Er schnalzte mit den Lippen, was sich anhörte, als würde er Honig aus einer Wabe saugen. »Dann kommt sie schon freiwillig.«

»Und wenn nicht?«, fragte Klumpfuß und strich sich über sein verstümmeltes Ohr. »Ich an ihrer Stelle würde bestimmt nicht auftauchen.«

»Dann schnappen wir ihn uns, hacken ihm die Finger ab und hängen sie auf. Sobald sie sein Geheul hört, kriegt sie Mitleid. Er wird schreien und stöhnen, aber wir zerteilen ihn einfach weiter. Sie wird nur noch wollen, dass das aufhört. Du verstehst das nicht, denn du bist ein Kämpfer. Aber sie ist eine Frau.«

»Von wegen! Sie hat ja nicht mal Babys!«

»Ein Herz aber schon!«, widersprach Krächzer. »Im Gegensatz zu dir. Deshalb wird sie kommen.« Er spießte ein weiteres Stück Fleisch auf. »Du führst wirklich ein ruhiges Leben, Klumpfuß«, stellte er noch einmal fest. »Und du bist immer satt.« Das Stück Fleisch wanderte unter die Kapuze des Schamanen. Gleich darauf war erneut Schmatzen zu hören. »In Town wimmelt es von Hirschen, die Häuser sind schön eingerichtet, die Frauen schieben ständig einen dicken Bauch vor sich her, deine Männer sind tapfer und dir treu ergeben ... Hast du etwa vergessen, wem du das alles zu verdanken hast?«

Die Drohung in diesen Worten war nicht zu überhören. Klumpfuß ließ sein Ohr los und musterte Krächzer eingehend. »Dem Gnadenlosen«, antwortete er dann unfroh.

»Sprich lauter! Wem verdankst du alles, was du hast?«

»Dem Gnadenlosen.«

»Willst du, dass er in Zorn gerät?«

»Natürlich nicht«, stieß Klumpfuß schnaubend aus. »Red nicht um den heißen Brei herum, Krächzer! Worauf willst du hinaus?«

»Die Medizin, hinter der alle her sind, tötet den Gnadenlosen«, polterte der Schamane. »Dann werden die Männer richtig erwachsen und auch die Frauen und die Kinder, und sogar die Babys werden dann irgendwann zu erwachsenen Menschen werden. Wir beide sind dann nur noch ganz gewöhnliche Männer. Falls man uns nicht vorher umbringt. Wozu brauchen wir diese Medizin, Klumpfuß? Wenn der Gnadenlose stirbt, werden wir genau wie alle anderen. Du wirst nicht mehr herrschen, meine Opfer werden niemanden mehr beeindrucken! Dann ist es vorbei mit diesem satten Leben! Willst du das wirklich?! Hast du jetzt etwa Grund zur Klage?«

»Ich denke ...«

Völlig unvermittelt riss sich der Schamane die Kapuze vom Kopf. Obwohl Klumpfuß an seinen Anblick gewöhnt war, hätte er beinahe gekotzt, als er die warzige rosafarbene Kugel vor sich sah. Krächzer blinzelte mehrmals hintereinander. Obwohl seine kleinen Zähne allesamt verfault waren, hatte Klumpfuß den Eindruck, er wollte damit gleich nach ihm schnappen. Es war aber nur Krächzers Versuch zu lächeln.

»Du bist doch ein kluger Mann«, fuhr Krächzer fort. »Willst du da wirklich auf dein Amt verzichten? Einer wie alle werden?«

»Nein.«

»Dann finde diese Medizin – und übergib sie dem Feuer«, zischte Krächzer. »Spreng sie in die Luft, zertritt sie mit Füßen oder versenke sie im Wasser. Vernichte sie! Die Menschen dürfen sie nicht in die Hände bekommen. Diese Welt gehört dem Gnadenlosen – und so soll es bleiben!«

Krächzers Finger formten ein Dreieck, das für Leben, Altern und Tod stand. Er presste sie gegen seine Stirn.

»Finde dieses rothaarige Biest«, verlangte der Schamane mit einer Stimme, die über die Nerven von Klumpfuß fuhr wie Metall über Glas. »Finde sie und töte sie! Wir müssen diese Medizin vor den anderen an uns bringen! Wir müssen tun, was der Gnadenlose wünscht! Töte diese Frau, oder überlass sie mir, damit ich sie töte.«

»Tut mir leid, Aisha!« Ratte senkte den Kopf zum Zeichen seiner Reue und Unterwürfigkeit. »Ich konnte sie nicht aufspüren. Ich habe zwar im Opferturm ihre Spuren entdeckt, aber dieses Miststück war klüger, als ich vermutet habe. Es tut mir sehr leid!«

Aisha betrachtete den Rücken des Spurenlesers, der vor ihr kniete, und zog die Nase kraus. Der Ordnung und Abschreckung halber hätte sie jetzt dringend jemand bestrafen müssen. Nicht Ratte, sondern einen Mann, auf den sie leichter verzichten konnte. Notfalls hätte sie ihm sogar ohne jedes Ritual die Kehle durchschneiden können. Aber das hier war nicht ihr Territorium. Deshalb sollte sie jetzt besser keine Männer verlieren. Wer konnte denn schon sagen, was Klumpfuß noch alles in seinem wirren Hirn ausbrütete.

»Was hat sie so Kluges getan?«

Ratte senkte den Kopf noch tiefer.

»Sie ist an der Außenseite des Opferturms heruntergeklettert.«

»Und das hat niemand mitbekommen?«

»Das ganze Grünzeug hat sie sicher verborgen.«

»Das stimmt«, erklang da hinter ihr eine Stimme. »Ich habe den gleichen Weg gewählt wie sie, daher weiß ich das. Allerdings war ein gewisser Abstand zwischen uns ...«

Aisha wirbelte herum. Runner stand in der Tür, den Ellbogen gegen den Rahmen gestemmt.

»Wer hat dir erlaubt, dieses Zimmer zu betreten?«, fuhr Aisha ihn wütend an.

Sofort tauchte Dodo auf. Sein herber männlicher Duft wogte zu Aisha hinüber, seine Pistole zielte auf Runners Bauch.

»Nun mal sachte«, murmelte Runner. »Wenn mich hier in Town einer anbrüllen darf, dann Klumpfuß, denn wir befinden uns auf seinem Territorium. Du hast mir hier aber gar nichts zu sagen, Aisha. Und jetzt hör mir zu! Ich habe Belka gesehen. Sie lebt. Allerdings sollte ihr wohl besser gerade niemand in die Quere geraten ...«

»Ist sie wenigstens verletzt?«, fragte Ratte voller Hoffnung.

»Mir ist nichts aufgefallen«, antwortete Runner. »Sie hat leicht gehinkt, aber das hat sie nicht daran gehindert, sich im Nu aus dem Staub zu machen.«

»Hast du wenigstens versucht, sie irgendwie zu überwinden?«, fragte Aisha mit finsterer Miene.

»Damit sie mich in Stücke reißt? Außerdem hat sie selbst mit ihrer Waffe auf mich gezielt!«

»Und warum hat sie nicht abgedrückt?«, fragte Aisha weiter.

»Das weiß ich nicht. Die Möglichkeit hätte sie gehabt. Vielleicht hat sie befürchtet, nach einem Schuss halb Town auf den Fersen zu haben, vielleicht hat sie sich das Vergnügen aber auch für später aufgespart ... Mitleid dürfte als Grund jedenfalls ausscheiden.«

»Wohin ist sie verschwunden?«, wollte Ratte wissen.

»Keine Ahnung. Sie war plötzlich wie vom Erdboden verschluckt. Ich habe ihr Pig und Rubbish hinterhergeschickt, denn vor allem Pig ist ein guter Spurenleser. Ich selbst bin gleich hierher, um dir ...«

»Welches Ziel verfolgst du eigentlich?«, fiel Aisha ihm ins Wort.

»Ganz einfach: Ich will lebend aus Town rauskommen«, sagte Runner ernst. »Ich will ewiges Leben. Und ich will dich.«

Er grinste Aisha an, die falsch zurückgrinste. In Dodos Eingeweiden schwoll derweil ein Fauchen an, das selbst Aishas Grinsen zum Gefrieren brachte.

»Aber offenbar beruht das nicht auf Gegenseitigkeit«, fuhr er fort und schien trotz allem zufrieden wie eine Katze, die gerade eine Taube gefangen hatte und nun die ersten Tropfen ihres Blutes kostete. »Keine Sorge, Priesterin, das war nur ein Scherz. Beruhige dich wieder, Dodo! Es gibt nur eine Frau, die mich interessiert, und das ist Belka. Wenn sie wüsste, wie sehr ich sie hasse, würde sie Hals über Kopf fliehen. Wüsste sie allerdings, wie sehr ich sie begehre, würde sie fliehen, ohne je wieder stehen zu bleiben. Sobald ich sie in die Finger kriege, wird sie eine Menge über Schmerz und Liebe lernen, beim Gnadenlosen, das schwöre ich!«

Belka, die sich in dem Geflecht aus Ästen und Blättern vor dem Fenster versteckt hielt, grinste bei diesen Worten in sich hinein. Hätte irgendjemand im Raum in diesem Moment ihr Gesicht gesehen, wäre er es gewesen, der sofort die Beine in die Hand genommen hätte.

Nach dem Trank des Schamanen fühlte sich Nerd zu seiner Überraschung besser. Ihm war zwar immer noch schwindlig, und auf abrupte Bewegungen sollte er besser verzichten, aber die Schmerzen hatten nachgelassen. Sogar die angeschlagenen Rippen gaben etwas Ruhe ...

Er hatte einen Bärenhunger, und seine trockene Kehle kratzte furchtbar. Seine Zunge konnte er nur als rauen Pflasterstein bezeichnen.

Nach dem Verhör hatten sie ihn immerhin von dem Haken an der Decke genommen und sogar seine Arme freigebunden. Das konnten sie sich getrost erlauben. Wie sollte er auch von hier fliehen?

Eine Betonzelle, eine Plastikschüssel als Klo, eine verschlossene Tür. Kein Fenster, kein Lüftungsgitter. Nichts.

Niemand schaute zu ihm herein.

Einmal am Tag bekam er eine Schale mit Essen, einen Getreidebrei, über den stinkender gelber Speck gekrümelt war. Dazu Wasser aus einer dreckigen Plastikflasche. Trotzdem machte er sich über beides gierig her. Den widerlichen Pamps schaufelte er nur so in sich hinein. Es hätte nicht viel gefehlt, und er hätte am Ende sogar die Schüssel ausgeleckt. Mit dem trüben Wasser spülte er sein Essen hinunter. Schon nach einer Minute hatte er wieder Hunger. Maßlosen.

In Park hatte Nerd selbstverständlich auch schon ein- oder zweimal gekifft. Aber der Mist, an dem der Schamane ihn hatte schnuppern lassen, war viel stärker und wirkte völlig anders. Selbst Stunden später fühlte Tim sich noch benommen und kicherte immer wieder grundlos. Aber das alles war nicht wichtig. Hunger, Durst, dieses idiotische Gekicher und die wirren Gedanken – das steckte er weg. Aber dass nur wenige Atemzüge über diesem Fläschchen genügten, ihm seinen eigenen Willen zu rauben, das verkraftete er nicht. Die Prozedur erwartete ihn erneut, da machte er sich nichts vor. Und dann würde sich das Ganze haarklein wiederholen.

Die absolute Unterordnung ...

Nerd schloss die Augen.

Dieses Zeug aus dem Brennenden Land, das aus ihm eine willenlose Pflanze machte.

Ob er sich den Kopf an der Wand einschlagen sollte? Ein Toter würde wenigstens nichts mehr ausplaudern.

Gegen das Schwindelgefühl ankämpfend, erhob er sich.

Er musste sich nur eine Stelle aussuchen und mit voller Wucht dagegenlaufen. Dann wäre alles vorüber.

Er holte tief Luft, sammelte seine Kräfte für diesen letzten Schritt. Wenn ihn bloß der Mut nicht verließ ...

Da wurde die Tür aufgerissen.

»Pack deine Sachen!«, befahl Klumpfuß.

Neben ihm stand der Schamane mit der Kapuze, dahinter zwei Männer mit MPs.

Klumpfuß grinste.

»Du bist jetzt unser größter Schatz. Da müssen wir dich etwas besser verstecken.«

»Wir werden ihn zu einem Gespräch bitten«, sagte Aisha.

»Morgen früh.«

»Klumpfuß ist kein Idiot«, hielt Runner sofort dagegen. »Darauf fällt er nie rein.«

»Wir sagen ihm, dass wir wissen, wo sich Belka versteckt. Da beißt er mit Sicherheit an.«

Von Dodo und Knaller abgesehen, hielt keiner der Anwesenden etwas von Aishas Plan, das war ihr selbst klar. Und sogar Dodo war nur dafür, weil er für alles war, das von ihr kam. Knaller dagegen war einfach entzückt, weil er und sein explosives Spielzeug darin eine entscheidende Rolle spielten.

Bei allen anderen löste die von Aisha geplante Entführung nicht gerade Begeisterung aus. Im Grunde hätte Aisha selbst ähnliche Vorbehalte angemeldet, hätte jemand anders den Vorschlag gemacht.

Denn sie kannte Klumpfuß. Besser als alle anderen hier im Raum.

Sie wusste, wozu er imstande war. Deshalb gab sie sich keinen falschen Hoffnungen hin, was ihr weiteres Schicksal anging, sollte ihr Plan fehlschlagen. Sie hatten nur diese eine Chance …

Klumpfuß war nicht zufällig Boss von Town geworden. Mit viel Geschick war es ihm gelungen, den ranghöchsten Schamanen auf seine Seite zu ziehen. Mit dessen Hilfe und Einverständnis hatte er alle Männer aus dem Weg geräumt, die zwischen ihm und der Macht standen. Klumpfuß war gerissen und brutal, Krächzer klug und hinterlistig. Ihr Bündnis musste zum Erfolg führen. Aisha hasste Klumpfuß und fürchtete Krächzer. Es war noch nicht allzu lange her, dass sie mit beiden aneinandergeraten war – und dabei fast triumphiert hätte.

Hätte. Fast.

Weder Dodo noch Knaller würden Klumpfuß aufhalten. Das würden nicht mal die MG-Wagen von Quernarbe. Es gab nur einen einzigen Menschen, der Klumpfuß aufhielt: Klumpfuß.

Nachdem dieser Nerd ihm in die gierigen Hände gefallen war, scherte sich Klumpfuß selbstverständlich einen Dreck um Aisha und ihre Verbündeten. Die Priesterin war in seinen Augen jetzt nicht mehr wert als jede andere Frau auch, das Gleiche galt für die Männer. Fremde waren immer gefährlich. Fremde brachte man besser um, damit sie gar nicht erst zum Problem wurden. Einem Feind oder Konkurrenten die Kehle durchzuschneiden, das war so recht nach dem Geschmack von Klumpfuß.

Da Aisha selbst keine Sekunde gezögert hätte, das Blut ihres Gegners fließen zu lassen, ging sie vernünftigerweise davon aus, dass Klumpfuß es genauso halten würde.

Die Übrigen mochten auf ein glückliches Ende hoffen. Grund für diese Hoffnungen gab es aber nicht, da war sich Aisha sicher. Das Schicksal dieser Männer hätte sie normalerweise auch gar nicht weiter bekümmert. Sollten sie ruhig als Erste verrecken, ein Verlust wäre es nicht. Im Moment brauchte sie diese sogenannten Verbündeten aber noch. Ohne sie käme sie aus Town nicht lebend heraus.

»Glaubt mir, Klumpfuß wird kommen«, fuhr Aisha nun fort. »Aber mit Sicherheit nicht allein. Deshalb ist es deine Aufgabe, Knaller, ihn mit einer Granate gefügig zu machen …«

»Mit einer scharfen?«, hakte Knaller begeistert nach.

»Genau«, sagte Aisha. »Runner, Pig und Rubbish! Ihr bringt seine Bodyguards um! Normalerweise hat er zwei dabei. Am besten schaltet ihr sie still und leise aus. Quernarbe! Du, Dodo und Ratte, ihr blockiert die Tür ...«

»Geht klar«, erklärte Quernarbe.

»Knaller ...«

»Ja?«

»Du hängst Klumpfuß dein Spielzeug an den Gürtel. Aber dass das Ding auch ja festsitzt!«

»Wird erledigt, Priesterin!«

»Haben wir ihn erst in unserer Gewalt«, fuhr Aisha fort und ließ den Blick über ihre kleine Armee wandern, »kriegen wir auch Nerd. Dann können wir endlich aufbrechen.«

»Belka kommt in deinem Plan nicht vor?«, fragte Runner.

Er verzog keine Miene, sah Aisha aber verschlagen an.

Von den drei Parkern machte Runner den intelligentesten und raffiniertesten Eindruck. Aisha durfte ihn auf keinen Fall unterschätzen. Pig, der im Übrigen stank wie eine Müllgrube, war zwar deutlich kompakter und kräftiger und Rubbish sicher auch nicht gerade dumm, aber der unbedingte Wille zur Macht stand nur in den Augen des schmächtigen und wenig attraktiven Runner geschrieben.

»Wenn sie wirklich so gefährlich ist, dann kläre mich über sie auf«, erwiderte Aisha und bedachte ihn mit einem Blick, über den nur sie gebot. Vielversprechend, leidenschaftlich und provokant. »Einmal sind sie und ich uns schon begegnet. Damals hat es sie übrigens einige Mühe gekostet, mir zu entwischen ...«

»Du bist hier nicht in City, Aisha«, erwiderte Runner völlig unempfänglich für ihren Blick. »Und eins kann ich dir mit Sicherheit sagen: In Park hinge allein von uns ab, ob du lebend herauskommst oder nicht.« Er beugte sich etwas vor und sagte mit schiefem Grinsen: »Mit Sicherheit hätte ich dich dort längst mit Haut und Haar verschlungen! Oder Belka hätte es getan.«

Dodo schnappte kurz nach Luft. Würde Aisha jetzt auch nur eine Augenbraue hochziehen, würde Dodo diesen Runner in Stücke reißen. Aber in ihrem Gesicht rührte sich nichts. Runner war ihr Verbündeter. Und in ihrer Situation ...

»Willst du damit behaupten, Belka könnte mich sogar in Town mit Haut und Haar verschlingen?«, fragte Aisha und beugte sich ebenfalls vor.

»Nein«, sagte Runner mit hochrotem Kopf. Fast als stünde er kurz vorm Orgasmus. »Denn hier verfolgt sie ein ganz anderes Ziel, da hat sie keine Zeit für dich. Sie müsste ja erst uns Parker aus dem Weg räumen, dann deine treuen Diener und am Ende sogar noch die Farmer mit ihren MG-Wagen. Solange wir in der Überzahl sind, bist du einigermaßen sicher. Allerdings könnte sie sich verstecken – und davon versteht sie wirklich etwas – und uns aus dem Hinterhalt verletzen oder sogar töten. Im Moment rechne ich aber nicht damit, denn im Moment wird sie alles darauf anlegen, uns abzuschütteln.«

»Ich habe mit eigenen Augen gesehen, dass sie ihre Verfolger nicht abschüttelt, sondern angreift«, hielt Ratte dagegen. »Wir dürfen sie auf gar keinen Fall unterschätzen! Ich schlaf bestimmt nicht ruhig, solange sie noch hier in Town ist. Sollte sie mir über den Weg laufen, würde ich sie auf der Stelle erledigen. Oder die Beine in die Hand nehmen … Das ist keine Frau, das ist ein zweiter Gnadenloser.«

»Mach dich nicht lächerlich«, grunzte Pig und spuckte aus. »Die ist eine Schlampe wie jede andere auch! Eier hat sie mit Sicherheit nicht! Erzähl also keine Geschichten! Sie ist mutig, ohne Frage – aber in dieser Stadt wird auch sie zur Memme!« Die breite, schwielige Hand mit den kurzen Fingern ballte sich direkt unter Rattes Nase zur Faust. »Und sollte sie hierherkommen, breche ich ihr das Genick. Wäre mir ein echtes Vergnügen!«

»Womit Belka also nicht mein Problem wäre«, hielt Aisha ruhig fest, wobei sie innerlich keineswegs so ruhig war. »Bestens. Damit kann ich mich morgen früh ausschließlich um Klumpfuß kümmern. Möge der Gnadenlose uns allen beistehen! Dodo!«

»Ja?«

»Ich möchte, dass du heute Abend in meiner Nähe bist …«

»Verstanden, Priesterin …«

Als er den Kopf zum Zeichen seiner Verehrung neigte, bohrte er das Kinn beinahe in die breite, haarlose Brust. Er roch nach Schweiß und Moschus. Unter seiner Haut wölbten sich stahlharte Muskeln.

Warum eigentlich nicht?, schoss es Aisha durch den Kopf, als sie den Raum verließ. Warum soll ich mir den kleinen Spaß nicht gönnen?

Voller Bedauern legte Belka die kugelsichere Weste wieder ab. Sie war zu schwer. Für ihr Vorhaben musste sie sich mit einem Minimum an Kleidung und Waffen begnügen. Die Pistole und das Messer, mehr nicht.

Sie atmete noch einmal tief durch. Ja, es konnte losgehen.

Nachdem sie ihr Bein eingerieben hatte, schmerzte es kaum noch. Die Schnittwunden und Kratzer brannten, aber das war auszuhalten. Sie betrachtete ihre Hände. Die Plastikfesseln hatten tiefrote Striemen an den Gelenken hinterlassen. An einigen Stellen schimmerte sogar das rohe Fleisch durch. Viel hätte nicht gefehlt, und das Plastik hätte ihr auch noch die Adern durchtrennt ...

Dass sie überhaupt noch lebte, kam einem Wunder gleich. Und dieses Wunder hatte einen Namen ...

In ihrem Rücken schlief die gewaltige Stadt, in der es von Feinden wimmelte. Und irgendwo in dieser Stadt war ein Mann versteckt, den sie retten musste. Sie hatte keine Zeit mehr zu verlieren ...

Belka stand auf und kontrollierte noch einmal ihre Kleidung und ihre Waffen. Es war in der Tat kein Problem gewesen, die Stelle zu finden, wo Tim das Schlauchboot und ihre Vorräte versteckt hatte. Dort hatte sie sich nach einem Bad im Fluss umgezogen. Mit dem Wasser wollte sie nicht nur den Dreck, sondern vor allem die Erinnerungen abspülen. Sie beschnupperte ihre Haut. Der Schweißgeruch war weg. Sie roch nur ganz leicht nach der Salbe. Da sie aus Kräutern bestand, würde ihr Duft in dem Gemisch unterschiedlicher Pflanzenaromen nicht auffallen. Freund saß auch längst wieder in der Kapuze ihres Hoodys.

Nun schüttete sie noch ihren Rucksack vollständig aus und packte bloß etwas gedörrtes Fleisch, Brotfladen, einige Granaten und Patronen wieder ein. Auf dem Weg hierher hatte sie ein gutes Versteck entdeckt. Dort würde sie den Rest verstecken. Die MP, die abgesägte Schrotflinte und zwei Pistolen hängte sie sich um. Blieb noch Tims Rucksack. Auch er würde in das Versteck wandern. Nur den Atlas und das Tagebuch dieser Frau nahm sie an sich. Tim hatte ihr immer noch nicht bis zum Ende erzählt, was darin berichtet wurde …

Zu ihrer eigenen Überraschung musste sie grinsen.

Das war ein weiterer Grund, Tim zu befreien. Sonst würde sie ja nie erfahren, wie diese Geschichte ausging.

In ihrem neuen Versteck verstaute sie alles, was sie vorerst nicht brauchte. Sämtliche Spuren verwischte sie. Das Gras im Pfad hatte sich inzwischen auch wieder aufgerichtet. Bestens. Menschen, die etwas von Jagd und Fährtensuche verstanden, konnte sie mit diesen kläglichen Bemühungen zwar nicht hinters Licht führen, aber damit musste sie sich halt abfinden.

Lautlos verschmolz sie mit der Herbstnacht. Ihr Plan sah keinen Schusswechsel vor. Wenn alles glattging, würde sie nur ein Schatten bleiben, lautlos und unsichtbar …

Dodo wurde ihren Erwartungen mehr als gerecht.

Da er sein Glück selbst nicht fassen konnte, kam er beim ersten Mal zwar schon nach wenigen Minuten, der zweite Anlauf gelang ihm jedoch bereits deutlich besser. Aisha glühte wie eine junge Frau, die gerade erst das Vergnügen der körperlichen Vereinigung kennengelernt hatte. Das dritte Mal war derart grandios, dass Aisha quiekte und mauzte wie eine wilde Katze an einem Frühlingsabend.

Besser hätte sie sich diese Nacht gar nicht wünschen können …

Nachdem Dodo eingeschlafen war, dachte Aisha noch lange nach, den Kopf auf die Schulter ihres Bodyguards gebettet. Nein, sie liebte ihn nicht. Sie liebte überhaupt niemanden. Was sie für Dodo empfand, war noch nicht einmal Dankbarkeit oder Zärtlichkeit. Männer wie ihn gab es viele, eine Priesterin wie sie aber nur einmal. Das sagte im Grunde alles. Dennoch fühlte sich Aisha in diesem Moment ausgesprochen wohl neben ihm. Ihr Körper kam ihr geradezu schwerelos vor. In ihrem Bauch hatte sich eine angenehme Wärme ausgebreitet, in ihrer Brust flatterten Schmetterlinge. Selbst die Spuren ihrer beider Leidenschaft, die noch auf ihren Schenkeln klebten, trübten ihre Zufriedenheit nicht.

Nur Schlaf fand sie keinen.

Dodos Körper strahlte eine derartige Hitze aus, dass sie fast meinte, sie würde sich an ihm verbrennen.

Sie stand auf und trat ans Fenster.

Eine schwarze Nacht hatte sich über Town gesenkt. Die Posten versuchten, sie mit ihren Lagerfeuern wieder zu verscheuchen, doch die wenigen Lichtpunkte unterstrichen letzten Endes nur die Schwärze.

Mit einem Mal fröstelte Aisha. Sie schlang die Arme um ihre Schultern. Ihre Finger fuhren über die Schnitte, die ihr jedes Jahr in einem Ritual zugefügt wurden, obwohl sie das Ergebnis genau kannte. Sechzehn. Noch zwei Winter bis zu ihrer Begegnung mit dem Gnadenlosen. Und kein Opfer, dem sie im Ritualssaal den Bauch aufschlitzte, würde daran etwas ändern.

Sie machte sich nie etwas vor. Dem Unausweichlichen entkam man nicht. Niemand. Doch nun hatte sich eine Chance aufgetan. Es wäre eine Sünde, sie nicht zu nutzen. Wenn sie diese Gelegenheit nicht beim Schopfe packte, würde sie sich das nie verzeihen. Wenn sie wissen wollte, ob an der Geschichte etwas dran war, musste sie weitermachen …

Völlig unvermittelt sprang da ein Eichhörnchen auf das Fensterbrett. Ein kleines rotes Tier mit einem buschigen Schwanz. Es war aus dem wilden Wein herausgeschossen und starrte Aisha reglos an.

»Wo kommst du denn her?«, fragte die Priesterin lächelnd. »Weißt du etwa nicht, dass ein Eichhörnchen nachts zu schlafen hat?«

Das Eichhörnchen schnalzte und schnatterte laut los.

Aisha drehte sich zu dem schlafenden Dodo zurück. Er schnarchte und schnaufte wie ein Bär. Seine breite Brust hob und senkte sich in gleichmäßigem Rhythmus. Kein Eichhörnchen dieser Welt könnte seinen Schlaf stören.

Als Aisha sich wieder dem Fenster zuwandte, hockte ein schwarzer Schatten vor ihr. Eine gespenstische Silhouette vor dem Hintergrund der undurchdringlichen Nacht.

Noch ehe Aisha überhaupt zu einem Schrei ansetzen konnte, traf sie ein präziser Schlag an der Schläfe. Ohnmächtig sackte sie zusammen, doch der Schatten verhinderte, dass sie zu Boden fiel, und verschwand mit ihr lautlos in der Nacht.

Danach war nur noch der selig schlummernde Dodo im Raum. Die am Kopfende brennende Kerze flackerte und entriss dem Dunkel ganz kurz auch die finstersten Ecken, dann erlosch sie.

Runner wurde höchst unsanft geweckt. Eine stählerne Hand schnürte ihm die Kehle ab. Nicht einmal krächzen konnte er noch. Dodo riss ihn hoch und presste ihn gegen die Wand. Der letzte Rest Luft entwich Runners Lungen.

»Wo ist sie?«

Das war das Brüllen eines tollwütigen Wolfshundes. Dodo war splitternackt, und sein wahnsinniger Blick hätte selbst den Gnadenlosen in Panik versetzt – falls dieser dazu imstande gewesen wäre.

»Wo hast du sie versteckt, Parker?«

Aus den Augenwinkeln sah Runner, wie Rubbish schlaftrunken nach der MP langte. Leider bohrte sich auf halbem Wege Rattes Pistole in das Genick dieses Bosses. Rubbish hob die Hände, ohne seine Waffe auch nur angefasst zu haben.

Pig reagierte schneller, schaffte es aber auch nicht mehr zu einer abgesägten Schrotflinte, denn Dodo knockte ihn mit einem Fußtritt aus.

»Lass ... mich ...«, röchelte Runner, der fürchtete, gleich wie eine Nuss zerknackt zu werden. »Ich ... habe ... nichts ...«

Dodo rammte ihn ein weiteres Mal gegen die Wand und schleuderte ihn anschließend mit aller Kraft aufs Bett. Dieses zerbarst, und Runner landete auf Pig. Schon im nächsten Moment stand Dodo wieder über ihm.

»Wo ist sie?«, brüllte er.

»Schlag mich nicht ... Ich weiß es nicht ...«

Runners Stimmbänder verweigerten ihm den Dienst, er brachte nur noch ein Krächzen zustande.

»Du lügst!«, schrie Dodo und holte zu einem Schlag aus.

Hätte Runner sich nicht in letzter Sekunde weggeduckt, wäre er jetzt ein toter Mann gewesen. So kam er mit einer gebrochenen Nase davon.

Schon riss Dodo ihn wieder hoch und schüttelte ihn in der Luft von einer Seite zur anderen, als wollte er Runners Seele aus dessen Körper schütteln.

»Hast du jetzt völlig den Verstand verloren, Dodo?!«, jaulte Rubbish, der aber die Hände oben behielt. Er wollte auf gar keinen Fall durch einen Genickschuss sterben. »Wir haben das Zimmer überhaupt nicht verlassen ... Und jetzt lass Runner zufrieden! Du bringst ihn ja um!«

»Hör mal, Dodo«, mischte sich nun auch Knaller ein. Bei seinem fröhlichen Ton wäre niemand auf die Idee gekommen, dass in diesem Raum gerade ein Kampf auf Leben und Tod stattfand. »Benutz mal deinen Kopf! Ich habe vor Aishas Tür geschlafen. Niemand ist ins Zimmer rein, niemand ist raus. Bis du dann von innen die Tür aufgerissen hast ...«

Runner hustete. Im Mund hatte er den Geschmack von Blut.

»Dodo!«, presste er heraus. »Was ist überhaupt los?«

»Aisha!«, keifte dieser »Sie ist weg!«

Er brüllte, schlug sich selbst mit der Faust gegen den Kopf, ein Mal, ein zweites Mal, und sackte schließlich zu Boden. Tränen strömten über sein Gesicht. Echte Tränen.

Bei diesem Anblick geriet Runner in echte Panik, denn er begriff, dass es lediglich einem glücklichen Zufall zu verdanken war, dass er noch lebte. Wenn es um Aisha ging, würde Dodo jeden töten. Da interessierte ihn keine Medizin und kein ewiges Leben mehr. Nichts interessierte ihn da mehr. Denn dieser Mann war wahnsinnig. Völlig. Jeder Hirsch, der seinen Jägern entkommen wollte, zeigte mehr Vernunft als dieser Mann.

Pig kam stöhnend wieder zu sich.

»Ah«, stieß er aus, hielt sich den Kopf und schüttelte ihn gleichzeitig. »Verreck doch als Erster, Dodo! Hast du jetzt völlig den Verstand verloren?!«

»Wir haben damit nichts zu tun«, versicherte Rubbish. »Warum sollten wir Aisha etwas antun?«

Als nun Quernarbe ins Zimmer schaute, genügte ihm ein Blick auf das Chaos, um auf der Stelle den Rückzug anzutreten. Offenbar wollte er lieber keine Bekanntschaft mit der Pranke des tobenden Dodo schließen.

»Verrat ... uns ... doch ... erst mal«, verlangte Runner, »... was überhaupt geschehen ... ist!«

»Genau! Du schuldest uns eine Erklärung!«, sagte Rubbish. »Ihr stürmt hier rein ... und tretet uns die Eier ein ... Aber weswegen?«

Doch Dodo heulte nur noch, das Gesicht in den Knien vergraben. An seiner Stelle antwortete Knaller.

»Aisha ist verschwunden.«

»Aus einem geschlossenen Raum?«

»Ja«, antwortete Knaller. »Ich habe vor der Tür ihres Schlafzimmers Wache geschoben.« Er zeigte Runner eine Granate. »Mit meiner treuen Gefährtin!«

»Und niemand ist rein?«, hakte Rubbish nach.

»Absolut niemand, das schwöre ich beim Gnadenlosen!«

Pig setzte sich nun auf und betastete seinen geschwollenen Kiefer.

»Du bist ein verschissenes Drecksstück, Dodo!« zischte er. »Warum musstest du mir unbedingt einen Zahn ausschlagen?«

Runner blickte fragend zu Rubbish hinüber.

»Das ist ihr Werk«, hauchte Runner. »Ich gehe jede Wette ein, dass sie dahintersteckt.«

»Wer sonst?«, fragte Klumpfuß plötzlich.

Er stand in der Tür und sah aus, als hätte er die ganze Nacht kein Auge zugetan. Hinter ihm drückte sich sein Schamane herum.

»Und jetzt hört auf, euch gegenseitig umzubringen!«, verlangte er. »Folgt mir! Ich muss euch was zeigen!«

Dodo blickte Klumpfuß mit verweinten Augen an.

»Na, mach schon! Hoch mit dir!«, verlangte dieser grinsend. »Oder willst du noch weiterheulen? Mit deinen verschissenen Tränen änderst du doch nicht das Geringste!«

In Aishas Zimmer war es dunkel, denn die Kerze am Kopfende des Bettes brannte nicht. Klumpfuß befahl, Fackeln aus dem Gang hereinzutragen.

Er trat ans Fenster und beugte sich weit hinaus. Ächzend zog er eine Leiche ins Zimmer. Runner wich unwillkürlich einen Schritt zurück, Dodo dagegen schoss vor. Der Schamane linste über Klumpfuß vorbei ins Gesicht des Toten.

»Das ist Brocken«, stellte der Schamane fest. »Er hatte Dienst am Eingang ...«

»Das war Brocken«, verbesserte ihn Klumpfuß.

Um Brockens Hals war eine dünne schwarze Schnur geschlungen. Seine bläuliche Gesichtsfarbe gab ein beredtes Zeugnis davon ab, dass er in dieser Schlinge den Tod gefunden hatte.

»Immerhin sind wir jetzt etwas schlauer«, bemerkte Klumpfuß. »Denn nun wissen wir, wie Aisha verschwunden ist.«

»Und wie?«, fragte Runner.

»Eure rothaarige Schlampe hat Brocken unten getötet, indem sie ihn mit dieser Schlinge erdrosselt hat. Dann ist sie an den Pflanzen hier hochgeklettert, hat die Schnur über einen Haken am Fensterbrett geführt und sich Aisha geschnappt. Zusammen mit ihr ist sie dann in die Tiefe gesprungen. Dadurch ist Brocken nach oben gezogen worden, während ihr Sturz abgebremst wurde. Ohne Flügel und ohne Zauberei. Sie ist clever, diese kleine Hure ...«

»Wenn Brocken nicht so dick gewesen wäre, hätte sie ihn sich bestimmt nicht ausgesucht«, murmelte Rubbish. »Aber er wiegt doch garantiert so viel wie die beiden Frauen zusammen.«

Mit einem Mal tauchte Quernarbe wieder auf.

»Na, wieder da, Viehhirte?«, knurrte Pig. »Gib's zu, du hast dir vor Angst in die Hose geschissen! Oder wolltest du erst abwarten, bis sie uns alle erledigt hat?«

»Ich habe mich unten umgesehen«, überging Quernarbe die Worte. Er wandte sich ausschließlich an Klumpfuß. »Sie hat ein Pferd geklaut. Mein Pferd! Und sie lässt uns etwas mitteilen ...«

Dodo fletschte die Zähne und gab ein unangenehmes Knurren von sich.

»Was?«, fragten Runner und der Schamane fast gleichzeitig.

»Zwei meiner Männer haben die Pferde bewacht«, holte Quernarbe aus. »Einen hat sie ...«

»Was sie mit deinen Männern gemacht hat, ist mir scheißegal! Die kann sie von mir aus alle kopfüber aufhängen!«, brüllte Runner. »Ich will wissen, was sie gesagt hat!«

»Dass wir Aisha wiederkriegen, wenn wir ihr Nerd geben«, spie Quernarbe aus. »Außerdem hast du mich nicht anzubrüllen, Parker! In Town hast du nämlich gar nichts zu melden!«

»Genau wie die«, zischte Klumpfuß. »Was bedeutet: Sie hat ihre Botschaft dem falschen Mann zukommen lassen! Hier bin ich der Boss! Hier muss man mich informieren!« Er zeigte auf den Schamanen neben sich. »Oder ihn! Ihr alle seid in Town bloß Dreck! Genau wie eure elende Hure! Sie stellt mir Bedingungen? Pah! Da kennt sie mich aber schlecht! Diesen Jammerlappen kriegt sie bestimmt nicht! Ihren Austausch kann sie vergessen!« Seine Stimme bebte vor Wut. »So weit kommt es noch, dass mir jemand in meiner eigenen Stadt etwas vorschreibt!«

»Sie hat Aisha in ihrer Gewalt!«, brüllte Dodo, der sich endlich Hosen angezogen hatte. »Hast du auch nur einen Funken Verstand, du hinkefüßiger Dreckswurm?!«

Er wollte sich auf Klumpfuß stürzen, doch Krächzer stellte ihm ein Bein, gleichzeitig warfen sich Pig und Rubbish auf ihn.

Jaulend versuchte sich Dodo der Umklammerung zu entwinden, doch die beiden pressten ihn fest zu Boden.

»Mach keinen Scheiß!«, raunte ihm Rubbish zu. »Der bringt dich um! Damit wäre niemandem gedient!«

»Auf den Boden!«, brüllte mit einem Mal Knaller, der in der Türfüllung aufgetaucht war und nun eine Granate hochhielt. »Runter! Das ist kein Scherz!«

Grabesstille breitete sich aus.

Klumpfuß drehte sich langsam zu dem Bombenspezialisten um.

Kichernd demonstrierte dieser allen die Granate.

»Sollen wir ihn erschießen?«, fragte einer der Männer von Klumpfuß, der mit einer Fackel an der Tür stand.

»Du kannst es ja mal versuchen«, erklärte Knaller.

Seine Finger hielten die Granate so fest umklammert, dass die Knöchel weiß hervortraten. In seinen Augen funkelte echter Wahnsinn.

»Lasst Dodo los!«, verlangte er.

Pig und Rubbish kamen dem Befehl unverzüglich nach.

Dodo erhob sich und stellte sich neben Knaller. Sein Gesicht glühte rot, aus seiner Nase troff Blut.

»Könnten wir uns jetzt bitte alle wieder beruhigen?«, fragte Runner nahezu unbeteiligt. »Es bringt uns nicht weiter, wenn wir uns gegenseitig in die Luft jagen.«

»Du solltest das Maul nicht so aufreißen!«, blaffte Ratte ihn an und stellte sich neben Dodo und Knaller. »Eure kleine Schlampe hat unsere Priesterin entführt. Daher kümmern wir uns besser allein um die Sache. Verpisst euch also!«

»Ich werde niemanden austauschen«, mischte sich nun Klumpfuß ein. »Ihr wollt eure Priesterin zurück, also müsst ihr jemanden zum Tausch anbieten. Nerd gehört mir. Wo er ist, wisst ihr nicht mal! Und ich rücke ihn bestimmt nicht heraus. Nicht mal, wenn ihr das ganze Haus in die Luft jagt. Damit beeindruckt ihr mich nämlich überhaupt nicht!

»Steck die Granate weg, Knaller!«, sagte Ratte.

Doch der Bombenspezialist schüttelte den Kopf.

»Steck die Granate weg!«, wiederholte Ratte. »Wenn nicht, bitte ich Dodo, dich aus dem Fenster zu schmeißen! Leg dich also besser nicht mit mir an! Heute jagt hier niemand irgendwas in die Luft! Schließlich sind wir Verbündete.«

»Ganz genau«, sagte Runner, und sein Mundwinkel zuckte. »Verbündete.«

Krächzer stieß ein leises Lachen aus, das jedoch durch die Kapuze irgendwie verzerrt wurde und allen Anwesenden eine Gänsehaut über den Rücken jagte.

»Was haben wir nur für undankbare Gäste, Klumpfuß«, zischte der Schamane. »Lässt du neuerdings jeden Verrückten in deine Stadt? Bedroht uns dieser Mann etwa in unserem eigenen Haus? Wenn er davon faselt, uns umzubringen, will er doch wohl eigentlich einen Spaziergang über unser Brett machen, oder? Der Gnadenlose hat ja auch schon lange kein Opfer mehr erhalten ...«

»Folgendes!«, knurrte Klumpfuß nun. »Morgen früh begleitet euch jemand zur Main Bridge! Ihr verlasst unsere Stadt und kehrt nach City zurück! Zum Abschied erhaltet ihr alle noch einen Tritt in den Arsch! Wer murrt, spaziert übers Brett! Wer Widerstand leistet, verreckt als Erster! Mit eurer kleinen Schlampe werde ich auch ohne euch fertig!«

»Bring die lieber gleich um«, riet ihm Krächzer. »Dann machen sie dir nie wieder Ärger.«

Knaller stand noch immer mit hoch erhobener Granate da. Auch Dodo und Ratte schienen wie angewurzelt.

Quernarbe drückte sich an der Tür herum. Ihm stand auf der Stirn geschrieben, dass er am liebsten wieder Hals über Kopf davongestürzt wäre, doch das verhinderten die beiden Männer von Klumpfuß, die mit ihren MPs den Ausgang bewachten.

»Damit hätte sie ihr Ziel erreicht«, erklärte Runner ruhig. »Sie will doch nur, dass wir uns gegenseitig erledigen. Klumpfuß! Allein wirst du mit Sicherheit nicht mit ihr fertig! Unser einziger Vorteil ist nämlich, dass wir viele sind, sie aber allein ist. Wenn wir einzeln gegen sie antreten, zertritt sie uns wie Asseln. Sie ist schlau, Klumpfuß! Schlauer als jeder von uns allein, aber solange wir an einem Strang ziehen, legt sie sich nicht mit uns an.« Er drehte sich zu Dodo um, der drei Kopf größer war als Runner. »Es tut mir leid wegen Aisha«, fuhr er fast sanft fort. »Aber wir können sie nicht gegen Nerd austauschen, Dodo.«

Der Riese sah ihn voller Hass an.

»Wir können versuchen, sie zu befreien«, fuhr Runner fort. »Wir lassen sie nicht im Stich, Dodo. Aber wir können sie nicht gegen die einzige Chance eintauschen, die wir alle haben.«

Auf das Wort *alle* legte er besonderen Nachdruck.

Pig und Rubbish schnauften in Runners Rücken. Da sie aber ihre Lage begriffen, hielten sie zum Glück den Mund, um die Luft nicht noch weiter zu vergiften.

»Bring sie um!«, wiederholte Krächzer. »Glaub ihnen kein Wort!«

Klumpfuß dachte kurz nach. Sein Blick verhieß nichts Gutes.

»Entweder ihr macht morgen früh, was ich euch sage«, verkündete er dann, »oder ihr sterbt.«

Er ging zur Tür. Quernarbe machte ihm mit ängstlichem Blick Platz.

Krächzer folgte Klumpfuß, drehte sich an der Tür jedoch noch einmal um.

»Nehmt schon mal Abschied vom Leben«, brachte er mit heiserer Stimme hervor. »Und merkt euch eins: Ich behalte euch im Auge.«

Knallend zog er hinter sich die Tür ins Schloss.

»Steck endlich die Granate weg«, schrie Runner Knaller an. »Deinetwegen wären wir eben beinahe alle abgeknallt worden! Hol dich doch der Gnadenlose! Hast du jetzt auch noch dein letztes bisschen Verstand verloren? Dir ist doch wohl klar, dass man uns deinetwegen in Stücke reißt und an die Wolfshunde verfüttert!« Er atmete tief durch. »Das ist seine Stadt, Knaller! Er kann hier mit uns machen, was er will! Hier hat er uns in der Hand!«

»Das ist mir alles scheißegal!«, mischte sich Dodo ein. »Wir können ihn genauso kaltmachen wie jeden anderen auch. Ich habe keine Angst vor ihm!«

Runner drehte sich ihm zu, ein schmächtiger Mann, der ein wenig an eine wütende Heuschrecke erinnerte.

»Als Toter hilfst du Aisha mit Sicherheit nicht«, sagte er. »Nur wenn du lebst, kannst du etwas für sie tun! Außerdem solltest du dir endlich in deinen leeren Schädel hämmern, dass sich nicht die ganze Welt um ihren Hintern dreht. Wenn sie als Erste verreckt, geschieht gar nichts. Nur wegen deiner Dummheit möchte ich aber nicht schon morgen krepieren. Oder weil Aisha Mist gebaut hat.«

»Dann hau doch ab!«, zischte Ratte.

»Das könnte euch so passen!« Quernarbes Stimme klang, als wollte er Krächzer Konkurrenz machen. »Wir alle wollen diese Medizin. Deshalb bin ich mit dem Parker einer Meinung. Reißt das Maul nicht so auf und erinnert euch daran, wer hier das Sagen hat! Ich hab nämlich auch keine Lust, als Futter für die Wolfshunde zu enden!«

»Ob du einer Meinung mit mir bist oder nicht, spielt überhaupt keine Rolle«, erklärte Runner. »Entweder wir sind alle einer Meinung, oder wir sind alle tot. Also, Knaller! Wenn du nicht sofort diese Granate wegsteckst, mach ich dich kalt!«

In dieser Sekunde erstarrte Ratte, was die Ähnlichkeit zu dem Nagetier, dessen Namen er trug, noch stärker hervortreten ließ. Dann riss er den Kopf herum und lauschte.

»He!«, fauchte er. »Haltet endlich mal die Schnauze!«

Überrumpelt von dem Befehl, befolgten ihn tatsächlich alle. Ratte schüttelte den Kopf in einer Weise, als könnte er nicht glauben, was er gesehen oder gehört hatte.

»Aha ...«, flüsterte er. »Wer hätte ...«

Er riss die Augen auf, etwas explodierte in ihnen, erlosch jedoch sogleich wieder.

»Ich muss weg«, sagte er. »Aber es dauert nicht lange.«

An der Tür drehte er sich noch einmal um. »Noch was! Klumpfuß glaubt, dass er der Klügste von uns allen ist. Aber da irrt er sich! Als ob er Nerd vor mir verstecken könnte!« Er kratzte sich die Nasenspitze und zwinkerte vergnügt. »Wenn ich blind und taub wäre, würde ich ihn vielleicht nicht finden! Aber selbst dann bliebe noch meine Nase … Wartet hier, ich bin gleich wieder da!«

KAPITEL 3

Der Tunnel

»Wenn du was trinkst«, sagte Belka, »geht es dir gleich besser.«

Aisha atmete noch immer pfeifend ein und stoßweise wieder aus. Belka saß ein paar Schritte von ihr entfernt, mit dem Rücken gegen die Wand gelehnt, und beobachtete die Priesterin.

In Aishas Blick lag blanker Hass.

In dem Keller, in den die Parkerin sie geschleppt hatte, war es kalt und feucht. Belka hatte zwar ein kleines Feuer entzündet, doch das spendete kaum Wärme. Immerhin ermöglichte es den beiden, sich gegenseitig in Augenschein zu nehmen.

»Als ob du nicht selber hecheln würdest«, zischte Aisha, »wenn dir jemand eine Unterhose in den Mund gestopft hätte!«

»Du warst schließlich nackt. Was hätte ich da sonst nehmen sollen?«

»Übrigens bin ich immer noch nackt. Gib mir also gefälligst was zum Anziehen, mir ist kalt!«

»Tut mir ausgesprochen leid«, erwiderte Belka grinsend. »Aber leider gibt es hier keinen Kleiderschrank. Du wirst also weiter frieren müssen! Aber keine Sorge, daran stirbst du schon nicht!«

Belka hatte Aisha mit Armen und Beinen an ein verrostetes, aber solides Rohr gefesselt.

»Dann gib mir wenigstens Wasser«, verlangte Aisha barsch. »Im Übrigen verspreche ich dir, mit dir bei der erstbesten Gelegenheit genauso wild durch die Gegend zu preschen wie du mit mir. Selbstverständlich stopfe ich dir dann ebenfalls eine Unterhose in den Mund. Bin schon gespannt, wie es dir ergeht, wenn du erst mal quer überm Sattel hängst!«

Belka reagierte überhaupt nicht auf diese Worte, sondern reichte Aisha nur schweigend ihre Flasche. Das Wasser schmeckte widerlich, half der Priesterin aber.

»Wie geht es jetzt weiter?«, fragte Aisha. »Bringst du mich um?«
»Das wäre längst geschehen, falls ich es für nötig gehalten hätte.«
»Wenigstens etwas. Willst du mich austauschen?«
»Mhm.«
»Das wird nicht klappen«, bemerkte Aisha grinsend. »Klumpfuß pfeift auf mich.«
»Tja«, entgegnete Belka, »es gibt ja nicht nur Klumpfuß. Warten wir's also ab!«
»Und wenn sie mich trotzdem nicht austauschen wollen?«
Belka dachte einen Moment nach, dann grinste sie noch breiter.
»In dem Fall schicke ich dich ihnen in Teilen zurück«, sagte sie dann. »Das dürfte sie nach und nach von meinem Vorschlag überzeugen.«
»Nicht Klumpfuß«, beteuerte Aisha. »Aber aus reiner Neugier: Womit würdest du anfangen?«
»Mit einer Hand.«
»Ginge nicht erst der Zahn?«, jammerte Aisha. »Der tut mir eh weh ...«
»Das hältst du schon aus.«
»Hör mal, Belka, ich wollte Klumpfuß morgen eigentlich als Geisel nehmen ...«
»Ist mir bekannt, denn ich habe euer Gespräch belauscht.«
»Das glaub ich nicht«, stieß Aisha in echter Verwunderung aus.
»Aber warum lässt du dich dann zu einer derartigen Dummheit hinreißen, statt noch ein wenig Geduld an den Tag zu legen?«
»Und gebe dir die Gelegenheit, mächtiger als Klumpfuß zu werden? Ich bin doch nicht bescheuert!«
»Hast du etwa Angst vor mir?«
»Nein«, antwortete Belka hart. »Ich habe vor niemandem Angst. Aber ich kenne dich!«
»Bedauerst du, dass du mich damals nicht getroffen hast?«
»Nein. Aber seitdem gebe ich mir noch mehr Mühe, mein Ziel zu treffen.«
»Das war deine eigene Schuld. Du wolltest uns beklauen ...«
»Lenk nicht ab, Priesterin«, polterte Belka. »Wir beide sind quitt. Außerdem ist das Schnee von gestern. Wir hätten einander töten können, aber das haben wir nicht. Fertig.«

»Gib mir eine Decke!«, verlangte Aisha bloß bibbernd, denn von dem alten Zementboden stieg eine Grabeskälte auf. »Mein Hintern ist schon ein einziger Eisbrocken!«

»Du weißt, dass ich keine Decke habe!«

»Willst du mich eigentlich auch in dieser Aufmachung austauschen?«

Belka zuckte bloß die Schultern.

»He! Ich rede mit dir!«

»Ich kann dich ja wohl schlecht allein lassen, um dir was zum Anziehen zu besorgen«, erklärte Belka. »Du würdest doch sofort losbrüllen. Dann wäre ich geliefert. Natürlich könnte ich dir vorher den Mund stopfen, indem ...«

»Nein danke«, fiel ihr Aisha ins Wort. »Auf das Vergnügen, ein weiteres Mal auf dieser stinkenden Unterhose herumzukauen, kann ich getrost verzichten.«

»Dann kann ich nichts für dich tun.«

»Du könntest mich losbinden«, hielt Aisha in bittendem Ton dagegen. »Damit ich wenigstens aufstehen kann.«

Ohne Erwiderung erhob sich Belka und schnitt das Seil durch, mit der Aishas Fesseln zusammengebunden waren.

»Danke«, brachte diese heraus und erhob sich ungelenk. »So ein Monster bist du gar nicht. Eigentlich könnten wir sogar Freundinnen sein ...«

»Wohl kaum. Denn eines solltest du inzwischen begriffen haben: Ich bin weder gut noch böse, tauge also weder als Monster noch als Freundin. Ich will Nerd gegen dich austauschen, das ist alles. Wärst du in City geblieben, würde ich nicht einen Gedanken an dich verschwenden. Aber du musstest mir ja unbedingt nachjagen. Also hast du dir den ganzen Schlamassel selbst eingebrockt.«

Belkas Mundwinkel zuckte. Offenbar wollte sie auf diese Weise Ironie oder Mitleid ausdrücken.

»Darf ich dich etwas fragen?«, brachte Aisha leise heraus.

Sie trat so weit an das kleine Lagerfeuer heran, wie es der Strick zuließ, mit dem ihre Hände nach wie vor an das Rohr gefesselt waren, um wenigstens etwas von der Wärme abzubekommen.

Belka nickte.

»Das mit der Medizin ... Stimmt das?«

»Ich weiß es nicht.«
»Warum suchst du sie dann?«
»Weil ich hoffe, dass es stimmt.«
»Du weißt nicht, ob es diese Medizin wirklich gibt, aber ...«
»Ich hoffe es eben.«
»Klingt nicht gerade überzeugend.«
»Für mich reicht es.«
»Kannst du eigentlich lesen?«
»Nerd hat mir die Buchstaben beigebracht.«
»Aber richtig lesen kannst du nicht?«
»Nein.«
»Aha«, murmelte Aisha. »Wir kriegen das früh beigebracht. Eine Priesterin muss lesen können.«
»Ich bin aber keine Priesterin, deshalb hat mir das auch niemand beigebracht.«

Belka öffnete ihren Rucksack und holte ein in Tuch gewickeltes Stück Fleisch heraus. Bei der Gelegenheit bemerkte Aisha ein schmales Buch oder dickes Heft, ließ sich aber nichts anmerken.

»Hat man dir denn überhaupt etwas beigebracht?«
»Pilze und Beeren sammeln, alles über Kräuter, Fleisch zu kochen und Fische zu fangen.«
»Kann man alles brauchen.«
»Als ich älter war, habe ich mir selbst das Schießen beigebracht. Dann habe ich an der Jagd teilgenommen oder allein nach Dingen von früher gesucht. Von mir wurde aber verlangt, dass ich Kinder zur Welt bringe und mit den älteren Jungen und den Männern ins Bett gehe, wann immer die es wollten. Und ich sollte gehorchen.«
»Da warst du wohl keine besonders gute Schülerin?«
»Nein! Denn man muss seine Wahl treffen! Entweder lebst du wie alle Frauen im Stamm oder ... Jedenfalls habe ich mich für ein Leben in Einsamkeit entschieden!«
»Ich hatte es da einfacher, denn ich wurde als Priesterin geboren.«
Belka schnaubte nur.
»Mir wurde das Lesen beigebracht, und ich kann sogar schreiben«, fuhr Aisha fort. »Ich kenne die Bräuche, ich habe die Macht, jemanden zu bestrafen oder auch zu begnadigen. Ich bin das Gesetz, das der Gnadenlose uns gegeben hat.«

Aisha konnte ihren Stolz nicht verbergen, doch Belka schnaubte bloß erneut.

»Nerd hat mir erzählt, dass es sich bei dem Gnadenlosen um winzig kleine Lebewesen handelt, die man nicht mal sehen kann«, sagte sie dann. »Trotzdem ist die Welt um uns herum voll von diesen Dingern. Aber nicht alle töten, nur einige. Früher gab es verschiedene Medikamente gegen die gefährlichen Biester. Sie haben verhindert, dass diese Dinger einem Menschen Schaden zufügen. Aber heute gibt es keine Medizin mehr. Und die Menschen haben vergessen, wie sie hergestellt wird. Aus alledem folgt aber, dass der Gnadenlose dir überhaupt keine Macht gegeben haben kann. Genauso wenig wie du sein Gesetz sein kannst. Er ist nämlich so klein, dass er überhaupt kein Hirn hat. Er kann nur töten. Deine Macht hat dir der Stamm gegeben!«

»Eine Kugel hat auch kein Hirn«, hielt Aisha dagegen. »Dennoch tötet sie. Und Macht hat derjenige, der ungestraft töten kann. Das Gesetz ...« Sie lächelte. »Das Gesetz, Belka, ist nötig, um zu erklären, warum ich ungestraft töten darf, sonst aber niemand. Das Gesetz sichert das Recht des Stärkeren.«

»So war es nicht immer.«

»O doch ... Aber heute spielt es ohnehin keine Rolle mehr, wie es gestern einmal gewesen ist«, hielt Aisha dagegen. »Worauf es ankommt, ist, wie es morgen sein wird. Frag dich doch einmal, ob viele Menschen deine Ansichten eigentlich teilen. Oder ob es in der Vergangenheit viele gegeben hat, die es getan haben. Nachdem der Boss aller Bosse und die Erste Mutter die Menschen gezwungen haben, in Stämmen zusammenzuleben. Die Antwort darauf kennst du, oder, Belka?«

Belka sah Aisha mit einem abschätzenden Blick an.

»Du, eine Frau, die als Priesterin geboren wurde, willst mit mir über Freiheit reden?«

»Du, eine Frau, die in Park geboren wurde, willst mit mir streiten?«

»Warum sollte ich mit dir streiten?«, fragte Belka in beiläufigem Ton. »Ich habe in Freiheit gelebt und bin ganz allein auf die Jagd gegangen. Mein Haus habe ich mir mit eigenen Händen gebaut. Ich habe keine Sklaven und Sklavinnen zur Welt gebracht, ich habe nicht für die Bosse die Beine breit gemacht, auch nicht vor irgendwelchen anderen Männern, egal aus welchem Stamm. Hätte ich sterben können? Hundertmal sogar! Hatte ich Angst? Jeden Tag! Habe ich vor Hilflosigkeit geheult? Oft! Bin ich deshalb bereit, zum Stamm zurückzukehren? Niemals!«

»Dann hör mir jetzt mal gut zu, Belka!« Aisha wollte auf sie zutreten, doch das Seil verhinderte das. »Ich biete dir den Platz neben mir an. Damit wir gemeinsam eine neue Welt aufbauen! Eine gute und gerechte Welt! Wir holen uns die Medizin und ändern die Gesetze! Wir geben den besten Menschen das Recht, ebenfalls ewig zu leben. Alle, die treu und gut und klug sind, erhalten die Medizin. Für alle würde sie schließlich nicht reichen, oder? Warum sie also an Menschen austeilen, die es nicht verdienen? Wenn uns ein sehr langes Leben winkt, brauchen wir Diener, die für uns jagen und Gemüse anbauen, unsere Häuser bauen, Ordnung halten und und und. Die besten von ihnen werden wir belohnen. Wer das ist, entscheiden wir. Nur wir beide! Niemand sonst!« Aishas Lippen verzogen sich zu einem strahlenden Lächeln. »Denk in aller Ruhe darüber nach, Belka.«

»Eine gute und gerechte Welt?«, fragte diese höhnisch zurück. »Und die willst ausgerechnet du aufbauen?«

»Ohne mich kommt ihr hier nicht weg!«

»Falls dich das tröstet«, erwiderte Belka beiläufig. »Du bist nicht die Erste, die mir ein Bündnis anbietet. Und du bist auch nicht die Erste, die mich mal am Arsch lecken kann. Ich brauche keine Verbündeten! Schon gar nicht solche wie dich, Aisha! Du bist eine Ware! Ein Ding! Wenn ich dich nicht gegen Nerd tauschen kann, bringe ich dich um! Damit du nicht doch noch deine sogenannte gerechte Welt aufbaust! Die Scheiße in dieser Welt steht uns ja jetzt schon bis über beide Ohren!«

»Das wirst du noch bereuen!«

»Mach den Mund auf, du Schlampe! Wird Zeit, dass ich ihn dir wieder mit der Unterhose stopfe!«

Nerd dämmerte vor sich hin.

Der Ort, an den ihn Klumpfuß und seine Kumpane mitten in der Nacht gebracht hatten, war immerhin etwas besser als der bisherige. In einer Ecke lag eine alte Matratze, die noch halbwegs brauchbar war und kaum stank. In der Decke steckte kein Haken, um Nerd daran aufzuhängen. Die Männer hatten ihn in die Zelle gestoßen, die Tür verriegelt und ihn ohne Wasser in der undurchdringlichen Dunkelheit zurückgelassen. Ein Fenster gab es hier nämlich nicht.

Er wollte furchtbar gern schlafen, was aber nicht klappte, sodass er irgendwo an der Grenze zwischen Traum und Wachsein entlangirrte und auf jeden Ton hinter der geschlossenen Tür lauschte.

Allmählich dürfte die Nacht vorüber sein. Im Gang vor der Tür polterte etwas. Es folgten ein unterdrücktes Stöhnen und ein unangenehmes Knacken, laute Schritte und ein Schlag, dann fiel etwas schwer auf den Beton. Der Riegel wurde quietschend zurückgeschoben.

In der Tür stand ein Riese mit einem gewaltigen Messer in der Hand. Obwohl die Fackeln im Gang nur ein schwaches gelbrotes Licht spendeten, erkannte Nerd mühelos, dass an der Klinge bereits jede Menge Blut klebte.

An dem Riesen schlüpfte der Mann mit dem Gesicht und dem Verhalten einer Ratte vorbei, den Nerd bereits kannte.

»Hi«, sagte der Typ. »So sieht man sich wieder!«

Er machte sich mit dem Messer an der Plastikfessel um Nerds Handgelenk zu schaffen.

»Erkennst du mich noch? Ich bin Ratte.«

Nerd nickte.

»Steh auf!«, befahl Ratte.

»Würd' ich ja gern«, jammerte Nerd und hielt demonstrativ die Stahlkette hoch, die sich um seine Taille wand.

»Dodo! Eine Aufgabe für dich!«

Die beiden gewaltigen Pranken packten hinter Nerds Rücken die Kette. Ein Ruck – und sie barst.

»Gelingt es dir vielleicht jetzt aufzustehen?«, fragte Ratte.

Voller Mühe erhob Nerd sich. Sofort wurde ihm schwindlig.

»Das dauert zu lang!«, zischte Ratte und spuckte genussvoll aus.

»Dodo! Schnapp ihn dir!«

Noch ehe Nerd den nächsten Atemzug getan hatte, lag er schon quer über der Schulter dieses Dodo und wurde zwischen zwei alten Röhren hindurchgetragen.

In dem Keller zogen sich überhaupt zahllose Leitungen dahin. Es stank nach Fäulnis, Abfällen und Katzenpisse. Der Geruch von Ammoniak kitzelte Nerd in der Nase. Am Boden lagen die Überreste einer Wärmeisolierung und jede Menge Plastikschellen. Dodo rutschte gelegentlich in irgendwelchen Lachen aus und gewann sein Gleichgewicht anschließend nur mit Mühe zurück.

»Schneller«, drängelte Ratte, der mit der rußenden Fackel voneweg lief. Krummbeinig und wendig, wie er war, fühlte er sich hier unten wie ein Fisch im Wasser, aber er musste ja auch nicht wie Dodo wegen der niedrigen Decke ständig den Kopf einziehen. »Schlaf nicht ein!«

Sobald sie den Keller hinter sich ließen, roch die Luft sauber. Gleich neben der Tür lagen allerdings mehrere Leichen, und aus der Ferne drangen Stimmen und Schreie heran.

»Nichts wie weg hier!«, befahl Ratte.

Nun konnte Dodo zeigen, was für ein Läufer er war. Das Pferd, das Nerd nach City gebracht hatte, war im Vergleich mit Aishas Bodyguard ein lahmer Gaul. Der Mann hämmerte seine Absätze deutlich schneller auf den Boden als das Tier seine Hufe. Nun war es Ratte, der sich ins Zeug legen musste, um nicht zurückzubleiben. Daran änderte auch die Tatsache nichts, dass Dodo sogar noch Nerd mitschleppte.

Nachdem sie zwei Blocks hinter sich gebracht hatten, bog Ratte ab, um gleich darauf wieder in einer riesigen Tiefgarage zu verschwinden. Die Fackeln entrissen dem Dunkel ausgebrannte Karosserien, Müll und Pappkartons voll von schwarzem Schimmel. Es war nur ein spärliches Licht, das Ratte aber anscheinend ausreichte. Problemlos führte er sie über eine breite Rampe, die sich in Spiralen wieder nach oben zog. Nun bemerkte Nerd auch, dass es schon fast tagte. Rechts ließ sich ein grauer Himmel erkennen, den nur noch einzelne Sterne sprenkelten. Der kalte Morgenwind fegte durch die Anlage und vertrieb die letzten Reste nächtlicher Dunkelheit.

Über eine schmale Metalltreppe ging es wieder nach unten, direkt in eine schmale Gasse. Jäh blieb Ratte stehen, löschte die Fackel und schnupperte. Dodo setzte Nerd vor einer Mauer ab und schüttelte ihn derart heftig, dass dieser mit den Zähnen klapperte.

»Kannst du gehen?«

»Ich werd's versuchen …«

Dodo lief der Schweiß in Bächen vom Körper. Der Mann rannte nicht nur wie ein Pferd – er stank auch so.

»Das wird nichts«, mischte sich Ratte erbarmungslos ein. Sein Gesicht schien wie aus Stein, sein Blick starr auf einen Punkt im Nichts gerichtet, genau wie bei einem Schamanen während einer Beschwörungszeremonie. »Die sind uns viel zu dicht auf den Fersen. Pack ihn dir wieder über die Schulter, Dodo, und dann nichts wie weiter! Sonst erwischen die uns am Ende noch!«

Damit ging die Rennerei weiter.

Mittlerweile vermochte Nerd wieder klar zu denken, weshalb er sich trotz der heftigen Schüttelei einen Reim auf seine seltsame Entführung machen konnte: Aishas Männer hatten ihn Klumpfuß vor der Nase weggeschnappt. Wohin sie ihn brachten, war ihm allerdings schleierhaft. Auch ansonsten blieben ihm nur Mutmaßungen. Waren City und Town nicht länger Verbündete? Wie verhielten sich in diesem Fall die Farmer? Und wie passten die Parker da noch rein?

Trotz all der offenen Fragen war Nerd froh, den Klauen von Klumpfuß erst einmal entrissen worden zu sein. Dieser wahnsinnige Schamane würde ihm nicht noch einmal das ekelhafte Kraut aus dem Brennenden Land unter die Nase halten.

In einer Gasse, in der rechter Hand dichte Haselnusssträucher wuchsen, blieb Ratte erneut stehen, um nach Atem zu ringen, während Dodo seine Fracht erleichtert abwarf.

»Wohin jetzt?«, wollte er keuchend von Ratte wissen.

»Das wird unser Freund Nerd uns sagen.«

»Ich?«

»Wo ist dein Boot?«, fragte Ratte, der sein Gesicht derart nahe an das von Nerd herangeschoben hatte, dass dieser meinte, der Mann aus City würde ihm gleich die Nase abbeißen. »Wo ist dein Versteck?«

»Welches Versteck?«, gab sich Nerd unwissend, was ihm glatt einen Faustschlag einbrachte, nach dem in seinem Kopf lautes Glockengeläut einsetzte.

»Hör mir jetzt gut zu, du verschissener Bücherwurm!«, knurrte Ratte. »Für wie blöd hältst du mich eigentlich? Deine kleine Schlampe hat Aisha entführt, um sie gegen dich auszutauschen. Wenn wir sie bis morgen früh nicht zurückhaben, macht Klumpfuß uns alle kalt. Dieses rothaarige Miststück hat mit Sicherheit euer Boot längst gefunden, denn sie muss sich vor der Entführung unserer Priesterin Ausrüstung besorgt haben. Sie ist also garantiert beim Boot gewesen! Mach also dein verschissenes Maul auf! Wo steckt sie?!«

»Das ist nicht so einfach zu erklären«, röchelte Nerd. »Irgendwo am Fluss halt ... Da war ein gesunkenes Schiff in der Nähe ... und Lagerhallen am Ufer ... außerdem irgendwelche Betonstücke mit Eisen ... Gitter vielleicht ... so hohe Dinger!«

»Der meint den Hafen«, wandte sich Ratte an Dodo. »Wir sind da schon mal auf Streifzug gewesen. Um zu sehen, ob wir nicht was Nützliches finden. Den Weg dahin kenne ich.«

»Schießt nicht«, rief da jemand. »Ich bin's.«

Knaller tauchte aus dem Dunkel auf.

»Und?«, fragte Dodo.

»Alles klar«, antwortete Knaller. »War zwar verdammt knapp, aber ich hab's geschafft.«

»Hauptsache, sie entdecken uns nicht, bevor alles erledigt ist«, murrte Ratte.

In dieser Sekunde krachte etwas in ihrer Nähe. Sämtliche Vögel im Umkreis flogen unter wildem Geschrei hoch in die Luft auf.

»Ich habe ja nie behauptet, dass es keine Verletzten oder Toten geben wird«, erwiderte Knaller grinsend. »Immerhin dürftet ihr jetzt jede Menge Zeit haben.«

»Wir stecken nicht dahinter, Klumpfuß!«, versicherte Quernarbe fast kleinlaut.

Er stand auf seinem MG-Wagen und machte mit seinem ganzen Gebaren klar, dass er nicht die geringste Absicht hatte, die Waffe einzusetzen.

»Dieser Bücherwurm Nerd ist verschwunden, seine Wächter sind ermordet und ...«

»Wir waren das nicht«, erklärte nun auch Runner. »Wir haben geschlafen.«

»Ich hätte euch alle schon gestern umbringen sollen«, spie Klumpfuß aus. »Aber das lässt sich ja nachholen.«

Er kochte vor Wut, auf seinen Wangen zeigten sich bereits glutrote Flecken.

»Wir haben dir doch gerade erklärt, dass wir nichts damit zu tun haben«, sagte Runner, der unauffällig zum Fenster hinüberschielte. Gewehrläufe. Allesamt auf Klumpfuß gerichtet. »Quernarbe und seine Farmer, aber auch meine Leute – was meinst du denn, warum wir immer noch alle hier sind?! Eben! Wir haben niemandem irgendwas getan! Weshalb willst du uns also umbringen? Wir sind deine Verbündeten! Lass uns Nerd gemeinsam finden! Und auch Belka!«

»Meine Männer sind den beiden längst auf den Fersen«, knurrte Klumpfuß. »Sie werden uns bald ihre Köpfe bringen.«

»Wir brauchen sie aber lebend!«, polterte Runner, der seine Panik nicht mehr verbergen konnte. »Sie allein kennen den Weg zu dieser Medizin!«

»Nur kann ich dir leider nicht versprechen, dass die Köpfe noch auf dem Hals sitzen«, erwiderte Klumpfuß im friedlichsten Ton. »Vielleicht schnappen meine Männer sie lebend, vielleicht aber auch nicht. Da bin ich selbst gespannt.«

Das Donnern einer Explosion klang zu ihnen herüber. Unter lautem Geschrei stieg ein Schwarm Vögel steil in die Luft auf.

»Das ist ganz in der Nähe«, bemerkte Rubbish und riss den Kopf von einer Seite zur anderen.

»Fünfzehn Blocks von hier entfernt«, bestätigte Klumpfuß. »Beim Fluss.«

»Ja hol mich doch der Gnadenlose!«, stieß Runner aus. »Warum sollten sie zum Fluss gehen? Da ist doch nichts!«

»Sehen wir halt nach!«, schlug Quernarbe vor, der bereits seinen MG-Wagen wendete. Die Pferde wieherten so begeistert, dass sie sabberten. »Steigt auf, das geht schneller als zu Fuß!«

Klumpfuß sah Krächzer an. Kaum hatte dieser genickt, sprangen die beiden auch schon auf, und der Wagen schoss durch die Straßen. In Richtung Fluss.

»Keinen Schritt weiter!«, schrie Belka, als die drei um die Ecke bogen. »Und die Hände hoch!«

Aisha kniete nach wie vor auf dem Boden. Nackt und gefesselt. Gedemütigt. Belkas Flinte bohrte sich zwischen die Schulterblätter der Priesterin. Hände und Füße waren mit einer Plastikfessel zusammengebunden, sodass Aisha sich keinen Zentimeter bewegen konnte.

»Hände hoch, habe ich gesagt! Nerd, bist du in Ordnung?«

»Mhm.«

Dodo hielt ihn so im Nacken gepackt, dass seine Füße kaum den Boden berührten.

»Haben sie dir was gebrochen?«

»Mein Güte, der Typ ist okay«, spie Ratte aus. »Wir haben ihn dir gebracht, jetzt gib gefälligst Aisha frei!«

»Erst soll Nerd zu mir kommen!«

»Du willst also ein Blutbad, du kleine Schlampe, ja?«, brüllte Dodo und schüttelte Nerd, als wäre dieser eine Lumpenpuppe. »Das kannst du haben! Wenn du Aisha nicht sofort freilässt, reiße ich den hier in Fetzen!«

Belka hob die Waffe nur ein winziges Stück an und gab einen Schuss ab. Direkt neben Aishas Ohr. In Dodos Richtung. Es krachte gewaltig, die Kugeln landeten auf dem Boden, niemand wurde verletzt, aber Aisha meinte, einen Schlag direkt aufs Ohr erhalten zu haben. Sie kippte zur Seite und schüttelte verzweifelt den Kopf, brüllte und heulte vor Schmerz.

Dodo stürzte auf sie zu. Da bohrte sich die Waffe in seine Brust.

»Glaub ja nicht, dass ich so dumm bin, in deine kugelsichere Weste zu feuern«, erklärte Belka leise. »Ich suche mein Ziel weiter unten.«

Dodo blieb wie angewurzelt stehen. Er hatte seine Hände zu Fäusten geballt, sein Gesicht war puterrot, das ließ sich selbst im fahlen Licht des Herbstmorgens bestens erkennen.

»Wenn du ihr auch nur ein Haar gekrümmt hast«, presste er hervor, als schnürte ihm jemand die Kehle ab. »dann werde ich dich ganz langsam in Stücke reißen …«

»Dafür müsstest du mich erst mal in die Finger kriegen … Und nun lass Nerd zu mir«, wiederholte Belka, ohne die Stimme zu erheben. »Danach kriegt ihr auch euren wertvollen Schatz.«

Sie lud die Flinte mit knappen, sicheren Bewegungen nach. Die leere Patronenhülse flog durch die Luft, als die Schlösser noch klackten, die Läufe waren auf Dodo gerichtet.

»Ich hätte dich damals am Fluss kaltmachen sollen«, bemerkte Ratte grinsend. »Dann hätten wir jetzt ein Problem weniger.«

»Dito! Aber beim nächsten Mal treffe ich, darauf kannst du Gift nehmen, du Rattengesicht!«

»Bleibt die Frage, ob es für dich noch ein nächstes Mal gibt«, konterte Ratte. »Du hast vier Stämme gegen dich. Glaubst du allen Ernstes, dass du da mit dem Leben davonkommst? Am Ende verreckst doch du als Erste, du Schlampe!«

»Warten wir's ab! Nerd! Komm her!«

Belka riss Aisha hoch und bohrte ihr die Flinte wieder in den Rücken.

»Spar dir jeden Blödsinn!«, fuhr sie Knaller an, der sie auf der rechten Seite umrunden wollte. »Außerdem will ich deine Hände sehen!«

Knaller zog sich langsam wieder an seinen Ausgangspunkt zurück und streckte demonstrativ seine leeren Handteller vor.

Dodo ließ Nerd los, der sofort zu Belka hinüberhumpelte. Drei MPs waren auf seinen Rücken gerichtet. Mit jeder Zelle seines Körpers spürte er seine Verwundbarkeit. Beim Gehen fiel er förmlich in sich zusammen und zog den Kopf tief in die Schultern. Am liebsten wäre er davongelaufen – aber das war ja nun mal unmöglich.

Belka benutzte Aisha jetzt als Schild. Die Priesterin behielt dabei alle Anwesenden aufmerksam im Auge. Während Nerd auf Belka zutrottete, musterte auch er Aisha. Ihre Tattoos, die rasierte Scham, die kräftigen runden Brüste und die pulsierenden Halsschlagadern – bis er ihren Blick auffing. Sofort schrumpfte er noch mehr in sich zusammen.

Niemandem entging, wie verzweifelt die Priesterin versuchte, den Knebel loszuwerden, mit dem Belka sie ruhiggestellt hatte. Als Nerd nur noch wenige Schritte von den beiden trennten, hatte Aisha endlich Erfolg.

Sie schrie wie ein gejagter Hirsch.

»Dodo! Erschieß sie! In ihrem Rucksack ist alles, was wir brauchen!«

Nerd erstarrte vor Schreck, stürzte dann aber weiter, als würde er verfolgt.

Belka duckte sich, sodass allein Aisha in der Schusslinie stand, doch Dodo erfüllte deren Befehl ohnehin nicht. Die drei Männer aus City behielten Belka im Visier, verzichteten aber darauf, den Abzug zu drücken, um ihre Priesterin ja nicht in Gefahr zu bringen.

Nerd huschte hinter Belka. Erst jetzt atmete er tief durch. Aisha schrie aus voller Kehle und wand sich verzweifelt, denn sie wollte unbedingt auch noch die Plastikfesseln loswerden, doch diese gaben nicht nach.

»Die ist für dich!« Belka drückte Nerd die Flinte ihn die Hand, während sie selbst nach der MP griff, die über ihrer Schulter hing.

»Danke«, brachte er heraus. »Ich habe nicht gedacht, dass du kommen würdest …«

»Glaub mir, ich bedaure das jetzt schon.«

Sie schlitzte mit dem Messer Aishas Fesseln an den Füßen auf und packte sie beim Haar.

Sofort nahmen ihre drei Gegner sie in die Zange, Ratte von links, Knaller von rechts, Dodo ihr gegenüber, mit der MP auf sie zielend. Belka und Nerd zogen sich langsam in die Gasse zurück, wobei ihnen Aisha nach wie vor als Deckung diente.

»Lass sie los!«, schrie Dodo. »Du hast es versprochen!«

»Links«, flüsterte Belka Nerd zu. »Halt dich weiter links!«

Sie warf einen raschen Blick nach hinten.

»Lasst sie nicht entkommen!«, krächzte Aisha. »Beim Gnadenlosen! Schnappt sie euch endlich!«

»Wenn du hier noch länger rumbrüllst, schieße ich dir ins Bein«, erklärte Belka laut, damit auch die drei Männer sie hörten. »Dodo! Bleib, wo du bist!«

»Lass sie los!«

»Sie blufft«, behauptete Ratte. »Wenn sie Aisha tötet, ist sie am Ende, das ist ihr klar. Deshalb wird sie nicht schießen.«

»Sobald du einen Schuss abgibst, Dodo«, erklärte Belka grinsend, »ist sie tot. Ich sterbe erst als Zweite … Das ist doch wohl nicht das, worauf du aus bist, oder?«

Inzwischen näherte sich Belka einer ehemaligen Glastür, über der ein riesiges M prangte. Offenbar war das ihr Ziel.

Ein Schritt. Noch einer. Der nächste ...

Belka hatte die Tür erreicht.

»Glaubst du tatsächlich, du entwischst uns?«, zischte Aisha. »Diesmal nicht! Diesmal bist du erledigt! Wo auch immer du dich versteckst, ich finde dich!«

Aisha wollte sich umdrehen, um Belka ins Gesicht zu sehen, doch diese hatte sie derart fest gepackt, dass der Priesterin kaum eine Bewegung möglich war.

»Die kommt nicht mit dem Leben davon«, flüsterte Belka Nerd zu.

»Aber du hast es doch versprochen!«, stieß dieser aus. »Daran musst du dich halten!«

Daraufhin schubste Belka die Priesterin so heftig, dass diese buchstäblich davonflog. Gleichzeitig richtete sie ihre Waffe auf Aishas Kopf und drückte den Abzug. Nerd rammte seinen Ellbogen gegen den Lauf. Der Knall erinnerte an den Peitschenhieb eines Farmers, die Kugel zerfetzte aber nicht Aishas Schädel, sondern streifte sie nur leicht an der Schulter. Die Priesterin schrie auf und sank zu Boden, Dodo rannte zu ihr. Die Zeit schien sich plötzlich zu verlangsamen, zog sich zäh wie Honig dahin. Ratte betrachtete Belka und Nerd durch das Visier seiner MP, Knaller stand mit erhobenem Arm da, während seine Granate längst auf die beiden zuflog.

»Du Idiot!«, schrie Belka und stieß Nerd weg, um einen weiteren Schuss auf Aisha abzugeben. »Verreck doch als Erste!«

Sie hatte die Priesterin bereits im Visier, als Dodo sie sich flink wie eine Katze packte und in seinen Rücken schob. Das todbringende Blei drang in seine kugelsichere Weste ein. Durch den Aufprall der Kugeln torkelte der Bodyguard einige Schritte zurück und fiel schließlich auf die Knie. Trotzdem ließ er Aisha nicht los, sondern schützte sie mit seinem Körper, ganz wie eine Mutter ihr Baby.

»Achtung!«, schrie Belka. »Eine Granate!«

Sie huschte hinter eine Säule. Nerd zog sie mit sich. Eine Explosion, prasselnde Glassplitter, ein widerliches Heulen der Querschläger.

Es gab nur eine Rettung: Flucht und Bewegung! Nur kein Ziel darstellen! Nur ihre Feinde nicht an sich heranlassen!

Aber all das hatte sie natürlich einkalkuliert, ging sie doch nie davon aus, das Glück auf ihrer Seite zu haben. Und selbst wenn es einmal der Fall war, hieß es nicht, dass es lange blieb.

»Runter!«, befahl sie.

Die beiden stürmten durch die Tür mit dem M in eine Halle, in der Pflanzen wucherten, als wären sie mitten im Wald gelandet.

»Wenn ich es sage, springst du!«

»Aber wohin denn?«, fragte Tim.

Wenn er seine Füße überhaupt noch bewegte, dann war das ausschließlich seiner Willenskraft zu verdanken, da alle anderen Kräfte ihn längst verlassen hatten. Belka spürte mit jeder Faser ihres Körpers, dass er nicht mehr lange durchhalten würde.

Die Halle schien überhaupt nicht enden zu wollen, obwohl sie bereits Dutzende von Säulen vom Eingang trennten.

»Jetzt!«, schrie Belka – und Nerd sprang, ohne auch nur die geringste Ahnung zu haben, wohin eigentlich.

Über ihren Köpfen pfiffen Kugeln hinweg. Das Echo der Schüsse hallte von den Wänden wider.

Die beiden stürzten ins Nichts. In einen Abgrund voller undurchdringlicher Schatten. Als sie auf einer schrägen Fläche aufkamen, krochen sie weiter in die Tiefe, wobei sie mit jeder Sekunde schneller wurden. Bevor die Dunkelheit sie endgültig schluckte, machte Tim noch riesige Zahnräder aus, wie in einer Uhr oder in einem Auto, nur deutlich größer …

Sie schossen ins Unbekannte wie Kinder, die einen Eisberg hinuntersausten, der dann jäh endete. Nachdem sie auf einem Steinboden gelandet waren, rollten sie noch ein paar Yards weiter, bis sie endgültig reglos liegen blieben, die Arme weit von sich gestreckt.

Tim bekam kaum noch Luft. Immerhin hatte er während des Falls die Flinte nicht eingebüßt. Eine Waffe bedeutete Leben. Verlor man sie, blieb nur noch der sichere Tod. Diese Lektion hatte er mittlerweile gelernt.

Obwohl er noch immer nach Atem rang, drängte Belka ihn weiter.

»Komm!«, sagte sie und fasste ihn bei der Schulter. »Schnell!«

Tim hörte das Klicken einer Taschenlampe – seiner Taschenlampe! –, und ein Lichtfleck huschte über den verdreckten Boden. Mit letzter Kraft humpelte er hinter Belka her, wurde jedoch mit jedem Schritt schneller. Hinter ihnen polterte es schon wieder, aber sie hatten mittlerweile einen gewaltigen Vorsprung. Belka schleifte ihn förmlich an den Rand eines breiten Bahnsteigs. Da endlich begriff Tim, wo sie waren.

Das M. Die Metro.

Er hatte von diesem Verkehrsmittel schon gelesen, auch Fotos in Zeitschriften betrachtet, aber er hatte noch nie einen Bahnhof gesehen, denn in Park gab es keine Metro. Nun war er unverhofft zu einer kleinen Exkursion im Untergrund gekommen …

In der Vergangenheit dürfte hier unten alles gefunkelt und gestrahlt haben, doch jetzt wirkte die Station nur grau und dreckig. Es stank nach Abwasser, verrostetem Metall und nach Ratten. Dort, wo früher die Züge gefahren waren, schimmerte nun Wasser. Wie stark der Tunnel selbst wohl geflutet ist, überlegte Tim sofort. Kniehoch? Hüfthoch? Werden wir am Ende sogar schwimmen?

Denn eins war klar: Belka hatte die Absicht, sich hier unten zu verstecken. Das war von Anfang an ihr Plan, der Sprung in die Tiefe kein spontaner Einfall gewesen. Sie hatte genau gewusst, an welcher Stelle sie springen musste, um nicht mit den Zahnrädern zu kollidieren. Genau wie sie jetzt wusste, wohin sie laufen musste. An alles hatte sie gedacht, nichts dem Zufall überlassen. Tim, der ihr einmal mehr sein Leben verdankte, konnte nur staunen.

Er war ein wandelndes Lexikon. In all den Jahren in der Bibliothek hatte er Hunderte von Büchern gelesen. Nützliche und weniger nützliche. Aber jetzt wäre er ohne Belka, die weder lesen noch schreiben konnte und die ihr halbes Leben in einem selbst gezimmerten Baumhaus verbracht hatte, längst tot. Und sein Wissen wäre mit ihm gestorben.

Belka fand sich in neuen Situationen viel schneller zurecht als er. Sie traf ihre Entscheidungen, ohne lange nachzudenken. Oft genug meinte Tim, der Gnadenlose persönlich habe ihr verraten, wie sie einer Gefahr oder dem sicheren Tod entkommen könnte. Glück spielte dabei keine Rolle. Eher war es so, dass sich Belka in ihrer Einsamkeit zwangsläufig in eine Überlebensmaschine hatte verwandeln müssen, in einen Mechanismus, der in perfekter Weise eine einzige Aufgabe meisterte: das eigene Leben zu retten.

Und mittlerweile auch noch das von Tim.

Dennoch gab es etwas, das er Belka nicht verzieh, sosehr er sich auch bemühte, und das war die Tatsache, dass es sie keine Überwindung kostete, den Abzug zu betätigen, um zu töten.

»Weiter!«, befahl sie und sprang ins Gleisbett.

Ohne zu zögern, folgte Tim ihr.

Das stinkende Wasser reichte ihnen bis zu den Knien. Obwohl sie nun noch schwerer vorwärtskamen, hatten sie den Tunnel bereits erreicht.

Belka blieb stehen und lauschte, doch die Dunkelheit schluckte jedes Geräusch. Das Einzige, was sie noch hörten, war, wie es von der Decke tropfte.

»Warum folgen sie uns nicht mehr?«, flüsterte Tim.

Irgendwo in der Ferne krachte ein Schuss.

»Du hättest mich nicht daran hindern sollen, Aisha zu töten.«

»Aber du hast doch versprochen …«

»Ist mir scheißegal, was ich versprochen habe. Ich habe sie lächerlich gemacht, deshalb wird sie uns verfolgen, bis sie uns erledigt hat.«

»Sie will nicht uns, sie will die Medizin.«

»Erst will sie uns, dann die Medizin. Ich hätte sie töten müssen. Du bist echt so ein Idiot, Tim!«

»Aber du hast es nun mal versprochen«, wiederholte er stur, während er ihr durch den Tunnel hinterherstapfte.

»Wenn sie dir grinsend jeden Finger einzeln abhackt, denk daran, was ich dir gesagt habe«, erwiderte Belka, ohne sich umzudrehen. »Sie ist viel schlimmer als ich. Sie ist genauso klug wie du und genauso wahnsinnig wie Pig. Deshalb hast du nicht ihr Leben gerettet, sondern uns ein Problem eingebrockt.«

Eine ganze Weile liefen sie schweigend im Licht der Taschenlampe weiter. Unter ihnen platschte das Wasser, das schwere Keuchen von Tims Atem klang wie das letzte Krächzen eines Sterbenden.

»Wohin gehen wir eigentlich?«, fragte er irgendwann.

»Geradeaus.«

»Zur nächsten Station?«

»Pst!«

Sie blieben stehen, Belka löschte das Licht.

»Das ist bereits das Gebiet der Leute von Main Station.«

»Bist du schon einmal hier gewesen?«

»Ja, einmal, aber oben, und da musste ich Hals über Kopf fliehen. Das war übrigens auch der Beginn meiner innigen Freundschaft mit Aisha. Die Stationer kontrollieren die Schienen.«

»Die führen durch das Brennende Land, oder?«, fragte Tim.

»Diese Linie meinst du doch?«

»Welche sonst?«, erwiderte Belka schnaubend. »Und jetzt sieh zu, dass du ein bisschen schneller wirst! Könnte auch nicht schaden, wenn du beide Ohren offen hältst!«

Während sie durchs Wasser wateten, versuchten sie, jedes überflüssige Geräusch zu vermeiden.

»Die Leute heißen Stationer, weil sie in einem alten Bahnhof leben«, erklärte Belka. »Dort gibt es Hunderte von unterschiedlichen Waggons. Sie bauen die Dinger irgendwie um.«

»Haben sie denn Treibstoff?«, fragte Tim erstaunt. »Das kann ich mir nämlich eigentlich nicht vorstellen, weil ...«

»Natürlich haben sie keinen! Aber sie haben Menschen! Ruderer! Die sitzen da wie in einem Boot, und dadurch bewegen sich die Räder! An einem einzigen Tag bringen sie auf diese Weise das Brennende Land hinter sich. Gegen den entsprechenden Preis nehmen sie dich sogar mit. Angeblich ist die Gegend hinter dem Brennenden Land sehr schön ... Besser als bei uns jedenfalls.«

»Das glaube ich nicht, denn heute sieht es doch überall gleich aus. Aber laut Tagebuch müssen wir genau dorthin.«

»Ich weiß.«

»Aber wir haben nichts, um einen Wagen zu mieten.«

»Ich weiß.«

»Und wie dann weiter?«

»Zunächst sehen wir uns da mal um.«

»Schön und gut, aber dann?«

»Wie heißt es doch bei den Parkern? Was du nicht tauschen kannst, das klaue!«

KAPITEL 4

Der Weg durchs Dunkel

»Wer hätte gedacht«, rief Aisha mit einem Blick auf den MG-Wagen aus, »dass ihr euch sogar zusammenschließt, um mich zu retten? Ich sollte mich geschmeichelt fühlen.«

»Und ich kann mich nur wundern, dass du noch immer nicht krepiert bist«, zischte Klumpfuß. »Worüber ich mich natürlich freue. Im Übrigen habe ich eine Frage an deine Leute!«

Er sprang von dem Wagen und humpelte an der Priesterin vorbei auf Dodo, Ratte und Knaller zu.

Seine Männer behielten Aisha und ihr Gefolge im Visier. Krächzer war ebenfalls abgesprungen. Auch er hatte seine MP auf Aisha gerichtet, wahrte aber einen gewissen Abstand. Quernarbe blieb auf dem MG-Wagen und tat, als ginge ihn der Wortwechsel zwischen den beiden nichts an. Seine Leute folgten seinem Beispiel.

»Was für ein Dreckstück!«, zischte Ratte. »Ein mieser Schafhirte ohne jeden Funken Verstand!«

»Wo ist mein Gefangener?«, wollte Klumpfuß von den Männern aus City wissen.

»Der ist geflohen«, antwortete an ihrer Stelle Aisha. »Zusammen mit dieser Schlampe! Und wag es ja nicht, meine Leute anzurühren!«

»Du willst mir Befehle erteilen?«, spie er aus, wirbelte herum und sah ihr fest in die Augen. Für den Bruchteil einer Sekunde stieg etwas wie Angst in Aisha auf. In den Augen von Klumpfuß ballte sich eine erschreckende Mischung aus Leere und Wahnsinn. »Und wenn ich dich daran erinnern darf: Das war mein Gefangener!«

»Das war unser Gefangener«, widersprach Aisha, die ihre Panik kaum zu unterdrücken vermochte. Mit aller Gewalt rief sie sich in Erinnerung, wer sie war: die Gebieterin über City, das Werkzeug des Allmächtigen, die Herrin über Leben und Tod. Da würde sie doch nicht vor diesem Mann kuschen, der kaum größer war als sie selbst. Nicht mal auf seinem eigenen Gebiet. »Das war unser Gefangener, Klumpfuß! Wir haben ihn nach Town getrieben und deiner Obhut überlassen. Ohne uns hättest du nie von ihm oder der Medizin erfahren.«

Klumpfuß schob sein Gesicht so nahe an ihres heran, dass er sie fast berührte. Er bleckte die Zähne. Aus seinem Mund schlug ihr ein furchtbarer Gestank entgegen. Leichengestank. Dennoch zuckte nicht ein Muskel in Aishas Gesicht.

»Dies hier ist mein Territorium«, fuhr er leise fort. »Alles, was sich darauf befindet, gehört mir! Auch ihr! Wenn ich will, könnte ich dich sofort töten. Oder in fünf Minuten ... Ich könnte dich selbst verschlingen oder dich an die Wolfshunde verfüttern ...«

»Aisha ...«

Das war Dodos Stimme – die aber kaum noch nach ihm klang.

Als Klumpfuß sich umdrehte, trat er einen Schritt zur Seite, sodass Aisha freie Sicht auf Dodo hatte. Dieser sank erst auf ein Knie, dann auf das zweite und schließlich auf die rechte Hand. Aus dem Spalt in der kugelsicheren Weste rann etwas Rotes ...

Das Gesicht ihres Bodyguards war weiß wie frischer Schnee und vor Schmerz verzerrt. Als er versuchte, wieder aufzustehen, krachte er vollends zu Boden. Den Blick hielt er nach wie vor fest auf Aisha gerichtet.

»Aus dem Weg!«, befahl sie Klumpfuß.

Dieser trat sofort zur Seite.

Aisha ging zu Dodo hinüber und hockte sich neben ihn. Sie trug nur das T-Shirt, das Ratte ihr überlassen hatte, mehr nicht. Dodo starrte derart verzückt auf ihre Schenkel, als würde er nicht gerade sein Leben aushauchen.

Aisha schob ihm die Hand unter die Achsel und tastete nach dem Loch, aus dem bei jedem Schlag seines Herzens Blut herausschoss. Eine von Belkas Kugeln hatte den Weg vorbei an der Schutzweste gefunden und seine Rippe zertrümmert. Dodo war bereits ein toter Mann, nur wusste er das noch nicht. Doch die rasch größer werdende Lache, in der sein riesiger Körper lag, räumte jeden Zweifel aus ...

Knaller betrachtete Dodo geradezu hingerissen, begeistert von diesem Todesschauspiel.

»Der Gnadenlose möge dich mit offenen Armen empfangen«, sagte Aisha. »Mögest du bei ihm deine Freunde wiedertreffen, die schon lange nicht mehr unter uns weilen.«

»Danke, Aisha«, hauchte Dodo, und Blut quoll aus seinem Mund. »Dank dir für ... Wir hatten alles ... Ich hatte alles ... Ich bedaure nichts ... Mögest du ewig leben! Ich werde auf dich wart...«

Er verstummte.

Aisha erhob sich. Ihre Füße waren blutverschmiert. Sie wischte sie an dem toten Dodo ab. So sorgfältig, wie es ihr möglich war. Erst danach drehte sie sich wieder Klumpfuß zu. In ihrem Gesicht rührte sich nichts. Gar nichts.

»Nerd und Belka sind uns entkommen«, teilte sie ihm mit. »Wenn du deine Zeit verplempern willst, können wir natürlich gern zunächst darüber diskutieren, wer von uns beiden abgefcimter ist. Wenn du sie aber möglichst schnell wiederfinden willst, lass uns sofort mit der Suche anfangen. Wohin führt der Tunnel, in den sie sich geflüchtet haben?«

Klumpfuß starrte Aisha derart eingehend an, als sähe er sie zum ersten Mal.

»Nach Main Station«, antwortete er schließlich. »Das ist zwar nicht mehr mein Gebiet, aber ich habe das Recht, dich dorthin zu lassen. Das habe ich mit Schrauber vereinbart.«

»Wollen sie etwa mit einem Wagen weiter?«

»Dass du darauf nicht eher gekommen bist ...! Natürlich wollen sie das! Wie sollten sie sonst das Brennende Land durchqueren?«

»Keine Ahnung, das habe ich noch nie getan.«

»Ich auch nicht«, gab Klumpfuß zu. »Warum auch? Aber hinter dem Gebiet leben wohl auch Menschen. Angeblich stammt die Erste Mutter von dort. Allerdings bin ich mir ziemlich sicher, dass für unsere beiden Freunde in Main Station Schluss ist. Schrauber wird sie aufhängen, wenn er sie erwischt.«

»Was, wenn sie auch ihm ein Schnippchen schlagen?«

»Dann werden sie unterwegs sterben.«

»Und wenn sie irgendwas mit Schrauber aushandeln?«

»Dafür verlangt er einen hohen Preis.«

»Nur leider haben die beiden ihm nichts zu bieten ...«

»Eben! Deshalb werden sie nicht weiterkommen. Es sei denn, sie machen die Tour mit uns. Als unsere Gefangenen.«

»Begeben wir uns also zu Schrauber«, entschied Aisha. »Die Zeit drängt.«

»Einverstanden«, erwiderte Klumpfuß und trat an den MG-Wagen heran, in dem Quernarbe saß. Aisha bedeutete Ratte und Knaller mit einer Kopfbewegung, ihr zu dem anderen Wagen zu folgen.

Knaller nahm sich sofort Dodos MP vor, um sich zu vergewissern, dass mit der Waffe alles in Ordnung war. Zufrieden schlang er sich den Trageriemen seiner Beute über die Schulter.

»He, Aisha!«, rief Klumpfuß, als er auf den Wagen kletterte.

Die Priesterin drehte sich um.

»Ich habe mir gerade überlegt«, fuhr Klumpfuß ernst fort, »dass wir beide ein schönes Paar abgeben würden. Denk mal drüber nach!«

»Werd ich, wenn ich mal Zeit dafür habe«, antwortete Aisha. »Fahr voraus, wir folgen dir!«

Die Pferde setzten sich in Bewegung, die Räder quietschten, die Kutscher schnalzten. Die Verfolgung war im Nu aufgenommen.

Dodo blieb zurück. Über seine Wange krabbelte ein Feuerkäfer, der sich seinen Weg vorsichtig mit seinen langen Fühlern ertastete.

»Mit Munition sieht es schlecht aus«, teilte Belka Tim mit, als sie das frisch gefüllte Magazin in die Seitentasche ihres Rucksack stopfte.

»Dabei hab ich schon gespart ... Hast du deine Patronen gezählt?«

»Ich habe noch vierzehn.«

»Ziemlich dürftig. Wir sollten also auf gar keinen Fall auffallen. Wenn es hart auf hart kommt, halten wir uns nämlich keine fünf Minuten.«

Ihre provisorische Fackel rußte zwar stark, ermöglichte es ihnen aber dennoch, ihre Ausrüstung zu inspizieren. Mit niederschmetterndem Ergebnis. Kaum noch Patronen für die MP, in der Pistole noch ein Magazin und für die Flinte etwas mehr als ein Dutzend. Zwei Granaten und ein Messer. Mehr nicht.

»Wie geht es jetzt weiter?«, fragte Tim.

Er betrachtete mithilfe der Taschenlampe eine Seite in seinem Atlas.

»Na vorwärts«, antwortete Belka und grinste unfroh. »Wo wir lang müssen, entscheidest du, denn das weiß ich wirklich nicht. Meine Welt endet hier.«

»Wir sind hier, in einem Tunnel im Westen.« Tim kratzte sich die dreckige Wange. »Am besten guckst du auch mal, dann überlegen wir uns zusammen, wie weiter.«

Belka rückte an ihn heran.

»Früher war Main Station ein sogenannter Verkehrsknotenpunkt«, erklärte Tim, der inzwischen die entsprechende Doppelseite aufgeschlagen hatte. »Das verraten uns all die Linien in den unterschiedlichen Farben. Rot, Grün und Blau stehen für die Metros. Die Menschen kamen hierher, um dann in Eisenbahnen umzusteigen. Oder umgekehrt, die Menschen kamen mit Zügen an und fuhren mit der Metro weiter nach Town oder City. Unser Weg ist der hier.«

Er tippte auf eine fette schwarze Linie, die nach Südosten führte.

»Wenn wir den Schienen folgen, kommen wir in die Stadt Mount Hill, von der Hanna auch als Wiseville spricht. Die Militärbasis liegt ganz in der Nähe.«

»Was heißt in der Nähe?«

»Weiß ich auch nicht genau.«

»Und das steht alles in dem Tagebuch?«

»Ja. Laut Hanna gab es zwischen Park und Wiseville früher ein Kraftwerk, das für Licht gesorgt hat. Es ist aber in die Luft geflogen. Dadurch ist das Brennende Land entstanden, denn das Kraftwerk hat Atomenergie produziert. In diesem Gebiet verbrennen dich das Wasser und die Steine von außen und von innen.«

»Warum das denn?«

»Das kann ich dir auch nicht genau erklären«, gab Tim zu. »Ich habe gelesen, dass es etwas mit Verstrahlung zu tun hat. Worum es sich dabei handelt, weiß ich aber auch nicht. Es muss eine Art unsichtbares Licht sein, das wie Feuer brennt. Wenn du dich eine Weile in diesem Licht aufhältst, stirbst du im Nu. Wenn du nur kurz etwas von diesem Licht abkriegst, stirbst du auch, aber langsam. Dieses Licht verliert zwar an Kraft, trotzdem wird es Jahre dauern, bis das Brennende Land keine Gefahr mehr darstellt.«

»Du weißt wirklich viel ...«

»Ich habe ja auch mein ganzes Leben lang gelesen ...«

»Warum?«

Er lächelte und schaltete das Licht der Taschenlampe aus. Dunkelheit hüllte sie in einen undurchdringlichen Kokon.

»Das kann ich dir gar nicht sagen ... Für mich war das wie essen oder trinken. Was ich jetzt mit meinem ganzen Wissen soll, ist mir völlig schleierhaft. Ich kann es nicht mal an jemanden weitergeben.«

Er verstummte, nur sein Atem war noch zu hören.

»Dann haben wir auch noch meine Bibliothek in Brand gesetzt ...«, fuhr er nach einer Weile fort. »Aber gut, in Park kann ja eh niemand mehr lesen oder schreiben ...«

»Warum erzählst du mir nicht alles, was du weißt?«, schlug Belka vor, die spürte, dass Tim die Erinnerung an das Feuer zusetzte. »Du hast mir ja noch nicht mal das Tagebuch bis zum Schluss vorgelesen.«

»Wann auch? Falls es dir nicht aufgefallen sein sollte: In den letzten Tagen war ich wirklich schwer beschäftigt.«

»Ich habe mich noch gar nicht bei dir bedankt.«

»Dafür hast du mir ja erklärt, dass ich ein Idiot bin.«

»Das bist du auch, Tim, aber trotzdem bin ich dir dankbar. Du hast noch was bei mir gut.«

»Ich glaube, wir beide sind quitt.«

»Das sehe ich anders ... Ich wollte dich nämlich schon erschießen.«

»Also ...« Tim räusperte sich. »Manchmal könnte ich dich auch umbringen.«

»Bevor du denen alles erzählst, wollte ich dich lieber umbringen. Als Toter hättest du ja nichts mehr verraten können ...«

»Vermutlich hätte ich schon ziemlich bald den Mund aufgemacht«, gestand Tim, nachdem er sehr lange geschwiegen hatte. »Jeder hätte das. Sie haben mich an einem widerlichen Zeug riechen lassen. Mir ist fast der Schädel geplatzt. Selbst jetzt ist mir noch schwindlig. Deshalb danke ich dir umso mehr, dass du mich nicht getötet hast. Außerdem glaube ich, dass ich dir noch nützen kann.« Er seufzte. »Im Augenblick habe ich jedoch unglaublichen Hunger...«

»Dann ... Bitte sehr!«

»Ist das Dörrfleisch?«

Er rammte seine Zähne in den harten Streifen. Es schmeckte nur nach Salz, kaum nach Fleisch.

»Wenn ich es richtig verstanden habe, müssen wir also nach Main Station«, fuhr Belka fort. »Dort klauen wir einen Waggon und hauen danach sofort ab.«

»Letzteres dürfte nicht gerade einfach werden.«

»Dafür aber aufregend!«

»Mögest du ewig leben, Schrauber«, begrüßte Klumpfuß den Boss von Main Station.

Das riesige Bahnhofsgebäude hatte den größten Teil seiner Glasfenster, aus denen die Frontseite im Grunde bestanden hatte, längst eingebüßt. Die Seitenflügel sahen noch etwas besser aus. Da der obere Bereich des Bahnhofs jedoch kaum jemanden interessierte, verfiel er immer mehr. Das eigentliche Leben der Stationer spielte sich unter der Erde ab. Auf sechs Ebenen. Hier lagen ihre Werkstätten, hier überstanden sie den Winter, hier bewahrten sie ihre Lebensmittel auf. In dieser unterirdischen Anlage lebte vermutlich der reichste Stamm.

Schrauber war ein Mann, der weder besonders grausam noch besonders freundlich war. Mensch und Maschine stellte er auf eine Stufe, insofern durfte er in gewisser Weise als rational gelten.

Wenn sich jemand etwas hatte zuschulden kommen lassen, erwartete ihn keine Strafe. Schrauber sorgte dann lediglich dafür, dass im Stamm wieder alles glattlief. Er brachte auch keine Blutopfer, sondern schmierte mit Blut die Teile, die geschmiert werden mussten, damit sie einwandfrei funktionierten. In seinem Stamm wussten alle, dass schadhafte Einzelteile ohne Bedenken entsorgt und unpassende umgeschmolzen wurden. Wer Schraubers Macht anzweifelte, beggnete dem Gnadenlosen, sobald der Boss von Main Station Wind davon bekam.

Doch Schrauber war nicht nur ein Name für einen Mann, es war auch der Titel des hiesigen Bosses. Das Amt wurde nicht vererbt. Wer Anspruch darauf erhob, musste mit dreizehn eine Prüfung ablegen, in der er bewies, dass er etwas von Maschinen verstand und mit Werkzeugen umzugehen vermochte. Die Prüfungen wurden zweimal pro Jahr abgenommen. Nur wenige bestanden sie. Diese Glücklichen begleiteten Schrauber anschließend überallhin, nicht nur als Helfer, sondern auch als Bodyguards. Auch jetzt standen drei potenzielle Nachfolger hinter Schrauber und trugen eine finstere Miene zur Schau. Obwohl sie Schrauber nicht ähnelten, verband alle vier etwas, das sich nur schwer in Worte fassen ließ.

»Mögest auch du ewig leben, Klumpfuß!«, erwiderte Schrauber.

»Lebe ewig!«, stieß Aisha aus.

»Lebe ewig!«, echote Quernarbe.

»Lebe ewig!«, brummte Runner.

E sah sich die ganze Zeit über um, als würde er mit einem Hinterhalt rechnen.

Schrauber beugte sich kaum merklich vor, um seinen Dank für die Wünsche zu bekunden.

Er war relativ groß, allerdings schmal in den Schultern, sehnig und mit langen Fingern. In dem flachen Gesicht leuchteten dunkle Augen, unter der kleinen Stupsnase wurde ein rotblonder Bart gezüchtet. Ebenso rotes Haar klebte an seinem Kopf. Wie Moos an einem Stein.

»Wollt ihr etwa das Brennende Land durchqueren?«, erkundigte er sich.

»Du weißt, dass uns eigentlich nichts dort hinzieht«, antwortete Klumpfuß grinsend. »Aber eine Stippvisite werden wir wohl doch mal machen müssen.«

»Und weshalb?«, erkundigte sich Schrauber. »Was wollen die Chefs von vier Stämmen mit derart viel Gefolge am Ende der Welt? Oder wollt ihr mir vielleicht den Krieg erklären?«

Selbstverständlich hatte Schrauber nicht die geringste Furcht vor ihnen. Er war lediglich neugierig.

»Wir sind in friedlicher Absicht hergekommen, Schrauber«, versicherte Aisha mit weicher, einschmeichelnder Stimme und machte einen Schritt nach vorn.

Selbst in der Männerkleidung war sie eine attraktive Frau. Es blitzte kurz in Schraubers Augen auf. Verständlich ...

»Wir sind in friedlicher Absicht gekommen und haben dir ein äußerst interessantes Angebot zu unterbreiten«, fuhr Aisha fort. »Ich bin mir sicher, dass du es nicht ablehnen wirst.«

»Und wie sieht das aus, euer Angebot?«

»Es geht nur um ein einziges Objekt«, antwortete Aisha. »Aber das ist so viel wert wie alle deine Reichtümer zusammen, Schrauber.«

»Es gibt nichts, was so viel wert wäre wie das, was mein Stamm besitzt«, entgegnete Schrauber lächelnd. »Merk dir das, Priesterin!«

»Und wie sieht es mit ewigem Leben aus?«, fragte Aisha und trat noch ein Stück näher an Schrauber heran. »Genau das ist nämlich mein Angebot.«

»Finger weg!«, befahl Tim. »Die Dinger darfst du nicht berühren!«

»Das ist doch kein Draht von einer Signalrakete oder einer Granate.«

»Dafür aber eine Alarmanlage«, erklärte Tim. »Und zwar schon die dritte. Wenn du an den Draht stößt, heult eine Sirene los. Dann haben wir ganz Main Station an der Backe ... Können wir nicht irgendwie nach oben?«

»Nein, können wir nicht«, antwortete Belka genervt. »Da wimmelt es von Spähern, Scharfschützen und Fallen. Das hat mir beim letzten Mal echt gereicht. Seitdem habe ich mir geschworen, unten zu bleiben. Wie jeder Mensch mit etwas Hirnmasse im Schädel. Selbst Freund weigert sich, da oben rumzuspringen. Auch er hat nicht vergessen, wie es uns beim letzten Mal ergangen ist. Hier unten ist es dunkel, und es wimmelt von Ratten und wilden Katzen. Wenn du nicht aufpasst, hast du dich ganz schnell verlaufen. Aber genau deshalb gibt es in den Tunneln auch kaum Wachen. Welcher Idiot würde hier schon freiwillig rumkriechen?«

Hier unten verloren sie rasch jedes Zeitgefühl, aber vermutlich war die Nacht längst angebrochen. Inzwischen liefen sie kaum noch durch Wasser, nur gelegentlich gab es noch eine Lache, die dann im Licht der Taschenlampe schimmerte. Feuchtigkeit und der Ammoniakgeruch des Urins setzten ihnen allerdings noch immer zu, aber bei der Unzahl von Ratten durften sie hier unten wohl keinen Blumenduft erwarten. Die Nager zeigten sich von den beiden Eindringlingen in keiner Weise beeindruckt. Immer wieder funkelten ihre Augen im Dunkeln auf, war das Scharren ihrer Pfoten zu hören. Belka und Tim waren längst meilenweit in das Gebiet der Stationer vorgedrungen. Im Unterschied zum Land der Farmer, zu Park, City und Town, wo jedes Metallstück, das man fand, zu einer Waffe oder einem Werkzeug umgearbeitet wurde, hatte hier unten niemand die Schienen angerührt. Sie boten den beiden nun eine zuverlässige Orientierung. Allerdings bestand in ihrer Nähe auch die Gefahr, auf eine Stolperdrahtmine oder den Draht einer Alarmanlage zu treten. Denn natürlich hatte man diese ohne viel Raffinesse einfach dort angebracht, wo ungebetene Gäste am ehesten langmarschieren würden.

Auf den Bahnhöfen legten sie regelmäßig eine Rast ein. Tim hielt stets nach dem Namen der Station Ausschau und orientierte sich dann im Metroplan, der sich in seinem Straßenatlas fand. Sie bewegten sich nun immer vorsichtiger vorwärts. Ständig blieb Belka stehen, um zu lauschen oder zu schnuppern. Allein dieser Vorsicht hatten sie es zu verdanken, dass sie nicht einem Posten in die Arme liefen. Die Männer waren clever postiert, nicht im Tunnel, sondern auf dem Bahnsteig, am Aufgang zur Treppe, hinter einem Müllberg. Sie sprachen ganz leise miteinander oder lachten. Einer von ihnen hatte mit Sicherheit erst vor Kurzem gekifft. Der charakteristische Geruch war es denn auch, der Belka warnte.

Sie packte Tim bei der Schulter.

»Mach die Taschenlampe aus«, flüsterte sie ihm zu.

»Schon erledigt.«

»Auf der Station ist jemand.«

»Was sollen wir dann jetzt machen?«

»Keine Ahnung. Hast du eine Idee?«

»Mhm.«

Sie setzten sich vor die Wand, steckten die Köpfe zusammen und flüsterten so leise miteinander, dass man sie nicht einmal hören konnte, wenn man auch nur wenige Yards entfernt stand.

»In jedem Bahnhof gibt es ein Lüftungssystem …«

»Wie muss ich mir das vorstellen?«

»Das sind Röhren oder quadratische Kästen«, antwortete Tim. »Da drinnen stecken riesige Propeller, die mit einem Motor angetrieben werden. Sie sehen ein bisschen aus wie eine Blume, sind aber aus Eisen. Wenn sie sich drehen, wirbeln sie die Luft durcheinander.«

Mit gerunzelter Stirn versuchte sich Belka daran zu erinnern, ob sie dergleichen schon einmal gesehen hatte. Ihr fiel aber nichts ein.

»Wo könnten sich diese Dinger befinden?«

»Wahrscheinlich unter der Decke. Oder am Anfang von einem Tunnel.«

»Was versprichst du dir davon?«

»Diese Propeller müssen ja irgendwie gewartet werden. Deshalb muss es einen Zugang zu ihnen geben. Eine Tür, eine Luke oder eine Treppe.«

»Im Tunnel?«

»Vielleicht da, vielleicht aber auch auf der Station oder im Klo. Wir haben doch eine Tür gesehen. Erinnerst du dich noch? Darauf stand: Zutritt nur für Personal! Versprechen kann ich natürlich nichts, aber ...«

»Weiter geradeaus sollten wir jetzt jedenfalls nicht«, entschied Belka. »Versuchen wir es also mit deiner Tür. Eine andere Möglichkeit haben wir eh nicht.«

Es dauerte nicht lang, bis sie wieder vor der Tür standen. Allerdings war sie abgeschlossen. Das Lüftungsgitter darüber fehlte jedoch, sodass es für Belka eine Sache von wenigen Sekunden war, lautlos durch die rechteckige Öffnung zu schlüpfen. Mit ihrer Hilfe gelangte anschließend auch Tim ins Innere des Raums. Er stellte sich allerdings deutlich ungeschickter an als Belka.

In dem Raum konnten sie erst einmal tief durchatmen. Sie traten ein wenig vom Eingang zurück, und Belka zündete eine Fackel an. Ein schmutziger Gang schälte sich aus dem Dunkel. Über die von weißen Pilzen bewachsenen Wände zuckten unruhige Schatten.

»Das hätten wir schon mal geschafft«, flüsterte Belka. »Nun müssen wir nur noch wieder in die richtige Richtung. Jeder Gang, der nach rechts abbiegt, ist unser.«

Relativ schnell entdeckten sie eine Leiter, die zu einer Art Metallsteg führte. Obwohl dieser stark korrodiert war, trug er sie. Er schien gar kein Ende zu haben. An verschiedenen Stellen hingen Kästen, in denen Tim Elemente der Belüftungsanlage vermutete. Knapp über dem Steg zogen sich zwei Dutzend dicker Kabel in Ummantelungen von verschiedenen Farben sowie Plastikröhren unklarer Funktion dahin.

»Halt die Augen offen!«, verlangte Belka, die vorausging. »Ich rechne hier fest mit einer unangenehmen Überraschung. Das wäre so recht nach Schraubers Geschmack.«

Tim nickte, obwohl er in der Dunkelheit nicht mehr sah als eine Eule bei Tag. Vorsichtig bewegten sie sich weiter vorwärts. Teilweise gab der Steg unter ihnen bedenklich nach oder schwankte so, dass er sich sogar von der Wand löste.

»Halt!«, stieß Tim aus. »Bleib stehen, hab ich gesagt!«

»Was ist?«, fragte Belka. »Hast du was entdeckt?«

»Wir müssen unter dem Steg nachschauen!«

Belka drehte sich zu Tim zurück.

»Du lernst schnell …«, sagte sie und nickte ihm anerkennend zu.

»Ich habe mich bloß gefragt, wo ich hier einen Sprengsatz anbringen würde …«

Sie hockte sich am Rand hin und beugte den Kopf tief nach unten, sodass sie den Steg von unten inspizieren konnte.

»Hol mich doch der Gnadenlose!«, stieß sie kurz darauf aus. »Sieh dir das mal an!«

Tim nahm den Rucksack ab und legte die Flinte neben sich. Sich am Gitter festklammernd, spähte er auf die Unterseite des Metallbodens.

Der Steg bestand aus einzelnen Metallplatten. Die nächsten beiden wären wohl die letzten gewesen, auf die sie ihren Fuß gesetzt hätten. Dort waren mehrere Sprengstoffsätze angebracht, die mit Nylonschnur untereinander verbunden waren und einen höchst komplizierten Auslösemechanismus besaßen.

»Und jetzt?«, fragte Tim. »Sollen wir die Wand hochkraxeln? Oder wieder runter?«

»Ich kann mir kaum vorstellen, dass da keine Überraschungen dieser Art auf uns warten«, erwiderte Belka. »Die haben diese Flasche wirklich gut verkorkt. Aber wenn du so clever gewesen bist, darauf zu kommen, unten nachzugucken, fällt dir bestimmt auch was ein, wie jetzt weiter.«

»Wenn wir noch eine Weile in dieser Position bleiben, steigt mir sämtliches Blut in den Kopf«, gestand Tim. »Nur Fledermäuse können in dieser Stellung denken ... Setzen wir uns also erst mal wieder!«

Das taten sie. Belka sah sich noch einmal um. Nichts. Sollten sie sich auch nur noch einen Schritt vorwärtswagen, würde ein Sprengsatz in die Luft gehen, der aber alle weiteren auslösen würde ...

»Variante eins«, sagte sie daher. »Wir knüpfen ein Seil an den Auslösemechanismus und sprengen aus sicherem Abstand alles in die Luft.«

Tim schüttelte bloß den Kopf.

»Ist kein so guter Vorschlag, weiß ich selbst«, fuhr Belka fort. »Aber was anderes fällt mir nicht ein.«

»Dabei gibt es etliche Möglichkeiten«, sagte Tim. »Also, zwei auf alle Fälle ... Erstens: Wir kehren um und suchen einen anderen Zugang zur Station ...«

Diesmal schüttelte Belka den Kopf.

»Das klappt nicht. Und das Gebiet oben sollten wir auch vermeiden. Wenn du mich fragst, sind die längst gewarnt.«

»Glaubt du wirklich?«

»Hundertprozentig.«

»Dann bleibt nur noch eine Möglichkeit«, hielt Tim fest. »Wir müssen diese Anlage entschärfen.«

»Ja klar«, stieß Belka amüsiert aus. »Nichts leichter als das! Aber du hast die ganzen Schnüre schon gesehen, oder?«

»Mhm«, brummte Tim. »Und ich bin ja auch kein Experte. Trotzdem habe ich eine ungefähre Vorstellung davon, was zu machen ist. Wenn ein Mann eine Falle aufgestellt hat, dann findet sich immer ein anderer, der sie ...«

»Dir ist schon klar, dass das ... falls ... Also falls du einen Fehler machst, dass das dann unser Ende ist?«

»Ich zähle längst nicht mehr mit, wie oft wir eigentlich schon hätten gestorben sein müssen«, erwiderte Tim grinsend. »Aber bisher sind wir noch jedes Mal mit dem Leben davongekommen ... Das ist mein voller Ernst, Belka. Auf den ersten Blick sieht alles furchtbar chaotisch aus, das gebe ich zu, aber bestimmt gibt es ein System, und wenn wir das ...«

»Was ist ein System?«

»Das spielt jetzt keine Rolle«, erklärte Tim. »Jedenfalls ist alles so angelegt, dass die Dinger nacheinander in die Luft gehen. Das wiederum bedeutet, dass es bestimmte Verbindungsstellen gibt. Wenn wir die blockieren, verhindern wir eine Explosion. Gerade dass alles kompliziert angelegt ist, stellt für uns einen Vorteil dar. Ein Dutzend einfacher Minen hätte mir einen wesentlich größeren Schrecken eingejagt. Aber diese Anlage ist eine Art Rätsel. Du musst nur begreifen, wo du was trennen musst. Das ist zwar nicht ganz leicht, aber machbar.«

Sie sahen sich schweigend an.

»Was mir am wenigsten gefällt«, ergriff Belka nach einer Weile wieder das Wort, »ist, dass ich allmählich anfange, dir zu vertrauen ... Vertrauen bringt in der Regel nämlich nichts.«

»Das ist doch kein Leben, wenn du niemandem vertraust«, entgegnete Tim und nahm seinen Rucksack wieder an sich. »Selbst wenn es so kurz ist wie unseres. Du musst mich sichern. Können wir hier irgendwo an der Decke ein Seil befestigen?«

»Ja, da oben ist ein Haken. Siehst du?«

Tim spähte mit seinen kurzsichtigen Augen hinauf. Im Licht der Taschenlampe entdeckte auch er den Haken. Er dachte noch einmal nach, dann trat er wieder an den Rand des Metallstegs heran. Ein zufriedenes Grinsen umspielte seine Lippen.

»Nicht übel«, murmelte er und drehte sich wieder zu Belka zurück. »Ich habe mir nämlich schon den Kopf darüber zerbrochen, wie sie die Sprengsätze angebracht haben. Ob der Minenfachmann wirklich kopfüber gearbeitet hat ...«

Belka sah ihn fragend an.

»Was, wenn nicht er runtergelassen, sondern die Platten hochgehoben wurden?«

Belka sah ihn noch fragender an.

»Pass auf, wir führen einfach die Schnur über diesen Haken, und du lässt mich ein wenig runter. Ich vergewissere mich, dass es an der Verbindungsstelle zwischen den Platten keinen Sprengstoff gibt«, fuhr Tim fort. »Dann bringe ich die erste Platte in die Vertikale, entschärfe die Dinger in aller Ruhe und lege sie wieder hin. Du sicherst mich derweil. Danach nehmen wir uns die zweite Platte vor. Nach dem gleichen Prinzip. Wir machen alles, was sie getan haben, um die Brücke zu verminen, aber in umgekehrter Reihenfolge. So viele Sprengsätze sind es am Ende gar nicht, damit werden wir spielend fertig.«

»Wie bist du nun schon wieder darauf gekommen?«

»Durch die Haken. Die gibt es nirgends sonst, nur hier. Und die sind noch ziemlich neu. Da drängt sich doch die Frage auf, weshalb sie hier angebracht wurden.«

»Wirklich nicht übel...«, murmelte Belka. »Und diese vier debilen Bosse aus Park hätten dich am liebsten umgebracht. Der Gnadenlose soll sie holen! Also gut, versuchen wir es!«

Kurz darauf betrachtete Tim eingehend die Sprengsätze an der Unterseite der ersten Platte. Rasch war ihm klar, in welcher Weise er sie voneinander trennen musste. Nachdem das geschehen war, passte er das Stück wieder ein, um sich die nächste Platte vorzunehmen.

Hier hatten die Stationer andere Sprengsätze verwendet, doch auch mit ihnen kam Tim zurecht. Es dauerte allerdings ein paar Minuten länger. Belka gingen allmählich die Kräfte aus, das Nylonseil glitt durch ihre Hände...

Tim schoss in die Tiefe, doch kurz bevor er aufschlug, hatte Belka die Sache wieder im Griff.

Während sie durchatmete, hing er tatsächlich wie ein Fisch an der Schnur und klammerte sich mit Händen, Füßen und Zähnen daran fest. Er schrie nicht, sondern schnaufte nur beim Atmen, weil er die Luft durch die zusammengepressten Zähne stieß.

»Tut mir leid«, flüsterte Belka, nachdem sie Tim wieder nach oben gezogen hatte.

Ihre Hände zitterten, nicht nur vor Erschöpfung. Sie hatte das Schreckensszenario schon vor sich gesehen: Eine Explosion würde die nächste jagen, Tim auf dem Boden aufschlagen, in Hackfleisch verwandelt werden – und es wäre ihre Schuld. Danach wäre sie allein. Und sie, die in der Einsamkeit schon fast einen Freund sah – nun, vielleicht keinen Freund, aber doch einen vertrauten Begleiter ihrer Freiheit –, empfand zu ihrer Überraschung echte, unverfälschte Panik bei dem Gedanken, dass Tim, dieser schlaksige Kerl mit zwei linken Händen, plötzlich nicht mehr bei ihr sein könnte.

Als er die Platte wieder vor sich sah, ließ er die Schnur zunächst nicht los. Seine Knöchel traten weiß hervor, so fest hielt er sie umklammert. Dann aber vollendete er die Arbeit, die durch seinen Fall unterbrochen worden war, und kletterte auf den Steg zurück. Sofort gaben seine Knie nach, und er sank auf seinen mageren Hintern. Auf seinem Gesicht lag ein entsetzter Ausdruck, Schweiß lief ihm in Bächen über die Stirn, und ein kleines rotes Rinnsal sickerte aus seiner aufgebissenen Lippe. Das war kein Mann, der gerade eben ein Wunder vollbracht hatte – das war ein verängstigter Junge, der beinahe von einer Sumpfschlange gefressen worden wäre.

Da tat Belka etwas, von dem sie nie erwartet hätte, dass sie es tun würde. Mehr noch, sie war überzeugt gewesen, dass sie sich niemals und unter gar keinen Umständen zu einem solchen Schritt hinreißen lassen würde!

Nun aber stürzte sie sich auf Tim, umarmte seine knochigen Schultern und presste ihn mit aller Kraft an sich. Ihr Herz hämmerte gegen ihre Rippen, ihre Kehle war wie abgeschnürt, sodass sie kaum noch Luft bekam, aber in ihren Augen standen keine Tränen.

Dabei hätte sie gern geweint.

Sie wusste nur nicht, wie das ging.

KAPITEL 5

Abfahrtswege

Aisha lief mehrere Yards vor den Bossen. Mit jeder Faser ihres Körpers spürte sie deren brennende Blicke auf ihren Hüften. Ein Mann mochte ein Schläger oder ein Schlappschwanz sein, ein Genie oder ein Idiot – er war und blieb ein Mann. Und nichts war leichter, als ihn über seine Begierde zu manipulieren. Jeder der Bosse starrte gerade auf ihren Hintern. Dabei dachte er ganz bestimmt nicht an seinen Stamm. Auch nicht an Essen oder Unsterblichkeit. In diesem Moment dachte er einzig und allein daran, wie es wäre, sie zu vögeln.

Aisha fand selbst Gefallen an diesen fleischlichen Genüssen, hätte ihretwegen jedoch niemals auf einen Vorteil verzichtet, und sei dieser noch so klein. Mit einem schlafen, das konnte sie auch morgen noch, aber eine Gelegenheit, die sie nicht gleich beim Schopfe packte, würde sich ihr bestimmt kein zweites Mal bieten.

Männer ticken anders. Sie ließen sich über ihre Begierde so einfach manipulieren, dass es für eine Frau kaum eine Herausforderung darstellte. Schon gar nicht, wenn sie einen wohlgeformten, kräftigen Hintern besaß, den sie gekonnt zu schwingen wusste.

»Ist das euer sogenanntes Depot?«, fragte Aisha, sobald sie die schlecht beleuchteten Gänge hinter sich gelassen hatten und eine große Halle betraten, deren Decke von der Dunkelheit geschluckt wurde.

»Ja«, sagte Schrauber. »Hier bauen wir alte Eisenbahnwagen um. Im Jahr machen wir fünf Wagen für vierzig Menschen flott und dazu noch ein Dutzend für zwanzig.«

»Wofür braucht ihr die alle?«, erkundigte sich Klumpfuß.

Von Aisha abgesehen, zeigten sich alle von den unterirdischen Anlagen in Main Station extrem beeindruckt. Vor ihnen standen Dutzende von Wagen, in allen möglichen Formen und Größen.

Hunderte von Männern und Frauen wuselten umher. Es wurde gehämmert und geklopft, die Blasebalge standen nie still, überall sprühten Funken.

»Wir treiben halt Handel«, antwortete Schrauber grinsend. »Sogar mit den Menschen, die jenseits vom Brennenden Land leben. Um durch das verseuchte Gebiet zu fahren, sind allerdings Spezialwagen nötig. Sie müssen sehr schnell sein und über eine zweite Eisenummantelung im Innern verfügen. Bisher haben wir erst zwei davon.«

»Wozu das?«, wollte Runner wissen. »Der Waggon besteht doch sowieso aus Eisen ...«

»Diese zweite Hülle schützt die Mannschaft und die Passagiere vor dem Heißen Atem«, erklärte Schrauber, um dann plötzlich voller Hochachtung auszustoßen: »Mögest du ewig leben, Schaffner!«

»Möget auch ihr ewig leben!«

Bei Schaffner handelte es sich um einen gedrungenen Mann mit einem runden, pockennarbigen Gesicht und wild abstehendem schwarzem Haar. In seinen Augen lag ein überraschend kalter Ausdruck, der in keiner Weise zu seinem Lächeln passen wollte. Nach einer Weile fiel jedoch auf, dass dieses Lächeln gar nicht von Schaffners Lippen verschwand. Da wirkte es dann überhaupt nicht mehr einnehmend. Dem sollte ich besser nie den Rücken zukehren, schoss es Aisha sofort durch den Kopf. Selbst wenn ich meinen Hintern dann nicht als Waffe einsetzen kann...

»Das ist unser Schamane«, stellte Schrauber den Mann vor. »Er überwacht die Arbeit an den Waggons, bringt Reinigungsopfer dar und entwickelt neue Modelle, ist also meine rechte Hand!« Dann drehte er sich diesem Schaffner zu. »Darf ich dir unsere Gäste vorstellen?«

Schaffner verneigte sich, wobei er die Finger zum heiligen Dreieck formte und an die Stirn legte. Damit war dem Begrüßungsritual Genüge getan, und der Mann verschwand wieder, indem er in die Dämpfe der Werkstätten eintauchte wie in trübes Wasser. Schraubers Besucher hatten den Eindruck, nur knapp einer tödlichen Gefahr entgangen zu sein.

»Was macht diesen Heißen Atem so gefährlich?«, setzte Aisha ihr

Gespräch fort. »Verbrennt er die Haut? Wird das Gebiet deswegen als Brennendes Land bezeichnet?«

»Früher hat der Heiße Atem dich sofort umgebracht, heute aber nicht mehr«, antwortote Schrauber bereitwillig. »Trotzdem sollte man das Gebiet nicht zu Fuß durchqueren, denn dann würde man unterwegs sterben. Oder ein paar Tage später. Auch wenn man einen gewöhnlichen Waggon oder einen Hebelkarren nehmen würde, würde das den Tod bedeuten, allerdings nicht wegen der Verbrennungen, sondern weil der Gnadenlose dich dann früher holt … Aber wenn du einen Waggon mit doppelter Eisenummantelung baust und zwischen die beiden Schalen Sand füllst, dann kannst du das Brennende Land unbeschadet durchqueren.«

»Wie viel kostet die Fahrt in so einem Waggon?«, fragte Quernarbe, dem der Gedanke an das Brennende Land merklich zusetzte.

»Die kann sich kein Farmer leisten«, antwortete Schrauber mit einem verächtlichen Grinsen. »Hier mache ich nämlich die Preise, deshalb weiß ich auch, was du mir bieten kannst.«

Pig und Rubbish fühlten sich ebenfalls nicht gerade wohl in ihrer Haut, was zur Folge hatte, dass sie sich ungewöhnlich kleinlaut gaben und hinter Runner hielten. Dieser wiederum sprach und gestikulierte übertrieben locker, konnte mit diesem Gebaren allerdings auch nicht verbergen, welche Angst ihm die Situation einjagte.

»Belka und Nerd müssen also hier auftauchen«, bemerkte er gerade und spähte in Schraubers Depot, »und einen Waggon klauen?«

»Einen Waggon klauen?« Schrauber brach in schallendes Gelächter aus. Alle anderen grinsten daraufhin zwangsläufig. »Wie stellst du dir das vor, Parker?«

Er trat vor und bedeutete seinen Gästen mit einer Handbewegung, ihm zu folgen. Über eine kurze, breite Rampe gelangten sie weiter in die Tiefe, hinunter zu einem alten Bahnsteig.

Erst wenn man unmittelbar vor einem Waggon stand, konnte man seine wahre Größe einschätzen.

»Wie will jemand einen solchen Wagen klauen?«, wandte sich Schrauber an Runner, wobei sein Blick auch alle anderen erfasste. »Ohne mindestens zwanzig Männer zur Verfügung zu haben? Wie will jemand Main Station mit diesem Ding verlassen, ohne zu wissen, welchen Schienenstrang er wählen muss? Oder ohne einen Hilfsschaffner, der allein den richtigen Weg kennt?« Er breitete die Arme aus, als wollte er alle um ihn herum an seine tätowierte Brust drücken. »Wir sind hier in Main Station. Hier geschieht nichts, ohne dass ich davon Kenntnis hätte.« Seine Lippen verzogen sich zu einem Lächeln, das seine Augen jedoch nicht erreichte. »Selbst hochgeschätzten Gästen rate ich daher, das keine Sekunde zu vergessen.« Schrauber zwinkerte, wobei sich sein ganzes Gesicht zusammenzuziehen schien. »Das nur für alle Fälle.«

Belka und Tim spähten in den Zugang zu einem Tunnel. Früher hatte hier ein Gebläse die Feuchtigkeit vertrieben, heute war die Anlage aber zu Boden gekracht, sodass man hoch oben das Gitter nach draußen sehen konnte.

Im Fluss selbst stand Wasser. Es schimmerte im Licht einer Fackel, die hier an der Wand angebracht war. Da es sauber und geruchlos war, musste es ein kleiner Bach oder Fluss sein. Tim ging in die Hocke und steckte seine Hand hinein.

»Eiskalt«, stellte er fest. »Zu schade, dass wir unser Boot nicht mehr haben. Hast du irgendeine Idee, was wir jetzt machen?«

»Was sagt denn deine Karte?«

»Wir sind ja in einem Tunnel, der nicht für Züge, sondern fürs Personal gedacht ist, deshalb ist er nicht in der Karte eingezeichnet.«

»Soll das ein Witz sein?«

»Würdest du denn darüber lachen?«

»Der einzige Trost ist, dass wir beide schwimmen können.«

»Also von mir würde ich das nicht unbedingt behaupten«, brummte Tim. »Ich kann mich bloß eine ganze Weile über Wasser halten, bevor ich untergehe.«

»Halb so wild. Wenn nötig, helfe ich dir.«

»Eine andere Möglichkeit, als zu schwimmen, haben wir wohl nicht ...?«

»Falls du nicht zurückgehen willst, nicht.«

»Was machen wir dann mit den Waffen?«

»Ich habe ein bisschen Plastikfolie, um die Patronen einzuwickeln.«

»Wir sind doch eben an einem Generator vorbeigekommen...«
»Mhm.«
»Lass uns noch mal dorthin zurück.«
Belka widersprach nicht, was sich als richtige Entscheidung herausstellen sollte.
»Bestens«, stieß Tim zufrieden aus, als er das Plastikgehäuse des Reservegenerators betrachtete. »Sie haben das Benzin abgelassen, aber das Ding nicht auseinandermontiert. Wir beide passen da zwar nicht rein, aber unsere Ausrüstung schon, Kleidung, Schuhe, Proviant, Waffen und Patronen. Und an diesen Griffen können wir uns sogar festhalten.« Er lächelte. »Wenn ich mich irgendwo festhalten kann, gehe ich garantiert nicht unter. Was ist, nehmen wir den? Komm, wir lösen die Befestigung...«
Die verrosteten Bügel zerfielen fast von selbst, als sie daran rüttelten. Im Gegensatz dazu mussten sie sich dann aber reichlich ins Zeug legen, um das Gehäuse auf ein handliches Maß zurechtzuschneiden.
»Bleibt nur zu hoffen, dass es hier keine Schlangen gibt«, sagte Belka, als sie ihr Minifrachtschiff zu Wasser ließen. »Wäre doch zu blöd, wenn...«
»Das ist doch ein unterirdischer Fluss. Ich habe mal gelesen, dass es in der Metro früher gewaltige Pumpen gegeben hat. Wenn sie ausfielen, wurden die Tunnel geflutet. Wenn man nicht extra Schlangen hergebracht hat, gibt es hier also keine.«
»Würd' ich gern glauben«, erwiderte Belka und zog sich aus. »Aber ich habe lang genug bei den Sümpfen gewohnt, deshalb weiß ich, wo sich die Biester überall verstecken können und wie schnell sie angreifen.«
Nachdem sie den Hoody und die Jeans ausgezogen hatte, folgte ein altes, ausgewaschenes Fleeceshirt. Nun stand sie nackt vor Tim. Sie hatte einen durchtrainierten Körper, der fast der eines Mannes hätte sein können. Gleichzeitig war sie eindeutig eine junge Frau. Kein Gramm Fett. Straffe Haut über den Muskeln. Ein Sixpack, eine schmale Taille, schön geformte Hüften, lange Beine mit schlanken Füßen und ein kleiner runder Busen. Tim wollte sich auf der Stelle umdrehen. Er spürte, wie er rot anlief. Trotzdem starrte er Belka weiter an. Sie hatte sich völlig lässig vor ihm ausgezogen, fast

als hätte sie das schon tausendmal getan. Natürlich hatte Tim in Park schon viele nackte Frauen gesehen. Sie hatten in seiner Gegenwart ihr Geschäft verrichtet, Geschlechtsverkehr gehabt und Kinder zur Welt gebracht. Die bekifften Bosse hatten sich mit jungen Mädchen vergnügt und ihn dabei einfach ignoriert.

Er sollte also eigentlich nicht in Verlegenheit geraten, tat es aber, sobald er Belka ansah. Im Übrigen geriet er nicht nur in Verlegenheit ...

Tim wirbelte herum und starrte in eine andere Richtung, während Belka ihre Sachen in die Plastikbox stopfte.

»Ein paarmal habe ich sogar schon Sumpfschlangen gegessen«, erzählte sie weiter. »Die schmecken gar nicht schlecht. Wenn du sie röstet, sind sie leckerer als ein Ferkel oder ein Hirsch. Am Ufer geben sie ja ziemlich leichte Beute ab, im Wasser solltest du ihnen allerdings nicht begegnen, da ist es genau umgekehrt! Das Wasser ist nun mal ihr ... He, worauf wartest du noch?«

Tim stand jedoch weiter mit dem Rücken zu ihr da und stierte auf die Mauer vor sich.

»Tim!«, rief sie.

Er drehte sich um, mied aber jeden Blick auf sie.

»Tim! Hallo!«

Nun wandte er ihr den Kopf zu und sah ihr in die Augen.

»Du bist echt ein merkwürdiger Typ«, hielt sie fest. »Ich bin genauso wie alle. Genau wie du. Was hast du denn mit einem Mal? Und jetzt zieh dich endlich aus! Oder willst du in deinen Klamotten schwimmen?«

»Tut mir leid«, murmelte er und senkte den Kopf.

»Du brauchst dich doch nicht zu entschuldigen, schließlich bin ich nicht die Priesterin von City. Und jetzt sieh endlich zu! Wir dürfen hier nicht rumtrödeln!«

Daraufhin zog sich auch Tim aus. Ungeschickt hüpfte er von einem Bein auf das andere und achtete strikt darauf, Belka ja nicht anzusehen, denn er fürchtete, sein Interesse an ihr könnte dann auch für sie deutlich erkennbar sein.

»Die Taschenlampe legen wir oben drauf«, entschied sie. »Vielleicht brauchen wir die ja unterwegs. Gib mir mal deine Jeans!«

Zuunterst in der Box lag ihr Sprengstoff. Mindestens zwanzig

Pfund. Darüber die Zünder, sorgfältig in Plastik eingewickelt, und eine Tüte mit Patronen. Als Belka Tims Sachen dazupackte, versicherte sie sich, dass der Rucksack mit dem Atlas und dem Tagebuch gut verschlossen war. Nun folgte die geladene Flinte, die sie notfalls mit einer Hand an sich bringen konnte. Sie zeigte keine Hektik, arbeitete aber rasch und sorgfältig.

»Bist du dann so weit?«, fragte sie schließlich.

Er stand vor ihr, ein knöcherner Junge, genau wie sie am ganzen Körper mit Schnittwunden und blauen Flecken übersät, und blinzelte sie mit seinen kurzsichtigen Augen an, eigentlich ein Anblick, bei dem sie hätte mitleidig lächeln oder auch in schallendes Gelächter ausbrechen müssen. Stattdessen empfand sie jedoch etwas, für das sie nicht einmal eine Bezeichnung kannte. Am liebsten hätte sie ihn umarmt und dabei beobachtet, wie sich auf seinem Gesicht ein Grinsen breitmachte. Gespürt, wie seine dichten Mädchenwimpern sie an der Wange kitzelten. Und sie hätte es gern gehabt, wenn sein warmer Atem an ihrem Ohr entlangstreifen würde ...

In der Vergangenheit hatte das Wort Zärtlichkeit existiert, aber in dieser Welt war es seit Langem außer Gebrauch.

»Hilfst du mir mal?«, fragte sie.

Belka steckte einen Fuß ins Wasser und verzog das Gesicht. Es war eiskalt. Trotzdem glitt sie vorsichtig hinein.

»Dann gib mir jetzt die Box!«, befahl sie und verzog noch einmal das Gesicht. »Beim Gnadenlosen aber auch, das ist vielleicht saukalt hier drin!«

Ihr voll beladenes Frachtschiff ging halb unter. Belka fasste nach dem Griff und wickelte sich eine der Nylonschlingen um den Arm, die sie zusätzlich angebracht hatte.

»Und jetzt die Fackel!«

Tim erfüllte ihre Bitte sofort.

»Und nun komm endlich rein!«

Als er in das eisige Wasser des unterirdischen Flusses eintauchte, hätte er beinahe losgewimmert. Seine Haut wurde von einer eisigen Flamme versengt. Geradezu aufgeschlitzt.

Sie schwammen los.

»Alles klar bei dir?«, fragte Tim.

Die Fackel ermöglichte es Tim, Belkas Gesicht über dem schwarz glänzenden Wasser auszumachen. Kurzes rotes Haar, hohe Wangenknochen, funkelnde Augen. Zum ersten Mal fiel ihm auf, wie schön ihr Hals war. Schmal und lang. Und wie perfekt der Kopf auf diesem Hals saß.

»Ging mir schon besser«, antwortete sie. »Wenn das Wasser bloß nicht so kalt wäre ...«

Sie wollte sich ein Lächeln abringen, doch der Versuch scheiterte kläglich.

»Und du?«

»Ich spüre meine Füße schon gar nicht mehr ...«

»Wirklich überhaupt nicht?«

»Na ja, fast überhaupt nicht«, schränkte er mit schiefem Grinsen ein. »Anscheinend habe ich einen Krampf in den Zehen, aber das ist auszuhalten.«

»Etwas anderes bleibt dir auch gar nicht übrig«, erwiderte Belka, deren Lippen bereits blau angelaufen waren. »Einen anderen Weg, hier wegzukommen, gibt es nämlich nicht. Halte also durch!«

Sie hob die Fackel etwas höher, sodass ihr Licht auf die Gewölbedecke fiel und das graue Gemäuer samt den Schimmelflecken dem Dunkel entriss.

»Was meinst du«, fragte Tim, »wie lange müssen wir noch durchhalten?«

»Das müsstest du doch eigentlich besser wissen als ich, schließlich guckst du ständig in die Karten«, antwortete Belka, deren Unterlippe nun zitterte, während die Zähne echte Kastagnetten abgaben. »Eine Meile noch, vielleicht aber auch zwei ...«

»Zwei Meilen bestimmt nicht. Dann wären wir ja schon außerhalb von Main Station. Weißt du, wovor ich Angst habe?«

»Na?«

»Dass am Ende vor dem Ausgang ein Gitter ist oder ein Müllberg ...«

Weil auch er längst mit den Zähnen klapperte, wollte er die Kiefer fest aufeinanderpressen, was sein Stakkato am Ende aber nur noch verstärkte.

»Geht mir auch so«, gestand sie, und auch ihre Zähne vollführten einen wilden Tanz.

Doch ihnen blieb nichts anderes übrig, als weiter zu schwimmen und sich aufs Ungewisse zuzubewegen, immer gewärtig, dass die Kälte sie sich holen konnte, noch ehe sie das Licht am Ende des Tunnels sahen.

In der Tat spülte das Wasser auch noch die letzte Wärme aus ihren Körpern. Mit ihr schwand auch die Hoffnung auf Rettung. Belkas Hände wurden mit jeder Sekunde schwächer, sodass sie beinahe die Fackel verlor. Tim spürte seine Füße inzwischen überhaupt nicht mehr, das Taubheitsgefühl kletterte immer weiter nach oben, über die Knie zum Schritt. Er würde darauf wetten, dass der Gnadenlose sie gleich holen würde. Immerhin wäre es ein leichter Tod – und ein leichter Tod jagte ihm keine Panik ein, im Gegenteil, es wäre eine gute Alternative zu dem, was sowieso unvermeidlich war. Als kleiner Junge wäre er im Winter einmal beinahe im Wald erfroren. Das fiel ihm jetzt wieder ein. Die Kälte hatte nicht wehgetan, sondern ihm sogar süße Träume gebracht. Die Schmerzen hatten sich erst eingestellt, als …

In diesem Moment begriff Tim, dass er den Gnadenlosen nicht mehr fürchtete, sondern nur noch eins wollte: Belka in den Arm nehmen und zusammen mit ihr einschlafen. Oder, falls er sie nicht umarmen konnte, dann wollte er wenigstens ihre Hand in seine nehmen, damit er das Gefühl hatte, nicht allein zu sein. Tims Finger versteinerten in der Schlinge …

»Belka«, flüsterte er, wobei er seine hölzerne Zunge kaum noch bewegen konnte. »Belka …«

»Pst«, zischte sie. »Sei ruhig, Tim! Hörst du das nicht? Da sind Stimmen!«

Doch Tim hörte keine Stimmen. Seine ganze Aufmerksamkeit galt dem Eis, das sich von seinen Füßen zu seinem Herzen vorarbeitete. Trotzdem hob er den Kopf, um zu lauschen.

Ein Gitter in der Betondecke über ihnen. Flackerndes Licht fiel von oben herab. Sofort löschte Belka die Fackel. Durch Tims Adern schoss plötzlich ein heißes Feuer, sein Herz, das schon fast stillgestanden hatte, hüpfte los wie ein aufgescheuchter Hase. Nun hatte auch er die Stimmen gehört. Direkt über ihnen.

Neben dem Gitter stand eine kleine Gruppe. Worte klangen klar und deutlich zu ihnen herunter.

»An dieser Stelle holen wir unser Wasser«, sagte eine unbekannte Stimme. »Man kann es trinken oder in der Schmiede verwenden.«

»Was ist das da?«

Das war Aisha.

Belka wäre beinahe abgetaucht.

»Ein Bach«, erwiderte die unbekannte Stimme. »Er kommt aus Westen und fließt weiter nach Osten. Er ist sehr alt, ihn gab es hier schon, lange bevor die Erste Mutter so gütig war, mich das Licht der Welt erblicken zu lassen.«

»Könnten die beiden durch diesen Bach kommen?«

Runner, da bestand für Tim nicht der geringste Zweifel.

»Versuchen können sie es ja mal«, erwiderte die unbekannte Stimme voller Spott. »Dieses Gitter ist vermint, alle anderen Zugänge auch. Außerdem ist das Wasser eiskalt, darin nimmt niemand ein Bad. Wenn sie sich wirklich zu diesem Schritt durchgerungen haben, sind sie wahrscheinlich längst beim Gnadenlosen!«

»Trotzdem! Falls sie sich dazu entschließen würden ...«

»... würde ihnen das auch nicht helfen. Zu zweit bewegt man keinen unserer Waggons. Es bliebe ihnen nichts anderes übrig, als den Rückweg anzutreten. Zu Fuß!«

»Was könnte man denn zu zweit bewegen?«, wollte Aisha wissen. »Von einem Waggon abgesehen?«

»Nur einen Hebelkarren.«

»Könnten sie sich so ein Ding besorgen?«, fragte Quernarbe.

Belka reckte sich so hoch wie möglich, damit ihr kein Wort entging.

»Im Moment nur eins, die anderen sind unterwegs. Aber keine Sorge, der Karren wird bestens bewacht, denn der gehört mir persönlich ... Die Wache vom Westtor lässt ihn deshalb nicht eine Sekunde aus den Augen.«

Die Gruppe ging weiter, die beiden schwammen weiter. Ohne die Fackel konnten sie nicht mal die Hand vor Augen sehen. Sie stießen gegen irgendeine Leitung, was ihre Box beinahe zum Kentern brachte. Kurz darauf prellte sich Tim das Knie an einem Vorsprung unter Wasser. Vor Schmerz wimmerte er leise.

Dann aber begriff er ... War das eine Stufe? Auch Belka stieß sich – und da erkannten es beide gleichzeitig: Es musste hier eine

Art Leiter geben. Wohin sie führte, war ihnen ein Rätsel, aber dessen Lösung war ihnen in diesem Moment auch völlig egal. Schon streckte die Kälte wieder ihre Klauen nach ihnen aus. Ihnen blieb keine Zeit mehr, nach Alternativen zu suchen.

Die tauben Füße und Finger versagten ihnen den Dienst, aber irgendwie schafften sie es doch, die Leiter zu erklimmen und ihre Plastikbox aus dem Wasser zu ziehen. Beide zitterten, wie es nach einem Schock, einem enormen Blutverlust oder starker Unterkühlung typisch war.

Mehr als zehn Minuten hatten sie in dem eisigen Bach zugebracht. Eigentlich hätte das ihren sicheren Tod bedeuten müssen ...

»Weiter!«, krächzte Belka. »Sofort!«

Sie rannten einen abzweigenden Tunnel hinunter. So schwer ihnen auch jede Bewegung fiel – wenigstens tauten sie etwas auf.

Sie tasteten sich an der Mauer entlang, um nicht gegen ein Rohr zu stoßen. Nach einer Weile spürte Tim eine Tür. Er drückte dagegen, und – o Wunder! – sie ging auf. Beide torkelten beinahe in den Raum dahinter. Belka holte sofort Tims Taschenlampe aus der Box und drückte verzweifelt auf den Knopf. Ein Lichtstrahl durchbrach das Dunkel. Um sie herum stapelten sich Kisten, überall gab es Eisenleitern, die zur Decke hochführten ...

»Hier lang!«, sagte Belka.

Ihr Instinkt sagte ihr, was sie tun musste.

Sie liefen durch einen Raum mit Rohren und Ventilen ... Durch einen mit Eisenschränken. Mal über eine Treppe nach oben, dann wieder nach unten, nur um am Ende wieder hinaufzujagen. Alles um sie herum war alt und grau.

Irgendwann endete ihre Flucht in einem kleinen fensterlosen Raum mit rauem, kaltem Boden. Einen weiteren Ausgang gab es nicht. Belka schüttete den Inhalt ihres Containers aus und zog mit zitternden Fingern ihren alten Schlafsack an sich. In der nächsten Sekunde lag schon die zerschlissene Isomatte auf dem Boden und Belka im Schlafsack obendrauf.

»Was stehst du da noch rum?«, fragte sie Tim, der unentschlossen zu ihr heruntersah. »Komm her!«

Das brauchte sie ihm nicht zweimal zu sagen.

Sie verflochten ihre Arme und Beine miteinander, als wären es

Triebe wilden Efeus. Dabei kannten sie nur ein Ziel: etwas Wärme zu finden. Weiter aufzutauen. Die Starre abzuschütteln. Sie waren halb erfroren. Nur die Nähe, die Berührung ihrer Körper, bot Rettung. Die Kälte wich, das Wasser auf ihrer Haut verdampfte, erlösende Wärme breitete sich in ihnen aus. Sie hörten den Herzschlag des anderen nicht, aber sie spürten ihn.

Tim schmiegte seine Brust an ihre, seinen Bauch an ihren, seine Schenkel an ihre. Belkas Haut duftete am Schlüsselbein ganz zart. Noch nie hatte er etwas derart Schönes gerochen.

Überhaupt war ihm noch nie etwas derart Schönes widerfahren. In den ganzen bisherigen siebzehn Jahren nicht. Nichts konnte sich mit dem messen, was er in diesem dreckigen, dunklen und feuchten Raum erlebte, in den Armen einer zitternden, geschundenen und mit Wunden übersäten Frau. Der schönsten, die es auf der Welt gab. Seiner Frau. Er fürchtete sie, er hasste sie für ihre Grausamkeit und Härte. Niemals würde er sich damit abfinden, wie sorglos sie ein anderes Leben beendete. Aber er würde auch beim Gnadenlosen schwören, dass er lieber auf der Stelle sterben würde, als sich jetzt von ihr zu lösen.

Ungeschickt suchten seine Lippen ihren Mund, und er küsste sie so zärtlich, wie er nur konnte. Sie antwortete ihm mit einem kräftigen, leidenschaftlichen Kuss, stieß ihn kurz weg und zog ihn dann wieder an sich, als wollte sie sich in seinem mageren, wunden Körper auflösen.

»Belka«, flüsterte er. »Belka ...«

»Übrigens heiße ich eigentlich auch Hanna.«

Nie im Leben hätte er vermutet, dass ihre Stimme derart wunderbar und derart sanft zu klingen vermochte.

In diesem Raum war es absolut dunkel. Doch wer sich liebt, braucht kein Licht.

Angeblich geht beim ersten Mal alles schief. Das stimmt. Aber nicht immer.

Bei ihnen beiden klappte alles.

Von oben erinnerten die Gleise an ein metallenes Spinnennetz. Verbindungen ließen sich klar erkennen. Die Schienen, über die häufig Waggons ratterten, funkelten anders als die unbenutzten.

Daran konnte man leicht erkennen, welche häufig benutzt wurden und welche nicht.

»Ich glaube, wir müssen nach rechts«, bemerkte Tim. »Da sind mehr Spuren. Was meinst du?«

Hanna blickte durch ihr Fernglas.

»Ich weiß nicht«, murmelte sie nachdenklich. »Der Mann hat doch vom Westtor gesprochen. Wir sind von Südosten gekommen, aus Town, haben aber bisher keinen Hinweis auf dieses Tor entdeckt. Weiter nach Westen geht es jetzt nicht mehr.«

»Stimmt«, erwiderte Tim. »Aber vielleicht liegt das Westtor gar nicht nach Westen ... Oder es ist überhaupt kein Tor ...«

»Was schlägst du in dem Fall vor?«, fragte Hanna. »Dass wir das Westtor im Norden suchen? Oder im Süden?«

»Dass wir nichts überstürzen«, murmelte Tim, während er ihr das Fernglas abnahm.

Über Hannas Lippen huschte ein Lächeln.

Aufforderungen dieser Art mochte sie. In der Regel endeten sie in lebensgefährlichen Situationen ...

Sie hockten in einem oberen Stockwerk des Bahnhofs. Dieser lag wie auf dem Präsentierteller vor ihnen. Tim suchte ihn schweigend mit dem Fernglas ab.

An den Tunnelzugängen standen Posten. Männer arbeiteten an den Waggons. Die Öfen der Schmiede rauchten und sprühten Funken.

Das Versteck, das sie in der Nacht entdeckt hatten, gehörte zu dem Teil dieser riesigen Anlage, der früher für die Versorgung des Bahnhofs mit Strom gedient hatte. Alles, was irgendwie von Wert war, hatte man selbstverständlich fortgeschafft. Da es keine Elektrizität mehr gab, brauchte auch niemand Schalträume, Kondensatoren und Umspannanlagen. Tim begriff recht schnell, wie sie sich unbemerkt in dem Bahnhof bewegen konnten, wenn sie in diesem Teil blieben. Auf diese Weise waren sie bis unters Dach gelangt. Die Kuppel hatte früher aus Glas, blauen Metallstreben und dickem Plastik bestanden. Im obersten Stock hatte es da einst Geschäfte und Restaurants gegeben.

»Wenn du mich fragst«, knurrte Hanna nach einer Weile, »haben wir uns zu früh gefreut. Wir stecken fest.«

»Halb so wild«, entgegnete Tim. »Zurück können wir immer. Aber das wollen wir ja gar nicht, oder? Wenn ich bloß wüsste, was der hiesige Boss gemeint hat! Wenn es kein Tor ist, was soll es dann sein? Ein Name? Eine Richtung?«

Er gab Hanna das Fernglas zurück, schlug den Straßenatlas auf und studierte die Seiten.

»Woher soll ich das denn wissen?!«, entgegnete Hanna. »Meiner Meinung ist das Westtor eben das Westtor und muss hier im Westen sein.«

»Dann zeig mir doch mal den Hebelkarren, der hier auch sein müsste! Den kann ich nämlich beim besten Willen nicht entdecken!«

»Vielleicht sollten wir doch einfach versuchen, einen richtigen Waggon zu klauen?«, hielt Hanna dagegen. »Den da zum Beispiel! Der ist ja ziemlich klein!«

»Geradezu winzig«, knurrte Tim. »Da brauchen wir ja nur noch zwanzig Stationer gefangen zu nehmen ... Den kriegen wir doch nicht vom Fleck, Hanna. Selbst mit zehn Mann würden wir das nicht schaffen, von uns beiden allein ganz zu schweigen! Nein, lass uns lieber weiter überlegen!«

»Was hältst du vom Fliegen?«

»Dieser Vorschlag überrascht mich jetzt doch ...«

Unter ihnen erklangen plötzlich Schreie. Die Stationer machten sich daran, einen Waggon auf ein anderes Gleis zu setzen. Dort erwartete sie ein Stationer mit einem Hebel in der Hand. Er stand genau an dem Punkt, an dem die beiden Spuren aufeinandertrafen.

»Mhm«, murmelte Tim. »Gib mir noch mal das Fernglas!«

Sie tat es, ohne zu fragen, was er nun schon wieder entdeckt hatte.

Der Wagen rollte erst an dem Mann mit dem Hebel vorbei, hielt dann aber wieder. Seine Räder wurden blockiert, wobei der Wagen erzitterte, als hätte ein Riese dagegengetreten. Anschließend legten ein paar Männer eine Art Balken auf die Schienen. Nun kam wieder der Stationer mit dem Hebel zum Einsatz. Es klirrte furchtbar. Plötzlich bewegte sich der Waggon zurück, gelangte dabei aber auf ein anderes Gleis.

»Wow!«, stieß Tim aus und setzte das Fernglas ab. Sein Gesicht drückte echte Begeisterung aus. »Jetzt ist mir klar, wie das funktioniert!«

»Und das hilft uns weiter?«

»Wenn wir die Richtung ändern müssen, dann schon«, antwortete er grinsend. »Außerdem kennst du meine Devise: Es kann nie schaden, etwas zu wissen. Lass uns besser wieder runtergehen und in unserem Versteck in Ruhe weiterüberlegen.«

Sie liefen den Wartungsschacht zurück und kletterten eine Metallleiter runter, die verrostet, aber noch stabil war. Hanna voran, Tim hinterher.

»Irgendwo habe ich was gelesen«, sagte Tim nachdenklich. »Nicht Westtor, aber etwas in der Art. Westgate …?«

»Vielleicht ist das eine Stadt?«

»Glaub ich nicht. Jedenfalls ist keine Stadt mit diesem Namen in der Karte eingetragen.«

»Ich wüsste schon, wie wir rauskriegen könnten, worum es sich dabei handelt«, sagte sie, blieb mitten auf der Leiter stehen und schaute zu Tim hoch. »Aber die Idee wird dir nicht gefallen …«

Dieser begriff sie wortlos.

»Ich kann nicht gerade behaupten, dass ich begeistert davon bin«, brummte er. »Aber ich lehne deine Idee auch nicht kategorisch ab.«

»Wunderbar«, erwiderte Hanna grinsend. »Allmählich wird aus dir ein richtig kluger Kopf.«

»Zieh ja keine voreiligen Schlüsse«, konterte Tim.

Doch da hatte sich Hanna bereits umgedreht und kletterte weiter die Treppe runter.

Tim war nervös.

Er tigerte durch ihr Versteck und verfluchte sich dafür, dass er Hanna hatte allein gehen lassen. Ihm war ja klar, dass er in dieser Situation für sie nur ein Klotz am Bein gewesen wäre … Trotzdem.

Wieder und wieder sah er die grauenvollsten Bilder vor sich. Mal fiel Hanna Pig in die Hände, mal pirschten sich Runner und Rubbish an sie ran. Dann tauchte plötzlich Aisha in ihrem Rücken auf, ein selbstzufriedenes Grinsen auf den Lippen. Quernarbe warf sie gefesselt vor Schrauber und Klumpfuß auf den Boden, während Krächzer mit erhobenem Messer neben ihr stand ...

Nichts fürchtete Tim mehr, als Hanna zu verlieren. Er hatte sie doch gerade erst gefunden. Die richtige Hanna. Erst jetzt wusste er, wie sie aussah, wenn sie schlief. Wie sie im Schlaf atmete. Er würde sich jederzeit eine Hand abhacken lassen, wenn er damit verhindern könnte, dass ihr irgendjemand wehtat ...

Irgendwann fiel ihm auf, dass er die Fingernägel an seiner rechten Hand abkaute. Er erschauderte, heftiger als in jeder Kälte. Er hasste es, zur Untätigkeit verdammt zu sein!

Die Sonne tauchte inzwischen alles in Himbeerrot und verschwand am Horizont. Der Tag ging zu Ende. Von Nordosten trieb der Wind Wolken heran. Die fetten Tauben hatten es sich bereits auf den Dachbalken bequem gemacht und würden sicher gleich einschlafen. Bei ihrem Anblick fiel Tim ein, dass er den ganzen Tag noch nichts gegessen hatte. Prompt fing sein Magen an zu knurren.

»Mach nicht so einen Lärm«, verlangte Hanna da, die lautlos eingetreten war. »Dich findet ja ein Blinder mit geschlossenen Augen!«

Tim fuhr herum.

»Mach den Mund zu«, sagte Hanna. »Sonst fliegt da noch 'ne Taube rein.«

Mit einem ziemlich dämlichen Lächeln nickte er. Dann streckte er die Hände aus und schloss sie mit aller Kraft in die Arme.

»He, du Idiot!«, knurrte Hanna, versuchte aber nicht, sich aus seiner Umarmung zu befreien. »Du zerquetschst mich ja.«

»Dass du noch lebst! Ich hab mir solche Sorgen gemacht!«

»Du hast Ideen! Ich hab dir doch versprochen, vorsichtig zu sein ...«

Tim löste sich von ihr.

»Hast du etwas herausbekommen?«

»So kann man es ausdrücken.«

In dieser Sekunde fiel sein Blick auf ihre linke Hand. Die Knöchel waren blutig. Als hätte sie damit gegen eine Steinwand gehämmert. Die rechte Hand sah nicht besser aus.

»Das ist nichts weiter«, versicherte Hanna. »Ich bin an einen ziemlich sturen Typen geraten. Wir müssen einen kleinen Ausflug machen …«

»Weshalb?«

»Ich will wissen, ob der Kerl die Wahrheit gesagt hat.«

Als sie zu den Werkstätten gelangten, arbeitete dort bereits niemand mehr. Die Öfen waren aber noch warm.

Mit einem Mal schrie Hanna leise auf. Ihr antwortete ein Schnalzen. Danach lachte sie glücklich.

»Ist das Freund?«, fragte Tim.

»Wer denn sonst?«

Hanna drehte sich zu Tim um und lächelte ihn erneut mit ihrem wunderschönen Lächeln an, das ihr Gesicht von innen zum Leuchten zu bringen schien.

»Er hat mich gefunden! Uns beide! Nun komm, mein Kleiner«, wandte sie sich an das Eichhörnchen, »nimm deinen Stammplatz ein.«

Freund schlüpfte sofort in die Kapuze.

»Jetzt sind wir wieder alle zusammen«, stellte Hanna zufrieden fest. »Nun müssen wir diesen Ort nur noch lebend verlassen. Aber das schaffen wir auch, nicht wahr, Tim?«

Dieser nickte.

»Sei vorsichtig«, warnte ihn Hanna, bevor sie die nächste Leiter runterkletterte. »Einige Sprossen fehlen.«

Sie versuchte, sich im Schatten dicht an der Wand zu halten, und führte ihn eine Rampe entlang. Hier unten fristeten die verrosteten und ausgeschlachteten Züge ihr Dasein, einzelne Waggons und Lokomotiven.

Die beiden huschten auf diesem seltsamen Friedhof toter Züge von Schatten zu Schatten und schlüpften unter Wagen durch. Irgendwann blieb Hanna stehen und zeigte auf einen kurzen Zug mit fünf Wagen. Dahinter brannte ein Feuer, das bizarre Schatten warf.

»Da sind die Posten stationiert«, flüsterte Hanna fast lautlos.

Tim nickte.

Kurz darauf lief einer der Wachmänner mit einer Fackel Patrouille. Hanna beobachtete ihn mit dem Fernglas.

Freund lugte aus ihrer Kapuze heraus. Auch er verhielt sich

ruhig, fast als wüsste er genau, dass er Hanna andernfalls verraten würde.

»Was steht da?«

Hanna reichte Tim das Fernglas. Damit konnte er endlich die Aufschrift auf den Wagen entziffern.

»Westgate Transportation Company Limited«, flüsterte er Hanna zu.

Diese nickte und lächelte.

»Hat er mich also nicht angelogen«, stieß sie zufrieden aus. »Wir haben unser Westtor gefunden.«

Die Rückkehr nach oben stellte sich über die Treppe als wesentlich schwieriger heraus als der Abstieg. Als sie die dritte Ebene erreichten, lief Tim der Schweiß in Bächen über die Stirn, und er keuchte in einem fort. Hanna dagegen war nicht einmal außer Atem geraten.

»Wie machst du das bloß?«, fragte Tim, als er sich erneut den Schweiß abwischte. »Weißt du überhaupt, was Erschöpfung ist?«

»Als wir das erste Mal durch den Wald gerannt sind, habe ich gedacht, ich müsste dich danach begraben«, sagte sie lächelnd und klopfte ihm aufmunternd auf die Schulter. »Aber wie du siehst, hast du es überstanden. Also jammer nicht, sondern beweg deinen mageren Hintern vorwärts, dann wird schon alles gut.«

»Ich soll einen mageren Hintern haben?«

»Hab ich mit eigenen Augen gesehen ... Glaub mir, an dem vergreift sich nicht mal ein hungriger Wolfshund. Aber gleich haben wir's geschafft, dann kriegst du deine Verschnaufpause.«

Sie erreichten die Ebene mit dem früheren Wartesaal.

Es war das Königreich der Tauben und Katzen. Es roch nach brennender Kohle und Kot, doch der Wind, der durch die entglasten Fenster hereinwehte, überlagerte all diese Gerüche mit einem frischen Duft.

Bis Hanna plötzlich noch etwas erschnupperte. Frischen Schweißgeruch. Sie reagierte, ohne selbst zu wissen, was sie eigentlich tat. Schon in der nächsten Sekunde hockten Tim und sie in einer Nische neben dem Eingang zu einem der zerstörten Shops.

»Wir haben Besuch«, flüsterte Hanna.

Die Nische lag in tiefem Schatten, sodass sie vor allen unerwünschten Blicken geschützt waren.

In ihrer Nähe drückten sich ein paar Gestalten herum. Vier, wie Hanna rasch herausgefunden hatte. Sie flüsterten nur miteinander und versuchten, keine Aufmerksamkeit zu erregen. Nachdem Hanna eine Weile gelauscht hatte, atmete sie erleichtert auf.

»Das sind nur ein paar große Kinder«, weihte sie Tim ein. »Sie sind wegen der Tauben hier.«

Kurz darauf flammte eine Fackel auf. Sie zwang das Dunkel, sich schnellstens vor dem grellen gelben Licht in Sicherheit zu bringen, und bestätigte Hannas Aussage.

»Mach das Licht aus, Tooth!«

»Die fliegen schon nicht weg.«

»Sitzt du auf deinen Ohren?! Ich hab gesagt, du sollst die Fackel ausmachen!«

»Du hast mir überhaupt nichts zu sagen, Cat!«

»Dann pass nur auf, dass sie dir nicht die Eier abkneift«, mischte sich eine dritte Stimme ein. Eine richtige Kinderstimme noch.

»Halt die Klappe, Rattle«, zischte Tooth. »Oder bist du jetzt auf Cats Seite?«

»Haltet endlich die Schnauze!«, verlangte eine vierte Stimme. »Ihr vertreibt mir alle Tauben!«

»Du musst dem Biest sofort den Kopf umdrehen, Geek!«, riet Cat ihm. »Sonst geht's aus wie beim letzten Mal.«

Bei diesen Worten brachen Tooth und Rattle sofort in Gekicher aus. Offenbar war dem Abenteuer damals kein durchschlagender Erfolg beschieden gewesen.

Die Tauben gurrten wild los.

»Mach endlich das Licht aus, Tooth!«, verlangte Geek. »Sonst wird das nichts! Die wachen noch alle auf!«

Tooth drehte sich um, und das Licht huschte über die Wand. Für den Bruchteil einer Sekunde riss es Geek aus dem Dunkel, der mit einem Sack in der Hand auf einem Balken unterm Dach stand, den bereits einige tote Vögel füllten.

Dann erlosch die Fackel. Hanna und Tim mussten sich erst wieder an die Dunkelheit gewöhnen. Allerdings redeten die vier nach wie vor so laut, dass nicht schwer zu erraten war, was sich dort ereignete.

Hier oben, weitab vom bewohnten Teil Main Stations, fühlten sich die Jugendlichen völlig sicher und amüsierten sich königlich! Vermutlich war es ihnen eigentlich verboten hierherzukommen, und sei es auch nur, um Tauben zu jagen. Die Balken am Dach dürften mit Sicherheit morsch sein, sodass sie jederzeit einkrachen konnten, wenn jemand auf ihnen herumtanzte. Aber wann hätte ein Jugendlicher sich je an Verbote gehalten?

»Pass auf, dass du nicht abstürzt!«

»Halt endlich die Klappe, Tooth!«

Die Vögel, denen gerade der Hals umgedreht wurde, kreischten jämmerlich und schlugen wild mit den Flügeln.

»Wie viele hast du schon?«

»Glaubst du etwa, ich zähl die?«

»Lass auf alle Fälle die Finger von Fledermäusen!«, schärfte ihm Cat ein. »Die Viecher beißen wie verrückt!«

Ein Schabegeräusch deutete darauf, dass Geek sich über den Balken bewegte. Das Gurren ging erst in Kreischen, dann in Fiepen über.

»Beim nächsten Mal …«, stieß Geek aus, der offenbar Mühe hatte, das Gleichgewicht zu halten, »… kannst du selbst hier oben rumkrauchen! Scheiße!«

Beton bröckelte, ein weiterer unterdrückter Fluch …

»He! Alles klar?«

»Ja! Hol mich doch der Gnadenlose! Mit mir ist alles okay, aber der Sack ist runtergefallen!«

»Den hab ich«, verkündete Rattle. »Der ist mir direkt auf den Kopf geknallt!«

»Tooth! Mach mal Licht!«

»Könnt ihr euch vielleicht endlich entscheiden?! Tooth, mach Licht an! Tooth, mach die Fackel aus!«

Er schlug mit dem Feuerstein Funken, bis ein kleines Feuer aufflackerte. Im Nu erhellte das Licht der Fackel wieder das Jagdrevier in dieser Halle.

Geek sah verängstigt aus.

Die anderen starrten zu ihm hoch, nur Rattle kramte im Sack. Wahrscheinlich zählte er die Vögel.

»Zwanzig Tauben«, verkündete er. »Sogar ein paar mehr. Schöne fette Biester! Und jetzt komm da wieder runter, bevor du am Ende doch noch abstürzt! Für heute haben wir genug! Noch mehr könnten wir eh nicht in uns reinstopfen!«

Er lachte fröhlich.

»Jetzt 'ne große Klappe«, fuhr Cat ihn an, »aber vorher Schiss, selbst hochzuklettern!«

Vermutlich war Cat nicht die Älteste in der Gruppe. Trotzdem hatte sie das Sagen.

Hanna musterte sie neugierig. Ein Mädchen noch, hübsch und schlank, aus dem in den nächsten Jahren sonst was werden konnte, eine Schönheit oder ein Monster, auf alle Fälle aber eine Frau mit eigenem Kopf.

Sie wirkte nicht wie eine der Frauen in Park, deren Aufgabe von klein auf darin bestand, sich um fremde Babys zu kümmern, eigene in die Welt zu setzen und zu kochen, sondern eher wie eine Farmerin. Ohne Frage könnte sie sehr gut für sich selbst sorgen, ohne Frage würde sie sich von niemandem etwas vorschreiben lassen ...

Aber wer weiß, vielleicht irrte Hanna sich auch. Es ist eine Sache, eine Jugendliche mit eigenem Kopf zu sein, eine ganz andere aber, eine Frau mit eigenem Kopf zu sein. Nur wenigen Mädchen gelang es, dieses Körperteil aus der Jugend ins Erwachsenenleben hinüberzuretten. Man brauchte es bloß an ein oder zwei Abenden einem Mann zu überlassen. Wenn er sich dann mit ihr vergnügte, wäre sie danach still und fügsam.

Oder tot.

Im Zweifelsfall war das sogar besser.

Inzwischen war Geek wieder bei seinen Freunden und nahm Rattle den Sack mit den toten Tauben ab. Cat ließ sich von Tooth die rußende Fackel geben, und alle vier zogen ab, die Jungen voraus, lachend und sich ständig gegenseitig mit dem Ellbogen knuffend, Cat als Lichtspenderin ein paar Schritt hinter ihnen.

»Wir müssen jetzt ganz ruhig sein«, raunte Hanna Tim zu. »Am besten halten wir auch noch die Luft an.«

Die Taubenjäger würden dicht an ihrem Versteck vorbeigehen, höchstens anderthalb Yards von ihnen getrennt, denn sie mussten sich vom Rand fernhalten, weil die Brüstung zur Halle hin teilweise weggebrochen war und an ihrer Stelle nur ein paar Metallstangen mit wenigen Betonbrocken daran aufragten.

»Alles klar«, erwiderte Tim.

»Wir könnten Suppe kochen«, schlug Tooth vor. »Dann haben wir was Heißes plus Fleisch ... Ich möchte unbedingt was richtig Heißes essen!«

Er war der Jüngste von allen, irgendwie widerlich und lustig zugleich. Beim Sprechen gestikulierte er wild mit seinen kleinen Händen.

»Ich hab dir doch gesagt, dass du keine Angst haben musst«, tönte Rattle. »Wer hätte uns denn erwischen sollen?«

Als sie an der Nische vorbeikamen, hielten Hanna und Tim tatsächlich die Luft an.

Kurz darauf stolzierte Cat an ihnen vorbei. Obwohl ihr schmutziges Haar an Werg erinnerte, verströmte sie ohne Frage Autorität.

Sobald sie an ihnen vorbei war, atmeten Hanna und Tim tief durch.

Nach ein paar Schritten blieb Cat jedoch unvermittelt stehen und schnupperte. Tim kannte das. Wenn einem plötzlich etwas einfällt, wenn man meint, etwas gesehen oder gehört zu haben, aber nicht genau weiß, was.

»Cat!«, rief Geek. »Wo bleibst du denn?! Wir brauchen Licht! Los! Hier ist es stockdunkel, da siehst du deinen eigenen Arsch nicht mehr!«

»Komme!«, rief Cat, kehrte stattdessen aber um.

Hanna verwandelte sich in eine zusammengepresste Sprungfeder. Die Beine leicht eingeknickt, die Arme angewinkelt.

Cat hob die Fackel noch etwas höher. Flackerndes Licht fiel in die Nische. Hannas Augen funkelten in seinem Schein kalt und grausam.

»Nein!«, hauchte Tim. »Nein!«

Mit dem nächsten Schritt stand Cat unmittelbar vor Hanna. Die Augen der Lichtspenderin weiteten sich, ihr Mund öffnete sich zum Schrei ...

Hanna war schnell wie eine Sumpfschlange. Sie schoss hoch und stieß Cat mit beiden Händen so kräftig gegen die Brust, dass diese nicht einmal mehr schreien konnte, sondern mit dem Rücken voran in die Tiefe stürzte. Die Fackel brannte noch immer, deshalb konnte Tim genau verfolgen, wie ihr die Gesichtszüge entglitten, wie Panik sie erfasste, Todesangst, wie sie sich wand und verzweifelt nach Halt Ausschau hielt, diesen aber nirgends fand und nur immer weiter in die Tiefe stürzte. Direkt in die Arme des Gnadenlosen …

Sie brachte erst in letzter Sekunde einen Ton heraus. Kurz bevor sie aufschlug. Der Schrei hallte unter dem Gewölbe wider und brach auf dem höchsten Ton ab. Obwohl Tim sich nun vierzig Yards über Cat befand, vernahm er deutlich das knackende Geräusch, mit dem sie auf dem Steinboden landete.

Er glaubte zu ersticken. Ihm war, als wäre er selbst mit dem Rücken auf den Boden geknallt. Als wäre dadurch alle Luft aus seinen Lungen gewichen.

Die drei Jungen schrien.

»Cat! Cat!«, hallte es wieder und wieder durch den Bahnhof, als sie auf ihre einstige Lichtspenderin zurannten.

Hanna zog Tim weiter. Zu ihrem Versteck.

Sie schlüpften hinein und schlossen die Tür hinter sich.

Hanna legte Tim die Hand auf die Schulter, doch er stieß sie weg.

»Warum?!«, flüsterte er wütend. »Warum hast du sie ermordet?! Wozu war das nötig?!«

Hanna zündete ein Licht an.

Sie stand vor Tim, mit schwarzen Augen und verzogenem Mund.

»Was hätte ich denn tun sollen?«, krächzte sie heiser und leckte sich über die trockenen Lippen. »Was?! Sie hat uns gesehen, Tim!«

»Du hättest sie doch bloß ausknocken können! Oder wir hätten sie mitgenommen!«

»So einen Idioten wie dich habe ich noch nie erlebt.«

Die Flamme spiegelte sich in Hannas Augen wider. Neben unendlicher Müdigkeit. Ihr hageres Gesicht wirkte noch knochiger, das Kinn noch spitzer. Sie erinnerte eher an eine Tote als eine lebende Frau.

»Wir oder sie«, erklärte sie mit einer Stimme, in der kein einziges Gefühl mitschwang. »Andere Alternativen gab es nicht. Wirklich nicht. Begreifst du das denn nicht?«

Tim hüllte sich in Schweigen und schloss die Augen, um die

Wut, die in ihm kochte, zu dämpfen. Vielleicht aber auch, um Mut zu sammeln.

»Was bist du nur für ein Mensch?«, fragte er leise. »Wie kannst du dir anmaßen zu entscheiden, wer leben darf und wer sterben muss?! Wer hat dir das Recht dazu gegeben?«

Er hämmerte die Worte förmlich, erhob die Stimme aber nicht.

»Du bist ein Monster, Hanna! Du bist wie der Gnadenlose, nur im Körper einer Frau! Wo du hinkommst, verbreitest du nichts als Tod!«

Freund kam auf Hannas Schulter und sah ihn an, den Kopf mal auf die eine, mal auf die andere Seite geneigt. Er verstand kein Wort, natürlich nicht, den Ton aber, den wusste auch er bestens zu deuten.

»Damit wir leben können, müssen andere sterben. So ist das. Das hier ist die Wirklichkeit, Tim, das sind nicht deine Bücher oder Buchstaben auf Papier. Das ist die Wahl, vor der du immer stehst«, erwiderte Hanna mit fremder Stimme. »Entweder du bist ein Sklave, oder du bist es nicht. Entweder du liebst, oder du liebst nicht. Entweder du tötest, oder du wirst getötet. Sie oder wir. Ich habe uns gewählt. Dafür kannst du mich hassen. Und ich habe diese Entscheidung auch für dich getroffen. Das tut mir leid, aber mehr gibt es nicht, wofür ich mich entschuldigen müsste.«

Tim schlug die Hände vors Gesicht und weinte. Seine Tränen waren heiß wie kleine Kohlestücke.

Hanna ging an ihm vorbei, als wäre er gar nicht da. Sie kramte in ihrem Rucksack herum. Als sie sich wieder aufrichtete, hielt sie Sprengsätze und Zünder in der Hand. Freund saß noch immer auf ihrer Schulter und sah Tim tadelnd an.

»Reiß dich zusammen«, verlangte sie. »Morgen früh müssen wir hier weg sein. Ich werde dafür sorgen, dass das klappt. Sobald du dich darüber ausgeheult hast, dass du noch am Leben bist, pack unsere Sachen. Wenn ich zurückkomme, muss alles sehr schnell gehen.«

KAPITEL 6

Das Brennende Land

Aisha traf ihre Entscheidungen stets schnell.
Nicht, weil sie keine Zeit gehabt hätte, lange nachzudenken, sondern weil ihr sämtliche Entscheidungen gleichsam zuflogen. Sie hatte es noch nie bereuen müssen, ihrem ersten Impuls zu folgen. Ob das daran lag, dass sie von Natur aus klüger war als andere Menschen, oder daran, dass sie die Intuition eines Tieres besaß, wusste sie selbst nicht.
In Main Station fühlte sich Aisha unwohl. Dagegen ist es bei Klumpfuß in Town ja regelrecht gemütlich, dachte sie, und das wollte einiges heißen, denn die Gastfreundschaft dieses Bosses war legendär. Von ihr profitierten vor allem die Krähen und die Gerüchteküche. Beide erhielten mit den Gehenkten ausreichend Futter.
Im Vergleich zu Klumpfuß war Schrauber ein geradezu anständiger und friedfertiger Mann, der sein Wort hielt. Als Händler konnte er getrost auf Leichen verzichten, die kopfüber irgendwo runterhingen. Ein Händler achtet auf seinen guten Ruf und will keine üble Nachrede. Selbstverständlich tötet gelegentlich auch ein Kaufmann, dies aber ohne viel Aufhebens, im Verborgenen. Ohne Zeugen. Das wusste Aisha, deshalb ließ sie sich vom äußeren Schein nicht täuschen und blieb wachsam. Gleichsam in Panik geriet sie jedoch, als Schaffner auftauchte. Es kostete sie ihre ganze Willenskraft, ihre Angst vor den anderen zu verbergen. Dieses zu klein geratene Miststück hatte sie derart erschreckt, dass sie sich beinahe in die Hosen geschissen hätte. Wenn er dann auch noch mit seinen strichdünnen Lippen sein fieses Grinsen aufsetzte …
In dieser Situation fehlte ihr Dodo. Nicht als Mann, nicht als Liebhaber, sondern als lebender Schild, der sie sogar gegen eine MP-Salve abschirmen würde. Aisha fühlte sich nackt und schutz-

los. Das Gefühl, nackt zu sein, war dabei halb so wild. Die Schönheit ihres entblößten Körpers hatte sie immer als Waffe betrachtet. Aber dass sie sich so schutzlos fühlte … Weder Ratte mit seiner Cleverness noch Knaller mit seiner Bombenliebe konnten ihr die Sicherheit geben, die ihr der dumme, aber starke Dodo gegeben hatte.

Aber Dodo war tot. Dieses rothaarige Miststück hatte ihn ermordet. Ihn, der ihr die kostbarste aller Illusionen geschenkt hatte: die, sicher zu sein.

Aisha hielt ein glimmendes Kohlestückchen in den Pfeifenkopf und nahm einige kurze Züge. Ein roter Widerschein lag auf ihrem Gesicht. Die Pfeife wurde warm, verbrannte ihr beinahe die Hand. Der süßliche, scharf riechende Rauch des Grases breitete sich in Aishas Mund aus, sickerte in ihre Lunge und entströmte ihrer Nase wieder in zwei graublauen Schwaden.

»Das ist guter Stoff«, bemerkte jemand in ihrem Rücken. »Leidet die Priesterin von City an Schlaflosigkeit?«

Eisige Kälte griff mit klebrigen Pranken nach Aisha. Als sie sich zu Schaffner umdrehte, lag dennoch ein freundlicher und ruhiger Ausdruck auf ihrem Gesicht, doch nur der Gnadenlose wusste, was dieser sie kostete.

»Du hast einen leisen Gang …«

»Keineswegs«, erwiderte der Stationer. »Du warst mit deinen Gedanken lediglich weit weg.«

Aisha machte in Schaffners Rücken zwei Schatten aus.

»Konntet ihr Spuren entdecken?«, wollte sie wissen.

»Main Station ist zu groß«, antwortete Schaffner. »Bei uns gibt es viele dunkle Ecken. Und ob diejenigen, die ihr sucht, wirklich bei uns sind, ist noch immer nicht geklärt.«

»Glaub mir, Schaffner«, meinte sie mit einem feinen Lächeln, während sie einen weiteren Zug von der Pfeife nahm, »sie sind hier.«

Sie hielt ihrem Gast die Pfeife hin. Dieser trat einen Schritt vor und griff danach.

»Ich wittere dieses Biest …«, fuhr Aisha fort. »Sie ist irgendwo in der Nähe …«

»Dann werden wir sie auch finden«, sagte Schaffner, der den Rauch tief inhalierte und genüsslich wieder ausstieß.

»Was war das vorhin für ein Lärm?«, erkundigte sich Aisha.

»Nur ein paar größere Kinder, die sich in die oberen Ebenen vorgewagt haben«, antwortete Schaffner. »Dort dürfen sie eigentlich nicht hin. Aber wegen der Tauben verstoßen sie immer wieder gegen unser Verbot. Vogelfleisch ist für sie ein echter Leckerbissen. Heute ist dort ein Mädchen zu Tode gekommen. Ich habe befohlen, die anderen Kinder, die mit ihr dort oben waren, zu bestrafen.«

»Was erwartet sie?«

»Sie werden ausgepeitscht.«

Aisha erwiderte kein Wort. Das Gras wogte in warmen, kitzelnden Wellen durch ihr Blut und pulsierte in ihrem Bauch. Doch in Schaffners Anwesenheit durfte sie nicht die geringste Schwäche zeigen.

»Bist du dir sicher, dass das Mädchen freiwillig nach oben gegangen ist?«

»Ja.«

»Meiner Meinung nach könnte durchaus mehr dahinterstecken«, entgegnete Aisha. »Was auch immer gerade in Station geschieht, würde ich genau untersuchen. Belka ist eine gefährliche Gegnerin. Sogar ich habe sie ein wenig unterschätzt.«

»Sie heißt also Belka?«, hakte Schaffner nach und grinste widerlich. »Aber selbst diese Belka lebt nicht ewig, glaub mir das, Priesterin. Jeder begeht irgendwann seinen letzten Fehler.«

Eine Weile schwieg er. Offenbar dachte er über seine Worte nach. Vielleicht genoss er auch einfach die Wirkung des Joints.

»Darf ich dir einen Rat geben, Aisha?«, fragte er nach einer ganzen Weile.

Diese nickte.

Sie würde Schaffner bestimmt nicht dadurch reizen, dass sie ihn offen vor den Kopf stieß und seinen Rat nicht mal anhörte.

»Mir ist klar, dass du mich hasst«, sagte er und sah sie ohne das übliche Lächeln auf seinen Lippen an, während er sich bedächtig über die mit farblosem Flaum bedeckte Wange strich. »Ich weiß fast immer, was mein Gegenüber denkt und fühlt. Diese Gabe habe ich dem Gnadenlosen zu verdanken, sei er verflucht und geehrt! Deshalb kann mir niemand etwas vormachen. Auch du bist ein offenes Buch für mich. Du hasst diese Belka und siehst eine Gegnerin in ihr. Und du fürchtest mich, gerade wegen meiner Gabe.«

Aisha kochte innerlich, doch Schaffner hob nur die Hand, um jeden Widerspruch zu unterbinden.

»Spar dir deine Worte! Es stimmt, man muss mich fürchten – aber nicht du, nicht hier und jetzt. Deshalb nimm dir meinen Rat zu Herzen, Priesterin!« Er legte eine bedeutungsvolle Pause ein. »Du kannst diese beiden schnappen, wir helfen dir sogar dabei, aber das bringt dich nicht weiter.«

»Drück dich klarer aus!«, fuhr Aisha ihn an.

Schaffner trat noch einen Schritt an sie heran. Damit stand er so dicht vor Aisha, dass diese unwillkürlich zurückwich. Der Geruch des Haschs mischte sich mit Schaffners männlichen Düften. Obwohl er mir Angst einjagt, dachte Aisha unwillkürlich, und bestimmt keine Schönheit ist, gibt es etwas an ihm, das mich anzieht. Das mir gefährlich werden könnte. Das dem Funkeln eines Spinnennetzes gleichkommt, auf das die Fliege hereinfällt.

»Finde diese Belka«, fuhr Schaffner fort. »Aber nimm sie nicht gefangen, sondern lass sie fliehen. Sie wird dich zuverlässiger an dein Ziel bringen als jede Karte. Diese Frau und der Mann in ihrer Begleitung wollen überleben! Beide wollen um jeden Preis ihr Ziel erreichen. Hindere sie nicht daran! Lass sie für dich die Tür öffnen und tritt dann selbst gemessenen Schrittes über die Schwelle, um dir die heiß ersehnte Medizin zu holen.«

»Was versprichst du dir davon, wenn du mir diesen Rat gibst?«

»Dass du diese Medizin mit mir teilst.«

»Was würde dann aus meinen anderen Verbündeten?«

»Die bringst du um!«, sagte Schaffner leichthin. »Dir ist doch klar, was diese Medizin bedeutet!«

»Sie gewährt ewiges Leben!«

»Niemand lebt ewig.«

»Wenn ich sie habe, werde ich herrschen«, erwiderte sie. »Lange herrschen. Vielleicht nicht ewig, aber doch sehr lange.«

»Eben. Wirst du tun, was ich dir geraten habe?«

Seine Augen blitzten kurz auf. Fast wie die eines Tieres ... Oder war das nur der Widerschein der flackernden Öllampen?

Aisha trat nun dicht an Schaffner heran und musterte ihn. Ihre

Hände legten sich auf seine Schultern. Das vom Gras hochgepeitschte Blut rauschte durch ihre Adern.

»Ich werde mir deine Worte durch den Kopf gehen lassen«, flüsterte sie, stellte sich auf die Zehenspitzen und berührte mit ihren Lippen sein Ohr.

Der Geruch seines Schweißes stieß sie nicht länger ab, im Gegenteil, er betörte sie.

»Ist dir klar, woran ich gerade denke?«, fragte sie mit kaum hörbarer Stimme.

Die Schatten in Schaffners Rücken zogen sich zurück und lösten sich im Dunkel auf. Das rote Glühen der Öfen pulsierte wie ein schlagendes Herz.

»Das ist nicht schwer«, erwiderte Schaffner. »Du schreist es ja förmlich heraus.«

Sein schmaler Mund verzog sich zu einem Lächeln.

Er umfasste Aishas Taille und fuhr dann mit seiner Hand unter ihr Hemd.

Hanna senkte das Fernglas und grinste. Zufrieden. Hinter ihr zischten bereits die Zünder. Höchste Zeit zu verschwinden. Sie befand sich genau auf der Grenze zwischen Licht und Schatten, sodass sie einerseits vom Dunkel geschützt wurde, andererseits alles sehen konnte, was sie sehen wollte. Geschickt entfernte sie sich über die Dächer der alten Waggons. Intuitiv fand sie jene Stellen, denen der Rost noch kaum zugesetzt hatte. Ein letzter Sprung, und schon verschmolz sie mit dem Dunkel am Ende des Bahnsteigs.

Die Zünder waren genau in dem Moment heruntergebrannt, als Aisha ihre vollen Lippen auf den widerlichen Mund Schaffners presste. Vier Pfund Sprengstoff zerlegten eine der Betonsäulen, die das Gewölbe von Main Station trug. In der Wand dahinter zeigten sich Risse. Kleine Steinbrocken flogen über die Gleise, prasselten gegen die Waggons, verbeulten das Metall und zerschlugen das längst trübe gewordene Glas.

Die Explosionswelle warf Aisha und Schaffner zu Boden. Ein Sturzbach aus Splittern begrub sie unter sich. Ein Schmiedeofen flog in die Luft, und der gesamte Mittelteil des Depots wurde in glutrotes Licht getaucht.

»Ich habe dich ja vor ihr gewarnt«, knurrte Aisha, während sie sich hochrappelte.

»Offenbar aus gutem Grund.«

Ein Teil des Dachs krachte ein. Das Gepolter übertönte beinahe die verzweifelten Schreie der Verwundeten ...

»Sie hauen ab«, sagte Schaffner. »Nun folge ihnen.«

Aisha nickte.

»Ich kann nicht mehr!«, flüsterte Tim, obwohl sie in dem Lärm um sie herum ohnehin niemand gehört hätte.

Nach der Explosion im Depot erinnerte Main Station an einen aufgewühlten Bienenstock. Sogar die Wände schienen von Getrappel, Geschrei, ja sogar vom Knistern der Fackeln zu beben. Hanna versteckte sich deshalb auch nicht. Zwei Posten am sogenannten Westtor erschoss sie mit ihrer Flinte, den dritten köpfte sie fast mit ihrem Messer und warf ihn dann ins Lagerfeuer hinter dem Wagen.

Die Waffen der Männer nahm sie an sich, die Leichen ließ sie offen liegen. Die sollten ruhig alle sehen ...

Es war eine gute Gelegenheit, Angst unter ihren Verfolgern zu schüren.

Den Hebelkarren entdeckten sie sofort. Sechs Sitze, viel Platz für die Ladung, ein Hebel mitten im Boden. Die Eisenräder wiesen nicht eine einzige Rostspur auf, die Achsen waren bestens geölt.

»Das ist nicht weiter schwierig«, murmelte Tim mit einem Blick auf das Vehikel. »Wir brauchen nur diesen Hebel zu bewegen, und schon fahren wir. Wenn wir damit aufhören, rollen wir aus, zusätzlich gibt es noch eine Bremse. Hier, dieser Hebel. Wenn wir den ziehen, halten wir sofort an.«

Doch dann verloren sie kostbare Zeit, weil sie den Mechanismus nicht durchschauten, mit dem das Tor zu öffnen war. Erst nach einer Weile kam Tim dahinter, dass er bloß die Schnüre zu durchtrennen brauchte, an denen die mit Sand gefüllten Gewichte hingen. Sobald diese zu Boden krachten, wurde das Tor hochgezogen, wenn auch nicht ganz, sondern nur auf ein Drittel der Höhe. Das reichte jedoch aus, damit sie mit dem Karren hinauskamen.

Sobald sie den Bahnhof verließen, schlug ihnen eisiger Herbstwind entgegen. Froststarres Gras stand stur und steif da, durch die dichte graue Wolkendecke drang der zunehmende Mond kaum mit seinem fahlen Licht durch.

Verzweifelt versuchte Tim, sich darüber klar zu werden, wohin sie eigentlich fuhren. Hanna behielt unterdessen durch das Visier ihrer Waffe die Gegend im Auge.

Tim musste noch zweimal abspringen, um irgendwelche Hebel umzustellen und ihrem Karren eine neue Richtung zu geben, dann hatten sie das Territorium von Main Station endgültig hinter sich gelassen. Er wischte sich den Schweiß von der Stirn. Selbst in der frischen Nachtluft glühte er. Danach bewegte er wieder fröhlich den Hebel.

»Spar dir dein Lachen lieber für später auf«, ermahnte ihn Hanna. »Noch sind wir nicht in Sicherheit.«

Sie legte die Waffe weg und setzte sich auch an den Hebel, nahm Tims Rhythmus auf, arbeitete aber nicht nur mit den Armen, sondern mit dem ganzen Oberkörper. Vor, zurück. Eins, zwei. Der Karren gewann mit jedem Yard an Fahrt. Sie waren nun wesentlich schneller als ein Mann zu Fuß.

Freund kam aus Hannas Kapuze herausgeschlüpft und machte es sich auf einem der Sitze bequem. Offenbar beabsichtigte er nicht, vom Karren zu springen, war aber beunruhigt, denn er schnupperte ständig, riss seinen kleinen Kopf wieder und wieder herum und bauschte seinen roten Schwanz.

Es gab jetzt nur noch zwei Strecken. Die, auf der sie fuhren, und eine parallel dazu. An den Gleisen zogen sich braun-graue Lagerhallen dahin, flache Bauten mit eingestürzten Dächern oder herausgenommenen Fensterrahmen. Hier und da machten sie auch Laderampen aus, die unter Müll nahezu begraben waren.

Vor, zurück. Eins, zwei.

»Die folgen uns garantiert«, fuhr Hanna fort. »Wenn wir die nicht abhängen, sind wir geliefert!«

»Ich weiß …«

Tims Stimme klang vor Anstrengung ganz gepresst. Jeder Zug an dem Hebel verursachte ihm Schmerzen, trotzdem arbeitete er stur weiter.

Sie fuhren an dem schwarzen Schlund eines Tunnels vorbei, aus dem sich zwei weitere Schienenpaare herausschlängelten, kurz darauf schob sich eine breite Brücke zwischen sie und den milchigen Himmel, dann tauchten sie erneut in das Geflecht aus Schienen ein, um sich schließlich zwischen zwei Betonmauern wiederzufinden, die jedes Geräusch merkwürdig verzerrten.

»Bist du sicher, dass wir uns nicht verfahren haben?«, erkundigte sich Hanna.

»Ja. Wir müssen ins Brennende Land, und genau da führt diese Strecke hin.«

»Das Brennende Land«, wiederholte Hanna grinsend. »Warum bin ich eigentlich nicht in meinem gemütlichen Baumhaus geblieben und dort gestorben?«

»Weil es keine Rolle spielt, wo wir sterben«, erwiderte Tim und sah ihr fest in die Augen. »Der Tod ist überall gleich. Was für jeden anders ist, das ist das Leben.«

Die Betonwände endeten so abrupt, wie sie begonnen hatten. Über den Gleisen hing nun immer dichterer Nebel. Er schluckte den Hebelkarren zusammen mit den beiden Passagieren und dem quietschenden Hebel.

Vor, zurück. Eins, zwei ...

»Hab ich's nicht gleich gesagt?! Sie ist hier! Die Explosion war ihr Werk!«, machte Aisha ihrer Empörung gegenüber Schrauber Luft, während sie mit dem Fuß gegen die Leiche stieß. In der Brust klaffte ein Loch. »Und während ihr das Feuer löschen musstet, hat sie einen wunderbaren Vorsprung herausgeholt!«

Ratte untersuchte die Spuren am Boden. Die Fackel in seiner Hand brannte so stark, dass in einem Umkreis von gut zehn Yards alles erhellt wurde.

»Hier sind noch zwei Leichen«, teilte Rubbish ihnen mit. »Der eine ist so gut geröstet, in den willst du glatt reinbeißen!«

»Wie konnten sie deinen Hebelkarren an sich bringen?«, wollte Krächzer wissen, der aufmerksam durch die Schlitze seiner Kapuze spähte. »Du hast doch gesagt, das sei unmöglich!«

»Dann habe ich mich eben geirrt«, blaffte Schrauber zurück.

In den Lichtkreis des Feuers traten Runner und Pig. Letzterer wischte seine verrußten Hände an einem dreckigen Lappen ab.

»Das war sie«, bestätigte Runner und verzog das Gesicht. »Das ist genau nach ihrem Geschmack! Einer eurer Männer ist fast geköpft worden – und Belka trägt immer ein scharfes Messer bei sich!«

»Klar, war sie das, wer denn sonst?!«, murrte Klumpfuß, ließ sich auf das Trittbrett eines Waggons fallen und legte sich die MP quer über die Schenkel. »Bleibt die Frage, was wir jetzt unternehmen.«

»Die kommen nicht weit«, behauptete Schrauber völlig gelassen. »Schaffner hat den Befehl erteilt, einen Wagen mit vierzig Ruderern vorzubereiten und ihm einen der besten Hilfsschaffner mitzugeben. Vierzig Männer und unser neuester Waggon! Die habt ihr im Nu eingeholt!«

»Und wo bleiben dann meine Pferde?«, knurrte Quernarbe. »Oder die MG-Wagen? Passen die überhaupt in so einen dämlichen Waggon?«

»Bitte, nicht in diesem Ton!«, verlangte Knaller sofort. »Was willst du mit deinen verschissenen MG-Karren in einem Waggon?«

»Die MG-Wagen bleiben hier«, entschied Schrauber. »Ihr kriegt sie zurück, sobald ich meinen Waggon wiederhabe.«

Quernarbe nickte nur, wenn auch mit finsterer Miene.

»Wie viele von uns können mitfahren?«, wollte Klumpfuß wissen.

»Zwanzig«, antwortete Schaffner und trat aus dem Schatten, in dem er bisher gelauert hatte. »Macht euch am besten gleich für den Aufbruch bereit. Der Waggon ist fertig, bei Tagesanbruch kann es losgehen. Möge der Gnadenlose euch allen zur Seite stehen!«

»Mögest du ewig leben!«, erwiderten sämtliche Anwesenden wie aus einem Munde.

»Und vergiss nicht, was ich dir gesagt habe«, flüsterte Schaffner Aisha zu.

Diese nickte.

Der Himmel war noch grau, als der gewaltige Wagen aus dem Tunnel herausfuhr. Vor seinen Fenstern waren Metallplatten angebracht, die Türen hatte man verrammelt. An den Sichtschlitzen vorn stand ein Hilfsschaffner. Auf Bänken saßen Männer an den Hebeln und brachten mit ihren Bewegungen die grob geschmiedete Walze unter dem Wagen dazu, sich zu drehen. Zunächst rollte das schwere Vehikel nur widerwillig los, nahm dann jedoch Fahrt auf. Am Ende fraß dieses Ungetüm die Yards mit einem Tempo, das ihm niemand zugetraut hätte, der es nicht schon einmal selbst erlebt hatte.

Im Waggon brannten Öllampen. In ihrem Licht schimmerten die schweißnassen Rücken der Männer an den Hebeln. In der Mitte des Wagens saßen in abgenutzten Sesseln Runner, Pig, Rubbish, Aisha, Ratte, Knaller, Quernarbe samt seiner Männer, Klumpfuß und Krächzer.

Vor, zurück. Eins, zwei. Der aufgehenden Sonne entgegen.

Die Fahrt durch das Brennende Land stellte sich als überraschend langweilig heraus.

Der Hebelkarren raste über die Schienen, die durch öde Prärie führten. Einst war hier Gras gewachsen, hatte es Wasser gegeben und das Leben gebrodelt, aber all das gehörte längst der Vergangenheit an. Zu beiden Seiten der Gleise erstreckte sich heute feiner roter Sand. Hier und da ragten knorrige Bäume auf, und der Wind trieb seine Minitornados über die verbrannten Weiten.

Freund hatten sie in eine Kiste stecken müssen, wogegen er allerdings nichts einzuwenden hatte. Im Gegenteil, er huschte fast freiwillig hinein und presste sich in eine Ecke, wobei er verängstigt schnalzte.

»Er spürt etwas«, sagte Hanna, als sie die Kiste verschloss.

Die Atemschutzmaske ließ ihre Stimme dumpf klingen

»Geht mir genauso«, erwiderte Tim. »Es riecht hier nach altem Tod.«

»Nach Tod riecht es überall«, entgegnete Hanna. »Aber hier stinkt es danach.«

Wahrscheinlich war es im Sommer in dieser Gegend unerträglich heiß und im Winter bitterkalt. Sie hatten aber den Herbst erwischt. Feuchter Staub hing in der Luft, eine trübe Sonne richtete kaum etwas gegen diesen Nebel aus.

Auf den ersten Blick hätte man Tim und Hanna vermutlich nicht wiedererkannt. Beide trugen sackartige grüne Overalls, die aus einem seltsamen Gummistoff angefertigt worden waren. Diese hatten sie in einer Kiste unter einem der Sitze des Hebelkarrens gefunden. In dieser hatten sie auch die merkwürdigen Masken mit den Glasbrillen und dem seltsam geriffelten Schlauch zum Atmen entdeckt. Derart verkleidet, schwitzten sie zwar, aber nicht so stark, dass es unerträglich gewesen wäre. Und Tim hätte so oder so darauf bestanden, dass sie die Anzüge trugen und die Masken aufsetzten.

Nach einem leichten, kaum zu erkennenden Anstieg ging es bergab, was ebenfalls mit bloßem Auge nicht zu sehen, für die Muskeln aber umso deutlicher zu spüren war. Ein Gefühl von Leichtigkeit machte sich in ihnen breit. Es war, als würden sie nach einem langen Marsch endlich ihre Rucksäcke von den Schultern nehmen. Es war, als wären ihnen Flügel gewachsen.

Ihre Umgebung änderte sich jedoch nicht, abgesehen davon, dass sie gelegentlich auf Skelette stießen, von Menschen ebenso wie von Tieren, denen Sonne und Regen jede Farbe genommen hatten, oder auch auf Karosserien, die nur noch als Rostberge zu bezeichnen waren. Als die Gleise auf einem Abschnitt parallel zum Highway verliefen, fuhren sie an Hunderten solcher Autos vorbei.

Was sie besonders bedrückte, war, dass ihnen nicht ein einziger Vogel begegnete. Auch sonst entdeckten sie keine Hinweise auf lebende Tiere. Einst hatte das Brennende Land alles getötet, was es berührte. Sämtliche Lebewesen hatten danach ihre Lektion gelernt und hielten sich von diesem verhängnisvollen Gebiet fern.

»Grauenvoll«, murmelte Hanna, deren Stimme durch die Maske verzerrt klang. »Nicht wahr?«

»Ja. Das liegt an dieser Verstrahlung, von der ich dir schon erzählt habe.«

»Und du meinst, dieser Gummianzug schützt uns davor?«

»Ich hoffe es«, antwortete Tim. »Kann sein, dass hier immer noch alles giftig ist. Die Luft, der Staub, die Steine, vielleicht sogar die Gleise. Lieber ziehen wir da einen Anzug zu viel an, als dass wir eine Schutzmaßnahme nicht ergreifen. Und diese Dinger werden ja nicht ohne Grund in dem Karren gelegen haben.«

»Meiner stinkt übrigens nach altem Schweiß«, teilte Hanna ihm mit. »Merkwürdig …«

»Meiner riecht auch nicht gerade nach einer Wiese im Frühling. Aber damit müssen wir uns wohl abfinden.«

Ihr Karren wurde etwas langsamer, sodass sie wieder mit aller Kraft an dem Hebel arbeiten mussten.

»Ob es noch weit ist?«, fragte Hanna.

»Keine Ahnung. Als Nächstes müsste erst mal eine Schlucht kommen, mit einer Brücke darüber.«

»Was, wenn diese Brücke eingekracht ist?«

»Dann müssen wir einen anderen Weg finden.«

»Wie das? Über die Schlucht?«

»Na, mal runter und später wieder hoch.«

»Weißt du denn, wie es unten in der Schlucht aussieht?«

»Laut Karte fließt da ein kleinerer Fluss, der irgendwie mit den Sümpfen in Park zusammenhängt. Ich könnte mir gut vorstellen, dass die Schlangen dort durch das vergiftete Wasser aus dieser Gegend entstanden sind …«

Er brach mitten im Satz ab, weil Hanna aufsprang, um nach der Brücke Ausschau zu halten. Selbst in ihrem sackartigen Overall bewegte sie sich so geschmeidig, dass Tim nur staunen konnte.

»Mit diesem Glas vor Augen kannst du nicht mal richtig durch das Fernglas gucken!«, beschwerte sie sich.

»Das liegt ja wohl eher am Nebel«, entgegnete Tim. »Außerdem bringen die Schienen uns unweigerlich zur Brücke. Ob du sie vorher siehst oder nicht – schneller werden wir dadurch auch nicht!«

Der Nebel wurde mal dicker, mal schien er vor der Sonne zu fliehen und sich zu lichten. Am Ende verhinderte er aber, dass sie die Berge schon aus der Ferne ausmachten. Stattdessen schien sich die Landschaft irgendwann schlagartig zu verändern.

Die flache Prärie wurde durch hohe Berge ersetzt, deren Hänge gewaltige Steinbrocken bedeckten. Die Strecke beschrieb eine Kurve und schlängelte sich durch diese Hindernisse hindurch. Zweimal fuhren sie unter Autobahnunterführungen hindurch, bis sie schließlich unvermittelt die Brücke vor sich sahen.

Sie musste früher sehr schön gewesen sein, aber auch jetzt beeindruckte sie die beiden. Gewaltige Metallpfeiler trugen die Konstruktion. Zwei Dämme führten über die Schlucht, der untere für Züge, der obere für Autos. Ein geschwungener Bogen an der Seite war eingestürzt, etliche Elemente ragten aus dem Boden heraus.

Der Brückenteil, über den die Schienen führten, war offenbar unbeschädigt, auch wenn die Metallpfeiler, die ihn trugen, nicht gerade vertrauenerweckend wirkten.

Sie hielten unmittelbar am Rand des Canyons.

»Da wird mir ja schon schlecht«, murmelte Hanna, »wenn ich bloß runtergucke.«

»Deshalb gucken wir besser gar nicht erst runter«, sagte Tim, »sondern fahren gleich weiter.«

»Meinst du, die hält?«

»Ich hoffe es. Auch wenn alles ziemlich verrostet ist.«

Beide waren für einen Moment wie gelähmt.

»Eine andere Möglichkeit haben wir ja eh nicht«, brachte Hanna dann hervor. »Also los, weiter!«

Die Brücke schien überhaupt kein Ende zu nehmen.

Sie bewegten sich nur langsam vorwärts, lauschten auf jedes Quietschen und Knacken. Ihr Karren wurde ordentlich durchgeschüttelt. Mal wurden sie fast in die Luft geworfen, dann sackten sie zusammen mit den Gleisen wieder gewaltig ab. Das Glas vor Tims Augen beschlug von innen, denn er schwitzte seine Angst förmlich aus. Trotzdem betätigte er unermüdlich weiter den Hebel.

Vor, zurück. Eins, zwei.

Weit unter ihnen, am Boden der Schlucht, sprudelte tatsächlich ein Fluss dahin. Seinen Weg durch diese Felsen hatte er sich über Jahrhunderte gebahnt. Von hier oben wirkte er freilich wie ein Rinnsal mit weißer Schaumkrone.

Tim sah zu Hanna hinüber. Hinter dem Glas funkelten ihre Augen. Verzweifelt und vergnügt. Er hätte wetten können, dass sie gerade grinste.

Auch sie hatte Angst. Aber die wollte sie weder ihm zeigen noch sich selbst eingestehen.

Hundert Yards. Fünfzig. Zehn! Die Eisenräder quietschten – bis Tim den Bremshebel betätigte.

Sie hatten die andere Seite erreicht. Sie waren nicht abgestürzt ...

Er schaute zurück. Noch konnte er es nicht fassen. Sie hatten es geschafft! Wind fegte über die Brücke. Ein unangenehmes, lang gezogenes Geräusch war zu hören, fast wie das Stöhnen eines Sterbenden. Es rührte von einem alten Straßenschild her, auf dem sich nur noch mit Mühe die Nummer des Highways erkennen ließ.

Tim hätte vor Freude beinahe laut aufgeschrien. Diese Nummer hatte er in der Karte gelesen. Bis Rightster waren es nur noch knapp dreißig Meilen.

Er hielt Hanna den aufgeschlagenen Straßenatlas hin.

»Wir müssen jetzt das richtige Gleis finden«, sagte er. »Oder zu Fuß gehen.«

»Da würde ich das Gleis unbedingt vorziehen ...«

»Vielleicht haben wir ja Glück. Aber falls nicht ... Durch den Wald ist es gar nicht mehr so weit. Wie sieht es aus? Fahren wir weiter?«

»Gleich«, sagte Hanna. »Ich würde für unsere Freunde gern noch eine kleine Überraschung vorbereiten. Du kannst derweil erst mal verschnaufen.«

»Vor, zurück! Eins, zwei!«

Aishas Kopf dröhnte schon von den gleichmäßigen Schlägen, die ein Mann mit einer Eisenstange vorgab, indem er in gleichmäßigem Rhythmus auf eine Platte schlug, damit seine Gefährten an den Hebeln sich im Takt bewegten und sie ihrem Ziel unaufhaltsam näher brachten.

Vor, zurück. Eins, zwei. Immer weiter. Der schnaufende Atem dieser Männer schien den ganzen Waggon zum Beben zu bringen.

Aisha sah sich um. Die anderen versuchten zu schlafen, doch nur Pig gelang das auch. Aber ihn hätte es vermutlich auch nicht gestört, wenn sein Schädel als Trommel für den Taktgeber hätte herhalten müssen. Die anderen warfen sich immer wieder in ihren Sesseln herum. In der Luft hing der kräftige Geruch gereizter Männer, der sich mit dem Gestank der Öllampen mischte. So, wie der Waggon durchgeschüttelt wurde, mussten sie sich in einem ungeheuren Tempo vorwärtsbewegen. Da die Fenster aber verrammelt waren, vermochte Aisha die Geschwindigkeit nicht genauer zu bestimmen. Der Hilfsschaffner an dem Sehschlitz hob immer mal wieder die rechte Hand. Dann hielt der Taktgeber inne, und die Männer an den Hebeln unterbrachen kurz ihr Tun. Sobald der Hilfsschaffner die linke Hand hob, legte der Taktgeber wieder los. Dann hallte es neuerlich durch den Wagen: Vor, zurück! Eins, zwei! ...

Ein Jucken in der rechten Wange veranlasste Aisha, den Kopf zu drehen. Klumpfuß durchbohrte sie förmlich mit seinem Blick. Als sie ihn anfunkelte, schickte er ein freundliches Lächeln zu ihr hinüber – aber Freundlichkeit war nun einmal nicht sein Metier.

Wenn ich jemanden gern zum Gnadenlosen schicken würde, dann ihn, dachte Aisha einmal mehr. Es wäre mir wirklich ein ausgesprochenes Vergnügen, ihn in den Saal der Opfer zu schleifen, dort aufzuhängen und in seinem Blut zu baden … Zu beobachten, wie sein Herz in der aufgeschlitzten Brust pocht. Wie das Leben aus ihm herauströpfelt.

Nun lächelte sie in sich hinein.

Wenn sie ehrlich war, würde sie am liebsten jeden in diesem Waggon tot sehen. Im Grunde hatte sie dafür sogar schon einen Plan in petto: Belka sollte ihre Reihen lichten. Danach … danach würde sie sich die Überlebenden vorknöpfen. Was wollte beispielsweise Runner mit der Medizin? Weshalb sollte dieser Parker in den Genuss des ewigen Lebens kommen? Gab es überhaupt irgendeinen Grund, diese nutzlosen und ungebildeten Parker noch um sich zu dulden? Sie, die nicht mehr wert waren als der Staub in City? Mit den dämlichen Farmern sah es da schon anders aus. Die brauchte man! Wer sollte denn sonst Obst und Gemüse anbauen? Wer Pferde und Schafe züchten? Kühe melken? Hühner und Enten halten? Sollte sich der Stamm von City etwa mit Schweinezucht abgeben?! Nein, sie würde die besten und klügsten Farmer aussuchen und ihnen ewiges Leben schenken. Die Medizin würde es ihr endlich erlauben, City und Town zu vereinigen. Als Erstes müsste da natürlich Klumpfuß sterben, von seinem widerlichen Schamanen ganz zu schweigen. Die beiden würde sie keinen Tag länger ertragen als nötig!

Sie schloss die Augen.

Es würde nicht leicht werden, aber sie würde sämtliche Aufgaben bewältigen. Knaller würde ihr ja zur Seite stehen. Zu bedauerlich, dass Dodo nicht mehr am Leben war. Aber auch ohne ihn würde sie es schaffen! Niemand in diesem Waggon konnte ihr in puncto Klugheit und Gerissenheit das Wasser reichen. Sie war die größte und giftigste Spinne. Deshalb würde sie den richtigen Moment abwarten, um dann zum tödlichen Schlag auszuholen.

Aisha erhob sich, um zum Hilfsschaffner hinüberzugehen. Er linste kurz aus den Augenwinkeln zu ihr herüber, denn seine Aufmerksamkeit galt dem Weg.

»Siehst du sie?«, fragte Aisha.

»Nein.«

»Sie können doch nicht einen derartigen Vorsprung haben ...«

»Müssen sie aber«, erwiderte der Hilfsschaffner. »Sonst würd' ich sie ja sehen.«

»Kann dir bei der Wahl der Gleise ein Fehler unterlaufen sein?«

»Nein.«

»Werden wir sie denn noch einholen?«

»Weiß ich nicht.«

»Aber wir können feststellen, wohin sie unterwegs sind?«

»Ja«, antwortete der Hilfsschaffner, ohne auch nur eine Sekunde zu zögern. »Es gibt nur diese eine Spur, Priesterin. Weder sie noch wir können sie verlassen.« Er schaute in eine zerfledderte Karte, die auf einem Brett vor ihm lag. »Unsere erste Sorge sollte aber gar nicht ihnen gelten, sondern der Brücke, die ...«

»Wir müssen über eine Brücke?«

»Ja«, sagte der Hilfsschaffner und tippte auf die Karte. »Hier.«

»Ist es noch weit bis dahin?«

»Nein«, antwortete er, wandte sich um und forderte sie mit einer Geste auf, vor den Sehschlitz zu treten.

Als Aisha durch diesen hindurchspähte, konnte sie nur mit Mühe einen Aufschrei unterdrücken. Ihre Gleise führten auf eine seltsame Gitterkonstruktion zu, die mittlerweile nur noch einen Steinwurf entfernt war.

Der Wagen fuhr schnell, viel schneller, als Aisha vermutet hätte. Der Hilfsschaffner riss beide Arme hoch. Daraufhin schlug der Taktgeber allerdings noch wilder auf sein Brett ein.

Vor, zurück! Eins, zwei!

Die Hebel wurden doppelt so schnell bewegt. Die Männer schnauften und keuchten, hielten das Tempo aber!

Vor, zurück! Eins, zwei!

Schneller kann dieser Wagen aber doch bestimmt nicht mehr werden, dachte Aisha – doch sie gewannen nach wie vor an Fahrt. Das verrostete Monstrum vor ihnen würde diesen dahinbrausenden schweren Wagen doch niemals tragen! Also rasten sie in den sicheren Tod! War das Schaffners Plan? Wollte er sie alle umbringen, indem er den Waggon in eine Schlucht jagte?

Vor, zurück! Eins, zwei!

Mit stockendem Atem starrte Aisha nach vorn. Jeder Schrei erübrigte sich … Selbst der Gnadenlose würde dieses Ungetüm nicht mehr zum Stehen bringen. Nicht in den wenigen Sekunden, die ihnen noch blieben!

Der Wagen flog geradezu auf die Brücke, die unter seinem Gewicht erzitterte. Sofort begann ein furchtbares Gerüttel. Erst da begriff Aisha, was der Hilfsschaffner beabsichtigte: Allein ihre Geschwindigkeit würde sie auf dieser fragilen Konstruktion retten.

Die Männer an den Hebeln arbeiteten wie wild. Die Öllampen schaukelten an ihren Haken, ihr Ruß schwärzte die Luft. Irgendwann wurde sogar Pig aus dem Schlaf gerissen. Aisha schätzte verzweifelt die Yards ab, die sie noch von der anderen Seite des Canyons trennten.

Hundert. Fünfzig. Zehn.

Da donnerte es unter ihnen. Weißer Staub wirbelte auf, die Lampen wurden von den Haken gerissen. Eine traf Aisha an der Achillessehne. Im Fallen sah sie noch, wie die Männer an den Hebeln von ihren Bänken katapultiert wurden und gegen die Decke des Waggons knallten.

Rein intuitiv robbte sie unter einen Tisch, auf dem allerlei Karten lagen, und klammerte sich mit beiden Händen an dessen schweren Metallfuß. Der Hilfsschaffner ging ebenfalls zu Boden. In seinen Augen spiegelte sich nackte Panik wider. Da war auch der letzte Zweifel ausgeräumt: Hier geschah etwas wirklich Schreckliches, das wahrscheinlich nicht mal Schaffner, geschweige denn der Hilfsschaffner verstehen würde und von dem niemand angenommen hätte, dass es überhaupt je geschehen könnte.

Der Waggon warf sein Hinterteil in die Luft wie ein störrisches Pferd und krachte dann auf die Schienen zurück, nur um erneut hochzuspringen. Rubbish flog buchstäblich an ihr vorbei und knallte gegen die Wand. Ohnmächtig rutschte er zurück, das Gesicht völlig blutig. Aisha vermochte sich kaum noch festzuhalten, denn irgendwas schien an ihr zu zerren. Als ihr Kopf gegen etwas

Hartes schlug, fürchtete sie, ebenfalls gleich das Bewusstsein zu verlieren. Alles verschwamm ihr vor Augen – und dann wurde sie tatsächlich ohnmächtig.

Als er die ersten Gräser sah, hätte Tim beinahe einen Freudentanz aufgeführt. Sie hatten das Brennende Land hinter sich. Doch erst als auch noch die letzten dieser seltsamen knorrigen Bäume verschwunden waren und über den Sträuchern wieder Schmetterlinge und Vögel flatterten, nahmen sie ihre Atemschutzmasken ab und schlüpften aus den Overalls. Eine Zeit lang saßen sie einfach reglos im kühlen Herbstwind. Hätte die Sonne nicht schon mit voller Kraft die Luft gewärmt, hätten sie vermutlich sogar gefroren.

»Jetzt haben wir es gleich geschafft«, stieß Tim schließlich aus. »In wenigen Meilen kommt der nächste Bahnhof, dort müssen wir bloß noch die richtige Spur zu dieser Militärbasis finden.«

»Ein paar Meilen sind wirklich ein Klacks«, erwiderte Hanna, während sie sich die Hüfte abtastete. »Das schaffen wir. Wie geht es dir?«

»Kann ich gar nicht sagen«, gab er zu. »Mir tut alles weh. Aber wenn es schmerzt, heißt es ja auch, dass ich noch lebe … Irgendwie bin ich klatschnass.« Er griff nach der Atemmaske und schüttelte das Wasser aus ihr heraus. »Außerdem habe ich Durst …«

Hanna langte schweigend nach ihrem Rucksack und holte eine Plastikflasche heraus, die sie Tim reichte.

Sie enthielt nicht mehr viel Wasser, ein paar Schluck nur. Er trank genau die Hälfte und gab sie Hanna zurück.

»Mist!«, schrie diese da auf und riss den Deckel der Kiste hoch. Den Blick auf den kleinen roten Körper in der Ecke gerichtet, erstarrte sie. Tim spähte vorsichtig über ihre Schulter.

Freund war tot. Dafür reichte ein Blick. Die starren Knopfaugen hatten ihren vertrauten Glanz verloren und waren ganz stumpf geworden. In dem halb offenen Mund schimmerten kleine gelbe Zähne, zwischen denen die braune Zunge lag, die nun an einen toten Wurm erinnerte.

Hanna sah wortlos auf Freund hinunter. In ihrem Gesicht rührte sich nichts. Tim trat zur Seite, überlegte es sich dann aber anders und ging wieder zu ihr, um sie von hinten zu umarmen.

»War das dieses unsichtbare Licht?«, fragte Hanna, ohne sich zu ihm umzudrehen. »Hat ihn das umgebracht?«
»Ja.«
Daraufhin hüllte Hanna sich wieder in Schweigen.
Um sie herum war alles still. Sehr still sogar, aber nicht absolut still. Wind brachte das Gras zum Rascheln. Bienen summten über den Blumen, Vögel zwitscherten. Aber kein Laut, der von einem Menschen herrührte.
Tim hob mit dem Messer eine kleine Grube aus und wartete auf dem Hebelkarren, bis Hanna Freund in sein letztes Nest gebettet hatte.
»Es wäre besser gewesen, wenn er uns nicht wiedergefunden hätte«, murmelte sie, als sie sich neben Tim setzte.
»Eichhörnchen werden leider nie sehr alt.«
»Ich weiß.«
»Sie sterben noch jünger als wir …«
»Du brauchst mich nicht zu trösten, Tim, ich verkrafte das schon.«
Hanna trank das restliche Wasser und verstaute die Flasche wieder in ihrem Rucksack.
»Gehen wir«, sagte sie.
»Lass uns nur noch ein wenig hier sitzen«, bat Tim. Zu seiner Überraschung tat sie ihm den Gefallen. »Du kannst ruhig näher kommen …«
Hannas Augen funkelten.
»Bitte.«
Sie rückte dicht an ihn heran. Tim schlang seinen Arm um sie, mit einer beschützenden Geste, und Hanna schmiegte ihren Kopf an seine Brust.
Über ihnen zog ein Falke mit gelben Augen und gewaltigen Schwingen seine Bahnen und hielt nach Beute Ausschau.
»Früher hatte ich zwei Freunde«, murmelte Hanna. »Jetzt bist du mein einziger …«
»Verzeih mir«, erwiderte Tim leise. »Du weißt schon, wofür … Du bist kein Monster, Hanna. Das glaube ich wirklich nicht …«
»Fahren wir«, sagte Hanna nach einer ganzen Weile. »Du bist

der, der du bist, ich die, die ich bin. Das lässt sich nun mal nicht ändern ...«

»Wenn wir mehr Zeit hätten ...«

»... dann bringst du mir das Lesen bei.«

»Du kennst die Buchstaben ja schon«, erwiderte Tim lächelnd. »Und kannst sie zu Wörtern zusammensetzen. Das sind noch ganz einfache, aber das ist ja auch erst der Anfang. Dir fehlt bloß ein bisschen Übung! Noch ein, zwei Monate ...«

Er verstummte.

»Falls wir Zeit haben«, sagte Hanna und erhob sich, »reicht sie für alles.«

Sie sah Tim an. Zum ersten Mal entdeckte er in ihren Augen keinen Zorn und keine Wut, keine Berechnung und keine Verachtung. Er suchte das Wort dafür, fand es aber nicht. Er, dessen Leben aus Wörtern bestand – aus Wörtern, die auf vergilbtes Papier gedruckt worden waren, aus Wörtern, die mit verblichener Tinte in ein altes Tagebuch geschrieben worden waren, aus Wörtern, die in Zeitschriften unter alten Fotos längst verstorbener Menschen standen –, er hatte kein Wort für diesen Blick.

Mitgefühl? Nein!

Mitleid? Nein!

Zärtlichkeit? Liebe? Konnte es das sein ...?

»Wie schön du bist«, flüsterte er.

Hanna berührte mit ihren Lippen seinen Mund, zog sich aber gleich zurück.

»Falls wir Zeit haben«, wiederholte sie, »wirst du mir das ganz oft sagen ... Falls wir Zeit haben ...«

KAPITEL 7

Wiseville

»Nimm die Waffe runter!«, sagte Hanna. »Ich mag es nicht, wenn so ein Ding auf mich gerichtet ist.«

In ihrer Stimme lag keine Drohung, aber Tim täuschte sie damit nicht mehr: Der Waffenbesitzer, ein eher schmächtiger Mann mit einem Loch anstelle des vorderen Schneidezahns, sollte besser mit dem Schlimmsten rechnen.

»Bleib, wo du bist«, schnauzte der Typ so herrisch wie möglich. Es klang allerdings komisch. Denn er sprach es als »Bleib, wo du bift« aus.

»Ich rühr mich bestimmt nicht von der Stelle«, erwiderte Hanna.

Sie waren gerade dabei, ihre Sachen von dem Hebelkarren zu laden, als dieser Posten mit der beeindruckenden Zahnlücke und der noch beeindruckenderen MP in der Hand seinen Kopf aus einem der Ilexsträucher am Fluss gesteckt und sie angeschnauzt hatte.

»Kann ich meinen Rucksack abstellen?«, fragte Tim. »Er ist schwer.«

Der Posten dachte kurz nach und legte dafür sogar die Stirn in Falten.

»Aber keine falfpe Bewegung«, sagte er dann.

Nach einem weiteren Blick auf Hanna senkte der Posten seine Waffe. Offenbar wähnte er sich in Sicherheit.

Tim grinste innerlich. Ob dieser Posten nun mit erhobener oder gesenkter Waffe dastand, spielte nicht die geringste Rolle – er befand sich gerade in akuter Gefahr. Die Tatsache, dass er noch Worte von sich geben und finster dreinblicken konnte, verriet Tim nur, dass Hanna gute Laune hatte. Oder zu müde war, um dem Posten die Arme zu brechen.

»Wer feid ihr?«

»Gäste.«

»Für Gäfte ift Tfutritt verboten!«

»Wir wollen deinen Boss sprechen«, überging Hanna seine Bemerkung.

Tim langte nun nach der Jacke, die noch auf dem Hebelkarren lag. Sie roch nach Staub und Schweiß, und in ihr steckte eine Pistole, die sie einem Mann am Westtor abgenommen hatten. Ein altes Ding, dessen Griff schon ziemlich abgenutzt war. Dafür war sie gut geölt und besaß ein Magazin, in dem in jeder Kammer eine Patrone kupfern schimmerte. Verstohlen zog er sie heraus und tarnte sie sofort mit dem Ärmel seines Pullovers. Ihm war völlig schleierhaft, ob er auf diesen Clown mit der Zahnlücke würde schießen können oder nicht, aber besser, er war für alle Eventualitäten gewappnet...

Der Mann kämpfte sich jetzt vollständig aus dem Gebüsch heraus. Nun fiel Hanna und Tim auch auf, dass er nicht nur ein imposantes Gewehr bei sich trug, sondern auch bestens eingekleidet war: Pullover und Jacke, Hose und Schuhe sahen aus, als kämen sie frisch aus dem Warenlager.

»Ich hab in diesem Abpfnitt daf Fagen«, erklärte er stolz. »Defhalb müfft ihr mit mir pfprechen! Wenn ihr mir blöd kommt, pfiefe ich!«

»Wie heißt diese Stadt?«, wollte Hanna wissen.

»Wiseville.«

»Bist du der Boss von ganz Wiseville?«

»Wir haben überhaupt keinen Boff!«, entgegnete der Clown. »Fondern einen Archivar!«

»Wie heißt du?«

»Lücke!«

»Wie?!«

»Lücke!«, maulte er beleidigt. »Mir fehlt ein Vordertfahn! Daf hat mir meinen Namen eingebracht!«

Tim drehte sich abrupt um, konnte seinen Lachanfall jedoch nicht ganz unterdrücken.

Hanna bedachte ihn mit einem missbilligenden Blick, Lücke blickte noch finsterer drein und richtete die Waffe auf Tims Brust.

»Immer sachte«, verlangte Hanna. »Verzichten wir doch auf diese Dummheiten. Wir wollen mit deinem Archivar reden.«

»Wir sind bestimmt nicht in feindlicher Absicht gekommen«, fügte Tim hinzu.

»Ihr feid von da drüben gekommen«, hielt Lücke dagegen und nickte in Richtung Westen. »Von da kommen aber keine Freunde! Deshalb habe ich pfon ein Fignal gegeben! Gleich kommen Leute, mit denen könnt ihr dann reden!«

Hanna trat einen Schritt auf Lücke zu und schob die Kapuze nach hinten.

Lücke klappte der Unterkiefer herunter, er ließ sein Gewehr fallen, wich zurück, plumpste auf seinen Hintern und starrte Hanna völlig fassungslos an. Die Worte blieben ihm in der Kehle stecken. Als er versuchte, sie herauszupressen, brachte er bloß ein ruckartiges Nicken zustande.

Tim wusste nicht recht, wie er auf Lückes Verhalten reagieren sollte.

»Was ist los?«, fragte Hanna, die offenbar genauso ratlos war. »Bist du verletzt?«

Doch Lücke schüttelte nur den Kopf.

Seine Augen traten ihm fast aus den Höhlen. Er war kreidebleich, sodass nun die Sommersprossen zu erkennen waren, die sich bis eben in seiner braun gebrannten Haut aufgelöst hatten.

»Was hast du denn?« Hanna ging auf ihn zu. »Ist dir der Gnadenlose über den Weg gelaufen?«

Lücke unternahm nicht einmal den Versuch, nach seiner im Schotter liegenden Waffe zu greifen.

»Die Mutter … die …«, presste er heraus, »… die Erfte Mutter …«

Lücke sprang auf – aber nur um vor Hanna auf die Knie zu fallen und seinen mageren, von einer Camouflagehose umspannten Hintern hoch hinauf zum Herbsthimmel zu recken.

Ratlos drehte sich Hanna zu Tim zurück.

»Weißt du, was mit ihm ist?«, fragte sie. »Betet er etwa?«

»Keine Ahnung.«

»Was soll das Gerede von der Ersten Mutter?«

»Ich weiß es wirklich nicht …«

»Aber aus irgendeinem Grund hat er Angst vor mir, oder?«

Hanna schnappte sich Lückes Flinte. Es war eine gute Waffe. Gepflegt, geölt und, wie sie mit einem Blick auf das Magazin feststellte, geladen.

»He, du!«, rief Hanna, während sie Lücke mit dem Schaft einen leichten Stups auf den Hintern verpasste. »Verrätst du mir vielleicht, warum du so komisch bist?«

Doch Lücke reagierte überhaupt nicht. Er presste nur weiterhin die Stirn auf den Boden. Von den niedrigen Lagerhallen mit den eingestürzten Dächern drang nun allerdings Fußgetrampel herüber. Die von Lücke herbeigerufene Unterstützung nahte.

Hanna warf Tim einen fragenden Blick zu. Als sie die Pistole in seinem Ärmel bemerkte, musste sie unwillkürlich grinsen.

»Du tust nichts ohne meinen ausdrücklichen Befehl«, schärfte sie ihm ein. »Antworte einfach auf ihre Fragen! Mal sehen, ob wir uns friedlich mit ihnen einigen können.«

Tim nickte und steckte die Waffe zurück in die Tasche seiner Jacke. Hanna schulterte Lückes Flinte und stellte sich so hin, dass der Wiseviller zwischen ihr und der heraneilenden Kavallerie lag.

Diese Gruppe machte einen Lärm, als wollten sie gleich alles und jeden überrennen. Sie marschierten in einer Kette an, offenbar eine ihnen vertraute Formation.

Auch sie trugen durch die Bank neue Kleidung. Die gleiche wie Lücke. Ihre Waffen waren auch nicht vom Schrottplatz, vielmehr waren sie mit hervorragenden MPs und Flinten ausgerüstet. Sie bildeten einen Halbkreis um Hanna und Tim und richteten ihre Waffen auf sie.

Sobald sie sich Hanna genauer ansahen, vergaßen sie Tim völlig. Er hätte auf der Stelle hüpfen, mit einem Messer herumfuchteln oder sogar die abgesägte Schrotflinte aus seinem Rucksack holen können – sie würden ihn nicht eines Blickes gewürdigt haben. Hanna dagegen...

Die Männer starrten sie ungläubig an. Ihre militärische Disziplin war wie weggeblasen, die bis an die Zähne bewaffneten Wiseviller standen völlig ratlos da ...

»Die Erste Mutter ... die ... Erste Mutter ...«

Keiner rührte sich noch.

»Was habt ihr bloß immer mit der?«, stieß Hanna aus. »Könnte mir vielleicht mal irgendwer erklären, was beim Gnadenlosen hier gespielt wird?«

»Wir begrüßen dich, Erste Mutter!«, sagte ein großer Mann mit einer zickzackförmigen Narbe auf der rechten Wange, die ihn furchtbar entstellte. »Willkommen zu Hause!«
Und dann ließ er sich auf die Knie nieder.

»... sodass er endlich wieder auf dem Gleis steht«, beendete der Hilfsschaffner seine Ausführungen.

Zwar hatte die Explosion ihrem Waggon nicht allzu großen Schaden zugefügt, ja sie hatte ihn noch nicht einmal umgeworfen, aber der hintere Teil war von den Gleisen gerutscht.

»Habe ich das richtig verstanden?«, knurrte Klumpfuß. »Du schlägst uns vor, Sand zwischen die beiden Schalen zu schütten und den Waggon wieder richtig in die Spur zu bringen?«

Der Hilfsschaffner nickte.

»Aber wird der Sand zwischen den Wänden uns wirklich gegen den Heißen Atem schützen?«

»Das wird er.«

»Und wer bitte soll diese Arbeit erledigen?«, fragte Klumpfuß mit hässlichem Grinsen. »Wir?«

»Wenn du nicht die Absicht hast, hier zu krepieren«, mischte sich Aisha ein, »dann wirst du dich wohl ans Werk machen müssen. Bleibt die Frage, ob wir ohne Essen und ohne Wasser nicht eh draufgehen. Wie lange werden wir ohne Vorräte durchhalten? Einen Tag? Zwei?«

»Zwei wahrscheinlich«, antwortete der Hilfsschaffner. »Wenn wir uns bei der Ausgabe einschränken.«

»Mir ist nicht ganz klar«, mischte sich nun Ratte ein, »wie wir dieses Ungetüm anheben sollen.«

»Das schaffen wir«, erwiderte der Hilfsschaffner im Brustton der Überzeugung. »Wir wollen den Wagen ja nicht irgendwohin tragen, sondern nur den hinteren Teil anheben und ihn ein kleines Stück nach rechts bewegen. Wenn wir alles rausräumen, klappt das schon!«

»Einen Scheißdreck wird das!«, knurrte Runner.

»Du hast genau zwei Möglichkeiten«, fuhr Aisha ihn an. »Entweder du packst mit an und bleibst am Leben, oder du legst die Hände in den Schoß und verreckst. Na, wofür entscheidest du dich? Im Übrigen erinnere ich dich gern daran, dass du Oberarme wie Reisig hast. Pig und Rubbish dagegen ...«

»Wenn du dich danach zu mir legst«, mischte sich Pig ein, der aussah, als wäre ein Rudel Hirsche über ihn hinweggesprengt, »dann stell ich dir das Ding allein zurück auf die Gleise!«

In Aishas Blick lag eisige Kälte, die Pig aber nicht auf sich bezog. Er grunzte ein paarmal, völlig begeistert von seinem eigenen Witz. Wegen der knallroten Blutergüsse unter beiden Augen und dem geschwollenen Gesicht erinnerte er jetzt nicht nur zu neunzig, sondern zu vollen hundert Prozent an das Tier, dessen Namen er trug.

»Wenn das unsere einzige Möglichkeit ist«, tönte Krächzer unter seiner Kapuze hervor, »dann sollten wir nicht länger herumtrödeln. Hier gibt es kein Gras und keine Bäume, was bedeutet, dass der Heiße Atem noch die Oberherrschaft hat. Wenn wir diesen Ort nicht bald verlassen haben, ist das unser Tod.«

»Völlig richtig«, sagte der Hilfsschaffner. »Je länger wir uns hier aufhalten, desto größer ist die Gefahr, ums Leben zu kommen. Wenn uns der Heiße Atem nicht gleich tötet, holt uns der Gnadenlose vor der Zeit.«

»Ich könnte nicht sagen, was schlimmer ist«, knurrte Runner. »Wie hoch sind eigentlich unsere Verluste?«

»Vier Männer, die an den Hebeln gesessen haben, sind gestorben«, sagte Quernarbe. »Ich habe ihre Leichen mit aus dem Wagen getragen.«

Sein Kopf war mit einem dreckigen Tuch verbunden, sein rechtes Ohr sah aus wie ein rohes Kotelett.

»Zehn weitere sind verletzt«, ergänzte der Hilfsschaffner. »Aber sie können uns vermutlich trotzdem noch helfen, zumindest bei den Vorbereitungsarbeiten.«

»Werden sie diese Fahrt überstehen?«, fragte Aisha.

»Wenn«, antwortete der Hilfsschaffner, »dann nicht alle.«

»Die Hälfte?«, hakte Klumpfuß nach.

»Schwer zu sagen. Das hängt alles davon ab, wie lange sie sich draußen aufhalten ...«

Rubbish brach in Gelächter aus, in leises zwar, aber trotzdem richteten sich sämtliche Blicke auf ihn.

»Ich bin nur froh«, erklärte er daraufhin, »dass ich nicht an den Hebeln sitze und da nicht rausmuss.«

»Aber wir müssen alle mitanpacken«, dämpfte der Hilfsschaffner seine Freude. »Sonst kriegen wir den Wagen nicht wieder auf die Gleise. Da wird jede Hand gebraucht ...«

»Deine auch?«, wollte Aisha wissen.

Der Hilfsschaffner sah sie ohne jede Andeutung eines Lächelns an.

»Auch meine«, antwortete er dann. »Und deine. Wenn du dein Ziel erreichen möchtest, musst auch du mit anpacken. Wir haben zehn Spezialanzüge. Sie bieten einen guten, aber keinen hundertprozentigen Schutz gegen den Heißen Atem. Sie reichen für uns, aber nicht für die Männer an den Hebeln ...« Die Öllampe warf bizarre Schatten auf sein Gesicht, dämonisch wirkte es dennoch nicht. Es war das gewöhnliche Gesicht eines Mannes, müde und mit einer tiefen Schnittwunde quer über der Stirn. »Sollten sie sterben, ist das halb so wild. Über die Brücke würde der Waggon ohnehin nicht noch einmal kommen. Wir können froh sein, wenn das ein Hebelkarren schafft ... Wenn wir alle zusammen nach Main Station zurückkehren wollen, müssen wir einen anderen Weg finden.«

»Ich hätte nichts dagegen, für immer jenseits des Heißen Landes zu bleiben«, verkündete Runner. »Als kleiner Junge habe ich geglaubt, die Welt würde nur aus Park bestehen. Dann habe ich in City mal ein paar Dinge geklaut ...« Er zwinkerte Aisha zu. »... und danach war ich der festen Ansicht, weiter als bis in diese Stadt würde ich nun bestimmt nicht kommen. Doch nun bin ich auch in Town gewesen ...« Er lachte. »Mir ist völlig egal, wo ich ewig lebe. Die Welt ist groß. Es wird immer jemanden geben, dem ich Befehle erteilen kann, den ich umbringe, ausraube und ficke. Ich scheiße auf Park, auf City und Town.« Dann wandte er sich dem Hilfsschaffner zu. »Verrat mir, was ich tun muss. Ich bin bereit!«

Der Archivar in Wiseville war ein sehr junger Mann. Braun gebrannt, fast schokofarben, mit überraschend hellen grauen Augen und mädchenhaften Gesichtszügen. Ohne sein Amt hätte ihn Hanna für einen Jugendlichen gehalten. Aber welcher Stamm würde einem derart jungen Menschen bereits Verantwortung übertragen? Und dann war da auch noch dieser stahlharte Blick. Sobald der Archivar jedoch Hanna ansah, weiteten sich seine Augen. Gleich darauf hatte er seine Gefühle jedoch wieder unter Kontrolle und reichte den beiden die Hand.

»Ich bin Stephan, der Archivar von Wiseville«, stellte er sich vor.

»Und ich bin Hanna. Die meisten Menschen nennen mich Belka.«

»Mich kannst du Tim oder Nerd nennen, ich höre auf beides.«

»Nerd ist ein merkwürdiger Name.«

»Den habe ich bekommen, weil ich ein echter Bücherwurm bin.«

»Und das ist bei euch außergewöhnlich?«, fragte Stephan. »Bei uns kriegt jedes Kind von klein auf das Lesen beigebracht. Das ist eines der Gebote des Ersten Vaters und der Ersten Mutter. Jedes Kind muss die Buchstaben zu einem Wort zusammenfügen können.«

»Bei uns ist das anders«, sagte Tim. »Bei uns war ich der Letzte, der lesen konnte.«

»Was heißt das …?«, hakte Stephan nach. »Bei uns?«

»Wir kommen aus Park«, antwortete Hanna.

»Park …«, murmelte Stephan. »Das passt.« Er erhob sich. »Kommt mal mit, ich möchte euch gern etwas zeigen.«

Sie traten aus dem Haus. Es wurde von bewaffneten Männern bewacht, zu denen auch Lücke gehörte. Als Hanna ihm zuwinkte, wurde er sofort wieder kreidebleich. Fast als hätte er ein Gespenst gesehen.

»Wir sind hier in der äußeren Zone«, erklärte Stephan, sobald sie durch die Straßen liefen. »Hier sind die Wirtschaftsbauten, die Werkstätten und die Unterkünfte der Wachposten. Die Wohnhäuser und Speicher liegen in der inneren Zone. Dorthin begeben wir uns jetzt.«

»Warum das?«, erkundigte sich Hanna.

Stephan war etwas größer als sie, aber genauso muskulös und hager. Selbst ihr Gang war der gleiche. Beide bewegten sich geschmeidig und federnd. Der humpelnde Tim fühlte sich in ihrer Gegenwart noch tollpatschiger als sonst.

»Das wird dir dann gleich klar werden«, wich Stephan einer klaren Antwort aus.

Sie bogen in eine Nebenstraße ein und hielten auf das Haus am Ende zu. Ein gewöhnliches Haus. Einstöckig, mit einer großen Veranda vorm Eingang.

»Nur herein«, sagte Stephan und hielt den beiden die Tür auf.

Das Erste, was ihnen auffiel, war der Geruch. Hier roch es nicht muffig wie in Park und auch nicht nach Beton wie in City oder Town, sondern frisch und sauber. Gerüche, die irgendwie auf Menschen oder Essen hätten schließen lassen, nahmen sie allerdings nicht wahr. Hier lebte und kochte niemand. Der Holzboden war noch weitgehend intakt, die Fenster besaßen richtige Scheiben.

»Das ist das Haus des Ersten Vaters«, erklärte Stephan, während er die Treppe in den ersten Stock hinaufstieg. »Er war der Erste Archivar von Wiseville. Wir haben hier überhaupt nichts verändert. Das ist sein Arbeitszimmer.«

Es wirkte alles so, als hätte der Erste Vater den Raum vor fünf Minuten verlassen. Und auch das nur kurz. Ein Tisch mit verblichenen Papieren darauf, gerahmte Fotos an den Wänden und auf dem Kaminsims und zu Tims großer Freude auch ein Bücherschrank, der sich über eine ganze Wand zog.

»Der Erste Vater«, fuhr Stephan fort, »hat unseren Stamm vorm Aussterben bewahrt. Er hat unsere Stadt aufgebaut und verhindert, dass Fremde sie einnehmen. Sein Name lautete Gregory Stachowsky. Der Erste Vater hat die Regeln aufgestellt, nach denen wir heute leben, und uns unsere Rechte und unsere Pflichten zugewiesen. Dafür wird er von uns nach wie vor verehrt. Das ist er.«

Von einem Foto blickte Hanna und Tim ein Mann mit einem freundlichen, offenen Gesicht an, mit lustigen Grübchen in den Wangen und fröhlichen Augen. Neben diesem Foto …

Tim klappte buchstäblich der Unterkiefer runter.

»Beim Gnadenlosen«, stieß Hanna aus.

»Das ist die Erste Mutter«, teilte Stephan ihnen mit. »Sie hieß Hanna Seagal und war die Freundin des Ersten Vaters. Sie hat ebenfalls hier in Wiseville gelebt, ist dann aber nach Kidland, also nach

Park, aufgebrochen, um die Kinder zu retten, die nach der Katastrophe ohne ihre Eltern in Kidland geblieben waren. Aber sie konnte nicht mehr zu uns zurückkehren ...«

»Wegen des Heißen Atems?«, wollte Tim wissen, während er das Foto betrachtete. »Ist der damals aufgekommen?«

Nun erkannte er, dass die beiden Frauen zwar nicht als Zwillinge durchgegangen wären, aber einander doch so ähnlich sahen, dass er seinen Augen kaum trauen wollte.

»Ja«, antwortete Stephan. »Der Erste Vater hat bis zu seinem letzten Atemzug fest daran geglaubt, dass seine Freundin eines Tages doch noch zurückgekehrt. Und auch wir ...«

Hanna starrte das Foto an, dass nun fast hundert Jahre alt war. Noch nie hatte Tim diesen Ausdruck in ihrem Gesicht gesehen. Zum ersten Mal stand sie völlig schutzlos vor ihm.

»... auch wir glauben fest daran, dass sie zurückkehrt«, beendete Stephan seinen Satz. »Dass sie kommt, um den Gnadenlosen zu besiegen. So hat der Erste Vater es immer ausgedrückt. Und nun ist sie da.«

Er drehte sich Hanna zu und verneigte sich vor ihr.

»Sag mir, Hanna, Erste Mutter, was können wir für dich tun?«

»Und hoch!«, kommandierte der Hilfsschaffner.

Sie alle versuchten, den Wagen anzuheben. Es knirschte und knackte in ihren Muskeln und Gelenken, sie brachten das Ungetüm auch ein wenig zum Schwanken – aber nicht vom Boden weg.

»Noch mal!«

»Arrr!« Sie alle stöhnten und ächzten. »Arrr!«

Dieses Mal gelang es ihnen, den Wagen eine halbe Handbreit nach rechts zu bewegen. Doch das reichte nicht.

»Auf ... drei!«

»Arrr!«

Zwei Männer verloren das Gleichgewicht und gingen entkräftet zu Boden. Ein breitschultriger Junge mit tätowierten Wangen kauerte unter dem Trittbrett. Ihm blutete bereits die Nase, dennoch wich er nicht von der Stelle, sondern presste seinen Rücken weiter von unten gegen den Widerstand.

Irgendwann schrammten die Räder über die Schienen. Der klotzige Wagen kippte dabei fast auf die Seite, aber dann war es geschafft: Der hintere Teil des Vehikels ruhte wieder sicher im Gleisbett.

»Und jetzt rein!«, befahl der Hilfsschaffner. »Sofort! Tempo!«

Das brauchte er niemandem zweimal zu sagen. Erschöpft ließen sie sich auf ihre Sitze fallen. Es gab weniger Männer an den Hebeln, außerdem hatte die Explosion einige Schilde vor den Fenstern abgerissen, sodass es im Wagen nun auch ohne die Öllampen hell war.

»Und los!«

Vor, zurück. Eins, zwei. Der Taktgeber schlug mit seiner Stange auf seine Platte. Der Hilfsschaffner lauschte kurz, dann lächelte er zufrieden. Die Blicke aller hingen an ihm, denn in diesem Waggon herrschte er. Über Bosse, Priesterinnen und Schamanen. Glücklich drückte er die Schultern nach hinten.

Er trat an seinen Tisch heran und fuhr mit seinem dreckigen Finger über die Karte.

»Sie können die Strecke an zwei Punkten verlassen haben«, teilte er den anderen mit. »Vor Ort werden wir genau sehen, an welcher.«

»Wie viele sind es?«, fragte Stephan.

»Ich weiß es nicht«, sagte Hanna. »Vierzig bestimmt. Vielleicht aber auch noch mehr.«

»Und sie sind gut bewaffnet«, ergänzte Tim. »Aber nicht alle können auch gut schießen. Einige Männer betätigen nur die Hebel, damit der Wagen rollt. Trotzdem dürfen wir sie wohl nicht unterschätzen.«

»Auch wir sind nicht schlecht bewaffnet«, erklärte Stephan stolz. »Da müssen sich selbst vierzig Männer ins Zeug legen, wenn sie euch in die Finger kriegen wollen.«

»Hinter uns sind sie im Grunde gar nicht her«, sagte Tim. »Ihr eigentliches Ziel ist das Labor.«

»Aber die hermetische Verriegelung dort funktioniert noch. Eher stirbst du, als dass du einen Fuß in diese Festung setzt. Wir haben Dutzende von tapferen Männern bei entsprechenden Versuchen verloren«, erwiderte Stephan. »Eure Verfolger wollen also in das Labor eindringen? Bestens! Lassen wir sie nur machen!«

»Was genau erwartet sie denn da?«, wollte Hanna wissen. »Granatwerfer?«

»Unter anderem. Und sämtliche Anlagen funktionieren einwandfrei. Der Erste Vater hat erzählt, dass sich in diesem Labor, tief unter der Erde, ein Kernreaktor befindet. Fragt mich nicht, was das ist. Das Einzige, was ich weiß, ist, dass dieses Ding die Basis mit Energie versorgt. Der Erste Vater hat immer wieder versucht, dort auch für Wiseville Strom abzuzapfen, aber es ist ihm nicht gelungen. Solange dieser Reaktor noch arbeitet, kommt da niemand rein.«

»Die Frage ist eigentlich nicht die, ob unsere Verfolger dort reinkommen oder nicht«, entgegnete Tim, »die Sache ist die, dass wir da reinmüssen.«

Stephan sah sie an und stand auf.

»Eines der Gebote des Ersten Vaters lautete, dass niemand in die Basis eindringen darf«, verkündete er dann feierlich. »Dadurch könnte der Gnadenlose nämlich ein zweites Mal geweckt werden.«

»Was ist das denn für Quatsch?!«, fuhr Hanna ihn an. »Als ob der Gnadenlose schlafen würde! Der holt sich doch jeden Tag sein Futter!«

»Aber er wird mit jedem Jahr schwächer! Früher hat er auf die Woche genau getötet, heute schenkt er uns unter Umständen sogar einen vollen Monat!«

»Ein Monat mehr Leben in hundert Jahren? Das ist nicht dein Ernst, oder?! Worauf hoffst du da?«, fragte Tim leise. »Darauf, dass du in tausend Jahren mit zwanzig stirbst? Wie alt bist du jetzt? Sechzehn? Dann bleibt dir nicht mehr viel Zeit ...«

»Lassen wir diese Streitereien«, ging Hanna dazwischen. »Damit verlieren wir nur noch mehr Zeit ... Selbstverständlich respektieren wir die Gebote des Ersten Vaters, sie sind sehr klug. Aber für die Erste Mutter sollte eine Ausnahme gemacht werden ... Über wie viele Soldaten verfügst du?«

Stephan ließ sich mit der Antwort Zeit.

»Zweihundertundfünfzig«, sagte er schließlich. »Sie alle würden für dich ihr Leben lassen. Aber nur außerhalb der Basis. Mein Stamm dringt nicht in diese Festung vor. Das ist ein Gebot des Ersten Vaters. Und das verletzt niemand.«

Hanna nickte. Sie war nicht enttäuscht. Bisher war sie immer ohne fremde Hilfe zurechtgekommen. Das war also nichts Neues für sie. Und auch in Park hatte es jede Menge solcher Gebote gegeben, die niemand verstand. Sie wurden ebenfalls tadellos befolgt ...

»Gut, dann dringt von euch niemand in die Basis ein«, entgegnete Hanna. »Wir gehen allein rein, und ihr braucht uns bloß von draußen Deckung zu geben. Wie kommen wir ins Labor?«

»Gar nicht, Erste Mutter.«

»Das kann nicht sein«, widersprach Tim im Brustton der Überzeugung. »Irgendeinen Weg gibt es immer, nur muss man manchmal länger danach suchen. Lass es mich mal anders angehen! Wie zerstören wir die Mauer?«

»Du willst die Mauer zerstören?«, fragte Stephan entsetzt zurück. »Aber das darfst du nicht! Damit könntest du den Gnadenlosen wecken!«

»Wovor hast du eigentlich Angst?«, fragte Hanna. »Vor dem Tod? Wir werden doch sowieso nicht alt!«

»Nein, den Tod fürchte ich nicht. Und ich habe auch ausreichend gute Männer für eine solche Aktion, aber ... Warum lässt du deine Feinde nicht einfach anrücken? Sie werden Wiseville nie einnehmen können. Und auch das Labor nicht. Sie werden sich die Zähne an unseren Verteidigungsanlagen ausbeißen! Lassen wir sie einfach am ausgestreckten Arm verhungern! Dann ziehen sie in ein oder zwei Monaten wieder ab. Höchstens in dreien.«

»Die Zeit haben wir nicht«, widersprach Tim.

Sofort bedauerte er seine Worte.

Stephan trug ja keine Schuld daran, dass Greg dieses Gebot verkündet hatte.

»Wir müssen ins Labor«, erklärte Tim noch einmal. »Das ist unsere einzige Chance und auch der Wille der Ersten Muter. Ihr müsst ihr helfen.«

»Stimmt«, versicherte Hanna. »Das ist mein Wille. Wie können wir die Mauer zerstören?«

Stephan sah sie an. In seinen Augen schimmerten Tränen der Verzweiflung. Tim verstand ihn. Er wusste, wie schwierig es war, über sich hinauszuwachsen. Wenn einer das wusste, dann er ...

»Ich schwöre es beim Ersten Vater, dass ich keine Ahnung habe ...«

Vor einer Weile hatte Stephan eine Karte auf den Tisch gelegt, an dem sie saßen. Nun blickte Tim noch einmal darauf. Plötzlich verzog er die Lippen zu einem breiten Grinsen.

»Ich hätte da vielleicht eine Idee«, sagte er. »Wenn unsere Verfolger nicht in die Schlucht gestürzt sind, dann könnte sie sogar klappen!«

Er brach in fröhliches, glückliches Lachen aus und schilderte begeistert seinen Einfall.

Während Stephan ihm lauschte, tastete Hanna verstohlen mit dem Finger im Mund herum. Kurz darauf hielt sie einen ihrer Zähne in der Hand. Gelb, intakt, mit bräunlichem Überzug an der Wurzel. Sie wischte sich ein paar Blutstropfen von der Lippe. Unter dem Tisch starrte sie ihn an. Völlig entsetzt. Der Gnadenlose hatte sie mit seinem stinkenden Atem gestreift. Sie berührt. Aber es war doch noch zu früh! Viel zu früh! Sie hatte doch noch mindestens zwei Monate vor sich!

Nur lag auf ihrer Hand der Beweis, dass sie sich verrechnet hatte. Und auf den Zahn war mehr Verlass als auf ihre Rechenkünste.

Ohne ein Wort zu sagen, steckte sie ihn in die Tasche.

Tim musste das nicht wissen. Und Stephan auch nicht. An dem, was kommen musste, würde niemand etwas ändern. Hauptsache, Tim blieb noch genügend Zeit, ins Labor einzudringen ...

Aus der Nähe sah die Mauer weniger imposant aus als von ferne. Die Zeit hatte sogar dem ultrahochfesten Beton zugesetzt und etliche Löcher in ihn gefressen. Trotzdem hielt die Mauer stand. Die Kameras an der Außenseite mussten den Geist aufgegeben haben, denn wenn man sich dem Bauwerk näherte, sprang nicht eine Sicherheitsvorrichtung an. Anders verhielt es sich auf der anderen Seite der Mauer. Dort funktionierten nach wie vor tadellos die Systeme, die vor über hundert Jahren eingerichtet worden waren. Wer auch immer sich dorthin vorgewagt hatte, war nie wieder zurückgekehrt.

Gregs Aufzeichnungen waren sorgsam aufbewahrt worden. Sie dokumentierten, dass man genügend Versuche unternommen hatte, um ins Labor zu gelangen, diese aber alle gescheitert waren. Nun existierte dieses Gebot. Niemand durfte mehr ins Labor eindringen.

Die Wiseviller sahen es als ihre oberste Pflicht an, die Gebote des Ersten Vaters zu befolgen. Deshalb konnten sie alle lesen, verstanden relativ viel von Waffen und jede Menge von Verteidigung. Nach Gregs Tod hatten sie die Stadt weiter in seinem Sinne umgebaut. Heute gab es keine Schwachstellen mehr. Zum Glück war es dabei niemandem eingefallen, die Gleise abzumontieren, die zur Basis führten. Und das, obwohl schon längst keine Züge mehr fuhren und immer Bedarf an Metall bestand.

So existierten die Schienen noch. Sie hatten Tim auf seine Idee gebracht, sie wollte er jetzt nutzen, um in die Basis einzudringen.

Den Zugang zur Basis sicherte ein massives Stahltor. Es war zwar mittlerweile durchgerostet, hielt aber noch stand. Tim schnürte ein paar Sprengsätze zusammen und brachte sie zu beiden Seiten des Tors an, genau an den Punkten, wo unter dem Beton die stählernen Stangen der Verriegelungsmechanik lagen. Anschließend bestrichen ein Dutzend Wiseviller unter seiner sensiblen Anleitung mindestens zweitausend Yards an Schienen mit Schmieröl. Nachdem Tim sich davon überzeugt hatte, dass der Waggon mit ihren Verfolgern den richtigen Schienenstrang nehmen würde, ging er mit Stephans Männern noch einmal alles durch. Anschließend blieb ihm nichts anderes übrig, als zu warten. Er suchte sich ein Plätzchen in der Nähe des Tors, hinter einer Brustwehr aus Sandsäcken. Es war ein klarer, windloser Tag. Das Gras schimmerte weiß, nachdem es in der Nacht von Raureif überzogen worden war. Dieser schmolz in der Herbstsonne jedoch rasch. In der Luft hing allerdings schon der Geruch des nahenden Winters.

Hanna setzte sich neben Tim und legte ihre MP quer über ihre Schenkel.

»Was meinst du«, wollte Tim von ihr wissen, »ob das klappt?«

»Das fragst du mich?! Was ist? Hast du Zweifel?«

»Weiß nicht. Aber wenn man eigentlich keinen Plan hat, tut es irgendwie ja jeder …«

»Eben.«

Sie fuhr immer wieder mit der Zunge über die Zahnlücke, wobei sie inständig hoffte, dass Tim dies nicht bemerkte.
»Wir hätten die Brücke nicht verminen sollen«, murmelte dieser. »Dann wüssten wir mit Sicherheit, dass der Wagen kommt.«
»Nur säßen wir dann nicht hier, weil er uns vorher eingeholt hätte ... Spar dir diesen Unsinn also! Ich habe wirklich noch nie jemanden getroffen, der klüger gewesen wäre als du, aber manchmal redest du einen derartigen Scheiß zusammen! Glaub mir, wir haben alles richtig gemacht.«
»Nur sind sie jetzt unsere einzige Hoffnung, dieses Tor zu öffnen.« Tim zeigte zu der Militärbasis hinüber. »Ohne sie schaffen wir das nicht!«
»Auch das ist kein Grund rumzujammern! Irgendeinen Ausweg gibt es immer. Und den findest du schon.«
»Ausdenken kann ich mir jede Menge, aber die Idee auch in die Tat umsetzen ... Uns fehlt einfach die Zeit!«
»Wir haben noch ein paar Monate, Tim. Da schaffst du das schon.«
Tim sah Hanna mit einem Ausdruck unendlichen Schmerzes an.
»Da habe ich meine Zweifel«, murmelte er.
»Ist irgendwas geschehen, von dem ich nichts weiß?«
»Du willst mir doch nicht weismachen, dass dir das nicht aufgefallen wäre! Das Heiße Land hat irgendwas mit uns gemacht ...«
»Und was genau?«
»Ist mit dir wirklich gar nichts passiert?!«
Abermals fuhr Hanna mit der Zunge über die Zahnlücke. Mittlerweile wackelte bereits der Nachbarzahn. Ein salziger Geschmack lag auf ihrer Zunge.
»Also echt, mir ist nichts passiert.«
»Ach ja?«, entgegnete Tim mit unfrohem Grinsen. »Weißt du, Hanna, ich bin ja in vielen Bereichen ein echter Versager, aber wenn ich eins kann, dann ist es, aufmerksam beobachten.«
Tim zog das schmutzige Tuch ab, das er sich um den Kopf gebunden hatte.
»Was sagst du dazu?«
Hanna streckte die Hand aus und berührte seine Schläfen. Sie waren grau. Auch das übrige Haar wies graue Strähnen auf.

»Mit uns geschieht etwas«, fuhr er fort. »Wir haben keine Zeit mehr, einen zweiten Plan zu entwickeln. Ich sage das nicht, damit du mich tröstest. Aber dir muss eins klar sein. Das Brennende Land hat uns nicht getötet, wir haben dort aber eine Menge von dem Heißen Atem abgekriegt. Das reicht, damit der Gnadenlose uns etwas schneller in die Finger kriegt. Ich weiß nicht, wie viel Zeit genau uns noch bleibt. Aber es sind bestimmt keine zwei Monate mehr. Sondern viel weniger.«

Am Horizont stiegen plötzlich Raketen auf, explodierten und sprühten rote Funken. Licht flackerte über den Himmel, das aber sogleich erlosch.

Hanna und Tim sahen sich in die Augen, fast als gäbe es diese Raketen nicht und als käme nicht gerade der Waggon über das Gleis geschepppert.

Vor, zurück. Eins, zwei …

Die Männer betätigten die Hebel, die grob geschmiedete Walze unter dem Wagen drehte sich. Die schweißbedeckten Rücken der Männer bewegten sich alle im Takt, der von den Trommelschlägen vorgegeben wurde.

»Wir brauchen jeden einzelnen«, sagte Aisha. »Hast du das verstanden? Jeden einzelnen dieser Männer an den Hebeln!«

Der Hilfsschaffner nickte und öffnete mit einiger Mühe eine versteckte Luke im Boden. Ein Versteck für Waffen. Gewehre, Jagdflinten, MPs …

Grinsend fuhr Runner über den Lauf eines MG, das obenauf lag.

Aisha stand auf.

»Wer an meiner Seite kämpft«, rief sie mit tiefer, vibrierender Stimme, die sämtliche Männer dazu brachte, vor Begierde zu zittern und sich der Priesterin bedingungslos zu unterwerfen, »erhält ewiges Leben und eine Nacht in meinem Bett! Ich wiederhole es noch einmal! Jeder bekommt ewiges Leben und eine Nacht mit mir!«

»Arrr!«, entfuhr es den Männer an den Hebeln.

»Werdet ihr für mich kämpfen?«

»Ja!«

Vor, zurück! Eins, zwei!

»Bist du bereit?«, fragte Hanna.

Als Tim nickte, gab sie ihm einen flüchtigen Kuss und schmiegte sich kurz an ihn.

»Es wird Zeit für uns!«

»Stimmt.« Tim stand auf. »Sie sind gleich hier ...«

Er reichte Hanna die Hand. Dergleichen kannte sie nicht. Sie hatte längst vergessen, dass man irgendwo Halt fand. Seine Hand war warm und trocken, sein Griff kräftig. Während ihrer Reise war er stärker geworden. Auch sein Blick hatte sich irgendwie verändert. Der Blick des alten Tim hatte Hanna nicht besonders gefallen. Ob ihr der des neuen gefiel, wusste sie noch nicht.

Plötzlich räusperte sich jemand hinter ihnen.

Die beiden drehten sich um.

»Ich wollte euch nicht stören ...«, sagte Stephan, in dessen Rücken sich die Wiseviller versammelt hatten. Schweigende, konzentrierte Gestalten mit Waffen in der Hand. »Aber ich bin gekommen, um euch mitzuteilen, dass der Rat die Entscheidung getroffen hat, sich dem Willen der Ersten Mutter zu fügen, denn allein die Vorsehung hat sie uns zurückgebracht. Unsere Entscheidung ist folgende: Wir werden nicht für euch kämpfen ...«

Er verstummte, um tief Luft zu holen.

»Wir werden gemeinsam mit euch kämpfen.«

»Mögest du ewig leben, Archivar«, sagte Hanna.

»Mögest du ewig leben, Stephan«, schloss sich Tim an.

»Und«, schob Hanna hinterher, »mögen unserer Feinde als Erste verrecken!«

KAPITEL 8

Das Labor

Als der Hilfsschaffner den Bremshebel umlegte und nichts geschah, war Ratte der Erste, der begriff, dass etwas nicht stimmte. Um seine Intuition konnte man ihn nur beneiden. Gefahr erkannte er mit dem Rückenmark. Dann stellten sich die wenigen Haare in seinem Nacken auf. Wie bei einem Wolfshund. Dann bleckte er sogar die Zähne wie ein Wolfshund.

»Raus hier!«, schrie er aus voller Kehle, um die Schläge des Taktgebers zu übertönen. »Sofort!«

Er stürzte zur Tür, die MP in der einen Hand, die Tasche mit den Magazinen in der anderen.

Der Hilfsschaffner zog noch einmal am Hebel, aber der Waggon schoss weiter mit voller Fahrt über die Schienen. Obwohl die Räder durch die Bremsklötze blockiert waren, schienen sie sich immer weiter zu drehen. Sie würden frontal gegen das gewaltige Tor knallen, auf das die Schienen zuführten. Der Hilfsschaffner sah es bereits durch den Sichtschlitz. Ebenso wie er sah, dass an diesem Tor noch etwas befestigt war ...

»Öffnet die Türen!«, befahl Klumpfuß. »Und vergesst ja eure Waffen nicht!«

Hundert Yards sind ein gewaltiger Abstand, wenn man die Strecke zu Fuß mit einem schweren Rucksack zurücklegen muss. Aber wenn ein riesiges Eisenungetüm geradewegs auf ein geschlossenes Tor zuschießt, ist das nichts. Da bleiben nur Sekunden, um eine Entscheidung zu treffen.

Aisha, wie immer schnell entschlossen, sprang als Zweite. Dabei verlor sie das Gleichgewicht, fiel und rollte ein Stück weiter, stand dann aber völlig unverletzt auf. Nur ihre eine Wange hatte ein paar Kratzer abbekommen, und ihre Jeans waren zerrissen. Danach drängelten sich alle in der Tür, die Bosse, der Schamane und die Männer an den Hebeln. Sie alle wollten sich durch einen Sprung retten.

Ihr Waggon hatte ein irres Tempo drauf. Aisha hatte sich mit ihrer Aktion bloß ein paar Kratzer eingehandelt, einer der Männer hatte jedoch nicht so viel Glück: Er brach sich das Genick. Zu allem Überfluss wurde nun vom Tor aus auch noch das Feuer auf sie eröffnet. Die Schützen lauerten in den Sträuchern, die dort wuchsen. Schüsse krachten, Kugeln pfiffen durch die Luft, trafen den Waggon ebenso wie alle, die noch nicht herausgesprungen waren. Selbst Aisha wäre beinahe noch von einer Salve in der Brust getroffen worden. Doch einmal mehr hatte sie Glück. Die einzige Kugel, die ihr wirklich nahe gekommen war, hatte bloß ihre Jacke gestreift und ein Stück Stoff aus dem Ärmel gerissen.

Unterdessen bretterte der Waggon weiter über die Gleise. Begleitet vom Rattern der MPs erreichte er sein Ziel – und rammte das Tor mit seinem gewaltigen Gewicht von mehreren Tonnen. Eine riesige Feuerkugel loderte hoch. Aus dieser flogen Stahl und Beton heraus.

Die Explosionswelle riss Aisha um und fegte sie über den Boden. Ein Hagel aus Betonbrocken ging nieder. Ein Flügel des Tors fehlte nun, der Waggon hatte ihn aufs Gelände mitgeschleift. Den vorderen Teil dieses massiven Ungetüms bildete eine Gemengelage aus Eisen, Zement und menschlichen Körperteilen. Der Wagen schoss noch eine kurze Strecke über das Gelände der Militärbasis und kippte dann auf die durch die Explosion bereits aufgerissene rechte Seite. Sofort ratterten die MGs der Sicherheitsanlage los.

Fast hundert Jahre hatten die MGs auf diesen Moment gewartet. Die großkalibrigen Kugeln waren in der Zeit weder kleiner noch leichter geworden, das Zielsystem hatte seine Präzision nicht eingebüßt. Der Waggon war in wenigen Sekunden an unzähligen Stellen getroffen und durchsiebt worden, fast als bestünde er nicht aus dickem Eisen, sondern aus Blech. Dann aber verlangten die Jahre doch ihren Tribut: Tausend Schuss in einer Minute, das ist eine ungeheure Belastung für einen Lauf und die Mechanismen einer Schnellfeuerwaffe. Nach dreißig Sekunden fielen von den drei MGs, die auf das Eingangstor gerichtet waren, zwei aus, das dritte hielt sich mit viel Gefauche ein wenig länger.

Damit war der Zugang zur Militärbasis offen, Tims Plan aufgegangen.

An dem gesprengten Tor entbrannte sofort ein Kampf, noch dazu einer, wie ihn Wiseville in den letzten fünfzig Wintern nicht erlebt hatte. Die MGs ratterten, dass einem fast das Trommelfell platzte. Doch wie immer in solchen Fällen war der Lärm beeindruckender als das Resultat. Die Verluste hielten sich auf beiden Seiten in Grenzen.

In diesem Getümmel schlüpften Tim und Hanna aufs Gelände. Dabei erhaschten sie einen Blick auf Quernarbe, der im zusammengequetschten Eingang des Wagens steckte wie in den Fängen eines Wolfshunds. Noch lebte er. Aus seinem Mund troff Blut, seine Hände zitterten, als hätte er einen epileptischen Anfall erlitten. Aber der Gnadenlose durfte sich seiner Beute bereits sicher sein.

»Verreck doch als Erster!«, spie Hanna aus. »Verreck als Erster, du Drecksstück!«

In dem Moment bemerkte Runner sie.

»Da drüben!«, schrie er und zeigte mit dem Finger auf Hanna und Tim. »Da sind sie!«

Aisha lud ihre MP nach und versuchte, in all dem Staub und Rauch etwas zu erkennen. Vergeblich. Doch sie gab etwas auf Runners Wort, er würde sich nicht getäuscht haben. Sie mussten die Verfolgung aufnehmen …

Gemeinsam mit dem Parker pirschte sie durch das Tor auf das Gelände der Basis. Die anderen folgten ihr. Hier setzte ihnen der beißende Rauch noch stärker zu. Mühselig und krampfhaft hustend arbeiteten sie sich durch den schwarzen Vorhang zu einer kleinen Straße vor, die von Werkhallen gesäumt wurde.

»Wo sind sie auf einmal hin?!«, krächzte Runner. »Haltet alle nach Spuren Ausschau!«

Er lief weiter.

»Ich hab was!« Ratte zeigte auf zwei Reihen von Fußabdrücken, dunkle Flecken im welken Gras, die kaum zu erkennen waren. Zumindest von der Seite her nicht. Sobald man jedoch die richtige Position fand, wäre selbst einem halb blinden Chinababy klar gewesen, wohin Belka und Nerd gelaufen waren.

»Dass mir das niemand vergisst!«, zischte Pig, während er ein neues Magazin in die MP schob. »Die Schlampe gehört mir!«

Seine geblähten Nasenflügel hatte der Ruß schwarz gefärbt, über seine Wangen lief dreckiger Schweiß, sein Gestank brachte selbst Aisha zum Würgen, die etliche Schritt von ihm entfernt stand.

Rubbish klopfte Pig auf die Schulter und warf einen raschen Blick zu Runner hinüber. Offenbar wollte er hören, wie dieser die Sache sah.

»Klar gehört das Weibsbild dir«, entschied Runner.

Klumpfuß hüllte sich in Schweigen. Er schnaufte nur schwer und wischte sich das Blut von der Stirn. Neben ihm stand Krächzer, das Gesicht wie üblich unter der Kapuze verborgen. Ein Ärmel seiner Jacke war abgerissen, sodass man die blauen Jahresstreifen auf dem überraschend kräftigen Bizeps erkennen konnte. Die rechte Hand des Schamanen erinnerte an eine blutige Vogelkralle.

»Weiter!«, verlangte Knaller, der vor Ungeduld beinahe platzte. »Amüsieren wir uns ein wenig!«

Er ließ das grüne Ei einer Granate über seinen Handteller rollen, zwei weitere Geschosse hatte er an seine Weste geknüpft.

Aisha ließ ihren Blick über alle Anwesenden schweifen: Runner, Rubbish, Pig, Ratte, Knaller, Klumpfuß, Krächzer. Und natürlich sie selbst. Kein Hilfsschaffner, kein Quernarbe. Ziemlich armselig eigentlich. Trotzdem würden sie mit der rothaarigen Schlampe und diesem Bücherwurm fertigwerden! Dieser Nerd fiel sowieso nicht ins Gewicht, ein Bürschlein, das es noch immer nicht gelernt hatte zu töten. Mehr noch: Er dürfte Belka sogar daran gehindert haben, sie alle auf der Stelle abzuknallen. Dabei musste man seine Feinde vernichten, anders ging es nicht. Das war geradezu ein Gesetz: Verreck als Erster! Stirb noch heute!

»In der Tat«, sagte sie. »Wir sollten uns ein wenig amüsieren! Runner! Du führst uns!«

Im Laufschritt folgten sie den Spuren. Konzentriert und entschlossen. Ein Rudel hungriger Wolfshunde auf der Fährte eines weidwunden Hirsches.

Der Vorsprung von Tim und Hanna betrug nur wenige Minuten. Im Grunde fiel er kaum ins Gewicht, da ihre Verfolger ja nicht erst den Weg suchen mussten, sondern lediglich ihren Spuren zu folgen brauchten.

Das Gelände der Militärbasis hatte in der Tat seit hundert Jahren kein Mensch mehr betreten. Hier war weder randaliert noch geplündert worden. Doch auch hier hatte die Natur triumphiert. Die Leichen waren von Sand oder Grün überdeckt. Die Wurzeln unzähliger Pflanzen hatten den Beton aufgerissen und dadurch Wasser und Rost den Weg zu den Rohren im Boden gewiesen.

Die Natur kaute die Basis langsam und gründlich durch. Aber für sie bestand ja auch kein Grund zur Eile ... Sie hatte noch hundert, wenn nicht gar tausend Jahre Zeit. So schob sich das Königreich der Vögel und Pflanzen ganz langsam näher heran, um die Spuren menschlichen Tuns zu beseitigen. Noch funktionierte der Reaktor. Aber irgendwann würde auch er den Geist aufgeben. Die Scheinwerfer waren zwar noch automatisch angesprungen, aber die mächtigen Lampen brannten nun eine nach der andern durch, sodass die Basis in archaischer Dunkelheit versank. Die MGs ratterten zwar, ächzten aber altersschwach, während die elektrischen Motoren die Impulse an die Patronengurte gaben. Einige waren bereits mitten in der Umdrehung erstarrt und schmauchten nun. Leben und Tod kämpften um die Vorherrschaft, und es war noch nicht entschieden, wer den Sieg davontragen würde.

Im Laufen versuchte Tim verzweifelt, sich darüber klar zu werden, wo das Labor eigentlich lag. Das Tagebuch hatte da kaum etwas hergegeben, nur dass es ein Betonhaus in der Nähe eines Flugplatzes sein musste.

Viel hatte er also nicht an der Hand, aber immerhin besser als gar nichts!

Ein Flugplatz, das bedeutete eine große Freifläche. Mit Flugzeugen und Hangars, in denen die Maschinen gewartet und repariert wurden. Außerdem musste es einen Turm geben, von dem aus die Flüge koordiniert wurden.

Tim hatte dergleichen schon in Zeitschriften gesehen. Aber Bilder von intakten Anlagen sind eine Sache, unter Pflanzen begrabene Bauten eine andere. Der Wald hatte den Flugplatz bestimmt längst erobert, zusammen mit seinen Verbündeten, den Gräsern und Sträuchern.

Da! Ein Hinweisschild!
Und Tim hatte Glück. Die Buchstaben waren gut zu erkennen. Der Flugplatz lag rechts von ihnen, in dreihundert Yards Entfernung. Jedenfalls waren es einmal nur so viel gewesen. Damals, als es noch eine frei passierbare Straße gab ...

Mit einem Mal übertönte ein Schuss den Kampflärm am Eingang. Tim brauchte sich gar nicht erst umzudrehen, um zu wissen, wer ihn abgegeben hatte.

»Da lang!«, rief er Hanna zu.

Schon im nächsten Moment bahnte sie ihm einen Weg durch das hohe, trockene Gras. Tim schwitzte, und die Riemen seines Rucksacks scheuerten ihm die Haut auf. Brennender, heißer Schweiß rann in seine Augen, die er immer wieder abwischte, weil er sonst womöglich gestolpert wäre.

Hanna rannte in einen schmalen Gang zwischen zwei einstöckigen Gebäuden, Tim folgte ihr. Gerade noch rechtzeitig. Die Kugeln schlugen in die Fassaden ein und rissen Putz heraus. Feiner brauner Staub wirbelte durch die Luft.

Am Rand der Straße wuchsen Haselnusssträucher, in der Mitte nur Gras. Als sie sich vorwärtskämpften, peitschten die Zweige immer wieder auf Tim ein. Zum Schutz hob er die MP vors Gesicht, während er den Kopf einzog. Allein wäre Hanna selbstverständlich schneller vorangekommen, doch nun gab sie ein Tempo vor, mit dem Tim halbwegs mithalten konnte.

Auf diese Weise pflügte sie durch das hier fast brusthohe Gras zur nächsten Straße. Dort waren die Betonplatten abgerutscht. Pflanzen hatten sich zwischen ihnen durchgebohrt und schmückten nun ihren Rand. Trotzdem konnten sie nun wieder mühelos weitersprinten.

»Schneller!«, rief Hanna. »Tempo!«

Tim rannte, so schnell er konnte. Sein Herz hämmerte längst nicht mehr in seiner Brust, sondern bereits in seiner Kehle, sodass er keine Luft mehr bekam. Bestimmt platzen mir gleich die Lungen!, schoss es ihm durch den Kopf. Dennoch lief er tapfer weiter. Wenn Hanna durchhält, halte ich auch durch. Das musste er einfach.

Am Ende der Straße versperrte eine Schranke den Autos die Weiterfahrt. Dahinter lag der Flugplatz.

Helikopter, die irgendwie an abgebrochene Baumkronen erinnerten. Ein riesiges Flugzeug, das Pflanzen geradezu eingesponnen hatten. Sie waren am Ziel!

Jetzt sah Tim auch den Betonwürfel. Das Labor mit all seinen unterirdischen Stockwerken … Hatte er das Tagebuch also doch richtig verstanden!

Kaum hatte Tim auf das Labor gezeigt, schoss Hanna schon in die neue Richtung. Tim hechelte ihr nach. Hinter ihnen knallten erneut Schüsse. Da sie die Kampfgeräusche vom Tor inzwischen nicht mehr hörten, dröhnten die Schüsse umso lauter in ihren Ohren. Schon pfiffen die Kugeln über ihre Köpfe hinweg. Da hatten gute Schützen den Finger am Abzug.

»Runter!«, befahl Hanna.

Sie suchten Deckung zwischen den Fluggeräten, die mittlerweile am Boden festgewachsen waren. Die nächsten Salven schlugen in die Helikopter ein, rissen Zweige und Laub von den Bäumen.

»Hier lang!«

Sie huschten unter einem Flügel des Flugzeugs durch, wo sie vor den Kugeln relativ sicher waren, und pirschten dann auf den eingestürzten Metallzaun vorm Laborgebäude zu. Hanna setzte in einem Sprung über, um dann Tim zu helfen, der sich fast den Hals gebrochen hätte, als er das nachzumachen versuchte.

Sie stürmten in die Eingangshalle. Unter ihren Füßen knackte Glas. Die Pflanzen hatten auch dieses Gebäude erobert, was angesichts der schwach leuchtenden Lämpchen am Sicherheitspult einen ziemlich bizarren Anblick bot.

»Hier gibt es noch Strom …«, presste Tim keuchend heraus. »Wir müssen runter. Aber wie …?«

Er beugte sich über das Pult, um die Bezeichnungen neben den Knöpfen zu lesen. Dort standen jedoch nur die Nummern der Stockwerke. Zumindest nahm er an, dass diese Zahlen das bedeuteten. Aus einem Reflex heraus legte er einen Schalter um.

Hanna stand am Eingang Wache und schoss, sobald sich jemand zeigte.

»Beeil dich, Tim!«, schrie sie. »Ich halte die nicht mehr lange auf!«

Tim wischte wild mit dem Ärmel über das Pult und schaute sich die verblichenen Buchstaben an. Da! Fahrstuhl!

Er betätigte den Schalter. Etwas klackte, und über einer Tür in der Halle flammte ein schwaches Licht auf.

Die Tür des Fahrstuhls öffnete sich allerdings nicht. Tim rannte zu ihr. An der Wand gab es einen Kasten mit einem Spalt, in dem ein rosafarbenes Licht leuchtete.

Bei seinem Anblick fielen ihm ein paar Zeilen aus dem Tagebuch ein: »Mein Vater ging immer mit einer Plastikkarte ins Labor. Alle Mitarbeiter dort hatten solche Dinger um den Hals baumeln. Daddy nannte seine Karte Cross Country. Sie war rot und öffnete ihm jede Tür. Es gab auch noch gelbe und grüne Karten, die aber nur begrenzt Zutritt ermöglichten. Um eine Tür zu öffnen, muss man die Karte in den Schlitz eines kleinen Kastens schieben. Sobald das grüne Licht aufleuchtet, geht die Tür auf.«

Der kalte Lesesaal stand vor Tims innerem Auge, die schmale rothaarige Frau, die sich ihr Lager vor dem Kamin gebaut hatte, ganz nahe am Feuer, auf ein paar Matratzen. Neben ihr schlief ein rothaariges Mädchen, ein ganz kleines Kind noch, in einem Autositz. Auf dem Bett lagen eine MP und ein Halfter mit einer Pistole. Die Frau hatte eine treue Garde, befehligt von Vasco, der jetzt an der Tür Wache hielt. Das musste sein. Der Stamm von Park hatte sich zwar unterworfen, war auf den ersten Blick auch gehorsam, aber er hatte bereits Blut gekostet. Und wer das getan hatte, fraß danach nur selten freiwillig Gras.

Die Hand dieser Hanna fuhr mit einem Gelstift über die Seiten des Tagebuchs und füllte sie mit sauberen Zeilen. Sie hielt alles fest, woran sie sich erinnerte, verfasste Instruktionen für Unbekannte, suchte in ihrem Gedächtnis nach Einzelheiten und drückte sich in möglichst einfachen Worten aus, damit auch ein Kind sie verstand. Falls es denn lesen konnte …

Über ihrer Arbeit runzelte diese Hanna die Stirn, während Vasco sie, geschützt durch das Schummerlicht des Lesesaals, verstohlen beobachtete. In seinen Augen lag eine so tiefe Zärtlichkeit, dass man darin ertrinken konnte …

Tim vertrieb das Bild. Er musste die Leiche am Boden untersuchen! Auch sie war von Pflanzen erobert worden. Die Kleidung war zwar vermodert, aber laminierte Plastikkarten würden Insekten und Vögel ja wohl verschmäht haben.

In der Mumie hinter dem Eingangstresen fand er einen grünen Ausweis. Als er ihn dem Toten vom Hals riss, kippte der Kopf der Leiche zur Seite. Tim wischte den hundert Jahre alten Staub von der Karte.

»Beeil dich!«, schrie Hanna, die gerade ein neues Magazin einschob. »Hol dich doch der Gnadenlose, Tim! Warum dauert das so lange?!«

Das war ihre Stimme – und gleichzeitig war sie es nicht. Sie klang ... anders als noch vor ein paar Stunden. Aber das war nicht der Moment, über diese Veränderung nachzudenken. Durch die eingeschlagenen Fenster flogen einige Kugeln herein. Wenn sie irgendwo einschlugen, dröhnte das förmlich in Tims Ohren.

Er schob die Karte in den Schlitz. Sofort wurde das Licht grün, und die Tür öffnete sich ein wenig. Offenbar war der Mechanismus leicht eingerostet. Tim schob seine Finger in den schmalen Spalt und drückte die Türblätter auseinander. Er hörte nicht, wie Hanna an ihn herantrat, spürte sie dann aber. Nun stemmten sie sich beide gegen die Flügel. Kugeln schlugen rechts und links neben ihnen ein, doch da schlüpfte Hanna bereits in den Fahrstuhl. Tim schaffte es, ihr zu folgen, ohne den Rucksack von den Schultern zu nehmen.

Die Deckenlampe spendete nur schwaches Licht, aber die Knöpfe leuchteten zum Glück von selbst. Tim schob die Karte in den Schlitz über ihnen und drückte nacheinander alle Knöpfe. Die grüne Lampe blinkte erst beim vierten von unten auf. Die Türen zuckten, schlossen sich aber nicht. Der Motor ächzte und heulte – aber die Türen blieben offen.

»Los!«, schrie Tim, der begriff, dass ihr Leben davon abhing, ob dieser Fahrstuhl sich bewegte oder nicht. Die Richtung spielte dabei schon gar keine Rolle mehr.

Draußen polterte es.

»Wir brauchen sie lebend!«

Das war Aisha. Ihre Stimme hätten beide unter tausend anderen erkannt.

Hanna stöhnte und presste sich gegen die Tür. Ihre Gelenke knackten, ihre Füße rutschten über den Metallboden. Da endlich rückten die Türblätter aufeinander zu. Ein wenig nur, aber immerhin. Tims Blick fiel auf Hannas Hand. Sie war schmutzig und aufgeschürft. Ein schmales Gelenk, Knöchel, die weiß hervortraten ...

Ihre Verfolger stürmten in die Eingangshalle. Verschwitzt, aber triumphierend. Ihre Beute war jetzt zum Greifen nah. Sie würde ihnen nicht mehr entkommen. Nicht aus diesem Metallkasten, in dem sie steckten ...

Tim starrte Runner an. Sein schiefes Grinsen, das alle in Park vor Angst schaudern ließ. Es klebte auch jetzt in der malträtierten Visage des Bosses. Dann schob sich Pig vor Runner, der wie ein Keiler vorwärtsstürmte und vor Wut grunzte.

Inzwischen hatten sich die Türen fast geschlossen. Nur eine Hand würde vielleicht noch zwischen die beiden Flügel passen. Hanna und Tim pressten sich mit aller Kraft gegen die Türblätter.

Schon drängelte sich Ratte an Pig vorbei. Der Mann aus City war der schnellste und geschickteste ihrer Verfolger. Sobald er Pig überholt hatte, rutschte er auf den Knien weiter und schob seine Finger in den Spalt, katapultierte sich hoch, rammte seine Schulter gegen die Tür und ...

Noch ehe Tim einen Ton hervorbringen konnte, sprang Hanna zur Seite, um dem Messer auszuweichen, das in Rattes Hand funkelte. Anschließend stürzte sie sich sofort wieder vor, diesmal mit der Waffe in der Hand. Sie schlug Ratte den Lauf gegen den Unterarm, der Knochen brach, das Messer flog zur Seite. Im nächsten Atemzug presste sie Ratte die Waffe an die Schulter und drückte ab.

Der Schuss hallte in der kleinen Kabine wie ein Kanonenschlag. Tim meinte, jemand hätte ihm mit einer Planke gegen das linke Ohr gehauen. Vor seinen Augen tanzten Funken. Er schwankte und hätte beinahe das Gleichgewicht verloren. Der enge Raum füllte sich mit Pulverrauch und Blutspritzern. Hannas rechte Gesichtshälfte schillerte rot ...

Ratte war etliche Fuß nach hinten geschleudert worden. Zurück in die Eingangshalle. Er war tot, noch ehe er unmittelbar vor Aisha liegen blieb. Sein Arm dagegen plumpste im Fahrstuhl zu Boden. Direkt vor Tims Füßen. Die Finger, eben noch zur Faust geballt, öffneten sich. Der Motor des Fahrstuhls heulte in den höchsten Tönen. Endlich schloss sich die Tür – wölbte sich aber sogleich nach innen. Die Kabine zitterte wie wild. Vermutlich war es Pig, der von draußen gegen die Tür hämmerte.

Sie aber hatten es geschafft. Sie fuhren nach unten, ins Labor, während die Verfolger oben blieben. Von einem kleinen Teil Rattes abgesehen.

Hanna sah Tim an und wischte sich die Blutspritzer vom Gesicht.

»Gibt es noch einen anderen Weg nach unten?«, fragte sie.

»Ja. Die Treppe. Aber sie wissen nicht, wie sie die Tür zum Treppenhaus aufkriegen.«

Hanna schüttelte den Kopf. Sie wirkte mit einem Mal um Jahre gealtert.

Tim sah sie genauer an.

Bestimmt bildete er sich das nur ein …

»Das finden sie garantiert heraus …«

»Kann sein. Ist mit dir alles in Ordnung?«

»Mhm. Und mit dir?«

»Nicht ganz.«

Er zeigte ihr seine Hand. Auf der Rückseite hatten sich gelbe Flecken gebildet.

»Deshalb frage ich …«

»Halb so schlimm«, sagte Hanna. »Wir haben noch genug Zeit.«

Als sie anhielten, glitten die Türblätter mit einem leisen Klirren auseinander. Sie traten in einen Gang hinaus, in dem bereits ein weißes Licht brannte, in einer Röhre, die unter der Decke verlief.

»Viertes Untergeschoss«, ertönte da eine Stimme hinter ihnen.

Hanna wirbelte herum wie ein Holzkreisel und fuchtelte mit der MP, während sie nach dem Sprecher Ausschau hielt.

»Das war der Fahrstuhl«, erklärte Tim ihr. »Er hat uns mitgeteilt, wo wir sind. Herzlich willkommen im Labor, Erste Mutter!«

Pig warf sich noch einmal mit seinem ganzen Gewicht gegen die Fahrstuhltür. Frustriert feuerte er auch noch eine kurze Salve auf sie ab.

»Spar dir deine Patronen«, befahl Rubbish. »Die kannst du sicher noch brauchen!«

Er ging neben Ratte in die Hocke und betrachtete das Gesicht des Toten. Ein Nager, ohne Frage.

»Da bist du ein einziges Mal in deinem Leben zu schnell gewesen …« Er nahm ihm die Patronentasche ab und spähte in den blutüberströmten Rucksack. »Hier ist noch ein bisschen Proviant drin. Hat jemand Hunger?«

Schweigen antwortete ihm.

Rubbish zuckte nur die Achseln und stopfte sich ein Stück Dörrfleisch in den Mund.

»Die Patronen behalt ich«, teilte er den anderen mit. »Meine sind fast alle.«

»Was jetzt?«, fragte Krächzer.

»Es muss doch noch einen anderen Weg geben«, sagte Aisha.

»Was ist das überhaupt für ein Ding?«, wollte Runner wissen. »In City gibt's so was doch auch …«

»Ein Fahrstuhl«, antwortete Klumpfuß. »Das ist wie eine Treppe, nur dass du nicht selbst läufst.«

»Und was«, fragte Aisha grinsend, »wenn er rein zufällig kaputtgehen würde?«

Knaller lachte, während er Aisha mit einem gierigen Blick aus seinen wahnsinnigen Augen betrachtete.

»Suchen wir mal nach einer Treppe!«, schlug Krächzer vor.

Doch sämtliche Türen in dieser Eingangshalle waren verschlossen. Pig und Rubbish rüttelten vergeblich an den Klinken. Selbst Fußtritte brachten nichts. Das hier war eine solide Festung, die niemand so schnell einnahm.

»Vielleicht kommen wir durch die Fenster weiter?«, schlug Runner vor.

»Aber dieser Fahrstuhl ist nach unten gefahren«, hielt Aisha dagegen. »Meinst du etwa, im Keller sind Fenster?«

»Aisha«, sagte Knaller da, nachdem er kichernd in seinem Rucksack gewühlt hatte. »Soll ich diesen Fahrstuhl vielleicht für dich öffnen?« Er hielt ein versiegeltes Päckchen Plastiksprengstoff hoch. »Ein Wort von dir …« Er trat dicht an die Priesterin heran. »… und ich öffne alles für dich.«

Im vierten Untergeschoss herrschte Stille. Grabesstille. Auch die Luft war tot, ohne jeden Geschmack und Geruch. Tim hatte nie zuvor solche Luft geatmet. Eine derart – jetzt fiel ihm das Wort wieder ein – sterile Luft.

Dafür registrierte er alle Gerüche, die nicht hierher gehörten. Pulvergestank an der Waffe, Schmiere, Blut in der Kleidung, das Gras, durch das sie vorhin gerannt waren ...

»Wo lang jetzt?«, fragte Hanna.

»Genau weiß ich es nicht. Wir müssen einen Kühlschrank finden.«

Hanna bedachte ihn nur mit einem tadelnden Blick.

»Äh, ja ...«, stammelte Tim. »Das ist ein großer Kasten, in dem Medikamente aufbewahrt werden. Es muss nicht unbedingt kalt in ihm sein, Hauptsache, da drinnen herrscht eine gleichmäßige Temperatur ...«

»Wofür soll das gut sein?«

»Bei Hitze verdirbt die Medizin.«

»Hier ist es ja nicht warm.«

»Wir sind ja auch tief unter der Erde«, erwiderte Tim. »Und anscheinend sorgen auch noch bestimmte Anlagen für Kälte. Ist dir die Luft aufgefallen? Die riecht überhaupt nicht.

»Dafür stinkst du«, erwiderte Hanna. »Und ich auch. Einfach nicht zum Aushalten ...«

»So schlimm ist es nun auch wieder nicht ...«

Sie liefen den Gang hinunter, bis rechts eine große Tür kam. Tim schob seine grüne Karte in den Schlitz. Sofort ging die Tür auf, und eine Lampe sprang an.

Ein großer Raum mit langen Tischen, auf denen seltsame quadratische Kästen standen.

»Das sind Computer«, sagte Tim. »Sogenannte Laptops.«

»Erspar mir diese ganzen Erklärungen, die verstehe ich sowieso nicht. Ist dieser Kühlschrank hier?«

Tim trat vor einen weißen Kasten mit einem Griff an der Vorderseite und öffnete ihn.

»Da hätten wir schon den ersten. Such nach Kästen mit Tür, die so ähnlich aussehen. Sie können groß oder klein sein. Wenn sie auf dem Tisch stehen, heißen sie Kühlbox. Möglicherweise besteht die

Tür aus Glas. Drinnen müssen jedenfalls Regale sein und solche Dinger hier.« Er zeigte Hanna einen Reagenzglasständer. »Vielleicht findest du auch so kleine Flaschen. Oder kleine Röhren aus Plastik, das sind Spritzen.«

»Woher wissen wir, dass wir das gefunden haben, was wir suchen?«

»Es steht drauf. Wir suchen nach einem Peacemaker«, antwortete Tim. »Niemand hätte gedacht, dass er mal der Gnadenlose wird. Das kannst du doch schon lesen, oder?«

Er lächelte.

»Ich erkenne Buchstaben«, antwortete Hanna ernst. »Aber das Lesen musst du mir noch beibringen!«

Sie fand eine Kühlbox, in der sich Flaschen von einer seltsamen Form befanden und noch etwas, das steinhart geworden war.

Tim entdeckte in einer Ecke eine Mumie, die mit dem Gesicht auf dem Boden lag. Hanna glaubte aufgrund der Kleidung, dass es sich um einen Mann handelte, wollte aber lieber nicht darauf wetten. Nachdem Tim die federleichte Leiche umgedreht hatte, inspizierte er die Jackentaschen des Toten. Auch er besaß eine grüne Karte. Er reichte sie Hanna.

»Hier. Du hast ja gesehen, wie sie funktioniert.«

Sie nickte.

Das Untergeschoss war riesig, sie vermuteten beide, dass es wesentlich größer war als die Eingangshalle. Unendlich viele Türen. Und ihre Verfolger waren ihnen auf den Fersen …

In dem Raum stießen sie auf zwei mumifizierte Leichen, weiter vorn im Gang auf den ausgetrockneten Körper einer Frau. Neben ihr lag ein merkwürdiges Ding, das ein wenig so aussah wie das Gerät, das Tim als Laptop bezeichnet hatte, nur wesentlich kleiner. Ihre verschrumpelten Beine erinnerten an spröde Äste. Die Schuhe zeigten eine äußerst bizarre Form, irgendwie gebogen, mit einem Absatz, der so lang war wie die Hand einer Frau. Noch nie in ihrem Leben hatte Hanna so einen Schuh gesehen. Sie konnte sich überhaupt nicht vorstellen, dass irgendjemand damit laufen konnte.

Sie durchsuchten noch vier Räume und zwei große Labors mit komplizierten Geräten, fanden aber nichts. Bloß Leichen. Die brachten ihnen immerhin acht grüne Karten ein.

Danach betraten sie ein Labor, das einen deutlich schlechteren Eindruck machte als alle bisherigen. In ihm war irgendwann ein Feuer ausgebrochen. Offenbar ein heftiges. Von der Decke hingen Stalaktiten aus geschmolzenem und wieder erstarrtem Plastik herab, sämtliche Möbel waren verkohlt, die hohen Schränke an der Wand hatten sich verzogen, und das Glas in ihren Türen war gesprungen oder herausgefallen. Drei riesige Kühlschränke und eine kleine Kühltruhe voller Ruß. Alles in allem ein trauriger Anblick. Aber selbst hier roch es nicht nach Ruß und Asche wie sonst in einem ausgebrannten Raum. Die Luft war absolut steril, genau wie im ganzen Stockwerk.

»Hier hätte alles runterbrennen können«, sagte Tim. »Wir hatten einfach Glück. Wahrscheinlich ist ein automatisches Löschsystem angesprungen.«

Tim presste die Stirn gegen das kühle Metall eines Kühlschranks. Der Schweiß lief nur so an ihm hinunter ... Mit jeder Minute fühlte er sich schlechter, wollte sich das selbst aber nicht eingestehen. Ein unsichtbares Tier schien sich in seinen Eingeweiden eingenistet zu haben, bisher aber noch nicht an ihm zu nagen, sondern es sich lediglich gemütlich zu machen.

»Lass uns mal nachgucken, was wir hier noch finden«, schlug Hanna vor, während sie bereits den ersten Kühlschrank öffnete.

Als Tim ihrem Beispiel folgte, erstarrte er kurz und stieß dann einen Freudenschrei aus. Sofort war Hanna bei ihm.

»Was ist?«

In den Regalen standen Wannen für Spritzen. Mindestens vierzig mit je fünfundzwanzig Spritzen. Tim las die Bezeichnung ...

»Und?«, fragte Hanna, die über seine Schulter spähte.

»Leider nicht unsere ...« Er inspizierte die nächste Wanne. Die übernächste ... Die Spritzen waren alle geschmolzen. Er warf sie achtlos zu Boden. »Das ist alles nicht das, was wir suchen.«

Als er danach zum nächsten Kühlschrank hinübereilte, war ihm plötzlich schwindlig. Als hätte er gerade gekifft. Er musste nach der Klinke der Kühlschranktür greifen, um nicht zu fallen.

»Tim!«, stieß Hanna aus. »Was ist mit dir?«

»Nichts, alles in Ordnung. Suchen wir weiter!«

»Tim ...«

Er drehte sich zu ihr zurück. In ihrem Blick lagen Angst und Schmerz.

»Sieh dich mal an...«, flüsterte sie.

Da es hier keinen Spiegel gab, wischte Tim mit dem Ärmel den Ruß von der Metalltür des Kühlschranks.

Der Mann, der ihm entgegenblickte...

Er wusste nicht, wie alt ein Mann mit einem solchen Gesicht war. Wie auch? Er hatte noch nie einen Mann von dreißig oder vierzig Jahren gesehen. Aber die Gestalt, die ihn da anblickte... Diesen Mann kannte er nicht! Und er veränderte sich immer weiter, konnte beobachten, wie sein Gesicht schmolz...

Tim hatte oft genug miterlebt, wie der Gnadenlose sich seine Opfer holte. Begann ein Mann erst einmal zu schmelzen, war er eigentlich nicht mehr in der Lage, klar zu denken. Dann litt er nur noch, wand sich, schiss sich in die Hosen und alterte im Zeitraffer.

Nun schmolz er selbst – aber langsam! Außerdem vermochte er sich auf den Beinen zu halten, obwohl der Gnadenlose seine Kraft bereits abzapfte.

»Das kommt vom Heißen Atem«, erklärte er Hanna. »Das Brennende Land verlangt seinen Tribut...«

Aus irgendeinem Grund empfand er überhaupt keine Angst. Er war traurig, das ja, aber Angst empfand er keine.

»Nun werde ich dir das Lesen wohl doch nicht mehr beibringen...«

Plötzlich rumste es irgendwo. Alles um sie herum erbebte.

Tim entnahm dem Kühlschrank eine weitere Wanne mit Spritzen. Alle verbrannt. Kraftlos ließ er sie fallen und holte die nächste heraus.

»Wieder nichts«, stieß er aus.

Der nächste Versuch.

Tim stieß ein leises Lachen aus, legte den Kopf in den Nacken und hielt Hanna etliche geschmolzene Einwegspritzen hin.

»Das sind sie, Hanna! Das ist der Peacemaker, unsere Medizin gegen den Gnadenlosen. Aber das Feuer... Dieses verdammte Feuer...«

Seine Beine knickten unter ihm weg, er sackte zu Boden und kippte zur Seite, rollte sich dann aber gleich auf den Rücken.

»Es ist aus«, flüsterte er. »Vorbei. Die Medizin ist verbrannt.«
Er verstummte. Ein Krampf erfasste seinen Körper. Entsetzt sah Hanna ihn an. Er war kreidebleich. Im nächsten Moment begriff sie aber, dass sie sich geirrt hatte. Denn da verwandelten sich die wenigen Stoppeln in seinem Gesicht in einen dichten grauen Bart. Tims Nase trat spitz hervor, seine Wangen waren eingefallen.

Hanna wich zurück. Sie riss die Tür des nächsten Kühlschranks auf und zog Wanne um Wanne heraus, betrachtete den Inhalt und warf die Beute zu Boden.

Nichts. Rein gar nichts.

Sie eilte zu einer kleinen Kühlbox. Die nächste Wanne flog durch den Raum. Und dann erstarrte sie.

Im oberen Fach lag ein versiegeltes Päckchen mit einer blauen Beschriftung. Peacemaker. A-dot. Das sah genauso aus wie das Schild auf den Spritzen, die Tim ihr eben gezeigt hatte. Darunter stand noch etwas – Personal Military Pack –, aber das konnte sie nicht lesen.

Hanna holte das Päckchen zaghaft heraus, fast als befürchtete sie, es würde sich gleich in Luft auflösen. Doch das tat es nicht.

Auch hier hatte die Hitze ihre Spuren hinterlassen, sodass sie die Hülle mit dem Messer aufschneiden musste. Sie nahm einen Metallzylinder heraus, der aus zwei Teilen bestand. Beim dritten Anlauf gelang es ihr, diesen aufzuschrauben. Eine Spritze. Mit der bereits vertrauten blauen Aufschrift.

Aber nur eine. Nur eine einzige.

Hanna starrte auf das Plastikding. Dann wanderte ihr Blick zu Tim, der am Boden lag – und der eigentlich gar nicht mehr Tim war, sondern ein unbekannter Mann, in dem sie nur mit Mühe jene Gesichtszüge wiederfand, die ihr so vertraut waren. Er zitterte, als würde er einen epileptischen Anfall erleiden. Der Gnadenlose schwirrte bereits um ihn herum ...

Hannas Finger schlossen sich um die Spritze. Sie biss sich auf die Lippe. Dann riss sie kurz entschlossen die Kappe von der Nadel, ging in die Hocke und rammte Tim die Spritze in den Hals. Ihr Inhalt schoss in sein Blut.

»Mögest du ewig leben«, flüsterte sie. »Mögest du ewig leben, Tim!«

Noch einmal rumste es, diesmal extrem heftig.

Die Tür flog aus den Angeln, stinkender Qualm wogte in den Raum ...

Hanna packte Tim und zog ihn in den Gang hinaus. Er war schwer wie ein Felsbrocken und genauso starr. Abgesehen davon, dass er nicht mehr zitterte, zeigte die Injektion bisher nicht die geringste Wirkung. Mit Mühe machte Hanna im Rauch den Fahrstuhl aus. Er war völlig demoliert. Die Metalltür fehlte, den Boden davor bedeckte eine Mischung aus Staub und Steinen. Und gleich würden ihre Verfolger hier sein ...

Hanna zog Tim weiter, was relativ gut klappte. Jedenfalls war es leichter, als ihn huckepack zu nehmen. Mittlerweile wurden auch ihre Beine schwer, aber das ignorierte sie, so gut es ging. Sie musste Tim retten, danach ... Danach würde sie im Kampf sterben. Unbedingt im Kampf.

Wenn sie bloß ein Versteck für Tim fände, damit er in aller Ruhe zu Kräften kommen konnte!

Sie schaffte es gerade noch, hinter der nächsten Ecke zu verschwinden, bevor Runner aus dem zertrümmerten Fahrstuhl sprang. Sofort huschte er in den Schatten. Seine Bewegungen zeichnete jene Ruhe aus, die einen erfahrenen Soldaten von einem gewöhnlichen Mann unterschied. Ihm folgte Knaller, der vor Glück strahlte und vor Stolz fast platzte: Ohne ihn hätten sie das nie geschafft! Als Dritter tauchte Rubbish auf, der sich zwar nicht genauso geschickt bewegte wie Runner, dafür aber stämmiger und kräftiger war. Er schob Knaller zur Seite und baute sich gegenüber Runner auf. Dann erschien Aisha, die an eine wilde Katze erinnerte. Erbarmungslos und vorsichtig zugleich. Es folgte der massige Pig, der sich nicht einmal in Deckung brachte, sondern offen mit der MP im Gang stehen blieb. Klumpfuß kraxelte ächzend und stöhnend heraus, doch sollte ihn niemand unterschätzen: Es könnte ihn das Leben kosten. Als Letzter schob sich Krächzer lautlos wie eine Sumpfschlange dazu.

»Hol mich doch der Gnadenlose!«, stieß Pig aus. »Wo sind wir denn hier gelandet?«

»Pst!«, befahl Runner, ohne den schützenden Schatten zu verlassen. »Sie sind ganz in der Nähe ...«

Damit hatte er recht.

Von Hanna, die den bewusstlosen Tim hinter sich herzog, trennten sie nicht mehr als vierzig Yards und eine Ecke.

Während Hanna weiterlief, sah sie sich immer wieder um. Da entdeckte sie noch eine Fahrstuhltür. In dem Kästchen mit dem Schlitz schimmerte ein rotes Licht. Mit dem würde sie wieder nach oben fahren ...

Sie bleckte die Zähne.

»Und dort ... dort wollen wir doch mal sehen, wer uns in die Arme läuft.«

»Hörst du das?«, fragte Rubbish. »Da ist doch jemand ...«

Im Fahrstuhl polterte etwas. Staub wirbelte auf. Pig fuhr herum und ballerte sofort los. Bei diesem Manöver hätte er beinahe Aisha umgerissen.

»Pass doch auf, du Vieh!«, blaffte sie ihn an und stieß ihn angewidert von sich.

»Ruhe!«, brüllte Rubbish.

In den wenigen Sekunden hatte Hanna bereits fast die Hälfte der Strecke zur zweiten Fahrstuhltür hinter sich gebracht. Bei Rubbishs Schrei blieb sie sofort stehen und lauschte. Sie musste abwarten, bis sich ihre Verfolger selbst wieder bewegten. Nicht alle würden das lautlos schaffen ...

»Was ist?«, flüsterte Aisha. »Wollen wir hier Wurzeln schlagen? Wer geht voran?«

»Ich!«, erklärte Knaller begeistert, der bereits eine weitere Granate bereithielt.

»Kümmer dich um den Idioten!«, bat Runner die Priesterin, während er sich an die Spitze ihres Zuges setzte. »Der bringt uns noch alle um.«

»Komm her«, verlangte Aisha von Knaller. »Du bleibst jetzt an meiner Seite. Klar?«

Knaller nickte strahlend, steckte die Granate aber nicht weg.

»Rubbish! Du übernimmst die rechte Seite!«, befahl Runner. »Pig! Du gibst uns Deckung!« Er warf einen raschen Blick auf Krächzer. »Alle anderen bleiben hinter mir. Aisha, Knaller, ihr bildet den Abschluss. Und keine Dummheiten, bitte!«

Aisha nickte.

Die wenigen Anweisungen hatten genügt, damit Hanna es zum Fahrstuhl schaffte. Sie schob die grüne Karte in den Schlitz. Die Türen gingen diesmal problemlos auf – und Hannas Herz stockte.

Vor ihr lag eine Leiche.

Erst auf den zweiten Blick begriff Hanna, dass es sich bei dieser Mumie ebenfalls um ein Opfer des Gnadenlosen handelte. Rasch zog sie Tim in die Kabine. Schon waren wieder Schritte zu hören. Da erstrahlte auf ihrem Gesicht plötzlich ein Lächeln: Auf der Leiche leuchtete eine rote Karte.

Für große Abschiedsworte blieb ihr keine Zeit. Sie schob die Karte in den Spalt, sprang hinaus und drückte vom Gang aus den untersten Knopf. Das war das Einzige, was sie noch für Tim tun konnte: für ihn sterben. Punkt.

Wie einfach es doch ist, eine Heldin zu sein, wenn es keinen anderen Ausweg gibt ...

In ihrem Rücken schlossen sich die Türen des Fahrstuhls, von vorn kam bereits eine grüne Granate auf sie zugeflogen. Hanna hechtete durch eine offene Tür in einen Raum und riss die MP hoch. Die Granate explodierte. Splitter flogen an die Wände und gegen die Decke. Hanna atmete tief durch und schloss kurz die Augen. Ganz ruhig ...!

Das flackernde Deckenlicht blendete sie. Sie streckte die Hand nach dem Schalter aus. Zum Glück zitterte sie nicht. Nun ja, fast nicht. Aber immerhin wies sie noch keine gelben Flecken auf.

Nach einem letzten Aufflackern erlosch das Licht. Hanna betrachtete ganz kurz ihr Spiegelbild in der Glastür. Ihr Gesicht schmolz wie Wachs und gewann völlig neue Konturen. Nichts erinnerte mehr an die magere rothaarige Hanna. Nichts – bis auf die Augen.

Siehst du, Tim, flüsterte sie. Jetzt sind wir wieder fast gleich alt ...

In letzter Sekunde gelang es Runner, sich vor den Splittern zu retten. Rubbish dagegen schlitzten sie die Wange und den Unterschenkel auf. Pig warf die Druckwelle um, wobei er beinahe auch noch Krächzer umgerissen hätte.

»Du Schlampe!«, brüllte Pig. »Aber dich krieg ich!« Schwarzes Blut tropfte aus seiner Nase. Er spuckte aus. »Damit das ja klar ist: Die gehört mir!«

Rubbish schielte zu ihm hinüber und band sein Bein oberhalb der Wunde mit seinem Gürtel ab. Der Schnitt in der Wange blutete erstaunlich wenig, obwohl durch ihn die Zähne zu sehen waren.

»Um die Wange kümmere ich mich später«, versicherte er Runner, der ihn aufmerksam beobachtete. »Die wächst wahrscheinlich von allein wieder zu.«

»Schone das Bein noch«, befahl Runner nur knapp und ließ den Blick über die Anwesenden wandern. »Sind sonst alle in Ordnung?«

»Ja«, antwortete Krächzer, während er sich über die Brust rieb.

»Dieses Drecksstück will uns in eine Falle locken«, behauptete Runner. »Haltet euch dicht an der Wand. Sobald ich *Granate!* rufe, werfen sich alle auf den Boden. Ich gehe als Erster. Pig, du folgst mir! Rubbish, du bleibst hinten!« Er gab Pig einen aufmunternden Stoß in die Seite. »Du übernimmst die linke Seite!«

Der Staub, der nach der Explosion aufgewirbelt worden war, sank langsam zu Boden. Sie bewegten sich vorsichtig vorwärts und behielten den Raum bis zum Fahrstuhl im Visier.

»Wo stecken die bloß?«, presste Aisha heraus. »Sind die wieder nach oben gefahren?«

»Wenn, dann wäre das unser Ende«, erklärte Klumpfuß gereizt. »Da kann uns dann auch dein Knaller nicht mehr helfen!«

»Haltet beide die Klappe!«, verlangte Rubbish. Er hinkte stark, hielt sich ansonsten aber tapfer. »Wie soll ich denn bei dem Gequatsche noch was hören?!«

Doch bis auf ihre Schritte war ohnehin nichts zu vernehmen. Nun ja, vielleicht noch das Schnaufen Krächzers.

»Hier sind jede Menge Türen«, flüsterte Runner und blieb stehen. »Sie hat die Granate erst geworfen, nachdem dieser Fahrstuhl losgefahren ist. Also ist einer von den beiden hier geblieben. Entweder Nerd oder diese rothaarige Schlampe …«

»Wenn du diese Schlampe damals erschossen hättest, würde uns Nerd jetzt auch keine Probleme mehr machen«, murmelte Aisha. »Aber du musstest dir ja die Eier kratzen …«

»Und wenn sie dich damals erschossen hätte?«, fragte Runner

zurück. »Es geht nicht immer nach deiner Nase, Priesterin! Daran solltest du dich langsam gewöhnt haben!«

»Was machen wir jetzt?«, wollte Klumpfuß wissen. »Wollen wir hier noch ewig rumstehen und dusslig quatschen?«

Hanna hörte jedes Wort.

Sie lauerte in einer Art Saal, in dessen Mitte ein weiterer Raum abgeteilt war. Auf den Tischen standen diese Dinger, die Tim Computer genannt hatte, sowie allerlei merkwürdig gebogene Geräte aus Eisen und Glas und winzige kleine Schachteln.

In dem abgeteilten Bereich fanden sich zwar mehr Geräte, aber nur zwei davon waren Computer. Riesengroße allerdings. Der entscheidende Vorteil dieses Saals waren seine sechs Türen. Bei einem Kampf waren sie nicht zu unterschätzen …

Während sich ihre Verfolger auf den Fahrstuhl zubewegten, schlich sie sich im Saal zu der Tür, die ihnen am nächsten lag. Die Wand war nur sehr dünn, sodass sie jeden Ton hörte, bis hin zu Krächzers Geschnaufe. Als ihre Verfolger stehen blieben, hielt auch sie inne, als ihre Gegner weiterliefen, setzte auch sie sich wieder in Bewegung.

Das glückte ihr noch ganz gut. Aber inzwischen glühte sie mal, dann fror sie entsetzlich, und der Geschmack in ihrem Mund verriet ihr, dass ihr Zahnfleisch blutete. Aber noch arbeitete ihr Verstand, ließ ihr Körper sie nicht im Stich.

Hanna fasste vorsichtig nach der Klinke. Von innen ließ sich die Tür auch ohne Karte öffnen. Vorsichtig spähte sie in den Gang. Wenn sie noch eine Granate hätte, wäre die Sache jetzt entschieden. Aber sie hatte keine Granate mehr. Sie konnte nicht erkennen, wer ihr am nächsten stand, doch das interessierte sie auch nicht besonders. Sie waren alle gefährlich, sie würde niemanden verschonen.

Hätte Klumpfuß je irgendjemand gesagt, dass manchmal auch die Vorsichtigsten zuerst sterben, hätte er das nicht geglaubt. Nun sollte er eines Besseren belehrt werden.

Pah!, dachte Hanna. Aus der Entfernung würde sogar Tim treffen.

Die Kugel fand den Weg in den Nacken von Klumpfuß und trat durch sein rechtes Auge wieder aus. Der Boss von Town begegnete dem Gnadenlosen, noch bevor die erste Hülse zu Boden gefallen war. Hanna überzog ihre Verfolger mit Blei, nahm den Finger gar nicht mehr vom Abzug. Die kugelsicheren Westen mochten die Brust schützen, Kopf und Extremitäten aber gaben ein dankbares Ziel ab.

Klirrend fiel die letzte Hülse zu Boden. Hanna huschte in den Raum zurück und eilte zu einer anderen Tür. Die Schreie verrieten ihr, dass sie dem Feind maximalen Schaden zugefügt hatte, doch mehrere Gegensalven machten ihr auch klar, dass sie nicht alle ausgeschaltet hatte. Die Wand, die sie von ihren Verfolgern trennte, wurde nun unter Beschuss genommen. Die Kugeln drangen durch diese, als bestünde sie aus Papier. Die Laptops wurden von den Tischen gefegt, die anderen Geräte zerfetzt. Hanna hämmerte den Lauf ihrer Waffe auf die Klinke der von ihr angesteuerten Tür, hechtete aus dem Raum, rollte sich ab und drehte sich dabei ihren Gegnern zu. Bei dieser Aktion hatte sich die MP schmerzhaft in ihren Schenkel gebohrt, aber da mittlerweile ihr ganzer Körper von Schmerzen gequälte wurde, kam der neue einem Mückenstich gleich.

»Das ist nichts weiter«, sprach sie sich selbst Mut zu. »Mir bleibt noch genug Zeit ...«

Diesmal erkannte sie ihr Ziel genau. Pig. Die Waffe in seiner Hand spuckte unablässig Feuer, nur ballerte er in die völlig falsche Richtung. Doch Pig war ein erfahrener Mann. Sobald er aus den Augenwinkeln heraus eine Bewegung wahrnahm, reagierte er. Trotzdem war er nicht schnell genug. Mit zwei kurzen Salven à drei Schuss in Kopf und Schritt hatte Hanna ihn erledigt. Pig sackte erst auf die Knie, um dann mit dem Gesicht auf den Boden zu knallen.

Nun hatte sie Rubbish im Visier. Ein hervorragendes Ziel, aber leider zu schnell, obwohl er humpelte. Hanna gab zwar einen Schuss ab, doch Rubbish schaffte es, sich in Deckung zu bringen. Sofort zog sie sich in den Raum zurück, um sich abermals hinter einer anderen Tür in Stellung zu bringen.

Das sollte sich als Fehler erweisen. Sie musste doch stärker angeschlagen sein, als sie sich das selbst eingestand, sonst hätte sie nicht zweimal hintereinander auf den gleichen Trick zurückgegriffen. Ihre Feinde mochten verletzt sein, aber die Fähigkeit, sich zu orientieren, hatten sie nicht eingebüßt. Aisha und Runner gingen nun gemeinsam auf sie los. In letzter Sekunde schaffte sie es, hinter den Tischen in Deckung zu gehen und sich aus der Schusslinie zu bringen. Würde sie jetzt stolpern, wäre sie erledigt. Die MPs ratterten in einem fort. Trotzdem war sie fast schon in Sicherheit, als ein Querschläger sie an der Schulter traf. Sie kippte zur Seite und schlitterte über den Boden wie ein Stein über eine Eisbahn. Ihr linker Arm war bis runter zum Ellbogen völlig taub, doch mit der Rechten entleerte sie ihr Magazin in ihre Verfolger und zwang diese damit zum Rückzug.

Mit dem Rücken gegen die Wand gelehnt, wechselte sie das Magazin, wobei sie sogar ihre fast leblose linke Hand noch zu Hilfe nehmen konnte, denn der Knochen war nicht gebrochen. Die Kugel war in einen Muskel eingedrungen, was allerdings höllische Schmerzen verursachte. Am liebsten hätte sie deshalb geschrien, aber ihre Kehle war so zugeschnürt, dass sie nicht mal ein Krächzen zustande brachte.

Schon krachte es wieder, danach klaffte in der Wand ein Loch. Ein weiterer Schuss. Und noch einer ... Jemand nahm die Wand ziellos mit einer Pumpgun unter Beschuss, in der Hoffnung, mit einem seiner Schüsse einen Treffer zu landen. Was er jedoch nicht bedacht hatte, war, dass sie am Boden liegen könnte. Die lange Salve, mit der Hanna ihm antwortete, erreichte hingegen ihr Ziel. Ein Schrei, eine Reihe von krächzenden Flüchen ...

Sofort kroch Hanna zur Seite. Auch wenn sie dabei jeder Sumpfschlange Ehre gemacht hätte, wusste sie nun nicht mehr, wohin sie noch fliehen sollte. Ihr Instinkt sagte ihr jedoch, dass es ihr sicherer Tod wäre, wenn sie blieb, wo sie war. Aber sterben durfte sie nicht. Noch nicht. Erst musste sie zu Ende bringen, was sie angefangen hatte. Erst musste sie dafür sorgen, dass niemand Tim daran hinderte zu leben. Niemand. Denn solange er lebte, hatten alle anderen auch eine Hoffnung.

Sie zwängte sich zwischen einen Kühlschrank und eine riesige Metallkiste. Dort überprüfte sie ihren Patronengurt. Zwei volle Magazine. Genug für diesen letzten Kampf. Aber völlig wertlos, falls ihre Feinde auf Granaten umsteigen würden ...

Mit einem Mal fiel ihr auf, dass mit ihrem Hörvermögen etwas nicht stimmte. Irgendein Rauschen in ihren Ohren schob sich über alle anderen Geräusche. Das war noch schlimmer als die Kugel in der Schulter. Da legte sie die Magazine neben sich. Von hier käme sie nicht mehr weg. Sie war am Ende ihrer Kräfte. Als sie ihr Bild im polierten Stahl des Kühlschranks anschaute, entglitten ihr die Gesichtszüge.

Das war doch nicht sie! Das konnte doch nicht sie sein!

Dann wurde eine der Türen aufgerissen. Ein irgendwie seltsamer Mann mit einem dämlichen Grinsen stapfte herein, ein hagerer Typ in wüster Aufmachung und mit Wahnsinn im Blick. In der einen Hand hielt er eine Granate, in der anderen eine Pistole, dazu hatte er noch einen prallen Rucksack geschultert. Kaum hatte er Belka gesehen, holte er zum Wurf mit der Granate aus, doch da ereilte ihn schon ein Schuss aus der MP. Die Hand dieses Typen knallte samt Granate gegen den Türrahmen. Dennoch stand er noch ganz kurz aufrecht da, bevor er gerade noch rechtzeitig in sich zusammenkrachte, damit die vom Türrahmen abprallende Hand auf dem Rucksack landen konnte, den der Tote ihr so bereitwillig entgegenstreckte. Da Hanna den besonderen Humor Knallers nicht kannte, war das, was dann geschah, für sie eine echte Überraschung. Und nicht nur für sie.

Es ging alles ganz schnell – und gleichzeitig sehr langsam. Jede noch so kleine Einzelheit prägte sich ihr ein. Von dem blutroten Schleier, der in der Luft hing, bis hin zu den weit aufgerissenen Augen Aishas, die links auf der Bildfläche erschienen war. Der tote Rucksackträger verwandelte sich in eine Feuerkugel, die Feuerkugel in eine Welle aus Flammen und Eisen, die über Aisha hinwegwogte. Die Explosion riss sämtliche Wände nieder, tragende wie eingezogene. Rubbish flog in zwei Teilen an ihr vorbei, erst der Unterkörper, dann der Rest hinterher. Er selbst hatte den Mund zu einem lautlosen Schrei geöffnet.

Danach aber landete wie ein Felsblock Schwärze auf Hanna.

Tim kam zu sich. Er lag auf dem Boden, in einem engen Raum, mit dem Gesicht auf einer ausgetrockneten Mumie. Diese roch überhaupt nicht, nicht mal nach Verwesung. Trotzdem war es ekelhaft.

Er setzte sich auf.

Die Tür des Fahrstuhls schlug ihn bei ihrem Versuch, sich zu schließen, zum x-ten Mal gegen das Bein. Durchaus schmerzhaft. Als er sich erheben wollte, ging das zu einer Überraschung erstaunlich einfach. Automatisch griff er nach der roten Karte, die am Boden lag. Der leuchtende Knopf verriet ihm, dass er sich im fünften Untergeschoss befand. Er hatte keine Ahnung, wie er hierhergekommen war, aber er wusste, dass es das unterste Stockwerk im Labor war. Das Level, in dem der Gnadenlose zum Leben erweckt worden war und wo er womöglich noch immer schlief.

Tim trat in den Gang hinaus.

Dieser war bisher dunkel gewesen, nun schaltete sich automatisch das Licht an.

Jede einzelne Tür im Gang öffnete er, doch nichts, nur leere Räume, Tische mit Geräten und Papieren, Computerbildschirme. Aber kein Mensch.

Hier unten gab es keine Leichen. Wäre damals, bei Ausbruch der Katastrophe jemand hier unten gewesen, dachte Tim, wer weiß, was dann aus der Menschheit geworden wäre …? Vielleicht war der Mann, der nun als Leiche im Fahrstuhl lag, ja auf dem Weg nach unten gewesen und hatte es nur nicht mehr erreicht. Womöglich hätte es aber auch gar keine Rolle gespielt …

Selbst wenn sich Tim nicht mehr daran erinnerte, wie er eigentlich hierhergekommen war, wusste er doch genau, weshalb. Er musste die Medizin finden. Das Antidot. Eine blaue Aufschrift. Er sah sie noch genau vor sich …

Die nächste Tür war sehr massiv und besaß eine äußerst seltsame Klinke. Fast wie die eines Kühlschranks. Er schob seine rote Karte in den Kasten mit dem Schlitz. Die Tür öffnete sich. Ein großer Raum voller Regale. In dem Raum war es eisig kalt. Unwillkürlich schauderte Tim zusammen. Da die Lampen in diesem Riesenkühlschrank nicht funktionierten, schnappte er sich rasch eine der Plastikboxen aus dem Regal und eilte wieder hinaus.

Eine Aufschrift von Hand, große schwungvolle Buchstaben, geschrieben mit blauer Tinte, die zwar verblasst, aber nicht verblichen war.

Peacemaker. Antidot. 10 000 Dosen. Versiegelt: 30. 04. 25. Doktor Seagal.

Zehntausend Dosen. Zehntausend Menschen, die ewig leben würden.

Und in diesem Depot gab es mindestens fünfzig solcher Boxen ... Und da fiel Tim wieder ein, wie er hierhergekommen war.

Hastig fingerte er an der Box. Sein Messer brach sogar ab, aber am Ende schaffte er es doch, sie zu öffnen. Mit einigen Spritzen in der Hand raste er zum Fahrstuhl. Das Wummern seines Herzens übertönte jedes andere Geräusch. Die Karte in den Schlitz ... Die Türen schlossen sich, er fuhr nach oben. Aber unendlich langsam!

Von der Metalltür starrte Tim sein eigenes Abbild an. Er erkannte es nicht. Da er wusste, was mit ihm geschehen war, jagte ihm das keine Angst ein.

Sobald die Türblätter auseinanderglitten, stürmte Tim in den Gang. Das vierte Untergeschoss hatte sich in ein qualmendes Schlachtfeld verwandelt. Es roch nach Pulver, Feuer und Blut. Und nach Tod. Wie der roch, wusste Tim genau. Trotzdem war er sich sicher, dass Hanna noch lebte. Sie konnte nicht gestorben sein. Sie durfte nicht ... Er rief ihren Namen, aber niemand antwortete ihm. Daraufhin suchte er nach ihr. Selbst wenn sie tot sein sollte, musste doch irgendetwas von ihr übrig geblieben sein.

Steinklumpen, Glassplitter, verbogenes Metall, weißer Gipsputz ...

Er sah eine abgerissene Hand am Boden und stieß sie zur Seite. Aus einem Schutthaufen ragte ein kahler Kopf heraus. Aus dem offenen Mund dieses Toten lief leuchtend rotes Blut. Tim stieg über Rubbishs obere Hälfte und stieß auf Aisha, die von Metallstangen aufgespießt worden war, die aus der Wand herausragten. Ein Schmetterling, den ein wissbegieriges Kind mit Nadeln an Karton befestigt hatte. Sie lebte noch, schaffte es aber nicht, sich zu befreien. Die Explosion hatte ihre Kleidung zerfetzt, eine dicke Stange steckte genau zwischen ihren nackten Brüsten. Ihr Gesicht war von Staub überzogen und erinnerte an eine Totenmaske. Nur das aus ihrem Mund sickernde Blut verlieh ihren Lippen noch die Farbe des Lebens. Sie krächzte, und ihr Bauch blubberte wie ein Kessel überm Feuer.

Tim stürmte an ihr vorbei, ohne auf ihre flehentlich nach ihm ausgestreckten Arme zu achten. Am liebsten hätte er sie erschossen für all das, was sie getan hatte – aber auf ihn wartete eine dringendere Aufgabe.

Der nächste Kampfplatz. Er stellte einen umgekippten Labortisch auf, schob einen Schrank zur Seite, der in die Tür gefallen war ...

Und da endlich sah er Hanna.

Sie lag zwischen einem Kühlschrank und einer Eisenkiste, mit dem Bauch nach unten und von weißem Staub bestäubt wie von Schnee.

Tim stürzte zu ihr, fiel neben ihr auf die Knie, drehte sie um ...

Er schrie auf. Warf den Kopf in den Nacken, blickte mit seinem von einem grauen Bart überzogenen Gesicht hoch zur Decke und drückte Hanna an seine Brust. In seinen Armen lag eine alte Frau.

Er hatte noch nie einen lebenden alten Menschen gesehen, er wusste nichts von ihnen, er kannte sie nur von Fotos aus Zeitschriften. Die Frau, die er jetzt an sich presste, war nicht einfach bloß alt. Sie war uralt. Das Gesicht verrunzelt wie bei einer Mumie, graue Strähnen, eingefallene Wangen und ein aufgeklappter Mund, in dem nur noch ein einzelner gelber Zahn aufragte. Tim suchte in dem Gesicht dieser Greisin nach einem vertrauten Zug, doch vergeblich.

Bis Hanna dann die Augen aufschlug. Das waren ihre Augen, auch wenn sie von roten, entzündeten Lidern gerahmt wurden und alle Wimpern fehlten. Es war ihr Blick. Sie sah ihn an und wollte etwas sagen, brachte aber keinen Ton heraus.

Tims Hände zitterten. Er jagte eine Spritze in ihren Hals, der spröde war wie ein Ast im Winter. Für den Bruchteil einer Sekunde weiteten sich Hannas Augen. Sie bäumte sich auf und hob die Hand, die eher eine Kralle war, um Tims Wange mit gekrümmten, knöchernen Fingern zu berühren. Ihre fadendünnen Lippen zitterten. Noch ehe sie einen Ton herausbrachte, brach ihr Blick.

Und da weinte Tim, seine tote Liebe im Arm.

Kein Junge weint so. So weint nur ein Mann.

EPILOG

Sie luden vier Boxen mit Antidot auf den Hebelkarren. Vierzigtausend Dosen. Lücke schnürte sie mit dicken Seilen fest und zog alle Knoten nach. Anschließend gab er Tim mit emporgerecktem Daumen zu verstehen, dass alles okay sei und sie nun aufbrechen könnten. Schon die ganze Zeit schwirrte der Wiseviller um Tim herum wie ein junger Wolfshund um die Zitze seiner Mutter. Ob er Angst hatte, dass Tim ihn am Ende doch hierließ? Vielleicht hätte Tim das sogar tatsächlich getan, wenn er nicht schon mit Stephan alles besprochen hätte. Jetzt wollte er den Plan nicht mehr ändern. Letzten Endes hing von einem einzelnen Soldaten gar nichts ab, selbst wenn er noch so ausgefuchst war. In Park hätte Tim eine ganze Armee gebraucht, doch nicht einmal Stephan hätte diese durch das Brennende Land bringen können. Obendrein verfügte er über keine Armee mehr. Der Kampf um die Militärbasis hatte auch etliche seiner Leute das Leben gekostet, daher konnte er nun keinen einzigen Mann mehr entbehren. Auf die wartete im Übrigen ein Berg Arbeit. Die Ressourcen in der Basis, vor allem aber der Strom, hatten aus Wiseville einen echten Leckerbissen gemacht, den alle anderen Stämme nur zu gern vernascht hätten.

Tim inspizierte noch einmal die Kiste, in der die neuen Schutzanzüge lagen, und versicherte sich, dass der Hebelkarren gut geölt war. Für alle Fälle spähte er auch unter den Karren, wo er dann ein weiteres Geschenk Stephans entdeckte, einen Generator, der die Leuchtdiode auf dem Karren speiste.

Stephan selbst erwartete ihn in Gregs Haus. Waren sie beide bisher Altersgenossen gewesen, konnte Tim jetzt glatt als sein Vater durchgehen. Stephans linker Arm hing in einer Schlinge, über die Stirn verlief ein tiefer Kratzer, fast schon eine Schnittwunde.

»Wir wären dann so weit«, teilte Tim ihm mit und setzte sich.

»Mhm«, murmelte Stephan und legte Stift und Papier zur Seite. »Allerdings habe ich bis zum Schluss gehofft, dass du es dir noch einmal anders überlegst. Bleib wenigstens bis zum Frühling bei uns! Ich verspreche dir, dass ich dich dann ohne Weiteres gehen lasse. Aber der Winter ist nicht die richtige Zeit für diese Strecke.«

»Leider ist der Weg im Sommer auch nicht leichter«, erwiderte Tim seufzend.

»Ich kann mich einfach nicht an dein neues Aussehen gewöhnen«, gab Stephan zu, während er ihn eingehend musterte. »Ob ich auch irgendwann so werde?«

»Das hoffe ich doch. Denn das würde bedeuten, dass auch du alt werden würdest.«

»Was meinst du, wie alt bist du jetzt? Biologisch?«

»Vierzig, vielleicht fünfundvierzig ... Wenn du in dreißig Jahren so aussiehst wie ich, weißt du es genau.«

»Wenn ich dann noch am Leben bin ... Warum bleibst du nicht für immer bei uns?«, fragte Stephan. »Was hast du noch in Park verloren? Der Stamm hat dich fortgejagt und wollte dich umbringen. Warum willst du da jetzt freiwillig zu denen zurückkehren? Und es ist ja nicht so, dass wir dich hier nicht auch gut brauchen könnten ...«

»Hier gibt es dich und einen Vorrat an Antidot, aber in Park haben sie sonst niemanden«, erwiderte Tim. »Wenn ich jetzt nicht aufbreche, werden bis zum Frühling bereits etliche Menschen tot sein.«

»Es kommen ja neue auf die Welt«, entgegnete Stephan. »Mittlerweile haben wir Zeit. Weshalb also etwas überstürzen? In Park bringen sie dich um ... Schon allein deshalb, weil du Medizin hast, sie aber nicht. Oder aus irgendeinem anderen Grund ... Weil du lesen kannst, beispielsweise. Weil du klug bist ...«

»Was wäre im Frühling in dem Fall anders?«

»Nichts«, gab Stephan nach kurzem Schweigen zu.

»Eben«, sagte Tim. »Lass mich versuchen, diese Menschen zu retten. Was, wenn unter ihnen ein weiterer Stephan ist? Oder eine zweite Hanna?«

»Oder ein neuer Tim.«

»Oder ein neuer Tim«, wiederholte dieser. »Was habe ich einmal gelesen? Wer nicht wagt, der nicht gewinnt ...«

»Du liest zu viel.«

»Ist dir eigentlich klar«, erwiderte Tim lächelnd, »wie viele Bücher ich jetzt den Kindern vorlesen kann, denen noch nie jemand ein Märchen erzählt hat?«

»Du träumst …«

»Nein«, widersprach Tim. »Aber ich habe noch eine Schuld zu begleichen.«

Daraufhin schwiegen beide. Sie mussten nichts weiter sagen, um zu wissen, wovon die Rede war. Dergleichen kommt vor, wenn auch sehr selten.

Es hätte der Beginn einer wunderbaren Freundschaft werden können, aber das Schicksal hatte es anders entschieden.

Stephan entnahm einem Kasten ein Metallgefäß mit einem verzierten Deckel, das er vor Tim auf den Tisch stellte.

»Ich könnte mir vorstellen, dass du das gern mitnehmen möchtest.«

Als Tim die Urne betrachtete, mahlten unter dem grauen Dreitagebart seine Kiefer.

»Danke«, brachte er schließlich mit belegter Stimme heraus. Sofort räusperte er sich. »Aber ich habe eine bessere Idee. Komm mit!«

Sie gingen den beleuchteten Gang hinunter und betraten den Raum, den Tim nur zu gut kannte. Vor dem Foto in dem schwarz angelaufenen Messingrahmen blieben sie stehen.

»Er hat noch länger darauf gewartet«, sagte Tim und stellte Hannas Urne neben die von Greg. »Irgendwann kehren alle nach Hause zurück. Erst recht, wenn sie es versprochen haben …«

POSTSKRIPTUM

Eigentlich jagte der Falke nicht in diesem Gebiet. Hier wuchs kein Gras, weshalb er hier gar nicht erst von einem fetten Hasen zu träumen brauchte. Er fand hier ja nicht mal eine mittelgroße Maus. Heute jedoch erspähte er eine Bewegung am äußersten Rand seines Blickfelds. Daraufhin änderte er seine Flugrichtung. Selbstverständlich hätte er sich das sparen können, doch er begriff nicht auf Anhieb, dass es sich bei dem, was er sah, nicht um Beute handelte, sondern um irgendein Vehikel, das recht schnell über die Schienen rumpelte, die quer durch die Wüste verliefen. Dann aber betrachtete er das Gesamtbild, was ja nur aus seiner Höhe möglich war. Auf dem Karren befanden sich zwei zweibeinige Wesen, die einen Hebel rauf- und runterdrückten. Sie hielten auf jene seltsame Brücke zu, die über den Canyon führte, an dessen Grund vergiftetes Wasser dahinsprudelte. Die Schienen zogen sich über die Brücke weiter nach Westen, hin zu den kalten Gebieten, aus denen die weißen Fliegen und die eisigen, unbarmherzigen Winde kamen.

Dem Karren folgte ein weiterer Zweibeiner. Er setzte dem Vehikel ebenso stur nach wie ein Wolfshund seiner Beute. Es war fast Mittag. Über der Wüste hing eine sengende Sonne. Trotzdem steckte der Zweibeiner in einem Anzug, der ihn von Kopf bis zu den Füßen bedeckte. Der Falke drehte einige Runden über ihm und stieß einen langen Schrei aus. Daraufhin hob der Zweibeiner den Kopf. Die Sonnenstrahlen fielen in zwei runde Gläser vor seinen Augen.

Der Zweibeiner blieb stehen. Er atmete schwer, und der Schweiß lief ihm in die Augen. Er zögerte lange, bevor er die Maske vom Kopf nahm.

Runner – denn kein anderer war es – wischte sich das Gesicht mit einem dreckigen Lappen ab und trank einige gierige Schlucke aus einer Plastikflasche mit trübem, heißem Wasser. Die rechte Seite seines Gesichts war bei der Explosion in der Basis aufgeschlitzt worden. Sein Auge war so stark geschwollen, dass er es kaum öffnen konnte. Doch selbst in dem winzigen Schlitz loderte maßloser Hass.

Nachdem er noch einmal tief durchgeatmet hatte, schob er sich die MP wieder über die Schulter und legte die Atemschutzmaske aus den einstigen Armeebeständen erneut an.

»Verreck als Erster, Nerd!«, spie er aus, als er sich das stinkende Mundstück schon vorgeschoben hatte. »Verreck als Erster!«

Voller Mühe machte er den nächsten Schritt. Danach einen zweiten und einen dritten. So stolperte er an den Schienen entlang. Immer weiter nach Westen. Immer auf die Brücke zu.

DANKSAGUNG

Zuallererst möchte ich meiner Tochter Diana danken, denn wir haben uns Belka und ihre Welt zusammen ausgedacht. Leider konnten wir diesen Roman nicht auch zusammen schreiben, aber ich denke, das dürfte sich in Zukunft ändern.

Der Nächste ist mein Redakteur, Kollege und guter Freund Alexander Dankowski, ohne den schon seit Jahren kein einziger meiner Romane zustande gekommen wäre. Danke für alles, die Mühe und das Verständnis!

Ferner meinem alten Freund, dem Künstler Wsewolod Malinowski, der in den gleichen Bildern denkt wie ich und vermutlich die gleichen Träume hat wie ich.

Dann meinen Lesern und Leserinnen. Sie haben die Entstehung dieses Romans von der ersten Rohschrift an bis hin zum fertigen Typoskript begleitet, und ihnen allen gilt mein Dank für ihre Geduld, ihre Zeit und ihre Meinung.

Und schließlich meinem Vater Michail, der diese Art von Literatur nicht mag, aber trotzdem mit achtzig Jahren als einer der Ersten das Manuskript gelesen und es mit den Worten kommentiert hat: »Das ist keine Science-Fiction. Das ist zu nahe an der Realität.«

Meiner Ansicht nach ist dies mein erster Roman, bei dem es sich wirklich um Science-Fiction handelt, obwohl das schon von manchen meiner früheren Werke behauptet wurde. Einigen wird er vielleicht zu brutal und naturalistisch erscheinen – aber ohne meine sechzehnjährige Tochter im Rücken wäre er vermutlich sogar noch brutaler und grausamer geworden, denn die Welt, die in ihm beschrieben wird, ist abscheulich. Damit ist es ihr zu verdanken, dass *Zone. Zu jung, um zu sterben* keine Altersfreigabe braucht.

Mir ist es sehr schwergefallen, die Geschichte von Belka und Tim zu schreiben, aber sie ist leider von zu großer Wichtigkeit, als dass ich es hätte unterlassen können. Vor allem heute. Wer den Roman liest, wird verstehen, warum.

In herzlicher Verbundenheit
Jan Valetov